U0805283

聊齋俚曲集

〔清〕蒲松龄 著

齊魯書社

图书在版编目(CIP)数据

聊斋俚曲集 / (清)蒲松龄著. -- 济南 : 齐鲁书社,
2018.8

ISBN 978-7-5333-3955-5

Ⅰ.①聊… Ⅱ.①蒲… Ⅲ.①古代戏曲—剧本—作品集—中国—清代 Ⅳ.①I237

中国版本图书馆CIP数据核字(2018)第125204号

聊斋俚曲集

LIAOZHAI LIQU JI

〔清〕蒲松龄 著

主管单位	山东出版传媒股份有限公司
出版发行	齊魯書社
社　　址	济南市英雄山路189号
邮　　编	250002
网　　址	www.qlss.com.cn
电子邮箱	qilupress@126.com
营销中心	(0531)82098521　82098519
印　　刷	山东临沂新华印刷物流集团有限责任公司
开　　本	880mm×1230mm　1/32
印　　张	29.5
插　　页	11
字　　数	708千
版　　次	2018年8月第1版
印　　次	2018年8月第1次印刷
印　　数	1-2000
标准书号	ISBN 978-7-5333-3955-5
定　　价	**150.00元**

蒲松龄画像

聊　斋

翻魘殃 下卷 聊齋俚曲
翻魘殃 上卷 聊齋俚曲
姑婦曲 聊齋俚曲
慈悲曲 聊齋俚曲
寒森曲 上卷 聊齋俚曲
俊夜叉 聊齋俚曲
千古快 聊齋俚曲
寒森曲 下卷 聊齋俚曲
幸雲曲 下卷 聊齋俚曲
幸雲曲 上卷 聊齋俚曲
富貴神仙 下卷 聊齋俚曲
牆頭記 聊齋俚曲
富貴神仙 上卷 聊齋俚曲

聊斋俚曲抄本

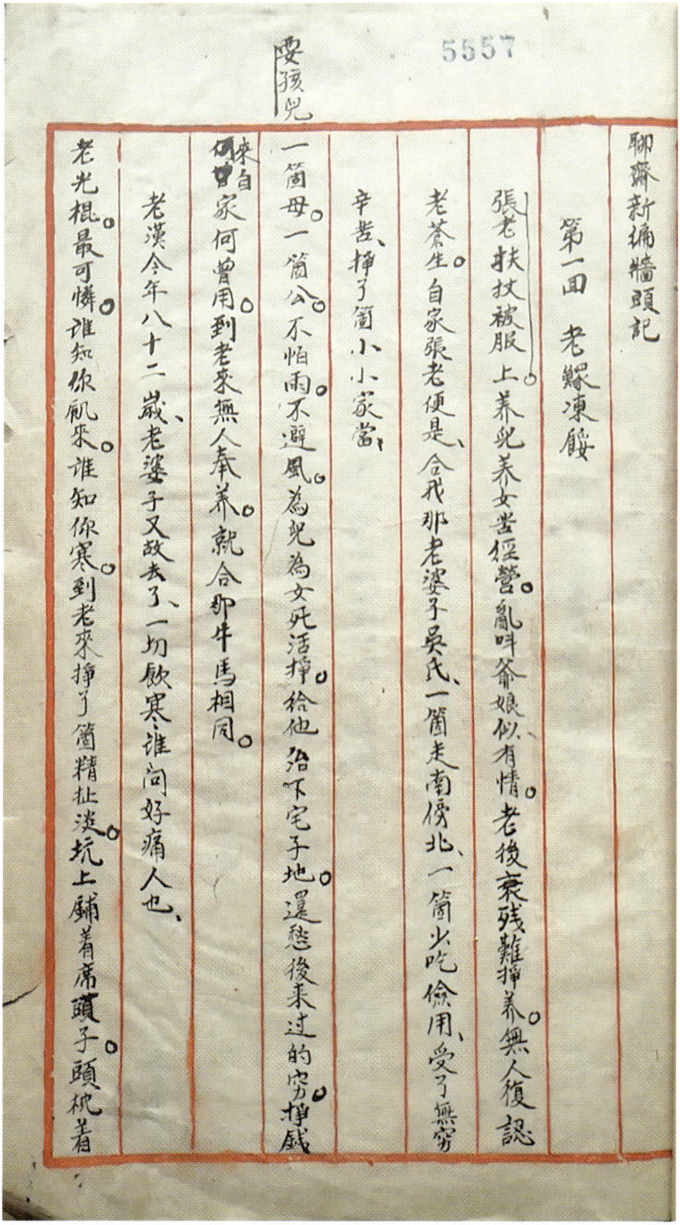
5557

聊齋新編牆頭記

第一回 老鰥凍餒

張老扶杖被服上

養兒養女當經營。亂叫爺娘似有情。老後衰殘難掙養。無人復認老蒼生。自家張老便是、合我那老婆子吳氏、一箇走南傍北、一箇少吃儉用、受了無窮辛苦、掙了箇小小家當、

要孩兒

一箇母。一箇公。不怕雨。不避風。為兒為女死活掙。給他治下宅子地。還愁後來過的窮。掙錢來自家何曾用。到老來無人奉養。就合那牛馬相同。

老漢今年八十二歲、老婆子又故去了、一切飢寒誰問好痛人也、

老光棍。最可憐。誰知你飢來。誰知你寒。到老來掙了箇精扯淡。炕上鋪着席頭子。頭枕着

《墙头记》

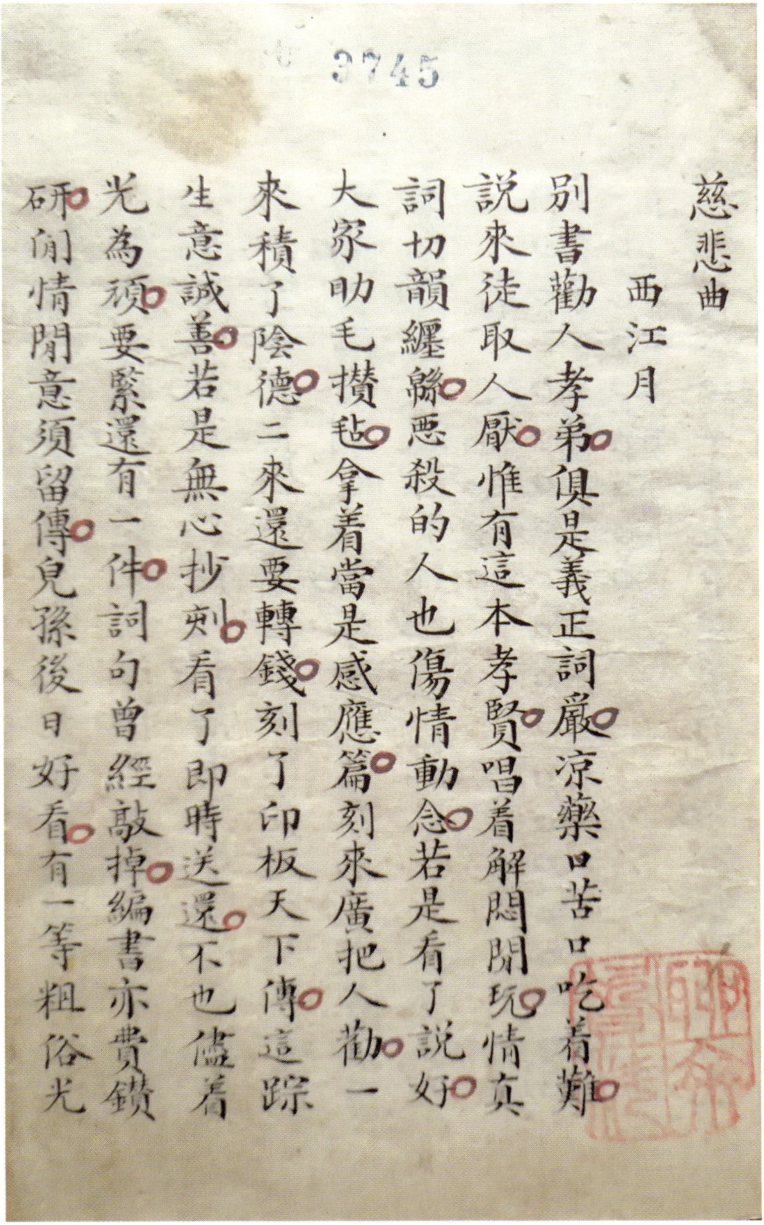

3745

慈悲曲

西江月

别書勸人孝弟俱是義正詞嚴涼藥口苦口吃着難
説來徒取人厭惟有這本孝賢唱着解悶閑玩情真
詞切韻纏綿惡殺的人也傷情動念若是看了説好
大家助毛攢貲拿着當是感應篇刻來廣把人勸一
來積了陰德二來還要轉錢刻了印板天下傳這踪
生意誠善若是無心抄刻看了即時送還不也儘着
光為頑要緊還有一件詞句曾經敲掉編書亦費鑽
研閒情閑意須留傳兒孫後日好看有一等粗俗光

《慈悲曲》

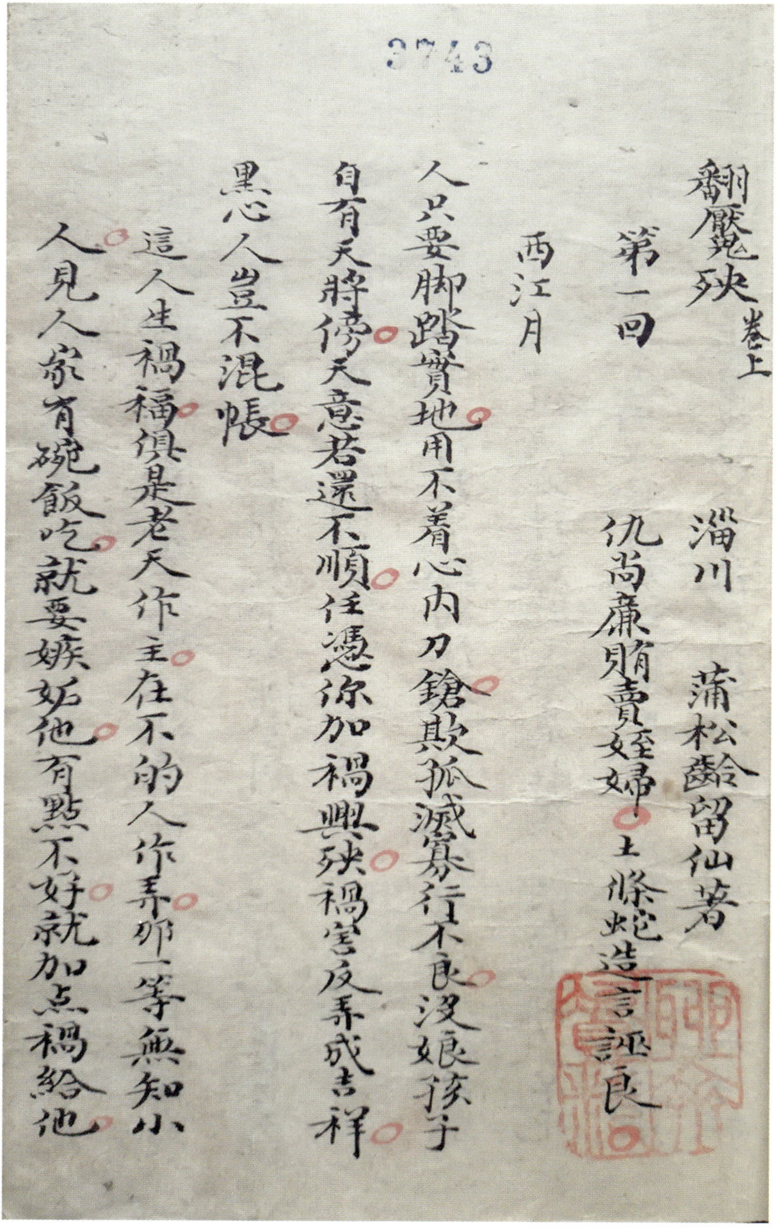
3743

翻魇殃 卷上

淄川 蒲松龄留仙著

第一回

仇尚廉賭賣姪婦 王條蛇造言誣良

西江月

人只要脚踏實地用不着心内刀鎗欺孤滅寡行不良没娘孩子
自有天將傍天意若還不順任憑你加禍興殃禍害反弄成吉祥
黑心人豈不混帳
這人生禍福俱是老天作主在不的人作弄那一等無知小
人見人家有碗飯吃就要嫉妬他有點不好就加点禍給他

《翻魇殃》

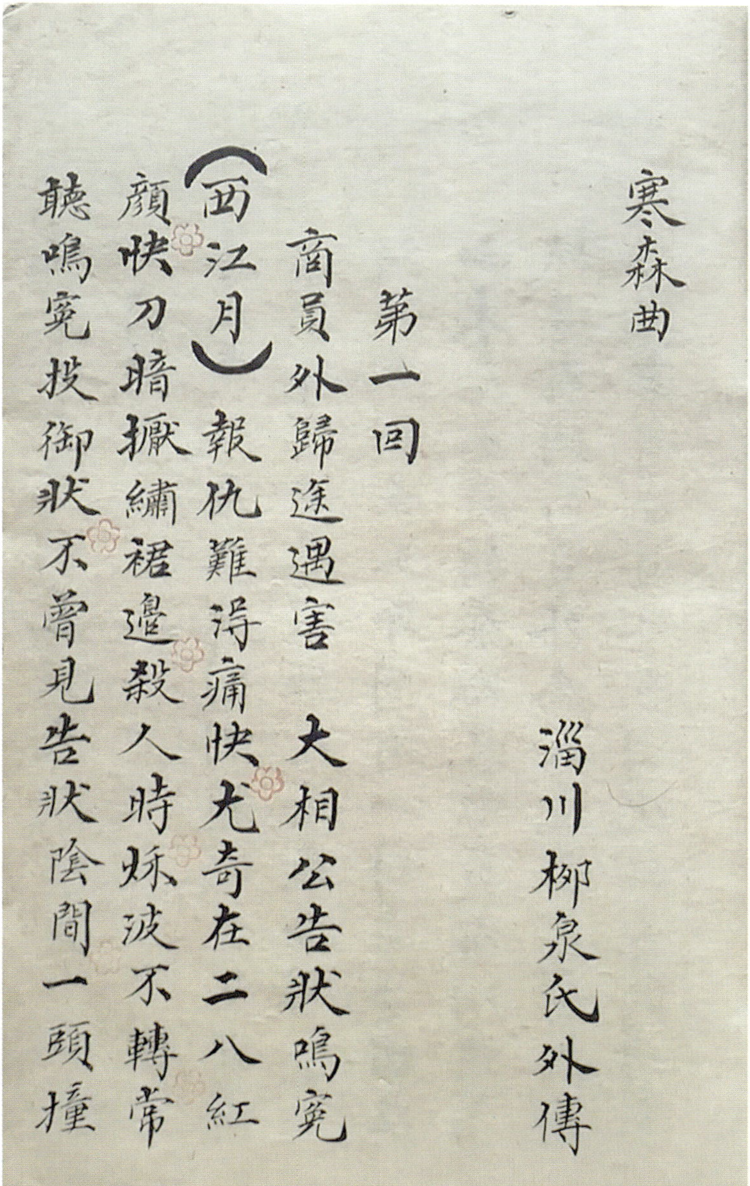

寒森曲

淄川柳泉氏外傳

第一回

商員外歸途遇害　大相公告狀鳴冤

（西江月）報仇難得痛快，尤奇在二八紅顏。快刀暗擫繡裙邊，殺人時烌波不轉。常聽鳴冤投御狀，不曾見告狀陰間。一頭撞

《寒森曲》

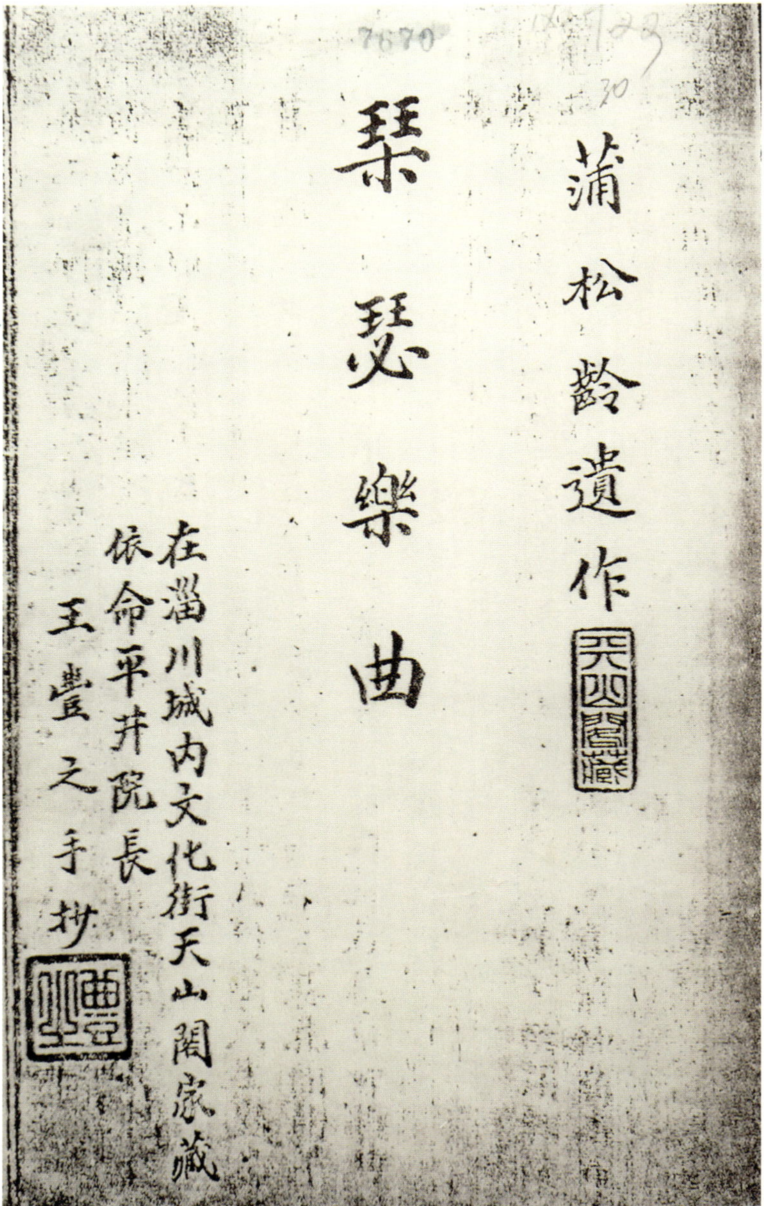

蒲松齡遺作

天山閣藏

琴瑟樂曲

在淄川城內文化街天山閣家藏

依命平井院長

王豈之手抄

《琴瑟乐曲》

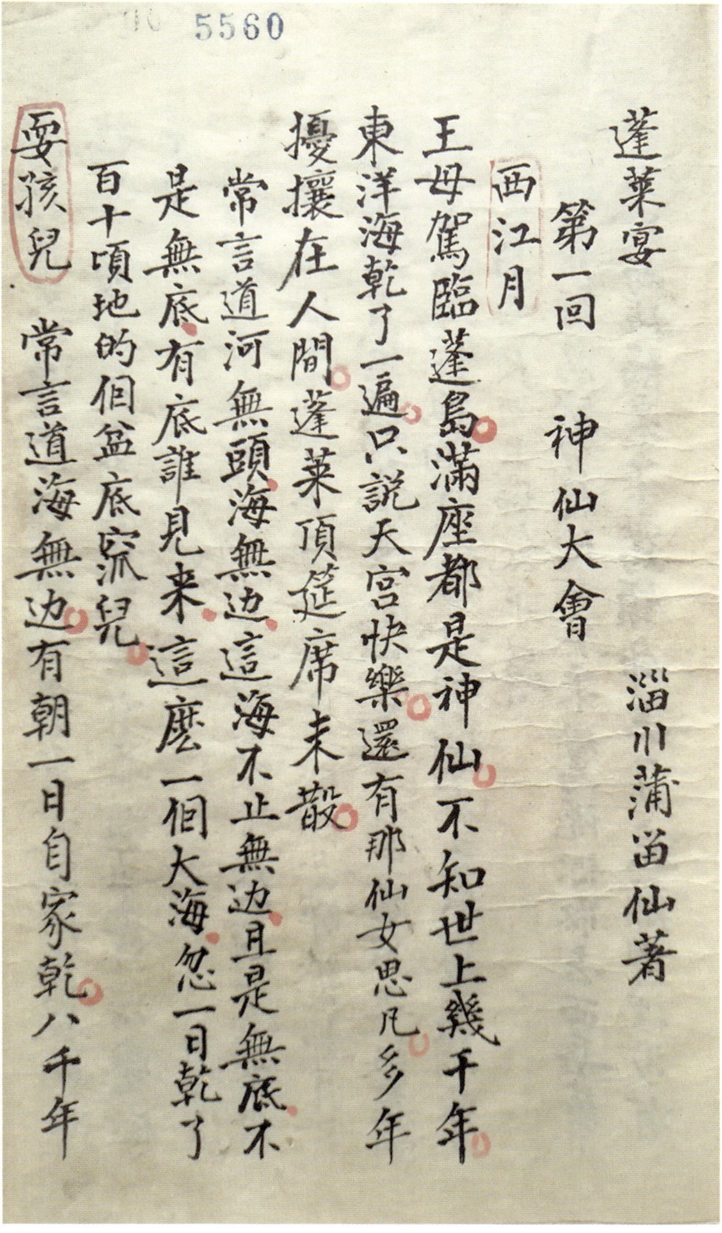
5560
蓬萊宴　　淄川蒲留仙著
第一回　神仙大會
西江月
王母駕臨蓬島滿座都是神仙不知世上幾千年
東洋海乾了一遍只說天宮快樂還有那仙女思凡多年
攪擾在人間蓬萊頂筵席未散
常言道河無頭海無边這海不止無边且是無底不
是無底有底誰見来這遼麼一個大海忽一日乾了
百十頃地的個盆底窊泒兒
耍孩兒
常言道海無边有朝一日自家乾八千年

《蓬萊宴》

志異外書俊夜叉曲全卷

淄川留仙先生編著

博山仁圃田維恕書

開場西江月

不成人賭博子弟一望贏錢真是胡謅大瞪着兩眼跳深溝好似疔瘡癢癢難受起初時筱筱鮮閟賭熱了火上澆油田産不盡不肯休凈腚光才是個了手

《俊夜叉》

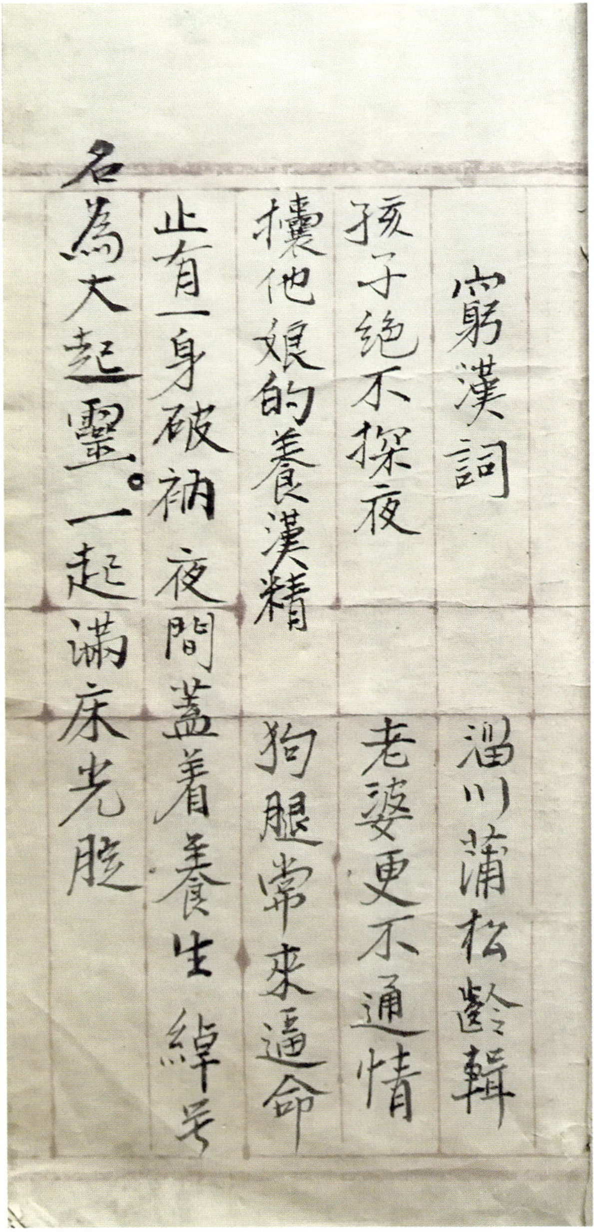
窮漢詞　　淄川蒲松齡輯

孩子絶不探夜　老婆更不通情

攮他娘的養漢精　狗腿常來逼命

止有一身破衲　夜間蓋着養生　綽号

名爲大起靈。一起滿床光腚

《穷汉词》

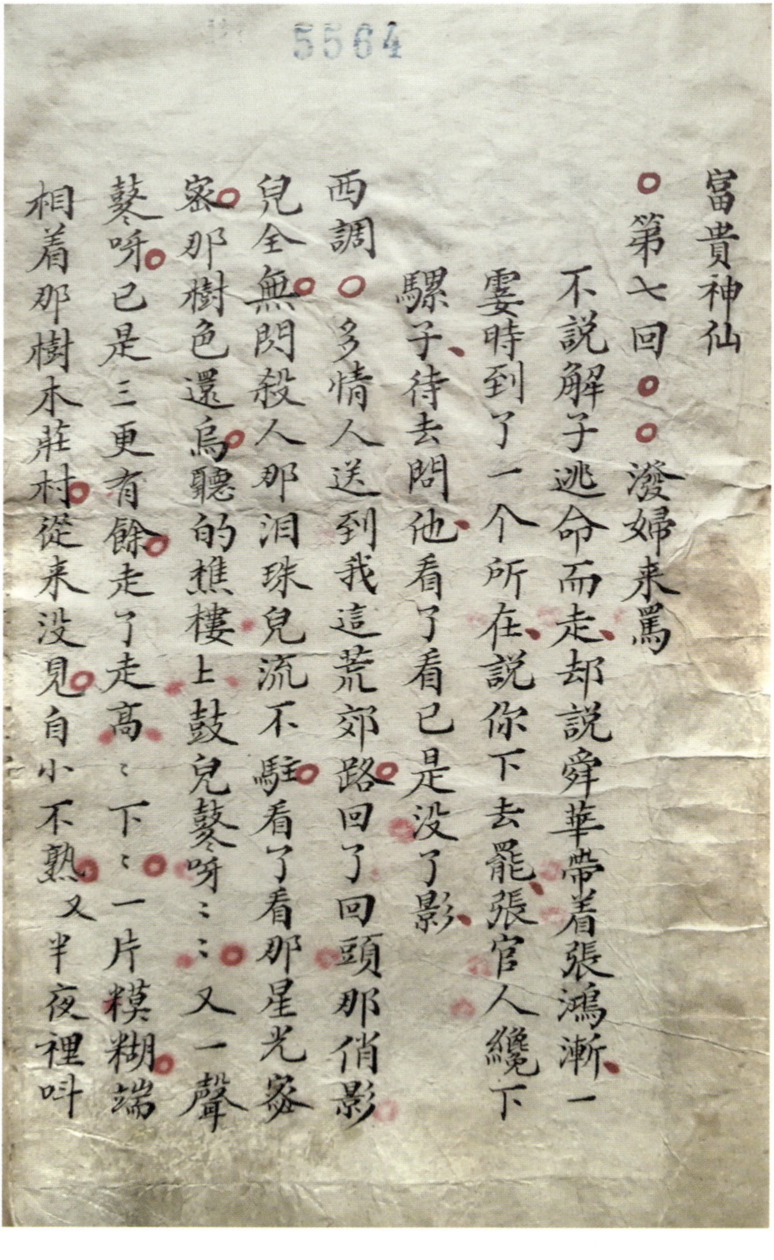

富貴神仙

○第七回○○潑婦來罵

不説解子逃命而走却説舜華帶着張鴻漸一霎時到了一个所在説你下去罷張官人纔下騾子待去問他看了看已是沒了影

西調○多情人送到我這荒郊路回了回頭那俏影兒全無閃殺人那淚珠兒流不駐看了看那星光密密那樹色還烏聽的樵樓上鼓兒鼕呀〻〻又一聲鼕呀已是三更有餘走了走高〻下〻一片模糊端相着那樹木莊村從來沒見自小不熟又半夜裡呌

《富贵神仙》

5565

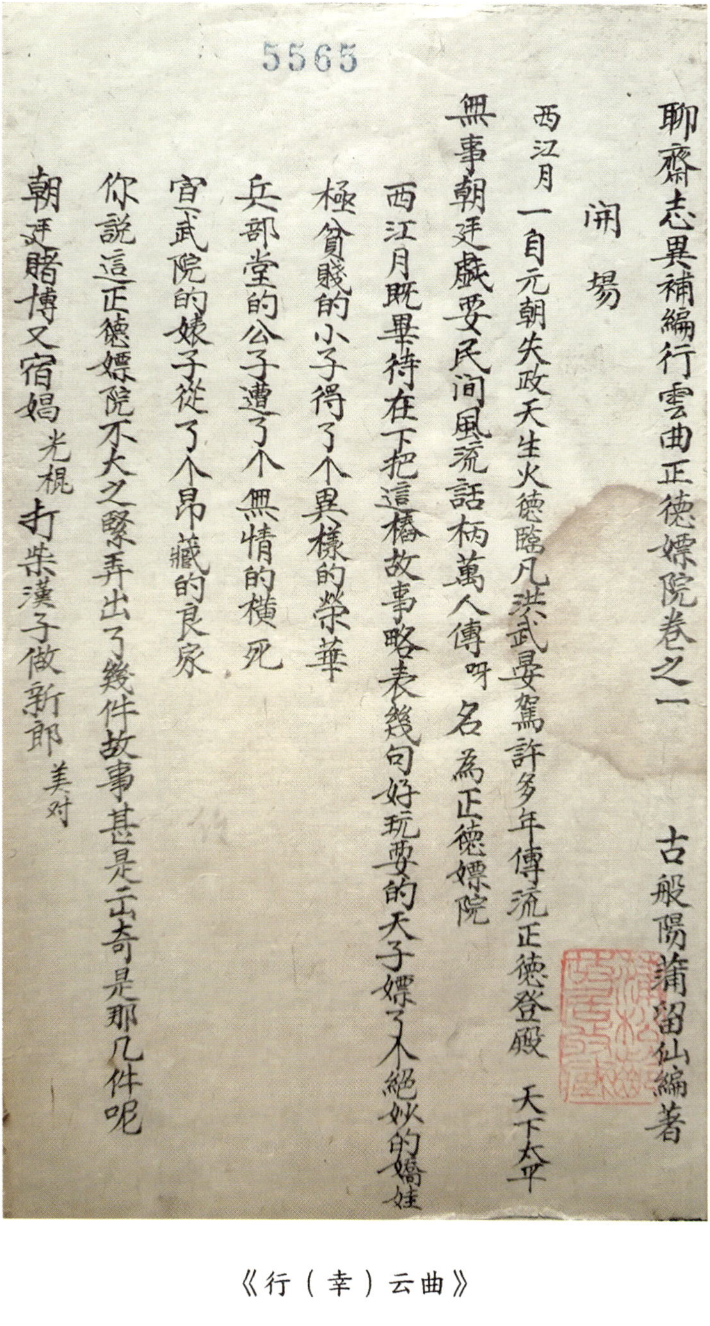

聊齋志異補編行雲曲正德嫖院卷之一

古般陽蒲留仙編著

閙場

西江月 一自元朝失政天生火德臨凡洪武晏駕許多年傳流正德登殿 天下太平

無事朝廷戲耍民間風流話柄萬人傳呀 名為正德嫖院

西江月既畢待在下把這樁故事略表幾句好玩耍的天子嫖了个絕妙的嬌娃

極貧賤的小子得了个異樣的榮華

兵部堂的公子遭了个無情的横死

宣武院的婊子從了个昂藏的良家

你說這正德嫖院不大之際弄出了幾件故事甚是古奇是那几件呢

朝廷賭博又宿娼 光棍 打柴漢子做新郎 美对

《行（幸）云曲》

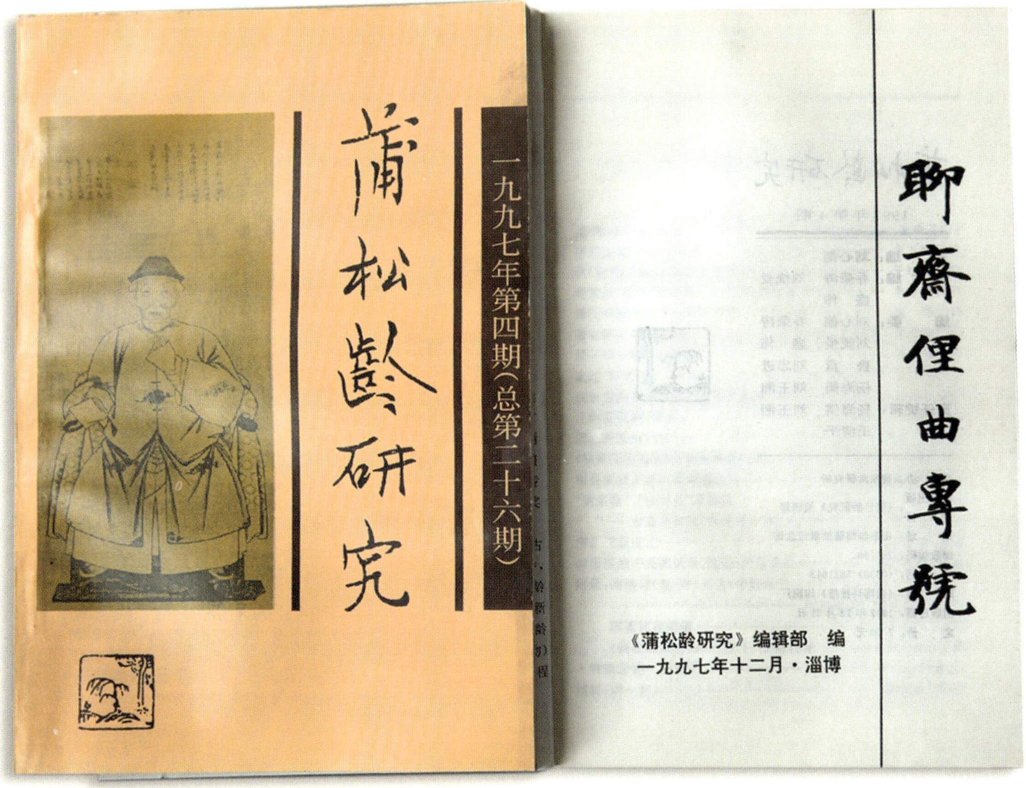

《蒲松龄研究》聊斋俚曲专号

目录

翻魇殃

寒森曲

琴瑟乐

蓬莱宴

禳妒咒

富贵神仙

磨难曲

增补幸云曲

墙头记

第一回
老鳏冻馁

张老扶杖被服上唱养儿养女苦经营，乱叫爷娘似有情；老后衰残难挣养，无人复认老苍生。白自家张老便是，合我那老婆子吴氏，一个走南傍北，一个少吃俭用，受了无穷辛苦，挣了个小小家当。

【耍孩儿】一个母一个公，不怕雨不避风，为儿为女死活挣。给他治下宅子地，还愁后来过的穷。挣钱来自家何曾用？到老来无人奉养，就合那牛马相同。

老汉今年八十二岁，老婆子又故去了，一切饥寒谁问？好痛人也！

老光棍最可怜，谁知你饥来谁知你寒，到老来挣了个精扯淡。炕上铺着席头子，头枕着一块半头砖，就死了可有何人见？身上疼对谁告诉？没人处自己叫唤！

生了两个儿子，一个叫大怪，一个叫二怪。因他翅膀硬了，终日淘气，早早分他出去。家有薄田一百五十亩，每人给他五十亩，留了五十亩养老，倒合老婆子清净自在。

从两个娶了妻，一个要东一个要西，老婆儿终日生闲气。我说罢呀么分开他，各支锅子另饭吃，每人丢给他几亩地。整日家两不见面，倒落的清净之极。

哭着说清净了二年，谁想老婆死去了，撇下个老光棍，那里疼，那里痒，谁来问一声儿？苦哉！苦哉！

老婆子死去了，冷合热自家熬，肚里饥饱谁知道？身上衣服没人洗，虱子虮子都成条，一双鞋穿的底儿掉。只转了饭饱无事，抗墙根也还逍遥。

那一时还支使过小厮，白日给我做饭，黑夜给我看火，也还罢了。我那两个孝顺令郎便说："俺爷，你如今封粮纳草都操心，吃饭穿衣都费事，不如把地分了，你情八石粮食罢。"

他说我年太高，不宜量把心操，八石粮不用开口要，又不封粮又不纳草，吃穿使费都勾了。他说的一阵天花落，老头子全没主意，几亩地一并分消。

他说的极好，我就依着他分了。殊不知他是欣羡我那地，谁给谁粮食？

头一年还算强，零碎给了七石粮，虽不丰富还没账。第二年全没打拢，跟着他全腚上狗唾黄，他还说我絮聒样。寻常是少柴没米，真叫人焦怨难当。

两个又和我说："你不如情着吃，俺吃甚么，你也吃甚么。"我说："你的饭指不的。"两个都说："每哩咱待不吃饭哩么？高低分外还弄弄点好的你吃。"我急自要不出来，可也是没奈何，也就依了。寻思着休说好的，就合他一样也罢了。

我痴心不敢言，听的他话儿甜，安心要吃自在饭。这个念头大差了，又从泥里到深湾，自家差却将何人怨？老婆儿留心在意，他老达甚么相干！

起初甚好，两个儿早晚的问候，两个媳妇热汤热水常常服事，好不的那好哩。谁想是苏州娘子不缠脚——光兴了一个头儿。我说说我吃的：

十一月数九天，冷眵块放面前，一行哈着浑身战。又怕老头脾胃弱，吃了干粮消化难，孝顺儿革了他达的面。半年来丝丝两气，只饿的老肚生烟！

我再说说我那穿：

天那天好可怜，不看我吃来看我穿，十根两绺人人见。六月还穿破棉袄，腊月还穿旧布衫，待烤火没人拾筐炭。想是这罪没受勾，又着我活了一年。

说罢大哭说天不叫我死了，这肚子又不探业。这不是天还不曾晌午，早晨吃了两碗糊突，两泡尿已是溺去了，好饿的紧！又笑了笑说今日可有个指望哩，听说他称肉杀鸡，等他丈人，就不叫我陪，或者还舍点腥水儿！

无鞋袜少衣衫，一堆吃饭嫌我脏，请陪客断断不敢望。肚儿肚儿你忍饿，还有个盼头休要慌，待霎子撑你个膨膨胀。也是俺跟他吃饭，一年来见的腥汤。

笑着说俺且去一边等着。下。张大上，白他有达妈人两个，我有俺达一个人；虽然叫达一样叫，俺达不如他达亲。自家张大怪是也，今日他达待来，买了些东西等他，须是做的好才好。我的达他叫达，他的达我也叫达。若是人说不必敬俺达，无论他极肯，我也就依了；若是人说不必敬他达，无论他不依，我就不肯。世间有一等没良心的，看着自家的达漫是达，人的达就不是达么，我可不是这样人。

他的达强及俺达，他那达俊及俺达，他达就比俺达大。他达合俺达一堆站，俺达矮了勾一楂，叫他达教人支不住架。不因着情受他地土，俺只说俺是他达。

小瓦瓯，小瓦瓯。老婆出来说自家李氏，张大的妻也。这里正忙着，他叫的是甚么？见了说你叫唤什么哩？张大说还没停当么？李氏说也就好了。指望你买的那东西哩么？

三斤肉一只鸡，就是您家好东西，好厨子做煞也不济。咱达有点薄体面，赴了多少大酒席，您家何曾见天日？不说那鸱头扶腚，看您达那些也势势。

张大说诮什么哩！俺达好不好，谁待着合恁令堂并骨哩么？李氏说呸！放屁！俺庄里多少好汉子，那里找着您达并骨。张大笑说出上您拣着好的并去。他老爷待好来了，你伺候罢。

我这话实不通，俺达我也相不中，等有个好达再相送。咱那东西虽不济，他也知道咱家穷，全要你把心来用。快去把衣裳找找，梳梳头好见尊公。

却说李老来了一日能动转，百里作生涯；寻常几个月，不到女儿家。女婿张大郎，久不相见，不免望他一望。来此已到门前，待俺竟进。张大说呀，咱爹来了！慌忙按帽迎进，作揖磕头，让了坐，问爹好么？答好。娘好么？又答好。李氏也问爹好，娘好，哥哥、嫂嫂都好么？李老都答应好。张大说你去看去罢，看老王弄的不好。李氏去了。张大才叙话

爹来时是秋间，今日来是冬天，别了爹又是两月半。合爹隔着三四里，爹若来时也不难，想爹恨不常相见。难得爹肯来下顾，说爹来到大小喜欢。

小瓦瓯提了酒来。李老说外甥好快长。张大说听的爹来，从早晨望了几回哩。斟上酒，陪着说咱家的酒，爹尝尝。李老说令尊呢？张大说在舍弟

家。李老说何不请来？张大说发劳病来不的呢，爹。上了几碗菜，李老说不必这样费事。张大说有甚么呢，爹，不过称了二斤肉呀，爹，杀了只鸡呀，爹，咱县里休说没有猴头、燕窝，爹，连那鱼鳖也是没有的，爹。

赶了个西关集，称的肉买的鸡，泼下茶倒上了一盅蜜。不知爹在江湖上，吃了多少好东西，穷人家做的也不精致，勉强把箸儿动动，也省的半日忍饥。

李老说已是醉饱了。李氏出来说东西不济，你好歹吃饱，休饿着。李老说我能吃多少，你忒也费事了。李氏说有甚么给爹吃哩！

这东西太不堪，又少油又没盐，不过是顿家常饭。虽没甚么给爹吃，尽尽这穷情也心安。不时的你来看俺看。俺还有八十亩好地，也还能养活你几年。

李老笑说我儿有这一个心肠就好。但只是我饱了，行了罢。两口子拉着说爹，再坐坐，就不吃酒，再吃杯茶。李老笑说茶里可休加蜜了。张大说那苦苦的怎么吃？李老呵呵大笑说苦到不妨，再休加蜜，看人笑话。张大说这倒不必过虑。

我平生客不多，只有爹合二位哥，家中只有这客三个，母舅表兄时或到，坐不坏的板凳，哈不干的河。闲来并不让他坐，寻常连茶叶没有，待笑话那里捞着？

吃了茶说走罢，请了。张大送了回来。李氏说你看咱爹吃了多大点子，若是您达，从来没见东西，不知待館多少哩。张大说你看天已日西，还没打发他吃饭。

一家人闹呵呵，端菜碗找家伙，席完已是日头错。他急自极好害饥困，何况等了半日多，此时不知怎么饿。你把那残汤剩饼，拾上些给他如何？

你拾上些，着小瓦瓯送去罢。李氏说那腥汤如今坏了哩么？且是那狗这二日不吃食，留着拌点糠喂他喂。今早晨剩的那糊突，给他不的？

您达达没正经，捞着饼饭尽着撑，给他碗腥汤就尽了命。前年做的布衫子，如今锅巴有千层，脏呵呵宜量甚么敬？你看那蜀秫糊突，他还餶五碗有零。

张大说那糊突只怕忒也凉，给他煨煨。李氏说狗脂，冷不冷的，他餶下去了。我舀给他去。并下。张老哐哼出来说饿死我也！

清晨饭日头高，糊突喝了勾一瓢，虽然多只撒了两泡溺。肚里吐噜如雷响，一堆饿火把心烧，堪堪饿死谁知道？老婆子真有造化，这样罪何曾摸着！

小瓦瓻端出饭来。张老说好了，好了！必然有点东道，可把这肚子包补包补。小瓦瓻放下去了。慌忙近前一看呀，原来还是我那糊突冤家！

你大号红粘粥，你名突你姓胡，原来你是高粱做。热了烫人嘴巴子，薄了照出行乐图，老来相处你这桩物。摸了摸，呀，老盟兄你几时死去，一点儿温气全无？

盛上喝了一口，咧着嘴说冰的牙根这样疼痛，怎处怎处？哎！可怜，可怜！待要不吃，这样饥如何捱的？一行吃，一行擦泪。

跺跺脚叫声天，这样苦对谁言？冷冻冻搀上这泪珠咽，那如做了老绝户，卖地也还吃几年，落了草怎不把头砸烂？有心待告诉官府，怎奈这腿软腰酸。

才捱了一碗，战战起来，放下碗说噤了心了，不吃它罢。哎！我不知前世伤了多少天理，才生下这样儿郎。天那天，但仔有一个好的，也还好过。

老天爷忒也诌，我不曾把佛眼抠，怎么教我诸般受？三九严天无炭火，夜晚没曾有灯油，就是这半糊突也不甚够。想是前生欠他债，又把他害命割了头，不知何日填还彀？怎么就一个模里，脱出了两个冤仇。

本待把两个畜生送了不孝，这游游一口气儿，怎能到城，倒不如还要我那地罢。

腿又酸痛腰又疼，势不能到城中，瞎施转怕惹的冤仇重。若还自家做饭吃，必不肯吃这冷冻冻，热炕头也做个自在梦。我不如还要地土，还把那炉火生红。

低了头想了想说我要地，只怕不肯，也是有的，每哩不要罢。又想了说性命要紧，不如斗斗胆就要一要。

一个儿家十五天，十一月初一在那边，十六才把主来换。那里常在刀山上，这里又来上磨研，受罪几时满了限？待要地不敢开口，不要地冻饿难堪。

不免叫他一声大汉子，大汉子。张大出来说吃的饱饱的，叫唤什的？笑说我一件事合你商议。问甚么事？张老说我思量着，每日情饭吃，也劳苦您，不如还给我那地罢。

老头子日日闲，情着吃情着穿，着您媳妇常忙乱。方且早晚合冷热，怎么好向媳妇言？这里头许多不方便。不如我自家另过，饥和饱与您无干。

你是大的，借重你合小二子说说。张大瞅了一眼说嗤，我当是待说什么呢！拿着筷子敲菜碗，——我知道你饭饱弄筷呢。

老头儿忒也差，当日分地为甚么？今日又说这糊突话。一个口唱两个曲，放了屁又要着把拿，是别人我就失口骂。我劝你依你老本等，还便宜你一个疙疸。

李氏跑出说怎么着？待要地哩？黑夜睡不着，你那里寻思不到哩！怒冲冲的指着数量起来了你一个裤脏呵呵，总然成了虱子窝，补丁补了勾一千个。褂子过了两冬夏，不过穿了二年多，又自教人看不过。你还要饭饱了弄箸，你做的甚么生活？

张老低着头听着没敢做声，张大说不必理他。这月里是个小尽，今日二十九了，到明日送给他二叔家，尽他合他怎么淘去。张大夫妇去了，张老抹着眼哭回来说咳咳，天哪，天哪！

不敢吃不敢穿，挣下了一顷多田，老来捞不着吃饱饭。没儿霎想着要做老，叫一声爹爹酥半边，谁想这老来不值个狗屁蛋。殊不得地土享用，倒叫他吵了一天。

一行擦着泪说苦哉呀苦哉！哭声说我叫他儿我不安，他称我老亦徒然；情愿彼此相交换，只怕那经纪评评要找钱。抹眼下

第二回

计赚双枭

张二说做儿也罢了，琐碎在养老。亏了老兄乖，跟好就学好。自家张二怪便是。家达有五十亩好地，留着养老。我合家哥哄法了哄法，便就分了，情着吃穿。起初时，耸着呕头实落去做衣买帽，傻着脖子当真的称肉杀鸡，恐怕不如家兄，我先讨愧。谁想打听那家嫂他就极乖，好的留着自家穿，大热了，只给他补那破袄。好的留给自家吃，达饿了，只教他刮那饭盆。哈哈，我才恍然大悟：一个达达是公伙里的东西，我就费了给那老婆孩子吃了穿了，他还叫声达达，没有说叫人达达还贴上吃穿的。草蛤蝌缝在行头里，——这

不成了个憨蛋了么？嘻嘻！

【耍孩儿】我明说我实言，要那地分那田，原是瞅着有些转。若是粜米尽着费，一年倒得好几千，有赚头也是看的见。他痴心要情自在，他乖觉俺也不憨。

今日初一了，一年不知几个小尽，都着俺家哥占了便宜，今日想必又送了老头来；若是公道的，多待半日送来才是，只是怎么肯呢？老婆赵氏出来见他低着头寻思，哈了一声说大清晨出甚么阳神哩？张二说你唬杀我！我这里踌躇一件事。赵氏说甚么事？张二说

正寻思咱大哥，他占的便宜多，小尽倒有六七个。一个老是大家的老，兄弟二人分养活，明日送来也不错。大不然吃了早饭，往这走还暖和。

你看今早晨这样冷，他必然来了。老婆说我有一计：咱就不要开门，推不在家；他叫不开，愁他不领回去？张二说好计，妙妙！

我这个行子真是呆，多亏了娘子你还乖，指望不的我张二怪。今日就把门紧闭，尽他喕叫再不开，合家推是出了外。他虽是赚了便宜，咱合他准折回来！

走走，休做声，咱藏着去罢。慌忙散了，却说张大到了清晨说好了，养活了老头半月，且喜遇着小尽。今日初一，冷不冷把他送去。俺达俺达！张老失失哈哈战战出来，说你待怎么？张大说咱去罢。张老说那里去？张大说今日初一，你上二弟家去罢。张老说你看哪，我就忘了是初一。清晨这样冷，走这半里路，只怕冻死！张大说咦咦，什么冷，再待霎那里的饭你吃！

老头儿听我言：今日轮着二弟的班，我这里没做你的饭。磨陀会子饥困了，安心又把饭碗端，这半日合他怎么箅？对你说休要害冷，走热了自然舒坦。

张老说罢么！是轮着他，也说不的冷，咱就走。走了几步，说好冷呀！你看路上裂的乜大璺，街上都是冰凌。正说着被冻冻滑了一跌，爬不起来，哐哼说死了，死了！张大没好气拉起来说没似你弄的这脏像儿！张老哭哭啼啼又走

这天是腊月天，刮北风阵阵寒，胡子都成了冰冰片；浑身骨头全冻透，脖子连头坠下圈。捱半里就顶二里半，若还是再有半里，老性命就染黄泉！

张大说是也冷么？你也忒虚喝。张老说你穿的是棉裤棉袄，我穿着甚么哩？张大说你又不出门，要那棉衣裳做甚么？这不来到了，怎么没冻煞呢？

你又不常出门，脱不过抗墙根，棉衣裳穿着可也笨。遇着刮风或下雪，钻在屋里不动身，老头子，不必还求俊。这不是咱已来到，怎么没冻断腰肋？

呀！怎么二弟家还不曾开门？待我叫他。张老孤堆下，张大大叫开门，开门呀！并没人答应，又叫二弟，二弟！奇呀！怎么全不听的做声？

了吊儿乱瓜打，拾石头把门砸，全不听的人说话。岂有日高还没醒，必是人情不在家，门外边又没把挂儿挂。好教人参想不透，多管是厌恶这老达。

张老说冻死了！你快叫！

上下一堆破铺衬，西北风好难禁，牙巴骨打的浑身困。还不瞒墙着实叫，堪堪就死命难存，发脾寒冷的还成阵。我若在墙边冻死，您两个怎辨清浑？

张大说你过来，我把这墙上撮过你去罢。张老说这墙老高低，怎么上的去？张大说多大高哩，过来你试试。果然把那张老挟起，往上一搁。张老说不好，不好！放下我来罢。张大又招下来，心焦说好恨人！你总是

个死狗，你好歹的拘巴着些。

使力气撮上墙，松松手往下张，真如死狗一般样。浑身像是没骨头，抗将起来软丢当，只待扑搨把你放。恨煞人不生不死，摊着你真是遭殃！

你还过来。张老哭说道我不上了！张大轮打着说好恨人！使的我喘吁吁的，他倒呕畜嗤起来。喃杀我了！你过来罢。张老只得又起来，着他携上去说上呀，上呀。拘巴着，拘巴着。张老也哏哏的使力气，张大说上去了没？张老说上来了。张大撒了手，着他横担着上头，张老喊道了不得！那边极深，过不去。你还扶我去罢。张大说我还不扶你哩。

休害怕莫心焦，只用你拘巴的牢，可在上头死声子叫。你就纵然过不去，也还捞着往里瞧，就掉休往外头掉。你在此从容叫罢，我可待扯腿开交。

达呀，你在这里罢，我待去哩。张老叫道俺达达，你休去了。没人答应黄天，黄天！这不去了么？大叫二小子，叫二子，快救人！你看何曾有个人儿？可死了，可死了！

过不去回不来，手合脚瞎蹬歪，似上竿又把解来卖。落了一口游游的气，墙头就是望乡台，这一个死法真奇怪。垒这墙使钱一吊，谁知你今日为灾。

黄天哪黄天！怎么就没个行人？

俩畜生这样诌，前生合我有冤仇，眼看就死谁人救。横死七十零二样，投井悬梁与坠楼，何曾听说在墙边受？就死在阴曹地府，只怕还没处收留。

却说王银匠忽然过来说生着一炉炭火，手拿一把铁钳，热糟长放在炉边；又把那粉土打礶，加上吹筒吹罢，往里常撒销铅，老了也抹他二三钱，因着这手儿扶惯。自家不是别人，县前王银匠便是。急急上城，看有花户倾销。前边是夏庄了。呀！那墙上不是一个人么？怎么在那些里叫唤？待俺看来。看了看说脚在这边，头在那边，这是何人？张老说大爷快救人！快救人！王银匠扶他下来，近前一认呀！这不是张大哥么？张老抬头说是王兄弟呢？银匠说这几年因你不出门了，我又忙，久不见了，你怎么这等？

相别了这几年，因穷忙没问安，乍见了模样不能辨。常时兄弟何等厚，那时你衣帽甚光鲜，怎么这样流丢烂？又因何爬墙蓦寨，在这里叫苦连天？

听的说两位令郎都极过的，你怎么这等？张老哭了说天哪，天哪！不着我那两位令郎，也到不了这个田地。一言难尽！

破衣衫破布裙，无秋夏无冬春，两个畜生全不问。今日该来这忍饿，送了我来不开门，大儿就教我爬墙稃。撮上我佯常去了，幸遇着救命恩人。

银匠说张大哥，还是你忒也囊包，怎么依他这等揉搓？

问他身从何处生？地土百亩有余零，当年都是你自家挣，难说济着他摆划？我合他大家过不成，大石头往他那锅里撕。不说你铺囊不济，怎怨那黄口成精？

张老说兄弟你不知道我哩么？罢了，罢了！

五十多抱娃娃，冬里枣夏里瓜，费了钱还怕他吃不下。惹的恼了掘坟顶，还抱到当道对人夸，说他巧嘴极会骂。惯搭的不通人性，到如今还说甚么！

如今这样冷，肚里又饥，我可往哪里去？可怜，可怜！

这一险可非轻，几乎把老命倾，遇着你也是前生幸。但是如今饥又冷，可往哪里去投生？叫皇天也叫不应。有心待投河上吊，千百世取笑亲朋。

银匠说极好！那像是一个卖饭的来了。点手说这里来。那人果然挑来。银匠说是卖扁食的王二呢。你待上城么？王二说是。银匠说我先给你发发市，盛一碗给张大爷。王二盛上又待盛。银匠说休盛了，我上城里照顾你去罢。张老自家一连吃了三碗。银匠又让，张老说饱极了。

头一碗在心间，第二碗到下边，第三碗止了浑身战。救了残生还取扰，恩情难报重如山！这一别未必重相见。且坐在太阳下守候，他这门必不常关。

银匠数上钱，打发卖饭的去了。说张大哥，你不如还上大令郎家去罢。张老说他怎肯收留？银匠说你既饱了，且找个避风去处坐一坐，且慢慢归家，情管我着他两个争着事奉你。

叫一声张大哥，日头高还暖和，你这肚里又不饿。你在路上慢慢走，避风的去处好磨陀，到家就是晌午错。情管那令郎欢喜，都争着把你养活。

张老说你不知那两个畜生劝化不的，你有甚么妙法？银匠又说你不要管我。拱一拱说咱别了罢。那庙里有个老道士，你且去合他扳话，任拘见谁，可休说撞着我来。张老点点头去了。银匠长吁了一口气说这是我的个老朋友，如今受这样苦楚！哎，人待生儿做甚么！

落了草叫谨谨，摸摸有腠甚喜欢，细想来也是精扯淡。不过指望下半世，依着儿家过几年，似张哥可要儿何干？既挣下几亩好地，到老来愁甚么吃穿？

我有个法子，把这两个禽兽唠一唠。来此已是张大家，待俺叫一声：张大官人，大官人。张大出来说王大叔，你无事不来。银匠说敬访令尊。张大说今日上舍弟家去了，有甚么话说？银匠说也没有甚么大事，就是令尊那二年，三十两、二十两，一年十数回去敝铺倾销。因着相好，二三年并不曾给我火钱，打算起来，有好几吊钱。往常时还每日见他，这二年全不见他了，我近来生意又淡薄，我待找他把那帐目筭筭。

从前不曾问一声，只为十年兄弟情，争奈如今手里空。每日待合他筭一筭，他又多时不进城，今日闲过来蹭一蹭。兄弟们厚是极厚，财帛上也要分明。

张大大惊说哎呀！他化了多少银子？银匠说零零碎碎也不大记的，有账可查。张大说请里边坐坐。银匠说多谢罢！令尊既在令弟那里，我就上那里找他。拱了拱去了，张大笑进来叫小瓦瓿，李氏出来问你叫甚的？张大点手说来，咱商议商议。

这人也没处猜，谁想咱爹有钱财，化锞儿欠下倾销债。家里的财神不供养，把他简慢又蹬开，这是嘲呀可是怪？咱不如从此孝敬，哄着他掘将出来。

李氏说谁说！每日穷的合那破八万那似的，他那里的钱？张大说现成王银匠来问他要火钱。李氏说既这等还不快找他，看他到别处着人唠去了。张大忙忙去讫

俺达是个老精灵，腰里银钱上秤称，以往从前真失敬。二弟若还知道了，他那哄法比我能，他就有点贪心病。我先把财神扯到，任凭他怎么相争。

却说张老从庙里出来说合那老道士闲谈烤火，直到如今，那扁食渐渐没上来了。不免去找那大畜生，单着看王兄弟戏法何如。

扶拄杖往家行，不知方法灵不灵，单指望妙法真灵应。若是魇殃不大巧，这里跐来那里蹬，裂璺里耽误杀残生命。说不的老头命苦，再去求告第二的畜生。

张大走来，父子相遇。张大说呀！你如何在此？张老说他不开门，我安心还去找你。张大说极好，极好！我不放心，正要去找你，咱就回

去罢。

我刚才到了家，略把那家务查，心里到底放不下。急忙跑来要去看二弟，今日太大差，爹爹该把畜生骂。从今后我就养老，又何必再去求他？

父子回来不提，却说张二夫妻在家听的没人做声，张二摆手笑道妙妙，都去了，多亏娘子用计。天已晌午，我去开门。却说王银匠走来，正遇着张二出来。张二拱拱说大叔么，一向少会。那里去？银匠说敬访尊翁。才令兄说来了这边，在家么？张二说不曾来的。银匠说这就奇了。

原是来问问安，也不是敬要钱，何妨出来同相见？那边找说在这里，这里又说在那边，胡推脱安心把我骗。到不如明说没有，看的见那三吊两千。

张二说什么钱？银匠说年化银子，该下了几吊火钱，因着相好，并不曾开口，怎么连面不见？每哩见我待啃你一口不成么？好笑人！张二说岂敢，岂敢！实落不曾来。拘么请且去，我就去问。

合贱荆去探亲，刚刚的到家门，还不曾去把家兄问。为着该钱就不敢见，家父不是这样人，既相交怎么不相信？你过日从容细访，若扯谎怎见乡邻。

银匠说原不在钱，既不在家，咱别了罢。张二回家合婆子说咱可把财神打退了！老婆说怎么说？张二说谁想咱爹满有钱。

王银匠到这边，来找他要火钱，化锞儿欠下他钱几串，银子不曾使出去，必然埋在那墙间，他喜了宝贝才出现。休着咱哥家哄去，孝顺他咱要当先。

老婆说是是，快去，不要迟了！

诗曰：为人一念最公平，养老从来不肯争；

今日不依别处去，不因家父为“家兄”。

第三回

安饱惊梦

张大扶着张老到了家，李氏迎出来说咱爹来了么？那屋里生上火了，着咱爹烤烤。这天这样冷，你这身棉袍子着咱爹穿着。张大接过来，给他套上，又说看咱爹饿了，快拿饭来。

【耍孩儿】这天是甚么天，把炕上铺下毡，火少还得加上炭。看咱爹爹肚里饿，快打鸡子用油煎，吃点儿且把饥来垫。倒上酒顿的滚热，咱给爹汤汤风寒。

两口子顿酒扇火忙成块，才斟上吃了一盅，张二跑进来说我没听的怎么就来了？俺爹放下盅子，咱去罢。张大说既回来了，在我这里合那里一样。

叫二弟听我言：这里如同在那边，我合你何争这几顿饭？咱爹刚吃一盅酒，烤着火才不战战，怎么又叫他把身欠？你叫他他也不去，你何必苦死歪缠？

张老说我才暖和过来，且在这里罢。张二说咱去罢，多拘远哩？

今日是我的正轮，你怎么不动身？俺哥的话儿休听信。我那里杀鸡顿下酒，生着木炭一大盆，若不好就把我打一顿。俺爹爹咱就去罢，不必还留恋因循。

张大焦了说精狗屁圈子！你早做甚么来？今早晨没去么？

你说的是狗屁圈，今早送去把门关，大喝叫只推听不见。寻思一回无计奈，才领着咱爹又回还，生炉顿酒做下饭。刚刚的温了一霎才,又来巧语花言。

张二也恼了说老是大家的老,偏你就孝顺?

偶然吃酒醉昏昏,并不知你去叫门,开了门全然没音信。谁想着你把持着,咱爹不敢动动身,这个心眼不敢问。只管你低三下四,把恶名丢与别人。

俺爹咱还是去。张老说我穿着他这袍子怎么去?张二说你穿了去,咱给他送回来,我有衣裳你穿。张老起来说不着我就合他去。张大拉着说去怎的!张二往外拉,张大就往里拉,一个说是休去,一个说定是去。把老头几乎挣倒

老头子喘吁吁,拉的我没是处,起来站也站不住。两个齐往两下里挣,好像挣着个老叫驴,叫我可往那里去?你听我讲个道理,何必似拉狗拖猪。

两个才住下说爹吩咐是该怎么样?张老说依我说,今日该小二子养活我,我不如跟了他去,还照常半月一轮。

我的儿你是听:这里拉那里争,夺来夺去何时定,不如照常半个月,按期交代甚公平,好歹只在各人敬。我初一若还不去,差一日这账难清。

张大说就是这等。但只是天冷,爹又饿了,忒也难为。张二说不过半里路,一霎到了。张二扶着出门去了。张老说穿着这件衣服,果然走着不冷了。

今清晨来一遭,几乎冻的直了腰,棉衣和暖真么妙。你看走了半里路,浑身热气到脚梢,就是这腚上还不妙。若是再添上棉裤,只怕要火晕杀了!

张二说这件旧袍子穿了几年了,也是看的见的。你看我扎挂的你一崭新。

外头袍子虽囫囵，边上漏着破铺衬，旧衣裳穿上还不趁。看我不出五日里，着你表里一崭新，看比这个俊不俊？马前刀他还会要，俺哥哥并不是人。

张二扶着张老来到家，赵氏笑出来说怎么来到如今？鸡也烂了，饼也冷了，酒顿了两三回了，炉子旺旺的。且坐下烤烤呀，咱爹这袍子是谁的？张二说是咱哥的。老婆说岑杀那我！吊脸打胯的，就给老的们穿么？

休说是件旧衣，七长八短不整齐，穿上就有些歪汉气。老人家衣服要会做，棉的极厚要炟皮，褙里宽快才如意。我看着你那绢袄，炟爹穿着肥瘦相宜。

张二说快拿饭来！老婆提着酒，端着东西来。张老说我能吃多少，就费这么些事？老婆说有嗄给爹吃哩。

俺嫂子漫会唠，我老实不会叨，谁能弄那花花哨。咱家虽没好的吃，或是热面或冷酒淘，爹爹待吃就开口要。早合晚没甚么孝顺，但只是不敢辞劳。

你劝咱爹再吃杯酒。张老说我酒饭都勾了，您拾掇了家伙，天色已晚，各人去歇息的罢。我饱了，再坐坐。张二说我等爹睡了去。

我等着爹爹眠，盖盖被把灯端，溺土墼儿拿来我可散。张老说不必呀。把灯安在床头上，夜壶放在我床前，坐坐睡了极方便。张二说就是这等。俺两个把门掩上，到天明再来问安。

张二夫妻去了。张老说奇哉，怪哉！怎么两个儿、两个媳妇，都孝顺起来了？

细想来好蹊跷，怎么术法这样高，忤逆儿一霎变成孝？当时饿死没人理，酒肉而今大口叨，不懂的这是甚么窍。忽经着儿家供养，只觉着意乱心摇。

夜已深了，睡了罢。上了床把腰一伸好自在，这样暖。

每日愁到晚来，似母猪把糠筛，虽战战并不敢高声哐。半夜转了腿肚子，脚头冰凉舒不开，土炕上铺着席一块。倒不想日出遭劫，日未落得其所哉。

夜有三更，不免卧倒，敧下说好自在呀。打了两声鼾睡。忽然做梦，见张大进来，便问来做甚么？张大说我那袍子，就许你常穿哩么？

我昨日那身袍，你别要穿坏了，我今竟来问你要。给你遮寒原是好，怎么着人把俺诮，拿来罢休被人家笑。他给你做了好的，我定然剥来撕了。

张老起来说你休听人瞎话。我穿着一路没冷，感念不尽。您二弟给我做了棉袄，不省你的么？正说着，张二拿进衣服来说这是俺媳妇做的，你试试。

我费钱三大千，敬做来给爹穿，表里都是紬合绢。儿妇虽然端相着做，可还不知窄合宽，穿上可教旁人看。虽不是蟒龙缎子，也比那粗布光鲜。

张大大怒说你当面来形容我，咱只裂了！张老才待穿，被他一把夺过去裂了。张二说我也裂了你的。把老张顿了一跌，剥下来就裂，张大来夺，张二把他推倒，按住就打。张老拉不开说反了，反了！

他虽然大不通，到底是你的兄，怎使的按倒只管挺，哥打兄弟从来有，兄弟打哥罪不轻，村牛真不通人性，告到官三十大板，押你去流徙边城！

张二放手，张大跑了。张二说老头子，你说他不该打么？原是为你，你还向他。你宜量甚么好，穿的这袄给我脱下来！张老说你待教我穿甚么？张二气冲冲的说还穿你那破铺衬哩。一把抓住，剥将下来。

老头儿你瞎发威，不论个是合非，他不过比我大几岁。他那心肠极可恨，你不说道着实捶，倒给我一个充军罪。该把你削个罄净，还叫你像似破贼！

张二把老子推倒在床上，剥着去了，张老倚着大叫冻杀我了。

张二端出火来说天已明上来了，看老头害冷，先送些火去。呀，里边嗰叫甚么？待俺推门去看。张老又叫冻煞了！张二近前说火在此。张老翻身哎呀，哎呀！原来是个怪梦。

甚暖和睡酶酶，最自在是今宵，一宿共做一大觉。忽梦见您弟兄俩，把我剥的赤条条，床上不觉死声子叫。忽被你一声惊醒，到而今冷汗还浇。

张二说这是胡突梦。正说着，张大送衣服来，说咱爹还没起来么？张二问甚么衣服？张大说您嫂子怕咱爹起来害冷，做了个棉裤。张二说这里已是裁了，你又送来。

夜来时做饭忙，到晚来趁灯光，才把棉裤裁停当。你做出来先送到，俺家那个叠在床，将来那里去发放？你再来做鞋做袜，也还该犯个商量。

其余别的，再休送来了。张大去了。张老起来穿上，笑说乍穿棉裤，休火晕了。

破单衣合我熟，久下来妄想全无，并不知世间有棉裤，忽然穿上浑身热，好似今日入了伏，腰也伸，不像弯弯木。不觉的浑身通泰，说什么皮袄貂狐。

张二出来想了一想说老头这样欢喜，等我套弄他套弄。回过头来说你看我呀，就忘了合爹说，王银匠来要钱。张老说甚么钱？张二说是火钱。

那一日靸着鞋，跑出去把门开，王银匠已在门儿外。他说火钱五六吊，至到而今把他该，没钱使上门来索债。我说道爹不在此，他说是改日还来。

张老转身说哦哦,这两个行子是敬我有钱。是了,是了。回头说王银匠这样可恶!他使的我的银钱无数,我不问他要,他倒问我要起来了。

王银匠不是人,使我钱借我银,十年我并不曾问。因着合他常相处,该钱也无个账目存,这一来教人心不愤。若不是有些话说,怎依我欠到而今。

我近中捎个帖子给他,看他有何话讲。张二转身笑说这老头真果有钱。回过头来说俺爹,你化的那锞儿呢?张老说你问他怎的?

休说我穷断根,纵然有几两银,我还不使你何须问。七八十亩田地还好过,我又别没有子合孙,就有银留着好出殡。况您俩日生也便,又不曾女嫁男婚。

张二转身说老头子斤节的紧,我看他扁了那里去?哈哈!出门去了。张老说平生不会撒谎,今日反懵自己的儿子,讨愧的紧,可笑的紧!

诗曰:软弱无能一老头,全凭诓赚我儿流;
　　虽然饱暖浑身妙,四顾无人暗暗羞。

第四回

痴儿失望

张老出来,衣帽齐整,手扶拄杖说两个儿争着孝顺,不觉三年,老来可谓享福。但只是早晨肉面,晌午鸡汤,吃着有些覥腆;冬日丝棉,夏日葛布，穿着只是心惊。每日在闪电影里存身，半虚空中度日，可笑人也！

【耍孩儿】他原是敬财神，不是为孝父亲，受了孝养心还恨。但我合他是父子，哄着他朝夕尽殷勤，情上虽该理不顺。讨愧处三年尽孝，临作别并无分文。

哎！我也曾挣过银子，早知道真么中用，怎么不藏下几两？

原该埋下几两银，老来衰惫靠别人，他就养活也有点劲。若还到了百年后，拿将出来按份分，大家光降情理顺。我如今才会做老，又待去脱生儿孙。

连日饭也不待吃，四肢无力，想是也不久了。设或问我要钱，给他什么？

跺跺脚皱皱眉，这时节好难为，临终还把神思费。说一声身上不大好，都来要钱挤成堆，有与无可把何词对？若还是说声没有，未必不焚骨扬灰！

张大出来问爹这两日吃的饭不济，病了么？张老说觉着头沉脚重。

这两日懒动身，头也重脚也沉，坐床头忽然晕一阵。终日不吃也不想，吃是勉强打精神，手脚酸只觉浑身困。好像是饮酒过醉，整日家闷闷昏昏。

你看又晕起来了！正说着，倒在地下。张大大叫瓦瓻快来！李氏出来忙问怎么来？张大说快来！咱爹倒了！咱架他去卧床上。两个架到床上捶了捶才又醒了。哐哼，张大说好了，好了！

忽然间发个昏，一脚跌在地埃尘，病如墙倒没音信。若还跌倒没人见，此时久已见阎君，那财帛可向何人问？几乎把三年养育，都成了枉费辛勤！

张二领了个人来说今日该我养活父亲。前日说身上不快活，我雇了个人来，好架他去。也进来看见说咱爹不好么？张大说才不着我合您嫂子，如今已完了事了。

忽然间就昏迷，头也折腰也直，一跌仰在平川地。我才叫您大嫂嫂，抬上床来并不知，捶了捶方才有了气。到如今不言不语，瞑着眼一似呆痴。

张二说我抬了他去罢。张大说好不通！这样病怎么敢抬！

二兄弟大不通，病人昏愦眼朦胧，刚还魂怎么敢惊动？一口气不来瓜打了，竹篮打水落了空，可才大家没蛇弄。脱不过不吃甚么，我劝你暂且从容。

张二转身自思说若留在这里，我一脚不来，只怕他问问，可不全便宜了他么？还是抬去为妙。回过头来说我已是雇了人来，路又不远，连床抬去罢。张大说抬不的。张二说我只是抬。张大说我就不依你抬我的床。张二说我背了去。下手就把张老扶起，张大不依，一把按倒。张二又扶，张大又按，张老哐哼两声，合煞眼了。张大试了试说有什么气哩！拱了拱说请抬请抬。

骂畜生太不该，我说休抬只是抬，抬杀人待向何人赖？咱俩在旁且守候，扶正这头儿休叫歪，扶介，心头温还有魂灵在。只怕是一时昏去，待霎还醒将过来。

张二摸了摸说好，还温温哩！便指着数量起来

老头儿你太不通，或是银或是铜，你何曾漏出牙之缝？清晨后晌孝敬你，你一般脸上有笑容，怎么心眼全不动？你若还徉徜死，这口屋就是你坟茔。

张大说二弟，你好没良心！你原待抬了去，就死了，你还该抬去才是，怎么丢在这里，安心就把我这屋当了墓田？

老头子在这边，你怕他那银子把我偏，死活争着去管饭。一霎

作摆的没了气,你就安心不近前,这个心不是人来变。占的是我的房子,你敢说与你无干。

张二说你休焦,不许还活了么?还魂过来,我自然抬了去。张大上前把头掀起,往下一跌说看看,连头死了,还活那狗蛋哩!张二也掀起来一跌说可是呢!已是挺尸了,怎么处?张大说这怎么处?放声大哭我那银爷嘞,我那钱爷嘞,你疼煞我了耶!

细丝锞白生生,蹔到心没点铜,想你那模样心酸痛。死尸又不会说话,不知你埋在那个坑,好俺达望你来托梦。若是你不嘱咐两句,就死了俺也不疼。

我的银爷嘞!张二说咱也不必瞎哭。我如今想了一个计策,张大说甚么计策?张二说这也是望空打彩,可也未必不中用。

王银匠老獾叨,合咱爹久相交,头发根儿尽知道。老头合他常捣酒,又往铺里去倾销,必然还通些窍。咱就去找他敬问,未必不有点根苗。

张大说极是。你守着灵,我就去。张二说你居长,该守灵,我去罢。张大说你这么乖,不如咱同去。张二说就是这等,走走。飞走去了,张大说这脚上一个磨眼,你等我等。张二说你后边慢慢走罢。张大说看他弄鬼,疼不疼我舍命赶去。张二喘吁吁的说好了,到了。趁他赶不上我,我先问了,唠这狗头。回头一望呀,那是他来了。张大赶上喘成一块这十来里路跑乍了肺也!张二喘道你甚么要紧!咱且定定,好去叫门。

你说你害脚疼,如何不慢慢行?甚么要紧舍了命。张大说一行叫你等我等,你只扯腿一溜风,你那心不知待怎么用。我不如舍死赶上,并不敢撒溺出恭。

张二叫王大叔在家么?银匠出来问是哪个呀?原来是二位贤侄。

有甚么见教，令尊好么？张大说没了。银匠说几时没的？

那一回相别了，又在贵庄会一遭，以后再不曾领教。倒比常时着实胖，还像当年信口叨，夸奖您俩怎么孝。可不知几时得病，就忽然大限难逃。

张大说没什么大病，今早就不在了。银匠说哎呀，新倒了头，还不守灵，找我有甚么话说。哦，是了。

莫不是没有棺，待出买又少钱，借重我这老体面？就有这样要紧事，也该着一个守灵前，怎么两个齐奔窜？这其间必有缘故，倒叫人惊怪难安。

张大说材合坟都是先父自己治下的。银匠说既这等，找我怎么？张大说因着先父有几两银子，忽然死了，全没吩咐，寻思王大叔必然晓得。

您两是一人，又每日去化银，必然你知道信。朝朝饮酒谈心腹，细话从来不昧音，想到这才来把你问。若还是有点鲋伏眼，俺两个好去跟寻。

银匠说原来为此么？俺俩个虽厚，他埋下东西怎么有对我说的？但只寄在外边的我都晓得。给人钱都是同着我交的，要了来还够您过的。

这浮财也还多，当日文书一大箩，有中人到底还不错。但这些人做生意，朝朝南北去奔波，家中并没有人一个。方且是停丧在地，怎使的合人闹呵？

这几年我听的说，令尊也没钱，只怕要去使了。张大说并不曾。银匠说只是如今要不的账。您好生去发丧，那该钱的都是体面人，见您兄弟还成个局面，自然不好赖您的。

你好生去发丧，扎挂的自家面有光，费俩钱也还有名望。人见你弄的不精致，就说不是好儿郎，该您钱他也背了鞅。只顾去经营丧事，到殡后咱再商量。

只在您自家立体面。我待留二位坐坐，这是什么时节，请了，请了。两个慢慢往家走，说他方才说的也是。若是咱鼻塌嘴歪的，谁还给钱？

叫二弟你听知：这丧事待整齐，每人破上十亩地。坟合棺材都有了，扎些棚彩与旛旗，台前一个猪羊祭。雇几个礼生喝礼，两小吊五百四十。

张二说这不来家么？大哥你就守灵，咱指地作保，去王十万家取一宗钱，咱过了丧要钱来还他。张二去了，李氏出来说你往那里去来？

你好似长嗓黄，把个尸丢在床，不知你上那里踋。他二婶子来家见我，我才听说跑慌张，俺俩叫人停拨上。现如今占着口屋，该商议怎么出丧。

张大说亏承，亏承。李氏说他二叔呢？张大说他去取钱来发丧。赵氏呼跑出来说俺哥你还该下一个主意，取甚么钱？

清晨肉晌午鸡，每日像贼吃食，丝毫何曾得他济？单单指望他一句话，他低着头子挺了尸，全不放个狗臭屁。只用根穿心杠子，他还算转了便宜。

张大说俺也不潮，这有个话说。

王银匠向我言，人家使着咱大些钱，他说该弄个虚体面。灰毛乌嘴不成事，人就把咱下眼看，待还钱也把卦儿变。咱如今费钱几吊，这里头本利兼全。

李氏两个才欢喜了说这还罢了。一个说既这等，我还得缝个塌头。一个说还得搓根麻绳。

服侍了二三年，指望他有俩钱，临了半个钱没见。一眼看见恨一个死，俺俩适才把心安，浑身衣服全不变。这等说恸与不恸，还只得淌淌邪涎。

张二来了。张大说怎么来到如今？张二说取了三十两银子，我已是分给了您丈人和您大舅子去替咱干事，早抬出去，好去做正事。

咱大家昼夜忙，就排七出了丧，事完咱好去要账。近来白黑常打算，我要盖个合套房，上一个监生好游荡。你识字买个秀才，隔住板好上公堂。

你说何如？张大说也好。张二指着他三人说都听着。

他也忙我也忙，我也忙他也忙，太行山大家一齐上。等那亲戚们回了话，扎上麻绳就出丧，抬出去完了一天的账。若还得财帛到手，咱从此大弄咚噎。

我这心里急，再去各处催催。出门去了。张大说我也忙我的。李氏说您二婶子咱可好了。

您二叔志气高，铺排着进个学，秀才娘子也英耀。不识字的上了监，州同的奶奶尽你摇，雇上人打伞还抬轿。咱县里又没乡宦，羊群里跑出驴号。

可不知上了监，人叫咱甚么？赵氏说如今都是叫爷，叫奶奶，打伞坐轿就合那真果的一样，尊着呢。李氏说谁说？赵氏说你没见，且是还有前后补子的哩。

叫老爷是尊称，添上个大字更中听，何年曾奉朝廷命。新中了进士称了老，撇下个爷说与监生，他既哪，咱就往前蹭，待几年州同越大，把阁老挨做了孤穷。

李氏说既真么大，俺也做监生，那秀才鸱头抉腚的不做他。赵氏说你没见，如今那管秀才的学官，一多半子不识字。他大爷若做了秀才，俺还管着您了。

方且是进了学，那教官才出饿牢，他就把你头啃吊。一千才依填打上，白眉扯眼不害嚣，生纂出名色问你要。倒不如监生自在，省了那混账杂毛。

正说着，张二回来了，叫哥哥，咱收拾起灵，一天大事都停当了。果然旗旐招展，起了灵前头报道到了茔了。张二说就休停下，安了葬罢。一些人下葬。张二说着人培坟，咱且做咱的去。又说赵氏您三个在后边慢慢走罢，俺等不的。忙忙走了。却说王银匠要来送丧说张老兄是个老朋友，今日出殡不免去送送。

老朋友七八十，又受冻又忍饥，方法灵才叫他得了地。死了又落在儿子手，两儿体面全不知，只得又用牢笼计。今日来茔前送送，作一个生死别离。

张大二人正跑着，手打凉棚说呀，那不王银匠来了？到了跟前，问王叔那去？银匠说敬来送殡。张大说下了葬了。银匠说怎么这样快？张大说俺正待奉访。银匠说甚么事？张二说你忘了么？银匠说我忘了。张二又笑

家父如今死去了，该银都是手亲交，你原说丧后来计较。你做中人有证佐，差错没有半分毫，说是谁咱好问他要。王大叔陪俺走走，老人家想不辞劳。

银匠哈哈大笑说二位待要银子？甚么银子？桃仁子？杏仁子？

您两个不成人，全不知养父亲，倒了头还怕您不出殡。我才用个牢笼计，哄着您俩去做一个人，说银钱是我瞎胡混。二巴喇该您账目，对您说请去登门。

两个沉了沉，说你怎么唠俺？银匠又哈哈大笑说得罪，得罪！

两贤侄您是听：我虽老的没正经，哄杀人从来不偿命。不曾哄

着你敬俺老，又不曾哄着你跳枯井，这一哄才略略通人性。您二位歇息去罢，我还要敬去陪情。

两个大怒说每日叫你叔，那狗叔、驴叔、杂毛材料，混账物囊！银匠说这不骂起来了？张二说骂你值甚么！

想一想咬碎牙，你望俺倾了家，老贼可恨忒奸诈！唠着年年费家当，发丧又叫俺弄光滑，百石粮食费不下。要合你舍死对命，我就说骂你没查。

银匠说好禽兽，你待打我不成么！蹦了一头去。两个就待动手，旁里一大些人拉着。不一时，李氏三个来了，问怎么说？张二说这就是王银匠。

王银匠老奸贼，咱吃他三年亏，哄着咱把钱来费。如今银钱都是谎，问着只把眼儿白，哄人该问甚么罪？该合他见见官府，辨一个谁是谁非。

赵氏说咱裂了他罢！众人又推着，银匠说一个老头子，禁您老婆汉子甚么打。您既待合我见官哩，恰好官待下来去东庄相尸，咱就着见见罢了。

不肖的俩畜生，饿的您达唓哼哼，墙头上几乎送了命。这样行子真畜类，好话劝你必不听，才唠着你把父亲敬。恰好您老婆俱在，咱着官断个分明。

两个妇人说老忘八！老婆那里有你叫的？咱就见见官。正说着，果然官来了。一霎到了跟前，两个老婆就叫皇官住下。官问甚么人？答应是张大张二的妻小。

大老爷是青天，合家不足两顷田，可恨银匠把俺骗。官问，他怎么骗你来？家里一个老头子，饥饱与他嗄相干？他调唆不吃家常饭。你不给他吃不的么？他却又千般哄诱，着俺去里头把钱转。官又问他，怎么哄你来呢？他说俺公公有大钱，死后全然没一言，他又说账目有千万。你怎么着来？听着他事事弄齐整，又称了漆来漆了棺，光粮食粜了五十石。后来呢？临了是分文无有，吃的亏叫人难堪。

官问银匠你因甚么哄人？

他把个老子搁墙头，浑身都是烂流丢，一家全是真禽兽！若不将银钱打动他，好话怎能劝回头？张老也活不到八十六。全凭着老婆出马，拦住路合我为仇。

官说你起去罢，与你无干。给我把两个不孝的奴才，每人三十大板；两个不贤的妇人，每人一拶子，一百撺。那皂隶喊了一声，先打了汉子，后拶了老婆，官才去了。一家人叫苦连天，哐哼成块。张大说好打，好打！

那官府忒也偏，一打几乎到九泉，好胡突并不听人辨。二弟，你不相干么？我这腿像有个虾蟆肚，得找外科马寿先，长到三十谁经惯。哥哥，你呢？这一霎恶心疼痛，只觉着口涩舌干。

李氏说哎呀，疼死我也！

我从来不怕谁，打就打捶就捶，这一遭可把胆来碎！您二婶子，你还好么？十个指头露着骨，好似心里扎一锥，浑身疼痛连肝肺。嫂嫂，你呢？手子里全没皮肉，不由人裂嘴攒眉。

张大说小瓦瓯，给我擦擦腿上这血。瓦瓯子说俺不，怪脏的。张大说小杂羔子气煞我！我到家漫打你！瓦瓯子说俺爷爷长疮霎，叫你给他看看，你就没嫌脏么？正眼不理么？怎么这个就待打人？张大哐哼着说我做下样子了。我对你说，休学我了，我这就不是样子么？

往上看有双亲，往下看有儿孙，我不好后代越发甚。指望他到家服事我，谁想他事事要学人，坏了腿还有谁来问？腚虽疼有点好处，也着那后代惊心。

四口子都说这个行子好可恶，几时的事他还记着。

【劈破玉】小瓦瓯不过才十来多岁，已下手把样子描了两画，想是那小心眼诸般学会。你可前半截学伶俐，后半截学吃亏。你若是学的像了，你可预先里烂下腿。

张大哎哟受打捱捶为什么？张二哎哟皮开肉绽血成洼。李氏哎哟天爷！说道还轻处。赵氏哎哟又积作下个堂前忤逆达。暱哼瘸跛并下

姑妇曲

第一回
孝子出妻

诗曰：二十余年老友人，买来蒙婢乐萱亲；

惟编姑妇一般曲，借尔弦歌劝内宾。

【西江月】家中诸人好做，惟有婆婆极难：管家三日狗也嫌，惹的人人埋怨。十个媳妇相遇，九个说婆婆罪愆；惟有一个他不言，却是死了没见。

人家众口难调，这做婆婆的极难。儿孙是自己生的，还要七拗八挣的；何况媳妇是四山五岳之人，相逢一处。仗着那好爷娘从小教诲，那里有天生贤的呢？还有四句歪诗：

媳妇从来孝顺难，婆婆休当等闲看；自此若有豺狼出，方识从前大妇贤。

这是咱说：天下有一等不良的人家，有那贤惠媳妇，事奉的痒也挠不的，只是嫌不好；又遇着搅家不良的歪货，处治的不干不净的，才道我那是个贤惠媳妇。你看，这不是个愚人么？

【劈破玉】必然是前世阴德无量，今世里才遭着媳妇贤良。这样福合佛一样，不知好合歹，拿着当寻常；只等的歪揣货儿话出，这才把君子想。

这有个故事，也是说婆婆，也是说媳妇，编了一套“十样锦”的曲儿，名为《姑妇曲》。因四川重庆府有一个秀才，姓安，名大成；兄弟是二成。他老子是举人，早死了。他母亲于氏。二成还小；大成娶了个媳妇，姓陈，名叫珊瑚，是个秀才的女儿，又知礼，又孝顺，模样又好。

【劈破玉】好一个俊媳妇风流不过，穿上件粗布衣就似蝉娥；又孝顺又知礼，一点儿不错。不说他为人好，方且是活路多：爬灰扫地，洗碗刷锅，大裁小铰，扫碾打罗；喂鸡喂狗，喂鸭喂鹅，冬里牪猪五口，夏里养蚕十箔；黑夜纺棉织布，白日刺绣绫罗；五更梳头净面，早早伺候婆婆。亲戚朋友听着，邻舍百家看着，都说道这么个媳妇，就是那扬州的琼花，真正是找遍天下无二朵！

珊瑚自从过门，无所不做；且是性情又好，呼气来，呵气去的，就吆喝他两句，他也不使个性子。人人都说于氏有造化，就摊了真么一个贤惠媳妇。

【倒扳桨】媳妇终日不从容，婆婆闲的皮也疼，不知心里还待咋，终朝吵骂不停声；不停声，好难听，人人说是糊突虫。

一日，安大成有病，不曾起来，珊瑚还照寻常的规矩，早早起来，梳的光头面净，去伺候婆婆。到了门外，于氏不曾起来，等了噪子，二成才开了门。于氏才起来，一眼看见珊瑚，那脸上就有些怒色。

【倒扳桨】早儿新妆下镜台，停停久候寝门开，进门先看婆婆面，恶气冲冲怒满腮；怒满腮，自疑猜，不知又是为何来。

珊瑚看出他怒来，却不知其故。到了房里，给他端了尿盆子去,又上床待去给他梳头。于氏推了一把,没好气说:“我不希罕你!”珊瑚在旁里站着,看他那脸。于氏说:“你扎挂的合妖精似的,你去给那病人看的,只顾在这里做嗄哩?”珊瑚才知道是嗔他扎挂,就出去了。

【倒扳桨】珊瑚随即进房来,脱了衣裳换了鞋,落了鬅头洗了粉,去了裙子掩掩怀;掩掩怀,插金钗,未照菱花鬏髻儿歪。

珊瑚换了衣妆,又来到婆婆房里。于氏方才洗脸,流水找着手巾,拿在手里伺候着。于氏洗完,从珊瑚手里一把夺过来,甚不自在。

【倒扳桨】手巾一把夺过来,容颜老大不自在,珊瑚在旁不敢去,低头无语暗徘徊;暗徘徊,好难猜,单等着婆婆说出来。

珊瑚不敢去了,只顾站着。于氏拭了脸,劈珊瑚瓜的声一耳根子,说:“我看不上你乜脏样!”珊瑚又不敢问是为什么,待了一会才说:“你说罢,就要赌气了么?”

【跌落金钱】珊瑚两眼泪撒撒,说娘方才怒气加,亲娘呀,我还不知是为嗄。娘道不是该这么,我就回房换了他,亲娘呀,谁敢在你身上诈?这身衣服不堪夸,穿着做饭纺棉花,亲娘呀,不是因着那句话,刚才算计一时差。我的不是说什么,亲娘呀,望你宽洪担待罢。

于氏不待看也不待听,黄天黑地的蹦起头来了。安大成平日极孝,正卧着,听见他娘吵骂,扎挣起来,流水来问:“娘是为嗄来?”于氏也告诉不出口来,只是鬅松着那头哭骂。珊瑚还要来表白,大成说:“你还不跪下?你说甚么话!”珊瑚就流水跪下了。

【跌落金钱】大成说他一二十,一点人情全不知,亲娘呀,终朝惹的长生气。为人全不识高低,亲娘呀,你可看了是合谁?贱人呀,怎么要说你自家?只是该拿他当粪堆,休要为他气着你,亲娘呀,你可暂且消消气。看这一样揣东西，不宜量好说只宜量捶。贱人呀，气着娘你该甚么罪？

大成巴数了一阵，墙上挂着一支鞭子，拿下来把珊瑚打了几下子，于氏那气才略消了。又怕使着他娘，才吩咐散了。

【银纽丝】于夫人此时运正也么高，尽着你歪揣济着你叨；若遇着妇不贤良儿又浑，要再不孝顺，一溜子把气淘，有理还着你没处告。媳妇肯将鞭子敲？夫妻恩爱为娘抛，我的天，孝天生，可是天生孝。

于氏自那日以后，越发厌恶珊瑚，来到近前，一句好气也没有。珊瑚起来，依旧梳一个不丑不俊的头，披上一件不脏不净的衣裳，换上一双不新不旧的鞋，照常的伺候。

【银纽丝】没人处寻思双泪也么涟，不晴不雨的奈何天。好可怜，翻贴门神左右难：丑了怕你恼，俊了你又嫌，就是这模样难更变。满肚冤屈对谁言？心里的苦水变成酸，我的天，叹见人，好叫人叹见！

那一日，大成生了噪子气，直挣子一身汗，他病到好了。知道他娘厌恶珊瑚，也就躲出去别处宿卧，他娘知道他也不爱珊瑚。

【呀呀油】别珊瑚，别珊瑚，从此分开两下里孤，这家子独一床，那一家另一铺。别珊瑚，别珊瑚，见了说笑都全无，一来是体娘的心，二来是解娘的怒。

待了半年，那于氏全感化不过来，比桑树，骂槐树，只是给珊瑚那不自在。见一个狗来，就骂："狗科子！你来人前里摇头摆尾的，装甚么俊哩？"见一个鸡来，就说："鸡科子！到几时杀了你，就说：这眼里才利亮了！"珊瑚只推不懂的。

女孩家，女孩家，孝顺贤良谁似他？分明是心灵通，只装着不懂话。责备自家，责备自家，照旧全无半点差。我尽了我的心，尽你怎么骂。

安大成每日见他娘全没个欢喜脸儿，便寻思：娶老婆原是成家人家，侍奉娘亲，既是母子不自在，要老婆怎的？写了休书，对珊瑚说："你不孝，着咱娘生气，我也没有那些气合你啕，不如休你去罢。这不，是休书！"

骂贱人，骂贱人，指望你来孝娘亲，你全然不听说，光合咱娘撒頡。疾忙起身，疾忙起身，拿着休书另嫁人。若还得娘喜，情愿打光棍。

那珊瑚也不接休书，也不做声，也不动弹。大成说："你待等着撵才走么？"珊瑚那眼里，清澌澌的掉下泪来。去给于氏磕了头，磕了起来说："娘真个待休了我么？"于氏说："我没造化情受不了你这个好媳妇，休去了也罢了！"

【叠断桥】泪珠儿抛，泪珠儿抛，恩情一笔尽勾消！双膝跪尘埃，哀哀的把娘叫：薄粥同熬，薄粥同熬，真个将奴休断了？这媳妇泪双双，那婆婆还激激笑。

珊瑚说："我来了三四年，在娘身上就没点好么？"于氏说："嗤！甚么情！"珊瑚没奈何，才拭了拭那泪，到了房里，取了一把剪子出来，又朝着大成拜了拜说："我身上一个针也没带着，留着等你娶了好婆子来，你可给他。惟有这把剪子，是从小使的，我拿了去罢。"

【罗江怨】可怜煞，陈珊瑚，拜了婆婆拜丈夫，满怀冤枉凭谁诉？痛煞了泪下眼枯，昏惨惨地黑天乌，替他叫屈的无其数。他婆婆眼里没珠，合媳妇恩义全无，生生赶出门儿去；只怕壶中酒无钱沽，锅里饭不能自熟，只得撅着老腚从头做。

珊瑚待走，安大成叫住房子的老王婆子，拿着那休书去送他。一路上不做声一声。老王说："俺大嫂你也不必恼甚么，一家好人家哩！有你这样人物，还愁没主么?”珊瑚说:“我也不愁没主，我就不家去了。”

【叠断桥】叫声老王，叫声老王，我的主意不还乡。既然出了门，我情着往前撞。兄弟爷娘，兄弟爷娘，我若成人他面有光；做不下媳妇来，嗄脸把家门上?

正说着，出了庄，老王方才待问他要往那里去。还没问出来，只见他抽出那剪子来，嗤的声照脖子一攮，就倒在地下。老王唬极了，说:“俺娘呵！这是怎么说!”才给他拔出那剪子来，那血往外直冒。

脚儿懒行，脚儿懒行，袖里抽出那剪子明，这回出门来，安心就不要命。嗤的一声，嗤的一声，一攮几乎丧残生！若是命还好，必有神合圣。

那庄东头有安大成异姓的大娘，姓何，老王跑到他家里，拿了块布子来，给他扎了。看了看，幸得刚搽着那气嗓头边儿。何大娘儿呀心肝的叫着，合老王扶到他家，着他卧了。说:“老王，你回去罢，着他且在这里罢。”

我的娇，我的娇，你的贤惠我尽知道。你怎么不怕死，就把残生拚?那老杂毛，那老杂毛，天就着你把他遭，也是你那辈子，有一点没修到。

且不说珊瑚养病，却说老王奔到家，安大成迎着说:“你来的怎么这样快?”老王细说了一遍。大成唬了一惊，嘱咐他休对他娘说。待了几日，打听珊瑚较好了，怕待的久了，弄的他娘知道，便上门去逐他。

着他开交，着他开交，仔顾在这窝藏着，恐怕久下来，弄的娘知道。寻思一遭，寻思一遭，怕见珊瑚又害嚣，不好到他家，只骑着门子叫。

安大成在门上呀了一声，何大娘出来见是他，笑了笑说："屋里没人，你来家呀。"大成说："罢呀。我对你说，珊瑚好了，你着他去罢。"何大娘说："你来家当面说说不的么？"

脓血成洼，脓血成洼，终朝每日买药搽；疮虽渐渐平，还没多吃点嗄。给我来家，给我来家，有的是你来有的是他，好歹当面言，何用人传话？

何大娘见大成不肯进去，就叫了一声。珊瑚慌忙出来，一眼看见他丈夫，低下头，一声不言语，那泪赶点子滴。

【房四娘】叹杀人小珊瑚，低着头哭乌乌；满怀冤苦言难诉，惟凭双泪向丈夫。头不抬，泪扑簌，腮边滚滚落红珠：千言万语说不了，冤到极时半句无。

大成说："你还不远走高飞，还哭甚么？"珊瑚也不做声。何大娘看了看，眼里流的都是血水，把袖子都沾了。劝道："我儿，你哭出血来了！休哭罢！"

大娘子不抬头，哭的天昏地也愁；一肚子血水没处出，变成清泪眼中流。安大成，怒不休，看见血水把心柔；不是强将酸水咽，几乎泪下不能收。

安大成原是来逐珊瑚，见了那血水，把逐他的言语一句也说不出来了。忽然一阵心酸，几乎吊下泪来，回过头去跑了。

逐珊瑚是本怀，见他血泪满心哀。此时若不回头走，怕被旁人看出来。

待了几日，不知是谁多嘴，那于夫人知道了，也竟不合安大成说，气冲冲的跑到何大娘家里。

于夫人甚不通，好好的媳妇不能容，家里气儿才生了，又要外头找气生。劝妇人，且消停，劝你不必怒冲冲，只怕我的这个主，他也不是省油灯。

何大娘见那于氏到了，说："贵人不踏贱地呀。"于氏说："你心昏么！人家休了的人，你每日窝藏着，还打乜是不知哩！"何大娘恼了，说："耶耶好奇呀！驼垛子的老驴上山——你捱霎着，又济着喘嗄粗气哩。那珊瑚罢，他是乜东人么？我有饭给他吃，我只顾留着他，你待咋着我罢？谁是恁那媳妇子，济你怎么揉搓哩？"

又不傻，又不潮，好媳妇你休去了，指出件不是还可笑。作弄的媳妇寻了死，你腆着狗脸不害嚣，贱东西也担不的媳妇孝。听的说人人痛骂，恨不能把你嚼了！

何大娘连骂带说，数喇了一阵，把于氏气的脸儿焦黄，便说："你真个不着珊瑚去么？"何大娘说："我已待着他去；你降着我撵他，我就只是不着他去！庄家老得罪着老龙王，只怕怪下来，不上俺那地里下雨的。"

老于婆，你实是歪，找上人家门子来。我可就不怕你怪！你家里降了外头找，我就是个难劈的柴。如今现有个珊瑚在，你既然骑锅厌灶，可就才知是发揣。

于氏气极了，见他凶凶的，却又不敢骂他，只说："扯甚么蛋哩！"何大娘说："我只说你扯蛋！你休了的人，还与你什么相干？我留的是陈家的闺女，留的不是安家的媳妇。"

【耍孩儿】叫老于你是听，找着我甚不通，你必然做了个不好的梦。我留的是陈氏女，安家媳妇我不曾。今日你把心错用，问问你有个说好，我就把姓氏全更。

他两个大吵大闹，那邻家都来看，可也没人劝他。何大娘说："我说还不为凭，您这众人们都不要昧心，恁说他好不好？"众人你看我，我看你，都不做声。何大娘说："就说呀，何妨呢？"

何大娘说话粗，您心有口全无，何必把那腔来做？但有一个说声好，我就叫他声于大姑，还要拜他个无其数。您若是昧心说话，就着他托生个珊瑚。

问了两遍，众人都抿着嘴笑。何大娘说："不做声就是了。"又向于氏说："你可寻思寻思。"于氏又气又羞，待往外走。何大娘说："你去罢。秕芝麻上不的锅炒——歇了还无了油水。"于氏一行走着发恨道："我定是着他试试，你慌嗄哩！"何大娘说："哎哟！裤裆里钻出个丑鬼来——你唬着我这腚垂子哩。"于氏说："咱待不见哩么？"何大娘说："铁鬼脸满墙挎——看丢出那丑来了，打杀人。我等着就是了！"于氏才去了。

【对玉环带清江引】这一回出来，安心把人找，肮脏气儿吃了一个饱，连骂又带诮，数瓜又数枣，扎的那横亏，一霎说不了。一行走着心里只暗恼，人人都说骂的好，也是现世报。每日是降人，日头又倒照，才知道抄不的家里的稿。

第二回

孝妇重还

先有一个磣妇歌，歌曰：

终朝每日数他磣，又遇着磣的比他狠，这一个磣的磣的紧，那一个磣的可才窘；上一个不磣你到允，只怕因着你磣他不肯。

不说于氏受气而去，且说珊瑚听的吵闹，索性藏了，只等于氏家去了才出来，便说："不可为我又着大娘生气。看生出事来了，我去罢。”何大娘说:“莫怕老母猪衔着象牙筷子——他就装煞,也是杀才,怕他怎的?”

【劈破玉】珊瑚说在这里隔着太近,明知道何大娘一片好心,着您俩犯争差于理不顺。那里生气你又恼,都是为我一个人。纵然是没甚么差池,何大娘,我这心里也不忍。

珊瑚坚执不肯住下。何大娘说:“我儿,你待家去着,我也不肯留你。”珊瑚说:“我不家去。俺婆婆有个姐姐,极好的个老人家,他在沈家庄住,他家里止有一个寡妇媳妇子,我往他家里去罢。”何大娘见留不住他,就借匹马来,送他去了。

辞别了何大娘,泪湿衫袖,必然是前世里打下佛头,今世里才教你无般不受。本庄里住不住,又沿地里将人投。好一个有志气的人儿,定不肯往他家里走。

这安家庄到沈家庄有二十五里,走到晌午才到了。问他门儿进去。沈大姨一眼看见,唬了一惊,说:“这怎么来到这里?”珊瑚一行磕下头去,那泪直流。沈大姨一行拉着他,说:“我儿,你怎么来?”珊瑚搽着泪,和他两姨嫂子拜了两拜,才一五一十的细说。

叫一声俺大姨你可没见,又不晴又不雨的皇天,又不知为甚么没处思念,千样的去伏侍,只是一个不喜欢。忽然间打了顿鞭子,您外甥立刻就把奴来撵。

沈大姨说:“你仔说,您二姨这杀才是乜人么!真么一个媳妇,是模样不好呀,是脚手不好呢?是不孝顺?这杀才是待死呀!”

常说你模样好,为人又孝敬,婆婆敬的是口也难学。他二姨这杀才,就真么无道,数样的替你做,自在的痒难挠,打退了这么个贤惠媳妇,只怕你点着灯还没处去找。

沈大姨骂了嗓子说:“好儿,你休恼,在这里宿了,我明日送你去。”珊瑚说：“大姨呀，我不回去，我就这里跟着你罢。”沈大姨叹了一声，说：“您婆婆论也难说话！你在这里待会子，我再瞧个空子合他说。”

论起来你今日不去也罢，随你的心从你的意就且住下。您婆婆委实的极难说话，他说声谬起来，信口子瞎胡吧。我这里瞧一个空儿，定然说他个无言答。

珊瑚说：“我也不肯吃大姨的饭。”沈大姨说：“我儿，你真么薄皮子，我就没有那顿饭你吃么？在你身上疼饭，就合您婆婆一样的人了。我可不是为外甥媳妇，我敬的是贤惠人儿。”

【倒扳桨】见你寻常百事佳，心里想念口里夸。就是外人不得地，也该把他拉到家；拉到家，用香茶，一日三时供养他。

不说珊瑚住下，针指度日。且说于氏受了气，哭到家，着安大成写呈子告他。大成见他娘气的着极，不敢劝他，满口应承。到了第二日清晨，才说：“昨日那件事，想了想，不必理他。”

为儿今夜细思量，妯娌相处是寻常，官府不肯处治他，惹的那泼势更猖狂；更猖狂，面不光，那倒越发气着娘；气着娘，不必忙，咱找法儿把他降；把他降，他休慌，咱定着珊瑚离了庄。

大成说：“娘不必急，咱从容找法治他，他着珊瑚去了就罢了。”他娘见说的极好，也就没做声。待了二日，打听珊瑚去了，流水跑来对他娘说，消他娘那气。

大成听说走慌忙，来说东头何大娘。他合母亲合气后，珊瑚已是离高庄；离高庄，虽猖狂，不必放在娘心上。

自从珊瑚去了，眼里倒也拔了钉子，可只是诸般的没人做。安大成怕劳着他娘，清晨起来，着二成扫地，自己去做饭。汉子家知道那饭怎么做？做的甚不相应。于氏只得撅着老腚去摆划。

清晨就去上锅台，添下一瓢水来，填上一把柴，绝顶的婆婆不待做，只待去做老蠢才；老蠢才，真是呆，自家扌多扌爰着漫自在。

待了一年多，每日娘们烧火剥葱，弄的娘们灰头土脸的。于氏平日自在惯了，觉着不大快活，便合大成商议："二成十四五了，他媳妇比他大两岁，合他丈人家说，咱娶了罢。"安大成说："极好。"

二成尽可做新郎，这话极好不用商。媳妇既然大两岁，必然学会做羹汤；做羹汤，替替娘，大家心里也安康。

却说二成他丈人家姓谢，是个生意人。他在臧姑县里住了几年，生了一女，名叫臧姑。大成托人合他说，一说就允了。且是不教他下礼，没消两月，就把臧姑娶来。

看了脸儿看身端，看了头发看金莲，都说模样看得过，怕的性情未必贤；未必贤，莫喜欢，冤家今日是第一天。

于氏看见媳妇，上下都看罢了，心里极喜。他娘家跟了一个人来，做了三日饭，去了。臧姑在房里坐着，等人伏侍他。于氏心里总不耐烦，也还说是初来，中了饭，二成端给他吃了。

媳妇三日不动弹，惹的婆婆不耐烦，还是初来合乍到，只得再等他两三天；两三天，往后看，只怕还弄出个故事尖。

只等了二三日，于氏看着不是长法，便到他那屋里，臧姑坐着也没欠身。

臧姑终日照红妆，不作生活不出房，常见家家要娶妇，只当是娶来要做娘；要做娘，气昂昂，婆婆亲来不下床。

于氏说："你还出来做点活路呀，光坐噪子是咋着？"臧姑瞅了一眼，粗声大气的说："我不会做活路！"于氏就没敢做声出来，合大成说："咱不是娶的媳妇，竟是娶了婆婆来哩！"

【跌落金钱】于氏气的战扌多扌爰，咱今娶了个老婆婆，我儿呀，这日子往后怎么过！大成便说没奈何，低着头儿且情着，母亲呀，咱是遭着这不贤的货。于氏便说有一着，咱就大家不动锅，我儿呀，咱可看他饿不饿？大成说这犯咭啰，怕他越发逞缕缪，母亲呀，弄的大家不安乐。

依着大成说，不必理他，他娘不听，娘们吃了两个剩饼，就合他熬。臧姑等到晌午，没人给他饭吃，问了问，还没动锅。便道：“哦，这意思里待合我熬么罢？咋呀？”那屋里一把斧子，便说：“二成，你拿了去，换两馍馍来我吃。”二成不敢不从，拿出来，他娘看见就问。

问一声待怎么，二成实说待换馍馍，母亲呀，他说他那肚里饿。他娘听说一把夺，你就宁么怕老婆！看透呀，真真是个脓包货！二成笃笃又磨磨，低着头儿无奈何，汉伕呀，今夜晚不敢去房里卧。媳妇听见又发作，跑出房去大吆喝，强人呀，不来把你乜头来剁！

臧姑听的跑了来，也不怕大伯，骂二成：“贼杀的！你不来呀！”二成狗颠呀似的跟了去，只听的那屋里，娘呀娘呀的，动了腥荤了。于氏气极，忽的跑了去说：“小科子骂的不少了！”臧姑也骂：“我只说你那老科子！”大成见不是犯，跑到屋里，把他娘拉出来，他那里还骂哩。

骂人已是骂不服，拉着还打坠骨碌，妈妈呀，不走只怕吊了裤。朝朝日日嫌珊瑚，这比珊瑚是何如？妈妈呀，一般遇着这泼辣物。拿着人人当珊瑚，这却不是珊瑚是臧姑，妈妈呀，这婆婆还得另一做。诸葛初次出茅庐，婆婆汉子都降伏，妈妈呀，也不可不走走这桠路。

臧姑也不管哭叫，楂下来了个镢头，待自家拿去换烧饼。大成慌了，叫二成来说：“你对您媳妇子说，我这里做着饭哩，着他等等罢。一个新媳妇子出去换嗄吃，咱就见不的人了！”二成去说了，臧姑说：“狗脂，饿极了呢！呵口的糨着哩。”可也就放下了。

【银纽丝】兄弟媳妇坐在也么房，大伯亲手做茶汤，急忙忙，流水做来给他尝；但得消消气，许猪又许羊，一家才把眉头放。新给他兄弟娶了一个娘，遇着太岁又遭殃。我的天，大杖烹，逐日烹大杖。

安大成做了些白饭，赶了饼，着二成拿了去，才安稳了。到了九日上，他哥哥自家来搬他。安大成请了邻墙他叔伯陪着他，嘱咐学学给他听听。

九日的媳妇作了多少也么精，自家不敢去告诵。请邻兄，借他的口儿诉冤情：怎么骂婆婆，怎么弄象生，从头说说他那禽兽性。望他哥哥侧耳听，到家教诲他两三声。我的天，用心苦，才把苦心用。

大成躲了个空子，着他叔伯哥对他告诵告诵，望到家劝他，这都是安大成用的苦心不题。臧姑去了，倒松缓了八九日。

九日里阎罗下降也么灾，众鬼离了歇魂台，好怪哉，吃碗粗饭也自在。谁想九日里，日头容易歪，一霎就到九日外。指望他受了教诲来，懊悔从前太不该。我的天，赛前番，更比前番赛。

九日里回来，实指望他达妈念诵，必然差些了。谁想越发利害了，一点儿不应心，就掘口边说："俺娘说来，您婆婆宜量甚么好，不照着他，他就乍了毛。"这都是坏了名头惹出来的。

【呀呀油】我的娘，我的娘，说您婆婆好装腔。你若是好奉承他，越发弄他那样。不识臭香，不识臭香，索性照着掘他娘！他不过也是人，我看他有甚么账！

一清晨二成没在家，洗脸水没人端，不住声的骂二成。于氏便说："他在家里么？"臧姑说："你端了来，也压不煞你！"慌的大成给他送到门外头。

吵骂开，吵骂开，一窝野雀扑下来，大伯端着洗面汤，慌忙送到门儿外。好不怪哉，好不怪哉！大伯拿着当蠢才！就是不曾拿绣鞋,就是不曾给他拴裤带。

自此以后,那婆婆就是降下来的驴子,待咋支使,就咋支使。遇着二成不在家,连尿盆子都给他端了,但求他一个不做声。那臧姑还不大自在。

二成专司,二成专司,洗脚水往门外泚。他既然不在家,大伯又不好替。婆婆难辞,婆婆难辞,大家趋小伏地的,只说是尽了心,他倒还不大自。

臧姑见个狗来,就骂:"老科子!安心待叫人服侍你么?你错了主意了!"一个驴来,也骂:"老科子!指望你做的那活路哩!"也看的那见,可可的就是于氏待珊瑚的那嘴脸,如今轮着自家头上,这才是现世现报,天爷处治人处。

磣丁头,磣丁头,婆婆像是有冤仇,一声声骂出来,全不把眉儿皱。合家低头,合家低头,全然不敢把气抽。前日曾治别人,倒回头来从头自受。

大家捱了一年,那于氏是给人气受的主,到了受人气,就担不的了,从此得了病,一口水也下不去。大成白黑的守着,溺尿出恭,都要他伏着,把眼都熬坏了。才叫二成来替替,臧姑来乔声怪气的叫了去了。

不脱衣服,不脱衣服,白黑一个替身无。就是待溺泡尿,也叫他儿来扶。两眼模糊,两眼模糊,虽有兄弟不丈夫,被他哥哥叫了来,著他媳妇叫了去。

大成合二成商议:"你黑夜合您媳妇做伴,又不能来。我今夜寻思了一个法儿,你在家守著咱娘,我往沈家庄搬咱姨来看看。"嘱咐毕,鞴上驴去了。

请姨娘,请姨娘,骑着直到沈家庄,说母亲病在床,搬他来望一望。告诉他臧姑娘,告诉他臧姑娘,一行说着泪汪汪。丑媳妇没说完,好媳妇掀开帐。

却说珊瑚他两个哥哥,听的他在沈家庄,自家来搬他,他不肯去;待给他找主,他又不肯;只在沈家庄跟着他沈大姨,倒合婆媳一样。

在沈家,在沈家,哥哥亲身去看他,既不肯见爹娘,又不肯找主嫁。在沈家,在沈家,日日纺棉又绣花,合他沈大姨,安心就过了罢。

这一日,见了他姨,先说他娘病,待请他去看看,次告诉那病由。正说到那伤心处,珊瑚掀开门帘钻出来。大成羞极了,就待扯腿。珊瑚两手叉住门。大成窘了,从他媳妇那夹肢窝里钻出去颠了。

休了他,休了他,谁想娶了个母夜叉!不惟说见面羞,方且是可说嗄。跑了为佳,跑了为佳,分明母亲做事差,好合歹难出口,出上个不说话。

安大成舍了那驴,一瘪气跑回来,也没敢做声。到了第三日,沈大姨骑着他那驴来。进门来,于氏看见,不觉泪下。

离别情,离别情,先向床头问一声,相隔着二三十,不知道你有病。床上哐哼,床上哐哼,满怀冤屈向谁明?忽看见同胞人,不觉心酸痛。

沈大姨坐了坐,就向二成屋里,看那臧姑。一见,可就满口称道:"好个俊人儿!你看就上的画儿。"臧姑才笑了笑,跟了来婆婆房里,站了站去了。

难相交,难相交,就是心里的痒难挠;照着痒处钻,老婆子真真的妙。性儿虽乔,性儿虽乔,满口里奉承怎么照;任拘他怎么恶,不觉的微微笑。

沈大姨住了一夜，于氏合他说了些话，那心里觉着略宽快了些。

【罗江怨】他媳妇赛霸王，好不好骂爷娘，终朝只在刀尖上。老妈妈心里痛伤，病奄奄倒在绳床。姐姐总像从天降，对着他诉诉衷肠，对着他出这栖惶，一宵暂把愁眉放。借重他看看菜汤，借重他摸摸身上，十样愁去了七八样。

第二日，沈大姨家着人送了一个盒子来，沈大姨拿开给病人看了，说道："这是俺那媳妇子着人送来的呀，一则是问病，二则是因着这里没人做饭，怕饿着我。"于氏点了点头，说："咳，好好媳妇知道嗄。"也就收了。隔了一日，又送了果子来。待了五六日，就送了三次。于氏说："姐姐，你有造化，怎么媳妇就真么贤孝！"就掉下泪来。

于夫人泪恓恓，叫一声你大姨，造化也是因前世。你出来还送东西，又愁你在这忍饿，在家不消说是极如意。不敢望跟的上你，就次些我也肯依。这命不值个狗臭屁！娶了来不像婆媳，见了面就像仇敌，终日受不尽的那杂毛气！

于氏叹了一回。沈大姨说："这福只在人享。那媳妇子怎能件件都合着心呢？只是有一半点不是，我也不计较。倘若是我这媳妇给你，只怕你又嫌哩。"于氏说："俺姐姐，你说起来我就不是乜人！"沈大姨说："珊瑚咋来？"

【叠断桥】想想珊瑚，想想珊瑚，一声高话从来无。早给你梳了头，还去把饭来做。听说他被逐，听说他被逐，我就说你太糊涂。真么个贤惠人，休了是因何故？

于氏说："珊瑚虽然强及如今的，只是可不如您那媳妇。不知他嫁了没？"沈大姨说："不知道。你若还待要着，咱打听打听。"于氏说："这句话，我也说不出口来了。"

珊瑚归家，珊瑚归家，想想从前咬碎牙。想是到如今，必定逢人骂。已是仇家，已是仇家，如今又说是待要他，纵然有这样心，也不敢说出那句话。

于氏说：“我如今就待要他，他也未必肯来。”沈大姨说：“倒未必，他贤惠着哩。”

甥妇贤能，甥妇贤能，模样风流百事精。若早上说嫁人，晚上就来红定。他离了门庭，他离了门庭，不肯把婆婆骂一声。若待嫁别人，怎肯舍了命？

沈大姨说到这里，于氏不觉的哭了，说：“他实实也罢了！我是怎么迷糊着那心眼来！”沈大姨说：“你懊悔就是了。”

志气可嘉，志气可嘉，情只寻死不归家。他存着这个心，必定是没改嫁。我去寻他，我去寻他，你的性儿可难拿，万一再处不来，我嗄脸合人说话？

沈大姨说：“想是还没嫁，也还可以来的。万一找他来再不好，可是屁股长在脖子上——我腆着腚去见人么？”于氏说：“你说起来呀。”

【房四娘】大姨说我害羞，怕你将来到不的头。你看珊瑚那样的孝，你可还嫌定要休。于氏听说泪交流，自待自家蹦顿头。姐姐自管往前做，后来的话儿不要愁。

又待几日，于氏病好了，沈大姨待去。于氏说：“只怕你去了，我还是死！”沈大姨看着不是长法，不如把二成分开，极声叫二成来，对他说。二成去说了，臧姑说：“哦，娘们安心待分出我去么？我可不肯哩。”大家见他不肯，就没了法。

娘三个共商议，要送太岁远别离，谁知道他那还不肯，大家无法更可施。安大成苦寻思，不过他想转便宜，我就让他便宜转，这一个商议或者依。

大成又让他地土、宅子，都着他拣了去，臧姑才依了。又吩咐只留下三十亩薄地给他哥。大成说："就是这等。"当下同着沈大姨立了分书。

二娘子太不贤，踢蹬的合家不团圆，还要割下别人的肉，拿来自己身上安。安大成无怨言，自家情愿种薄田，但得娘亲不受气，无有一垄也心安。

沈大姨看分了家，又把大成卖弄了瞎子。

人分开闹不休，争着乜钱打破头；我那外甥后日好，万顷良田百座楼。

沈大姨说："你每日夸奖俺那媳妇，你待会他会，你去俺家里待二日，也散散心。"于夫人极喜，着大成找了个牲口，姊妹俩去了。安大成知道，这一回珊瑚就来了。

孝顺儿要喜欢，夫妻离别正三年。心中参透姨娘意，知道珊瑚必要还，好夫妻再团圆，只在三朝两日间，大成暗知娘心悔，准备宽床一处眠。

且说二人到了家，于夫人才坐下，便请外甥媳妇来。沈大姨笑了笑："你坐着，我着他扎挂了来的。"去了不久，从门外头吆喝了来："这不是你每日夸奖的那媳妇？这不是每日孝敬你的那媳妇？你可认他认。"进门来却是珊瑚。于氏吃了一惊："他从那里来？"沈大姨又笑。

【耍孩儿】你夸的那好媳妇，就姓陈名珊瑚，在我这里有二年数。每日殷勤买盒看，问你的病好了没，费钱都凭着针指做。你每日口口称道，见了面却是极熟。

沈大姨说完了，珊瑚说："给娘磕头。"于氏拉着，就掉下泪来，说:“咳,我那好心的娇儿,我今甚么脸见你!”就拿过珊瑚那手来,使力气照着自家那脸乱㧐。珊瑚夺出手来,他自家瓜冷瓜冷的打了顿耳根子。沈大姨合珊瑚拉着,才住了。

想当初我用心太偏,待的你委实难堪。我儿你道不曾怨,听说我病长挂意,买上东西去问安,日久才把人心见。倒把我好心的娇儿,离别了正勾三年。

珊瑚说:“但得娘知道我没有二意,不怪我呵,就死了也甘心!”说着,就掉下泪来了。

怨只怨自己不才,就打杀应当该!就是难得娘不怪。当初辞别亲娘去,恨不将心剜出来,死了撇了荒郊外!实不望今生今世,还得那天眼重开。

娘俩就像亲娘亲女儿,待了几年没见,亲的就学不的。待了二日,辞别了沈大姨,谢了又谢。珊瑚磕下头去,泪如雨下。

【对玉环带清江引】想我当初,离家无处跑,想起大姨,既溜哈喇找。大姨情意高,待奴那样好,已往从前,一言说不了。今日离别,心绪如刀搅。破上在沈家庄过到老,谁还想着这条道?媳婆美团圆,夫妻重欢乐,多亏了亲娘姨用意巧。

第三回

悍妇回头

先有一个劝人歌,歌曰:

这个恶人好不谬,惹着尽自勾人受:汉子惹着他也掘,婆婆惹着他也咒。我劝歪人不要歪，阎王不怕你性子傲。眼前虽着人难受，只怕折了你的儿孙，促了你的寿！

且说珊瑚到家，合庄里都喜，无论同姓异姓，都拿着礼物来看珊瑚，就是娶个新媳妇来，也不能那么热闹。惟有何大娘不好来。于夫人也算是个好人，敬着人去请他来，自家认罪。

【劈破玉】您大娘你休要放在心上，那时节打一顿也是应当。想当初那是甚么模样，一味胡踢弄，像吃了迷魂汤。我如今清夜的想来，嫂嫂呀，那汗珠子往下淌。

臧姑听的珊瑚来了，那口里着实嗤撇他，到了第二日才来拜了拜。珊瑚也到了他那屋里，那四六句里诮他，珊瑚推不懂的。自有了珊瑚，于氏又尊他，他却不肯自尊。

大娘子进了门合家欢乐，任掏嗄做停当不用吆喝，于夫人在房中稳稳高坐。还是旧媳妇，换上了个新婆婆，只恐怕使着我那孩儿，也去替他烧上一把火。

不说这院娘们亲热，却说臧姑为鸡为狗，就来骂这里；又添上一个极能忍气的，大骂了一声，这里大家气也不敢喘，像没人似的。

这一回添一个铺囊的更甚，闭了门气不喘总像是无人，静静的听着那豪杰骂阵。一个巴掌拍不响，姑娘自家退了神。任你怎么刚强，总然是治不的一个忍。

那眼里光阴，忍中日月，不觉的十年，臧姑生了一男一女。日生又便宜了，就买了个丫头。臧姑无处使那气，每日不是骂汉子，就是打丫头。谁想那二成他会捱，妮子不会捱，一条绳子吊死了。

这也是臧大姐点子不顺，可怎么好好的死了一个人？他达达比臧姑无赖的更甚，声声的要告状，跳打着骂上门。把一个极有本领的媳妇，到这里老大窘，也是自家踢弄的紧。

那妮子他达无赖之极，上门子骂了，又告状；县官又赃，要拿鹅头，出了个票子，单叫臧姑。臧姑慌了，着二成替他回话。

【倒扳桨】平日臧姑嘴麻子多，红票乍来无奈何。走后走前无有法，二成只得替他婆；替他婆，好呆哥，腚不曾着铁瓦合！

二成见了官，打了十五，押着要他媳妇。臧姑越发慌了，自家没脸面，央他大伯。大成老大不忍，自家去见官，替他告免。那官那里肯依。

臧姑赃极遇赃官，更比臧姑赃一番。臧姑虽赃赃不过，那赃官只要俩赃钱。叫皇天，臧姑谨具赃一盘；赃一盘，早早完，受了赃刑谁可怜？

臧姑拗强不肯使钱，到了官，捱了一拶子。没奈何，指地作保，取银五十两。问他丈人告助，那生意人割舍不的多给，只给了五两；又折蹬头面、衣服，共凑一百之数，送进去，两口子才来了家。

臧姑遇着那赃哥，没了家里那好老婆。如今的天忒也矮，恶人自有恶人磨；恶人磨，没奈何，看他来家变成了佛。

两口子来家，一个捂着手，一个捂着腚，也就是天教诲他。若是回了头，从此做好人，也还不晚；谁想他不害羞，还使他那本领，动动就说："我拶子都捱了，怕人咋！"

【跌落金钱】想想如今受折磨，原是从前过恶多，娘子呀，懊悔该把脚来跺。回过头来去念佛，敬了丈夫敬婆婆，娘子呀，老天也不记你从前的错。又比常时大揭锅，要凭粗气熬阎罗，娘子呀，怕你合他熬不过。人若是恼你咋不着，天若恼了时咋奈何？娘子呀，就该早把心头摸。

安大成种着几亩薄田，日子艰窘，惟有二成宽容。自从遭了官司，弄的少挡没系，又搭上人来索债，叫花子躲乱——穷的讨饭还带着不安稳。

分家便宜了安二成，积趱了十年一旦空，哥哥呀，骗来的钱财中何用？家中两口甚宽容，只是自家去踢弄，娘子呀，自作自受怨不的命。踢弄的别人不安生，你待安生也不能，老天呀，怎么就真么有灵应？天爷爷看着他不做声，他暗里有个定盘星，哥哥呀，只怕是发了从前的病。

二成把三十亩好地卖给本庄任华，因这地土是大成让的，定要大成做中人。二成说了，大成去了。二成还没到，任华家忽然倒了，爬起来说："我是安举人。我的地那里有任华买的！"就看着痛哭。

您两口甚是贤，报你的名字到阴间，我儿呀，阎王也喜人为善。因你的行德感动天，放我过了鬼门关，我儿呀，我才合你得相见。回地休愁没有钱，咱还能买百亩田，我儿呀，那刺蘩树下刨刨看，银子刨来不用谦。丝毫休对二成言，我儿呀，那泼妇呆儿何足念。

嘱咐："那刺蘩树下埋着几两银子，回那地，您两口好费用。我不能久住。"又倒了。还魂了半日，才爬起来了，听见人说，才知道是安举人附着他，把文书交给大成，拿回来了。

【银纽丝】拿着文书来到也么家，见了娘亲泪如麻，又搐答，说他方才见任华，怎么倒在地，怎么又爬查，从头细说他父亲的话。不忍他兄弟倾了家，俺合他共验刺蘩花。我的天，牵挂心，总把心牵挂。

安大成泪恓恓的合他娘说，臧姑来窗外头听。听见那银子的话，等不的说完就飞跑，叫着二成，一个拿着锨，一个抗着镬，流水先去刨去。于夫人看他影了一影，猜他去刨，瞧了瞧果然。大成便说："休去看他。"

臧家姑姑太心也么贪，一席话儿没听完，往后颠，怕人分他那元宝边。一个拿着镢，一个拿着锨，刺蘼树下全刨遍。谁想并不见银钱，满坑里都是一些瓦合砖。我的天，变了窖，才把窖来变。

两口子呋嗤了半日，光见瓦石，并不见银，气的把兴头全没了，撅着嘴去了。于夫人去看了看，刨了一个大坑，里头堆着瓦查子，也只当他刨了银子去了。

【呀呀油】刨了来，刨了来，夫妻要把宝藏开，只当是元宝哥，谁想是砖头块。没精打彩，没精打彩，无心还把旧窝埋，实指望大欢喜，到寻了个不自在。

珊瑚说："我也去看看。"到了坑边，见那土里白花花的都是小银锞。下腰拿了一块来，看了看，都说异常，一齐去验了。大成到底不忍瞒他兄弟，自家去叫了二成来。

情意高，情意高，叫他兄弟瞧一瞧，可怜他倾了家，也着他笑一笑。劳他先刨，劳他先刨，不肯自家上了腰，兄合弟齐下手，公同着出了窖。

把银子都拾出来，约有万数两，分了两堆，先着二成拣了一堆，包了去给臧姑看。闪开包，都不是银子，依旧是砖头，挣极了。臧姑说："你着他倒了包。"

傻儿瓜，傻儿瓜，他怎肯给你那雪炼花！他待瞒着咱，又怕我知道骂。好您潮达，好您潮达，一堆砖头拿到家。若不是倒了包，怎么就变了卦？

二成说："明明的两堆，我拣了一堆来了。我去看看他怎道。"进门来，看见他哥嫂合娘那里摆划。

称着欢喜，称着欢喜，五十两纹银足足的，他娘说自家穷，这银子休妄费。大家寻思，大家寻思，年年春里举粮食，不如咱买犋牛，再治几顷地。

娘们正盘算着,二成包着些砖头来倾在地下。大成问:“这是甚么?”二成说着只是哭,大家都挣了。

呆蠢畜生,呆蠢畜生,鬼神警戒最分明,怎么到此时,心里还不动?两泪盈盈,两泪盈盈,空自哀哀告苍穹,喜的是老兄怜,不知道罪孽重。

大成见他兄弟那模样,老大不忍,算了算他取的那银子,本利共该捌拾两,便把自家这银子包上,说:“没要紧,你拿了去回他的罢。”

【罗江怨】眼睁睁一大窝,看堆堆有五千多,双边双沿细丝锞;虽不知轻重如何,雪花银倒有些插和,每人只分了百十个。那鬼神把人作梭,闪开包唬了一个笃坐。也该论论从前的过,自家的尽情丢却,世上哪有这样哥哥,给臧姑还打的头儿破。

二成拿了银子去,着实称道他哥哥。遂即送与债主,退了文书来。那债主夹开银子,都是大上皮。债主大怒,待去告着二成。

在人手雪片花明,到他手一片光铜,鬼神忒也有灵圣。这时节还不心惊,反说人把机关弄。他汉子而不冷腾,他老婆跐溜扑笼,天生一对呆瓜命。他看着是个英雄,人看着是个愀虫,听说告状才挣一挣。

二成慌了,又写张死契送与债主,任凭他典卖,央及着,才退回那银子来了。臧姑说:“哥哥好也好不到这分天地,这意思要着咱犯了,好捱夹棍。”

【叠断桥】有些潮腔,有些潮腔,哥好心里有点攮,怎肯将自家的银,生生的将你让?有刀枪,有刀枪,你使的发了才遭殃,不止说瞎了钱,还着你捱夹榜。

臧姑说:“咱也不要说破,把这夹了的留下,别的还送给他。你说：哥哥屡次的让我，我也不忍，留下几两，见哥哥的厚意；别的送了来，你去回那地来种罢。”二成果然到他哥哥那里，照老婆的话说了。大成不肯，二成放下去了。

银子收下，银子收下，点了点块又包煞，见他让的恳，不寻思有别话。典当珠花，典当珠花，凑足了数儿找债家，一戥盘称上银，那账儿够消罢。

安大成凑足了银子，支给债家。债家看那银子，合前番丝毫无二，心里疑忌；连夹了三锭，全无差迟，就把文书退了。

银色差迟，银色差迟，还是前番大上皮，谁想到了好人手，就成了冰花细。好不跷蹊，好不跷蹊，着人恐惧汗淋漓，臧姑也是人，他那敢子喘粗气。

大成来家，二成来打听，知道那地回了来了，对着臧姑说。臧姑说：“必然是换上好的，给了人家。”

当初才刨，当初才刨，你就叫他倒了包。怎么换假银，哄着你上他的套？真正蹊跷，真正蹊跷，又不是行者那猴毛，可怎么到咱手，就变的没人要？

臧姑怒极，来到这边，见他大伯在门里头，就骂：“忘八科子，可自在了！唠着给俺那假银子，亏了没转出夹棍来！各人分的，就不给俺，俺也不怨，怎么唠俺？”

怒气冲冲，怒气冲冲，一阵骂的天也红，不知嗄缘由，大家挣一挣。从容细听，从容细听，听的那韵甚分明，才知道那宗银，不是好来送。

大成说：“珊瑚，你出去问问，怎么银子假？”珊瑚说：“你就多了那一多。”一把抓过那文书来，出来递与臧姑，说道：“回了那地来了，方才待对你说去种的呢。”

才到门庭，才到门庭，您哥就待叫二成，你从那发了来，还不知哪里的病。银是元封,银是元封,人家并不犯相争,他虽然回了来,原没说自家种。

臧姑接了文书,见珊瑚全不分辨,也就不留细说,去了。大成喜极:"好！我不如你。若一分辨,不知喃多少气哩。"

叫声贤妻,叫声贤妻:想想从前我好痴,遇着这样人,辨甚么非合是？全然不提,全然不提,算是我更得便宜,若要说分明,又喃多少气。

不说大成欢喜,且说二成夜间梦见他父亲说:"您两口子不孝不弟的,眼前就促您的寿哩！您自家的还不知待给谁,又赖别人的!"二成醒来,合臧姑说。臧姑说:"这糊突梦,拿着当件事哩。"

【房四娘】二娘子忒也乖,骂着刚强骂满街,屡屡鬼神警戒你,依然全不挂心怀。乖极了却是呆,恼着天爷不怕你歪,纵有南海观音母,难从油锅里拉出来。

待了几日,一个儿五六岁了,正旺相相的,忽然得了病,二三日就死了。二成害怕说:"那地咱还送给他大爷家罢。"臧姑说:"象呀,休说咱还年小,纵然没有儿,我也留着为闺女。"

二娘子太掺争,全凭吵骂过平生。旺跳的娇儿一旦死,指望女儿来送终。

又待了十来天,闺女也是一点病没有,正玩着,绝气而亡。臧姑才慌了。

二娘子瞎星星,儿女都丧才心惊。如今回头已是晚,念杀弥陀活不成。

臧姑吩咐二成,把文书给他哥。大成不接,二成放下去了。大成说:"他二婶子又不知待弄甚么鬼哩!"全不去种,二成也不去种,到了三月尽还荒着。大成说:"合他分了罢。"臧姑一垄也不要。大成见是实意,方才耕种了。

【耍孩儿】谢臧姑最可怜，他爷娘甚不贤，一句好话没人劝，踢蹬的儿亡女又死，才知道头上有青天。回头晚了十年半；若还是早早悔悟，定积的子贵孙贤。

臧姑哭了会儿女，忽然来这院里，见了他婆婆，娘长娘短的，见他婆婆做甚么，就夺过来替他做；若没有事，就合珊瑚说笑，嫂嫂叫的极亲热。这都是从来没有的。于夫人喜的说了又说。珊瑚看着也异常，就着实敬他。

谢臧姑回了心，敬嫂嫂孝娘亲，忽然这等谁能信？像遭百日淋淋雨，一旦忽逢日才新，一家欢喜言难尽。谁指望顽石一块，转回头变成黄金。

一日到珊瑚房里，珊瑚笑了笑说："我合你做妯娌十年多，近来极像合你初会呀是的，我不知怎么，见了你亲极，全不像寻常日。"臧姑就掉下泪来。

自是我不成才，怨爷娘甚不该，一言把我终身坏，他说婆婆不宜量好，我就听着胡揣歪，谁想惹的神灵怪。到如今通身的汗下，悔也是悔不将来。

人家儿女不教道他孝顺，他若终胡行，惹的天恼了罚他，岂不是吃了爷娘的亏么？若是他懂过来，又要怨爷娘，这臧姑不是样子么？

谢娘子泪双双，一声声怨爷娘，发恨不把娘门上。妯娌二人齐孝顺，一门和喜慰高堂，也是前生有福相。于夫人现世现报，晚年来受尽风霜。

从此臧姑比珊瑚还要小心。待了半年，于夫人有了病，着实危笃，两个儿、两个媳妇，都是泪道不干的；臧姑越发着极，每夜焚香祷告。

谢娘子泪涟涟，一炷明香祷告天：不孝惹的那神灵怨，我今才醒了糊突梦，痛改从前以往愆。争奈光阴已有限，若许从新改过，再着我侍奉十年。

臧姑说："若是咱娘有些差迟，就是天不许我改过。"一行说着就下泪。守了几日，果然又好了。臧姑分外欢喜。

开笑口合不交，像是老天把我饶，又着我往前得尽孝。从今改前略把媳妇做，也将罪孽折分毫。不敢望得来生报，但得我进十年孝顺，就死了也好见三曹。

后来珊瑚两个儿都中了举。臧姑生十胎都不存；到了五十上，才生了一子，进了学。臧姑活到八十才死了，还受了儿的孝顺。若是他终不回头，着他公公说该促寿，该没儿，该早死了，还有什么儿哩？

【罗江怨带清江引】仔顾踢蹬，天就把我找，若是回头，天也就不恼。老天容易饶，只要回心早，不用念佛，休骂也休吵，孝顺婆婆敬哥又敬嫂。恶似臧姑天下少，天还不计较；若是他早回头，还有荣华报。你可看陈珊瑚，他好不好？

人人听说齐打罕，贤惠的荣华差的减；世间报应甚分明，休说老天没灵验。

慈悲曲

【西江月】别书劝人孝弟，俱是义正词严，良药苦口吃着难，说来徒取人厌；惟有这本孝贤，唱着解闷闲玩，情真词切韵缠绵，恶煞的人也伤情动念。若是看了说好，大家助毛攒毡，拿着当是《感应篇》，刻来广把人劝；一来积了阴德，二来还能赚钱，刻了印板天下传，这宗生意诚善。若是无心抄刻，看了即时送还，不也尽着光为玩，要紧还有一件：词句曾经推敲，编书亦费钻研，闲情闲意须留传，儿孙后日好看。有一等粗俗光棍，拿着随处掀翻，褂子不洗十来年，秽头土脸也看，床上炕上揉搓，尿里屎里估拣，争来夺去济着拳，弄的翻边卷沿。更有一种光棍，借去全不送还，张兄李弟济着传，有无全不挂念，今日正在直隶，明日弄到云南，既溜蛤喇找着难，仔等的连本不见。观者怜存本之难，勿久假而不归也。

第一回
是后娘气

诗曰：古往今来万万春，世间能有几贤人？

谁知百世千秋下，王祥王览有后身。

我今说一件兄弟贤孝的故事，给那世间的兄弟做个样子。但只是里边挂碍着那做后娘的。我想普天下做后娘的，可也无其大数，其间不好的固多，好的可也不少。我说出这件故事来，那不好的满心里惊，那好的想是也不见怪。这件故事名为《慈悲曲》。

【一剪梅】世间两种最难当：一是偏房，二是填房。天下恶事几千桩，提起来是后娘，说起来还是后娘。

你看那有刺的就叫做“后娘拄棒”，有钩的就叫做“后娘匙子”，不壮的就叫做“后娘麻线”，尖底的就叫做“后娘罐子”：一旦做了后娘，天下之恶皆归焉了。

人心原自不相同，你生的你疼，我生的我疼。后娘冤屈也难明，好也是无情，歹也是无情。

譬如有一个前窝儿，若是打骂起来，人就说是折掇；若是任凭他做贼当忘八，置之不管，人又说是他亲娘着，他那有不关情的：谓之左右两难。但只是做着后娘，只出上一片好心，就见了玉皇爷爷，也敢抓出来给他看看；就仔是那做后娘的可又不能哩。

诗曰：孩儿一样叫亲娘，叫煞亲娘不气长；

试问后娘因何故？不曾亲吃定心汤。

古时有一家人家，屋里有一窝燕子。那小燕子方才抱出，那母燕子被猫咬去。待了二日，那公燕子又合了一个来，依旧打食喂他。那小燕子隔了一日，就一个一个的吊在地下死了。都知不道是甚么缘故，扒开那小燕子口，看了看，个个都衔着蒺藜，才知道是后娘使的狡猾。鸟且如此，何况是人。虽然那蒺藜是后娘的罪孽，这孝顺是为儿的本等。

诗曰：后娘虽不好，子孝理当然；

不过芦花变，焉知闵子贤？

自古以来的孝子，如浚井的帝舜，穿芦花的闵子骞，都是遭着后娘的；就是那卧冰的王祥，也是卧了鱼来事奉他后娘。有一篇俚歌为证：

孝子王祥自古传，后娘待他甚难堪：夏天跪在毒日里，隆冬差着下深湾。虽然支使的极暴虐，王祥就做不辞难。他兄弟王览是后娘子，有仁有义的好心田，就是上山打猛虎，也不肯叫他哥哥独当先。家有园中一树李，原是他娘心所欢，就着王祥去看着，风雨损坏打一千。忽然狂风又大雨，王祥抱树哭涟涟。王览来合他同相抱，雨淋风打不敢迁。他娘见了疼了个死，才连王祥都叫还。又罚王祥整夜跪，直概跪在画帘前。王览跑来一处跪，一陪陪到二更天。母亲睡醒才知道，心中恼恨又哀怜。思量折掇别人子，就是折掇亲生男，从此少把心肠改，王祥以后得安然。当年不遇后娘哆，后世那知兄弟贤。

这也是已往的古人，不必细说。本朝就有一个人，可以比那王祥，他兄弟就可以比那王览。你道是谁？这人老子姓张，号是张炳之，原是东昌人。张炳之的老子曾在陕西做生意，住了二十多年，生了一女，就在那里合人家做了亲；后又来了东昌，才生了这张炳之。

【耍孩儿】这一个张炳之，因他姐在陕西，时常往那里做生意。鞑子掳了媳妇去，又在汉中娶了妻，三回弄出好把戏。他也是命该如此，遭了些生死别离。

他的结发妻是姓王，娶了二年多，遇着鞑子放抢，掳了去了。他又往陕西去，他姐姐又给他提了一个媳妇，姓陈，生了一子，名唤张讷。这张讷才四五岁，把婆子来又死了。以理论起来，既有了儿，就不娶也可以罢了，可只是打光棍也是难呢。

打光棍实势难，炉少火灶少烟，衣脏袜破鞋儿绽。外边待上三五日，进门好似枯坟坛，塌灰遮满了床儿面。站一回无精打采，坐一回少心无肝。

且休讲这光棍子百般的琐碎，万般的凄凉，只有一个孩子叫呱呱的，没了他娘，就只是找他达呀，他叫你东游西转不的。因此张炳之又寻了一个老婆，姓李，撮傀儡子解开包——这一回才弄出故事来了。

【呀呀油】娶后婆，娶后婆，抱了两窝并一窝，着孩儿叫他娘，指望他合孩子过。娶后婆，前边撇下了个小哥哥，你说是咱的儿，他拿着当拾来的货。

这张炳之娶了这个老婆，实指望给他看着孩子，谁想那李氏的性子极乔。是张讷没叫他个娘来，就说科子生的，乜娘也不叫，还望人养活他？

不叫娘，不叫娘，又说灰了人心肠，他不叫娘，还望我把孩子来将谤？叫他娘，他又没有好声嗓，哀哀的叫了来，还着人睃不上。

张讷从小聪明孝顺，知道嗔他不叫娘，就来娘长娘短的。李氏又不耐烦，喝的声说："谁是恁娘！"劈头一孤丁，那孩子几乎把头来砸了腔子里去了，嘛的声叫唤，李氏越发恼了，一把抓过来，那小腚上打了四十多下子。张炳之老大不忍。

【倒扳桨】惟有后娘最无情，打儿不管轻合重，你满心里无干系，不知达达心里疼；心里疼，待做声，未曾开口笑颜生。

张炳之笑了笑说："多少打他几下子罢，你就打他真么些？"

炳之叫声我贤婆：小小孩儿知甚么？只该打他三五下，叫他再来好记着；好记着，没奈何，就是打的他忒也多。

张炳之也没敢大嗔，那李氏就是净了包袱的线匠——没零卖，发了纩子了。

骂了一声忘八羔：汤了一汤，你就死声子嚎，还要惯着做达叫，你真是个老杂毛。老杂毛，我把你乜小筋抽一条！

张炳之被老婆骂了一阵，不敢做声了。这孩巴子也不宜量好，当时有他娘在，越哄越发喎气；今日打了一顿，又见他老子受气，从此以后，就打煞他，他也不敢哭一声了。

【银纽丝】每日清晨起来天儿也么乌，俩眼还着眵儿糊；孩子雏，一身营生做不熟，新学着系带子，新学着穿衣服，两顿打的会穿裤。一日吃了两碗冷糊突，没人问声勾了没。我的天，数应该来，应该的数！

你说四五岁的乜孩子，谁知道穿衣裳来？他娘只是打着他穿，打了几清晨，袄也找着袖了，裤也伸上腿了，指头似的个人，五更里起来，呋嗤呋嗤的穿把上。着他在床前站着，待造子中了饭，都吃停当了，才着他刮那冷眵块吃。若着他亲娘见了着，就疼煞了。

【怀乡韵】替张讷把娘叫：你只管你死去了，撇下肉儿将谁靠？身上的饥寒自家知道，疼里痒里对着谁学？若着亲娘见一遭，必然叫一声心肝，还带一声娇娇，哎，泪珠儿还要赶点子往下吊。

一日，张讷出去玩的，邻家有个周妈妈，见他跛俏跛俏的，便问："这孩子你那里疼么？"也不做声。妈妈叫他坐下，扳起他那脚来看了看，见那鞋没有底，有半截棘针扎在那脚心里。叹了一声："咳，我的儿！这是几时签上的来？又嗗溃脓了？"头上拔下那针来，给他拨出来，那棘针就有半指多长。一行给他揉搓，一行叹见他：

【跌落金钱】没娘孩子好可怜，棘针几时把脚签？我儿呀，成了脓来还没人见。又叫一声苦心肝，脚上的鞋底少半边，我儿呀，恁爹怎么就看不见？恁娘养你四年正，哄着还怕你叫唤，我儿呀，今日死了谁怜念！恁娘当日那样的贤，撇下了个孩儿交给了天，我儿呀，一揸揸了勾一半。

妈妈叹了一回，取了他那孙子的一双旧鞋来，给他换上，才叫他去了。不觉的光阴似箭，日月如梭，就是一年有零，张讷程程瘦了。

【罗江怨】见张讷人人痛伤，都说他家有后娘，孩子折掇的不像样。道上行人笑老张，把乜孩子来交给了个鬼王，瘦的着人看不上。他心里一般的愁肠，又不能做个主张，而不冷腾的，是个甚么样像！

人人都说张炳之既没有汉子，给那孩子做不下主来，就不该寻后老婆。不论张炳之无有汉丈，就是个好汉子，一个生意人，少在里，多在外，娶了后老婆待了半年，就出去了，家里好歹，他那里知道的？

【叠断桥】孩儿可怜，孩儿可怜，他达一去不回还；就是长在家，也只是多出了几身汗。往外飞颠，往外飞颠，舍了孩子去挣钱；无论他死活，只出上个看不见。

虽然出了门，那心里其实也常挂念。忽然一日从外回来，张讷听说，流水跑来守着。张炳之一眼看见，唬了一惊，说："哎呀！你有病来么？"张讷说："我没有病。"张炳之点了点头，也没说嗄。

唬了一惊，唬了一惊，尸骇鬼步瘦伶仃；叫了一声我的儿，你怎么像有病？问了一声，问了一声，口里不说心里明；再待一半年，怕丧了小狗的命。

张炳之把行李搬进来，饭也没吃，早放倒头儿睡了。他婆子只说他乏了，也没理他。

【劈破玉】张炳之放倒身长吁短叹，最不该寻老婆懊悔从前，再一会怕爷儿不得相见。给他找一条逃生的路儿，颠倒寻思了万万千千，溜溜的睡了一正夜，好汉子及到天明宿了眼。

原来这张炳之，他姐姐家是赵家庄，赵家庄隔着这庄有二里路。他姐夫死了三年，他姐姐在家守寡，为人极有本领。当下张炳之就要送给他养活着，可又不敢明说。

张炳之是一个甚么物，为孩儿想了个颠倒烂熟，有了法还不敢明明的去做。低头又把苦心用，白迷扯眼就弄局。怕的是那脚步儿响来，忽然间傲觉了那胭脂虎。

亏了这一日，那李氏又娩卧了，虽然生了个小厮，张炳之也不甚喜欢。瞧了个空子，把张讷叫了那没人处，说："你知道您姑家么?"张讷说："我知道他那庄，他是路东里头一个瓦门楼。""你能自家去么?"张讷说："我能自家去。待着我做嗄的?"他老说："我看你待会子再死了，你上那里逃生的罢。"那孩子点了点头，扑簌簌吊下泪来，离了老子，徉徜去了。

【清江引】娶一个后婆子不当耍，两条肠子常牵挂，撇下个亲生儿，树坎叉里也搁不下，反过来覆过去，难为煞他爷俩。

第二回

是逃命计

诗曰：路上行人笑老张，爷俩都受后娘降；
　　自家惯用颠枪计，又把家传教令郎。

四句歪诗题过，却说那张讷听了他老子的言语，就一溜烟跑到赵家庄，直照着那瓦门楼钻将进去。他姑看见说："这是谁家的乜孩子？"张讷说："你看俺姑，你就不认的我了么？"他姑细想了想，才大惊失色说："你是小讷子么？"张讷说："是呀。"他姑一把拉过来，说："我儿，怎么你就瘦的这么了？"

【耍孩儿】隔着您勾一揸，一二年不到您家，就因那科子那说话。两句俗话说的好，有了后娘就有后达。您达怎么就看的下，把一个没娘孩子，就弄的唧唧哇哇？

张讷见他姑骂他爷，便说："我这来，就是俺爷着我来的。"他姑说："着你来做嗄来？"张讷说："没嗄做。"他姑说："这就奇呀，没嗄做，怎么着叫你来来？"张讷说："俺爷说，你到您姑家里休来了。"他姑点了点头，说："哦哦，是了。您妈知道么？"张讷说："俺妈知不道。"他姑说："您达枉是条汉子。罢呀，我正寻思着不叫你去哩。"

【呀呀油】没娘孩，没娘孩，一跑跑到他姑家来。这也不是赵家庄，分明就是三界外。好不成材，给一个孩子作不下主来。见了人休要作揖，原只该拶琐着拜。

且不提张讷在他姑家里，得其所哉。却说李氏生了个孩子，还魂了半天，就将黑了，不见张讷。便问："小讷子哪里去了？"张炳之故意失惊道："可说呢！那里去了？"

张炳之婆子的性儿尖似锥，我虽不敢朝你的头，你还猜不方我的谜。虽在一堆，常常用那小心机，只为着一个儿，看做了多少势。

张炳之故意失声大怪，没地去呀问了一遭子，自家回来了。原来那李氏他放不在心上，艾焙子炙连连骨——疼着他那脚后跟了么？

【倒扳桨】婆子放倒头睡沉沉，汉子敧下暗沉吟。不见了孩子你全不挂，暗暗的骂了声狠心人；狠心人，你不亲，不知道我还更放心。

到了五更里，张炳之故意爬起来说："那孩子只怕那犸虎吃了，我还得去找他找。"李氏说："好好的跑了，就到底不长进。笼里犯出羔团子——好势的也搒打。就折耗了也罢了。"张炳之说："虽然也养活他那们大小，还只得察访他察访。"

孩子已是得安身，还说出门去找寻。大门外头创一趟，故说全然没信音；故说全然没信音，假沉吟，老婆跟前使碎了心。

张炳之出门去了，略不停时，有庄东头老孙婆子，竟来送信，说："夜来俺那儿在路上，撞见他往赵家庄去了。"李氏说："哦，必然往他姑那贼老私科子那里去了。"

【银纽丝】骂了声张讷忘八羔，怎么去找那老獾叨？死囚牢白着两根老贼毛，挤眉搒梭眼，要把孩子唠，他又会弄那小老婆调。李氏自己不害嚣，只怨孩子开了交，我的天，笑煞人来，人可笑。

老孙婆子听着他骂了造子，出门去了。张炳之才回来，李氏说："你问着了么？"张炳之说："没问着。"李氏说："刚才东头老孙婆子来说，您小达达往您养汉头姐姐家里去了。你看但仔是个人，怎么就不来说声。你不去叫他来？那里知不道怎么娇儿肝心的调唆他哩。"

【怀乡韵】炳之不言心里笑，孩子去了正待去瞧，哎，今日奉了明文越发妙。老婆你说你乖觉，汉子哄你不值个破瓢，但只是耽了些惊恐，费了些计较。那苦情话儿说不出口来，对着人也是难学，对着人也是难学。哎，白黑的，使碎了心肠谁知道？

张炳之正待去嘱咐嘱咐，将计就计，跑到赵家庄。他姐姐说："你希性呀，怎么来到这里来？"张炳之说："小讷子在这里哩？"他姐姐说:“没呀。你家里娶了极好的美人,又贤惠,招管的他极受用,他可待来这里咋呢?”张炳之不觉的掉下泪来。

扑簌簌泪珠儿落,俺如今有了前窝并后窝,哎,寻老婆,原是我当初错。把一个小厮瘦成一挎,不着来怕见了阎罗。我如今没奈何,一时一霎可是难学,可是难学。哎,实说了罢,姐姐呀,我这汉子支不过。

张炳之合他姐姐说话,张讷听的流水跑来,在旁里站着。张炳之不免嘱咐几句。

【跌落金钱】我身虽是在他方,时时悬挂一条肠,我儿呀,今日才把心来放。半年不曾还故乡,你就憔悴不成腔,我儿呀,再待半年就毕了账。终朝每日受灾殃,打一场来骂一场,我儿呀,你今到了天堂上。你在这里得安康,您姑就是您亲娘,我儿呀,你听说,学成一个人模样。

张炳之说罢了就待走。他姐姐说:“我也不留你。看你去的迟了,赚下来了。”往外送了几步,说:“你到家就说他姑不教他来。谁是他汉子,谁怕他咋!”张炳之往外走,张讷跟着,两个小眼里清澌澌的流泪,一个小嘴咧呀咧呀的。他姑说:“你回去罢。”才站住了。

孩子没娘托他姑,跟着他爹爹泪汪汪,爹爹呀,我几时才把家门上?他爹说你且窝藏,待上几年再商量。娇儿呀,你可休要没人样。孩子听说又哀伤,我从今不得还家乡,爹爹呀,你几时还来把我望?他爹爹听说泪两行,你跟着您姑强的您娘,娇儿呀,我近里还来走一趟。

不说张讷翘着脚儿,只等的看不见他老子,才回去了。且说张炳之到了家,李氏说:“你叫的他呢?”张炳之说:“他姑不依他来。”李氏说是:“何如?我说那老科子,会弄他那具像,俩眼挤打挤打,不知弄多少鬼哩。卖糖的不见了糖箱子——光拉那弯弯担。人家的孩子,勒着他哪条筋哩。”张炳之说:“他养活二日,他自然就喎够了。”他口中不言,心内自想。

【罗江怨】乜孩子不勾一揸,不为他娘也为他达,那棍子怎忍落的下?是奴才也该怜他,是牛马也该喂他,怎么那良心就没点柞?又不曾弄坏了甚么,动不动,口咬把抓,他去了又找他咋?

李氏说:“你看着再待会子,他不送他来,我定是自家去找了他来。怎么七八岁才到支使的,他就招揽了去了?”

【叠断桥】骂了声淫娼,骂了声淫娼,留下孩子不商量,他休要装人弄他那科子样。偏要拗强,偏要拗强,谁家的孩子你承当?终来少不了我去走一趟。

张炳之说:“不必呀,我雇一个小厮给你支使不的么?”李氏说:“我定是待要小讷子呢,怎么你就光向那养汉头呢?”张炳之说:“我也不是向他,只是他那性子又不好,你的性子又不好,到那里弄把起来了。”李氏说:“狗脂!弄就弄,瞎牛虻飞在眉毛上——怕他咬着我这眼么?脓包货,自家的乜孩子找不了来,还嗔人去哩!”

【劈破玉】乌鲁头你比那囊包的还赛,自家乜小厮还叫不了来,每日家里装汉子,你还要出外,我合你打下赌,定要去找那杀才;我若是拉不了您小达来,张炳之,我就把这李字来改!

张炳之说:“罢,你出上就去,若是弄的不好,可不要找我。”李氏嗤了一声:“找呢咋?指望你那汉子么?给人出气哩。”张炳之说:“你说的是。”

【清江引】降的那孩子离了你,离了你,还要找着去骂的。使的慌不必喘粗气,不是你那亲汉子,你还要降的起。

第三回
是小痛

老婆顶，老婆顶，逢人要把老婆逞，老婆老婆好没影。拿着人人当老炳，老婆没有那本领，孩子到哭了一日正。

上面是李氏降的前窝里张讷，走了他姑家里去了。李氏只待自家去要，张炳之苦劝不听。果然孩子满月了，忽然一日穿上裙子，对张炳之说："孩子睡着了，你看着些，我待去找小讷子来的哩。"张炳之说："着个人跟了你去呀。"李氏说："有狼哩？有虎哩？"

【耍孩儿】扎扎腰去一回，蓦金莲去如飞，一心去问那收留的罪。他若是两手来送献，不用枪刀就解了围，一点唇舌全不费；他若是牙崩不字，管叫他斜甲丢盔！

李氏来的勇猛，不则一时来到赵家庄，进去门往里正走，那赵大姑一眼看见，流水迎来说："您大妗子，那阵风刮了你来了？"笑着拜了拜，让着屋里坐下，便说："您大妗子你无事不来。"李氏说："小讷子在这里哩？"赵大姑说："在这里哩。你待看他看么？"李氏说："我待叫他家去。"赵大姑嗬了一声说："罢，咋哩。"

【呀呀油】来意何如，这一门儿不曾熟。只当你待瞧他瞧，你可是待叫了他去。他来看姑，不好撵他出茅屋；你既待教他还家，我也就不肯留他住。

李氏说："他到底是你不着他去，我才自家来叫他。"赵大姑冷笑道:“左右是您的孩子,与我甚么相干! 他就挣下那封赠幞头,待有他姑的哩么?”

他是姓张,好合歹是您的令郎。原是他自己来,可休要上我的账。虽是后娘,荣华富贵你承当,就挣下金幞头,也来不到他姑头上。

赵大姑说:“待领了他去,我就交给你。”叫了一声:“大媳妇子,出来做饭给您大妗子吃。”李氏说:“休做呀,我等不的,看那孩子醒了哭。你叫小讷子来,我合他去罢。”赵大姑说:“你慌嗄,你可是上门来怪哩么? 有一个母鸡,极杂毛的科子,光啄那小鸡子,我杀来给你吃了罢。”

【倒扳桨】有个母鸡甚杂毛,啄的小鸡没处逃。今日杀他来待客,定要剐他一千刀;定要剐他一千刀,上炉烧,要把科子着实的嚼!

赵大姑说是杀鸡,可是比着桑树骂槐树。李氏也懂的那滋味,红了红脸就忍了,只说是我等不的。赵大姑说:“哎哟,你给我再坐坐,就不吃嗄,着咱吧造子瞎话也好。”

两人久不话衷肠,贵步难来到敝庄。你就极饱不吃嗄,咱再坐坐也无妨;也无妨,休要慌,我想你家也无甚么忙。

赵大姑说:“我有一件故事,说给你听听。俺这庄里有个私科子,光折掇他那后窝里那儿。”李氏说:“且休说,怎么有后窝?”赵大姑笑道:“敢子你只知有前窝。”那李氏就红了脸。

心里嘲骂俱无穷,都在微微一笑中。后娘只知有前窝,分出后窝就不公;分出后窝就不公,更不通,一般也知道那脸儿红。

赵大姑说:“这有个说法。他汉子以先合了一个混帐老婆,原说是做妾,待了一年,又娶了一个大婆,生了一个儿,也有小讷子那大小,他娘就死了,那个混帐科子就做了大。那科子是以前来的,这孩子不是后窝里么？那科子把那孩子朝打暮骂，昨日跳了井里，几乎死了。有人说，那就该骂那科子；有人说，不止骂，就该打那科子；有人说，不止打，就该杀那科子；依我说，不止杀，还该油锅里煠那科子，刀山上扎那科子，吊在树上剥那科子，一刀一块的刮那科子！”赵大姑骂到兴头子上，便就摇起棹子来了。

【银纽丝】骂了声低答的小老婆，别人的孩子你看着多。狗私科，心儿不知是咋长着？不知在怀里，不知在肋膘？一刀该把他心攮破，孩子几乎见阎罗！他又无兄弟，他又无哥哥，我的天，一个人来人一个。

赵大姑只管骂起来，李氏那脸上，红一阵，白一阵。他骂的是别人，却又不好自己承当。

李氏从来嘴儿高，到了这里不济了。好心焦，浑身热汗似瓢浇。一霎又起来，一霎又坐着，没嗄说来没嗄道。又鼓肚子又害嚣，油煎火燎好难熬。我的天，颠道忙来，不如忙颠道。

李氏没等着骂完，又起来说：“我去罢。”赵大姑哼了一声，说：“罢呀！你既等不的，我也不敢留你了。”也就起来往外送他。到了门外头，李氏说：“小讷子呢？”赵大姑说：“你看我就忘了。实对你说罢：这庄里有个小书房，我着他上了学，够半月哩。你不必找他，他待中来家吃晌饭哩。你大妗子，你且坐坐，再等他等。”

赵大姑信口瞎胡巴，忽然满面长天花，再坐霎。李氏知道弄把他，也不出门去，也不再坐下，说我站着等等罢，一来晚了好还家，二怕孩子叫呱呱。我的天，捱骂难来，可又难捱骂。

李氏等了霎，那心里两三样子急，便说：“姐姐，你着人去找他找的罢。”赵大姑说：“不必呀，他就来。”说犹未了，张讷进来了。赵大姑说：“那不是他来了？”张讷看见他娘，也挣了一挣，又笑了笑,来到跟前,问他娘好。李氏瞅了一眼,说:“好呢,你肯走么?”张讷红了红脸,不做声。赵大姑在旁笑了一笑,说:“是呢。”李氏又红了脸。

【怀乡韵】笑了声把话截断,一当是耍,二当是玩,一句话到弄了一身汗。说一个不好到不是自谦,不自在那孩子可是通说那从前,不说你做的太不堪,空教那脸上白一阵,又红一番;空教那脸上白一阵,又红一番。哎,这也是,自家惹的无体面。

李氏看了看张讷,扎挂的上下一崭新,脸儿白胖就像是个学生了。赵大姑说:“你看看,没给你养活瘦了呀。”李氏红了红脸,说:“多谢。”赵大姑三句甜,二句酸,可是小粜粮的生意快——只见不住下。那李氏一阵红,一阵白,可是卖馓子的折了本——也就煤挣不的了。

炕头上济着乍,对着汉子把嘴夸,哎,到近前低着头儿,捱人家骂,指东说西又没处回答;气也不喘尽歹那菜瓜,掘打了一阵,又要杀他,一身的热汗湿透了重纱。哎,细思量,早知是这着来做嗄。

李氏说:“小讷子,咱家去罢。”张讷回过头来看他姑。他姑说:“你真果待要他么?”李氏说:“你看,我来做嗄来?”赵大姑说:“我这里合您家里一样哩。我就没有那碗饭给他吃么?”

您大妗子你知道,这合娘能差多少?哎,你如今何须言,把孩子来叫?吃碗饭也不计较。我虽穷,也没到了揣瓢。方且他才上了学,待几日又要开交,待几日又要开交。哎,他去了,到惹的旁人把我笑。

赵大姑说:“他才上了学就去了,也着旁人笑话。张讷,你且吃饭的,我这里再合您娘讲讲款。”张讷听说,一溜烟跑了。李氏说:“休去了,咱家里吃的罢,多拘远哩。”一行叫着,那孩子又咋没了影了。这李氏气愤不过。

每日乍的头儿筐呀大,到了这里,几乎气杀!哎,那心里一把业火难按下。有心待发渣,看了看赵家姑姑,也不是个善查;况且是他那媳妇俩俩仨仨,若踢弄起来,自然都是向他,自然都是向他。细思量,不如把他哄哄罢。

李氏待恼了,看看赵大姑不是个善良君子,他又有二三个媳妇子,必然没有我赚的便宜,不如唠他唠罢。便说:“孩子读书不极好么?我既来了遭子,着他送到我家,待二日再教他来。”赵大姑说:“我着俺小三子,备上那大叫驴,送了你去罢。”

【跌落金钱】我时来这走一遭,着他送我二里遥,姐姐呀,回家再受那师傅的教。赵大姑说这不消,俺那叫驴大又高,您妗子呀,飞颠咱吱岂不妙?李氏踌躇心里焦,姐姐休要瞎胡叨,姐姐呀,而今光光的把我罩。赵大姑说他放了学,可着他回家把你瞧,您大妗呀,今日断不能遵你的教。

李氏见他不吐口号,就拿极红了脸说:“那孩子是俺的孩子呀,该别人嗄事?”赵大姑听说,那气就粗了,说:“耶耶!谁赖了您那孩子来了么?面盆里加引子——你这不发起来了么?我不过因着他姓张,我还疼他点呢。”

我那侄儿苦难当,四五岁上没有娘,苦儿呀,受罪受的看不上。浑身上下精腚光,肚子高大脸焦黄,苦儿呀,人人都说走了样。给他做了件粗衣裳,着他穿着上书房,苦儿呀,今来方才渐渐的胖。纵不读书也不妨,就是家去见阎王,苦儿呀,恐怕到家就算了账。

你说这李氏是省事的么?以先虽是骂的恶,还是借着别人,赵大姑因着一句话,就诘挑出来了,他怎么忍的?就变了脸说:“你这不是上起话来了么?你从先骂的不少了,我说你省着些罢。”赵大姑瞪起眼来说:“我不省!你待怎么着!”

【罗江怨】做后娘,没仁心,好不好剥皮抽了筋,打了还要骂一阵,这样苦楚好不难禁!五更支使到日昏,饱饭何曾经一顿?吃毕了才把碗敦,叫他来刮那饭盆,你把天理全伤尽!你来叫他也不是相亲,想必要给他个断根,你那黑心还不可问!

李氏说:“你这些屁,是听的谁放的?必然是小讷子那小忘八羔子篡作的!叫他来,合我质证质证。”赵大姑说:“卖布的净了店——你没嗄裂扯一裂扯。该小讷子那腿事么?南庄北院的说的少哩么?就是犸虎咬着老绵羊——就吃下他下半截,他也是不做声的。”

【叠断桥】天生的贤,天生的贤,苦甜只在他心间,就是背地里,他也不曾怨。一字不言,一字不言,止不住行人道路传,掉了土地老,他还没传遍。

赵大姑说:“你掩着耳朵偷铃铛,你那心扒出来,那狗也不吃。你道是没人知道么?”

扒出心肝,扒出心肝,饿狼馋狗嫌腥膻。掩耳去偷铃,只当是听不见。莫要欺天,莫要欺天,一床被子盖不严。纵是人不知,还怕神灵见。

李氏听说,气的战抺搂的,那脸儿焦黄了。便道:“依你说,就是你好。你既那么好,我去了,你给您兄弟做个老婆不的么?”赵大姑见他失了口,气冲两肋的说:“好科子!屁股里长出波螺子来——瞎了恁那腚门子!你着你妈替你做不的老婆么?”旁里一根锨柄,就拿起来了。

赵姑怒发,赵姑怒发,一霎气的眼前花,拾起锨柄来,就要分头下。媳妇子邻家,媳妇子邻家,推着你来护着他,没得打下来,还指着脸儿骂。

他那媳妇子,又搭上他那邻家们跑了一天井,都夺着那锨柄,才没捞着他打。李氏怕吃了亏,尽着他骂,没大敢做声。众人都推把着李氏往外走,赵大姑还赶着骂。

【劈破玉】我每日待找他没点闲空,他倒返上门来瞎胡寻逞,该把乜科子撕一个罄净!若不是众人拉着,打他一顿好锨柄,把他那贼毛挦了,从今日去去他那老婆顶!

赵大姑一行骂着,一行告诉着说:"您看这是怎么说!贩稍瓜的爬到屋檐上——上门来寻人便宜。这科子!"不说赵大姑还骂,且说李氏一路寻思:好没要紧,除没找了孩子来,赚了一场好骂,还几乎捱一顿好打。

想当初他那话这耳中还在,不知道这老科子这样利害,到家中问一声我何言答哉?我若说是受了气,他敢说是咋着来。这无名的采瓜,只得是捏着鼻子歹。

李氏一路寻思,又是气,又是恼,低着头,少魂无识的,蹴着了一块石头,跌了个倒栽葱,再爬不起来了。

那锨柄不捱着实实的侥幸,他自家在道上又找上个小零,这石头可也就不当不正,想是有神灵过,嫌处的他忒也轻。这不是明明的路儿,怎么就单踏着那石头顶?

亏了张炳之见他不来,着一个小厮牵着驴去迎他,扶上他那驴去,才来了。那腿上去了一块皮,走着还瘸呀瘸呀的,进了房门,也没管孩子哭,一头子攮在床上,回脸子朝里,就知道没赚了便宜来,可也没敢问他。

【清江引】进门来一句也没摔,腚朝着床儿外,气一场跌了皮一块,大娘子这一回不撞采。

第四回

是人人痛

诗曰:后娘折掇前窝子,异母兄弟反疼哥;

世间尽有跷蹊事,破茧偏能出好蛾。

上一段是说张讷被后娘降的走了他姑家里,李氏自家去找,受了一场厌气,回来恼的饭也没吃,直到了五更里,才对着张炳之痛骂。

【耍孩儿】四更尽五更初,炳之听他骂赵姑,达合妈掘了个无其数。妈只当是叔伯妈,达只当是出了服,话儿不敢多一句。不着他前言为证,定治他个不亦乐乎。

却说张讷在他姑家里,他老子偷寒送暖的,杨柳忽青,梧桐又落,不觉的十年有零,张讷长的出堂堂的,一表人才,也就成了汉子。李氏生的那个儿子,名唤张诚,也送在学里读书,十年来合张讷也没见一面。父子兄弟,你东我西,这都是姓张的苦楚。

他遇着后娘灾,孤身儿跑出来,眼看已是十年外。念书已是有长进,又是一表好人才,人人都说天生的怪。无奈他灾星未退,像有个鬼使神差。

忽然他姑得了病,他就合他姑舅哥们,白黑的守着。倒是他姑舅哥们还有离了的时节,还有睡着的时节;独有他,半夜里叫一声就答应。

衣不解眼不交,守病人昼夜熬,孩儿也是天生孝。后娘折掇的堪堪死，亏了他姑把气喣，好心还得好心报。奈何他三灾未退，还有个大数难逃。

待了会子，赵大姑大数已尽，可惜就一命归天。张讷哭的人人下泪。

【呀呀油】我的姑，我来投你一身孤；我今才略成人，怎么就撇了我去？我的姑，丝毫的报答尚全无，想想你那养育恩，泪珠儿流不住。

张炳之去吊丧，暗地里给了张讷几两银子，着他给他姑尽孝。张讷果然不肯妄费分文，买材念经，合他儿们一样。出了丧，他哥们因他仁义，还待留他，他断然不肯。

哥合嫂，人人合我像同胞，纵然再住几年，也不至惹人笑。几时是了？到底终须要开交。古一时有王祥，也曾把后娘孝。

他哥们见他说的有理，他老子看着他成了块块了，也禁的揉搓了。张讷从头给他哥们磕头。

拜哥嫂，十年不曾错待了，说不尽哥嫂恩，忘不了犬马报。好似同胞，十载恩情一旦抛，下双膝就磕头，泪珠儿双双吊。

张讷拜别了哥嫂，不免下泪，他哥嫂们也都感伤，扯着大家痛哭了一场，才放他去了。

【倒扳桨】渐渐行来到旧村，当年小树已成林。十年风景依然在，两眼悲酸认归门；两眼悲酸认归门，笑吟吟，欢喜登堂拜母亲。

张讷进门，就跪下说："给娘磕头。"李氏说："你来了么？我当是那杂毛待跟你一百年来呢。"

没娘孩子最堪悲，来到家中依靠谁？母子十年不相见，见面还要大发挥；见面还要大发挥，皆泪垂，都说他心肠狠似贼。

李氏又看了一眼，见他持着服，便说："白花花的他家里死了人，俺家里也死人来？"张讷听说，流水把白袍子脱了。那里头还是个白袄，便说：“我明日去取那蓝袄来穿的。”李氏翻砖揭瓦的，找出他自己穿的个红袄来，丢过去，着他穿。张讷看见那袄是个白里子，就寻思着，出了门我翻过来穿。当下流水换上，笑了笑，说：“我穿着就极好。”

想着到了他家中，几乎惹的大棍通。见他持服心里气，着他换上穿大红；着他换上穿大红，依他行，只怕难着他心不疼。

张讷那里穿衣服，张诚从书房里来，端相了端相，一把搂着说：“你是俺哥哥呀！”张讷老大的欢喜，便一把拉过来：“你怎么认的我来呢？”张诚说：“定是见慢慢认的么？”张炳之说：“好奇呀，怎么他就认的？”张讷见他兄弟来，哥长哥短的那样亲热，不觉的酸上心来，眼中落泪。

【银纽丝】兄弟的心肠天生也么仁，见他哥哥亲又亲。虽然两树是同根，自从生下你，一别到而今，怎么还能把我认？好好的兄弟似参辰，今日才认的模样也么真。我的天，一阵酸来，酸一阵。

张诚待吃饭，拿过碗来，先盛了一碗给他老，又盛了一碗给他哥。他哥说：“我且不吃。”意思里等着他娘吩咐。他娘说：“张诚，你仔管你吃了，上你那学罢。”

一点点人儿情意也么多，心里不知是怎么，真情只晓得爱哥哥。欢天又喜地，殷勤又活泼，不管他娘心里乐不乐，那知他哥哥受折磨。左难右难无奈何，我的天，难煞过人来，人难过。

张诚又说：“俺哥哥你且不吃饭来？”张讷说：“我不饥困。”他老也说：“你吃些罢。”李氏说：“不知道他来，可也没做着他的饭。”张诚说：“我今晌午不大饥困，就添上俺哥哥也勾了。”张讷说：“我这肚子里怪想饱，我且待霎吃。”张诚见他哥哥没吃，只吃了一个饼，一碗饭，也就去了。

【怀乡韵】没娘孩子不出气，像是乍到外国，没有一个相知。在人前，有处站来没处立，一个饭碗，也不敢去拾，清瞪两眼看人的高低。分明那肚里饥，只说是想饱那肚皮，只说是想饱那肚皮。哎，好可怜，磨难这才是头一日。

李氏见张诚去了，才下来那床，合张炳之吃饭。张炳之也没吃下饭去，临了剩一大些。李氏才说："张讷子，你来也揎些罢。"张讷才吃了些饭。到了学里看了看张诚，回来上外边屋里扫了扫，拾掇了一个铺。

进门来打了一个铺，地也是才扫，窗还是没糊，墙儿上灰尘蛛网无其数。好似觅汉上工，才做了文书，还未知主人家打骂轻重是何如。当初来家，那安眠稳睡，俺原自己就不图；只伺候下条手巾，黑夜里好拭那泪珠。哎，亏了有个好兄弟，一天的愁肠都丢去。

到了晚上，张诚来家问他娘："俺哥哥呢？"他娘说："甚么乜好哥哩！谁知道他哪里死的了！"张诚跑出来，找着他哥，两个亲的不知是怎么样着。

【跌落金钱】兄弟进门笑嘻嘻，你铺上个草儿打打席，哥哥呀，咱俩盖着一床被。哥哥叫了声好兄弟，这屋里冰凉冻着你，兄弟呀，咱娘嗔你出来睡。兄弟说：你读书是合谁？明日咱俩在一堆，哥哥呀，咱一处念来一处背。哥说：我不是个闲人，扫了田地并扒灰，兄弟呀，我从今再不受那书本子罪。

兄弟二人，只管巴起来了。他娘见他不去，自家出来叫他。张诚不待去，说："待合俺哥哥睡呢。"着他娘吆喝了两句，才去了。到家合他娘说："明日着俺哥合我一堆念书不好么？"

俺那书房也甚宽，哥哥合我在一间，爹娘呀，俺俩一处把书念。炳之有意不曾言，这话正合我心间，我儿呀，说的可也十分便。回头便对老婆言:书修多添两千钱,您娘呀,着他两个也好作伴。老婆说:是狗屁圈,不如留着做觅汉,您达呀,念造子书来也看的见。

张炳之见他老婆不依,也就不敢做声了。到了第二清晨,张诚早起来上书房开开那角门子,见他哥亦咱把各闹打扫了一大堆,还在那里扫。张诚说:“你看俺哥哥,你从多咱就起来了?”慌的拿锨就除。张讷说:“不必呀,放着我整治罢。”他那里肯听,又去找了个提篮来挎。

【罗江怨】兄弟去,再休来,沾了衣裳塌拉了鞋,你虽殷勤我不爱。你不快疾忙走开,怕晚了去向书斋,定然惹的师傅怪。赚下打没人替你挨,那时节懊悔刚才,腚上疼可也不自在。胳膊儿瘦似麻秸,像蜻蜓去撼蜀秸,那里用着你忙成块?

张诚又收上了一提篮,他哥夺过来,他还不依。两个正在那里直挣,他娘知道了,出来吆喝说:“干你嘎事?不快上学里去!”才撒了手去了。张讷以后只等他去了才做活路。

【叠断桥】自出娘胞,自出娘胞,好事没有半分毫,不想有个好兄弟,还着我开口笑。情意太高,情意太高,长长事儿要分劳,以后做生活,只着他知不道。

张诚每早晨起来,定是到他哥哥那里,说两句话,又问一声:“你没做嘎么?”他哥说:“不做嘎。”他才去了。

头儿才梳,头儿才梳,张诚早起去读书,先到哥哥的房,话儿说两句。天色还乌,天色还乌,又问那活路做了没?他哥说不做活,方才出门去。

有一清晨,他娘出来,见张讷才找锨,骂道:“懒贼杀的!早做嘎来?”张讷说:“我怕张诚来瞎胡混,就没早做。”这也就罢了。那天井里,有积年的一领灰土,着他去打扫。张讷合该造化低,一个锨头使成两半。张讷也就挣了一挣，不得不对他娘说。他娘大怒说："今早晨骂了你两句，你就没好气。亟我跪着！"

双膝跪倒，双膝跪倒，下气怡色又告饶，泪珠儿流下来，哀哀的把娘叫：休要心焦，休要心焦，我去巴上就是了；我若巴不了来，就是儿不孝。

张讷去巴锨，李氏还怒气不息，找了棍子来，正待打他。张诚来见那光景，把脸一变，问他哥为嗄来。他哥说："破了锨头。"张诚跪下说："娘饶了他罢。"他娘说："该你嗄事？"轮起那棍子来，打了他一下子。张讷哐哼了一声。张诚就扒着他哥哥那身上，叫唤着说："娘打我罢。"他娘没法，才住了。

小小后生，小小后生，怎么就知把哥疼？且是那样娘，反生出了贤圣。一片至情，一片至情，王览当日也未必能，旁人听的说，个个心酸痛。

从今以后，他娘待打张讷，只等张诚去了才打他。一年一年的，张诚越发大了，他娘望他懂窍了，谁想一年潮似一年，知道他哥是等他出门才做嗄，每日晚上来，就自家找着那活路忙揭了半宿，他娘叫着他也不听。

书斋回还，书斋回还，手忙脚乱更不闲，不怕他娘嗔，只做到二更半。小小心田，小小心田，要把生活都做完，也着俺哥哥，少出两身汗。

他娘又生出法，着张讷上山打柴，一日一担。一日到了山上，只打了半担，那雨就大下不止；及至住了雨，天已晚了，就将这半担担了来家。他娘嫌少，不给他饭吃。

骂了声狗男，骂了声狗男，一日两个肚儿圆，打的那柴儿，就也看的见。今日上山，今日上山，十来根柴儿肩上担，你可就出去，休把钉子来揎。

张讷一来又弱，二来又饥，掬着嘴，在炕上仰着。不一时，张诚来家，到了他哥那里，便问：“哥哥，你病了么？”他哥说：“不是病了，却是饥了。”又问：“你没吃嗄？”张讷告诉了一遍。

大雨如麻，大雨如麻，割了柴儿勾一把，及至住了雨，日头已西下。担到来家，担到来家，柴虽不多一样乏，除不给饭吃，还惹的咱娘骂。

张诚听说，没做声去了。不一时，跑回来说：“哥哥，给你这个。”那天已黑了，他哥摸了摸，是滚热的一个油饼。慌的说：“这是哪里的？”张诚说：“我偷了点面，着咱那邻家给赶的。”他哥说：“你可再休呀！一半顿饭不吃，也饿不煞，着咱娘知道了，敢说是我唠着你，偷面赶饼我吃哩。”

我那兄弟，我那兄弟，千般为我用心机，如今你这等，倒着我肝肠碎。你可再思，你可再思，宁可低头忍着饥，休要作弄的，着咱娘再生气。

张讷吃了饼就睡了。早起来吃饭，上了山，在山里正割着柴，忽然抬起头来，见那岭上来了小不大的一个人，那行动就像张诚，便站起来拿着斧子挣挣的看。

远望昏花，远望昏花，那手拿斧子眼巴巴，极像是张诚，人儿又不大。分明是他，分明是他，越发细看越不差，未曾他上山，早把心摘下。

及至到前，果然是张诚。他哥失大惊说：“你来咋哩？”张诚说：“我看看。”又问：“您师傅没在家么？”他也不答应，竟下手扳那干柴。他哥哭声撒拉的说：“你待怎的？”他也不做声，脚排手扳，使的那汗顺着脸往下淌。一面还说：“明日我捎那斧子来。”

口中不言，口中不言，两脚排柴手又扳，一霎时手起泡，鞋也稀糊烂。近前一观，近前一观，心肠搅碎似刀剜，哥哥的泪珠儿，兄弟的头上汗。

他哥看了看，那手上使的两个燎泡，脚上鞋也破了，倒弄的无心打柴，守着他哭起来说："你不家去，我就跳了崖里！"张诚看着勾一小捆子，才往家去了。他哥送过他岭来，就回去了。

【劈破玉】张大官倒回来泪流腮上，我那个好兄弟比不的寻常，不知是那一个神圣来下降，那点小嫩手，为我中了伤，捆着他这柴儿，好似万把刀往这心里攮！

张讷担柴到家，放下担子，且不吃饭，先到书房里看了看张诚。他师傅出来送他，张讷嘱咐道："张诚你拦着他些。今日跟到山里，万一撞着犸虎呵呢？"他师傅说："头晌午来的晚些，责了他几下。"

见哥哥进门来忍饥受骂，痛的那心眼里没处去抓，明知道要受责也全然不怕。读书极伶俐，聪明谁似他？到了他哥哥身上，好像是一片心儿都是傻。

张讷回来吃了饭，张诚也来了。张讷又拉过来，看了看手上那泡，掉下泪来，说："你总然不听，白死的转下了。"张诚笑着说："那里呀。"他哥说："可再休去了。"

叫一声张诚你绝不害怕，你看那狼虫多山又难爬，不听说果然赚下了几下。你若是再要去，我可就不是这么，定是禀给您师傅，要着他多多的着实打。

到了次日，张讷想他不去；谁想到了山里，他亦咱到了。他哥慌了，一行推着他，腰里拿出斧子来，乒乒乓乓的斫起来了。他哥见劝不动他，恐怕误了打柴，一行斫着，一行念诵他。

兄弟来倒教我心里难受，我打柴也不是充军砍头，何用你这样舍身来救？你上山来一次，我泪珠淌一大兜。你若是疼你哥哥，好兄弟你流水往家里走。

正说着，听的呼呼的风响，好几个打柴的喊了一声说："虎来了！"都跳滚崖下躲避。张诚还呆呆的。他哥慌了，一把抱过来，也要下崖躲避。那虎一过，一口把张诚来咬去。张讷着急，舍命追赶。那虎衔着个人走的慢，被张讷赶上，劈了一斧，舍命乱跑，眼看着过了山去了。

把一个圣贤人被虎咬去，都说是天没眼不分贤愚，从今后在世间好人难做。张讷只一跳，我看是有天没？仰起头来大叫了一声皇天，呵叱的只一斧！

张讷叫了一声皇天，把头几乎劚下来！众人吃了一大惊，看了看，那嗓根头子，割断了半边，那血直淌。大家扯裂块布衫子来，缠了缠，又着一个人取了扇门来，才把张讷抬了来家。

【清江引】人人都说天不好，世间事谁能料？兄弟皆贤人，处治忒也虐，谁知道鬼合神用意巧。

第五回

是慈悲露

诗曰：死后不忘手足恩，阴司暗暗路黄昏；

观音瓶里杨枝水，一洒能还孝子魂。

上段是说张讷，他后娘着他山中打柴，他后窝兄弟，偷着去替他，被虎咬去，张讷几乎把头劚下来，抬在家中，卧在床上。合家啕叫起来:他达是哭小的,还疼大的;他娘是哭小的,还骂大的。

【耍孩儿】哭一声我的娇,骂一声死囚牢,哄着我娇儿上你的套。打柴不止一个人,虎来偏把我儿叼,我儿屈死谁知道?就死你贼徒千个,当不过我那金豆一包。

任他娘怎么骂,张讷发昏,可也不觉。张炳之哭着说:“张讷已将待死哩,你还骂他怎么!”李氏说:“死一百个张讷,敌不过我那儿。他死不死的你待守着他咋呀!”

张炳之不做声,老婆的话可也不听,倒疼儿的心肠盛。浑身上下摸索遍,颈血长流不住停,气儿还比游丝緼。守到他三更以后,才听的那床上哐哼。

张炳之听的哐哼,慌忙取了点饭汤来,灌了他一口,也下去了一半,从那刀缝子里也出来了一半。那庄里有个医官叫开门,取了刀疮药来,给他搽上,又灌了几口,临明才略懂人事。他娘听说,又来骂道:“你杀了我那儿,难道剮一刀子就罢!”张讷哐哼着说:“娘休生气,我自然就死。”

【呀呀油】泪如梭,兄弟死了我不活,能换了我兄弟来,我情愿把骨头磋。要告阎罗,我自然是不能活,纵然是能活,我也是活不过。

张讷哐哼了两句,他老又拿水来灌他,他一口也不咽了。待了三天,呜呼哀哉了。他老子哭的发昏。

好哀伤,小的死了大的亡,撇下这绝户人,成一个甚么样!刀割心肠,反来覆去泪汪汪,指望你来把我埋,倒着我把你葬。

不说他老痛极,却说张讷死了,那魂灵不曾忘了他兄弟,一心要找着合他相会。自家飘飘渺渺,走了一回,见大路上往来的,也就跟了去了。

到阴曹,我的兄弟那去了?心里暗暗的想,口里哀哀叫。飘飘飘飘,路上的行人沸似潮,但只是跟着走,不知是那里的道。

正走中间,忽遇着庄里吴妈妈子,每日过阴,这一日正待还家,看见张讷,大惊道:“你怎么来到这里?”张讷说了一遍。妈妈子点了点头叹息。张讷又问:“你见俺兄弟来没?”妈妈子说:“我合你回去再问问的。”

【倒扳桨】兄弟贤名到夜台,阎王听说笑颜开,将来还有无穷福,忽到阴司好怪哉;忽到阴司好怪哉,不用猜,我说还是不曾来。

妈妈说:“您兄弟俩有极好处,就是阴司里也是久矣知道的,还有大好处没受享,怎么就来了呢?”一行说着,到了一座城池,作买做卖的,就与那阳间无二。到了城门上,见了一条大汉子出来。妈妈子说:“极好,我正待去找你去的呢。”

有一个张诚被虎食,他家就在敝邻西。哥哥找他找的苦,不知他在那一批?不知他在那一批,好可疑,料想班头无不知。

那大汉子想了想道:“张诚没有呢。”便向腰中抽出一张批来,给那张讷看。

腰间里把批抽,许多小字黑溜溜,张讷接过来细细的看,没有张诚在上头;没有张诚在上头,且把批叠起,又叫大汉子收。

批上看了看没有,妈妈子说:“只怕在别人票上。”那大汉子说:“岂有此理!这一路是我管的,怎么差的别人呢。”大汉子临走,又问说:“这是那好人张诚么?”妈妈子说:“是。”大汉子说:“他那有着虎吃了的,还在阳间。”

【银纽丝】妈妈子告诉张大也么官,而今不用再疑难,请回还,令弟的尊名不上单。虎吃了几个圣,虎吃了几个贤,从古以来何曾见?虽然犯了个猛虎关,必然还有个好因缘。我的天来咳,打算难来,难打算。

妈妈子说："大相公，咱回去罢。"张讷说："我既来了，再打听打听。若是没在阳间，再回来不难么。"

大官人听说苦告也么难，我好容易来这番，难上难，受了苦楚万万千。没个真实信，随即又回还，可不辜负了死这一遍？阳间里看着是在阴间，阴间里看着又在阳间。我的天，见面难来，难见面。

妈妈子又合他到了城里，见衙门前抗枷带锁的一大些，妈妈替他逢人便问，并没有知道张诚的。正问着，忽然满城里大明起来，不似阴间昏惨的气象。众人都嚷道："菩萨来救苦哩！"妈妈子慌忙的拉倒张讷，合他跪下。

【怀乡韵】抬起头来看一看，慈悲菩萨在云端。哎，又只见五色祥云空中现，手拿着杨柳枝儿，一闪一闪，好一似笼笼的细雨洒在衣衫。那枉死冤鬼万万千千，齐声一叫救苦的菩萨，震动了青天，震动了青天。哎，苦命的人儿，也遇着观音老母来救难。

菩萨在云端洒那细雨，只见带枷的脱了枷，带锁的脱了锁。张讷觉着那脖子上凉了一阵，就不疼了。那菩萨也就过去了。

叫了一声观音自在，造化高，就遇着你来，哎，一霎时刀疮疼上全无害。阳世三间谁慈悲俺来？到阴司倒受那杨枝儿一洒。菩萨菩萨，你把眼睁开，保佑我那兄弟无难无灾，保佑我那兄弟无难无灾。哎，放倒头多把观音拜几拜。

妈妈子说："你真有造化！阴间传说：观音老母三千年一到阴司，打救苦难，里头必有冤死的人。空是这说，也没人见，怎么偏你来就可巧的撞着？合该你不死。过来，我合你家去罢。"

【跌落金钱】阴间传说我菩萨，三千余年一见他，官人呀，这也不过是传留的话。适遇观音菩萨驾彩霞，颈下刀疮一把抓，官人呀，你真是天生好造化。您俩的福日日加，要如那枯树再生花。官人呀，劝你不必心牵挂，替你问了又替你查，查来问去并无差，官人呀，过来跟我回家罢。

妈妈子领着他出了城，送到他家才去了。张讷死了一日一夜，材也买了，忽然又还魂过来。他老喜极，从容问他，他才说这等这等。李氏知道，又来吵骂说："你推佯死，又捣那臭鬼！难道乜孩子着虎咬子了去，还有活的么？"

张讷听说泪涟涟，若不信我到阴间，亲娘呀，吴妈妈也曾亲眼见。我把那批文细细的观，没有我那兄弟在上边，亲娘呀，俺又上阴城走一遍。我自阴城得回还，不见我那兄弟心痛酸，亲娘呀，痛伤怀也不止你挂牵。我就重生在世间，要经万水与千山，亲娘呀，定找着我那兄弟见一面。

张讷说："兄弟是手足，没有不疼的，况且我那兄弟，又比不的人家那兄弟。若不问着还在，我亦不回来。我好了，讨着饭吃去寻他。"他娘说："你么？你好找个指头子一溜烟罢，你找甚么！"张讷听说，不觉的扑簌簌吊下泪来。

【罗江怨】大官人泪纷纷，提起兄弟刀刺心，海角天涯将他问。也不要挡外人，也不是恐怕娘嗔，就是这心里酸一阵。找着他问问原因，拉着他进进家门，那时说话人才信。我若是欺哄亲娘，头直上自有灵神，娘呀，何必你酸困？

自此李氏想起张诚，就骂张讷。亏了他老子服事他，待了半月，略才较好了。

【叠断桥】张家大郎，张家大郎，自家要去见阎王，谁想幸遇着南海观音降。露洒垂杨，露洒垂杨，脱枷解锁愈刀疮；就是头断了，可也接得上。

待了几日全好了，跪着他娘磕了几个头，就要起身去找他兄弟。爷俩不免下泪。

【劈破玉】大官人放倒身磕头几个，拜爹娘要登程两泪如梭，这也是天教我人离家破。兄弟若是寻不见，休要指望我还活。从今后三年五载，定不得归期了，爹爹呀，你只当是没有我。

依着他老子，既没了小的，吊了一个儿，极割舍不的教他去，却是怕老婆，又没奈何。只得没人处给他几两银子，叫他盘缠。张讷接了银子，洒泪而别。

【清江引】万苦千辛受不了，又上羊肠道。天道也难知，世事总难料，下一回再看他这一找。

第六回

是悲中喜

诗曰：贤兄寻弟两三年，历尽千山与万山；

大劫消来磨难尽，爷儿兄弟大团圆。

上段是说张讷还魂，知他令弟不死，立志寻找。且说张讷出门，没有定向，见路便走。

【耍孩儿】出汉中到凤翔，由西安到平凉，延安临洮济着撞，半年才到庆阳府，又待了三月至巩昌，才到了甘肃把霜降。最可怜鞋破袜绽，说不尽冻饿风霜。

张讷起身，在本省里，逢州府县，遂处即问，并无音信。

【呀呀油】叫了声大哥，我那兄弟被虎驮，上穿着袄儿长，下穿着鞋儿破。神圣仙佛，保佑我合兄弟在一窝，祭祀猪一口，还杀羊一个。

张讷在本省游了一遍，才到了山西地方。

【倒扳桨】过了沁州又汾州，潞安游遍大同游，秋后才到了太原府，及至平阳岁已周；及至平阳岁已周，更无休，过巷穿街双泪流。

张讷走了两省，已是二年多。其初逢冷逢热，还些须的换换衣裳；后来盘缠少了，就还换不的了。

有钱不怕无衣穿，近来腰中无有钱，肚里无食便要死，穷人论不的热合寒；穷人论不的热合寒，行路难，起倒一身随处安。

张讷无冬无夏，只是穿着个破袄，嘁嘞搭撒的，真似一个花子。起初还找房店，后来只在古庙里存身。

【银纽丝】浑身蓝褛鞋儿也么穿，袄少袖，又没肩，难遮寒，合那花子是一般。一日饭一顿，两个黑采蓝。夜晚不敢找房店。问他问的口儿干，盼他盼的眼儿穿。我的天，见何时来何时见？

山西问不着，又到了江西的境界。江西十二府，过了七府，不一日到了瑞州。

【怀乡韵】南昌府八州县，过临江合吉安，广信饶州都找遍，南康建昌走的我腿酸，及到了瑞州，已过了三年。走一步来叫一声天，兄弟兄弟，我别的容易，找你时好难，找你时好难！哎，见了你，我死在他乡也情愿。

张讷出门时是二月间天，这一年到了瑞州，是十月里，共算起来是三年零九个月，盘费久已净了，一年来只是沿门上乞食了。

【跌落金钱】瑞州城里闹喧喧，走过了东关问北关，奶奶呀，离乡人来求你一碗饭。南家里讨，北家里缠，在外的人儿难上难，爷爷呀，发慈悲施与我饼一片。撞着了青春一少年，谁保的俺兄弟得团圆，哥哥呀，破衣施与俺一件。二八佳人往外看，哀情诉说泪涟涟，姐姐呀，好心人舍与俺针合线。

张讷讨了半日，肚里不甚饥饿，便在那大路旁，告诉他在外的缘故。一霎时站了许多人儿，听他说张诚怎么仁义，怎么被虎咬去，怎么到阴间里，知他不死，那人就有吊下泪来的。

我那兄弟叫张诚，小小的年纪他知道爱兄，列位呀，他为我才把残生送。我找他死到阴城，阴间问了够千万声，列位呀，到阴间才知道他还有命。有人说道事难凭，猛虎衔人断不生，尊客呀，死活只怕也未可定。又有人说好至诚，此人若还把命倾，还就是，老天全然无灵应。

正说中间，有七八匹马过来，像是一个官府，众人一齐闪开，让他过去。马上一个官府模样的，看了一眼，过去了。后边有一个美少年，来到近前，把马勒住，细细的端相。张讷还不敢看他，他忽然跳下马来，问了一声："这是俺哥哥呀！"张讷抬头，却是年年寻、日日找的那张诚，不觉一把拉住，两人放声大哭起来。

只说是你遭虎是命里该，我也为你到夜台，兄弟呀，到阴间才知你还在。隔日还魂痛伤怀，不见兄弟誓不回，兄弟呀，我离家已是三年外。三省走了万条街，瑞州今日我初来，兄弟呀，几乎把我那心想坏！见你的念头已是丢开，破上路死便路埋，兄弟呀，谁想又合你在一块！

二人痛哭，那路上行人无不感伤。马上跟随的，都跳下马来站着，等张诚哭罢，才到马前，禀知那官府。

【罗江怨】那张诚来到马前，一字字诉说根原，马上不住连声叹。吩咐人又把马牵，扶张讷跨上雕鞍，一齐到了那官府院。兄合弟细说当年，才知道有个因缘，从来千古何曾见？若不是他被虎衔，怎能得个个团圆？老天真不由人算。

一齐到了那官府家里，兄弟细说原由。原来那一日虎衔张诚去，并不曾伤他，丢在路旁而去。这官府原是瑞州的同知，他原是满洲人，罢了官，就在瑞州居住，现今赎了身，也是姓张。一日往南昌公干，起的身早，见张诚欹在路旁，看了看，是个书生模样，试了试还有气，就下轿来，守了一霎，还魂过来，说起家乡是陕西保城县，离家已隔八百余里，就按在轿里去了。

那猛虎将人衔，遥遥经过万重山，鞋袜全脱衣裳烂；又不曾印个牙尖，跑了也勾程途一千，丢在道旁没人见。张同知恰早回还，看了看面似粉团，慈悲不觉心怜念。带到家喜喜欢欢，暂教他奉事堂前，许着送还他保城县。起初时两不相干，谁承望兄弟得团圆，猛虎必定是神佛变。

张老爷因着自家没儿，见张诚是个齐整人才，有心拾他去做个义子。不则一日，就到了瑞州。

【叠断桥】到了瑞州，到了瑞州，便与太太说因由。实话告张诚，要他把干儿做。无家可投，无家可投，重拜爹娘另磕头。张诚无奈何，只得全俯就。

张诚给张老爷做了儿。这一日城隍庙起会，爷俩赶会回来，不想就撞着他哥哥。

暗泪长抛，暗泪长抛，西望家乡万里遥。哀哀一片心，开口向谁告？马上锦袍，马上锦袍，偶尔出门玉辔摇。哥哥在眼前，梦想何时到。

那一日来到家，给张讷换了衣服，一处坐着。便问："贵族先世曾有乡绅么？"张讷说："敝族原是山东人，先曾祖做过浙江布政司。"张老爷说："我也是山东人。贵府是那一府呢？"张讷说："是东昌府。"张老爷说："奇呀！既是东昌，怎么又在陕西住呢？"张讷才说缘故。

嫡母如何，嫡母如何，鞑子掳过浪漳河。后娶我生身母，又遭了塌天祸。仅得存活，仅得存活，家父陕西去时多。又娶张诚娘，就在那里过。

张讷说了一遍，张老爷点了点头道："哦哦！我道你那嫡母姓嗄呢？"张讷说："姓王。"张老爷又点了点头道："哦哦！"忽然跳起来，上后宅里去了。略不停时，老太太出来了。张讷磕了头。老太太便问："你老子甚么名字？"张讷说："是炳之。"老太太眼中落泪，说："咳！你就是张炳之的儿么？"

你是姓张，你是姓张，家门原自在东昌。你那老爷爷，当初也有名望。我就是姓王，我就是姓王，我就是你前边头一个娘。可不知弄的您爹爹，近来怎么样？

老太太回头说那张老爷："这都是你的亲兄弟，你拿着当儿，折罪煞了！"张老爷说："张诚何曾说出是山东人来？"

我问张诚，我问张诚，何曾说出是山东，只说他姓张，与我为同姓。说的分明，说的分明，指引我兄弟再相逢，如今说起来倒叫我心酸痛。

原来张老爷就是王太太所生。王太太被黑固山掳去，五个月生了张老爷，起了个名字，叫做白持。后来固山死了，因着老太太思家，他就赎了身，改名张复。

因为母亲，因为母亲，复了张姓又赎身。每遇着东昌人，就把爹爹问。全无信音，全无信音，炳之少年离家门，一凡故乡人，无复能相认。

张老爷整日的问不着，忽然得了老子真信，又添了两个好兄弟，扎挂起来，却是一表人才，又孝母，又敬哥。张老爷异常的欢喜，就合他同桌吃饭，同床宿眠，就商议同归陕西。

【劈破玉】张老爷常思念那故乡的情义，平空拾了俩亲亲的好兄弟，欢喜的娘儿们拜天又谢地。吩咐人卖田宅，一心要上陕西。愁只愁两个娘同居，只怕嫉妒人要弄气。

这张讷是个孝子，并不肯说后娘一字。老太太恐怕到家，合他合不的，便叫张讷那没人处，问李氏的性情。张讷答应说："极贤惠！"老太太不大信，又商议那张老爷说："不必察访。"

那张讷为兄弟出来讨饭，这个人我看他是个圣贤，他怎么肯无道理说那后娘的过犯？但仔剩了人一个，割舍的出来受颠连，那后娘的心肠，这也就摘了帽子看见纂。

张老爷说："我看这两个兄弟都是贤人，那后娘纵然不好，张讷也不肯说。自我看来，一个儿着虎吃了，剩了一个儿，还着他来到这里，为娘的也就可知了。"老太太说："依你这一说，是不去好。"张老爷说："那有不去之理！只是去也有法，不必疑难。"

张老爷叫母亲你把心放，只顾去也不必望他贤良。到那里住两天看一看风浪，若好就在一堆子过，纵然不好也无妨，咱另起一位楼台，盖上几座厅堂，买上一些桌椅，置上几张藤床，雇上几个小厮，寻上几个梅香，支上几个锅灶，下上几斗粗粮。他端的是他的碗盏，咱穿的是咱的衣裳。一下里叫爷，两下里叫娘，不合他一个锅里抡杓，像这等还有什么话讲？

老太太听说大喜，即便打点行装，拣了个好日，雇了两乘驼轿，合家往陕西进发不题。却说这李氏自张讷走了，不见儿子音信，昼夜的啼哭，得了恶疾，疼痛不堪；又一年，呜呼哀哉了。剩了张炳之一个老光棍，终日愁闷。这一日正在门外头打盹。

张老儿每日家不生不灭，忽然间人合马来了一大些，那里的贵公子将谁拜谢？又见两匹马直指就来这，老拘远里下马，缨帽儿皮靴，少年英耀步乱踅，来到跟前叫了一声爹爹。抬头细认，喜才惊绝，谁知这人原来非别，却是那亲生的娇儿，忽然间从那里来也！

张炳之正打着盹，忽然抬头，见轿马人夫，来了一大些。内中两匹马，飞奔而来，下了马，却是大儿张讷。张炳之喜极了，还没问出话来，看了看后头就是张诚，越发喜极了，眼中落泪，竟问不出来了。不多一时，张老爷也到了。张讷禀了来历。张炳之这一时里，八十老头转磨磨，几乎就晕煞了！旋即老太太合官娘子都下了轿，大家一齐进门，到了家里。那四十年生离死别夫妻，又得相见，就是铁石人，那里有不悲痛的呢？

张炳之没了儿婆子又丧，每日家单祷告着张讷还乡以外，老头子别无指望。已破上做个老绝户，谁想儿子成行，闹闹嚷嚷，妻子满堂，小儿不死，大儿不亡，四十年的儿子认父，久别的妻儿进房，一伙小厮参见，一群丫头铺床，忽然成了太爷，不是昨日老张。说不尽学不出来的喜欢，不觉的泪珠儿赶点子往下淌。

夫妻哀伤了一回。三个儿来磕头，又是官娘子来磕头，以后是家人媳妇来磕头，又以后是管家小厮参见，乱烘了半日。张诚才问："俺娘呢？"张炳之说："死了一年多了。"张诚听说，叫了声亲娘，倒在地下，绝气而亡。大家失色，摸弄许多时，才还魂过来，痛哭不止。张讷也着实哭的痛切。

【清江引】来到家，指望你说声好，生死离别谁知道？不记往前仇，痛哭伤怀抱，为儿的像张讷天下可也少！

不说二人哀哭，且说李氏死了，倒省了许多调停，那旁人都说他死的恰好。后来张老爷供给着他两个兄弟读书，大的会了进士，小的中了举，张炳之八十还在，岂不是福呢？

怕婆子天下也不少，张炳之谁能到？三儿都做了官，且是人人孝,还是他祖宗积行的好。

【西江月】因为贤兄孝弟,好心肠感动青天。不是神鬼共撮攒,那得父子相见?谁似他一门贤孝,说起来个个悲酸。人家兄弟有许多般,这一个样子请看。

词宜音调清,白宜声色象;止有一分曲,借尔十分唱。

翻魇殃

第一回

仇尚廉贿卖侄妇
土条蛇造言诬良

【西江月】人只要脚踏实地，用不着心内刀枪，欺孤灭寡行不良，没娘孩子自有天将傍。天意若还不顺，任凭你加祸兴殃；祸害反弄成吉祥，黑心人岂不混帐？

这人生祸福，俱是老天作主，在不的人作弄。那一等无知小人，见人家有碗饭吃，就要嫉妒他，有点不好，就加点祸给他，殊不知你做着天来么？

【耍孩儿】劝人处世莫弄歪，休嫉妒休卖乖，头上自有青天在。万事不由人计较，一生都是命安排，害别人反把自己害。若自己不寻苦恼，那里有苦恼寻来？

今日我说一件故事给列位听听：话说陕西凤翔府扶风县，有一个人姓仇名仲号牧之，原是庄农人家。娶妻陈氏，早死了。撇下一个女儿，叫大姐。他又娶了一个继室，姓徐。生了两个儿子：长男仇福，次男仇禄，俱年小。惟有大姐十二岁，性子极不好，他老子因他泼，所以不大喜他。

仇大姐性子乔，事儿不值个破瓢，开口就合他娘爷闹。父亲心里不大喜，说这个妮子把气喒，做媳妇必定极不孝。叫人家休退打骂，必然着父母担嚣。

给他找个婆婆家，姓谢，在宝鸡县住。离家远远的，任他作甚么精，我且听不见。且是上无翁婆，下无妯娌，家中有五十亩地。大姐才十六岁，就叫他娶了去了。

若有婆若有翁，或者有嫂并有兄，还怕他不大通人性。止有女婿人一个，或者他俩平打平，谁打过谁来谁得胜。况且是路途遥远，捞不着上门告诵。

自从大姐出嫁以后，来家走了两三次。每遭来到家，一点合不着他的意思，他就使作出来，因此整年的也没人搬他。倒是他后娘心里过意不去，遂使人搬了他来，住了半月，又不好了。

仇大姐怒开言：是绸袄是纱衫，何曾给我做一件？找了个汉子一千里，整年没人理之焉。来到家只吃您两碗饭。俺也是你的儿女，就拿着大不相干！

把他爷数话了一顿，使性子去了。仇牧之见他遭遭如此，越发恼他，从此断了往还。大姐生了个儿子，方才三岁，这一年，女婿忽然得病身亡。他爷去吊丧，替他着实忧愁。

叫女儿泪两行，他姐夫又早亡，我儿可将谁依傍？外甥方才三两岁，你又年小怎承当？如今是该怎么样？添上块忧愁大癖，倒着我昼夜愁肠！

大姐说："俺爷你放心罢，他好歹是我的个汉子，就是难，我还代另嫁哩么？他在时，我还嫌他带累我，那不是五十亩地，他又卖了十哩亩，纵然有他代中甚么用！"

叫爹爹莫愁肠，好歹的出了丧，济着俺娘们往前闯。还有四十亩薄喇地，能打几石粗喇粮，我看着料想无妨账。他在时虽是个汉子，我可还嫌他胡铺囊。

仇牧之说："这等话说我就放心了。"腰里掏出了五两银子，替他料理着出了丧，才回家来了。大姐从此管家过日子，他就住不的娘家了。

只为着家无人，十年不上娘家门，他后娘时常来问信。过的日子虽不好，粗布衣绸绢裙，歉年也不曾断了囤。盼着儿娶了媳妇，那可才有了替身。

待了十来年，儿子离了地，才像家人家了。忽然遇着陕西大乱，贼头郑六虎来扶风县放火，掳了许多人去了，就有仇牧之在里头。大姐听得信了，遂叩上车辆，才抱儿来家看看。

来到家合他娘，抱着头哭一场，破查垣就是他家乡样。说他爹爹既被掳，又不曾对敌着了伤，将来还有归家望。才说他自己受罪，又带着劝他令堂。

大姐说："俺娘你也不必常哭，俺爹爹又不曾着了伤，焉知后日不还来家？像我待不罢了么？"娘们说了一宿话。大姐因着家中无人料理，住了二日，就回家去了。

仇大姐自去了，十年来家走一遭，临行又把泪珠掉。人都说他这一次，没了老子气也消，今番倒省了吵合闹。早起来没的留恋，只为着水远山遥。

却说仇牧之去后，过了几年，仇福就十六岁了，仇禄十四岁，因着家里没人，就着仇禄书房里读书，留着仇福在家中指使，有一顷多地倒也还过的。这仇牧之有一个叔，名仇尚廉，是个无赖之徒，遂暗地使人劝他侄媳另嫁人家。

仇尚廉用心机，一心要卖他侄媳妇，还要图谋他宅合地。说你已是三十五，错过了光阴悔后迟，不如早嫁了还如意。放下这两个孩子，我看着并无差迟。

那来的人说了一说，徐氏就变了脸，说："老犬草的！这样放屁！"并不听他再说，那来的人见说不动他，也就起来走了。

徐娘子气忿忿，他看我还值几两银，白黑的他把心使尽。俺家还有顷多地，安心一时要齐吞，这个心眼不堪问！若撇下两个孩子，他必要剪草除根！

徐氏骂了一场，那个人回去就学说了。仇尚廉又羞又怒，遂又动了个狠心，就暗暗的给他找了个主，言定价银十两，安心不对他说，就要强拉了去。

仇尚廉用狠心，定身价十两银，那人也是个老光棍。言明笔落天秤响，死活拉着出了门，不管他心里顺不顺。但那人有儿有女，还打听徐氏为人。

言对的已是停当了，但那老头儿还要打听打听徐氏的德性何如。却说有个魏名，绰号是土条蛇。仇牧之因他邪僻，不大礼他，因此有些不睦。遂造了徐氏一篇瞎话，诬捏徐氏。

纂瞎话庄扬他，说他私通那邻家，邪僻性子忒也诈。他却不知尚廉事，逢人到处尽呱答，那老头听说就变了卦。催了催不敢上套，到全了他一家人家。

您说那魏名要知是仇尚廉的计谋，他岂肯破他的亲呢？总是神灵指引着，就把亲事来散了。待了多时，徐氏才知道，只急的撕头发打脸腮，可就大骂大哭起来了。

哭声地叫声天，骂老贼仇尚廉，将心刓出狗不舔！对人枉口嚼舌根，不知合俺甚么冤！头上自有老天见。正日是大哭大骂，倒在床上不能动弹。

这徐氏哭了几天，又气又恼，浑身肿了，动弹不的，日子也就难过了。便寻思着仇福也是十五六了，不如给他娶了媳妇子罢。

叫仇福去烧火，不是稠就是薄，这样日子实难过，不如看了嫁娶日，粜几石粮食做盖窝，虽然小些也不错。但得那媳妇贤惠，也看着做做生活。

徐氏定了主意，就托人去合他丈人说知。那仇福的丈人，是姜秀才，号屺瞻，为人极好。他也着实体念徐氏领着两孩子难过，着人去一说就允了。

托亲戚走一遭，徐氏的话儿从头学，家长礼短皆实告。姜秀才听说把头点，那里的日子我知道，娶了作伴也极妙。但只要收拾口屋，那烦文断乎不消。

徐氏听的说亲家体念他，也欢喜。就看了个日子过了门。那媳妇又甚是贤惠，娶进来门，便无所不做，早起晚眠，伏侍的婆婆件件遂心。

新媳妇勤力多，又洗碗又涮锅，看着驴儿去推磨。病人欹在床头上，不用指点会做活，婆婆看着心欢乐。心里喜那病也觉着好，拄着杖脚也能挪。

徐氏心里舒坦，那病也就略好些了。又待了二年，那仇禄也是十五六了，长的貌堂堂的，都说他的诗文大有可观，这且不讲，要知何如，且听下回。

第二回

用奸心魏名教赌
迷真性仇福思嫖

却说那魏名，见仇家的日子渐渐的好了，他心里就生气，寻思着要教他败落，殊非是教给他赌钱。有一日看见仇福在道上闲玩，魏名上前一把拉住，让到家里，烫上酒，端上四样子菜，又叫他兄弟魏二也来陪着，推杯换盏，饮酒叙谈。

【耍孩儿】叫一声大相公，每日待请你来吃一盅，穷忙逐日没有空。今日年闲无甚事，尝尝这薄酒避避风，殷勤就把酒杯奉。一伙人传杯换盏，倒吃的意快情浓。

仇福着他奉承的极欢喜。魏名又拿了一个骰子盆来，抹出骰子来合他行令。仇福说："我不会。"魏名说："大相公既不会，咱就赶点子罢。"仇福又说："也不会。"魏名说："我管教的给你。"

有魏名把仇福教，仇福就跟着魏名学，说了说一霎就知道。不过是大点赢小点，俗名又叫"火燎毛"，惟有这个才公道。那魏名说的极好，仇相公心痒难挠。

仇福果然就合他赶点子，魏名兄弟两个输了，仇福越发喜极了。魏二连吃两杯，又掷，又输了。魏名说："大相公亏了没合你赌钱，好运气，好点子。"

败家的营生有两条，除了赌钱就是嫖，今日引他上了道。一连掷了几轮子，相公赢了好几遭，魏名奉承他掷的好。欢喜的磨拳擦掌，一声里叫六呼幺。

吃到够了二更多天，仇福也就醉了，二人送出门来又说："大相公，你若不弃嫌着，自己闷了，你就来找我玩玩。我们虽没有甚么给你吃哩，不过是闲着耍耍。"

【劈破玉】常喜你就合我一样的忠厚，天地间惟有这好人难求。咱两个就可以对天发咒，分不的你合我，只多着一个头。你得闲就来找我，咱两个谈谈心腹吃杯酒。

仇福满心欢喜，谢扰去了。从此成了最相厚的朋友，不时提了酒来合他吃。魏名兄弟二人渐渐的合他赢东西。

土条蛇用心机来的甚妙，每日里把赌法用意去教。渐渐引着他小赢东道，输了也是吃，赢了也是叨。不知他安的是甚么心眼儿？大相公只说他是合我好。

这一日清明佳节，仇福输了一瓶酒，魏二输了一只鸡，魏名的表弟秦幌幌子，也是输了一瓶酒。魏名是赢家，就搬了一个婊子来，藏在家里。

土条蛇这样奸贼，也不要百样的用心机引人去嫖。呆相公只贪耍那里知道。方才就了坐，掀帘往里瞄。主人抬头，叫声春娇，你从何来？正遇良宵，没人陪客，也好相劳。就合仇爷上座，虚圈套不消。看他好有二八，人物到也窈窕；眼含秋水，口绽樱桃，三寸金莲，一捏杨柳腰；声儿细，话儿娇。亲亲热热口难学，勾引全凭手脚，传情又在眉梢，仇相公说声待走，泪珠儿往下直浇，把一个不见人的相公，魂灵儿不知向那方去了！

仇福此时魂飞天外，魄散九霄。才说待走，那个小科子又撒娇弄势的，拉把着恋恋不舍。不觉的天就黑了，在那屋里又不点灯来，别人都出去了，剩下他两个在黑影里坐着。

【呀呀油】天黑了，天黑了，手撇手的暗坐着。虽然说是拿灯来，可又全然不来到。静悄悄，静悄悄，密密满天星儿摇，极像屋里没有人，并不听的说合笑。

待了许久，魏名这才端了灯来。仇福说："我不吃酒了。"魏名说："大相公既不吃酒，咱每人一吊钱小玩玩。给春娇打几百钱的头，也不辜负了他的来意。"

咱商量，咱商量，小小的玩玩消夜长。就是输了也穷不了人，赢了就使肩膀抗。输何妨？输何妨？给你情人攒私房。若不给他打俩头，辜负他来走一趟。

仇福说："我没带钱来。"魏名说："我借给你们哩，你还不起我吊数钱么？"

大相公，大相公，我的你的一样同。有你这么一个人，那怕你就借一瓮。我虽穷，我虽穷，吊钱放不在我心中。赢了你是运气好，输了只当是把你送。

仇福听说甚喜，果然借了钱来，就赌起来了。秦慌慌子先输净了。他三个又赌，魏名也净了。仇福赢了串数，魏二赢了几百，春娇打了五六百钱的头。魏名说："咱不赌罢。人不说咱是闲玩耍，敢说是成宿的赌博合局哩。"

三更多，三更多，赌博又好闹哈哈。不说咱是取乐玩玩，敢说我是指着这过。你说如何，你说如何？内里又有仇大哥。趁他还是个大赢家，旁人也说不出我的错。

魏名收拾起骰子盆来。仇福还了借的钱，还剩了吊八钱，遂说："春娇，我送给你罢。"魏名说："还是相公大方。春娇，你还不留客么？"那妮子又缠抹起来了。

仇大郎，仇大郎，本等舍不了前世里娘，对搭上那妮子缠，死活拉着不肯放，推在床，推在床，春娇就给他脱衣裳。好好的个老实孩，从此就把嫖来上。

魏二见他住下了，抗起钱来走了。秦慌慌子也去了。魏名空着手往家里睡了觉。仇福此时好自在！

那娇娥，那娇娥，奉承的浑身无奈何。每日听着人说嫖，不知内里这么乐！泪婆娑，泪婆娑，一心只要嫁哥哥。一个说我倾了家，也定要娶你去一堆过。

清晨起来，魏名伺候的扶头酒，每人吃了两盅。那春娇泪欷欷的去了。仇福也回了家，姜娘子说："你一宿没来家，在外头做甚么呢来？"仇福没答话，钻了屋里睡觉去了。

来到家，来到家，也不饭来也不茶。想着他那泪欷欷，怎么教人放的下！想冤家，想冤家，着热知疼谁似他？人说婊子没良心，他还有点良心查。

姜娘子见他来家少魂没心的，也没理他。睡到日夕，爬起来吃了两碗饭。没做声一声又走了两三趟，才又睡去了。

进来门，进来门，望着媳妇也不亲。低头没有多言语，好似吊在迷魂阵。睡沉沉，睡沉沉，放到头儿不欠身。各人压着各人床，可也没人把他问。

到了清晨，姜娘子才问他说："你没了魂了么？从夜来迷殃殃的！"仇福说："吃了一宿酒，就醉的合失了困那似的。"

【耍孩儿】清明正是好良宵，大家沽酒买佳肴，一吃酒到了鸡儿叫。放倒身子打个盹，可又翻复睡不着，睁开眼已是日头照。从夜来只管盘问，我不曾去赌博与嫖。

姜娘子说："只怕嫖赌也是有的。"那仇福贼人胆子虚，红下脸来说："你问问不的么。"遂又嘱咐说："咱娘若是问你着，休说我没来家呀。”姜娘子笑了笑说：“呸！好东西，我可仔不说着哩！”

仇大郎未丧夫真，诈了诈满面生春，撒脖带脸红一阵。娘子看他那模样，也就猜个八九分，故意抖难把他混。待教我不合咱娘说，除非是你再休出门！

仇福说：“昨日还约下今晚吃一回酒，不可失信。过了今遭，以后再不去就是了。”到了日夕，瞅着姜娘子不在房里，自家还有二两私房银子，拿了有七八钱好跑。

心思乱眼睛花，昨宵约我到他家，盼我必定泪珠下。那里如今他想我，必定也似我想他，去的晚还怕他那里骂。恨不能一步飞到，霎时间亲热酥麻。

及至到了窝巢，春娇已是着人家搬去了。只有他姐姐秋桂在家里，问了来意，就往家里让。仇福红了脸，就往外挣，秋桂那里肯依。

二个人闹喧喧，拉着胳膊死歪缠，一霎挣的浑身汗。说你既合妹妹好，吃盅茶去也心安，你去了看他来家怨。仇大郎无计所奈，跟着他进了画帘。

秋桂叫了丫鬟烹茶。仇福心生一计，就说：“留我也是不中用，我是来访熟人，并没带钱来。”秋桂说：“我翻翻。”遂伸上手把腰裹那银子掏了去了。

秋桂原不如春娇，二十七八甚风骚，精的糊的无不叨。急仔嫌他年纪大，呱答起来不害嚣。秋桂越发作弄着笑，娇儿心肝不住口，倒着他心胆肉跳，把个人吃了大敲。

一行吃着茶，那天就黑上了，外边又有来搬春娇的。丫头对他说：“没在家，过日来搬罢。”仇福寻思，他夜夜有情人，那里想到我身上呀？

想他年少又风流，夜夜情人伴床头，必然都起昧心咒。王孙公子千千万，那里记的我姓仇？未必实心合我厚。只怕那两行恸泪，大约着用着就流。

秋桂见他寻思便说："哈！张天师闭煞眼——你也出神哩么？"就是春娇也是一个人，一行说着，丫鬟就端上菜碟，烫了酒来。

秋桂起来把酒斟，传杯换盏又相巡，一壶不曾吃的尽。仇福先说不吃了，两个解衣放倒身，满床欢到解了心头闷。两个人喜咻哈哈，直闹到夜静更深。

闹了大半宿，天还未明，仇福爬起来说："我去罢。"秋桂说："潮孩子，卖实团的不睡觉，你忙甚么哩？"

这孩子你好潮，睡到天明也罢了，误不了家中去比较。你却啻却啻的穿把上，黑笼笼的待开交，耽误老娘一大觉。你过来我送你上路，糊迷了又该去撒招！

秋桂送出门来说："你待两天可再来。妹妹来家，我着他在家等候。"仇福答应一声，就回家去了。

第三回

弟费钱魏名献计
母生气仇福分家

却说仇福别了秋桂来家，把那上嫖的心肠倒淡了许多。却只认定魏名合他相厚，闷了就去找他，时常吊八钱赌博，三两壶的吃酒。

【耍孩儿】说不潮也算潮，认定魏名好相交，时常跑去登门叫。时或抖穷合合办，时或吃酒带着梢，知心话不向别人告。也没有多钱赌博，吊八钱丢净开交。

这一日两个吃着酒说了许多闲话："令堂病着，您两口无所不做，令弟在书房里自在。家业是大家合里的，为何着他自己费了？"

仇二婶卧床头，事儿不平着实诌，辛苦都教您两口受。令弟清闲不理事，读书还要费束脩，分家你不能偏从厚。这不是学台就考，他上府去把钱丢？

魏名说："你不如合他分开，他就是费也费的他自己的。不着咱俩相厚，我也不说这话。"仇福说："是呢。你不说，我也见不到这里。"

仇大郎听着他，你说的也不差，不相厚谁肯说这话？忽然提醒糊涂梦，等等今晚早归家，见家母就说分了罢。况且待刷刮费盘，细寻思我为甚么？细寻思他那样的自在。

二人吃完了酒，仇福到了家里，晚上合姜娘子说道："咱合娘说说，咱分开罢。"娘子说："怎么说呢？"仇福说："着我粜谷来给二弟做盘缠，他在书房里自在，还费的是合里的钱。细寻思，不如合他分开好！"

我打水你漉浆，咱两个逐日忙。他清闲吃的却白胖，一年盘费两下几石粗粮。

姜娘子说："你这样胡说是谁挑的你？你且听我道来。"

兄合弟是同胞，指望他步步高，他做官咱也得荣耀。人家没了父合母，哥哥还把弟弟教，娶媳妇还使钱合钞。不知你听谁拨弄，极精细却是倒潮！

着媳妇吧数了一顿，才不做声了。遂粜了两石谷，打发二官人上了府。又待了几天，魏名见没动静，又请他吃酒，就着实条陈那分不分的厉害。

请师傅费钱财，令弟纵然做秀才，两考不得十千外。你若用着使几个，去禀令堂口难开，十分由不的心里爱。分开着去来的任你，细寻思那样的自在。

仇福有几两私囊银子，零碎赌博买酒，凄离没了。待去看看春娇，正愁着没钱，魏名的话，正说着他的痒痒处了。跑到来家，就直山直卯的，合他娘说是待分家。他娘听见，就气了一个死！

骂畜生太欺心，自估着成了人，逐日摆乜溜子阵。想是您媳妇挑唆你，不论黑白的受苦辛，老婆汉子不长进！你待去扬常就去，一坌地也休想我给您！

徐氏一行哭，一行骂。姜娘子听见跑了来问说："娘为嗄来?"他娘说："为嗄来！你教给他待合我分家，大约他是输了钱了，这不杀了他，待要他何用?"

手指着仇大郎，你过来，回咱娘是谁调唆你这么样？十日以前你合我说，着我数喇了一大行，你何曾敢把嘴来张。今日来着娘生气，你几时合我商量?

仇福气也不喘。徐氏见姜氏抓耳挠腮的，就知道不干他事。才说道："每日里极好，我也寻思着你做不出这样事来。只是我没处怨了，就屈枉了你了。"

当面鼓对面锣，是他自家要快活，有外心合他怎么着过？看着不像你做的事，但只是别人为甚么，必定是您待图欢乐。谁想都是我生的禽兽，你不必泪眼婆娑。

两个折辨了一阵，仇福撅着那嘴颠去了。咕哝着说："不分粮食给我，在一堆也休想着我给别人攒家当！"果然他娘教他去粜一石谷，他就粜了两三石，腰里常匾着钱可就大赌起来了。

【西调】从今上了败家的道，说他嫖还没大去嫖，只是赌博，一宿常输七八吊！说他潮何常是潮？极伶俐的光棍就是好捞，赢了又待赌，输了又待捞。饭也不暇吃，门外头像有个鬼来叫。

仇福赌了会子，那囤里的谷也就净上来了。姜娘子劝他，他又不听；又不敢对他娘说。可也寻思着他就扑蹬，可还有些。及至开囤一看，才就不敢隐瞒了。

双膝床前忙跪下，未曾开口那泪珠儿赶点子滴答，一字字，一行行，告诉那从前的话。咱这一些人口，指望的是甚么？娘着他开囤没人去理他，只说咱虽无来头，有这囤粮食也不差。刚才去开囤，一看一眼，看见囤底，几乎把奴唬杀！谷没了，往后咱可待吃嗄？

徐氏听说唬了一惊说道："七八十石谷那里去了？"姜娘子说："谁知道呀！"徐氏说："可气煞我了！"

【劈破玉】气的极了连声骂，那些粮食做了甚？小畜生这不杀了他要他咂！有我这口气在，他还真么，若等我死了，也不止穷他自家。这行子定是输煞，他若待当你那衣裳，你可休要给他，他死了好穿着去嫁！

徐氏让姜氏找他来，他又没在家，等了等，自家来了。他娘说："仇大子你过来。"他往前凑了凑。"再靠这些。"还又凑了凑。那床头上一个碗盆子，他娘拿起来照头一下子打去，打了个跟头，爬起来那鲜血顺着直淌。姜娘子抓了一把灰来，给他罨上。他娘说："不必理他！"

我怎么生出了这样禽兽！这一般东西断断难留！姜大姐你也不必把他救。不知他做的是甚么，他见我只是一溜。谁想他已是成了下留，他把那正经事一笔全勾。想起来只待割了他乜贼头！撩出去，着那野鹊老鹳嗲他那肉！

他媳妇一行给他勒着头。他还说："我有甚么不是。"姜娘子说："为不见谷了。"他才不做声了。他娘说："罢罢！可分开他罢。这一百二十亩地，我留下四十亩养老，下有八十亩平分开，尽你踢弄就是了。"

每日家尽着你胡弄，七八十石白谷一旦全空，我还做着南柯梦。你这个行子不但说你不通，就合那牛驴猪狗一样相同！我积下几石粮食，也带不了去脱生。狼囗了你的心了，恐怕不穷。看起来，留你阵子也不中用！

遂着人招了他一个叔伯哥来，名是仇佑，徐氏念着，写了两章分书，又画了两个阄，叫仇福来拾阄。仇福那头虽疼，听说甚是欢喜如了意，就来拾了阄去。姜娘子一见，就大哭起来了。徐氏说："这已是分开了，您可自家去过的罢，好歹的可是您待分，不干我事。"姜娘子听的说，冤屈的两泪直流。

【还乡韵】骂声强人不成个货，还嗄脸来把阄来摸索？这样人我待跟着你怎么过？这才是不用说，此一时没甚么下锅，只怕这几亩薄地，也安稳时节不多。一个不成人的汉子，配着个迂囊老婆，未必不就死，也就不能长活。趁着如今寻个死，也省的我跟着您捱那饥饿！

姜娘子哭了多时。徐氏说："你遭着这样东西，就是你的命不济。也不必哭了，没了谷我且给你五斗豆子，三斗麦子，去做饭吃的罢。"

娘子去把房门进，破头的丈夫那里沉吟。害头疼也不问他甚不甚，脸面儿朝墙，那泪珠儿纷纷，我那辈瞎了眼，就嫁了你乜一个强人！你胡迷着心眼，说说你还嗔，只等片瓦无根，那才是个头尽。只怕你待讨着吃还没有一条棍！

仇福也不做声，听着媳妇数量着哭，一天也没吃饭，暗宿了。亏了那病婆婆没有力气，虽然狠却没打重哇，只疼了一宿，就差些了。

【要孩儿】肿的头虽似筐，过宿却比头夜强。姜娘子知道无妨帐，说你又咎住了气？我说打的也应当！死了可又告不的状。实指望头疼不好，且省的手长疔疮。

仇福说："分开了你也清闲清闲不好么？还咒骂人！"姜娘子说："我不用你这样向我，你乜是没嗄遮嚣了。"

看咱娘病的那，烧火没人替替他，有饭咱也吃不下。何况你心眼不大好，安心你是胡撩打，看苗续教我心害怕。你若安守本分，不孝些倒也不差。

姜娘子念诵了大半宿，到了天明起来，梳洗已完，依旧去伺候他婆婆刷锅做饭。徐氏说："您分开了，你去过您那日子的罢，我上外头雇一个人来，给我支使。"姜娘子又哭起来了。

姜娘子泪盈盈，夜来着娘把气生，原是他不通人性。昨日虽然分开了，我心不曾有变更，怎敢忘了娘受病？虽然他做儿不孝，还望娘照旧看承。

徐氏也吊下泪来说："咳！我这么一个贤惠媳妇，怎么就摊了这么一个畜生！"

恨我这老杂毛，生下这个王八羔，不是常说的儿不孝。这是我前世的业障，把媳妇带累坏了，怎能免的旁人笑！我那儿你好歹的挨着，我再不着你捹瓢！

姜娘子做了饭，打发婆婆吃了，才往自家屋里掂了一升麦子去往碾上部了部，烙了两个饼，掷给他说："这就是咱的日子，你可受用。"

姜娘子心里酸，倒饿了整一天，烙了饼也没有汤合饭，到了屋里没好气，一撩把饼掷面前，这个极好你可餐。本是你待享这富贵，与别人原不相干。

姜娘子又到了婆婆屋里，去刷锅洗碗。徐氏说："你吃了饭了么？"遂胡答应说："吃了。"徐氏说："你没做饭，我剩下的乜饭你吃了罢，你再来做的多着些呀。说是分罢，是为你来么？"

我的儿你听言：分与不分是一般，散了也不是为你散。你就趁闲赶些饼，放着乜里教他吃几天，哪管他可餐不餐。好媳妇既无二意，咱俩照常相看。

娘俩讲了回款，还是照常过，只把仇福蹬开。自此以后就全没人理他了。

第四回

仇大郎赚卖姜娘子
郑知县怒杀赵阎罗

却说仇福待了二日，那头就渐渐的好些了。魏名听说他分了家，极喜欢，纠合下几个相识的才又来请仇福。

【耍孩儿】仇大郎实是慄，赌的博不大高，困里空乏没的粜。一向待赌愁无本，分了家产才有了稍，光棍们已是下上套。虽然是春风满面，一个个心怀枪刀。

仇福戴上帽子，遮了头疮，到了魏名家里，见那魏二、秦幌幌子、李狠贼，平日一些赌友都在那里。魏名说："众兄弟们，听说大相公吃了点亏，大家备了一盅薄酒，给大相公散一散心，作一个乐罢。"

听说你吃了点亏，又不好净去登门问，大家凑了个小小的分，沽了两壶淡薄酒，几碗粗菜不成席，只是请来散散闷。今日得开怀畅饮，好几天没在一堆混。

大家坐下，吃了酒，用了饭。光棍们胡歌野叫的闹了一阵，就商议着赌博。仇福说："我才分开家，是一个钱也没有的。"狠贼说："你分开了，就有钱了？"

大相公实是偪，无钱怎能难住人，难住了不是真光棍。你就指地作上保，要钱有钱银是银。分开了未必不交好运，不许你赢钱百吊，还把那地土增新？

仇福就果然立了一张文契，递于魏名。魏名说："咱兄弟们，岂同他人，用钱我就去借，何必指地作保？只是您可休在我这里赌！"

大相公你听言，你用钱我有钱，那在指上地一段？但仔是我可不去赌，你待赌博靠一边，看人说我把你骗。若还教令堂知道，黄河水洗不净干。

魏名给了他十两银子，一合人都上秦幌幌子家里赌的了，只一更天时候，十两已净。魏二赢了，仇福又写了一张文契给他，又是十两。大家驳杖子，过籖筹，没消半夜又净了，三净两净，也就全净了。

仇大郎输净了，心里虽热没了稍，这腚不是寻吊常。地土到手还没种，三四张文契燎了毛，那里去把皇天叫？打的头破还没好，把家业一宿全消。

赌了大半宿，四十亩地都净了。惟有秦幌幌子也是个输家，见仇福那里出神，便说道："我有一策，只怕你不肯。"仇福说："有甚么计策?"秦幌幌子说："这一策是我试过的，可就是下作点。"

那一年二月里，我输的甚着急，寻思了一条下面计，取钱就指着妻作保，抗了钱来没人知，反了稍还赚上了十亩地。但只要破上去做，难道说运气常低?

这仇福正在迷魂那阵里，果然立了张文契，指妻作保：

立文契仇大郎，为无钱去纳粮，情愿就把妻作当。取到白银二十两，三月限满定还偿，还不上就得准了账。写完了还把押画，年月日另立一行。

写完遂递于魏二。魏二说："好皇天，我不敢做这个。"又递于李狠贼，狠贼也是摇头没了法，又叫仇福送于魏名。魏名说："我这里是没有钱了，若是有钱，就借给你，那里有当着你的人的礼?"

【劈破玉】仇大哥你可说：再没有比咱厚，每日家在一堆合着打头，你用钱原就该把你帮凑。开口说当人，这话忒也诌。我若是有钱论乜个，咱才是个狗!

若是必然用钱，只有南庄里赵大官爷，他可以商议的。却说这赵烈，字成虎，是一方的个土豪，常以十分利钱放债，至期不到，就拴来吊起来打，打了还要送县。

这赵烈他平生好把人讹，他一个外名绰号就叫阎罗。恼着他就犯了连天大祸，吊在树头上，先打一千多；然后送到衙门里，三十大板无处躲。

这赵烈，人因他利害，就叫他赵阎罗。这魏名因人不敢当仇福的老婆，才指了他这个地方，刚才搽的好局，他的银子不给，怕他反手。

可笑那仇大郎真是个憨蛋，土条蛇暗唆人异样的奸贪，他知道赵闫罗为人不善，若说当老婆必定他承担。临了打一个迟局，就丢下那阎王脸。

众人陪着仇福，到了赵家，叫开门，说了来意。赵烈说："这不是姜屺嶦的女儿么？"仇福说："正是。"赵烈说："我曾见来，可值二十两银子。称给他罢。"

说是当人，料他未必敢当；谁知他称银子并不思量。姜秀才也没曾放在眼眶，我曾见身量不太大。文契上数儿不多，那个人就值二十两。

交了银子，弄的酒饭给这些人吃了，大伙子就在那厅房里赌起来了。赌了一天一宿，禁不的三个哄了一个，二十两银子又净了，赵烈打头就得了七八两。

赌博的输了钱还是光棍，到了输老婆才不是个人。结发妻也着他伙人去混，起初下上的眉合眼，次后两个膀了上截身，过半夜输到脚后跟，渐渐的卖了那金莲。姜娘子他还打那梦里的盹。

赵阎罗说："这可说不的嗹，仇相公，我着人跟了你去罢。"仇福着实作难。低下头沉了一沉，赵阎罗瞪起眼来说："你这意思怎么样，是待赖我么？"

睁开眼认认我休要想赖，休说是仇福子你这奴才，就是您达来，我也要揭他那盖！就是您丈人，不过是秀才，凭他那里说去，这是我使高色银子买。

这赵阎罗俨然就要打仇福。唬的仇福没魂，流水应承，这才放他走了。一路寻思道："俺媳妇子既是瞍不上我嗹，不如就丢给他罢。"

他每日骂着我还要流泪，何况是到如今水净鹅飞，我往后也不知怎么受罪。罢呀！我就狠一狠，撩给那杀人贼，省的他路上抓住我，就使那棍子搟这腿。

拿定主意，来到家对姜娘子说："咱爹家里大病，着人来搬你哩。"姜娘子听说，慌忙对婆婆说，遂急忙出来。见一个小伙子，牵着一匹马，仇福拥撮他上了牲口去了。

【叠断桥】这个潮行，这个潮行，低头反覆自思量，若俺丈人来，是该怎么样？闺女被人诓，闺女被人诓，虽说忍了不声扬，赌博卖老婆，未必不捱夹棒！

想了一回，不如颠了罢。遂把姜娘子的几件衣裳卷了卷，夹拉着暗暗的走了。他娘欹在床上，哪里知道。有邻舍家来对他说："仇福那地是输了，有些人在那里量呢。"徐氏听说，几乎气杀！

大叫一声，大叫一声：气煞我了小畜生！诬捏了不多时，犹咱罄流净！要我怎生，要我怎生？不如死了眼不睁！照着那床枕上，济着使头硼！

不言徐氏生气，且说魏名知道仇福输了老婆，料着那姜屺嶦治不的赵阎罗，必然来作携仇家，登时跑了去，报给那姜家知道。

大爷听着，大爷听着：令婿做事甚蹊跷，哄着姜娘子，卖给赵阎罗。休要迟了，休要迟了，看他知信开了交，急忙到家里，去把人来要。

姜屺嶦听说，吃了一惊。谢了一谢魏名，到了家中，就写了一张呈子，告了阎罗头一名。

端过银灯，端过银灯，拿过纸笔就写呈，先告赵阎罗，不怕他查子硬。到了五更，到了五更，爬插起来进了城，拿状上公堂，禀给了知县郑。

姜相公递上呈子。知县即刻出了火签二枝，一伙去拿赵阎罗，一伙去拿仇福,限定午时当堂回话。

禀了官府,禀了官府,老郑从来恨博徒,说他赚良民,官府着实怒。即刻吩咐,即刻吩咐,不暇该房出票拘,抽了两支签,分了两条路。

且说徐氏还不知道这些事情,为着仇福输了地,气的一宿没睡觉。第二日才待打盹,支使的一个小厮跑进来说:"差人来拿俺大叔嗹。"徐氏又吃一惊。

徐氏听说,徐氏听说,心里疑忽好蹊跷,咱又不欠粮,用不着去比较。寻思一遭,寻思一遭,因着甚事闹吵吵?若是犯赌博,拿去也极妙。

正猜疑着,他那叔伯侄儿仇佑进来,一五一十的说了,徐氏听说输了媳妇,恼的话也说不出来,即时就折了脖根,白瞪了眼了。

病卧在席,病卧在席,百样的鬼儿那得知?一宿没合眼,正恼他输了地。这还不奇,这还不奇,又来说他输了妻,一个病老娘,担的甚么气!

仇佑慌使扶着他那头,又捶那后心,叫那小厮拿了一盅子醋来,灌了灌,才略好些了,长受一口气,定了定,睁开眼说:"我方才已是极自在了,您又捶把过我来受甚么罪!"

叫声老天,叫声老天,我的媳妇甚是贤,怎么哄着他,去把银钱换?磕头万千,磕头万千,又给我拿着送当官。求他动枪刀,斫他个稀胡烂!

那差使知道仇福走了,着地方擒拿不提。却说那一日,把姜娘子驼到赵家门首,姜娘子说:"这是那里?"赵烈从家出来说:"是咱家里呢,仇福把你来卖给我了。"

阎罗笑哈哈,阎罗笑哈哈,仇福卖你到我家。俺家极良善,娘子你休害怕。不做甚么,不做甚么,吃的穿的强的他。您爹就知道,他也不说嗄。

姜娘子听说,一毂辘滚下马来,披头散发,大哭大骂。赵阎罗大怒说:“给我拿鞭子来。”

阎罗发威,阎罗发威,拿过鞭子就待捶,安心唬唬他,指望伏了罪。姜娘子恸悲,姜娘子恸悲,大骂阎罗赵狠贼,流水拿棍来,把我这头捶碎!

赵阎罗见他不怕打,说:“才来我且不打他,给我拉到他屋里!”一群老婆把姜娘子拉到屋里。停了一停,娘子拔下来了一股大披簪子,照着那脖子底下,尽力的一穿,鲜血暴流,张反在地。

着实一穿,着实一穿,插在喉咙气嗓间,一群媳妇子,齐来把他按。满屋闹喧喧,满屋闹喧喧,按着脖子拔出簪,鲜血冒出来,登时容颜变!

这赵阎罗本待漫漫的摩挠他,不料他这等有志气,只得使人守着他。到了明日,那差人就到了。赵烈也没拿着当件事,遂穿上出门的好衣裳,戴上缨帽,穿上靴子,骑上肥马,就进城来了。

意气扬扬,意气扬扬,纱罗摇摆上公堂,把那原告人,没放在心窝上。自己思量,自己思量,今日不过是过过堂,等着挂了牌,求上个大德望。

老郑坐了午堂,差人禀道:“带到赵烈了。”堂上就叫带上来,赵烈雇了一个人,答应一声,就带上去了,郑公看着不大像,说是他自己来的。

郑公思量,郑公思量:久闻赵烈是徒强,怎么这个人,光景不大像?大骂贼行,大骂贼行,大胆假冒上公堂!那人光磕头,唬的不敢譬。

叫上原差去，合那替身，每人三十大板，只得说本人在下边。赵阎罗慌极了，浑身是绸缎，就跑上堂去。郑公看见，冲天大怒。

大骂匹夫，大骂匹夫：貌像是个狠贼徒！你是嗄功名，来这里夸你的富？阎罗气粗，阎罗气粗，霸占民妻只似无，值不当的亲上堂，所以去把人来雇！

郑公掷了八枝签，那些衙役都怕他，待了多时，没人动刑。老郑大怒，叫他的内司，遂烘的声出来了五六个，吩咐先把他衣服给我裂了，遂嗤嗤的好撕。

【耍孩儿】骂奴才臭贼奸，害了民又害官，被你把持了扶风县。堂上吆喝传下令，嗤嗤的一阵响连天，条条都是拔丝缎，合衙门偷着抢去，都要缝合包装烟。

裂的浑身光净，喝声打，打了四十大板，夹了一夹棍，背了四个绊，把一个通天的光棍，登时就呜呼哀哉了！

赵阎罗完了慄，浑身还是赤条条，没衣冠就赴同堂的召。嘱咐人劝姜娘子，临行谆谆把话教，安心还要他顺了道；谁知道一往不返，光着腚去会同僚。

县官吩咐把赵烈的死尸拉出去。又差人合姜相公往赵家里去要他的女儿。

拉阎罗到当街，满城人看闹咳咳，个个都说他心胸乖。拿签去要姜娘子，差人陪着姜秀才，一霎就到门儿外；才知道女儿待死，姜秀才吊下泪来。

且说姜娘子两日没吃饭，一家人家正没奈何，差人登门要了声，流水着人扶在床上抬出来。姜相公一见，就泫然吊下泪来了。

也是你命该当，怎么嫁了个仇大郎！我瞎眼教你遭魔障。到底还是我的女，这个志气不寻常，没坏了咱家的好声望。实不料孩儿软弱，还能叫门户生光。

赵家听说阎罗死了，不敢强嘴，急忙拨了四个人，抬着姜娘子往姜相公家里送了来了。

姜相公先去瞧，婆子出来哭嚎啕，连声就把心肝叫。嫁的女婿甚不良，亏了我儿志气高。受罪可有谁知道？异常事你都经过，苦杀了我的娇娇！

一家人扶到屋里床上，大家齐来问说："你不相干哪？"姜大姐说："不相干，我在赵家的不吃饭，是主意要死。如今这喉咙虽疼，是还吃下嗄的了。"

自那日插一箸，水合米不曾沾，旁里多少人来劝。我的主意早拿定，饿死黄泉诉诉冤。阎罗死合该这气不断；若是他此时还在，今夜里必然不全！

他娘端了些薄粘粥来递给他，他哈了一碗，大家看着不碍事。姜相公实不料官府处断的这样爽利通快，一家都极欢喜。按下姜娘子在家养病，还是照常挂念他婆母的病体。

第五回

仇大姐含冤告状
郑知县奉命追田

且说徐氏自从发昏以后，浑身大肿，堪堪待死，魏名听说，寻思着仇大姐若是知道了，没有不来家合仇禄争家当的，心里就又生出奸计来了。

【耍孩儿】土条蛇恶心肠,弄的合家都遭殃,不肯休还要往前搒。家里没有人半个,他娘一口气不来,撇下一个好家当,仇大姐若还来到,怕他不一扫净光!

世间事天然凑巧,适有一个张罗的来,就合仇大姐同庄,魏名就着他捎了一个信去了。过了几天,果然娘儿两个就来了。进来门看了看,全然不像人家了,只有一个老病娘在那床上喘气。

仇大姐到家堂,满地粪草甚是脏,枯坟垣就是家中样。进去屋门往里看,一个病人卧在床,浑身肿不似个人模样。扶着床问了一问,睁开眼一阵恓惶。

徐氏睁开眼,看见大姐,忍不住两眼流泪说:"我儿你怎样么知道来,亏了你这来看看,若再待二日,咱娘俩就不得见面了。我可着仇福子气煞我了!"遂从头说了一遍,把大姐几乎气死。

仇大姐怒冲冲,兄弟还是两顽童,没了老就济着人家弄。不惟把地土全唠去,老婆也哄着换了铜!咱还顾的甚么命!我要去升冤告状,他休想自在从容。

把一个仇大姐恨的那银牙锉碎,气的那粉面通红。自家掏了火来,烧滚了锅上下碗米,做中了饭,盛了碗给他娘。自家合他那儿吃了些,就请了仇佑来,商议着告状。

您大舅你听言:您叔撇下了几亩田,着人哄去七八段。种咱地并不见一文钱,大家待吃甚么饭!你给我写张状一纸,我明日就去见官。

仇佑说:"姐姐你是个女人家,怎么去告状?"仇大姐说:"这又何妨呢?"

俩孩儿被人唠,老婆也不是纸窝里包,这也怕不的旁人笑。纵然地土官不断,赌博局骗也难饶,明日这状我已定告。你照着这个意思,写了状,我好开交。

仇佑说:“姐姐你待去告状,请过咱三爷来斟酌斟酌。”大姐说:“哎哟,咱三爷也是个人,不用商议他。你就写罢,不用含忽。”

告状就是我一身,道的详细说的真:告着一群净光棍,哄着学生去赌博,坑了地土骗金银。求他执法从公问,还把那祖宗产业,望老爷追还本人。

仇佑照着写了,念了念,递给大姐收起来。五更里爬起来,做了饭吃了。徐氏说:“大姐你真果去告状么?只怕告不过他。”大姐说:“娘你休害怕,这也问不出诬告反坐来。”

叫声娘你放心宽,说我今夜何曾合合眼?一宿气的这肠子断!人家孩子没了老,济着那光棍把天翻,这气如何受的惯?胜不胜告他一状,出出这肚内的生烟。

大姐骑上驴,着他儿子跟着进了城。到了城里,天还尚早,就在县前住下。仇佑忽然进来说:“那人们央我来说,他攒了十两银子来,求你不告状。”大姐说:“极好!极好!”

打官司不辞劳,皆因着汉子没一条,我不是待把状来告。借重你合他们说:退出文契把地交,这银子我全不要。咱合他一言而决,讲别的断乎不消。

大姐留下银子,仇佑跑出去说了是大姐待要那文书,众人不肯。不一时官府坐了堂,仇大姐把状递上。众人又着仇佑来要那银子。大姐说:“留着我盘费了罢。”

他每日把人唠,我也骗他这一遭,略略准折也公道。告状正愁无盘费,他送上门来放不的刁,待闹同着在这里闹。若待要大家无事,除非是银地两交。

“兄弟你是怕他们找你么?”仇佑说:“我怕姐姐不能告他,不如使他几两银子拉倒，你若是有本事告，我怕他怎的！”大姐说：“你若不怕，我使了他的也无妨。”

大姐说这不差，我只当是你怕他，你不怕我是更不怕。他就给我银百两，使了他的也不差，兄弟休把心牵挂。我若不告回这地来，在那里定不回家！

仇大姐骑上那驴回了家。到了明日，差人下来齐人，把魏二、秦幌幌子等一干人犯，都叫着进了城。大姐也去消了票。老郑甚恶赌博，当时就审。

郑老爷怒不休，大骂一声众贼囚，因何把人家学生诱？一月把钱都骗净，哄着全把家业丢，休想老爷从宽宥！每人打三十大板，取大枷枷在街头。

抛下签来，每人三十大板，抗上枷。大姐又禀：“望老爷断回那地来。”老郑不理，高声又禀，那衙役一声仔吆喝，大姐只得下来，定了定心，甚是不平。

【银纽丝】郑公清明大发也么威，大枷大板似处贼。这一回这伙强人算吃了亏。虽然把他打，地土又没追，便宜他倒着那官教诲。我有盘缠不用归，再往上司告一回，我的天来唉，使碎心，几乎把心使碎！

仇大姐即时就上了府，待了一天，知府闪了门放告，大姐就声了冤。知府吩咐拿上状来看了看说道：“这些小事，下头自有知县。”大姐爬了一步，苦苦的又诉了一遍：

叫声老爷是青也么天！父亲掳去了七八年，苦难言。女子登台告县官，那些净光棍，枷打在那边，就是地土全未断。赌徒虽是不曾宽，祖宗的田产何日还？我的天来唉，怜见人，望你把人怜见。

知府本不待准状呈，又见大姐说的字字成行，便说道："你且出去听候，我就去提人。"大姐出来府衙，到了下处说他那儿："您二舅来这里考，两个多月了，还没回家，你去找他找的。"他儿出来待不多时，就合仇禄进来了。大姐看见，就哭了。

兄弟离家两月也么间，家里如今翻了天！好难堪，您哥踢弄的海也干，地土罄流净，老婆换了钱。我到家才告了扶风县，地土还没追给咱，才又来府里禀了官，我的天来唉，这如今人犯提，就要提人犯。

姊弟两个哭了阵子。仇禄说："院里夜来煞考了，正待收拾回家。如今姐姐在这里，我也暂且不回去了。"大姐说："你在此也无用，回去亦可。"仇禄说："我去商量商量俺老师，他必然有法处治。"便回去一一对他师傅说了。他师傅是金相公，说到这件事，却是极好了。

知府取你做第也么三，把那文章密密圈，甚喜欢。你去就把手本传，若是见了他，真情诉一番，官府未必不动念。提人不过三两天，求他把地尽追还，我的天来咳，那时节案定了，可才定了案。

仇禄大喜，写了手本，拿着那府考的文章，到大姐下处说了。大姐听说极欢喜。仇禄进了府衙，使了二百大钱把手本递进去，里边就请。

请到后堂把手也么拉，作了长揖让坐下，又待茶。说他场中文字佳，袖里抽出来，双手递给他，看了看说定在三名下。仇禄说是待回家，忽有件祸事异样煞，我的天来咳，休罢人难，叫人难休罢。

知府说："你有甚么异样事？"仇禄说："童生已是安排回家，家姊忽然来到，说是已有呈状投在大老爷案下。"知府说："那是你的亲姐姐么?”仇禄说:“正是。”

父亲未知存与也么亡,家母恹恹病在床,进书房叫出哥来守病娘。被一群光棍唠去赌博场,半顷地一宿消了账。还望老爷上公堂,把那地土尽追偿,我的天来咳,不忘恩,叫人恩难忘。

知府说:“我昨日看着那告状女子,不像个庄家女子,原来就是令姊。既然如此,也不用提人再审,我就把那状批回去何如?”仇禄急忙起来磕头称谢。

仇相公磕叩头在案也么前,知府说何必又朝参?去后边,找出状来把墨研,写了几行字,递于仇二官,上头是仰扶风县。接过从头仔细观,不觉欢喜动容颜,我的天来咳,心愿足,这才足心愿。

仇禄接过来,看了看,上写仰扶风县知县,即将那局骗地土的强犯,追还本主,仍将博徒重责无赦。仇禄又谢了才出来,到了大姐的住处,对他大姐一一诉明,大姐满心欢喜。

【跌落金钱】大姐喜地又欢天,说我初来到此间,兄弟呀,往前撞心里也寒战。你是学生不足言,但只是离别了这些年,兄弟呀,找你来不过是看你看。料你不能去见官,我对你诉诉这心上冤,兄弟呀,谁知你却有好体面。亏了你师傅用机关,把事办的甚周全,兄弟呀,有脸面好回扶风县。

仇禄回去,对他师傅说,才雇了一头长驴,来合大姐起了身。仇禄愁着盘费不足,大姐笑着说:“你休愁,我这里也有银子也有钱。”遂说了说那银子的来历,仇禄也笑了。

这钱来的也蹊跷,自家拳捣自家的腰,姐姐呀,这件事儿真可笑。家里粮食踢弄了,银钱并没半分毫,姐姐呀,纵有粮借重何人粜?亏他给银情意高,省凑盘费又不操,姐姐呀,拿着就走岂不妙?来往只有二百遥,路上二人宿两宵,姐姐呀,至多不过使一吊。

姐弟两个合他外甥，心里又自在，遂又雇上了两个牲口，走的也快，一天多就到了扶风县。大姐说："兄弟你先家去罢，好教咱娘知道放心。我去衙门里把这状来投，随后就家去。"

【耍孩儿】叫兄弟听我言，你先家去问娘安，病在床上不知怎么着盼！到家说说前后话，也教老母放心宽，不必在此同作伴。我进去使钱二百，着门上立刻即传。

仇禄说："姐姐先家去，我住下罢。"仇大姐说："不用，看再官府叫我，常小心着些好。"仇禄遂走了，大姐到了县里，就教门上给传了进去了，等了多时，不曾叫着，娘儿两个才出城归家去了。

出来城走的慌忙，不多一时看见庄，二相公又喒出来望。牵驴就把家门进，他娘家里正恓惶，看见大姐把声放：养的儿甚是不肖，反倒着女儿遭殃！

大姐进了门，问了安好。徐氏哭着说："我的儿，可累煞你了！怎么就有这样的本事！"

我的儿我的娇，听说你上府去告，时刻就把肝肠吊。一个女人嗄本领，怎不来家就开交？知道那上状怎么告？不想你出头露面，倒把咱门户撑高。

仇大姐来到家中，重整门户，复修家业。同庄人等都看着异样至极，有人问他说道："不过是异母兄弟，你何苦如此呢？"大姐说："这是甚么话！娘虽是两个，爷却是一个呀。"

我见兄弟受灾殃，疼痛真似手足伤，就把生死全然忘。世间惟有禽合兽，生来自知有他娘，为个人怎么合他一样，分出个同娘异母，就像那骡马牛羊。

你说仇大姐将那门里门外，打扫的干干净净，草都拔了，房屋里面安治的是齐齐整整，遽然又像一家大人家了。话说那日郑知县,一见知府的批词说,这个妇人好本领,他又去上台告了来了,论这地土应该退还,立刻坐了公堂,吩咐那抗枷的博徒带上来,开了枷,又是二十大板。

众奴才设赌局,哄着人家把地输,殊不知你也守不住。还了地土饶你死,退出地亩原文书,少一亩把你狗头割去!一伙人连声答应,提上裤短叹长吁。

差人即时押着众人,拿出文契,都说这个老婆好利害,不给他了不的。魏二合魏名说:“你乜文书可以不倒出来,你又没合他赌博,乜是你买的。”魏名乖滑,只摇头说:“不然,不然。”

摇摇头说不然,堂上不是那样官,仇大姐又甚不良善。倘或惹着他再告状,众人必定把我攀,那时弄的才无体面。不如我就做个人情,撩给他大家平安。

别人也托魏名拿着文契去交到了门上。仇大姐出来,魏名把文书一章一章的着他验了,收起来。又说:“我可没合他赌,这地实是我买的。既是娘子待要,我也不留着了,这就是那一张文契。”

大娘子你听呀:那银钱莫甚么?人情更比王法大。他说封粮待卖地,赌与不赌不知他,事到如今还说嗄。这不是老天爷在上,有虚言灭了全家!

大姐说:“你到是个好的。”收了文契进去了。魏名回到家中,好不烦恼!寻思着:“我待治人来,反着人家治了这么一下。这肚里的气待从那里发出来!且放着罢,我定要教他吃我点子亏,往死里治他一治。”不知后来何如,且听下回便知。

第六回

土条蛇游园赚仇禄
范公子为女嫁石崇

却说魏名暗恼无计可施,忽然寻思:范乡绅祖辈官,他家有个园,寻常没人捞着看,无事不敢进去;若有私自进园,打死无事。我诓哄着仇二把他那园里走走,着他给他点亏吃。

【耍孩儿】范乡绅祖辈官,他家里有个园,寻常没人捞着看。哄着仇二把他惹,到那里打他几千鞭,还要送进扶风县。细寻思此计大妙,着他姐只得干跺那小金莲。

算计已定,那一日瞧见二相公出来,凑到跟前,说了几句闲话。便说:"今日清闲,二相公咱出去玩玩的罢。"仇禄说:"那里去?"魏名说:"这方远作近的景致惟范公子家那花园,是天下有名的去处,咱今日去看看景的罢?"

范宅里曾做官,修了一座好花园,过往的官府都去看。里边奇花合异草,竹亭松轩玉阑干,太湖石夹着河两岸。一处处楼台高耸,真算的是天下奇观。

二相公听说大喜。两个放开腿走了十里多路才到了。魏名合那看花园的极熟,说了说,便教他进去了,看了看委实的齐整!

过一亭上一台,百样的鲜花处处栽,高竹又在阑干外。游人步步闻香气,一层一层的走进来,河流汹涌响成块。有一座石桥当路,桥那边一路花开。

二人观看了多时，忽见一条小溪水清波泛，上有一孔小桥，桥那边俱是名花瑶草。魏名拱了一拱手说道："你先过去，我去出恭遂后就来。"二相公不知利害，就自己过去了。

二相公过桥来，两边松竹衬花街，点头称赞心中快。忽然抬头往里看，朱红格扇一齐开，里边见有美人在。二相公撒腿就跑，那里边大骂奴才。

却说这座亭子，范公子是常合他那家眷们在里边吃酒下棋的个去处。曾有一人不知利害，走过桥去，被他拿住打了够三百鞭，还送了县里，又打了二十大板，还费了许多的钱。因此魏名才推故着去出恭，着仇禄自己撞祸，仇禄进去，正正的被范公子看见了。

范公子怒声高：那里贼来往里瞧？撒出声就把家人叫。忽然出来一大傍，吆喝打腿又撕毛。二相公就往河里跳，叫一声我该万死，可罢了性命难逃。

二相公跳在河里，范公子看了看是一个学生，遂哈哈大笑。吩咐家人快着捞上他来，就往亭子上让。二相公不敢去。范公子一把拉住，让到亭子里边，拿出绸缎衣服来，给他统身换了。

范公子笑吟吟，把他换的一崭新，又把家世从头问。仇禄就把生平告，说我考方了才回家门，还不可知进不知进。范公子要茶要酒，一发的相待殷勤。

你说这范公子因何不动怒，反喜欢呢？原来他有个女儿，名叫蕙娘，聪俊无双，又读书识字，每日要找个好女婿，十六岁了，还没有应心的。忽然夜间做了一梦，梦见一个人对他说："明日有一个大富大贵的人儿，自己投上门来，给你做女婿。"公子问道："是谁呢？"那人说："是石崇。"公子又问："是谁见他？"那人说："明日就吊在河里了。"他因做了这个梦，见了二相公，又是一个齐齐整整的学生，他心里就有了主意，所以殷勤相待。

范公子设大席，都是异常的好东西，碗盏也是极精致。窗外有人来瞧看，无心的学生那得知？一心只想归家去。没吃饭就说待走，范公子那里肯依！

范公子定要留下吃饭，斟酒下菜，都是极好的丫头，二相公也不敢抬头。终了席即便告辞，范公子一把拉住说："我有一句对子，你若对上，我就放你去。对云：'丝结有分子。'"二相公也没犯思索，对曰："银成没奈何。"范公子大喜说道："真正石崇，妙呀！"

范公子笑哈哈，不是石崇是甚么？这才应了梦里话。对子原是小女做，并没个人儿对上他，这不是天缘可是嗄？你就合令堂商议，我合他做门亲家。

二相公见公子待教他做女婿，便红了脸说道："一个穷人家，怎么敢妄想！"公子说："这人那里有天生的富贵来呢。"便叫人备了马来，拿着那湿衣服送他家去。公子又嘱咐他：

范公子拉住他，说是做亲也不差，到家学说我的话。这原是我心里爱，不是强来生摘瓜，对令堂说明休害怕。若是那房屋不便，合小女就在我家。

二相公上了马，登时到了家，另找衣服来换了，脱下身上的来给那马夫带回去。仇大姐说："你的衣裳怎么湿了来？送的乜是谁家的？"仇禄笑了笑说："我还不知他是谁家来。"才说怎么去看花园，跳在河里，公子叫人捞上他来，给他换了衣服，又极甚款待了我。大姐合他娘听说，就吃了一大惊。

那魏名这样奸，哄着孩子去看花园，安心要把人坑陷。亏了公子还相爱，设或淹死在深渊，这冤屈可向何人辨？老贼头狼心狗肺，我听说胆战心寒！

二公子说："范公子着我来家商议母亲，他极待合咱做门亲呢，我临走时他着实叮咛。"徐氏说："唬杀我了！他是甚么人家！"

【呀呀油】好皇天！好皇天！他家楼舍几千间，咱倾了家可能治他那一件？再休言，再休言，耳朵没教蚰蜒钻。大人家的闺女眼目高，只怕婆婆还看不见。

从此把这件事就放下了。大姐辞别待回家去，仇禄合他娘就大哭起来了。

哭嚎啕，哭嚎啕，咱的家业已是消，幸亏你去把气争，不愁不把饭来要。路途遥，路途遥，去后再把是非招，咱家没个心腹人，到时谁去把你叫？

大姐说："既是如此，我就再待会子去。"遂即吩咐他儿先回家去了。

你回程，你回程，老实看着把地耕，可休学您大舅，踢弄一个净光腚。你说声，你说声，教你媳妇做营生，他若过的比我好，到家我也把他敬。

大姐住下了，内外的事都是他管。遂买了两件盒礼，着人送去问姜娘子好了不曾。

谁似他，谁似他，我就每遭来到家，他见合咱娘，没一句高傲话。真正不差，真正不差，狠骂阎罗咬碎牙，看他要死不求活，必定不肯把别人嫁。

遂叫了送盒人来嘱咐说："他若是不收，你说是大姑买的，定要教他收下。"

把你差，把你差，就说你大叔不成才，大姑来家才得知，几乎把个人恼坏。告上台，告上台，打了官司才回来，半月没人问问安，望他看常休见怪。

送盒的到了那里,差人进去说了,果然不收。把大姐话说了一遍,他才收下了。遂说没什么教敬老人家,反倒送了东西来看我。

告来人,告来人,那里老母病缠身,我还没人去问安,怎敢劳他把我问。太费心,太费心,东西带回去孝娘亲,说我这疮口渐渐收,就是还觉着里头闷。

这人见他不收,就把大姐那话学了,方才收进去了,待了酒饭,赏了二百钱。去的人回来说了,大姐甚喜。他娘也说他做的极是。不言大姐管家,事事都有条理。且说范公子等了四五天没有回信,遂敬托亲戚王相公,来问仇禄,进来说了来意,徐氏说:“你出去就实说何妨。”

他是谁?他是谁?他家楼台垛成堆,咱穿着两件粗布衣,却也合他不般配。非敢违,非敢违,小雀不敢向天飞,到那根前面不光,亲事已成怎么退?

仇禄出来说了,王相公回去。第二日又来说:“公子不嫌穷,断没有反悔之理。”徐氏只是主意不肯允。大姐说:“不妨,这是他愿意,不干咱事。”

他不嫌,他不嫌,咱就合他结姻缘。咱虽做了这门亲,也不求他一碗饭。不相干,不相干,有甚不好我承担,焉知我这个二兄弟,将来不是个大官宦。

徐氏说:“你凡事主的极好,这个我可不依着你。”仇禄说:“我也嫌他忒富。”大姐说:“我当是你愿意来呢。你既不愿意,就辞了他。”

客听着,客听着,大家女儿忒也娇,一个母亲病在床,他可知道怎么孝?兴致高,兴致高,目下若把亲成了,俺家门户甚有光,他可惹的旁人笑。

王相公说："公子的意恳坚的。且是他令爱，读书知礼，倒也不必固辞。"仇禄说："怪些罢，如今怪，还强的日后恼嗟。"

他虽贤，他虽贤，只知薰香吊画帘，庄稼人家家务多，他可知道怎么干！虽不嫌，虽不嫌，忒也过分俺不安，此时辞了不做亲，省的日后没脸面。

王相公见他执意不肯，也就去了。待了几日，门斗来报，二相公进了第四名秀才。大家听说欢喜。大姐说："因着咱家里心中不大快活，二兄弟十五六了，还没定住丈人家，这可就越发好找了。"

穷姑姑，穷姑姑，下翻的人家谁贪图？急仔人家嫌咱穷，咱可还嫌人家富。出茅庐，出茅庐，蓝衫精致皂靴乌。不但咱把门户撑，人也要待把丈人做。

赏了门斗四吊钱，才打发他去了。却说范公子没出三日，就来行贺，买的靴帽蓝衫、锦帐一幅、酒二海、羊一牵、四十盘果子、十六碗极好的熟东西，用八架食榼抬着，吹鼓手领着到了门首，徐氏听说，就是一挣，几乎难杀！

【叠断桥】床上迟疑，床上迟疑，寻思半晌总没局，忽然抬了来，这可怎么治？辗转踌躇，辗转踌躇，他又不曾教咱知。若要不收礼，他岂肯抬回去？

娘们正在那里商议，只听的叭喇一声响，着人看了看，范公子合王相公已是来到了，在那客房里着人挂帐子。大姐说："二弟，你出去罢。帐子已是挂上了，还待说甚么呢！"

把盒子摆开，把盒子摆开，看着摆摆收进来。已是成了亲，休说是心不爱？请你师傅来，请你师傅来，家里事情我去安排。煨着他那熟东西，咱就把那客来待。

二相公着人请了金相公来，陪着行了礼，坐下。范公子才说他的来意。

说话从容,说话从容,令徒才高比神童。前日到我家,应了吉祥梦。媒人来通,媒人来通,这里坚执不肯从。我已说出来,怎把虚头弄?

金相公说:“总是因着公子的人家忒大,不敢高攀。”范公子说:“这个何妨呢?”

把富贵丢开,把富贵丢开,只求夫妇两合谐。原不是人求我,这是我心里爱。有何难哉,有何难哉?花烛洞房我安排。女婿在我家,于理有何碍?

饮酒叙话,宾主极欢,且都是极好的东西。斟酒下菜,都是范公子带来的管家。仇大姐叫了两个客家媳妇子来帮忙,饭做中了,才叫那些来人都吃了酒饭。还有赏钱,那些来人都极欢喜。

【耍孩儿】仇大姐在里边,安排的事儿甚周全,赶饼做饭登时办。虽然家里没预备,排头个个赏了钱,行人们都吃酒合饭。不料他还能如此,来的人个个喜欢。

不多一时,也就完了席。范公子秉了秉手说道:“媒宾就借金王二先生。婚启就带回去,倒也两便。后日便是良辰,我在家里专候罢。”仇二相公乖觉,当面就把王相公谢了。范公子说:“十二月就是大利月,等贤婿复试回来,再作商议。”说罢辞行上马去了。仇禄来到家中,把范公子那话述说了一遍。徐氏说:“世上无难事,最怕没有钱。济您去怎么做的罢。”

论公子倒不歪,事到如今口难开,这原不是咱家派。畜头抉腚看不上眼,待要大发那里来?我就说没个主意在。这件事我全然不管,济您去怎么安排。

大姐说:“二兄弟怕怎的!你仔管伺候着,到后日送婚启。再待二年，咱也没有大钱花，就依着十二月的，你上他家里成亲，且赚一个好媳妇着再讲。”

到后日结婚姻，隔日就去倒踏门，咱家穷不必再撑棍。指头粗的咱那腿，咱可那里把他跟？不如一概全不问。还有他给的衣帽，咱可以不费分文。

果然到了后日，请他师傅来上那里去，就合王相公把柬帖送了，第二日还是极好的日子，他又送了回柬来，遂摆上了桌酒席。又待了二三日将亲事允讫，才上府去了。

进了学亲又成，门前车马闹哄哄。合庄人人却称颂，都说怎么范公子，认定仇家二相公？姻缘也是神保定。自从他姐姐来到，他家越发大兴隆。

仇二相公待了半月，复试回来，范公子就差人来问安，又托王相公来讲款，商议成亲的日期，遂定了十二月十六日。欲知后事，再看下回。

第七回

暖云窝夫妇合卺 棘闱舍郎舅成嫌

却说二相公复了试来家，已是十一月将尽，范公子看的成亲的日子，是十二月十六日，着人去说了。到了十五日，仇大姐买了十六盘果子，两架食榼，两架酒海，抬着一齐送去。公子说：“亲家又这样多事，何必何必！”

【耍孩儿】俺两家是一家，那里分别我合他？喜事我全照管罢。又费钱来又费礼，不必推辞就留下。说的都是极好的话。抬盒人赏了酒饭，又给他二百铜铅。

二相公安心借匹马骑着好去，不料范公子又着人抬了轿来伺候着。二相公才给他娘合他姐姐磕了头，不一时到了范宅门首，一片鼓乐吹打起来。

下轿来整衣裳，舅子引进内书房，路儿弯曲有千丈。随路都是毡铺地，新人出来共拜堂，拜了堂才往屋里让。不说那酒席齐整，满屋里兰麝流香。

终了席，天也就黑了。四个丫环挑着两对灯笼，送入暖云窝里，合小姐合婚。进去看见满屋里摆设辉煌。范小姐盛服艳妆从里边出来让坐。

小姐红妆出画帘，分明一个玉天仙，一声好似春莺啭。相公到了这步地，就是再富也不嫌，可才满了心头愿。这可比皇罗宫帐，说甚么天上人间！

夫妇相得，说不尽于飞之乐。到了三日，二相公还怕他媳妇不往家来。谁想范公子已令轿马人夫，伺候停当。又嘱咐蕙娘见婆婆是该行八拜礼。行了礼，上了坟，回来就散鞋，不必吃饭就回来罢，人太多看那里安排不及，公子如此吩咐不提。却说仇大姐买下东西，找了一个厨子做下东西伺候着。徐氏说："只怕他不来，才嚣人嗹。"

买下东西伺候着，早晨起来闹吵吵，只怕等人等不到。官宦人家眼目子大，婆婆丢在九云霄，叫人笑的牙耳掉。依着我说偷着做做，人不知还好免嚣。

大姐笑着说："你说起来呀，他乜样人家读书知礼，那里有不来的道理？”一行说着，有人来报说：“二叔合俺婶婶来了。”大姐就换了衣服往外迎，已是进来门了，一家看见，好不喜煞。

进来门就铺毡，花枝招展拜堂前，满屋都是丫环站。起来又合大姐拜，才向床头请母安，衣裳耀的眼花乱。还是那大家人家知礼，一步步典雅安然。

大姐让他坐下。丫环端过礼来：婆婆的绣鞋、枕头，还有尺头四匹；姐姐的也是绣鞋、枕头、尺头二匹。大姐说：“这尺头是断断不敢收的。”

新媳妇敬婆婆，绣鞋枕头都收着，尺头费的忒也过。俺家全无杯水敬，倒教尊宅费的多，收下咱娘心不乐。端过去给咱娘看看，看咱娘是待如何。

果然端过去，徐氏翻过来看见说道：“我的儿成家，我却也没把钱费，倒教亲家这样费事，断不敢收。”蕙娘说：“这不过是给娘做件衣裳的，怎能有再拿回去的礼。”

爹爹说没甚么，两匹绸两匹纱，给娘做件衣裳罢。既然俺爹买了来，岂肯从新拿回家，拿回去也怕爹爹骂。算不的甚么好物，返回去断然不拿！

徐氏无奈，只得收了。大姐说：“娘收了罢了，我可断不敢领的。”蕙娘说：“俺的家务，都是借着姐姐费心，这点营生怎么嫌呢？”

上无父下无哥，家里的日子全仗着，全凭姐姐合俺过。兄长既逃了嫂又去，床头又有病婆婆，合家只有你人一个。看看这宅里宅外，谁管那穿衣烧锅？

谦了一回，大姐也就收下了。蕙娘说：“爹爹教我休住下，看再这里费事。”大姐说：“俺虽然穷还没有顿饭？这是来到你自己家里,还待做客么?”

你原是大家人家,济仔没人敢括拉,若走了就是眼目子大。这里你原该作主,留着还说不住下,安心使那择头卦。虽然没嗄给你吃,咱可也不是那叫花。

蕙娘说:“也罢,俺备了几碗菜来,上了坟回来着吃饭,叫他们等等罢。”大姐说:“呵!你是说上了坟回来好吃您那祭馔么?”

【劈破玉】你安心上了坟好吃那祭肉,是看着俺这里不能伺候。总就是红糊突也管你个够。况且那墓田就在庄西头,玩嗓子把坟上了,你可就把那里往您家里走。

蕙娘也就坐下了,一些客家子媳妇,都来瞻仰他,给他磕头。蕙娘吩咐赏他,丫环解开包袱,每人是五尺红布、一大百钱,都是伺候就了的。

都说是范宅上人家是大,你看他行事儿这样大发。细弯弯的眉,红馥馥的脸,真正上画;说出一句话,把人活爱煞。你看他典雅风流,遍天下也找不出这么俩。

众人说好的,说俊的,乱咕哝着去了。大姐安排下的桌椅,摆了一个梅花席,将酒饭吃完。蕙娘说:“姐姐,你领我这宅子里去看看的。”大姐合他到了西边,见一口屋锁着。蕙娘就问:“这里边是甚么?”大姐说:“这是他大舅住的,如今闲着。”蕙娘说:“俺那屋呢?”大姐笑着说:“恁那里有哇,又见南边一口屋也闲着。”蕙娘便说道:

这口屋极样仔却不甚大,就修理这可也费不多甚么。咱没钱我捎来不必牵挂。虽然是屋不济,到底是我的家;他那里就有楼房万间,小妮子要不的他一片瓦。

大姐说:“怎么就使你的钱?若是着俺娶你着,也就早扎搁哩,这个我能管。”两个将着手，又到了后边，是一个大园。蕙娘说：“这里盖不的屋么？”大姐说：“也可，就在您唓。”

【叠断桥】楼舍亭台，楼舍亭台，论这里边也盖的开，可惜没有钱，不日是心不爱。日后你来，日后你来，做了乡宦有钱财，园中甚宽阔，任您怎么盖。

走了一遭回来，又给他婆婆磕了头，待去上坟。大姐把他那丫头老婆子们，一百的，二百的，都赏了钱。蕙娘合他姐姐作别。大姐又嘱咐道：

弟妇听着，弟妇听着：那里的门户忒也高，一半点东西，拿去惹人笑。一别日子遥，一别日子遥，好歹二弟来家学。没人去问安，我可实相告。

蕙娘说：“我自然差人来问安，何必着人去？”拜了拜，坐上轿合二相公上坟去了。大姐回来，合他娘说着欢天喜地。

容貌如花，容貌如花，远近谁能跟上他！不光他人物精，又极会说话。虽是大家，虽是大家，温柔款款不矜夸。倒比着小人家，还更知道嗄！

徐氏说：“可说呢，乜孩子家怎么就乜样知礼。”大姐说：“我看着他，不久就来家。”徐氏说：“咱家里那的盛他呢？他合你说来么？”大姐说：“他虽没说，我看出来了。”

院后院前，院后院前，个个屋里仔细观。问了问他那屋，嫌那墙没墁。修理要给钱，修理要给钱，又不是空口与空言。他有个小乾坤，不单指娘家的饭。

“等着打下麦子来着，就先给他修理修理。”

麦子有余，麦子有余，泥墙再把土灰除，扎上个新虚棚，教人就进的去。娘说何如，娘说何如？他那西边休喂驴，盖上两间屋，好给那丫头子住。

娘俩说话之时，二相公两口子上了坟，把那祭物就叫人抬了来。大姐教人端进去折下，又赏了二百大钱，打发那人抬了，大姐对着他娘又称奖他。

年才二八，年才二八，全不像个孩子家。两个上了坟，东西还留下。谁能像他？谁能像他？行事丝毫不漏差。年纪虽然小，肚里乾坤大。

不说大姐赞叹，却说范公子的大儿，名是范栝，十八岁捐了监，还请着先生读书。二相公回去，也就同入书坊同读书。

【要孩儿】第二日上了学，三更回上暖云窝。早起就上书坊里坐，无事不来宅里混，只在书房用工磨，五日一次两篇课。他师傅极相敬爱，就许他定要登科。

那范栝学业鄙漏，见他师傅称奖二相公，他那心里就生气。逢老师不在家，就百样的方法来作践他，不依他念书。

那范栝不大通，听的称奖二相公，这里就把毒来中。诸样的方法来作践，全不依他把书攻。待要坐坐没点空，拿书来到暖云窝，去对着他娘子咕哝。

二相公在丈人家读书，总不过五七日就来家看看。到了五月里，是他娘的生日，二相公去考的了，蕙娘自家来上寿。大姐已是给他修理了屋，蕙娘看了看大喜，拜谢姐姐。

我没来赏匠人，又偺扎搁的一搀新，怎么也没说个信？旁里又添两间屋，丫头有处去安身，好处一言说不尽。我按上两棹箱子，好给我锁着房门。

蕙娘说："姐姐这样费心，我就该磕头！"大姐说："你自不嫌就够了。"蕙娘说："我抬两个箱子来，占着这屋好封锁呀。"

仇大姐笑开言:心里森森的怕你嫌,你不嫌我就却了担。蛴螬棚子捧瓦大,你那妆奁也没处安?放在那里也方便。等有钱盖起大屋,你从容再往家搬。

蕙娘坐了席也就去了。二相公考了回来,报了是二等,到了初秋,师徒三人同去下大场。进了场,那范栝做不上文章来,又没处寻他师傅的,合二相公邻号,就光来缠磨他。

题纸下无奈何,只把两眼疾瞪着,在家原就不成货。出来进去走几趟,也学人家去吟哦,晌午何曾有字一个?二相公才待下笔,跑进去只顾缠磨。

二相公说:“大哥你怎么这样?咱是来求功名,中与不中,先要完场。休要来胡混,等我完了着,给你做就是了。”

叫大哥莫要央,这时谁不在号房,你却如何这么样?你还比我大两岁,我可不是来观场,你混的连我也做不上。你等着我摆画停当,可给你做篇文章。

范栝说:“你拿来我先写上罢。”二相公说:“雷同了怎么着?你就怪写上罢。这是断断不行的事。”范栝就恼了说道:“狗攮养的!你每日吃着俺的饭,这点事就不济我了么?”

大舅子怒冲冲,高声大骂二相公,弄阵子样儿不中用。每日在家吃俺的饭,请着师傅把书攻,怎么这点事就央不动?就是那痴驴木马,也不至这样无情。

二相公也恼了,说:“恁不光管我饭,还赔上了一个老婆哩!”

二相公气咋咋,骂范栝太诈煞,不知我让你是为嗄?狗攮养的你想一想,岂但吃恁饭合茶,还赔上个老婆把我嫁。破上我连门不上,我看你有甚么方法。

范栝大怒,就待行粗,二相公也出了号房。亏了那邻号的朋友们劝解着,范栝才去了,二相公也进了号房,寻思着吃人家碗饭,就受人家这等气恼。

二相公低着头,仔细寻思好不诌,连那文章无心做,一坐坐到日头落。无奈才把心来收,不管好歹一挥就。包把煞去找他师傅,对着他诉诉缘由。

二相公交了卷,找着他师傅对着他说了说,才出了场,就上他表兄那下处睡了觉。他师傅出来,见他没来下处,待了霎,范栝也就出来了,见了他师傅,着他师傅好骂。

骂范栝无赖徒,在家全不把书读,场中文可待教别人做。令尊照管他把书念,他原是你的亲妹夫,甚么体面你全不顾?这才是膏粱子弟,就一点人情全无!

他师傅教他去请二相公。范栝说:“我去他必然不来,还得老师合我同去。”他师傅才领着他,到了那里,也并没说嗄,就出来了。二相公送出门来,他师傅就叫着走了。来了下处,才教范栝谢了罪,都等着进了三场,才来了家。欲知后来何如,且听下回分解。

第八回

归夫家蕙娘立业
中奸计仇禄充军

却说二相公考了回来,就没往他丈人家里去。范公子不知其故。他老师才说了一遍,把公子几乎气死!叫了范栝来,跪着尽骂。

【耍孩儿】叫畜生快跪下，事儿行的太大差！你枉长了这么大！妹夫比你强十倍，给他提鞋距吊了牙！看你说的甚么话！我把你畜生打死，这样人留你怎么！

公子把范栝打了一顿，他老师说着，才饶了他。又叫他去给二相公陪罪。范栝说："我去他也不见我，不如教俺娘差个妇人去罢。"他师傅说："这也有礼。"

他两个磨了牙，大场里头犯争差，至到如今没说话。今日若还差他去，未必出来就见他，不如差个女人罢。老兄台回上后宅，细思想是该怎么。

公子到了宅里，合夫人说了。又把夫人气了个挣，骂了范栝一阵。才差了一个妇人，押着拿礼去问安。后又使人送了马去。那妇人到了那里，可就说的极好嗹。

来了家好几朝，大叔自家没敢学，先生说大爷才知道。爷爷打了奶奶骂，还望姑爷把他饶，郎舅们甚么说不到？奶奶说姑爷不去，就着我替他跪着。

二相公低着头也不做声，那妇人就跪下了。大姐拉起他来说："二弟你不必这等。大舅子合妹夫，甚么正经！这是钢刀割不断的亲戚，你还能断了那条路么？"

二兄弟你听着：大舅子把你敲，到底还是他年少。你去不为舅子去，你是为岳丈恩情高，怎么断的这条道？范大叔又没得罪，你不去看他再嚣。

徐氏也吩咐他去，二相公才上马去了。一霎时到了范宅门首，范公子迎出来，着实的陪罪。又叫范栝来跪着。二相公也合他跪着，公子急忙拉起二相公来，遂叫范栝也起来。

妹夫恼也应该，但他还比驴马呆，怎么当一个人儿怪？以后照常休介意，我把书舍两分开，不叫您俩在一块。等着他通些人性，您俩个再犯往来。

二相公到了后宅，蕙娘那里哭的两眼通红："想你定准不来了！"

俺哥哥乜呆瓜，你又不肯俯就他，虽不言我这心里常牵挂。他是个傝僫不才的货，你休常住丈人家，从你来我就安排下。咱预备从容归去，休等着犯争差。

待了几日，师徒都没中。又待了两天。二相公说："家母病重，我得在家里守着。"其实徐氏心里安然，病也就好些了，这是个推托之计。

过大场落孙山，家母床头病不安，这书可也没心念。家里又无人着望，日日奔波路途间，朝夕往来真不便。不如我暂且家去，方才能身心两安。

范公子问道："几时回来？"二相公说："家母病体好了，即便回来。"二相公来家住了六七日，那里着人来问安，就捎了牲口来。去待了几天，家里又使人去叫。

二相公上了学，待了没有两三朝，家里就有人去叫，他说家母还没好，只得到家瞧一瞧。都是弄就的虚圈套。来到家搬也不去，看着人修理窝巢。

二相公这一来家，在那屋里支锅盘炕，范公子使人来搬了两三趟没去，就明白了。合蕙娘商议。蕙娘说："这女婿住在丈人家里，也没有住到老的。"

【叠落金钱】如今他既把家归，把家归，倒也免了是合非，爹爹呀，不必还把心思费。富贵贫贱不用悲，不用悲，他也不曾玷辱谁，爹爹呀，造化好不许将来贵？他也不是穷似贼，穷似贼，插插草屋扫扫灰，爹爹呀，孟光也曾把梁鸿配。从来嫁鸡随鸡飞，随鸡飞，他既去了我该随，爹爹呀，娘家能住几千岁？

范公子见年近了，只得把暖帐箱笼要紧的东西，使人送去。明日去送蕙娘。老夫人嘱咐了话儿，就满眼落泪。

生长在家十七年，十七年，时时娇养在身边，我儿呀，造定今日该离散。你在绣房纵然闲，纵然闲，不少绫罗缎匹穿，我儿呀，到那就知勤合俭。婆婆那里早问安，早问安，不要傲骄惹人嫌，我儿呀，人说好才是有体面。女婿纵不做高官，做高官，他家也有几亩田，我儿呀，或者不至没有饭。

蕙娘别了爷娘，到了自己家里。一家人家接着，异样的欢喜，大姐说："我每日家想你，你一般的也来了呢？"

【皂罗袍】一般的你也来到。俺每日絮絮叨叨，一日说你几千遭，或者你乜眼也跳。从今以后想念全消。听的你那声音，就教人喜笑。

蕙娘拜了婆婆，到了他自家那屋里，两个妇女，四个丫头，来往搬包袱，一霎就满了，蕙娘让姐姐坐下说道："姐姐你往后可就是客了。"

想当初咱俩说笑，扎搁屋望你勤劳，你还说是我胡叨，此时才知我虑的到。自从那日，就知有今朝。擎的现成，难把恩情报。

大姐说："你的人多，你就自家做饭吃罢，我合咱娘照常仍旧。"蕙娘说："前边无人，就不用动锅灶，我这里做中了，送去就是。"

那房中少人备办，不必你弄火燎烟。这里做熟着人端，俩人能吃了几碗饭？咱娘有病不能动弹，姐姐陪着不必心挂牵。

大姐说："坐着吃饭，这心也不安。"蕙娘说："俺擎着住屋，怎么就安来呢？往后姐姐你只管给俺料理外边的事情罢。”

叫姐姐不必用心，你只管粮漕耕耘。我的人就是你的人，恼了何妨打一顿？锅头灶脑米面柴薪，小小事儿不用你留心问。

二个人讲了些话，大姐请去前边同吃了饭，两口子才去看着安排他那家业。蕙娘自家有一处小庄子，三顷地多，隔着有十数里路，蕙娘写了票子去，一切应用之物教管庄的往这里供给。

发票子行到庄上，着那里供给杂粮。差他妈妈去开仓，自己提笔记上账。就说：“相公你上书房，只管读书，休要把心放。”

到了第二日，范公子送了一个管家来，名唤张旺，遂后又有一个骡子，运到杂粮二十石，油盐酱醋，无所不有。蕙娘一一收了。就吩咐那管家在书房伺候。

二相公肯把书念，外边事姐姐承担，蕙娘招管米合面。念书的擎吃自在饭，管家伺候，马备雕鞍。娘子来越发把门风变。

待了一年，人家越发兴旺了。却说魏名自家寻思道：“我本是要害他来，却照顾的成了个大家。他反拿着我不当人，你提防我的罢，我自有法。”遂钩了一个京人来，瞅着二相公没在书房里，就教那个京人溜到他那书房里去了。

【呀呀儿油】勾京人，勾京人，剐出心来狗不吞。安排着教人倾了家，他那心里才不恨。那逃人，那逃人，一溜溜进书房门。就在床上挺着尸，单等人来把他问。呀呀儿油。

二相公来了家，那张旺上书房里去，见有一个行子，仰在床上。张旺大惊说：“你必定是个贼！”那行子扒起来，就拉京腔。

来几遭，来几遭，镶黄旗下把名标。恁家收了我千两银，我是特来问他要。你去学，你去学，流水打发我开交。还得备上一个骡，我好骑着去赶道。呀呀儿油。

张旺听说，吃了一惊，慌忙报于二相公。家里听说，都唬的面容改色，大姐平素极大胆，这一时也唬挣了。

他似贼，他似贼，拉着京腔使诈威。本朝王法甚森严，这是一个极大的罪！商量谁，商量谁？说不住不吃他的亏。纵然就是死不了，可也就把皮来退。呀呀儿油。

大家无法可治。蕙娘差着张旺去问他爹爹，他爹也是没法。二相公只得出来着那四邻去央告他，安心给他一百银子，打发他走。

那京人，那京人，坐在那里不动身。大家拿着好话儿，只顾哀央那光棍。累四邻，累四邻，大家许他百两银。说他一倾十喇家，咱有甚么仇合恨？呀呀儿油。

那行子又不听，一霎时那乡约保正都知道了，只得把二相公合四邻一齐送到县里。那县官明知冤枉，因着王法森严，不敢担当，立时解了府，府里解了院上去了。

王法严，王法严，任他那里也不敢担。县里差人解到府，府上差人解了院。院里官，院里官，问他实该多少钱？那个行子顺口吧，就说收着几千万。呀呀儿油。

待了够一月多，也审了好几次，全然没清浑。

提出来，提出来，京人连累十家牌。满堂都是无辜人，个个唬的魂不在。日头歪，日头歪，分不出青红合皂白。相公说是没见钱，他反说是合他赖。呀呀儿油。

军门解了京人回京，二相公问了个口外充军，只得解下来变产凑路费。却说二相公即就充军去了，范公子把蕙娘搬了去，家中只有他娘合他姐姐在家，无限的凄凉不堪言矣。

回了程，回了程，到家一望好伤情。忍着不哭笑嘻嘻，恐怕他娘犯了病。保安宁，保安宁，十月就到奉天城。若得遇赦就回来，大约不至送了命。呀呀儿油。

却说范公子央求体面，还费了许多的银钱，好歹的才把蕙娘择脱出来。听说二相公来回了家，他自己来看，送了路费五十两。二相公写了一章退亲字给他丈人。

告丈人，告丈人：待我的恩情似海深！若是从头说起来，再一辈子也报不尽。去充军，去充军，耽误了令爱好青春。不如教他另改嫁，倒还叫我心不闷。呀呀儿油。

范公子就吊下泪来了，不肯接那退亲字。说道："小女遂后就来。"二相公说："你止住他罢，休叫他来！"

好伤怀，好伤怀，爹爹休要叫他来。我今是个犯罪人，已是割了心头爱。他若来，他若来，一家老少哭哀哀，见了他恸伤心，那可反是把我害。呀呀儿油。

范公子坚执不收那退亲字据，跑起来哭着走了。二相公又差人送了去。范公子拿着递于蕙娘，蕙娘接过来看了，撕了个粉碎，大哭起来了。

【憨头郎】唎溜子唎，唎溜子唎，做了二年好夫妻，好夫妻，两有情，并没曾失口闹一声。他又专心把书念，指望金榜早题名。家虽小，不甚穷，着他专心去用工。还望三年撑门户，就遭大祸把军充！我的哥哥哟咳！咳！我的皇天哥哥哟！

身软弱，瘦可怜，穿上绵衣只似单，膊胳好似芭杆子样，怎么口外去受风寒？你叫我莫往还，不得合你共一言。写了字据来叫我嫁，心里好似刀子剜！我的哥哥哟！咳咳！我的皇天哥哥哟！

蕙娘这里哭诉不提，却说仇大姐见他二弟充军，一路上太不放心，寻了一个老成家人送他。可又着实的嘱咐。

【耍孩儿】您二叔没出门，如今万里去充军，乜书生长的忒也嫩。托你合他去做伴，早晚全凭你费心，你回来就有真实信。可好生在心在意，到回来多赏你金银。

二相公骑着骡，两个公差解着去了。官府里就来查他的产业，那保正汇了册子，呈到县里。仇大姐不依，拿着分书就去见官。

仇大姐上公堂，拿着分书纸两章，说他已是分家当。仇禄地止四十亩，仇福输净逃远方，我曾上司告过状。禀老爷若还不信，现有案存在该房。

知县又教邻右保正，另具了甘结，才保下来了八十亩地。都说当时亏了仇福踢弄的有了凭证。

那仇福撩打净，都说这孩子太无成，如今倒弄的有凭证。邻保都说实情话，甘结结得甚分明，八十亩地土全没动。若不着当官告理，他娘将何以养生！

娘两个种着八十亩地，也不大着极。只是两个儿子，一个也不在家，老娘娘子想起来就哭。大姐在旁里，日日劝解。未知后来事，且听下回分晓。

第九回

二相公父子相认
姜娘子夫妇团圆

却说二相公起了解，范公子上下给他打点的极好，公差都是心满足的，奉承的二相公，一路上无不如意。那一日到了卢龙地方，住下打尖。

【耍孩儿】二相公要打尖，马夫坠镫下了鞍，迈步进了房子店。祟了麸子拌上草，店家伺候在面前，上下俱是包子面。二相公一霎吃饱，闲出来站在槽前。

二相公吃了饭，闲着出来看那骡子吃草，忽然进来了一个叫花子，头发遮了脸，狗皮盖着腚，拿着一个碗。二相公也没理他，那人住下，只顾端相。

叫花子进店房，看见相公细端相，看看不像个人模样。相公待往屋里走，他又跟来跕门旁，拿个钱待往碗里放。叫花子放声大哭，问兄弟要下何往？

那叫花子放声大哭，叫他兄弟，二相公才细看了看，认的是他哥哥，他哥哥跑过来，两手拉住，也就大哭起来了。

二三年不见哥，却在这里受折磨，这形容教人看不过。忽然上了嫖合赌，卖了地土卖老婆，还是你自己惹的祸！我如今充军流徒，却不是我自己作撧！

二相公哭罢，遂解开包裹，有多带的裤袄鞋袜，拿出来给他换了，又要了水来，叫他洗了脸。就叫人端了包子来，拥撮他吃饱了，才问他说："哥，你想家了没？"他哥说："我怎么不想家！"

我如今悔不来，受这罪也应该，想一想就该打这额楼盖！魏名不是人生养，哄着我把钱赌开，迷了心就把人品坏。要自己剖心剐骨，把魏名挖眼嚼腮！

二相公说："我这充军，未必不是他弄的。"遂把那怎么唠他去看花园，又怎么有京人细说了一遍。才称了三两银子，递给他哥说道："咱娘的病还没好，咱兄弟两个，都在外边不妥当。你拿着这几两银子，路上少吃俭用，也可以到了家，咱娘见了你，又知道我的信，可也就稍放心些。”

称银子叫声哥，这也是没奈何，知道懊悔还不错。咱娘病还不大好，如今心里气恼多，家中并无人一个。你从此即便快走，休在外只管磨拖。

二人洒泪而别。不一日把二相公解到，投了文书。那把守关口的，是一个满洲将军，当即叫了去，看了看，见他是个书生，遂问那犯罪的情由。二相公从头至尾细说了一遍。

大老爷听道来：我是凤翔一秀才，不敢丝毫去分外。忽有京人从天降，说在我家寄钱财，没点影凭空把我害！望老爷天眼看顾，可怜这无妄之灾。

那个满洲将军极好的心性说道：“看你是个书生，自然是人赖你了。我也不肯难为你，你去账房里，给我照管着写写书札罢。”二相公即忙磕了个头，才下来了。

听说是一秀才，众人们闹垓垓，打伙跟去把他拜。一人慌忙头里走，引导相公账房来，都作揖不当军人待。有一条陕西大汉，才坐下便把言开。

内里有一个人便问道：“他才在老爷那里，你说你是凤翔府，贵县是那一县？”二相公说：“是扶风县。”又问：“贵姓？”二相公说：“姓仇。”又问说：“令尊公甚么名号？”二相公说：“家尊名仲，号是牧之。”那人说：“呀！你是仇牧之的儿，如此说来，就是我的儿子了！”

仇牧之泪如麻，叫我儿你听咋，我可说说前后话。三十四岁被贼掳，十七八年离了家，恁哥刚才会吐噜话。你那时还在怀里，忒也小记的甚么。

仇禄听着他爹说了一遍，拉着衣襟，放声大哭。仇牧之说：“我儿不必哭了。你说说家里的事情,我可也有个安排。”仇禄遂把家中前前后后的事述了一遍,仇牧之听说,只气的两肋膨胀,说道:“气死我也!”

我掳去在东山,又卖旗下十余年,京游子不敢下眼看。我跟将军守口外,名字上在头一单,也还有点薄体面。那一个杂毛光棍,把我儿流徒边关!

遂即弄了饭来,给仇禄吃着,遂说道:“我去禀禀老爷的。”就出去了。二相公吃完了饭,仇牧之就回来了,说到老爷吩咐了,就着你自己修书二封:一封给镶黄旗固山贝子,一封给督捕。

细说说心上冤,拜上督捕与固山,老爷的人怎作棍子骗?叫他把那人细细审问,审明了立发西安,到军门行下扶风县。我的儿且耐几日,我到京不几日就还。

二相公起了稿,给于将军看了,说:“极好!”誊了真,就差仇牧之自己去下书。仇禄初到,人因着他是牧之的儿子,都来请他吃酒。

二相公自倒量,我虽然窜远方,两件喜事从天降:一来见了爹爹面,二来哥哥还家乡。这充军又有还家的望。二相公心中怡悦,骑着马游遍山岗。

仇禄每日里骑着牲口,带着家人,游山观水。待了二十多天,仇牧之下书回来,喜极了,合二相公说道:“事妥当了,与你无事,再歇几天,你就回家去罢。”

我见了那固山,京人打了一千鞭,招出是魏名拉的牵。魏名这个贼禽兽,更比曹操秦桧奸!咱合他有甚么仇合怨?他总是望咱穷困,那狗心方才喜欢!

我尝想着那一年煞,咱庄里刘悦家,两口子争气,他媳妇子就吊煞了，央告乡邻说着给他丈人十两银子，已是合谐了；魏名挑唆着告了状，将刘悦打了顿板子，地土宅子就踢弄了一个干净。

那行子忒也秦，我没拿着他当个人，因此他就心里恨。但我已是被贼掳，他又寻法害恁们？就该弄他个活倒运。又转念若不亏他，你今日怎见父亲？

仇禄说："爹爹说的极是。这不该他嗄事，原是神灵指引着，咱父子相会，待怨他怎么？"爷儿两个，极甚欢喜，那旗下人都轮流着给他贺喜，夜间父子同榻而眠。

父合子共一床，二相公问后娘，才知道两回把妻丧。牧之还待找一个，目下此事正商量，见了儿这事全丢放。我如今全无他念，只求这老骨还乡。

仇牧之说："目下人给我说着一个老婆，我昨日辞了他。如今只想家去，父子团圆。"二相公说："老爷曾说赎身，不着千两银子不中用，咱可如何能的起？儿如今有一个志愿在心。"

凑千金委实难，倾了家不能办，为儿昼夜常打算。就是向那书里找，除非会士做了官，老天爷未必随人愿。若一家合该团聚，就教我一步登天。

仇牧之说："那也定不住。我这里有一百多银子的根盘，咱两下里攒着，攒够了为期。"二相公又住了半月，仇牧之说："你回家罢。"仇禄就哭了。

叫一声我爹爹，咱父子这一别，不知是几年并几月？明年我若中了举，如今人心极随邪，银子也还容易借。定不住何时再见，怎忍的一旦作别！

遂又住了四五天，还不待走。仇牧之说："禄儿，你走罢，再住会子，是待怎么？"仇禄只得收拾行李。他爷给他十五两银子的路费。二相公说:“不用,我还有钱,盘费到家尽够。”

叫爹爹不用愁,至多一月到西州,盘费我已算计就。丈人送银五十两,剩的还在囊中收,到家费用能以够。老爷爹爹就从此攒起,团圆日这是个起头。

他爷见他不要,也就收起来了。二相公还要迟延。他爷说:“你快走罢,看再恁娘挂念。”二相公才去别了将军合那众人,备上骡子,拾掇上行李说:“爹爹,你送我一程。”

叫爹爹上雕鞍,把我送到山阳关,到那里同宿山阳店。并马走这三十里,还得半月还家乐,伤心不忍就离散。他爹说终须有别,你何必这样留连?

他爷说:“送阵子就不分离了么?你快些走罢。”仇禄才又距了头,骑上骡子,洒泪而别。仇牧之也哭着回去。这且不表。却说仇福果然回了家,他娘在床上倚着,忽然进去,跪在床前问好。徐氏大惊说道:“你还在着么!”

【叠断桥】徐氏大惊,徐氏大惊,骂了一声狗畜生!三年不来家,我当你丧了命。你又回程,你又回程,家里没嗄你踢弄!等您姐姐来,打你一个挣!

徐氏正骂着,大姐进来一眼看见说:“呀!这不是大兄弟么?你从那里来?”他娘说:“你拿根把棍来,给我打这畜生!”大姐果然拿了根推磨棍来。

大弟知闻,大弟知闻,你做的事情该打断筋!今日你来家,少不了这一顿!怕打难禁,怕打难禁,你就从此快起身。若是开了交,可也没人问。

大姐说:“必须得打你一百棍。才留下你,你若不肯捱打,你就请走。”仇福说:“我听的咱二弟说,家中事情,全亏了姐姐,姐姐就是打死我也是不怨的。"

当日愚顽，当日愚顽，做的事儿不堪言！如今想起来，没脸把人见。悔也徒然，悔也徒然，劳动姐姐去见官。就打下下半截，不敢把姐姐怨。

大姐听的说，忙问道："你见咱二兄弟来?"仇福说："我见他来。"大姐说："即是这等，你起来说说我听听。"仇福起来，跕着说话。

我在关前，我在关前，二弟下店去打尖。我到店里头，他似看不见。又到里边，又到里边，俺才相认泪涟涟。给了我三两银，着我来家看。

仇福说罢，又跪下说道："求姐姐教诲这不成人的兄弟!"大姐说："你即教我打你，我就不打了，只看你向后何如。"大姐有做的饭给他吃着，又念诵他。

既是回心，既是回心，就要思量做个人。今日歇歇腿，就去打扫粪。咱家原贫，咱家原贫，事事全要受辛勤。那有闲饭儿，叫你吃着混?

仇福听着姐姐说了一阵，吃完了饭从那腰里掏出来半两银子说道："这是我路上省下的，姐姐你收拾着，咱好使用。"大姐接过来，点了点那头，就知道他改过了。

将银接过，将银接过，大姐低头想一遭。兄弟回了心，我却也知道。暗对娘学，暗对娘学，兄弟成人看出苗。省下半两银，还不自己要。

到了次日，仇福早起来，果然去喂驴、扫地、打水，极其勤谨，大姐见这光景甚是欢喜。欲知后来如何，且听下回分解。

第十回

请姜娘夫妇重会
归婆门复修旧好

却说这仇福来家，极其殷勤，待了几日，大姐看着大有成守，遂买了一架榼礼，差了一个妇人去对姜娘子说，仇福来了家。又想了想说道："你到那里着，可不要先说呀。"

【叠断桥】老实听着，老实听着，听我从头把你教。到那里放下榼，休要实相告。等他收了，等他收了，你可从容把话学：俺大叔来了家，差我特来报。

那婆子到了姜宅，见了姜娘子，果然等着姜娘子收了礼，道了费心才说："俺大叔来了家了，大姑娘叫我来说一声。"姜娘子听说，把那娇容陡变说道："奇呀！他来不来的，与我何干！"

这话忒差，这话忒差，他还合我是甚么！我已是有了主，这近里就出嫁。不必提他，不必提他，各人找主另成家。他如今来与不来，对我说他咋！

姜娘子数量了阵子，还赏了那婆子二尺布一百钱，打发回来。来到家对着大姐学一遍。大姐又叫了仇福来，叫那妇人学给他听，那仇福听着，着实害羞。

仇福低头，仇福低头，一点气儿不敢抽。大姐只管重，他就济着受。见他害羞，见他害羞，说咱还得去央求。那话儿虽然狠，他心也是肉。

徐氏说:“他既有了主,央求还中用么?”大姐说:“自我看来,那必定是些瞎话。他是恨极了,只是那么一说就是了。”

贞烈堪夸,贞烈堪夸,到了阎罗赵某家,鞭子在眼前,他还着实骂。真正不差,真正不差,斩钢截铁谁似他?簪子刺喉咙,就死也不怕!

“看他这个行局,他还肯另嫁么?我有个法儿,也不要教人去念耸他,我领着大兄弟,一直就去登门。”

孝顺是他,孝顺是他,婆婆待他又不差。想想旧恩情,也未必放的下。就是真么,就是真么,一直登门到他家。见面自生情,看他是说嗄。

大姐商议定了,着仇福上范宅里借了匹马,又备上自家那驴,着人跟着,姐弟二人,一直的到了姜宅。姜屺嶦听的说他二人来了,就先躲了。他的丈母汪氏接进来,大姐下拜。

跪下磕头,跪下磕头,我见了大娘也害羞。女婿不成人,叫你真难受。他既回头,他既回头,才敢领他来央求。若是不回心,怎敢妄俯就?

汪氏把大姐拉起来,大姐说:“大兄弟快着来磕头。”大姐把汪氏拉着,仇福磕了头,才问道:“弟妇呢?”汪氏说:“没在家。”

不曾在家,不曾在家,前日去走老娘家。不知亲家来,可是多谢罢!你且坐下,你且坐下,拳拳腿儿吃杯茶。行常又不来,咱且说句话。

大姐说:“真果没在家么?”汪氏说:“是实没在家。”大姐笑着说道:“我不信,我翻翻着。”遂各屋里都看了,又到了后边,见一口小屋,遂伸进头去一看,见姜娘子在那里坐着,大姐进去一把拉住,可就眼中落下泪来了。

泪眼纷纷，泪眼纷纷，我那兄弟不成人！来家听的说，我还替你恨。咱那娘亲，咱那娘亲，为你哭的眼也昏。说你嫁人家，这话我不信。

大姐说："若是他不回头，我也不敢来奉央。他既懊悔无极，我今领他来，济着你处治就是了。"姜娘子说："我甚么面目见他？"

【银纽丝】叫声姐姐泪双也么流。他又不害一点羞，忒也诌，全然没有点情意留，哄我去耍汉子，待当个王八头。我只嚼他两口肉！看见他时气怎休，要使尖刀把眼抠！我的天，忍受难，叫人难忍受！

姜娘子说："咱娘平素待我极好，姐姐的情意甚高们里，我就忘了么？只是我可没脸面见他，姐姐就怪些也罢。"

姜娘子泪珠往下也么浇。咱娘不曾错待了，又烦劳姐姐屡屡的情义高。每日打听着，他死在荒郊，我还去把婆母孝。他既没死还在着，要见面时再不消。我的天，倚靠谁，可把谁倚靠？

大姐说："你既不肯改嫁，又不肯合他见面，他又没死，你就在娘家里，也不是个长法呀。"

叫声弟妇你听也么知，别的话儿再休提。不差迟，我叫他跪着苦央及。你裂他一块肉，撕他一溜皮，可也出出你心头气。到底您俩是夫妻，给您调停又不依。我的天，处治难，叫人难处治。

大姐说："我既来了，可待怎么回去呢？你过来，你权当是为我。"大姐那身品又大，把姜娘子两手抱住，脚不沾地，就到了前头屋里，一声叫道："大兄弟快来跪着。"仇福果然过来跪下了。姜娘子把头扭着，也不看他。

姜娘子一霎变容也么颜，说我这苦水变成酸，苦难言。万死千生谁可怜？老婆嫁别人，他那心里极舒坦，哄着我出门去养汉。夫妻也是二三年，回头一点不相干。我的天，见面羞，我合他羞见面。

大姐又死活的拨过他来说："兄弟你该给他磕一百个头。求恕罪吧！"仇福果然扑植扑植的磕了一顿头，姜娘子看见仇大官，心中大怒。

姜娘子指定仇大也么官，柳眉直竖眼睁圆，怒冲天。你就说嘎罪愆？你虽不安分，我也没出言，从来没一点把你犯。你把恩爱一旦捐，直是狼心狗肺肝！我的天，磨难遭，叫人遭磨难。

"姐姐我若嫁了着，你说你待那里找我的？他合我已是绝了情，我还有甚么脸面去呢？"大姐说："你不嫁，这是你的好处。你饶了他罢。"

【耍孩儿】叫声弟妇你思量，你可看他这过腔，就知他不敢把心放。我那来时夸了嘴，就说我能把你央，娘亲但倚门儿望。你只管放心回去，再不好我一面承当。

汪氏在旁里说："也罢，这也够他姐夫受的嗹。叫他起来罢！"姜娘子才说："姐姐教他起来罢。"大姐说："饶了你嗹，起来罢。"仇福起来。大姐又劝他。

叫弟妇你听着，你也略略把气消，他懊悔旁人也知道。跪着你磕头千千万，难道他就不害嚣，今日着实领你教。你扎挂咱就回去，再说不我就跪着。

姜娘子还犯寻思，不言不语的。大姐就直橛儿似的跪下了。姜娘子急忙拉起来说："罢呀！我腆着这不害嚣的脸，就去便了，可先合姐姐说开。我到那里，可是合咱娘在那里宿卧，可不合他同房。"

姜娘子气儿平，叫姐姐你是听，泪道儿等我洗干净。一来母亲待我好，姐姐又极把我疼，你既来嘴也不敢硬。不是为结发夫妻，那一样美满恩情。

大姐见他吐了口号，流水答应说："是呀。"汪氏留着吃饭。大姐不肯，姜娘子梳洗了，就一同骑上牲口去了。到了家里，徐氏看见就落下泪来。姜娘子待磕头，徐氏就先跪下了。

我的儿这样贤，看你受罪心何安？今日难见娇儿面！我生下这样畜类，听说你自己扎一簪，教我泪珠何曾断！像合你隔了几世，教我长目痛心酸！

姜娘子哭着把婆婆拉起来，自己磕了头，不大多时，大姐拾掇了饭，大家吃了。大姐拉着姜娘子说道："大兄弟来家，我也没着他开你那门。咱去看看，少了甚么了没。"

仇大姐把门开，姜娘子泪下来，妆盒镜架依然在。看见床上净灰土，还有一双旧绣鞋，拾起来忙着那席角盖。又见那箱子没锁，未曾开先扫扫那灰尘。

姜娘子揭开箱子看了看，说："我那两件衣裳不见了。"大姐说："你休恼，我管保赔你。"遂即跑了他娘那屋里，拿了两匹尺头来，说："这不是衣裳么。"

这尺头放那边，箱里收着也是闲，你把衣裳做两件。比着打量肥合瘦，咱俩做成你可穿，我就去找针合线。姜娘子不肯收下，说不要才开了笑颜。

大姐放下说道："大兄弟，你去拿张锨来，把这屋里打扫打扫。"仇福果然用水洒了，扫的极干净。大姐给他扫了扫那床，才合姜娘子坐下说话。

当时我来到家，咱俩一堆笑哈哈，前年来没人说句话。挤仔想你不得见，又说你去的不光华，恸栖栖似把心摘下。你来了这才落地，有你在就穷些也差。

大姐说："大兄弟你生着乜火，那屋里有我收拾的两壶酒，你去拿来，我合弟妇说句话。”仇福果然去端了四碟菜来，提了酒来，烫热了。大姐说：“你斟上盅酒，可朝上给他大妗子磕头。”

仇大姐把弟教，生火燉酒不辞劳，当玩当耍还取笑。仇福慌忙斟上酒，磕下头去也害嚣，只得领他姐姐的教。他到也有些心眼，敬姐姐照样画描。

仇福磕了头，姜娘子说：“姐姐，他待作践俺咋？”仇福又斟上一盅，递给他姐姐，又跪下磕了个头。大姐说：“这是怎么说呢？”仇福说：“不亏了姐姐么？”连姜娘子也笑了。

懊悔煞不值钱，他若是不回还，今生难见亲朋面。喒的姐姐舌尖破，才把大丑盖的严，今日就把头磕碎！得收他一场痛骂，也教我消些罪愆。

大姐笑着往外飞跑说：“您俩个吃盅和合罢，我待走哩。”出来把角门儿挂煞了。大相公这来家，夫妇重聚。二相公也不日回家。

第十一回
重聚会蕙娘兴家
暗生气魏名放火

却说二相公那日别了他父亲，夜住晓行，露宿风餐，一个多月，才到了家。进了庄门，庄里人个个惊疑，都来问他。

【耍孩儿】下来骡到门前，庄里人人来问安，个个都说长挂念。庄里老大把疑犯，怎么如今就回还？人人想他是偷逃窜，人人都没好意思问他。二相公也没便明言。

进的门来，打头撞见仇大姐。大姐也不迭的问他，一直跑到屋里说："娘！二弟回来嗹！"他姐慌极了，往外就走。二相公已是进来了，娘儿两个见了，眼中落泪。

徐夫人泪双垂，我儿怎么就回归？只怕这是梦里会。但望朝廷有好事，甚年何日赦你回，免了已往从前的罪。正哭着大郎来到，重相见兄弟相悲。

姜娘子听说，也跑了来看他。他娘吩咐都坐下。二相公才说回家的缘由。

那口外房舍无，倒有雄兵百万余，有个将军管辖住。帐里许多门下客，爹爹在那管文书，见了就把家谱叙。问了问知是父子，才进京把罪消除。

一家人听说，又惊又喜。大姐说："咱爷来不的家么？"二相公说："待要来家，还得一千多银子赎身，咱怎么能赎的起？我若能侥幸中举，才是咱爹爹来家的日期。"

二相公泪汪汪，我若能步玉堂，爹爹就有个回家望。咱爹吩咐两下里攒，咱一年不足百石粮。说攒积都是净瞎账，若要是老天保佑，就叫咱门户生光。

姜娘子去做饭。大姐即时差人去报蕙娘。范公子听说，又惊又喜，即刻合他儿子来了，看见异样的亲热。二相公迎进来就磕头。

二相公叫声爹，悠忽就是一年别，磕头就把丈人谢。忽然大祸从天降，冤气昏黑把天遮，几乎全家遭屠灭。多亏爹看常不改，费百银那么一些。

范公子也当他是偷走的，问来问详细，越发欢喜，起来告别。

二相公着实相留，公子说："我回去好打发小女来。"遂作别去了。待不多时，蕙娘就来了，进来门给婆婆磕了头，看见二相公，放声大哭。

【憨头郎】唎溜子喇，喇溜子唎，从天降下祸临头。祸临头，泪交流，从你去后把家投。临别夫妻没见面，还留离书把我休。我在家，昼夜愁，待来看看还说休。恨你摔手佯倘去，一句情肠话不留。我的哥哥哟！咳咳！我的皇天哥哥呀！

幸头上有青天，若是一去不回还，奴在家中怎么过？反贴门神左右难，我昼夜把心安，守着咱娘过几年。母亲死了我也死，骨头埋在地头边。我的哥哥哟！咳咳！我的皇天哥哥呀！

蕙娘恓惶了多时，才拭了拭那泪，问道："姐姐安好？"大姐说："您两个去了，倒教人没魂失魄的，再不料如今还得聚首，真正是侥幸，可喜可喜。"

【怀乡韵】(也叫西调)一散散的好无味，你去只教我没魂魄，终日里长是带着两眼泪。忽然走进你那角门，这心里随邪，就像听的你那声音，定醒了一霎，才知道无人。谁敢望今辈子还在一堆？好蹊跷，这也是个难猜谜。

蕙娘说："姐姐，我听的说大嫂子来家，怎么没见他呢？"大姐说："他才来了。他为人经忸愲，见你这浑身耀眼正明，他就溜了。"蕙娘说："咱去找他找的。"大姐说："极好！"

他有点歪揣性，怕你尊大望着眼生，瞰了瞰犯了那疑心病。他人虽不大，异样的聪明，找遍天下，也没有他那贤能。你若是不去找他，他必不来把你奉。他知不道你的心肠，见了你他就心惊，久下来，才倾心吐胆把你敬。

两个走到西院，大姐吆喝着说："您大妗子，有个贵客来拜你哩。”姜娘子听见跑出来，让到屋里，拜了拜，彼此问了安。大姐说：“你见了他，像是眼生呀？”

每日里你把他问，我就没说他是一个贤人，今日你可细细把他认。他虽是大家，却不眼里没人，话儿轻巧，又极温存。看他这模样，像似一尊观音，论他那心眼，又像那慈悲天尊。往前你闲着，听听他那声音解解闷。

说了一回话，大家散了。到了明日，又照旧规矩，蕙娘那边做饭。姜娘子不肯，说道：“往时就罢了，如今怎么使的呢！”蕙娘说：“怎么使不的，我看着应当。”

蕙娘说这倒不错，俺是兄弟恁是哥，若不然怎么叫做一堆过？这才是一个锅里轮勺，怎么分的这罗那罗？我的人比一家还多，没有说终日清闲，叫他们坐着。除了他兄弟俩，翻转是咱娘四个。

姜娘子始终不允。大姐说：“罢呀！你先从着他，再待会子着，咱放着那么些地土，再雇上个老婆子，去合他忙的就是了。”不几日，军门行下文来，把仇家的一切地土，俱还本主人。不知那里的力量，都异样的至极。

那魏名原认了十亩地，把押的官帖即时退出，倒把他生了一肚子气。他是甚么法，摆弄的这样疾，依然是癞狗还家，这事好奇！一个充军没有半年，来在家里。你看那门前热闹，那样整齐，那样整齐，好教人寻思一遭没法治。

这一回二相公昼夜读书，大相公又极其勤苦，家中之事井井有法，恶人嫉妒好人称奖。待了半年，忽然一夜，邻舍家失了火，合庄里来救火。魏名也借着救火，却给仇禄发上火了！

【耍孩儿】可恨那土条蛇，点着火烧仇家，他也发了两三下。一带房屋都是草，火势连天威越加，西北风刮的阵阵大。看着也无法可治,光念那观世音菩萨。

那火灼了一宿,亏了蕙娘那边人多,把要紧的东西都抢出来了。一家人家,嗡嗡叫叫,都来那后园子里坐着。到了天明,只剩了大郎那边大小的两座屋,其余的都烧净了。

眼看着火乱飞,一霎落的满身灰,都说咱犯了甚么罪?烧的没了屋子顶,咱可出去依靠谁!一家都带着恓惶泪。他娘说:“不知谁家失了火,倒教咱吃了大亏!”

二相公说:“母亲,休怨人家,这就是咱该当如此。既有这两口屋,我合哥哥在那小屋里,恁娘们在这大屋里挤着些,他各人的娘家听的说,自然就都来搬了去了。”

叫声娘放心宽,休怨人休怨天,命里灾祸重重见。咱且挤着住两日,他各人娘家必来搬,这些人口等时散。等着咱修理停当,那一时再讲团圆。

果然第二日,范公子知道失了火,自己来到看了看,就差人来搬蕙娘。蕙娘给他婆婆磕了头,又拜了他嫂嫂姐姐,大家作别,仇大姐满眼落泪。

仇大姐泪滂沱,一堆又待半年多,老天不愿咱一处过!前年才好就犯了罪,略略成家又捣了锅,一番不了一番祸。又不知几时聚首,好似那乌鸦拆窝。

蕙娘说:“姐姐不必伤感。这比不的那充军,大嫂子还有口屋住着。一待来春,我凑几两银子来,还得姐姐操心,再看着给俺盖起来就好了。”

叫姐姐你听着:这事也没奈何,不必还把泪珠落?虽则时下没处住,自然漫漫垒个窝,这比那充军还好过。你看着另给俺盖盖,咱还在一处快活。

姐妹二人，嗟叹了一回，蕙娘拾掇完备，即便起行。姜娘子合大姐同送出来，合蕙娘执手留恋。

想那日你才来，一眼看见甚惊骇，不敢望你好相待。及至相处半年久，说一句话儿中心怀，无一点不叫人亲爱。老天爷把人嫉妒，又教咱两下分开！

蕙娘说："嫂嫂不必挂心，咱只有三四个月的离别，相聚的日子长着哩。"作别上轿去了。又待了一天，姜相公也差人来搬姜娘子，大姐遂叹息说道：

老天爷把祸生，一口屋也住不成，一把火烧了个罄流净。您都有主齐散去，剩下男女共四丁，一家大小无别姓。四口人守着这破屋，俺可向何处逃生？

姜娘子说："亏了那火，光烧了那囷顶，粮食还在，也可以盖起屋来了。若是咱娘那屋，盖起来时节，你就捎信去我就来。"

这场祸苦哀哉，门窗烧的不成材，亏了还有粮食在。姐姐等到春三月，把屋地基拾掇开，雇人就把屋来盖。到那时把屋盖起，捎个信我即刻就来。

姜娘子嘱咐了几句，也就作别去了。剩了他娘儿四个，在那破屋里，支锅造饭，在那好屋里吃饭，大姐合仇福逐日两个倒蹬那些灰土。

破屋壁坏墙垣，四下熏嗤黑浪烟，一行倒蹬一行叹。每日是他姐弟俩，终朝攒那黑灶坛。二相公只管把书念，他不理星星闲事，只要想父子团圆。

仇家自从失了火，家里就真似枯坟一般，一家四口人，在那破屋里，自生自活，并无人开开笑口。至此光景，好不可叹人也。未知后事何如，且听下回分晓。

第十二回

仇大郎手拨银池
二相公名题金榜

却说那仇家自遭火后，进去门，都是破屋颓垣，一片荒凉光景。甚是难堪，比那充军时，还越难过哩。

烟焓气乱腾腾，门里门外少人行，灰尘火土扫不净。常常忧愁眉不展，逐日无人做声声，大姐也使不的强刚性。好似那千年古庙，住几个游食道僧。

仇福就逐日里在那破屋里打扫那些灰土。大姐做了饭吃了，闲着也就前来帮他。

大姐除仇福担，打扫出来好粪田，姐弟俩常把灰土卷。眉毛常带灰合土，口中常吐黑色痰。歇着大姐就去造饭。一心的把石头拣净，雇几个短工好担。

姐弟俩个，把他娘那屋里打扫停当了。大姐说："我这两天使的这身上极乏，二弟家那屋，等他捎了钱来着，咱给他雇人整治罢。"仇福说："我闲着待做嗄，我自已去打扫的罢。"

叫姐姐你听言：我在家中也是闲，你没本实从你的便。咱弟妇他娘家富，必有化的紫金簪，未必不拾点金银片。你在旁里细看着，若得了换几串铜钱。

大姐说："你好妄想。二弟妇没曾说他烧了甚么东西，我也不看着，就是拾着，我也不要。”仇福也笑了，自己去打扫。只见那屋里，连地都烧黑了。

仇大郎把灰除，鼻也黑嘴也乌，自己去把活路做。说话虽然是相戏，其实心里也贪图，未必不有点金银物。明晃晃一镢掏出，看了看是化的把茶壶。

一镢掏出来明晃晃的，仇福当是块银子，看了看是些锡。搁在那窗户台上，又搂了搂，除成堆。看了看那地都烧黑了，我捎出去上了地罢。

地通黑扫不光，不如去了铺铺强，担去上地也极壮。离地抉了小半尺，刨着石头把镢伤，拿起来看看无妨帐。又往前搂了老远，极像是石头铺场。

仇福想了想：这必是石头铺的场子，我起出他来，盖屋也好。遂使镢往下一挖，把石头掀开了一道缝，从里头咕突突冒出来了一股气。

又似云又似烟，浓咕突直冲天，往里瞧瞧看不见。加镢尽力只一挖，塞上一块半头砖，大冒一阵气才散。摸了摸还像石头，认了认喜动容颜。

仇福等着那气出净了，低下头看了看，才都是些银子铸成的没奈何。喜的跑了去对他二弟说：“二弟呀，且不要念书，咱爹来了家了。”二相公说：“你瞎吧嗄哩。”

叫哥哥休胡吧，爹爹怎么来了家？你说乜是那里话！哥哥乜话我不信，只怕是你眼睛花，银子哪有从天下。他哥哥拉着去看，才把那书本放下。

兄弟两个跑到那里，低下头认了认，可不是银子是啥？两个又跑了去对他娘合他姐姐说。大家喜极了，拿着扛子，同去把那石头掀起来,看了看,好不喜欢人也。

白花花一大窝,银子铸成“没奈何”,对联先兆真不错。大的足有一千两,小的也够六百多,不知共有几千个。

大郎说:“咱抬出几对,咱可再埋煞如何?”大姐说:“大兄弟说的极是,掀出几个来,从新培杀,咱用着可再拿。”姐弟三人,使尽力气,掀了那石头,是一个绝大的池,上用𫘤子石铺了的。

看了看一大池,满满的好东西,上边都是石头砌。大家抬出五六个,临了又盖的严实实,还愁没法把他治。仇福说:“幸而不厚,使大凿凿他娘的。”

仇福说:“这不过大半揸厚,我去打两把大凿来,凿开便了。”

钳子夹大锤锤,好像石匠去打碑,可也不能十分碎。十块约有十两外,半日凿了一大堆。银子多了济着费,打算口外使千两,再盖上一片楼宅。

又上街上买了一匹布来,一包一包的包起来。柜子里,箱子里,瓮里,坑洞里,席后头,无处不是银子。即时托人买砖瓦木料。待了四五天,庄里有个人叫王四,就来戏他。合他说道:“东庄毛宅上,有一些材料甚好,你去要了他的罢。”

毛乡绅家道衰,一个儿子不成材,一座大宅拆着卖。相隔这里不大远,车子可以推了来,就着现成起来的快。他要的价钱倒不小,那材料实在也不瘢。

大相公说:“就借重王兄合他讲讲罢。”王四说:“真果么?可不是玩话。”

大相公你听着:若是实落招架他,我就合他去说话。虽然我去合他讲,好歹还得你自家,咱可休说空头话。讲就了你再不要,张着嘴待说甚么?

大相公说:“你只管去说,他若卖时,我还得去看看。”王四说:“使的。”拱了拱手就去了。待了半日,回来说:“咱就去罢。”大相公果然合他到了那里,看了看大门影壁,进去一看,果然好大宅院。

进一层又一层,有高楼有大厅,一连就是两三蹬。梁廪门窗皆齐整,檐厦雕刻的甚玲珑,砖瓦石头皆方正。大相公看了一遍,说我出八百冰零。

毛相公说了一千两银子,仇福出了七百两,毛公子不肯卖。王四圆成到八百,两下里都允了。当时立了文约,仇福从腰里掏出来了二百银子,支了定银,其余的银子拆完了全交。把一个王四好不异样煞!

输了地卖老婆,去了三年他还活,猜他腰中没一个。自从烧了屋子顶,娘们里头跍蹲着,咋能买起这宅一座?笔落了天秤就响,这么些好他贼哥!

大相公交了银子,来到家里,遂即刻去请了他表兄徐立廷来看着去拆,雇了二十辆车子去推。找下了五十个匠人,一百个小工,看了好日子兴工,一边拆,一边盖。

仇相公大铺堂,二百多人逐日忙,一天费到百金上。各处楼台一齐起,当中厅房两边厢,乱纷纷都是泥瓦匠。兴了工没有一月,修盖的一片辉煌。

二相公照着他住的暖云窝,画了款式,照样子盖起,一遭儿垣墙,都合那城墙一样。又不满一月就修完,才各人去搬家眷。

乍住着蟒螬房,进来大房也恍荡,可还没甚么安排插上。翻转是他娘四个,安下一张镢头子床,破矮桌安上也不像样。惟有那范家小女,送的圆房才可以。

那三月十五日,范蕙娘差人送了三十两银子来,大姐也没收下，蕙娘也敢听的说，他家里修理，照发的异样。又待了会子，蕙娘就自己来了，进门一眼看见，又惊又喜，到了上房，给他婆婆磕了头，问了好，又给大姐拜礼道了费心，才坐下合姐姐说话。

叫姐姐你弄腔，银子不收要盖房，我就看着极异样。听说咱家大修理，我原盖的也平常，人说好我还合他犟。早知道若能如此，我也来犒赏匠人上梁。

蕙娘合大姐话也说了多时，又合二相公到了他自己那院里看了看，笑着说："你这个小厮，就抄了人家那稿子来了？"

范小姐甚快活，分明到了暖云窝，如今像在家中坐。还有几桌破箱子，明日抬来看用着，一行铺排着一行乐。都说到蕙娘在此，才合那人物相合。

到了明日，姜娘子也来了。每次相见，都要落泪，这一回都极欢喜。蕙娘说："姐姐，外边人人称奖大嫂的节孝，咱这也是天不亏人，是他的造化呀！"

叫姐姐好蹊跎：这房极大又极高，不知是那里的钱合钞？一口草屋盖不起，忽然身似到云霄，任是谁人想不到。人都说是嫂嫂有福，报他那节孝贞操。

姜娘子来了，大相公叫人把他那物件来搬在他娘那屋里且住着，好拆了他那房子，可另修理。

旧绣鞋破铺衬，娘子夹进屋房门，可才又把言来进：当初剩下屋两口，一家挤着去安身，忽然拆了我心困。这座屋就极精致，可又好事奉娘亲。

大相公商量他姐姐。大姐说："弟妇真是一个贤人，别人就没有这么乔一点心眼。"

把弟妇尊又称，不肯忘了旧恩情，足见他那贤良性。若是当时失了节，怎么归家得受荣？这样好人天也敬。一口屋还想旧日，这个心问问谁能！

大相公领了他姐姐的教，没拆那屋。二相公来合他商议，要上口外去赎他父亲。大相公说："你伺候下大场，我去罢。"

我去了倒不妨，你伺候进大场，进场就有举人望。咱这家人家虽不大，已经盖了几间房，安上吻兽才壮样。若得人叫声爷爷，打衬那裘马厅堂。

大相公买的骡子马，雇的觅汉，做饭的买的小妮子小厮，在家里支使，又买了几匹缎子，带着好送给那将军；还找了跟二相公去的那个人来，叫他仍跟了二相公去。

大相公才气高，一旦回头做富豪，事事周全虑的到。嘱咐兄弟去科举，亲身万里不辞劳，骑着骡上了边关道。还是那前番的旧路，这一回仆马逍遥。

大相公走了，到了六月将尽。二相公也去科考，考了个一等第一，也就没回家，等着进了大场，才回了家。蕙娘问道："有个指望么？"二相公说："依不的你那指望。"

去科举完了场，就是听着命主张，功名原不由人望。命好撞着试官喜，篇篇就算是好文章，雨点下在咱头上；倘若试官瞎眼，就辜负了我那蕙娘。

二相公来家无事，每日在后院里看着垛楼。忽然一日，那匠人们在楼上一声子说："报马来了。"二相公也坐不住了，起来去前边探听，才知道果然是报马来了。

果然把录条传，一声子要大钱，门前一派人声乱。挤着妇人合小厮，慌了管家与觅汉，老太太喜的浑身战。即时赏白银大锭，还有奶奶红绢二端。

打发那报马去了，就是道喜的盈门。范公子也亲来行贺，到了宅里，看了蕙娘，又见那房屋修理的齐齐整整的。

范公子甚喜欢，对女儿开笑言，暖云窝你到住的惯？我说得了个石崇婿，人说你嫁了个穷范丹，今日才信我梦儿验。那一时充军在外，谁料想还有青天？

蕙娘吩咐，就在内宅里待客罢，做的极好酒席，待了去了。范公子到了家，遂给蕙娘送了圆房来。人见他又富又贵，送床帐桌椅的络驿不绝，遽然成了大家，都极打罕。

如今人眼目宽，世态炎凉好可怜！充军时谁肯好相看？今日忽然中了举，又是富豪又少年，将来必是翰林院。你看那床帐桌椅，各屋里摆列周全。

二相公待上省，范公子又送了一个老诚管家共一匹好马来。蕙娘说："到省里，你赴了宴，拜了同年，谢了坐师。家里杂乱，读书不便宜，不如在那里清静，待上两三个月就进京罢。"二相公说："是呢。"

二相公点点头，说蕙娘你好诌，做了奶奶还不够。热热的夫妻生摘下，叫我千里把官求，半年离别你难忍受。以先我极难割舍，听你话把别念全勾。

蕙娘笑着说："这离别的滋味，我也受下来了。况且今遭离别极好受的，你只管努力功名才是。"

虽然是桂花香，还望你上玉堂，人心无足蛇吞象。生死离别曾受过，今遭又不比往常，若伤感真是孩巴子样。咱爹爹归家有日，做了官你告假还乡。

二相公笑说道："若有人进京着，你可亲手写一封书信，叫人捎了去给我呀！"蕙娘也笑了，说道："潮孩子！若教旁人见了，就成了故事了。”二相公也笑，遂出来拜别了母亲；又去给丈人丈母磕了头，才起身去了。这一去不知能会进士否？欲知后事，且看下回。

第十三回

仇牧之合家团圆
土条蛇满门诛灭

却说仇福晓行夜住，非止一日，到了口外。仇牧之一见，喜出非常，遂把缎子送给将军，才讲那赎身的话；讲款讲了好几天，才妥当了。朋友们又饯行，多待了好几天。及至到了家，就是残冬将尽的时节。父子两个来到家，见红旗飘飒。仇福说：“爹爹，俺二弟中了举了，那不是挂的旗么！”

指了指那旗竿，仇牧之甚喜欢，可才马上他留心看。他原说是中了举，才望父子得团圆，我原他说的是远限。那个话俨然在耳，不料他今日果然。

一霎到了门前，见那八字墙，门楼高大，挂着经魁的金字匾。有一些管家小厮，来马前磕了头，牵马的，坠镫的，把他爷儿两个扶下马来。大相公先家去，报与徐氏太太知道，俱各整顿衣襟，迎将出来，遂后跟着一大些使唤的媳妇子、丫头子。徐氏太太合大姐在头里，骤然相见，不免的伤感。

眼看着冬又残，父子遥遥万里还，二十年夫妻不见面。去时方才三十二，归来已是五十三，一家含泪来相见。进大厅方才坐下，都来问一路平安。

仇牧之看见大姐，跳起来一把拉着，就落下泪来了。

我在家发才齐，一点恼着便不依，碰头打滚真难治。搬你一遭一个恼，整年没月远别离，不想倒得你的济。若不然两个孩子，怎能得还有今日？

正说话间，两个儿媳进来磕头。仇牧之看了看，着实欢喜。遂后又是支使的老婆子、丫头子，都来磕头。仇牧之看那房舍规矩大样，桌椅摆列的极整齐，许多的家人小厮，来来往往，真正一呼百诺，居然成了个官宦家的体玩。

我去时是草房，我回来是高堂，俩儿媳俱是嫦娥样。去时觅汉没一个，今日家奴成了行，丫嬛小厮一大棒。咱家里一时兴旺，我那儿必上玉堂！

到了家第二日，范公子、姜相公都来认了亲家，彼此甚喜。逐日里看望的，行贺礼的，纷纷攘攘，来往不断。一年也说不尽的热闹繁华。到了三月将尽，来了报马，报二相公中了会元。不几日，又报到殿了探花。这一番热闹，更不比寻常了。

范小姐拜公公，满头花穿大红，浑身都是团花凤。磕头贺喜无其数，门前车马闹轰轰，牧之像是做南柯梦。千百人天天不断，只闹到六月将终。

到了六月将尽，那贺客才略少些了，忽然探花郎归家。父子相会，欢喜的那个滋味，教我也说不出是怎么样了。

仇老爷笑哈哈：书里求真不差，就没用着攒钱的话。亏了未贵已先富，全没用着做探花，爹爹早来一春夏。若等着中了才去，到如今才近还家。

到了屋里，给他娘磕了头，问了安好，大家俱行了礼，才坐下叙话。你说那远近人家都说："这家乡宦，起来的兴旺，那来磕头的，就有十之八九。”那魏名没了法，也跟着众人趴下磕了一个头，还指望着以礼相待，那仇老爷就偏没理他。

老奸贼不害羞，进来跪下就磕头，指望待他还从厚。谁知老爷稳稳的坐，全然一盅茶不留，起来站在人家后。到了家咬牙切齿，那口气半日难收！

这小人原该虚情假意的待他，这仇老太爷还是少年的心性，那里会弄虚假的。这魏名原是听的人说，他待乡亲有礼，才去亲近他。不想倒赚了一脸灰，好不烦恼人也！

土条蛇进家门，低着头咬牙根，口里不言心里恨。寻思一遭没法治，这样拿着不当人！做了官难把情理论。除非是这等这等，才教他贵贱难分。

却说这少华山有一伙贼，贼头是刘旺，手下有三千人马，相隔扶风县有一百多路。魏名有个朋友是周二毛，在那里做小贼头。魏名想了想就去找他，说说仇家那富，就可以请下那些哥们来了。

最可恨土条蛇，裹干粮上少华，请他哥们把山下。若一到就把宅打破，开手先把仇禄拿，不给钱就使火把架。到了临了杀他个罄净，那一时不怕那探花。

魏名算计已定，自己悄悄的到了少华山，传进去见了周二毛，说了来意。周二就领着他见了刘旺。问他有甚么事，魏名说：“敬来送三年的兵饷，愿望大王收纳。”

我专为送粮来，仇乡宦广钱财，还得兵马下山寨。楼厅瓦舍一齐起，大锭元宝土里埋，没似他家银钱大。我有人里边应接，兵马去一到门开。

刘旺说：“这样容易，如何不去做。可得多少人马？”魏名说：“五六百人足矣。”刘旺点头说：“九月初十日准到就是了。”

百里外到凤翔，都知道刘大王，就是官兵也不敢挡。我把精兵点五百，九月初十到贵庄，发了财高情不能忘。全凭你安排妥当，我可也省动刀枪。

魏名吃了顿饭，就走了不提。却说这仇宅，有两个把门的：一个是高强，乃是魏名的妻侄。魏名来到家，就请高强来吃酒，就是话引动他。

叫一声高贤侄，咱可是至亲戚，差一画我也不多气。戴着一顶奴才帽，好虽好来名头低。我给你想条终身计，不费事得银千两，尽够你吃饭穿衣。

高强是个赌博鬼，听说这话大喜。便问："姑夫有甚么妙计？"魏名说："有少华山的兵马，是九月初十日来，若到了时节，你给他把门开放，有我这个情面，给你银子一千两，好不好？"高强听说大喜，二人商议定了，高强遂去了。

赌博鬼三分贼，可又吃歹人的亏，花言巧语把他说。句句说的天花乱，眼前银子一大堆，数着日子大富贵。一开门千金到手，这生意何能不为？

不说他二人商议行事，却说仇老爷，一日着人上西安府公干回来，听的一路相传说，少华山的贼寇，某日来抢扶风县仇家。来家说了，大家吃了一惊，都说若果如此，就不是轻易治的。

少华贼到扶风，这谣言传的凶，人人都说抢仇仲。路途的传言虽难信，全不防备也不通，方法是该怎么弄？老太爷从军半世，到底他谈笑从容。

一家人惊惶无措。太爷吩咐人上范宅借的弓箭鸟枪，并家丁二十名；又叫仇禄行帖，往县里借大炮十尊，都要密藏治来。将所有的管家小厮，俱进宅里听用。行墙周遭，都扎起架子来，一面子十个窝铺。都要静守，不许吵嚷，又不许一人出入，怕走漏了消息；如有不遵者，重责不恕。

仇太爷将令行，叫众人在下听：休要懒惰违了令。吩咐老爷亲查点，不得出入泄军情，合宅鸦雀全不动。一违令即刻就打，传一遍号令严明。

又吩咐说："这大炮到黑夜才抬出去，五个朝东，五个朝西，若是贼来到，挤满了胡同着，两下里一齐点火，窝铺里听的炮响，贼必大败，神枪、鸟机、箭铳齐发，不可有误，各人照令尊行。"

仇太爷定军机，十尊大炮朝东西，但看贼人从那里入。等他挤的街满了，点火照着一齐跐，我想他可也没处去！等着他丢盔撩甲，可放那枪箭鸟机。

仇太爷说："我曾上个大阵，必须要镇静为主。咱这个庄就是一条直街，纵有一千人来，这街上挤满了，一炮就可以打倒一百多人，再加上枪铳箭射一齐下手，他还那里跑他！"

叫众人恁听知：贼若少不用提，一顿鸟枪放倒地，他就来的人马多，街上窄狭也对不的敌，炮打箭射难逃避。就是这后面墙矮，多加人器械整齐。

又吩咐二老爷，在楼上瞭望，妇女们上楼，这且不在话下。那魏名也听的说，仇宅里有个提备，要找高强问问，又不得见他出来。到了初十日，只得自己去迎那贼。

光想那仇家肥，兵马来满载归，一点事儿全不费。魏名又没得真信，倚丈六百好强贼，开了门只用人一队。要把庄踏为平地，实不料弃甲丢盔。

却说牧之骑着一匹好马，每日探出去四五十里路。到了初十日，探有三十里路，就见人家逃躲，都说贼来了。牧之急忙回来，从新又吩咐了家人，总要小心谨慎。

摆弓箭列鸟枪，砖头石头堆在旁，伺候要合贼打仗。俱把大炮抬出来，炮手先在黑影藏，静悄悄屁也没人放。总像是全没知觉，单等着那贼们进庄。

那大门以外，道南道北，俱是小门口，把那炮手藏在门里边。到了半更多天，果然贼兵来了，见那街道窄狭，分为两头而进。炮手见那街上挤满了，将那大炮齐放，轰声如雷。

到了那天黄昏，少华山贼一群，分两头就把庄来进。十尊大炮连声响，墙倒屋塌贼乱奔，皇天爷娘叫一阵。墙头上枪箭齐发，无商量齐见阎君。

炮响以后，那贼们叫哭连天，墙上的箭似飞蝗，枪如爆豆，箭箭着人，枪不空放。山贼只知一到就开门，并没伺候打仗，五百人倒折了四百有余。

一群贼乱哄哄，没人敢说再来攻，怕他再把机关弄。死的都是连头死，活的裤里出下恭，说咱误把计来中。都说道魏名可杀，怎受他这样牢笼！

这贼里就有魏名调唆他丈人告状的那刘悦，是个头目。刘旺因着他庄里走的熟，所以差他来，他寻思着这仇不报更待何时！遂即领着余贼，闯到魏名家，一阵好杀！

二十年结下仇，不料他做贼头，自家作的自家受。群贼闯到他家里，老婆孩子全不留，排头宰杀没人救。土条蛇奸诈一世，作弄的子孙全收！

各处里搜找魏名，全然没有。都说："便宜他！"把他两个儿子，三个孙子，一个闺女，他老婆，他那儿媳妇子，尽都杀了。他家所有之物，席卷而去。

他原是害别人，不想是害己身，人口家当等时尽。几番害人人兴旺，临了自家弄断根，这魔殃翻的忒也甚。可见人自有天报，何必去冤仇相寻？

却说那仇宅，把门关着并无一人做声一声，渐渐的听着兵远去，合庄人出来喧哗，打着火把出来一照，看了看那些死人死马，不计其数；还有中伤未死的，抬了来细细的审问。

贼死的摞上摞，满街上血成河，重伤还有百十个。抬进宅去细细审，您离路程一百多，从那里起的弥天祸。审了审尽情招出，才齐念南无弥陀。

那贼招出来是魏名勾他来的，又许着来到，高强给他开门。太爷听说大怒，把高强拿来，立时打死。又说道："这些人，咱合他没有仇恨，把这有气的，任从他那里去罢。"

仇太爷说道他，合咱原不是仇家，不过错听了奸人话。吩咐把他送出去，叫他自己往家趴，若能逃走也就罢。拉出去不能动转，骂魏家他那奸达。

乱了一宿，到了天明，看了看魏名也被炮打死了。仇老爷报了官，官来验了，才发了牌甲来，抬那些死尸去填了壕，又到了魏名家看了看，杀绝了人种了。

那刘悦死了老婆，把他丈人去挑唆，那知后来还成祸。到了二十余年后，才给他一个大揭锅，吊了头可又没有回生药？刨出心来自己问，这一番觉着如何？

人都说魏名，每日作弄仇家，若是仇家治他着，不过是祸及一身。因着仇家不理他，这算是自己问了个灭门之罪！

土条蛇心不良，把仇家死里搿，一番倒是一番旺。害人一遭人不理，他那心里只冰凉，就该回头才没账。须知道，人恼了倒还好受，天恼了没处躲藏。

不说这外人谈论，且说那仇家自此平康安泰。待了会子，仇大姐就待辞别归家。

叫爹爹合兄弟，当初咱家过不的，我才来家把您替；今日合家团圆了，一家人齐福也齐，这也不用我管家事，我在此不能到老，打算着要回宝鸡。

大姐说罢，老太太先哭了，老太爷合他兄弟两个，也一齐落泪。姜娘子着实伤感，独有蕙娘在旁，好像无事的一般。等了多时，见无人做声，他这敛容整衣，从容向前，拜而言曰："姐姐待走，这不过是看着这是在娘家里，心中挂牵着外甥，爹爹就没想出留下姐姐一条长远之计么？"一句话，把老太爷来提醒了，说道："是了。我儿你不必回去了，我给你盖一位宅子，就去搬那外甥家来，一同居住罢。且是你为恁兄弟费了多少心，啕了多少气，如今富贵随心，礼应大家同享，岂有教你去的礼呢？"

叫孩儿莫慌张，恁弟妇真贤良，你不必再把宝鸡上。院外有的是闲地，给你盖上几座房，在隔壁也好把你望。搬那外甥来同居，给您买上处小庄。

老太爷一说，一家人家无不欢喜，都说极好。即时看了日子，在那墙东平地里，兴了工。到了这个时节，不过是吹口之力，楼舍厅房，门墙院落，盖了极大的一位宅子。整理妥当了，遂即差人使驼轿牲口，去搬了他那家人家来居住。那仇大姐又善会掌家，待了三五年之间，也就过成极大的一家人家。

性子泼恼父亲，叫他远远离家门，整年没月没人问。不想全把他仗赖，满门受他覆庇恩，从小丑处都成了俊。这向后子孙世世，都成了贴壁紧邻。

到了后来,仇家老爷官做到尚书,儿殿了翰林;仇福的儿,也会了进士,做到御史。可见这人生在世,行好事的,自有老天加护,怎能怕人嫉妒呢?那魏名的结果,还不是一个样子么?

【清江引】魇殃做人精胡讲,老天爷长在上,越弄越发穷,一咒十年旺,怎么能依的人这心眼里想?

庆灾乐祸的焉能好?嫉妒真不妙。弄的人家兴,死了才不跳,世上使魇殃,再没有不翻了!

寒森曲

第一回

商员外归途遇害
大相公告状鸣冤

【西江月】报仇难得痛快，尤奇在二八红颜。快刀暗擫绣裙边，杀人时秋波不转。常听鸣冤投御状，不曾见告状阴间。一头撞破九重天，直踢倒森罗殿！

诗曰：善人衰败恶人兴，倒倒颠颠甚不平；忽遇正神清世界，始知天道最分明。

话说元朝至正年间，有一件奇事，出在山东泰安府新泰县。这县里有个诸葛城，这有个商员外，为人忠厚老实，人都叫他老实商员外。人因他好善，又叫他商老佛。

【耍孩儿】商员外号南华，有名的老实员外家，为人忠厚无奸诈。乜钱的便宜他不占，又不合人犯争差，下人也不曾恶口骂。就是人打到身上，关了门尽他跳打。

且不说他别的，那一年歉年，人吃人，员外有从先世积下的两仓谷，就那拿出来救人。

【前腔】大歉年无奈何，刮人肉来下锅，不吃难忍肚里饿。员外开仓救邻里，叫花子登门日日多，一碟半碗无空过。打扑的仓粮净尽，一庄人俱得存活。

员外平日极好行善，施棺材，施人棉袄，所以家里也不富。却有两个秀才儿：大的商臣，号是商廷献；小的商礼，号是廷仪。有一个女儿，叫三官。都极孝顺，却也算自在。

施寿器舍衣裳，到处人人说善良，家虽不富有名望。人都说员外极忠厚，生了两个好儿郎，将来有个封侯望。只说起老实员外，远处人也知姓商。

不说员外好处，却说邻庄麸子店有个举人，名是赵星，号是鄂湖，每日倚势行凶，霸人田产，夺人家妇女，因此人人都叫他做赵恶虎。

赵恶虎好吃人，作祟煞邻近庄，不管理上顺不顺。他家有钱有势力，交结上下大衙门，杀了人谁敢问一问。若说个牙崩不字，他还要剥皮就抽筋！

商、赵二家紧邻庄，员外有一片好地，赵恶虎着人来对他说，待要他的。依着员外，就给了他；大相公还在两可，二相公断然不依。

赵恶虎那畜生，合庄霸尽不留情，安心一点无余剩。俺就只是不依顺，谅着他也递不的呈，待弄俺就合他弄。满总里几亩好地，给了他将何为生？

那远近人家，俱是要一奉十，谁敢违令。独有商家要个几回，公然不理。心中含恨，就排给他点左道，着众人看看。

霸就霸吞就吞，降服了远近村，惟有商家他不从顺。四五十亩好土地，说了几回不遂心，口虽不言心里恨。要把他做个样子，服服那左近邻村。

一日十月间天，员外去邻庄赴席，骑着驴从北往南走，遇着赵恶虎从南向北走，已是过去了，忽然转回马来说：“奴才见了我，怎不下驴来！”

赵恶虎骂奴才，怎么见我不下来，丁子眼没长在额髅盖！你有甚么大体面？仗着俩儿俩秀才，我可就不怕你怪。快给我掀下驴来，看他有甚么安排？

大喝一声：“给我掀下来！”两个管家，一个马夫，齐上前来，把员外掀下来了，亏了没大跌着。员外气也不喘，即时着跟人扶上驴走了。恶虎又大怒了。

赵恶虎怒冲冲，怎么他一声不做声，想是心里还使性。我今把他降法下，方在都是治下生，赶他去裂他一个精光腚。要给我着实捶楚，让他告我敢应承。

吩咐了一声，两三个人赶来，那驴夫只当还待掀，恐跌着员外，流水抱下驴来。两三个近前，把老头一脚踢翻，打起来了。

一群虎就地飞来，裂了衣裳，吊了鞋帽子，丢有三尺外。打了顿耳巴卷了顿脚，又使拳头身上捱，鞭杆子又把头打坏。驴夫见势头不好，一溜烟把腿拿开。

员外不敢叫骂，可也不会告饶，只是哐哼而已。那跟的人看势凶恶，隔着庄够一箭地，即慌跑来家报信。

那驴夫到家中，报祸事报的凶，家中正做南柯梦。两个公子听的信，满腔火发面通红，登时又把刀枪动。安心把恶虎杀死，除了这一方大虫。

两个公子听的报了一声，急的三尸神暴跳。一个拿刀，一个摸枪跑出来。那恶虎看他来的凶勇，拨马领着家人颠了。

赵恶虎正逞英豪，见俩人拿着创枪刀来的凶恶。眼前到觉着势头不大好，叫着家人开了交，怕他单把老本要。俩公子无气可出，抱着他父亲嚎啕。

俩公子抱起来，那天也就黑上来了。到近前见他爹爹衣服破碎，在那里哐哼，流水问爹打的怎么样。员外说："料想也不相干。"

两个儿泪纷纷，好一似万箭攒心，慌忙去把爹爹问。身上衣服稀糊烂，头上网帽具无存，浑身打的都成稃。二相公将爹背起，大相公牵着驴回上家门。

二相公背着父亲，大相公牵着驴，来到家，把员外放下，一家大小都来摩挲问候。只见一身血，处处皆伤。商三官年方十七岁，跑进来，把柳眉直竖，说："二位哥哥怎么不杀了赵恶虎，提了他那个贼头来？"

咱爹爹行举过尊，又不系他门下人，不下驴怎么就打一顿？就该拿住赵恶虎，割了他那脑袋剜了他心，方才解解这心头恨！商三官柳眉直竖，咯吱吱咬断牙根。

一屋人都守着员外啼哭。三官便说："或是买药，或是商议打官司，哭瞎子当了甚么？"

俩公子哭嚎啕，擦着泪骂奸曹，也不知该用什么药。那时天有二更半，医官还隔着十里遥，慌忙去把门来叫。大相公骑驴忙走，一往返五更初敲。

大相公取了药来，那鸡已是叫了一遍。二相公说："且休要惊动咱爹爹，这一霎才不哐哼了，想是睡着了。"大相公悄悄的向前，把手来去那嘴上试了试，大惊说："怎么不喘气了？"

大相公说一声，叫兄弟端过灯，照了照已是送了命。抬了材来安排上，大家一齐放悲声，没穿衣还等着官司定。只哭的天昏地暗，乱嚷嚷直到天明。

哭了一回，天已大明，兄弟二人才商议打官司，参酌着做了一张状。

告状生员本姓商，父亲饮酒过邻庄，半路就把恶虎撞。撇下驴来只顾打，浑身都是致命伤，抬到家即时就身丧。但哀求父师作主，只要那恶虎抵偿。

二相公说："我出名去告他。"大相公说："你性子不好，说话忒也直憨，还是我去。"遂即拿着状上城去了。却说赵恶虎也不想着商员外就死了，听的说死了也挣了。

赵恶虎听的传，商员外殡了天，心里着实费打算。寻思一回没甚法，俺成了前朝一举贤，就是杀人的王十万。任凭他千样万样，只用那受苦的银钱。

赵恶虎拿着二百银子，往衙门里打点去了不提。却说大相公告上状，那知县即时出了票子拿人。

老赵狗头一名，三个奴才都行凶，驴夫看见有干证。倚势降人大管家，少不的请来上了绳。恶虎安心要告病，送出了白银十两，两差人意思嫌轻。

差人拴起人来，恶虎送上了十两银子，说他偶然有病，不能上城。差人说："这银子俺不敢收，这不是个小官司，官只不要钱，请老爷合俺走走罢。"

那差人把话传，恶虎无奈把银添，从中端出酒合饭。差人方才开口笑：甚么大其个身不安？尽着俺去当堂辨。还有句要紧实话，告不下与俺无干。

差人吃个醉饱，拿起银子笑了笑说："没得。就真果拿着吧，再不拿，又敢说是嫌少了。但只是先说个，若是官司不依，可也不干俺事。"才带了家人走了。未知官司如何，且看下回分解。

第二回

贪官府上下失公道
贤兄弟冤愤哭灵前

却说赵恶虎把二百银子送与知县。那知县姓王，也是个贪物，二百嫌少，驳了。差人上去消到，便问:“正身怎么没到呢?”差人替他告病。老王大怒说:“真是岂有此理!”

【耍孩儿】骂一声贼奴才，贪酒食图了财，如何便把王法卖？王子犯法皆同罪，怎么依着他自在？难道就把王法坏。你若不一时拿到，把狗腿夹将下来！

丢了五支签，一个人打了二十五板，即时又去拿人。管家禀说:“主人偶然有病，等老爷相了尸，自然来听大老爷的审判。”

王知县怒冲冲，惊堂木响连声，怎么由他自在性？心里立了个老主意，任拘咋说再不听，逞威风都是贪心病。原非是安心执法，不过是银子嫌轻。

一伙差人到了赵家，拿出腚来，着他那家人验了。那恶虎素日合老王极好，待弄个体面，谁知老王他翻了脸，不由的不着忙。

低下头细思量，他如今不看常，这可该是怎么样？就送白银八百两，转托老二送老王，不出官就叫他把尸相。不惟说免了消到，还要他做个主张。

一面差家人刘宾上城打点，一面又送差人银子十两，说:“就借重列位回的话好着些，赵老爷派人合官府说话去了。”差人接着银子出了大门,回城去听刘宾信的了。

众公差接了银,又即时起了身,大家上城打听信。若是方法不大效,咱就回去另拿人,再挨打可就难撑棍。到了城找了半日,才见了是赵管家刘宾。

看见刘宾拜一拜,便问道:“如何?”刘宾说:“情管今每遭打不着了!”差人才来回话。老王便问:“拿了人来了么?”差人说:“俺验过他委实有病。”老王说:“既果真有病,就罢了。”

无有钱似仇家,有了钱像亲达,戏台上嘴脸难描画。前日发威怎么样?今日满面长天花,消息灵登时变了卦。眼见的员外屈死,就与那蒿草无差。

老王出了票子就相尸。赵家把仵作、刑房都打点停当,检了一回,并无有致命伤,只有头上一个窟窿,就是他自己碰的。

大相公叫皇天,王知县全不言,银子买的贼心转。任掏怎么诉冤苦,尸棚里像个木头官,摇摇头不听苦主辨。大相公一声吵嚷,他坐上轿一溜飞颠。

大相公跟到城里,待了两三天,才挂了牌,次日听审。赵恶虎还要着人替他审理,大相公暴跳不依,老王他也无可奈何,只得差人去请赵恶虎,这才出来见官。

赵恶虎把身藏,听知县坐了堂,才敢出来伸头望。少时上堂行了礼,赐了个坐儿坐在旁,腆着脸还装那举人样。大相公一声大骂,赵恶虎你休弄脏腔!

恶虎才坐下,大相公说:“王子犯法与庶民同罪。你还不下来跪着,装你娘那甚么像哩!”恶虎虽没跪着,却也不敢坐着了。

骂一声死忘八,还不过来快跪下,杀了人怎么还装大?老王见他倔的很,把那块木头乱拍打,怎么对着本县骂?我老爷自有公断，怎么该闹动官衙？

老王一声里吆喝，大相公才不做声了。老王便问："赵春元，你怎么打杀人呢？"恶虎说："不曾。原是顶头撞着他不下驴来，犯官的家人抽了他一鞭子，他就自己碰头，这是真情实言。"大相公越发大怒了。

骂一声万刀杀，您叔合俺是亲家，行举也还比你大。不曾给令堂去抗腿，瓷腰也不曾给你达，怎么见你就该下？活活的把人打死，你还待支吾什么！

老王又叫上驴夫来，便问："怎么打来？"那驴夫说了一遍。

叫老爷在上听：那一日路上行，撞着他并不曾执敬。赵举人就发了怒，掀下驴来只顾棱，背到家送了残生命。王知县微微冷笑，谁见来这话无凭。

老王说："你是商家人，一面之词也听不的。"大相公说："死了人是实话呀。"老王说："人虽死了，却是自碰破头，身上没有致命的伤痕。"

你父亲虽死亡，却没有致命伤，合该一命把身丧。我把他家人着实打，原不该肆猖狂，掀下驴这是他无状。再断过烧埋给你，你到家好去发丧。

老王丢下签，把赵家家人每人打二十五板。便问商相公："我着春元给你烧埋银二十两，罢了么？"大相公说："生员不要钱，使他一两银子的，就是他娘的一个孤老！"

大发誓怒冲冠，若还使昧心钱，着他娘合他闺女去养汉。他是举人有势力，你也还该另眼看，如何就把烧埋断？老父师忒也不公道，头直上自有青天！

大相公从来和平，今日恨极了，便大骂起来了。老王推不听见,起来退堂,往后宅去了。

人有欲便无刚,听着人掘他娘,为银钱就把廉耻丧。只当骂的不是我,忽然打点退了堂,原被告散了一大棒。二相公听了许久,好不待气断肚肠。

二相公在堂东头,听着断的不公,几乎气死!想了想没法可治,便去找块石头掖在腰里。

二相公口不言,藏石头刀棱尖,站在旁还是浑身颤。堂上犯人才待散,他便一手摸腰间,安心打他个稀糊烂。凑一凑一声风响,正照着那耳朵后边。

官退了堂,一些人护着赵恶虎正待去藏,二相公一石头打去。若是照个正着,那红的白的都出来了。也是他合该不死,仅得擦吊了一个耳垂,打倒了一个家人。

若还是打个着,这石头揭了锅,怎么刚擦耳边过?他舍了耳朵全不顾,护驾的家人一大窝,二相公干把脚去跺。回过头放声大哭,一伸手拉住哥哥。

二相公没打杀他,放声大哭说:“哥哥,这鬼神如何只保佑那恶人?那官都着他买遍了,这日子怎么过!皇天那,皇天!”大相公劝他说:“二弟,不必这样。”

叫兄弟听我言:打官司要耐烦,生死原不由人算。老王虽是没天理,府里上官去告官。难说都是驴马变,有一个公平正道,咱有日还见青天。

兄弟二人一行说着,出了衙门,去无人处写了三张状。大相公嘱咐他兄弟在家守灵,大相公也未曾回家,即刻上府去了。

不回家起了身,一心要告仇人,骑上驴只是往前进。虽说司厅合抚院,都着横骨垞了心,或者还遭着清官问?不一日来到府里,听牌日才去投文。

到了府里，待了几日，府里、司里、院里都告上状不提。却说赵恶虎差人到京，求的都察院的书，给了军门；又送上银子三千两，司里二千，府里一千；惟有府上没收。

赵恶虎凭着钱，东一千西两千，上下都买的蜜溜转。休说清官无半个，就有一个不大贪，被钱也晃的眼睛乱。大相公不识颠倒，还只要报仇冤。

那状告上，又是院批司，司批府，府又行文批那邻县的知县相尸。大相公听的信是如此，也就下来了。那临是莱芜县，赵恶虎听得，就送银六百两。不日，莱芜县到了。

莱芜县奉上司，骑着马来相尸，来相尸就完了人命事。一日到了新泰县，新泰知县又通私，旧尸格只改了一两字。葫芦提乱了一阵，却也倒没犯参差。

莱芜官来相尸，大相公求他公断，他也没说出甚么来。那恶虎推说伤重发昏，不曾出来，胡乱检吧了检吧，跕起佯常去了。

做官的奸似贼，见了钱魂也飞，世间那有抵偿罪？因着人命事重大，三批三检照常规，不过空把纸笔费。那里有从公审断，真正辨是是非非？

两个贪官到了城里，会同了会同，要给点拿法。因着恶虎伤重，没人起解，就出了个票子来叫二相公。

二奸贼会了同，商议治二相公，登时就把神鬼弄。如今听说赵乡宦，血染衣裳一片红，说他伤的着实重。立刻把商礼拿到，看他有什么神通。

差人到了，二相公即时就去。老王一见，便说："你怎么不听公断，把赵春元打的伤重将死，该得何罪？"二相公说："已死还没事，何况将死?”

二相公气昂昂,虽然是跪在堂,却是理直气自壮。实说那日赵恶虎,我恨不泚出他脑浆罢了!也是他运气旺。我不像他有钱使,他死了我情愿抵偿。

两个贼圴讪讪的便说:“如今上司要人,他怎么解的呢?”二相公说:“抬他来堂上验伤,看解的解不的!不然就抬他合我去见上司,验验伤之轻重,我待走了来么?”

把恶虎上了床,往上抬验验伤,我就合他到府上。他杀了人他该死,我杀了人我抵偿,直口布袋不用言强。那一日打他,他记的,我不是他,不敢承当。

两个官也没的说,差人去抬那赵恶虎起解。到了次日,二位相公同一干人犯起了身。

大相公甚心焦,你合我都解着,家中老母无人孝。兄弟说家中有妹子,扯断愁肠这一条,恨一砖没把脑门照。此一行却也妥当,到那里也分些忧劳。

不一日,到了府里。大相公说:“二弟,这上司比不的县里,说话要婉款着些。”二相公说:“我知道。”早堂,投了文上去消到,抬上恶虎去。知府姓冯,问说:“你有病么?”恶虎就哐哼着说:“无病,被商礼打的。”家人就禀。

那一日见县官,审了理公事完,一堂人役哄哄散。我家主人才待走,捞头飞过块石头弹,生咯吱打吊耳一片。这几日恶心成块,只怕要命染黄泉。

知府叫商礼:“你如何不听官断,行凶打人?”二相公说:“生员也是一时昏聩,看见仇家就忘了王法。但只是他这病也是推着。”

大宗师在上听:论生员也棱争,见仇人顾不的残生命。就没了耳朵也死不了，抬上堂来装哐哼，打起来看他什么病情。如今当堂视验，就知道或重或轻。

二相公禀他验伤，知府果然下了坐，掀开一看，见那耳朵只去了大半截，也就平复上来了。吩咐寄监等候了，次日听审。

本等那冯知府，银子钱不贪图，心中也把恶人怒。明知恶虎该死罪，争奈司院乱吩咐，此时难把清官做。不如我糊突审审，解上去尽他如何。

冯知府是个世家，极爱声名，争奈那司院俱吩咐了，也就不能持公。

一干人寄在监，三日上一声传，今日要审这一案。开监唤出原被告，都去跪在衕路前，审的也像王知县。大相公跺腿要脚，二相公叫苦连天。

把赵家家人打了三十二，二相公大叫冤屈。知府也没理他，具了文，解赴臬司，司里点了点，又解了院；院里又驳下来，着司里亲审。

军门里驳下来，一干人跪当阶，比着府里威风赛。恶虎不敢还推病，半个耳朵长在腮，磕头也把东司拜。大相公大叫冤枉，按察司头也不抬。

一个个叫上去，问了问，又把赵家家人打了二十。

按察司要徇情，大差了又难行，少不的打那奴才腚。司里官儿虽然大，意思也合知县同，人人都有昧心病。审完了原告叫屈，按察司全然不听。

司里审了，又解了上去。军门里过了堂，又把为首的夹了一个。便说："这虽是下人可恶，可也不曾打死人。你把赵举人打去一耳，准折了罢。"二相公又禀：

喝着打是春元，与奴才不相干，到家就死人人见。杀人若是不偿命，从今头上没了天，还求老爷从公断。若着那恶虎偿命，我情愿割耳奉还。

二相公说："大宗师着赵恶虎偿了命，生员情愿把耳都割上。"军门只是摇头，吩咐一群赶出。这可再上那里去告冤的呢！

叫声地叫声天，这冤屈对谁言？只恨捞不着朝廷见。一死好人死的苦，满城听说都哀怜，官司打罢人人叹。两相公恹头打脑，向家中问母平安。

不一日，二位相公来回了家，到父亲灵前，哭了一场，问了母亲的安。大家骂那不公道的官府。听的说赵家家人死了一个，心的稍微痛快，才略略的杀点瘟了。

兄弟俩气呼呼，传凶人死在途，也还略解心头怒。两个商量且不葬，还要西行告总督，一个说不如上刑部。两个人商议已定，由大名直上京都。

两个正商议告状，商三官跑过来说："哥们好糊涂！告了臊子，不过是如此，也就知这世道了。老天爷特为咱敬生出一个包文拯来哩么？"

叫哥哥好糊涂，告一遭石水砯磅，普天下官走的是一条路。天不敬为咱家苦，敬生一个包龙图，这冤待向何人诉？把父亲尸骸暴露，我问你于心安乎？

二位相公见三官言之有理，便问："妹妹，你该怎么样？"三官说："依我说不如把爹爹暂且柩起来，打听着有了好官再讲。"二人都说："妹妹说的是。"就依着他的言语，柩起来了。未知后来如何，且听下回分解。

诗曰：如今道公有谁论？世事滔滔河水浑；

上下全成钱世界，兄弟痛哭黑乾坤。

第三回

李蝎子请客叫清唱
商三官报仇吃人心

却说商三官还未嫁，员外在日，会同了日子是过年正月，婆婆家是张秀才家，听的官司已定，便着媒婆来说：

【耍孩儿】张大爷差老身，合宅上说娶亲，原当看的正月尽。虽然持服不婚嫁，说是后年该禁婚，附就着娶了礼也顺。不如就良辰吉日，且着他小姐过门。

老夫人便叫大相公来商议。大相公说："这只在母亲。"老夫人说："依着我，你妹妹大了，就依他也罢了。"三官听说，大有不然之意。

商三官气咂咂：他也是诗礼家，怎么说出这句话？设或他家有丧事，他那闺女十七八，难说就把汉子嫁？你着他自己寻思，这件事忒也大差！

媒婆听了三官的言词，饭也没吃，起来去了。娘们冷冷清清的过了年。三官说："娘呀！这小妮子一点也不中用，我自待死了罢！"

商三官叫娘亲，阳世间为个人，小妮子终是没长进。一般也是十月养，丝毫难报父母恩，心里虽有上不的阵。倒不如悬梁投井，早着些去见阎君。

老夫人说："你这妮子太不长进，怎么十七八的人，就想着寻死?”三官就不做声了。一日正月十五日,给员外做百日,忙了一日。到了夜间,不见了三官。

做斋到三更天,等三官去同眠,一等一个四更半。两个哥哥犯猜疑,家前院后打巡栏,井里也去打捞遍。眼看着天将明了,怕人知不敢声言。

怕他婆婆家知道,并没敢言,暗暗的寻找不提。却说那赵恶虎来了家,请酒压惊,好不热闹。

爱他的请压惊,怕他的也奉承,人人都把恶虎敬。恶虎保护那个耳,常带七八个家丁,怕人再把石头擶。逐日家醺醺大醉,每夜里直到三更。

他城南有个最相厚的朋友,姓李,绰号蝎子,是个监生。一日请恶虎,叫了有名的清唱王城,领着两个徒弟来,在家伺候。

李蝎子请祖宗,每日家仗威风,遇着的就把残生送。今日若不怕人笑,老婆也来斟个盅,闺女也把酒盅送。只叫了一班清唱,师徒们武艺精通。

不一时,恶虎到了,就了座。李蝎子说:“今日请大爷来散闷,有一班清唱在此伺候。”

那官司大起天,大爷到一霎完,这力量压倒新泰县。今日请来散散闷,县中又没有好梨园,几个清唱来相劝。都说他唱的极好,看人头倒也可观。

恶虎说:“极好! 就叫他来。”王城领着两个徒弟,一个叫孙晏,一个叫吴孝,都来磕了头,就唱了一套曲子。

吴孝筝王城箫,孙晏就把檀板敲,唱了一曲昆山调。板腔不错声音好,真像黄莺转柳梢,人人夸赞真果妙。那恶虎满心欢喜,发出那一片粗豪。

唱毕，恶虎夸奖说："极好！"端相着吴孝标致，又着他唱。吴孝红了红脸说："我不会唱。"恶虎说："怎么一个俊人，那有不会唱的？"

见吴孝动了心，看着他像美人，风流典雅天生俊。年纪不过十五六，喉咙尖细好声音，唱出来觉着有风韵。你若是唱的中意，我赏你一两白银。

王城又替他告免说："他跟我不久，才学了两个小曲子，还没有韵调。"恶虎说："没韵调也罢。"吴孝没奈何，忉忉的调换了一个。

他武艺不大高，各样曲未曾学，唱出来也没甚腔调。恶虎也不是知音员客，不过爱他那模样娇，口口声声只说妙。你明日跟我家去，我给你另换新袍。

吴孝唱罢，恶虎大笑说："妙极！我定然重赏你。"李蝎子又添上大杯，着孙晏唱了一出。恶虎说："吴孝，还是你来。"吴孝说："我不会了。"

不会唱口难开，桃花瓣上玉腮，待唱不会真无奈。王城在旁瞅一眼，我说休来你只是来，如今惹的大爷怪！就是你儿童胡念，也念与大爷开怀。

恶虎说："不必好，唱就极妙。你唱一个，我吃一大杯。"吴孝听说，即忙斟一大杯奉上，就唱了一个。恶虎大喜，一口吃干。吴孝又满满斟上一杯，王城说："不害羞！你还会唱么，又给大爷斟上一大杯，真不要脸。"

把吴孝骂一声：共总两词唱的生，不害羞又把大爷敬。吴孝一声不言语，也不管人听不听，公然又把前词奉。赵恶虎还没说嗄，几几乎笑倒王城。

王城说："不害羞！唱过的又唱。"恶虎说："何妨，词只在人唱，那管重不重。”吴孝见恶虎爱他，遂即又奉了一大杯。李蝎子大喜，便说：“今日到亏了吴孝，我定格外赏你。”

虽唱的不相干，我心里甚喜欢，点水滴动心灵变。今日若还不着他，大杯如何吃的干，亏他替我把客劝。到明天戏价以外，另赏你五百高钱。

吴孝又把前词的那第二个又唱了一遍。天色已晚，点起灯来。恶虎恋着吴孝，总不说走。说：“你就唱，我就吃。”那吴孝没的唱，就任口胡唱了一个，惹的众人大笑。

已吃到星月全，点上灯不说颠，反转只把吴孝恋。唱了一个狗牙狗，惹的笑声满屋喧，他殷勤只把酒来劝。赵恶虎不嫌性气，看着他越发喜欢。

那王城、孙晏见他相中了吴孝，便都去了，剩下吴孝在旁。恶虎醉了，只顾撩拨他。李蝎子说：“大爷既爱你，你待霎就打发大爷睡觉，到日重重的赏你，尽力伏侍罢！”

李蝎子笑嘻嘻，叫吴孝你听知：难得大爷中了意。若还今夜奉承的好，不说大爷赏东西，我先送你一两冰光细。那吴孝点头承笑，看那人眉眼高低。

恶虎说：“我不吃酒了，醉极了。就收拾铺，我合吴孝一铺罢。”吴孝说：“旁里有人，我可害嚣。”恶虎说：“小厮们都出去。”众人哄的声都散了。

众家人都散了，主人家也去了，吊了恶虎合吴孝。扑喇就把门关上，待了一霎静悄悄，屋里也没银灯照。李蝎子把家人劝酒，又给那清唱酬劳。

李蝎子把众管家合清唱都让在厢房里，着他吃酒，他才家去了。众人才吃酒，好像听的主人大叫了一声；众人止了喧哗，听不见动静，一同便又吃起酒来了。

一屋人闹嚷嚷，你一盏我一觞，矮矮的声把小曲唱。一吃吃到三更半，灌了好酒一大缸，主管还把客来让。忽听得扑通一声，好像是倒了堵高墙。

众人唬了一惊，说："是甚么响？"跑出来主人窗外一听，并无有动静。王城叫了一声吴孝，不应；又叫不答应。一伙人异样极了。

一伙人闹吵吵，捶窗户把门敲，管家又把主人叫。一个说是醉的很，一个说是睡熟了，拿杠子才把门儿拗。拗开门一齐去看，一个个魄散魂消！

不看还好，拗开一看，都唬的目瞪口呆！只见那赵恶虎头在地下，肚子也开了，肠子淌了一炕。吴孝死在地下，口里咬着半截人心。

一些人好慌张，割了头凹了肠，血淋淋并没个人模样。地下僵的是吴孝，一把钢刀丢在旁，半截心咬在朱唇上。脖子上绳给一扣，知是他自己悬梁。

看了看，那吴孝脖子上半截带子，梁上还有半截，才知道是踹着椅子上吊，坠断绳子吊下来，撞倒那椅子，才那样响亮。

活把人异样煞，杀了人吊自家，不知他是因着嗄。只怕是嗔人挑戏，何至就把头割下。凹了堂才把头来挂，参详遍不知就里，看架势是个仇家。

李蝎子出来，唬的战抖抖的，便叫王城来问。王城跪下叩哀告：

一月前到俊郎，又年少又在行，一心跟我去学唱。唱曲会没有腔板，为人又好弄娇腔，睡觉不合人一盘炕。昨日说他休来罢，死活的跟在腚旁。

“我昨日嗔他跟着，他自是待来，谁想他做出这事来。”李蝎子说：“休要动着，我去请官来相验。”

天未明写报单，往城里报县官，从头至尾诉一遍：怎么吃酒怎么唱，怎么两个要同眠，开门已见头两断。王知县从头看罢，挣了脑胆战心寒。

王知县见了报单，唬了一惊，即刻上马前来相尸。不一时，到了庄里，李蝎子接进看了，遂把王城问了一遍。又问赵家家人：“他仇人是谁？”

这件事是如何，不是仇人是甚么？这机关叫人参不破。赵家家人忙跪下，说他仇家也甚多，不知这是那一个。别的是陈人旧事，惟商家是新犯干戈。

赵家家人说：“仇人虽多，都久了，就是商家是个新仇家。望老爷详情。”王知县便抽了一支签，去叫商臣、商礼。

王知县动疑心，叫商礼合商臣，着他两个亲来认。公差即时跑了去，从前以往诉原因，说爷要把相公问。弟兄俩听说这话，想是他猜了几分。

说差人：“你坐坐，俺去去就来。”一行走着，大相公说：“是他不是他，杀了就好。”二人禀了母亲，又叫了几个族人出来，起身来了。

兄弟俩甚喜欢，不像是去见官，好似要赴琼林宴。妹妹不知何处去，想是他去报父冤，但他软弱何能干？若别人替咱出气，我把他供养佛前。

两人欢欢喜喜，走的好不有劲。二十里路多，一霎到了。老王看见便说：“你如何着人杀了赵春元？”大相公说：“若有人去杀他，生员也肯托他；但只是无有人可托。”

打官司打半春，守父丧闭了门，门外事情全不问。生员若是杀恶虎，也去割头剜了心，但不知情难承认。未知我识与不识，我且去看是何人。

老王叫他去看，进门一看，果是三官，穿的员外少年一身道袍，二相公的一双旧鞋，那把刀子是祖辈传留的一把倭刀。尸也没挺，还像活的。

我妹妹实是贤，不言语报仇冤，胜似人间男子汉。爹娘生成俺两个，名色叫做是儿男，那里跟上你一半！看见你满面羞愧，好一似刀刺心肝！

相公观罢，回来禀官说：“是生员的妹子。”老王大惊说：“呀！是个女人么？”应：“是。”老王起来又去看验，叫人剥了鞋去，带出来了许多棉花，才露出来一双小小的金莲。

身套着青道袍，两腿用毡袜包，鞋里都是些棉花套。浑身都是绳子绑，用根皮条束了腰，上边拴着皮刀鞘。不知他安排了几日，寻思了几百千遭。

老王说：“既然是个女人，必然你们主使，不然怎么做出这样事来？”大相公躬身禀了一遍：

那一日是元宵，把妹子不见了，井里树上都寻到。又不知他是寻了死，又不知他是开了交，不敢言恐怕亲友笑。谁知他满腔忠义气，能把这冤仇全消。

便说：“尸灵在此不雅，生员领去罢。”此时赵恶虎之子也来了，名是赵豹，绰号赵歪子，便禀老王说：“把口里那心留下。”老王吩咐挖出来。兄弟听说，一齐上前下手。

二相公使手掏，大相公把头招，一行又使筷子拗；拗来拗去不开口，上下咬的甚坚牢。大相公怕拗的牙儿吊，便禀说是难拗出，总不如靠肉一刀。

大相公说："挖不出来，不如割下来罢。"赵歪子听说这话，扯出刀子来说："不如割开这嘴，拿出来罢。"二相公也抽出刀子来说："休要动手，你若动手，咱就杀起来了！"

二相公怒冲冲，叫歪子好不通，官府跟前把刀弄。一家死了人一个，那里犯着来逞凶？说起王法全无用。你若是轻自动手，咱就像舍妹杀翁。

老王唬极，叫人夺了刀子，吩咐有动刀者，与杀人同罪。又叫赵豹自己挖取。赵豹近前，才待去挖，扑通跌倒在地，七窍流血。

商三官实有灵，赵歪子害头疼，倒在地下去挣命。鼻口鲜血流不住，倒把王老唬一惊，家人都把脑来挣。一伙人齐去救护，二相公得空先行。

一些人乱哄哄的都去救赵歪子，大相公说："二弟，你背着妹妹，先合族人走了罢。我且在此听听，看他省醒过来胡赖咱。"

大相公叫一声，二兄弟你是听，咱那妹妹有灵圣。歪子既是昏迷了，我且等等这畜生，死活可也有凭证。趁人乱你背着去罢，即忙走勿得留停。

二相公背起三官，合族人一哄走了。赵歪子还魂半日，醒过来说："商臣好打！当官行凶。求老爷作主。"大相公说："老父师在上，谁打你来？"

赵歪子休胡言，有衙役有堂官，打不打不是一人见。想是因你没天理，被那神灵打一鞭，如何却把商臣怨？老父师亲眼看着，这不用再找证见。

老王吩咐各人领尸，本县给你申报司院，起来走了。又吩咐带着李蝎子合王城。蝎子禀道:“在家看着移了尸,再去听审。”老王依允,光带着王城去了。未知后来如何,且看下回分解。

诗曰:闺中二八女婵娟,杀仇亦知不共天;
　　　斩首未息心头恨,人心犹自衔唇边。
又曰:年少娇痴女,提刀报父仇;
　　　偷生男子惭,畏死美人羞。

第四回

大相公设心祭父
商三官托梦显灵

却说李蝎子合恶虎不过是势力朋友,活煞敬似祖宗,死了甚么相干!见满屋血淋淋的,巴不得移了去,却又不肯替他买棺材。送了官去了回来说:“赵大哥,你快买棺材来收拾去罢。”赵歪子冷笑不止。

【耍孩儿】赵歪子大发歪,旺跳人请将来,做就局把俺爹爹害。俺爷活时合你好,你倚势力诈钱财,就没有半点情儿在。我隔着二十多里,还着我去买棺材。

赵豹有名的歪子,当下使了个性子,合那家人们说:“您扶傍我去买材,一日买了一日来,十日买了十日来,多烦李大哥看守尸灵。”

这也是命合该,多借重守尸骸,李大哥你可休见怪。我去物色好棺木,你可全把心放开,至多不过十日外,大不然我去告张状,求官府断口棺材。

歪子待走，蝎子忙拉住说："赵大哥，咱从容商议。我合赵大爷是怎么样的！相与是我疼钱来么？只怕急切间找不着好材。罢呀！不就家母那寿棺，着大爷用了罢。"

李蝎子无奈何，叫一声赵大哥，依旧拉到屋里坐。八十老母有寿木，论价也值百两多，如今用了也不错。赵大爷这等凶死，难道说我就快活？

歪子略略欢喜，即时抬了材来，看了看极好，"还得借重雇个人来，把头来缝上"。蝎子应承，当时使了五两银子，雇了个屠家来缝头。

屠户到把头安，烂多多缝着难，旁里又有家人按。把那肚皮又夹起，两手又把肠子填，当中又使一条线。收拾上头蹄杂碎，到家中好去殓棺。

收拾停当了，蝎子又雇了十五六个壮实的，抬着出门去了。李蝎子像从杀场里赦出来，合家大小的这才念佛庆幸。

李蝎子活遭瘟，满屋里血淋淋，腥臊烂臭人难近。赔了棺材一大口，缝头又使五两银，蝎子真是活倒运。请客时怕他不到，今日又喜他出门。

且不说赵歪子移了尸去，却说那张二仝商相公把三官背着，两人换歇，不料下人张二年纪太大了，背着实是费力，二相公说："你歇歇罢！"二相公背起，使的力尽筋舒，才到了家停搁起来。大家哭了一场。

告妹妹你有神，拿着刀杀仇人，已是解却心头恨。望你即时开了口，吐出仇人一片心，献先灵也把你心尽。一家人灵前祷告，奠了酒又把香焚。

却也奇怪，祷告了，又去拿那心，轻轻的抽将出来，还是一个囫囵心，就是咬的将断，可还连禁着。一家大喜，拿出来供养着员外，可说："亏俺妹妹将仇人之心前来奉敬，就祷告祷告。"

爹不幸得凶终，告县院总无功，生俺两个全无用。亏俺妹妹能出气，杀仇直与杀猪同，剜心来在灵前供。望爹爹神明照鉴，一家人仇怨皆空。

祭毕，大家又哭了一场。老夫人说："就这心你给那狗吃了罢。"大相公说："既是祭了先灵，使不的喂了狗，娘不吃，俺两个分了罢。"

割去了老贼头，剜了心狗也羞，闻一闻一片腥臊臭。拿来一刀分两断，兄弟嚼来血水流，只因原是仇人肉。咯吱吱齐声嚼响，骨碌碌咽下重楼。

按下二位相公祭父吃心，不在话下。却说那老王是个贪官，看着李蝎子也还花起钱了，商臣也还成的人家，前日因着他是苦主，才没难为他；今日赵恶虎被杀，他就动了奸心。

低低头又使奸，随处里要弄钱，一宿寻思了几千遍。商家给他个坐位坐，再把李家捏个弯，不愁里头没钱赚。出票子另齐人犯，说不尽那赃物奸贪。

老王出了票子，叫那李蝎子、商臣、赵歪子一干人犯，一齐上堂。便问赵歪子："你父亲着人杀死了，你可甘心么?"歪子说："不甘心。"老王说："本县看着也不明白，怎么偏死在李监生家？可补张状上来，本县立审。"

朝南坐是老王，诸人犯过了堂，不觉露出赃模样。堂上说了几句话，歪子诈的头似筐，一心去告人命状。不知他原不为你，只为他自己贪赃。

这些人都押下来。歪子得意之极，就找人写状。李蝎子害怕，托人央他，那里肯依。写了状，告着李蝎子、商臣、王城谋杀人命，干证孙晏。

告状人赵监生，王老爷在上听：父亲谋杀有干证。商臣就把心剜去，因此才把词状兴，求断一人偿父命。李蝎子首先慌了，送进去二百冰凌。

李蝎子送进去二百银子，老王嫌少不收，吩咐下把一干人犯暂且寄监。着人对蝎子说："待要无事，还添二百。"蝎子无奈，连取代借，凑进去了。

李蝎子有钱财，四百银费安排，指着田土拉下债。当先托人送进去，到了过午挂了牌，不愁次日官司坏。吊了那商家公子，单望那天眼重开。

到了次日审理，老王叫着李蝎子，说他把那请客唱词的从头至尾说了一遍。老王说："这自然不干你事了。"又叫王城也说了一遍。老王说："这话信不的。"叫："拿夹棍来伺候！"

王城说虽是真，但没有钱合银，官府一声要夹棍。王城说我真有罪，原不该收下这个人，只是小人命该尽。背了背连声叫苦，只夹的致命发昏！

把王城松了夹棍，就叫商臣大相公上去。老王说："这人命无人招承，明日两家都把棺抬来，我要细细检验。"大相公说："杀人是真的，吊死是实的，已经验过何必再验？"

债有主冤有头，杀人的已罢休，检验已明何必又？杀人的是悬梁死，被杀的是烂流丢，伤痕不用还穷究。这不是没人承认，不过是报父冤仇。

老王说："你带了赵春元的心去，就罢了么？"大相公说："那心割来已是喂了狗了，再要已是没了。”老王大怒说：“我就申了你，你担的么？”大相公说：“申了，生员也担的。”

那心已叫狗恭，再要他没处生，除非是掏那黄狗腚。若是该问甚么罪，我也不是不招承，若是该死难逃命。老父师你就申了，那怕那汤镬油铛！

老王说：“我定要另验！”大相公说：“生员的妹子已是殓了棺了。”老王说：“打开材抬了来。”即时差两个皂隶，押着他移尸，吩咐已毕，退堂去了。

大相公不自然，下堂来闹喧喧，如今上有天爷见。人家死一俺死俩，还有什么大罪愆？拿捏臊子也没的干。就问了砍头流徒，俺兄弟断不辞难。

公差说：“相公不必瞎燥。官府的心思，指望你几两银子，说检尸是个拿法。你思量着去。”大相公说：“这老狗攮的！还待指望我的钱使么？”

大相公怒冲冠，骂一声贼贪奸，何不着他娘养汉？待要命时我有命，待要钱时却没钱，我只破上我商廷献。我到家商议舍弟，寻个法着你回官。

不一时来了家，二相公迎出来说：“放了你了么？”大相公没做声，到了他娘那屋里，长吁了一口气说：“咱又有了事了。”老夫人说：“甚么事？”大相公说：“那老王待问咱要钱，想着一心发财，派差人押下来了。”

那老王忘八羔，长钱癖害钱痨，如今问咱把钱要。不然移了妹子去，翻尸检骨咱害嚣，总然没钱合他傲。现如今差人押下，这可有嗄法能逃？

二相公听说，暴叫如雷说：“到明日，我去见他。”大相公说：

“你去也是这么着。”他兄弟两人没法，老夫人说：“罢呀！那钱也是您爹爹挣的，咱就凑些给他，不大然，人已死了还觉的么，出上就教他抬了去验看。”

既遇着这样官，说不的咱没钱，麦子还有百十石。着人拿去街上粜，十日可以折蹬完，但愿天爷把咱看。大不然移了尸去，尽他去怎么失翻。

二相公说：“再抬了妹子去，俺就不是人了。”娘们低头无计。二相公说：“我忽然想了个法：前日学头姚子明来吊丧，说令妹是个女中丈夫，我要递呈子表扬他，咱不如就去求他。”

他称奖妹子贤，女子去报父冤，真正胜似男子汉！咱如今不如求他去，动了义愤把人传，老王也违不过阖学面。他肯把公呈一递，可以就免了出官。

大相公欢喜说：“极好，极好！姚子明是个正气人，若央求他无不依从咱。明日早去央他。”

咱合他在厚边，想是他不作难，他也是个英雄汉。况且妹妹这个事，路上行人到处传，人人听说皆称羡。他若肯公呈为首，合学里都要上前。

兄弟商议妥当，天已二鼓了。向来大相公在员外柩前宿卧，二相公在三官灵前歇下，才合眼，忽见三官进来，二相公便拉住哭。三官说：“二哥，如今仇已报了，哭的甚么？”

商三官笑嘻嘻，叫二哥你听知：“我今出了胸中气，休要愁我还出丑，移尸只管教他移不去，只管我不去，这都是些些小事。二位哥不必迟疑。”

三官说：“他抬只管叫他抬，不必愁他。只是有件事，来合哥哥商议：先前咱爹爹告着赵恶虎，如今又返过来了，他又告着我合咱爹爹。他使钱买了那恶鬼,咱爹爹动动就受打骂。你给我写张状来。我去告他。"

赵恶虎到阴间,他手里还有钱,买着鬼给咱没体面。可怜咱爹老实的很,动动就使骨朵揎,乜女人可又难争辨。你给我写状一纸,我去告城隍面前。

说毕,出门去了。二相公忽然醒来,异样之极。又迟了一迟,爬起来,便去叫大相公说梦。

二相公跑进房,诉南柯梦一场,说是妹妹要告状。把梦从头说一遍,大相公说好异常,我梦也合你一样。急慌忙拿过纸笔,就待要写状一张。

大相公说:"甚奇!真是妹子有灵,我梦见也是这等。不必疑迟,速写了状,烧过去。"二相公说:"不必。"大相公说:"怎么不必?"二相公说:"还得我自家去。"

恶虎杀咱父亲,报仇死女钗裙,到如今还是梦里恨。咱爷为人太忠厚,妹妹又是一女人,怎么合他相争论?不如我死在地府,去合他辨个清浑。

大相公说:"二弟,你糊涂了!咱已死讫两口了,你再死了,咱不是三命抵一命么?"大相公也说不听他,登时写了呈子,三官灵前烧了。却又祷告:

我如今把状烧,望妹妹不辞劳,阴间还望你尽孝。二相公在旁接口说:"你若不能把他治,还得我去替你告。能把我魂灵引去,我情愿就赴阴曹。"

二人祷告才毕,老夫人着丫头来请,二人即忙便去。见夫人泪道没干,见了二位公子就说那做梦,二位相公诉了一遍。

老夫人泪重重,告诉与二相公,说你休当糊涂梦。从头至尾说一遍，说来说去一样同，娘儿三个心酸痛。说多时天已明了，才商量安排尸灵。

大相公说："梦中的话只怕也全没信不的，怎么忍的把妹子抬了去？"二相公说："不然，咱妹妹有灵，不可不信他。"二人即跑去，把三官抬出来，着被子裹了，停在了床面子上。大相公吩咐看祭物伺候，二人焚香祝赞：

有公差合地方，要抬你上公堂，妹妹原说无妨账。妹妹真实有灵，望不说瞎话把我诓，若诓我就把体面丧。你有神显显灵感，也好去回覆老王。

兄弟两个安排停当，才开门出来。那差人领着地方，已在门首，便问："商议的如何？"大相公说："没有法，请抬去便了。我可没人。"差人进去说："这不难，两个人就可以抬去。"那地方合差人，两个上前安心就抬。

上了肩喝了一声，爷两个面通红，灵床一点何曾动。着人旁里加了手，大家使的哐哼哼，那床儿丝毫没点缝。曾听得蜻蜓撼柱，和这个一样相同。

差人惊骇之极，又拨了排家十名，穿了三四根杠子，一齐着力，那灵床头也没点。差人没法，只得回了老王。老王不信，每人责了三十。

骂一声贼奴才，说瞎话又弄乖，轻轻就把王法卖。前日商礼把尸背，看着轻妙似麻秸，忽然就比千斤赛。你不知使钱多少，把狗腿夹将下来！

老王大怒，另差了十名健壮的衙役，着他去抬。一伙人雄赳赳的，十里多路一霎到了，不问好歹，一直到了灵前，串上杠子就抬。

那衙役瞧了瞧，抬的抬来招的招，上了肩打了一声号。果然抬了够半指，一齐都说折了腰，险些就把头压吊！又叫道浑身骨群，丢了杠都乱咳嘤。

一些人丢了杠子，锅着腰，哐哼成块，再没人敢说抬了，可也没人理他，只得上城回话。

都说道吃横亏，一个个哐成堆，头先行又被屁股坠。踽踽凉凉都乱动，好似一些夹了的贼，又像当的锅腰子会。人都说黄河干了，爬出来一群乌龟。

一些人捱到城里，天就黑上来了。老王叫到二堂里，验了那腰，一个个都歪出骨头来了。

走一步哼一哼，死活的捱到城，二堂里才去复了命。众人从头说缘故，也把老王唬一惊，说是商家把术弄。到明日我去亲验，看他有甚么奇能。

老王也是想钱迷了心，你不想那三官是个女子，既能去报父仇，这是个寻常人么？况且屡次的显灵，怎么敢去摆弄他？

软苗条一仙姬，报父仇用心机，竟把人头割在地。屡次显灵还不信，那有这样侈东西，还要把他尸灵治？总知是银钱中用，就把那心眼全迷。

老王说："这是他弄的妖术，我明日去亲验。自古来邪不侵正，看他有甚么本领。"可笑自家邪极了，要去侵犯正人，反说出这样话来。未知验的如何，且看下回分解。

诗曰：三通鼓罢面朝南，善恶谁去见肺肝？
闻说官司要打点，人人便道不成官。

第五回

商三官急难求兄弟
二相公舍死傲阎罗

却说老王到了次日，领着许多衙役，上诸葛城来了。

【耍孩儿】王知县做事差，想邪了恶人凹，声声还把商臣骂。三官屡次显灵圣，怎么还敢亵渎他？真是没眼老王八。领着一伙大衙役，一骑马直到商家。

大相公迎进去，站在屋门外，老王喝叫动手。

伸脖子把筋抽，撼不动一点头，众人空压槽头肉。老王说是齐加力，我要解衣细细搜，里边必有邪符咒。快给我掀开包裹，待本县自己搜求。

吩咐："掀了被子，剥了衣服，待我来看。"一声说罢，两三个人就把被子揭了，还没解衣，老王伸头去看，只觉着有人丢过一块石头，磅的一声，老王眼前发黑，便就倒了。

哎哟了一大声，陡然间害头疼，像石头照着脑门擲。扑通一声跌在地，纱帽滚有四尺零。手爬脚蹬如挣命。一伙人急忙扶起，只见那鼻肿眼青。

老王醒了醒，马也骑不的了，差人取了轿来，扶在轿里回县不提。却说那二相公连日不吃饭，只在三官灵前打坐。大相公劝他吃饭，二相公睁开眼说："阳间的官司你打，阴间的官司我打。"说完，闭煞眼，就不做声了。

二相公守着灵，只求死不求生，盘膝打坐端端正。阴间官司让我打，阳间官司弟让兄，此时已把主意定。两句话开口说了，问着他再不做声。

老王来时，叫又叫不动，只得把门闭了。及老王去后，推门看时，早已没气多时了。

二相公立志坚，一心要到阴间，一日祷告几十遍。劝他吃饭也不吃，终日不语又不言，开门已是气儿断。大相公忙告老母，娘儿俩齐叫皇天。

老夫人跑来，儿天儿地的哭了个不了。大相公摸了摸说："娘休哭，我看着二弟不死，心窝里还温。"

二兄弟心里温，想将来要还魂，未必时下该命尽。我那妹妹有神圣，必是要他救父亲，要还魂还等那官司问。我在此守他几日，看冷热生死才分。

大相公日在灵前宿卧不提。却说二相公这一日正自打坐，忽有个人来说："三姑娘差我来请二叔哩。"

三姑娘把我差，请二叔到东街，说他今日要起解。大爷打了十五板，两个解子押出来，恐怕路上还受害。嘱咐我催你早去，是必的休要迟捱。

二相公听说，疾忙跟去。不一时，进了城，到了东街上一个酒铺里，一个人迎出来，却是他伯兄，名叫商政，死亦久了，在此做生意。让进去，才说那就里。

全没人对我学，三妹妹名儿高，满城传说才知道。昨日方才审了理，赵家使钱买透了，妹妹又不去合他告。就是他声名极重，城隍爷没敢咋着。

二相公听了，怒气冲天说："我定要连官都告着！"商政说："若不是万不得已也不去请你。今清晨起了解，咱妹妹临行，嘱咐请你。”

今清晨送出街，三妹妹哭哀哀，二叔唬的魂不在。着我差人去请你，又嘱咐急忙赶上来。他爷俩的走不快，你急去速于赶上，也好去压服公差。

“如今玉皇爷爷差了二郎爷爷查访那忠臣孝子、烈女节妇，因此咱妹妹连名也没叫着。只有二叔难保。”遂取出了十两银子说：“你可拿着好上下使用，流水走罢。”二相公说：“我就不使钱，只是拿着二两盘费罢。”

大哥哥放心宽，有理事不用钱，要合他打上森罗殿。他就凭钱咱凭理，不但告人且告官，告城隍还带王知县。难道说阴曹地府，就还似阳世三间？

商政送出了北门，二相公一阵神风，霎时走了二十多里路，就望见员外合三官在前边。疾忙赶上，一手拉住了父亲，一手拉住了三妹妹，一场好哭。

叫父亲泪涟涟，如今咱冤上冤。咱定合他辨一辨。叫了一声我妹妹，像你才是真圣贤，我今羞见妹妹面。见阎王出这口恶气，我才得瞑目黄泉。

三人正哭，那两解子狼眉竖眼的说：“急自一个哐哐哼哼，一个扭扭捏捏的，又添上你来哭哭啼啼，哭会子，不走拉倒罢！”二相公大怒起来了。

奴才鬼蜷踅贼，休作怪莫发威，慢行该问什么罪？只是这样慢慢走，我看你待咋着谁？要银子就把人掯勒，咱到那阎王殿上，可合你辨个是非。

从来鬼怕恶人，二相公没来时，动不动打哩骂哩；着二相公掘了一阵，撅着嘴也没敢做声。飘飘渺渺，不一时到了阴城，解子投了文，把员外合三官都寄了监。二相公写了状伺候去告。

赵恶虎知县王，第三个是城隍，贪赃司院一般样。如今成了钱世界，上下都受枉法赃，杀了好人全没账。一家人冤死在地，望阎罗作个主张。

阎王的排日是逢五逢十，还隔着二三日。城隍知道了，托人来合他说，给他五百银子。二相公大怒，骂了一场。那城隍慌了，合赵恶虎送了大刀鬼王五百银子，求他情面，过付了黄金一千两。商政得了这个信，星夜来报与二相公，二相公也不以为意。

阎罗王是正神，就收下千两银，这话可信可不信。阴间他既为天子，也为钱财丧良心，这官司他待怎么问？若是话真果是实，我舍命去叩天阍。

商政说："我既听的，不得不对你说。我铺里忙，我去罢。"别了去了。却说那旧阎王升了去了，此时是修罗大王权印。这大王是个贪昧之神，到了牌日，二相公递上状，便叫上去，大喝大骂。

阎罗王把气淘，骂商礼这样刁，难说人人皆不肖。已是一命抵一命，彼此准折也罢了，怎么还敢把官告？打二十逐出境外，再生事决不轻饶！

一群牛头马面青脸红发的恶鬼，把二相公捉翻，打了二十，喝叫赶逐出境。二相公临行说："阎王爷爷，我若得罪你，你可休怪！"

阎王爷你休焦，我不敢告声饶，世间不过是没公道。明人必不做暗事，大板只顾凭你敲，大状不能不凭我告。似这等胡敲乱打，怎么不屈打成招！

阎王大怒说："凭你那里告，犯着我手里，休想还活！"两个鬼押出二相公来。

二相公气昂昂，骂一声老阎王，如何也把良心丧！如今冤气没处出，寻思灌口找二郎，告一回看是怎么样。回头说两个鬼使，不劳你送还家乡。

二相公说："二位请回，我自己去罢。跟我膙子，我也没钱给你使。"那鬼说："你待那里去？"二相公说："要上灌口去找二郎爷爷。"

见灌口二郎神，要告着老阎君，这就是个真实信。差你逐我出境外，我就从此起了身，往何方也不必劳你问。你纵然跟我远走，我可也没有分文。

鬼使说："就是这等。相公可休怪俺，俺也只是官差不自由，你可休连累俺。"二相公说："您虽可恨，可也值当不的怪你。"两个鬼使作别去了。

二相公气忿忿，急慌忙往前奔，逢人就把路程问。一霎走了三十里，后边来了鬼一群，看看来的风头近，二相公回头观看，凶凶的像是拿人。

一群鬼赶上二相公便说："你且休走，阎王爷差俺来拿你哩。"二相公说："一行逐我出境，如何又拿我？"众鬼说："那押你的回去说你要告，才叫人来拿你。"掏出绳子来就拴。二相公说："不必拴，我待跑了来么？"

叫众鬼你听言：我看着不用拴，走了不算男子汉。原说我要去告状，这话不是背人言，君子并不羞当面。阎王爷叫我回去，我可也不敢隐瞒。

那鬼们做刚的，做柔的，也没拴他，推的推，拉的拉，抬的抬，架的架，一霎来到阎王面前。阎王便问："你实要去告？"二相公说：

"是实。"

阎王爷眼圆睁,骂商礼小畜牲,料想你是不要命!若还说是真告状,我将油锅把你烹,看你嘴头硬不硬!快给我拿将下去,剥衣服去上油烹。

阎王吩咐了一声,两个恶鬼往下就拉。阎王又问:"还告么?"二相公大声说:"怎么不告!"阎王说:"拉下去!"即时拉下去,见一口大油锅支在那里,两个鬼烧火。二相公说:"不用动手。"公然不惧,遂即脱下衣裳往里一跳。

那油锅大又高,两个鬼把火烧,二相公就往锅里跳。一霎忽然沉下去,一霎忽然往上漂,滚起都是油星爆。二相公疼痛难忍,只煤的肺热肝焦!

二相公在那油锅里煮了多时,觉着骨头皆焦,可也只是不死。一个鬼又挑出来,旁里一池冰水,丢在那池里,才觉着一阵清凉。穿上衣裳,阎王叫上去又问:"还告么?"二相公说:"我还告。"

阎王爷听我言:实实告不敢瞒,何妨就死也无怨。若是要我不去告,除非解了父亲冤,还要磕头千千万。若待强我不告,这心比石头还坚。

阎王大怒:"难道说我就傲不过你!快给我锯解分身!"说了一声,众鬼把二相公拿下,用两页板夹将起来,绑在桩上,两鬼动手。

一群鬼乱哄哄,夹起来上了绳,浑身夹的挺梆硬。二鬼分头按上锯,骨头拉着嗤冷冷,夹锯条还要只顾挣。二相公心疼难受,咬着牙并不哐哼。

两个鬼看着将锯到那心口里,一个鬼说:"这是个孝子硬汉,锯斜着点,休要伤了他的心。"果然锯条歪倒,曲曲折折锯将下来,越发痛极。

二个鬼把锯歪，打旁里斜下来，大疼更比前番赛。弯弯曲曲连肝肺，满腔疼痛苦哀哉。亏了磋的那锯快，一霎时脖脐以下，不多时一锯两开。

上边吩咐："合上来。"二鬼把两半对起来，又站不住，只待跌倒。那个鬼解了一条带子，给他扎上，说道："你是个好人，我送与你这根带子。"扎把上带子，果然就柱壮了。

奉赠你带一条，两手缕缠在腰，果然更比灵丹妙。不过也是拉锯鬼，还喜相公品行高，阎王不如鬼公道。二相公扎挂停当，上堂来又把王朝。

二相公上殿，阎王又问："你还告么？"二相公寻思："我若还说告，不知又动甚么非刑，受了苦可也无益，不如就说不告罢。"答应说："再不告了。"阎王说："既不告了，送他回去。"

阎王爷怒气消，叫商礼你听着：一般你也不说告。你既自己改了口，暂且赦你这一遭，着人送上阳关道。若是你咱再有反悔，拿回来定不轻饶！

两个鬼押着二相公送出阴城。二相公说："不劳二位相送了，我自己去罢。"二鬼不肯。

叫一声商相公，你这话道也通，只怕你又把故事弄。若是从此放你去，再生出事一宗，敢说是俺不曾送。你纵然没嗄给俺，俺只得送到家中。

两鬼跟着，直送到家门，看着二相公进去了，二鬼才回去了。二相公看着他出了庄，竟不进宅，出门一直好跑，往灌口去了。

二相公立志坚，出了门面朝南，一心只把程途盼。逢人便问灌口路，都说到那有两午，思量就得二日半。一霎时风云飘飘，过了些绿水青山。

二相公往南竟走。未知告的如何，且听下回分解。

诗曰：阳世不能皆圣朝，阴间那得尽神尧？

吉凶颠倒真难比，只要油锅煤不焦。

第六回

森罗殿鬼神齐拿问
安乐宫父子小团圆

却说二相公走了半日，到了山东的边界，远见一簇人在那路旁里歇息。才待上前问路，那些人见了，都起来说："果不出爷爷所料。"

【耍孩儿】一群鬼闹吵吵，商相公又来了，果然不出爷爷料。知道你还胡生事，着俺这里等候着，一霎就见相公到。你看那油烹锯解，商相公可能熬了。

那鬼说："阎王爷想你还告，着俺来等你；既等着了，说不的咱还去见见。"二相公见了这些鬼，唬了一惊，却也没处逃，低着头同回上阴城。

二相公怒冲天，虽苦楚对谁言？只怕难见阎王面。这回到了阴城里，不是碓捣是磨研，这蝼蚁残生何足算。我死了到也罢了，愁爹妹谁与他鸣冤？

二相公走着只顾愁闷，里边就有赠他带子的那鬼便问道："相公，你以前极直壮，今日怎么这样愁？"二相公说："这一去又不知受甚么非刑，我怕死了没人给爹爹妹妹报仇。”那鬼说：“不必愁，像相公这条汉子，地狱里也弄不杀相公你呀。”

英雄气最难消，捶千捶剐万刀，地狱灭不了忠合孝。若是寻常无用汉，油锅多少煤不焦，放出你还在外边跳。但只是这回回去，受非刑想必难逃。

二相公说：“若是死不了呵，那刀山剑树，我怕他怎的！却不知我爹爹、妹妹将来何如？”那鬼便说：“令妹是位尊神，阎王爷也不敢治他，只是令尊可难保。”

令妹是一位神，要叫他脱生人，这个好像理不顺。令尊刑罚不能免，亏他修的德行深，那官司可也还没问。况且有相公在外，也不敢轻易处分。

二相公说：“屡次蒙你见爱，就没问大号？”那鬼说：“我没号，有个名是憨头郎。”二相公说：“我久后还有报答。”一行说着，就到了阴城，想那阎王必然大怒，心里就算计着受刑；谁想那阎王比前日大不相同了。

阎罗王开笑言，叫商礼听我言：你到是个真好汉。我今送你回家去，叫你中学举做高官，分外带着银百万。就是你令尊令妹，也着他好好升天。

阎王便叫判官拿了簿子来，来给他看：商礼名下注官二品、银百万。二相公看罢，心中甚是猜疑。阎王说：“你回家奉养老母，享福去罢。”二相公叩头下殿。

二相公下殿来，这个计好难猜，一行走着还惊怪。只怕哄我还家去，才把监门两扇开，审官司才把爹妹害。三两步下了衙路，低着头着实徘徊。

二相公下来，还待去看他令尊。一个鬼说：“俺还不合你去哩。”一个鬼说:“你拿着多少钱哩?”二相公说:“一个没有。”那鬼说:“可有来! 你既没钱,那把监门的也不给你传。”

叫一声商相公,不是傢俺不从,没有钱去也不中用。白手来白手去,你也是个糊突虫。流水走俺去把你送,苦瓠子难望知感,不如你早到家中。

二相公没奈何跟他出来,恹头搭脑,一步一步的慢走。两个鬼不耐烦,口里拾拾掇掇的。

二相公不做声,走一步停一停,往前走的没心兴。俩鬼时时嫌他慢,瞅眉裂眼乱咕哝:恹缠缠你害的甚么病? 似这等死恹不舍,还宜量锯解油烹!

二相公见他四六句带着骂,就恼了说:“你嫌我走的慢,谁叫你送来? 你住下不的么?”

骂一声鬼奴才,不是我请你来,找我也是真奇怪。你俩嫌我走的慢,我可只是真么捱,你虽是嫌却我,大不然咱去禀禀,我自去何劳公差。

二相公说:“咱回去禀禀,我自家去不的么? 我不知道路哩么? 何劳二位呢?”两鬼又不合他回去。二相公说:“你不去么? 我自家去禀。”回头就走。两个鬼又拉着他央告他回来。

商相公莫心焦,俺看着路途遥,不由心里光发燥。咱就出上慢慢走,你也暂把气儿消,不过多走二日到。二相公也不分辨,低着头找法开交。

二相公是一心只想着告状,也不合他分辨,又上了道。早到了一个庄里,有一家人家,大门坐西朝东,门前下两块石头,二相公就坐在门间上。那俩鬼跑到铺里,端出来了一个碗,一个茶盅,把盅递与二相公说:“给你这碗水,你也解解渴罢。”

二相公才待尝，看了看浑括浆，觉着不是好模样。心内嫌俺没好说，这未必不是迷魂汤，没肯拿着嘴唇上。瞧着那俩鬼没看见，把那茶泼在门旁。

二相公疑忌把茶泼了，光拿着盅子。那两鬼喝了那碗水，便问："相公干了么?"二相公说："干了。"那鬼来接那盅子，把二相公推了个仰面朝天，跌在门里。二相公大怒，咷叫了一声，听见人说："下来了！"二相公看了看自家，已是脱生了一个孩子。

吊在地叫呱呱，成了个小娃娃，手脚没有一楂大。寻思还待去告状，叫我脱生在人家？阎王可恨忒奸诈，昼夜哭乳食不吃。找姑娘给他掐巴。

二相公脱生了正愁死不了，那家子叫了个老婆子来，掐了半宿，就呜呼哀哉了。二相公离了身躯，出了大门，往南好跑。

忙忙走如流星，急如火不暂停，没似今番走的胜。心忙不迭下食店，二日走了一千零，逢人便问那灌口径。忽进了深山一座，只见那山岭层层。

走了二日，忽然进了深山。转过山头，忽见一族人马，旗旛招展，伞扇飘摇。才待下路去躲避，他那开道的说："是冲了道了！"登时锁了。

闹哄哄影旗飘，乱纷纷官扇摇，必然是个大官到。住下不敢往前走，要奔别途躲避了，头行说是冲了道。马上人一声吆喝，锁起来拴在鞍鞒。

把二相公带在马屁股上，亏了走的从容，没大吃亏。后边一支小辇，内一个官人，一霎知道了，便叫带冲道的那人过来问话。二相公到了辇下。

那小辇卷起帘，里头坐一员官，两边遮着两把扇。看见相公甚欢喜,说你如何到此间？问了姓名问籍贯。又说道:看你模样,像是有什么奇冤。

二相公一肚子冤气正没处告诉,又寻思:“这像是那里的个王子,未必不给我出气。”伸着脖子,一行哭,一行诉冤。

把爷爷叫一声,说籍贯说姓名,父亲被打送了命。官府全然没公道,亏了妹妹把气争。昏阎王更比阳间胜,爹合妹送上牢内,又把我锯解油烹。

那王子听的,吩咐开了他的锁。又问:“你要往那里去?”二相公又说了告状的他的本意。

在阳间无正人,到阴间无正神,满怀冤屈何人问。玉皇爷爷隔着远,那里捞着去叩阍？上天入地无投奔。安心要灌口告状,把冤情诉与真君。

王子叫他跟着走了多时,忽见那路旁许多的神将来接。王子叫停了辇,向一位神将说:“这个人要去投状,务必替他问问。”说罢走了。

那位神甚英豪,身穿着淡黄袍,头带一顶三山帽。后边跟遂一员将,拿着三尖两刃刀,回头就把相公叫。二相公把状掏出,跪马前痛哭嚎咷。

二相公问那从人,从人说:“这位就是二郎爷爷,去了的是玉皇九殿下。”二相公递上状,二郎爷在马上看了,吩咐手下的给了二相公一匹马,着他骑着,即时下阴城来了。

二郎爷下阴曹,把阎王先拿了。遂即当堂出了票,点了公差四个鬼,知县城隍俱不饶,限他二日拿全到。即刻把员外父子,发监钥放出狱牢。

又吩咐把三官送到安乐宫,选了阎王宫内两个丫环去伏侍,就叫员外合二相公同去居住。父子三人到了宫中相见了,不免伤感。

二相公叫爹爹,心里冤一大些,不知那世造下孽?只说阳世无公道,谁想阴间亦发邪,险些父子全消灭!虽受了油烹锯解,却又还替不了爹爹。

我的妹妹苦了你了!

又叫声我妹妹,倒叫你吃了亏,只该把你双膝跪。兄弟俩人一般大,没个能诛杀父贼,见你死后还羞愧。不知你怎样磨难,苦煞了我的妹妹!

“妹妹,你当初怎么就想到学唱来?”三官说:“我听的赵恶虎官司得意,人人请他。李蝎子合他最厚,王城又隔着蝎子近,因此想到这里。”

左思量又右思量,做女人不气长,一肚子愤气把心撞。听说蝎子合他好,必然请他去登堂,排酒一定叫清唱。但能够把他亲近,一刀子杀在当堂。

三官说:“我安心瞧他空子,把他一刀杀死,便自己剮了头。倒不想还得割头刨心,杀的自在。”二相公说:“是怎么着来?”三官就红了脸。

那个语不必学,到而今还害嚣,为父亲竟把廉耻撂。恶虎灌的稀烂醉,摸着嗓子只一刀,他还挣命把我招。自叫我连三刀子,他便就两腿蹬摇。

二相公拍道:“妙妙。”三官说:“仇人易杀,官司难打。”

待杀人不顾活,打官司受折磨,邪神真叫人难过。咱爹若能说句话,他也未必敢咋着,奈两人都说的话儿弱。到明日当堂折辨,争是非全在哥哥。

二相公说:“这倒不必愁。二郎爷明鉴万里,用不着对词。”员外说：

“阎王的势大，只怕还有变更。”未知问的如何，且看下回分解。

诗曰：颜渊夭死意如何？曹操奸臣福寿多；

伯道无儿千古恨，英雄久欲告阎罗？

第七回

二郎神地狱遣神鬼
商员外金桥哭别离

按下员外父子团圆，伺候对理不提。却说知县老王，自从得病回县，昼夜只害头疼。忽然一日说：“二郎爷爷叫我去审理哩。”刨燥了膙子，呜呼尚飨了。

【耍孩儿】两个鬼到衙门，套上了锁一根，造就此时该命尽。打诈的银钱拿不去，只有无穷孽随身，挺着脚去把理问。阖县里猪头买缺，作庆贺一个千文。

且不说老王死了，人人庆幸。却说二郎爷次日坐殿，一群鬼都来销到，新泰的城隍、知县，一切衙蠹，后边是赵恶虎、商员外父子三人，一个不少。

森罗殿一丈高，二郎爷面朝南，一干人犯逐名叫。头名先点赵恶虎，知县城隍都跪着。阎王带锁来销到。常时跪他所在，到而今反过来了。

二郎爷点完了名，独留下二相公，问他那始末缘由。二相公把父亲怎么被打死，上下官怎么卖法，三官怎么报仇，知县、城隍怎么受贿，阎王怎么动非刑，从头至尾，说了一遍。

我妹妹一女流，父亲是老实头，官刑屈打无人救。我才不顾生合死，来向阎王把状投，谁知又把非刑受。因此上要到灌口，对爷爷诉诉冤仇。

二相公说毕，二郎爷吩咐下去。又叫赵恶虎，恶虎上来跪下。二郎爷叫判官查他的善恶。判官拿过一本册子，铺在案上，二郎爷爷掀了一遍，便大怒起来了。

二郎爷怒冲天，骂一声贼判官，你把簿子全更换。恶虎行状我知道，改的全然没罪愆，拨弄的天昏地又暗。你还要欺心弄鬼，现放着剑树刀山。

那判官都是买透了的，故意的把假簿子拿来，试试二郎爷爷受不受；见恼了，才跪下磕头说："判官该万死！这是阎王爷着我造的一本假的。"二郎爷听了大怒。

骂判官真囚根，受人钱丧良心，你把簿子全然溷。想是不止赵恶虎，不知屈了多少人，人间善恶全不信。摆弄的不成世界，都是你这夥毛神！

着人把判官锁了，押着取了真簿子来。二郎爷爷从头一看，真正是恶贯满盈。吩咐把他的赃物抬来，都叫他吃将下去。

霸物业骗银钱，有一宗几十千，算来共有几十万。一宗一宗垛在地，金银铜铁积如山，化了汁子往口里灌。只灌的唇焦牙碎，只烧的心肺成烟！

把钱银子都化成汁子，着铁杓子舀着往那口里直灌，那恶虎叫哭连天。活时恨这东西少，此时恨这东西多。灌了又点他的淫恶。

骂恶虎太淫邪，占妇女一大些，强把良女霸作妾。花前月下没人见，端过孽镜恶难遮。谁叫你生前造下孽？便罚他妇女养汉，填还他恶迹满车。

罚了他妇女养汉，报他的淫恶。然后着他把员外打死的情由，上边记着打了一百二十三下，二郎爷便叫员外上去，给了他一支铁丝拧成的鞭子，着他照数还他。

商员外磕了头，照恶虎使鞭抽，一还一报自家受。一鞭一道缕楚起，两鞭就见鲜血流，百鞭打烂皮合肉。又说他该受宰杀，罚他去世世为牛。

员外打完，二郎爷叫鬼使把他人皮剥去，换上牛皮。只见一个鬼手拿尖刀，从头剥起，剥一剥把牙一龇；剥停当了，拿了牛皮来给他被上，拍打了拍打，变成一个黄犍。

角儿粗来蹄儿圆，有二湿有三干，到街头就值七两半。犁上摘来耙上使，脊受棍子腚受鞭，肉被烹煮皮缝鞯。牵出来人人乱看，这行子是个懒犍。

恶虎变了牛，才叫知县、城隍两个上来。恐惧之极。二郎爷便骂：

既做了知县官，原就该辨民冤，贪赃不是个人来变。攥着印把凭你弄，不爱黎民只爱钱，恶名传遍了新泰县。只宜量变骡变马，只受那鞭打绳拴。

二郎爷吩咐查他那簿子，那知县赃有七八万，那城隍只有两万，也都化成汁子灌了他。便说王知县："就罚他上新泰县去变猪，着那合县的人民称他的肉吃。"

王知县低下头，刀剥去血水流，皮囊生剥真难受。拿过猪皮按把上，还着四乡变一周，合县都来割他的肉。两个鬼带血抓住，就着那猪皮罩头。

王知县变成猪，赶下去了。二郎爷说："那城隍的赃少，也罢！打在那饿鬼籍中去罢。"

因着你是正人，才用你做了神，做神名节全丢尽。神里那有贪赃物？饿鬼队里去安身，选好人暂权城隍印。又吩咐一群恶鬼，按倒他抽了贵筋。

一群鬼把城隍按倒，用刀把腿肚割开，抽了贵筋三条，都有麻线粗，四五尺长。那城隍叫苦连天。抽完赶下去。又叫阎王上去，二郎爷指着大骂：

官也高福也长，只该求姓名香，如何全把良心丧。四季搜求州县礼，自己又受枉法赃，小官苗描的是你的样。斧打凿凿又入木，遂叫那百姓遭殃。

二郎爷吩咐那地狱里的鬼魂放他出来，有冤的诉冤。吩咐了一声，一霎时哭哭啼啼跪下了一千多，都是被人陷害的。二郎爷见了大怒。

权印官狠似狼，该剥皮揎麦穰，叫狱神尽把冤鬼放。阴间自从你掌教，地狱竟有善人藏，恶人反在金桥上。把一个花花世界，直弄的日月无光！

二郎爷骂罢，吩咐把鬼魂都放了。又叫商礼去看着阎王受罪，他那治人的法子，还把他治。喝了一声，拿下来，挑在油锅里煠过三滚，挑出来了，接着去上锯解。

把阎王一把抓，抓住头用钢叉，挑起来又把油锅下。煠了三滚挑出来，两板夹的扁孤搭，安上锯两个当头拉。把一个哮天细犬，只撑的肚大如瓜。

一霎锯的血肉淋漓，二郎爷那哮天犬倒舔了个饱。解成了两半，又堆成一堆，着两鬼扶着又去殿上跪着。二郎爷吩咐，打入阴山背后。发放阎王去了，才叫员外上去，也叫查他的善恶。判官把簿子呈上。

商员外跪殿前，二郎爷把簿掀，从头至尾看一遍。生平有善无有恶，注定活到九十三，三禄米该有二十万；只因着前生孽障，当遭这横祸一番。

二郎爷说："你倒是个好的。这番苦楚，原是你前生孽障。"便回头问日值功曹："不知他尸灵坏了不曾？"功曹说："因他不该死，现有土地守灵，还不曾损坏。"二郎爷大喜。

二郎爷笑一声，半年不坏尸灵，这事也是前生定。既然尸灵没损坏，还可还魂得再生，三十一年人家盛。这还得观音菩萨，求他的圣水一瓶。

即差了一员神将，向南海去求圣水，吩咐员外下殿伺候。又叫商礼，二郎爷说："你是个孝子。"

你的孝我知闻，遍天下无二人，佳名好似雷轰震。注你一生官二品，分外还有十万银，四十年全无拨杂运。还把那赵家产业，都给你奉养双亲。

二相公磕头下殿。上边又叫三官。三官上去，才待下跪，二郎爷急忙起来说："请起，请起！"三官站在一旁，二郎着实敬重他。

你原是一仙娥，在人间孝义多，千年更无第二个。玉皇叫我巡天下，孝子贤人都溷罗，至到如今还空过。我奏上灵霄宝殿，着你管十帝阎罗。

二相公听见吩咐，疾忙上去，一骯髂跪下禀说："望爷爷还着我妹妹还阳。"三官听说，那玉面通红，便说："二哥不必这等，我不必回去了。"

二哥哥不要嗔，告爹爹得知闻，不必再上阳间混。女子不守闺中教;拿着口刀去杀人,嫁丈夫也着人难近。到而今成了话柄,怎见那远近乡邻?

二郎爷见三官不愿还魂,便说:"商礼,你也不必相强,在这天上享受香火,不强似在人间享受富贵么?"

二郎爷夸又夸,这个话实不差,不必定把丈夫嫁。奏上玄空高上帝,封号重重爵禄加,父兄何必心牵挂?只受那千年香火,远不救那邪僻尸灵。

二郎爷大喜。又有一位神押过那判官来,上边吩咐:"这拨官害民的人,上磨研了罢!"

二郎爷骂判官,把报应颠倒颠,溷的没有恶合善。善人受窘于世上,恶人享福在人间,全是你把王章乱。快把他衣服剥去,上了磨慢慢的细研。

大家跟着到磨研地狱,只见有几盘大磨,都血淋喇的,两个鬼挑了盘净盘的,将判官倒插在磨眼里就推。

推起来呼笼笼,起初时还害疼,研到腰不见腿儿动。染的磨盘一片红,因他曾把鬼儿弄。公门里极好行善,伤天理王法难容。

把判官磨研了,二郎爷吩咐:"把那恶鬼合新泰县的衙蠹,都填了奈河罢。"又吩咐着轿送三官回宫,功曹送员外父子还魂。众人走到奈河一看,好惊人也!

一道河血水流,里边蛇乱出头,腥登登都是人肉臭。现出黄金桥一座,商家父子到桥头,眼看着倾下判官肉;又把那一干衙蠹,提着腿往里乱丢。

三官因着父兄走,也没坐轿,都上了桥。看那众人丢在河里,被那些恶蛇缠绕,连天叫苦。父子下桥作别,不免痛痛伤悲。

爷三个共一堆,拉着手双泪垂,阴间永别难相会。爹爹叫声我的女，哥哥叫声我妹妹，满眼都是恓惶泪。有功曹在旁催促，不由的两下分飞。

功曹催促，三人才散了。三官回上安乐宫，功曹拿着圣水，送员外父子归家。未知怎样还魂，且听下回分解。

诗曰：吃着朝廷禄俸，由他贪心胡弄；

若为只有君尊，还要请君入瓮。

第八回

孝义神威灵显著
阴阳报祸福分明

员外父子别了三官，回头见二郎爷轿马人夫也出城去了不提。却说大相公守着他兄弟，待了六七日，时时去心头摸他，虽然没了气，却也心口窝里仍是温的。

【耍孩儿】大相公没奈何，常在旁歪歪着，夜间也去旁里卧。虽然口里没有气，将来未定死合活，一只手常向怀中摸。昼夜的减食废寝，只熬的泪眼婆娑。

这一日，大相公吃了饭来，才待伸手去摸，只听的二相公长吁了一口气。喜极慌，极流水叫："二弟，二弟！"二相公把眼一睁说："你快去看看咱爹！"大相公慌忙跑去，见那柩子开了。

大相公上堂阶，柩裂缝看见材，大惊说道真奇怪。忙叫了丫环流水去，内边请出母亲来。娘俩揭开材儿盖，忽一阵濛濛细雨，洒面目流下唇腮。

大相公请了老夫人来，看见大惊说："你怎么开了柩?"大相公迭不的说，一行拾那坯块，一行说："俺爹活了!"才揭起木柩，老夫人大惊。娘俩才待打那材，那材已自家开了。才揭起那盖，只见一阵濛濛细雨，落在脸上，流入唇中。一霎，员外就哐哼了一声。

揭开材面如生，豆花雨细濛濛，入唇便见鼻眼动。哐哼说道多多谢！细雨才住眼儿睁，恍然好似南柯梦。一家人欢天喜地，这才是两世重逢。

娘儿两个把员外抬在床上。大相公才待说他二弟，二相公已是自家来了。老夫人又惊又喜说："呀！你也活了么?"不觉的落下泪来。

老夫人泪盈盈，又是喜又是惊，我半年哭成眼花病。您爹死了半年整，谁还望他得复生，入黄泉叫他叫不应。这里边必有怪异，你从头说与我听。

大相公伏侍他爹，二相公拜了母亲，坐下细说缘由。

二相公诉前情，说几句唬一惊，听的阎罗挣一挣。说道油烹又锯解，二回拿去又脱生，母亲不住泪珠迸。苦杀我娇儿受罪，这才是万死千生。

二相公诉了一遍，把老夫人几乎疼死！叫了勾多少娇儿，两行泪擦了又淌。员外吃了些水，也诉他那苦楚。

说到那杖临身，唬坏了老夫人，带泪又把将来问。又说怎么把阎罗见，到了三官为了神，方才略解心头闷。又说那圣水打救，一家儿感谢真君。

员外活了年方六十二岁，比前越发壮健，越发的爱老怜贫。待了三年，两位相公一齐中了举人。人人都说善人自有善报。

商员外六十多，两相公俱登科，如今才有善人乐。都说为善有善报，不知好人受折磨，近来天道常常错。若不是真君显圣，到如今未知如何。

到了明年，二相公又连登了进士殿了二甲，选了扬州的刑厅，异常的清正。做了二三年官，家中全没增一垄地，也没盖一座楼厅。

一来怕员外嗔，二来奉二郎神，三来天性真贤俊。地土未增添产业，厅堂还是旧家门，清高更比常时甚。惟有叫爷爷奶奶，比着那旧日较尊。

商二老爷行取进京，打家里过来，连年积攒二三百俸禄银子，就于庄外修了一座二郎爷爷的大庙。那远近人家，又在旁里盖了三官的祠堂，三月三大会香火极盛。

众人愿盖祠堂，安斗拱画雕梁，三月三都把香来降。有冤屈的来告诉，还香愿的宰猪羊，千人万马真兴旺。每年是三日大会，无数的妇女烧香。

二老爷又在祠堂门里修了一座狐鬼庙，塑着的是憨头郎的像，托他给三官守门。

想当初见阎王，蒙他的情义长，至到而今不曾忘。作恶的无非伶俐鬼，忠孝的尽是憨头郎，堪与烈女为神将。祠堂里人来许愿，都给他烧纸烧香。

且不说香火甚盛，却说商老爷奉旨去琉球国封王，到了海里，走了二日，忽遇着大风大浪，一条黑龙在水里盘旋，坐的那船眼看就翻。

风折桅浪滔天，奄扑扑就要翻，号咷痛哭人声乱。官府不觉失了色，衙役家人齐叫唤，都说不得亲人见。正在那危急时节，忽看见将神临船。

一船人正在危急之际，忽见半空中下来一位神将，青脸红发，将龙一刀斩为两断，一霎时风浪全消，商老爷便站起来了。

商老爷正惊骇，斩了龙风浪开，船中云雾依然在。老爷感他来救护，不觉欠身站起来，那神跪下将老拜。定了神睁眼细看，连声说奇哉怪哉！

商老爷认了认，那位神将却是憨头郎。才待问他，他翻身就拜说："蒙老爷抬举，如今受娘娘大恩，叫我做了是监察使者。"

商老爷举小神，如今受娘娘恩，监察使者有名分。出了鬼道入神道，享受无穷分外尊，一言感德真难尽。今日奉娘娘差遣，知老爷祸难临身。

商老爷问："是那个娘娘？"使者说："是三姑娘。玉皇封他为孝义夫人，总督水陆神祇。今早说老爷海中有难，差小神特来救护。"

三姑娘封夫人，兼管着水陆神，天曹地府皆归顺。世间若有不平事，表章不必到天门，许他立刻全拿问。今日把孽龙斩死，从此后不阻挡行人。

商老爷还待问他，他躬身说："奉娘娘命令，不敢久留。"一阵风就不见了。这是那善人的灵感，还没说那恶人的报应。却说赵歪子又嫖又赌，他老子打官司，费的又轻快了，因此甚窘。

赵歪子甚杂毛，又好赌又好嫖，器物田园折蹬着撂。以前还有虚体面，后来冬里没身袍，也是他有耗星照。搜算的楼宅地土，这家业指日全消。

自从恶虎死了，他霸的那庄田有五六处，家家告状，歪子不敢朝头，都被人家认了去了。本庄十来顷地，倒被人家告了三四顷去了。

人莫要逞粗豪，霸占的不安牢，死也难免人家告。家业归于商孝子，簿上注定怎能逃？商家不必有心要。若要是天生造就，那怕你交转千遭。

那歪子没什么折蹬，不能惊天，只得动地。那邻近人家不肯买，都让商宅，只得托人合商大爷说。商宅实受没钱，也就辞了。

说俺家虽做官，却实受没有钱，求其不卖满心愿。家有银钱估不透，不拜吃来也看穿，茅庵草舍何曾换？我不是故意不卖买，这个话原是实言。

员外不管事，大爷辞了，也就不消了。谁知那簿子上注定的，再不能逃，就有邻近相亲平日受他好处，都情愿几百几两借给他。

众财主把银攒，给商宅买庄田，人人都是心情愿。三十两来五十两，大布包来摆面前，交文书就要两手换。商大爷呵呵大笑，这个债何日能还？

大爷说："承列位的美意极好，但只是银子几时能还？多谢了罢。"众人又不肯拿去，替他找了中人，拿了文书来。

立卖契是赵歪，只因贫少钱财，就将自己庄田卖。时值价银三百两，四至分明详细开，一面全管无里碍。与商宅永远为业，一任他把耕种葬埋。

对门有个周仁宇，家里摆下酒席，请了中人合赵歪子来，就请过商大爷来，当下交银。不由大爷作主，吃了酒，就领着商宅家人去查点。

管家去仁宇陪，地两顷立封堆，进庄又看宅一位。点了瓦屋看草舍，又把家伙看一回，犁耙绳索皆齐备。查点了一件不少，才回来报与商宅。

大爷也就收了。员外说："该人钱也是孽债。"大爷说："无妨，二郎爷既断他的物业给二弟，想是将来还起了。”

二弟到御史行，俸禄比往时强，省省也就完了账。神把田产归二弟，怎敢辞了不承当？想是将来还有望。怎么肯欠人钱债，变做那驴马牛羊？

待了二日，商大爷去看那宅子，要去读书。见有株大榆树扫那屋檐，便叫人杀了；还怕发芽，又叫人将树根全都刨出来。

那树有一抱圆，极嫌他扫屋檐，安心要把根刨断。主人椅子旁里坐，一个使镢一使锨，半尺深露出大瓮沿。除去了石头瓦盖，揭起来满瓮铜钱。

商大爷见是一瓮钱，遂叫搬出来。谁想那钱只有三四咫厚，以下俱是元宝。大爷大喜，取了两三个牲口来，运了家去。将刨银子的人，每人赏钱二吊。

忽然间得横财，这才是命里该，好像在此久相待。去时拉他拉不住，来时蹬也蹬不开，里边像有鬼神在。若还是命里该得，溺泡尿泚将出来。

这银子也不知是赵家的，也不知是别人家的，只是埋时，已注定是商家银子了。

伤天理黑汗流，攒来埋在地里头，埋时已是辞别就。攒他原是给谁攒，留他又是为谁留？自家待使不能够。有一日主人到了，无余剩一并全收。

将银子运完，那刨的人才待散，忽然一人跌倒，直瞪瞪两眼说：“这是商老爷的银子，你偷往那里去？”商大爷着人翻翻身上，每人身边藏着一个元宝。这岂不奇怪！

从来这元宝兄，见了的就动情。虽动情也看各人命：有命千金也易得，无命一文也难挣。运气低任凭怎么弄，就忽然拾个元宝，也着你灾祸齐生。

大爷收了他那银子，那人才还醒过来，自家一毫也不知，众人羞羞的去了不提。却说那商老爷点了山西的按院。当初二老爷父亲被恶虎打死，山东军门就是山西人，如今已是致仕在家，依旧是横行作恶。

到了家还是贪，占人宅霸人田，凶恶惹的人人怨。也是他的恶贯满，也是那怨气动了天，就遇着仇人来巡按。二老爷代天巡狩，就访他异恶奇贪。

那军门听说他来到也害怕。他若是躬行从善，二老爷是个正人，也未必不饶了他；谁想他依旧作恶，就被一个秀才告着打死父亲。二老爷就想到自家那苦楚。

二老爷动了心，出了票就拿人，当堂亲自秉公问。当初我也曾告状，几乎屈死我父亲，至到而今咬牙恨。我只是从公审理，可断断不要金银。

那老奸求了情来，又情愿送银万两。二老爷笑说："他拿我当他么?"全然不理。审了又审，件件是真，题了疏，奉旨砍头抄没。

奉圣旨杀奸贪，也不专为前冤，老爷也是从公断。抄没了金银十万两，又有绸缎几万端，还有珍珠几千串。一辈子伤天害理，他何曾带去一钱?

奉旨抄了军门以后，又待了三四年，那山东臬司升了山西布政，着一个科理参了三十款，奉旨追了赃，问了辽东充军。

人人要做大官，不是待做圣贤，不过要把钱来赚。退堂美女齐歌舞，那有心绪念民冤，上堂来只把夹棍绊。做了个辽东远鬼，那恶名还在人间。

这是二位贪官，都应了二郎爷判定的年数，就是那死后受罪，没人见了。却说起赵歪子流荡不堪，年年卖地，临了，连住的宅子都卖与商宅。

为人把天理伤，到后来卖田庄，子孙那有还兴旺？算来不出十年外，田地楼宅都姓商，赵歪子不成人模样。人看见点头感叹，都说那当日豪强。

歪子两三口子住着一口屋，还要去赌。在赌场，常是三四日不还家。他的个后娘才三十多，合他媳妇娘儿两个，夜间都挣起钱来了。

也没吃也没穿，一口屋露着天，穷难忍娘俩齐养汉。歪子只在赌场里，打俩头来买果篮，就到家也推看不见。这才是昭彰天理，明明的一报一还。

一日，歪子晌午还没吃早饭，出来借米又没借着。打孝义夫人祠堂前过，猛想道："都说娘娘极灵，我穷的这等，或者娘娘亦不怪我了。我进去祷告他祷告何如？"速走几步，到了庙里双膝跪下，祷告起来了。

告娘娘得知闻：结冤是我父亲，娘娘已是解了恨。员外还活我父死，又罚的歪子穷断筋，可怜报的忒也甚。望娘娘慈悲在念，看我这穷饿难禁。

祷告已毕，泪洒洒的出了庙门，戴着一顶破帽，忽被一阵风来刮吊，骨碌碌滚去。歪子赶了有半箭之地，方才赶上，却见帽旁一个纸包儿，拾来看时，约有二两多银子。

展开包甚喜欢，又包煞掂了掂，约摸也有二两半。烧干锅子没有米，饿的黧眼又钻圈，从天吊下清晨饭。想必是娘娘暗说："这行子穷的可怜。"

歪子喜极，即时换成钱买了些烧饼，籴的米拿到家中吃了一顿。到了明日,买了一把纸锞来到庙里,来给娘娘叩头谢恩。

磕了头还跪着,我当年罪孽多,怕你还记从前过。拾着银子回家去,合家大小都念佛,才知不记小人过。还指望从今以后,给我点小小生活。

歪子烧了锞纸出了庙门,往家正走,也是娘娘指引,正遇着太爷偶然出庄闲走,看见歪子褄褵褡撒的不成个熊状,便叫人送他袍一身,帽一顶,杂粮两石。

商员外实是贤,忘了仇忘了冤,送衣裳又带着粮几石。歪子合家都欢喜,说他肚大撑开船,初一十五烧香念。就是那恶虎不死,他也要自悔前愆。

自此以后,每到秋成,定送他杂粮几石。歪子冬年寒节,也来磕头;就极没钱,也买把纸锞来孝义夫人祠堂里烧烧,因此冤仇尽解。

员外怜他不成才,冤若不解何时开?报应还比流星快。冤仇不止如天大,好人转眼尽忘怀,恶人也喜他胸襟泰。若还是你能我胜,定然有异祸奇灾。

后来商老爷升了尚书;大相公又中了进士,选了翰林。二老爷只做了一年,就告了病来家养亲,父子团圆。此时太爷八十六岁,还极康健。

为善的莫辞劳,天虽远不大高,到底昧不了忠合孝。自有正神清世界,恶人终是罪难逃,还要把他儿孙报。你看那商家父子,好不的富贵逍遥。

太爷到了九十三岁,已是诰赠了尚书,便把衣衾棺椁,伺候停当,请亲友们来作了别。忽然一日说:“三官来接我哩。”穿上衣服,欹在材里,就死了。

又没病又没灾,忽然间眼不开,说三官已在房门外。自己梳头洗了脸,穿上衣服卧在材,合煞眼已是人不在。抬头见娘娘在上,把父亲拉上天阶。

那四邻八舍,都见那天上一朵彩云,商三官合太爷站在上边,有一盅茶时才不见了。后来老夫人也是这等。

【清江引】这等结果天下少,真正是善人报;富贵三十年,临终彩云到,看起来真是行善好。

诗曰:莫幸阎罗也爱财,真君马到恨云开;

听人讲说阴阳报,遍体寒毛竖起来。

琴瑟乐

老夫少妻不合阴阳感慨诗

二八佳人妻老郎，白发苍苍配红妆。夭桃却少春前柳，弱雨难当秋后霜。织女有情嫌夜短，牛郎无力恨更长。轻轻掀开红绫被，一树梅花压海棠。

【山中乐】茅屋隐居最逍遥，山径崎岖宾客少。可相的无名花草，可听的暮鸦山鸡，喜的是青山隐隐，乐的是绿水滔滔。春花开的早，夏蝉枝头闹，黄叶飘飘秋来了，白雪纷纷冬又到。叹人生容易老，总不如盖好聊斋书室为乐。巢上挂匾额，是耕读渔樵。闲来时节把棋敲，闷来般河把鱼钓。吃一杯乐陶陶，二三杯才把那愁山推倒。这光景就是渔洋先生也办不到。

柳泉醉后作于聊斋南窗下

【清江引】谁使红颜薄命，偏教才子途穷，几多恨事满怀中，谁问苍天如梦。且向花前月下，闲调越瑟秦筝，狂歌一曲酒千盅，好把英雄断送。

无可奈何时候，偶然谱就新词，非关闲处费心，就里别藏深意。借喜笑为怒骂，化臭腐作神奇。男儿心事几人知？且自逢场作戏。

【陕西调】好个艳阳天，好个艳阳天，桃红似火柳似烟，早向画彩梁间，对对舞春燕；女儿泪涟涟，女儿泪涟涟，奴今十八正妙年，空对好光阴，谁与奴作伴。

【淄口令打×】对对蝴蝶飞帘下，惹的大姐心里骂：急仔这回不耐烦，现时的东西你来咋？伤心埋怨老爹娘，仔管留着俺做啥？如今年头没小人，时兴的闺女等不大。

两眼泪如梭，两眼泪如梭，描鸾刺凤待怎么？绣上一对并头莲，叫俺心上好难过。嫂嫂与哥哥，嫂嫂与哥哥，小两口子说话情意儿多，想是到晚来，必定是一头卧。

哥哥今年二十一，娶了个嫂子才十七，年纪还比俺小一岁，身量还比俺矮二指，偏她又早戴上箍，不知他前世怎么积。

仔把到黑天，仔把到黑天，就上床儿沿，想是那果子准是极中吃。奴怨爹妈，奴怨爹妈，同行姊妹都嫁了人家；如今养孩子，又早老们大。她也十八，俺也十八，想是那点仔不如她？不知道老爹娘，待仔管留着俺咋？

寻思起来添愁恼，没人之处干跺脚，养着十八不招亲，能有几个年纪小？恨爹娘，把牙咬，把俺青春耽搁了。从来闺女给您当不的家，没哩是待留着养俺的老？

园里去采花，园里去采花，忽见个媒婆到俺家。这场暗喜欢，到有天来大。爹正在家，娘正在家，又是门当户对的好人家，祷告老爹娘，发了庚帖罢。

园里去采花儿戴，惹起心中愁一块：花儿虽好要当时，颜色败了谁人爱？忽见媒婆来提亲，喜的心里难刻划，仔求庚帖出了门，就是我的大运快。

帖儿去了，帖儿去了，不觉两日并三朝。媒人不见面，急的仔是双脚跳。全不来了,全不来了,想必是帖儿合不着。使人对妆台,阵阵心焦躁。

心里暗把媒人骂,没缘没故哄俺咋?亲事或成或不成,也该早来回声话,惹的牵挂不放心,上不上来下不下,狠狠我就要回庚帖来,出上一辈子不出嫁。

恼恨媒人!恼恨媒人!讨了庚帖没了回音,亲事成不成,教我可将谁来问。昏昏沉沉,昏昏沉沉,辜负了多少好光阴。不好对人说,仔是心里闷。

半夜三更做一个梦,梦见人家把亲来定:两担喜酒两牵羊,吹笛打鼓好有兴。看见尺头合钗环,两眼喜的没点缝,醒来依旧平皮差,呆不登的干发挣。

媒人回来,媒人回来,故意装羞倒躲开。待去听一听,又怕爹娘怪。惹的疑猜,惹的疑猜,梅香笑着走将来,叫了声俺姑娘,他是来咱家送插戴。

一阵一阵心里躁,恼恨媒人没下落。忽然见他转回来,心口窝里仔管跳。成不成的难料猜,待去听听怕人笑。梅香跑来笑嘻嘻,就知这事有些妙。

好不欢喜,好不欢喜,得意的滋味全然说不的。骂声小贱才,休要来多气。嫂子笑嘻嘻,嫂子笑嘻嘻,叫声姑娘便宜你,都说他姑夫生的极标致。

这样喜事委实陡,故意还把丫头瞅,失惊打怪影煞人,甚么腔像还不走!搭上嫂子合俺玩,说他生的全不丑。喜的我只管没处呸,笑着把他吐一口。

媒人又来了,媒人又来了,说是婆婆要瞧瞧,明天大饭时,候着他来到。故意心焦,故意心焦,人生面不熟的待怎么着?嫂子来劝我，我仔偷眼笑。

听说婆婆来相我，故意梳头另缠脚，搽胭抹粉戴上花，扎挂的好像花一朵，故意装羞懒动身，怎么出去把头磕？嫂子说道休害羞。嗨！我心里欢喜你不觉。

婆婆来相，婆婆来相，慌忙换上好衣裳。本等心里喜，还得装作羞模样。站立在中堂，站立在中堂，低着头儿偷眼望，看见老人家，到也喜欢像。

丢丢羞羞往外走，婆婆迎门拉住手，想是心里相中了，怎么仔管裂着口？头上脚下细端详，我也偷眼瞅一瞅。槽头上买马看母子，婆婆的模样到不丑。

那人装娇，那人装娇，往我门前走过好几遭。慌的那小厮，连把姑夫叫。他也偷瞧，我也偷瞧：模样俊雅好丰标，与奴正相当，真正一对美年少。

那人年少会装俏，时兴的衣服穿一套，来往不住往里瞧，我也偷眼往外瞭：眉清目秀俊生生，不高不矮身段妙，心里得意说不的，忍不住的自家笑。

嫂子合俺玩，嫂子合俺玩，见了他姑夫你馋不馋？有桩好事儿，你还没经惯。不是羞言，不是羞言，委实那桩滋味甜，你若是尝一遭，准能已后忘了饭。

皮脸嫂子好多气，一戏不了又一戏，说长道短喊哩咱，看不上那下贱势。撒谎的东西不害羞，没人听你那狗臭屁。说的我心里疑糊突，没哩那就是口蜜？

眼望巴巴，眼望巴巴，盼的那行礼到了俺家。真果甚齐整，也值千金价。宝铜金花，宝铜金花，梅香笑着故意看咱。本等心里喜，故意反把丫头骂。

他家行礼委实厚，整整的喜了我一个够，作怪的梅香像个贼，他就把我心相透。眼不转睛笑眯嘻，一会看的我好难受。骂声执张小奴才，这们几年你还没相够？

喜地欢天，喜地欢天，可可的今春是个大利年，听说好日子，查在四月半。置办妆奁，置办妆奁，做成了衣服打头面，一点仔不应心，倒摸着从头换。

也是我的时来了，一百样的都凑巧，日子查的极近便，陪送置的全不少。打头面，做裙袄，致令的爹娘到处跑，谁不望着东西亲？那怕人说脸子老。

好个长天，好个长天，捱过一日像一年。算计到成亲，还有不过两日半。盼过几番，盼过几番，盼到喜日上眉尖。他家来催妆，怎么惹的心撩乱。

埋怨老天不凑趣，一刻长给十来日，捱过今朝又明朝，怎么叫人不生气。忽见他家来催妆，不觉心里快爽利。仔说是日头扎了根，一般也有这一日。

梅香烧汤，梅香烧汤，今番洗澡多加料香，恐怕是有人瞧，忙把门关上。仔细思量，仔细思量，鲜花今夜付新郎，仔怕到明朝，奴家就怕改了样。

烧就香汤要沐浴，双手忙把房门闭，今晚就要做新人，先要洗净闺女气。身段娇，皮肉细，自家相着怪得意，摸摸下边那一桩，咦，这件宝贝也该待出世。

急忙把头梳，急忙把头梳，改头绞脸用功夫，戴上新鬏髻，辞了闺女路。已戴绞梳，已戴绞梳，今晚是我亲手除，怕他们心里忙，手儿里全不顾。

洗了身子重净面，新衫新裤从头换，细细绞脸开了眉，霎时间缺唬了一身汗。戴上鬏髻合金箍，自家觉着极好看，这桩东西会拿发人，怎么仔觉着屋里没处去站。

日色平西，日色平西，家里的茶饭懒待吃，我的魂灵儿先往了他家去。灯烛交辉，灯烛交辉，叮咚一派乐声催，他家来迎亲，好生的增门楣。

头上脚下正扎挂，忽听的门外吹喇叭，说是轿子到了门，喜的我不知待怎将。送女客，进绣房，见我的模样乱嚓嚓，谁知郁屈了这几年，今日才便扯这便扯。

新郎来到了，新郎来到了，簪花披红的扎裹着。穿着新衣裳，越显得十分俏。阖家闹吵吵，阖家闹吵吵，都说是时辰不远了，母亲扯住手，泪珠腮边掉。

看看时辰不大远，母亲旁边擦泪眼，使不的对我大放声，怎么不叫我心肠软。那人迎亲到了门，哥哥陪着往里转，才待偷眼把他瞧，谁知他先看见俺。

鼓乐喧天，鼓乐喧天，里里外外铺红毡。那人走进来，等着奴家我喷饭。站立堂前，站立堂前，低头他尽着端详俺，心里给自乱腾腾，不住住的流香汗。

扶出我去在堂中，站着合那人面对面，许多人都挤着，母亲端过了一碗饭。那人张兜等俺喷，一口喷了一多半，光眉撒眼尽他瞧，不觉看了我一身汗。

月影儿高，月影儿高，姑姑姨姨都来瞧，一齐拥着奴，上了他的轿。好不热闹，好不热闹，满街上看的塞满了，那人骑着马，紧靠我的轿。

不觉就是时辰到，大家拥撮着上喜轿。一路吹打不住声，对对纱灯头里照。那人骑马走在前，回头不住微微笑，怪不的人爱做媳妇，这个光景委实妙。

来到大门前，来到大门前，黄道鞋儿软如棉，乍下轿了来，全然走不惯。揭起珠帘，揭起珠帘，冤家他早站门前，轻轻的扶住奴，同坐他床儿沿。

乍下轿来好难走，将那送客搀住手。踏着红毡进喜房，女婿站在房门口。大家扶上了拔步床，他就在旁边仔管瞅，我就猜着他心里急，恨不的这会就动手。

共入罗帏，共入罗帏，安排美酒进交杯。冤家对银灯，细细把奴来觑。就扯奴衣，就扯奴衣，看他那样儿，全然等不的。想起这来，有些真陶气。

那人合我脸对脸，吃了交心杯一盏，大家知趣都抽了身，他就忙把房门掩。轻轻给我摘了头，伸手就来扯把俺，木等心里待不依他，央给急了我的心又软。

又喜又羞，又喜又羞，冤家合俺睡在一头。轻轻的舒下手，解我的鸳鸯扣。委实害羞，委实害羞，事到其间不自由。勉强脱衣裳，半推还半就。

仔说是那人年纪小，偏偏他生的脸旦老，一头睡着不肯闲。摸了脸来又摸脚，百样的方法鬼混人，轻轻又把我腮来咬，我的手儿不由的松了一松，裤带又早解开了。

把俺温存，把俺温存，灯下看的十分真。冤家甚风流，他与奴家真相近。搂定奴身，搂定奴身，低声不住的叫亲亲。他仔叫我一声，我就浑身麻一阵。

浑身上下脱了个净，两手搂定无点缝，腿压着腿来手搂着脖，就是有气力也无处挣。搂一搂来叫一声，不觉连我也动兴，麻抖搜的没了魂，几乎错失就答应。

从不惯交情，从不惯交情，心窝里不住的乱扑通。十分受熬煎，仔是强扎挣。香汗湿酥胸，香汗湿酥胸，相偎相依诉衷情，低声央给他，你且轻轻动。

听不的嫂子瞎攮咒，这样事儿好难受，热撩火烧怪生疼，口咬被头眉尖皱。百样央给他不依，仔说住住就滑溜，早知道这样难为人，谁待抢着把那媳妇子做。

又是一遭，又是一遭，渐渐熟滑搂把着。口里不说好，其实有些妙。魂散魄消，魂散魄消，杏脸桃腮紧贴着。款款摆腰肢，不住的微微儿笑。

做了一遭不歇手，就如那喂不饱的馋老狗，央告他歇歇再不依，恨不的把他咬一口。谁知不像从前那一遭，不觉伸手把他搂，口里说着影煞人，腰儿轻轻扭一扭。

交颈鸳鸯戏水，并头鸾凤穿花。喜孜孜连理枝，美甘甘同心带结。一个将朱唇紧贴，一个将粉脸斜偎。罗袜高挑肩膀上，露两弯新月。钗斜坠枕头边，堆下一朵乌云。誓海盟山搏弄的千般旖旎，羞云怯雨揉搓的万种妖娆。恰恰莺声不离耳畔，津津甜唾笑吐舌尖。杨柳腰脉脉春浓，樱桃口微微气喘。星眼朦胧，细细汗流香百颗。酥胸荡漾，涓涓露滴牡丹心。直饶匹配春姻谐，真个新婚滋味美。

不觉明了天，不觉明了天，待要起去仔是懒耽，勉强下牙床，扎挣了好几番。恹恹缠缠，恹恹缠缠，冤家不住的端详俺。身子软迭歇，仔觉着难存站。

一夜没曾闭闭眼，不觉的东方日转，往日里每每恨他长，偏偏的他今夜这样短。勉强着扎挣下牙床，浑身上无力骨头软，丫头旁里龇着牙，不由俺一阵红了脸。

打扮穿衣，打扮穿衣，心情撩乱强支持。手儿就是懒待抬，难把眉画细。把掩将息，把掩将息，汤心下的鸡蛋补心虚，我的手儿酸，仔是拿不住。

魂灵不知那去了，怎么梳头并裹脚？强打精神对妆台，左拢右拢再梳不好。忽然想起喜绢来，床里床外到处找，谁知他正拿着去瞧，才待夺来他笑着跑。

可意俏冤家，可意俏冤家，半步不离只守着咱，一霎不见他，我也可放不下。会玩又会耍，会玩又会耍，怎么教人不爱他。才知道亲嫂嫂，具说的是实话。

也是前生有缘法，今生今世撞着他，知疼知热好爱人，软款温柔会玩耍。半步不离出绣房，我也觉着离不了他，想起嫂子那话来，她倒不曾把谎撒。

欢欢喜喜，欢欢喜喜，三朝九日都休提。不曾变变眼，就是三十日？正好欢娱，正好欢娱，娘家差人来搬取，待要不回家，礼上过不去。

夜夜成双好快活，恨不得并作人一个。不吃茶来也不渴，仔是巴不的日头落。不觉对月搬回家，急的他是双脚跺。一夜饯行好几遭，连接风的酒席都预支过。

对月搬回家，对月搬回家，尖嘴的嫂嫂喊哩咱，他说您姑娘，又早奶旁儿乍。那日您到家，那日您到家，您两口子光景是怎么？我也替你喜，我也替你怕。

嫂嫂笑着把俺瞅，未曾说话先裂口，低低的叫声您姑娘，如今你可得了手。说是他姑夫看见你亲，想是不肯空一宿。那桩滋味精不精，不说实话是个狗。

骂声臭东西，骂声臭东西，我道你也是无的，想想你当初，就没那一日？俺那太老实，俺那太老实，谁照你生的像个狐狸，提起那桩来，就像糖里拌着蜜。

骂声嫂子现时报，偏你有些胡祷告，不管人心里怎么着，进门就是瞎胡闹。你虽望着那个亲，俺可知道妙不妙。你仔想想你当初，蛇钻的窟窿蛇知道。

住了几天，住了几天，心里滋味不能言，怕的是到晚来，独自一人睡不惯。情绪恹恹，情绪恹恹，说着笑着也仔怪懒耽。母通情仔是怪我不吃饭。

从新又到房中坐，淡寞索的怪冷落。没好辣气上了床，闭眼就做梦一个。醒来不见了俏冤家，疑胡突的到处摸。想起那人在家中，冷清清的叫他怎么着过？

乔郎心邪，不来一月。奴绣鸳衾，正旷了三十夜。他俏心别，俺痴心儿。呆不合将人十分热，常言道容易得来容易舍，兴过也，缘分也。

他家来人搬，他家来人搬，依着母亲还待留俺；亏着亲嫂嫂，他会行方便。带笑带玩，带笑带玩：姑娘这两日不耐烦，不如早送去，省的他两下里怨。

听说来搬喜了个挣，脚趔趄的往外蹭，母亲的意思还待留，亏了嫂子来助兴：姑娘这两日是想家，没精打采的强扎挣，再住两日不送回，两口子准长相思病。

不好回言，不好回言，着实把他瞅一眼，没人合你去玩耍，偏要来寻贱。笑着出堂前，笑着出堂前，坐上了轿子怪喜欢，那人在家中，不知道怎么盼。

嫂子说话砸心坎，句句何曾差一点！本等心里怪爱笑，人脸前里放下脸，一遭一遭琐碎人，想是拿着俺当聘纂。一行说着出中堂，回过头去羡他一眼。

来到他家，来到他家，那人见了险些欢喜煞。走到人背后，把我捻一下。痒痒刷刷，痒痒刷刷，心里滋味不知待怎么？笑着瞅一眼，忙把头低下。

使不的催着轿夫没命的跑，仔爱一步就到了。那人急忙往外迎，好像拾了一个大元宝。瞅空就来捻索人，故意含羞装着恼，低低骂声臭东西，进屋合你把账找。

走进中堂，走进中堂，拜过婆婆进绣房，喜的俏冤家，把着嘴儿合不上。左右细端详，左右细端详，手儿里摸索口儿里忙，脸上笑迷嘻，我全看不上那急模样。

不管长来不管短，进门就是搂抱俺，头碰头儿亲又亲，声声埋怨俺把他闪。几天没见就怪生栖，笑着笑着红了脸，上头扑面影煞人，你看乖了我的纂。

盼的黑了天，盼的黑了天，吃不迭夜饭就来把俺缠，他越缠的急，我越睡的慢。俏语低言，俏语低言，轻轻的跪在踏板前，我就好仔笑一声，他就扒上床儿沿。

本等知道他心里急，故做张致全不理，不脱衣裳不摘头，叫声丫头拿茶吃。急的他仔是跳钻钻，我扭着头儿偷欢喜，不由嗤的笑一声，怎么就该这样乞。

仪容娇媚，体态轻盈，姿性儿百伶百俐，身段儿不短不长。细弯弯两道蛾眉，直侵入鬓。滴流流一双凤眼，来往踅人。娇声儿似啭日流莺，嫩腰儿似弄风杨柳。端的是绮罗队里生来，却厌豪华气象。珠翠丛中长大，那堪雅淡梳妆。开遍海棠花，也不问夜来多少。飘残杨柳絮，竟不知春意如何。转移莲步，有蓝珠仙子之风流。款蹙湘裙，似水月观音之态度。正是比花花解语，比玉玉生香。

解脱衣裳，解脱衣裳，从新又温那旧规矩，比着前儿天，更觉有味趣。气喘吁吁，气喘吁吁，心里自在全说不出，待要忍不声唤，仔是忍不住。

上的床来就动手，要找上从前那几宿，我还待说句勉强的话，到了好处张不开口。不觉低声笑吟吟，喘丝丝的身子扭，他问我自在不自在，摆着头儿搂上一搂。

诗曰：寂寂兰房簟枕凉，佳人才子意何长。方才枕上浇红烛，忽又偷来大隔墙。粉蝶探花香萼鹳，蜻蜓戏水往来狂。情浓乐极犹余兴，珍重檀郎莫负忘。

一段春娇，一段春娇，风流夜夜与朝朝，趁着三春好光阴，休要辜负了人年少。有福难消，有福难消，百样的恩情难画描，明年这时节，准把孩儿抱。

天生就的人一对，郎才女貌正般配，二十四件不用学，风流人儿天生会。仔把黑夜就成仙，越做越觉有滋味，该快活处就快活，人能活到几十岁。

【对玉环带清江引】信口胡诌，不俗也不雅。写景描情，不真也不假。男儿不遇时，就像闺女没出嫁。时运不来，谁人不笑他？时运来了，谁人不羡他？柳泉我无事，编成《琴瑟乐》小曲，闲玩耍，都是些精胡话。且即解愁怀，好歹凭他罢。闷来时歌一阕，我且快活一霎。

打油诗二首

男子物

一物生来六寸长，有时柔软有时刚。软如醉汉东西倒。硬似风僧上下狂。出牝入阳为本事，腰州脐下作家乡。天生二子随身便，曾与佳人斗几场。

女子物

湿紧香干田赛莲，能柔能软最堪怜。喜时吐舌开颜笑，困便随身贴服眠。内裆悬里为家业，薄草涯边是故园。若遇芳流轻俊子，等闲战斗不开言。

【对玉环带清江引】富贵功名，由命不由俺；雪月琴瑟，无拘又无管。清闲即是仙，莫怨身贫贱。好月初圆，新刍倾几盏。好花初开，奇书读一卷。打油歌儿将消遣，就里情无限。留着待知音，不爱俗人看。须知道识货的，另是一双俊眼。

蓬莱宴

第一回

神仙大会

【西江月】王母驾临蓬莱岛，满座都是神仙。不知世上几千年，东洋海干了一遍。只说天官快乐，还有那仙女思凡。多年扰攘在人间，蓬莱顶宴席未散。

常言道：“河无头，海无边。”这海不止无边，且是无底；不是无底，有底谁见来？这么一个大海，忽然一日干了，就像是百十余顷地的个盆底窝儿。

【耍孩儿】常言道河无头海无边，有朝一日自家干，八千年才见他干一遍。龙宫海藏漏着脊，老鵰落在兽头边，鹞上头去犯蛋。人世间真有奇事，东洋海变做桑田。

旧例海水干了的时节，王母娘娘下了天宫，到蓬莱大会群仙。这一日，王母娘娘着一些仙女、嫦娥出离月宫。

西王母离月宫，驾祥云半悬空，飘飘一阵香风送。一派笙箫声细细，一群环珮响叮咚，仙女都骑着五彩凤。天门外霞光万道，天河上瑞气千层。

娘娘正行，忽然吩咐仙女吴彩鸾说："你去西岳华山，取两枝藕来。"彩鸾领命去了。这藕那里没有，怎么偏上华山去取？原来华山上有玉井莲花，花开有十丈高，那藕就像一只小船一般，这原是仙家的至宝。

华岳山玉井莲，花开十丈藕如船，凡人难得吃一片。彭祖吃了一片藕，整活人间八百年。人人都说不曾见，若捞着饱叨一顿，就成了大罗神仙。

却说那上八仙、中八仙、下八仙，合那三山五岳的散仙，都知道王母下降，都到蓬莱，各显神通，把这山顶上造七十里的一座大殿，琉璃顶、水晶墙，一颗夜明珠大如柳斗，做了宝瓶，照的大海通明。

普天下众神仙，一齐到蓬莱山，接娘娘盖了一座水晶殿。里边净有七十里，地下铺着白玉砖，四部洲都从影里见。忽降下彩云一朵，众仙人望上朝参。

众仙人等候多时，忽听得仙乐缭绕，娘娘从半悬空中落下凤辇，众仙一齐迎接娘娘进了殿。升了宝座，众仙拜罢，分班站立。

西王母面向南，东西摆列众神仙，齐臻臻好似两行雁。五庄观里人参果，八卦炉中九转丹，各人有的各人献。众神仙齐祝万寿，西王母喜动容颜。

众仙们见了娘娘，各人献宝。忽然一个梅花鹿，衔着一朵灵芝草，跑将过来，撞倒张阁老，挨倒了铁拐李，一直跪到在面前。

西王母坐高台，梅花鹿何处来？铁拐李几乎把腰跌坏。口衔灵芝忙跑进，迎头双膝跪当阶，点头也把娘娘拜。众神仙骂声业畜，把娘娘笑破香腮。

众神仙说："这业畜从那里来，这样无状！"娘娘笑了笑说："收了他的灵芝草。”众仙们还待教诲他教诲，言还未尽，一个仙童跑来，把角抓住，拉下来踢了顿脚，骂道：“你这畜生！主人家还没到，你抢什么哩！”

有仙童怒恨恨，骂一声贼遭瘟，那里数着你来亲近？回头不知那里去，跑来躁到大些人，畜生少不了这一顿！到家里和你算账，把畜生剥皮抽筋！

仙童打鹿，人才知道是老寿星骑来的。不一时，寿星和福、禄二星都到，便问仙童打他怎的。仙童近前说了一遍。寿星笑着向众人谢罪说：“我路上遇着福、禄二老，下来说了几句话，他就偷走了。罢罢，也见他一点诚心意。”

寿星到福禄同，进殿来俱打恭，殷勤宝物来相奉。盘中大枣如瓜大，梨似胡芦摘下棚，娘娘欢喜容颜动。正这里谦恭致敬，忽听得鹤唳空中。

三位老祖献了一盘枣大及瓜，一盘梨大及胡芦，这都是仙家的宝物，吃一口就长生不老。娘娘说：“大家来看看这海水清浅，记记各人的年纪罢了，何劳厚赐？”正说着，半空中落下了一对黄鹤来，娘娘座前双双飞舞。娘娘说：“老君来了。”

一双鹤落半天，忽跳去又飞还，舞的教人心花乱。娘娘早知其中意，老君下了离恨天，众神仙迎出蓬莱殿。空中现玲珑宝塔，有青牛降落尘寰。

众位老祖说，老君将到，一齐迎接出来。不一时，半空中落下玲珑宝塔，老君骑着牛，到了殿前，那鹤才不舞了。

李老君到殿前，下青牛整衣衫，娘娘座上把身欠。吩咐今日免行礼，彼此相逢问了安，老君也把宝贝献。献了个黄金宝鼎，不用火自发香烟。

老君献了个黄金炉，大如柳斗，耀眼睁光，安在娘娘面前。将玉盖揭开，一缕香烟冒将出来，像云雾又像楼阁，那顶上现出一座黄金塔，塔上有舍利放光，一霎时满殿皆香。

【黄莺儿】金炉发异香，起彩云接楼房，看起来百里一般样。黄金塔尺长，舍利子放光，人人都把眼睛晃。与娘娘广寒宫里，早晚的照着梳妆。

娘娘谢了，便说："每次取扰众位，今次我做主人。"众仙说："难得娘娘到此，怎么敢劳娘娘费事！"众仙看了看，八百多席，已是安排齐备，众人才谢过娘娘，挨次坐下。

宾客密如麻，东俩俩西仨仨，八百席一霎安排下。玉桌椅雕牙，锦裙褥绣花，娘娘真正人家大。朝廷家大开御宴，没有这样奢华。

众位老祖坐定，有海屋老人来给娘娘磕头。娘娘便问："你每日在海上住着，可记的这海水干了几次？"老人说："每一次我便记一支筹。今日那筹已满屋底，底下的俱朽烂数不的了。"

老天日月周，海水干下筹一筹，一筹就得八百寿。这日月如流，这光阴不留，娘娘容颜还依旧。一回头人间天上，又是几千秋。

老人下来，东海龙王又来嗑头，献上丈二珊瑚、九顶玉树。

娘娘下天宫，今来到东海东，小神无物可相奉。大海里小龙，见娘娘玉容，浑身鳞甲皆生动。喜重重，八千余年，又得一相逢。

诗曰：八千有余年，沧海变桑田；

此日蓬莱顶，王母会群仙。

第二回

两地相思

且不说娘娘在蓬莱和众仙饮酒，却说吴彩鸾奉娘娘令旨，去取碧藕，一驾云头，到了华山，看不尽的景致。

【银纽丝】华山的景致尽堪也么夸，左是玉女右莲花，高槎枒，头隔着星辰勾一揸，摸着南天门，邻着玉皇家。在山头越发觉着天大，斧劈皱来石头佳，山根又像大披麻。我的天来咳，描画难，真正是难描画。

彩鸾按落云头，正看那山中景致，转过山峰，顶头子撞着一个书生，有十七八岁，模样标致，调度风流。看见彩鸾，走走又看，这彩鸾忽动凡心。

谁家的少年好不也么乖，希乎合奴撞满怀。头不抬，斜把俊眼看将来：上边看模样，下边看绣鞋，看着奴像是心里爱。回头走走又徘徊，颠倒神思脚步儿歪。我的天来咳，害相思，他必把相思害。

彩鸾寻思：天上虽好，终没有夫妇之乐。但得这么个丈夫，跟他几年，也不枉生在人间。回头一看，那书生在那厢题诗。彩鸾说："我隐了身形，看他写得甚么言语。"到了跟前，那书生已去，特留下一个帖儿在上边。

那里的仙女下九也么霄，俊脸儿好似芙芙子苗。美娇娇，一片风流在眉梢。身子软窈窕，一捏杨柳腰，走将来看着他影也俏。蝴蝶儿被细风飘，花枝儿趁月影摇。我的天来咳，引吊魂，教人把魂引吊。

彩鸾看罢，终是前世的姻缘，便把凡心打动。

从来心似玉无也么瑕，今日不知是怎么，难按捺，一霎心绪乱如麻。他若在人间找，那里去问奴家，问暹退也是胡占卦。他若是相思病转加，分明是奴害了他。我的天来咳，牵挂人，好教人牵挂。

踌躕了一回，又不知他姓甚名谁，何处人氏，也就罢了。急忙去见了西岳夫人，传了娘娘的令旨。夫人即刻遣了天丁力士，抬着藕同上蓬莱山来。

便把娘娘令旨也么传，相从即刻驾云还。闷恹恹，九天仙女也思凡。夫人头里走，彩鸾在后边，上东来懒见娘娘面。身子虽是在云天，心儿却移在人间。我的天来咳，乱心情，暗把心情乱。

彩鸾从着夫人，顷刻到了蓬莱。夫人参见了娘娘，献了藕。适然麻姑也携酒来，娘娘吩咐，就在座前分外添了两席。

【跌落金钱】夫人说我隔遥天，多时不曾见玉颜，娘娘呀，冬季寒节常常念。娘娘说我到人间，要把碧藕赏众仙，夫人呀，怎敢劳动来相见。麻姑说我听人言，娘娘已到蓬莱山，娘娘呀，一樽薄酒来相献。娘娘欢喜动容颜，又劳美酒助清欢，麻姑呀，相逢得遂平生愿。

众神仙在座饮酒，那水晶殿内外通明，看着那海水澄清，好像没墙一般。娘娘说："这殿宇虽好，只少棵树阴笼罩，不免耀眼。"一言才罢，忽见一株垂柳，高有万丈，大有百顷，一条条把殿顶全遮。

忽然殿后见垂杨，满殿全遮日色光；只见那长条垂下有千丈。老叶浓阴绿线长，一时殿阁俱生凉，好似那月殿梭椤无两样。才弄清阴到宝窗，又逐日影下回廊，忽然间飞来好似从天降。娘娘欢喜说异常，此树移来自那方，你看他一丝丝教人心欢畅。

娘娘便问："这树是那一位仙卿的法力？从何处移来？齐整得

紧!”钟离老祖欠身说:“这是吕祖的弟子柳树精,自现真身,孝敬娘娘。”娘娘说:“亏他,亏他!可怎么不见洞宾呢?”钟离对说:“他志愿广大,要度脱世人,不知云游何方,遣他的门人来接驾。”

吕祖轩昂胆气粗,朝游北海暮苍梧,娘娘呀,他心要人都把神仙做。找个升仙了道徒,游遍天下一个无,娘娘呀,就是那四部洲都是他常行的路。人人真把名利图,谁肯抛家从五湖?娘娘呀,倒是那柳树精入的神仙数。娘娘呀,谁说天上不清孤?仙女还要想丈夫,吕君呀,何况那凡人受的神仙度。

且说众仙饮酒,那一班嫦娥玉女,唱的唱,舞的舞,斟酒的,下菜的;独有彩鸾,斜倚着白玉栏杆,手托香腮,全无情绪。

无情无绪闷恹恹,手托香腮倚玉栏,书生呀,就是那满殿喧哗也不得见。低垂红袖怜香肩,左金莲压右金莲,老天呀,就是那同伴的来也懒把身儿欠。对镜时时照玉颜,纵然俊美有谁怜?书生呀,天宫虽然好,只是心里淡;嫁个风流美少年,试试人间夫妇欢,那时节,方才足了奴心愿。

彩鸾正坐,娘娘回头看见,早知其意,便叫一声彩鸾。彩鸾正在那里出阳神,竟无听见。有董双成跑去说:“娘娘叫哩。”彩鸾才慌忙跑来。娘娘笑说:“南昌府是你的故乡?”彩鸾说:“是。”娘娘说:“南昌府有个进贤县,进贤县有座栖贤山,栖贤山里有个梅花村,梅花村里有个秀才是文箫,他家里有一部书,教孙勔的诗韵,可去借来给我看看。”彩鸾答应一声,驾云去了。却说文箫就是那华山那书生,自那日见了彩鸾,到了家中无日不想。

俊煞人的俏乖乖,窈窕风流调度儿乖,乖乖呀,教人望着你影也爱。那里娘娘来撒灾,步步丢下相思来,乖乖呀,紧相思就是我先害。连日相思我好呆,待要推开推不开,乖乖呀,见了他只是心里待。盖着长裙枕绣鞋,死在面前也自在,乖乖呀,情愿吊死在罗裙带。

却说这文箫原是玉皇面前管书的童子,因到了广寒宫调戏彩鸾,玉皇贬他下界,脱生了文箫,年方一十七岁,就成了名士。这一日,独登华山,见了彩鸾,这才是前世的情人,怎么不爱。

【劈破玉】运气低,就合那冤家相见,魂灵儿飞上半天。恨不能把身变上一变:爱你的鬅头,好带一对凤头簪;变一块螺黛,画你那春山;变一瓯胭脂,近你那舌尖;变一根银丝,穿你的耳环;变一个菱花,照你的娇颜;变一个荷叶,袒你的香肩;变一条绣带,缠你的腰间;变一幅罗裙,罩你的金莲;又情愿变上一双凌波,随着你那脚步儿转。

诗曰:月里嫦娥下九天,人间应作画图传;

莫言仓猝成佳偶,得害相思亦有缘。

第三回

喜成佳偶

且不说文相公日日想念,单表彩鸾领了娘娘令旨,一路寻思,这书原是男子做的,怎么叫我去取,我可待怎么借法?一行寻思,已到了栖贤山。

【劈破玉】每日家不离娘娘左右,忽教俺向凡间露面出头,这意思好叫人参想不透。人生面不熟,见了人先害羞,平白里找着人家汉子,怎么好开口?

在云端一望,见那村中出来了一个人,不免按落云头,先问问那秀才那里居住，再想法儿好去找他。随即蓦动金莲，迎着来人，仔细一认。呀！这不是他么？

迎上去和那人顶头子相见，就是那华山上题诗少年。又是怕又是羞浑身出汗，情人两相遇，低头无一言，气也不喘，进退两难。方知道娘娘真是个神仙，各人心里有事，他已参透机关。呀，待要不回去，只怕有罪愆；待要转回去，怎么回还？路上别无一人，合他四眼相看，才知道娘娘有意思，故意才把奴家遣。

两个撞在一处，也都挣了一挣。彩鸾还不料就是文箫，便把俊脸儿红了一红，问道："这庄里有个文箫么？"相公说："问他怎的？"彩鸾说："问他借书。"相公说："就是小生。"彩鸾越发挣了。相公说："呀，没哩是个梦么！"

好一似张君瑞正然害病，从天上吊下了一个莺莺，这时节任拘谁怎么不挣。看起来真是糊突好梦，梦糊突真难做成。这梦儿我好生再做做，休要待霎顿睡醒。

又想想就是梦也好。迭不问他是从那里来，走近前扯住罗裙，双膝跪倒说："我一般的也梦见你了。"

自从在华山上相见以后，到家中害相思何曾抬头，你看看到而今恹恹憔瘦。只说天上的嫦娥女，今世相逢已罢休；谁承望神灵指引，劳我那冤家相投。终日家饭里思梦里想，堪堪沉重，没处央求，忽然从天降，谁肯干休。不问你何乡何里，那管你公子王侯，顾不的斩绞，怕甚么徒流，头上放着刀剑，锅里烧着滚油，就是舍上这个性命，也着那魂灵儿跟着你走。

彩鸾怕娘娘责他，挣脱了就待腾云；不知娘娘早已摘了他的云头，怎么去得？无奈何扯起他来，跟他去到了书房。见他满屋香烟，满架诗书，到也不俗，方才实说了。

【呀呀儿油】问奴家，问奴家，现在广寒王母家；因奴动了思凡心，摘了我的祥云驾。哩么呀呀儿油，哩么呀呀儿油。爱奴家，爱奴家，就做夫妻也不差；已是惹得娘娘嗔，到了如今还说嗄！哩么呀呀儿油。

相公大喜，领着到了后宅，又见房舍干净，铺盖整齐。便问："你家怎么静悄悄的全没个人儿？"相公说："只有一个书童，沽酒去了。"

听我言，听我言：小生有愿已在先，必得一个俊俏佳人，方才足了这平生愿。哩么呀呀儿油。美人难，美人难，今年十七尚孤单：若还不是命合该，怎么得见娘子面？哩么呀呀儿油。

少时相公出去，拿进酒来，又安排的肴馔，也是自己端来，合娘子吃酒。娘子每日吃那仙酒，这人间的酒怎么吃得下去？只吃了一口。些须吃了几个果子，那东西又嫌腥气，相公就笑了。

笑呵呵，笑呵呵，你是南海白鹦鸽，正吃着那紫竹花，乍喂着黄豆还不乐，乍喂着黄豆还不乐。这却如何，这却如何？天上的虫蚁喂不活，任是甚么你都嫌，往后咱可待怎么过，往后咱可待怎么过？哩么呀呀儿油。

娘子笑说："我就待两日不吃，也不饥饿，以后只给我两碗大米饭便了。"天色已晚，二人收拾睡了。

热罗呵，热罗呵，天上仙子会嫦娥；朝朝每日受孤单，今宵才晓得夫妇乐，今宵才晓得夫妇乐。哩么呀呀儿油，哩么呀呀儿油。好快活，好快活，日出犹然恋被窝；早知人间这样欢，要做神仙真是错，要做神仙真是错。哩么呀呀儿油。

上无公婆，下无子女，直睡到日上三竿，娘子才起来梳头，不免也学着淘米做饭。相公看着，老大不忍。

穷难为，穷难为，娘子也曾在香闺；到了天宫这些年，也就忘了这穷忙的味。哩么呀呀儿油,哩么呀呀儿油。把火吹,把火吹,一霎爆了一头灰;软窈窕的玉人儿,怎么能受这样罪?哩么呀呀儿油。

相公说:“你嫁了这个穷秀才,就着你受这样罪。”娘子说:“也罢了。别人做的饭,我还吃不下去。”

无奈何,无奈何,既在人间要做活;原是我找着的忙,岂不知道天上乐?哩么呀呀儿油,哩么呀呀儿油。吃不多,吃不多,但等有米来下锅;不过使了水一瓢,我就忙忙也不错。哩么呀呀儿油。

娘子并不嫌穷,两个如鱼得水,一刻不离,和好度日。未知后来如何,且听下回分解。

诗曰:一在人间一上方,如何两美得成双?

教他万里来相会,王母真成老在行。

第四回

仙女抄书

却说文箫得了彩鸾,心满意足。只是一日两回做饭,心中甚是过意不去。待了几日,使了贰拾两银子,买了一个丫头,姓魏叫小痴,便请娘子来相。

【呀呀儿油】你听知,你听知:皴了你的嫩手,沾了你的衣;纵是娘子不嫌穷,我怎么过意去,哩么呀呀儿油。竟到城西,竟到城西,买了个丫头叫小痴,他今方才十三四,也还些须把你替。哩么呀呀儿油。

娘子相了相说:“极好!你穷穷的那里的钱来?”相公说:“我卖了十来亩地。”娘子说:“你还有多少地?”相公说:“不瞒娘子,我原有两顷多地，这几年卖了一顷多，昨日又卖了十来亩，只剩了二三十亩地了。”娘子说：“这可怎么了！”

我的郎，我的郎，家里无有十石粮；若还留着几亩地，也还可把胆来放，哩么呀呀儿油。细思量，细思量，卖地真为不久长；有地你就尽着卖，没了地可该怎么样？哩么呀呀儿油。

娘子说：“我见书房齐整，衣裳摇摆，当是还成的个物业，谁想这等，可怎么着过？”相公说：“不妨，我凭着满腹文章，一举成名，甚么田地没有。”

这何妨，这何妨，丈夫有志在四方；那物业合钱钞，原不放在心坎上。哩么呀呀儿油。

【西调】不用商，不用商，凭着满腹好文章。呀，一举成名，直上玉堂，乌纱玉带，去佐君王；万金俸禄，百处田庄，一群骡马，千只牛羊；金银满库，米麦满仓，小厮没数，管家成行；府所州县，看俺的鼻梁；两司合抚院，送礼百十筐，白的白，黄的黄，珠几串，缎几箱，无数的东西往家抬，还得俩人上上账。

娘子笑着说：“富贵逼人，也还在天。你那文章虽好，那富贵在那里哩？却还是寻件生意，暂且糊口。”相公说：“这个却难。”

莫贪图，莫贪图，我不是经商买卖徒。呀，书不会贩，我只会读。待做行商，谁走江湖？待开当铺，谁等回赎？待开缎店，谁上杭苏？待开药铺，又少药厨；待攻炭井，鼻嘴黑乌；待开食店，越发村俗；况且本钱一个全无。惟想当年，文君当垆，你接酒，我提壶，冷也卖，热也沽，生意必然大发财，先问娘子做不做？

娘子笑了笑说：“这样胡诌！你知道如今兴那一部书，咱抄着卖也好。”相公说：“你好迂！休说那大部不能抄，就是孙勔的两本诗韵，极兴一部，卖到四五百钱，大小四五万字，谁能抄他？”

你是天仙，你是天仙，莫把抄书当等闲。呀，笔要中使，墨要稠研，字要端正，纸笔完全，写的精致，方才值钱。专工一日，能写几篇？纵有快手，能写几千，四五万字，也得十天；压裁订辑，又费钻研；十余日才得抄完，抄一部，手也酸。这些工夫抄出来，可问人家要多少钱？

娘子听说诗韵，唬了一惊，便问："这诗韵还有两样么？"相公说："就是一部。"彩鸾说："娘娘差我来借的就是这个。分明娘娘指我一条挣饭的生路，还不抄他，等待何时？"

我的心事娘娘知道，陡然叫我下九霄，呀，又明明指我一条谋生的道。娘娘忒蹊跷，怎么就知我嫁文箫？明对我说他家里也不是富豪，你若是难过，便把书抄。娘娘呀，我今日方才领你的教。

"官人，你取那书来。"相公即刻取到，放在娘子面前，笑着说："这不是书？我看你怎么着抄。"娘子说："你休管我。"

娘子接来看了一看，揭开本儿掀了两掀。呀，铺下张纸，拿过笔合砚，舒出手来，就把墨研，挽了挽长袖，咬了咬笔尖，低头就写，像那雨点儿一般，一盏茶未冷，字写了勾一千，天下人这样写法谁曾见？

娘子下笔好似风卷残云，雨打败叶，一霎时写了一章，递于相公说："你看看支的支不的？"相公惊讶说："怎么这样快！"又看了看说："怎么这样精？"

相公接来才看罢，叫了声彩鸾我那冤家，呀，你这个字就不在钟王下，细细端相，教人爱煞。就像我那娘子，又带一朵鲜花，怎割舍得卖了他？那钱是甚么，只该写下两部，留着传家，裱将起来，当一部法帖，也是没有价。

相公一行赞叹，娘子一霎抄了一罗，晌午多已是完了一部。娘子说："不必订辑，搭起来送到书铺里寄卖，要钱六百。"相公说："可值两千。"娘子说："看贵了不发市，一千就罢了。"

夫妇方才定了价，找了个包袱包把煞。娘子说我再嘱咐你一句话：拿到街上不可说是奴家，那秀才口臭，看着他刮答，只说是你写的到还不差；识货的甚少，不必忒也胡吧，自给六七百钱卖了罢。

娘子说："你只说是你写的。"相公笑说："说是你写的才值钱，我写的值甚么钱？况且是我也写不出来。有了，向后也描你的字，替你代劳罢。"遂即把书送到铺内，那书铺嫌价钱多。相公说："卖不了还给我。"徉徜去了。

寄下就有人来看，正正的都喜欢，一霎时夺夺扯扯嚷成片。好似抢，又极希罕，一个出八百，一个出一千，共总一部，是个黄金砖；买不着的还来借观，嘱咐铺里，物色下几部，我拿钱来换。

书铺里做一千二百钱卖了，还有一大些人托他物色。到了第二日送了钱来，求他再写。从此丫头研墨，夫妇齐抄，书去钱来，以此大便了。

惟有这宗生意旺，待了几日，那钱堆满床。呀，一个是玉仙女，一个是才郎，丫头研墨，急急忙忙，两个齐抄，快如风霜。那开元通宝，成堆成筐；锅有剩饭，家有余粮；旺活的鲜鱼来下酒，崭新的绸缎做衣裳。这快活那王孙公子也跟不上，况那享用不比寻常。呀，清晨起见了太阳，相公洗脸，娘子梳妆，床头美酒，解醉香汤；三杯以后，说笑满堂，下棋赌胜，打马争强，看牌掷骰，抢快敖江，巴孤堆赶凤凰，耍笑诸般都在行；不知道纳草，不知道封粮，惟看烹鱼做饭，要指点梅香。呀，早饭已罢，炉里添香，扫田刮地，净几明窗，拔笔铺纸，写书几张；日头才落，明烛高张，红炉煮酒，果碟儿成行，小盅漫酌,细说衷肠,金莲压腿,手搭肩膀,你一盏,我一觞,醉醺醺倒在床,两人同盖红绫被,一觉睡到大天光。呀,这样自在,比那神仙还强。或是花前向暖,或是月下乘凉,细雨长下,云片飞扬,沌茶用好水,煎来喷鼻香,你试试,我尝尝。闲暇无事,做诗几章。小痴不痴,伶俐异常,跟着娘子学舞霓裳,跟着相公学唱昆腔。朝朝寒食,夜夜重阳,比目鱼儿成对,并头莲花成双。各处蜡烛流成块,一宿炭灰一大筐,这时节把那富贵神仙一切忘。

那小痴异样聪明,教给他歌舞,一学就会,玩的一发兴致。玩了二年,娘子生了一个儿子,夫妇大喜。因着抄书,起了个名叫小韵哥。

【叠断桥】仔细端相,仔细端相,耳大头圆好声嗓,雪白的个玉人儿,有个富态像。好个儿郎,好个儿郎,模子极好杆又强,脱下个坯来就不和人一样。

那孩子生的唇红齿白,夫妻爱如至宝。一日,相公感叹说:“咱已有孩子,虽然快活,可只是日日凭着娘子抄书度日,这也不是长法。”

和你商量,和你商量,小生原无隔宿粮;自从娘子来,嘴儿才赶扯上。快活异常,快活异常,全凭娘子度时光;日日去抄书,将来是怎么样?

娘子说:“依官人说,该怎么处?”相公说:“依我说,还去求功名,中了来就好了。”娘子说:“休说你中不的,你就中了那富贵,也是草头之霜,何必看在眼里。”

大场入帘,大场入帘,上下都通瞎,试官一半个识文章,也未必捞着看。就中状元,就中状元,一字不识才好奸贪;你若是做了官,才吃不的安稳饭。

“做了官早起晚眠，要想今饮酒赋诗，不能够了。”相公听说，也就低头无言。或者从此安分守己，抄书到老了。且看下回分解。

诗曰：早起穷忙挽绣裙，丈夫惭愧竟何如？
纤手为炊意难忍，又劳娘子去抄书。

第五回

吕祖度脱

却说文相公待求功名，被娘子说了几句，便把兴致消了，依旧抄书。待了二年，韵哥渐渐大了。娘子一日正抄书，韵哥跑来，要娘抱着，丫环哄着他不去，只管是哭。相公疾忙抱起来，还哭一个不了。

【叠断桥】叫声娇娇，叫声娇娇，提在怀里搂抱着；任拘怎么哄，只把亲娘叫。孩儿忒娇，孩儿忒娇，走来走去哭嚎啕；娘子没奈何，放笔把儿抱。

娘子接过去，才住了声。相公长吁了一口气说：“这日子怎么过！若是富贵人家，用不着抱孩子，可也用不着抄书。”

做个丈夫，做个丈夫，凭着娘子去抄书；孩子叫呱呱，两头不能顾。你说何如，你说何如？从来还把旧书读；我中了状元来，请把奶奶做。

娘子笑了笑说：“在你，你必要求功名，我也不留你。”相公打点了琴剑书箱，又摆下酒，夫妇畅饮相别。到了次日，领着书童，上长安去了。

撒手开交，撒手开交，志气腾腾贯九霄；挣个功名来，把娘子恩情报。年少英豪，年少英豪，埋着的功名只用爬；今科状元郎，数着日子到。

到了京里，读了会子书，进了场，又极得意，看着今科状元无有不中姓文的；谁知不然。

试官迷糊，试官迷糊，银子成色认的熟；纵有好文章，也未必念开句。指望传胪，指望传胪，命乖才好不如无；盼的放了榜，还是一瓶醋。

相公落了第恼极，寻思娘子当初说我不能中，我甚不服他，今日果然。这回家去，怎么见他？

说的不差，说的不差，那时坚执不听他；谁想到而今，由了他那话。恨死回家，恨死回家，回家还去抱娃娃；但只是进去门，见了他可说嗄？

"无奈何只得回家，或者我那娘子未必像那苏秦的妻。只是不得不还劳他抄书，做了男子岂不羞死？"

男子不羞，男子不羞，全把吃穿借女流；他虽不做声，自家觉着面皮厚。把心再收，把心再收，还去抄书掉笔头；难得他不嫌，死活的和俺受。

相公没精打采，离了长安。书童忽然笑了。相公说："你笑的什么？"书童说："我笑大叔这样恼，这几年大叔也算是自在，就是没人叫声爷爷，出上我向后就叫爷爷奶奶，就中了状元是待怎么？"

近来咱家，近来咱家，虽不富贵也荣华，又不接上司，省了担惊怕。把门关煞，把门关煞，就叫爷爷也不差，中个状元来，也是这们大。

相公说："这样可恨！你知道是什么！"书童又笑说：

朝里尽奸刁，朝里尽奸刁，人人诡诈苦难招，头上那顶乌纱，原是顶忧愁帽。况且要早朝，况且要早朝，侧耳常听四鼓敲；那时可才知，难睡自在觉。

主仆正议论，一个道士走来，看见相公，端相了端相，说：“相公必是落第的。”相公笑说：“怎么知道来？”道士说：“观看容颜便得知。”

正是少年，正是少年，有甚忧愁不自然？总被那镜里花诓骗杀男子汉。人生天地间，人生天地间，自在长生快活仙；傥来臭东西，那个何足念。

“我看尊范，功名无分，倒是神仙可求。”相公说：“我就不能成名，可也不必求仙。”道士笑道：“怎么说？”相公说：“你有所不知。”

仙长听知，仙长听知，家有幼子与娇妻；忽然想起来，那蒲团也坐不住。孤苦无依，孤苦无依，并无兄弟与亲戚；舍了他不回头，心里也过不去。

道士笑说：“你好愚呀！那都是水上泡，镜里的影，恋他怎的？”相公也不做声。

信口胡吧，信口胡吧，那神仙也是镜中花；拿画饼来充饥，热馒头反丢下。孩儿才会爬，孩儿才会爬，房中仙女貌如花；怎么从这被窝里，把俺往山里拉？

道士见劝不醒他，便说：“那人限期将满，娘娘不久就来叫他，你不舍人，只怕人舍了你，那时节却休懊悔。”

仙女临凡，仙女临凡，他原和你有前缘；不久限期满，就和你姻缘断。谁敢迟延，谁敢迟延？娘娘的令旨下九天；你虽是恋人，人不把你恋。

道士说罢，拱了一拱说：“请了。”扯开步，竟往前走了。相公大惊，说："呀！我的事他怎么已先知道？必是个大仙。"赶了几步说："仙长且住，还有个商量。"

我的来由，我的来由，家里从尾知道头；不但有心恋那人，还有一块连心肉。孩儿岁两周，孩儿岁两周，家里无人命即休；没了这条根，就绝了先人后。

道士说："这到不妨，那公郎有痴仙先看着他，愁他怎的。"一手拉着相公到了树下，说："请坐。我有一盅酒，借着合你说句话。"

手入道袍，手入道袍，拿出把壶来四指高；放在绿阴中，又往里头捞。伸手一掏，伸手一掏，盅儿不知是甚肴，两个小缸儿，都把人影照。

袖里拿出四指高的一把小壶，牛眼大的两个盅儿，斟上一盅，递于相公。看着那酒就该尽了，他又自己斟上一盅陪着。

偶携一樽，偶携一樽，薄酒不堪奉上人；些须吃一盅，解解心头闷。吃了又斟，吃了又斟，两人换盏又相巡；壶够四指高，只顾吃不尽。

相公吃了一盅，异常的香美。那酒只顾吃只顾有。相公吃过三盅，忽觉着心中宽阔，把那功名妻子，一切看着都没要紧了。

壶中别有天，壶中别有天，酒到胸中眼界宽；富贵与功名，一切全冷淡。大悟恍然，大悟恍然，觉着自己便是仙，一心要出家，妻子全不恋。

相公恍然大悟，跳起来朝着道士磕了顿头，说："师傅，我懂过来了。我忽然看着你极像吕祖。"道士就笑了。

拍手笑哈哈，拍手笑哈哈，怎么就说我是他？吕祖是神仙，可来这做么？到也不差，到也不差，就是纯阳待怎么？见了活神仙，也是这般大。

相公到底是有仙根的，斩钢截铁，并不留恋，便说书童："你家去罢，我待出家了。"

叫声书童，叫声书童，烦你寄信到家中，就说我今日醒了黄粱梦。好甚看那小相公，做了神仙再相逢；今是出家人，不劳你相送。

书童说："大叔从头里不待去。我还要自己跟了师傅去，何况大叔肯去，我上家里怎的？"

从先听着，从先听着，大叔只顾絮叨叨：俺待自家行，怕师傅不肯要。心里打抵挠，心里打抵挠，半路若把主人抛，又愁着谁人给你背这褥子套。

道士笑说："好好！"相公也喜，三人徉徜去了。却说娘子在家，见相公久不回来，遇着那风花雪月，无不想念。

【采茶歌】风儿是难捱，风儿是难捱，打户敲窗又入怀；铁马儿闹成堆，帘钩儿响成块。好似恶人来，好似恶人来，锦被蒙头眼不开；就是苦相思，也不教奴安稳害。

花似美人图，花似美人图，好时全在半开初；错过了好光阴，乱纷纷飞满路。我单你也孤，我单你也孤，奴看你来你看奴；花呀你若是有神灵，对你把衷肠诉。

雪花乱飘飘，雪花乱飘飘，粉压垂杨玉砌桥；静悄悄无个人，甚么不思量到？长夜难熬，长夜难熬，鼓打三更眼未交；祝赞那屋里神，也着奴睡一觉。

月转柳梢，月转柳梢，又移花影上窗摇；渐渐上床来，想是怜奴少。夜色迢迢，夜色迢迢，可怜辜负好良宵；嫦娥也孤单，合奴心相照。

雪月风花，雪月风花，渐渐凄凉愁闷杀；白日还好捱，夜里难招架。心绪如麻，心绪如麻，想想奴来念念他；绣鞋儿显显灵，打一个团圆卦。

等了一年，越发没了信。有人说，见他跟了一个道士去了。娘子说："好奇呀！我没说你中不的？就不中那功名好！甚么值钱的东西，就恼的出了家？"

【憨头郎】哩溜子啦，啦溜子哩，恼人就是春月里。春月里好可怜，才郎不中入了山，那纱帽不值榆钱重，我还没有正眼看。我的哥哥哧，咳咳！我的皇天哥哥哧！

不觉的到夏天，愁人又见并头莲。我为你神仙都不做，怎么舍我去求仙。我的哥哥哧，咳咳！我的皇天哥哥哧！

到秋来更凄惶，促织儿鸣时好悲伤。郎在家中全不觉，谁知道秋天最凄凉。我的哥哥哧，咳咳！我的皇天哥哥哧！

冬日冷最夜长，床头辗转苦难当。五岁的娇儿全不顾，那有这样狠心肠。我的哥哥哧，咳咳！我的皇天哥哥哧！

娘子无情无绪，也不抄书了。亏了攒下了几吊钱，到还过的。未知后来何如，且听下回分解。

诗曰：佳人才子两相欢，何苦抛家去求仙？
　　明被道人蒙汗药，迷将人去入深山。

第六回

桃仙献技

且说文相公出了家，娘子思念了会子，也没可奈何，终日得个空儿，与小痴下棋；雇了个妇人看着孩子。

【耍孩儿】小娘子没奈何，雇个人看韵哥，几亩薄田还好过。看着孩子去守寡，不觉又是二年多，也就忘了从前乐。只当是天生这等，久下来也就快活。

娘子一日静坐，忽然想起来说："我不过动了凡心，娘娘罚我下来受罪，或者还有满的日子，我何必这等愁闷。"

终日家闹垓垓，忘了我从何处来，回头想想真奇怪。儿孙自有儿孙福，离别原是命里该，何必把个人愁坏？只宜量蒲团打坐，把一切人事丢开。

娘子忽然大悟，叫小痴过来说："你往后看望孩子，照管家事。一切托你，我从此要打坐连，那一日四碗饭也不吃了。"

受欢乐受悲伤，我从今要清凉，一笔勾了从前账。小痴本是灵霄女，聪明伶俐敢承当，看着修仙不异样。就是那韵哥淘气，不教他琐碎亲娘。

按下吴彩鸾从新打坐不题。且说王母在蓬莱山合群仙饮酒，才上了八碗菜，忽然见空中一条白霹直插到座前。娘娘说："洞宾来了。"不一时，吕祖领着个道童，脚踏宝剑，降落尘埃。——原来那震就是那剑光。

吕纯阳下九霄，风摆长须脑后飘。娘娘一见微微笑，便说洞宾免行礼，晚来该罚一大瓢，坐在近处好领教。老祖说娘娘赐酒，三两碗怎敢辞劳。

设了一席，近着娘娘，老祖坐下。娘娘说："你度的那文箫怎么不来？"老祖说："他功行不曾满，只可惜辜负了娘娘撮合彩鸾的美意。"

天上人去脱生，劝着他全不听，只因酒色迷真性。赐了他三盏还魂酒，心里才有一窍明，这两天方把心来定。只可惜夫妇离散，辜负了娘娘的美情。

娘娘说："那妮子不安本分，教他受受，也好度脱世人。多亏了洞宾的苦心。"

游三江遍五湖，渡脱人间痴丈夫，就能教他回头悟。若还不受离别苦，成了昏迷酒色徒，他就忘了那云霄路。不亏你殷勤劝醒，着天上神仙全无。

吕祖抬头，看见柳条垂下，笑道："小徒也知道孝敬娘娘。"娘娘说："极亏他，我临行要赏他。"

水晶殿耀眼明，我嫌没有树头青，劳他现身把我敬。千枝万叶忙垂下，一片清阴罩户庭，真能助我游山兴。要赐他仙酒仙果，也教他延寿长生。

吕祖便问娘娘："园里蟠桃开了花不曾？"娘娘说："此时青桃未熟，如何有花。"吕祖便叫桃仙："你也来献献功，劳求娘娘挂个号。"

叫道童你听言：今日娘娘在上边，你也把那功劳献。若是能着娘娘喜，挂一个号儿就成仙，有造化才得娘娘见。那道童磕头在地，听吩咐异样的喜欢。

道童磕了个头跑出来，见那殿前一块大石头，他就靠着那石头，变了一株绝大的桃树，满树花开，那花瓣儿重重叠叠，好不齐整！

那道童是小妖，转身变作一树桃，妙处又把石头靠。千枝万叶齐开放，叠叠重重三丈高，朵朵都朝着娘娘笑。西王母欢喜下坐，伸玉手摩弄一遭。

王母看罢，又来坐下，着实欢喜，说："像蟠桃园里那头一种八千年才开花一遭。洞宾你昔日没有这个道童，从何处得来？"

头一种生在园，一开花八千年，我也不曾常常见。你看这花开的好，就合蟠桃无二般，这神情岂是人能变？从那里得来此物，可也是天下奇观。

纯阳说："不知那位仙兄赴了蟠桃会，把个桃核吊在终南山里，生了一棵树。到底是有仙根有此灵气。这几年就成了道业。"

他是个桃树精，他却道有仙风，并不肯把妖精弄。一百多年养成道，终南山里得相逢，劳他殷勤把我送。我为他诚心至意，就收他做个道童。

"昨日送文箫到终南山里回来撞着他，他便认得我，苦苦的求我度脱。因他求的至诚，便带他来了。"娘娘说："我看着他就不寻常。"

我看他有仙根，一朵朵娇艳超出群，仙花自是有风韵。足见你慈心志愿大，柳桃俱是贵门人，这个功德真难尽。你就合那观音菩萨，都合那世上有亲。

娘娘说："蟠桃园里少个童子看门，这道童你送了我罢。"纯阳说："极好！我正没处放他。实告娘娘，他原是个美人，我嫌跟着我不雅，就点化他成了道童。"

他原是一佳人，闻名要访吕洞宾，劳他日日逢人问。我嫌跟着不雅相，点化成个道童身，跟着娘娘就不嫌俊。我正然踌躇不定，可那里安插这钗裙。

洞宾说："我正安心要着他跟了那荆人去，娘娘待要他，是他的造化。"娘娘笑说："原来如此么。"吕祖说："娘娘不信，看我叫他一声，不要点化他，他未必还变成个道童。"

见了我泪如梭，在旁里杜杜磨磨，哀怜怜真教人难过。着他去把道童变，变来变去像女婆，点化了点化像不错。你看我教他一教，可看他模样如何。

吕祖教桃仙过来。只见那树晃了两晃，变了个童子，还梳着个牡丹头，满座人都大笑。吕祖才说："娘娘待要你哩，现原形罢。"才变成了个美人，羞惭惭的来磕了头。

叫桃仙造化强，带你来遇着娘娘，忽然一步登天上。过年我赴蟠桃会，好桃先奉我吕纯阳，你可休把媒人忘。那桃仙掩口微笑，磕个头欢喜非常。

一行说话，十六大碗菜已上了十四碗。娘娘忽叫董双成说："吴彩鸾又回头了，你去江西取他来的。"

那妮子乱了心肠，一心里要下天堂，禁止他心里也不能忘。离合悲欢都受尽，世间的滋味都尝尝，现如今又在蒲团上。我还要带他回去，好教他写字焚香。

董双成得了娘娘的令旨，即驾云上江西去了。未知后来如何，且看下回分解。

诗曰：终南山里见红妆，忽到广寒近玉皇；
　　他日蟠桃会中见，应将笑脸接纯阳。

第七回

蓬莱罢筵

且说彩鸾天天打坐，连饭都不吃。一日对小痴说："今日娘娘来叫我哩。"

【耍孩儿】吴彩鸾行坐功，不吃饭表里空，觉着儿女全无用。娘娘罚我下天界，经了些恼来受了些穷，六七年像个南柯梦。蒲团上端然正坐，这身子忽到天官。

彩鸾沐浴了沐浴，又从新梳了头，穿上那来时的旧衣，坐在净室。吩咐小痴："你替官人看着小韵哥，我再待十年来叫你。"

叫小痴你听着：看望着小韵哥，闲来无妨打打坐。我今受了人间苦，才知天上甚快活，你可休把念头错。你到了功成行满，我自然把你度脱。

小痴听说，磕了个头说："你可休忘了我。"正说着，只见从外边一对燕子翩翩飞入室中，小痴扑了一把，吊在地下，却是一双绣鞋。彩鸾说："这是董双成的。"即便穿上说："我去罢。"一阵清风，就到了天上。

董双成红绣鞋，变一对燕子来，穿上就到这云霄外。韵哥玩耍回家里，不见娘亲泪满腮，一哭哭的人无奈。两个人千样哄法，说娘亲去去就来。

且不说韵哥恸哭，合家烦恼。单表的是彩鸾见了双成，一把拉住，又是欢喜，又是羞愧。双成说："恭喜你了，又生下了个小神仙。"彩鸾一声也不言语。

吴彩鸾到空中，就看见董双成，双成笑说好喜幸。彩鸾听说红了脸，只是低头不做声，跟他去复娘娘的命。一霎时风云似箭，就听的箫管齐鸣。

远听的蓬莱殿上笙琴细乐，彩鸾大惊说："呀！我在人间六七年，怎么这里筵席还未曾散？"

惊异杀吴彩鸾，我在人间六七年，怎么筵席不曾散？回头真是一场梦，可笑离合与悲欢，劳劳攘攘真扯淡。忽把云头落下，旧风景还在眼前。

双成进去禀道:“彩鸾到了。”彩鸾就跪下说:“给娘娘磕头。”娘娘笑问:“你自在够了么?”彩鸾眼中落泪,只是磕头。娘娘又念诵他。

叫彩鸾听我道来:你三年乐四年悲哀,我这里只上了几碗菜。一霎时就换了一个脸,你想想从前呆不呆?梦儿醒自家也惊怪。还不如那蟠桃遗种,他还要跳出尘埃。

太上老君合那众仙给他告免,娘娘才说:“起来。”彩鸾归了仙班。娘娘要起行,众神仙围绕起来说:“众人备下了几席果碟儿,望娘娘再坐一坐,也好给娘娘跟随的酬劳。”

众神仙闹吵吵,把娘娘围一遭,都说难得娘娘到。仙女嫦娥忙半日,众人一点未酬劳,一杯酒略把高情报。如娘娘心嫌闷坐,叫只船去海上飘摇。

娘娘违不过众人好意,又坐下了。那仙女嫦娥也是三四个一席,坐下饮酒。

众神仙即时回席,仙果仙肴甚整齐,酒杯碗盏皆精致。仙女嫦娥皆就坐,桃仙又是新相知,大家都把彩鸾戏。猛抬头大山一座,变成了万顷琉璃。

娘娘坐下桌椅全没动,那墙也照旧,忽见那水晶殿变了一百多只大船,大家都在船里。只见海水汹涌,那船自己游动,蓬莱山着水泡着,只露着个尖儿。

那海水浪滔天,忽没了蓬莱山,也不知从何时变。大家都在船中坐,身子摇动不能安,没人撑自家离了岸。满船上雕栏玉柱,一枝桅直插青天。

娘娘说:“又劳众位法力。”看了看那柳树没了,便问洞宾:“那杨柳何在?我要赏他。”吕祖说:“适才差他去取文箫。趁着娘娘没去,着他夫妻一会,也知道神仙有情。”

方才那柳树精,叫他去取文生,他的道业极堪敬。趁着娘娘不曾去,着他夫妇一相逢,才知我仙家有妙用。若还是离别到底,那神仙好说煞谁听?

娘娘说:“足见洞宾度世的苦心。”便叫彩鸾:“你去接引你丈夫来的。”彩鸾听说,扯耳通红。吕祖说:“这倒不妨,完了你一段姻缘。”

吴仙子听我言:我就是夫妇修仙,我成仙才度我那结发伴。你也曾受过离别苦,夫妻修到再团圆,一心清白人人见。你虽然外边扎挣,那心肠也难哄青天。

吕祖一指说:“那船上合何仙姑同席的便是贱荆!”遂把彩鸾吹了一口仙气,把她的绣裙飘动,那彩鸾不觉的起在空中。

吴彩鸾甚害嚣,娘娘叫她接文箫,一群仙女嗤嗤的笑。吕祖吹了一口气,不觉已把绣裙飘。前行已见丈夫到,两口儿顶头相遇,都喜的心痒难挠。

半路里夫妻相遇,又惊又喜。文箫说:“呀,你已咱先来了。亏了我没回家,若回家,岂不被你闷煞人也!”

文箫一见吴彩鸾,一行惊怪又喜欢,谁想你先到蓬莱殿。亏了纯阳度脱我,不曾回家再留恋,再留恋,闪的肝肠断。吴彩鸾微开笑口,不好说痴想三年。

彩鸾看见书童跟在后边,又喜说:“你也来了么?”书童在云端中磕了个头说:“亏了相公携带,才得书童见娘子金面。”

俺到了终南山,整待了三四年,虎狼神鬼时常见,就是心里常不动。忽然一日开了关,天宫玉阙登时现。不亏了老祖度脱,怎能够跳出尘凡。

夫妻不好交言，只听那书童笑语。霎时到了蓬莱，娘娘的船游到山东里去了。四人就把云头按落船边，柳树精禀了吕祖。

奉师命取文箫，这一去万里遥，限的却是午时到。没有命令不敢进，还在船头伺候着，要禀娘娘先知道。那老祖欠身说过，便吩咐即刻相招。

柳树精传出旨去，文箫进来先参了娘娘，又给吕祖磕头，才到别船上叩见老君合三位星君，依次与众仙相见。娘娘吩咐坐在吕祖旁边。

先磕头拜娘娘，次谢了吕纯阳，后来才到别船上。娘娘吩咐赐了座，坐在师傅吕祖旁。酒行已任船飘荡。眼前见瀛洲十岛，叫人把名利全忘。

娘娘见书童站立，问道："这是何人?"文箫躬身禀说："这是小仙的个使者，出身微贱，不敢给娘娘叩头。"娘娘说："仙家有甚么贵贱，极好！我要赏老柳仙席，就教他同饮。"两个都磕头谢了。

主合主共一筵，仆合仆两相欢，一时都遂心中愿。各人饮酒谈心事，一行山北又山南，只见那海水潮沸，四下里一望无边。

把蓬莱山游一遭，又来到旧处。娘娘离了座，辞别众仙。回头一看，海水全消，殿也没了，现出一座蓬莱，直插东海。

把文箫唬一惊，那些东西那里盛，散了席一点没余剩。一座殿高有万丈，想那水晶是冻冻，一霎化的好干净；不庸说床帐桌椅，并不见酒盏壶瓶。

老君说："文箫来的太早，我带他去离恨天修炼三年，好复他的本位。"

老君指定文相公：来的早了有三冬，做神仙还是黄粱梦。练磨的工夫嫌他少，还得带到兜率宫，修养到底才中用。三年后进于玉皇,还做那管书仙童。

文箫又给吕祖磕头,领着书童跟老君去了。娘娘待登辇,桃仙又过来给吕祖磕头。

桃仙女笑容开,磕了头把身抬,花枝招展颤颤拜。今生有幸得相遇,大发慈悲带了来,如今又得娘娘爱。师傅的恩情实难报,磕万头也是应该。

说罢,跨上一双仙鹤,跟娘娘去了。以后三星起了祥云,众仙各归洞府。这是王母娘娘大宴蓬莱的故事。

恼一番笑一番,富几年贵几年,天上只吃了一顿饭。但愿儿孙皆荣耀,白头夫妇共团圆,熬的海水干一遍;不必说天宫快乐,也就是陆地神仙。

这神仙的事,人怎么知道来?因着彩鸾忘不了韵哥,偷下来了一次,又罚他三年,因此传说出来。后与小痴一齐升仙去了,韵哥中了状元,都是后话。

吴彩鸾上了天,忘不了儿女缘,一心偷着来家看。娘娘又罚三年整,才把仙家踪迹传,这却入不得蓬莱宴。等老头有了兴致,再说那富贵神仙。

【清江引】洞宾拿着一壶酒,都教人吃个够,虽不得做神仙,也着人延延寿,天下人都活到九十九。

诗曰:沧海桑田又一番,蓬莱宴罢见双鸳;
　　夫妻俱得长生乐,又见娇儿中状元。

俊夜叉

开场【西江月】不成人赌博子第一，望赢钱真是胡诌，大瞪着两眼跳深沟，好似疔疮痒痒难受。起初时小小解闷，赌热了火上浇油；田产不尽不肯休，净腚光才是个了手。

【西江月】就赢个三千两吊，何曾拿去养家？留着做本不肯花，只等净了才罢。下场来偷鸡摸狗，乌了眼板打加枷；典儿卖女还不差，又搭上为王作霸。

这一首【西江月】是说的不成人的憨蛋，不长俊的㞞种。还有四句歪诗，包藏着一桩败子回头的故事。

诗曰：泼妇名头甚是香，有时用他管儿郎；

管的败子回头日，感谢家中孩子娘。

这四句歪诗，原有深深讲说，是说的那做妇人的，犯了这个泼子，外边厢吵邻骂街，家中欺翁骂婆，欺妯娌，降丈夫，这是人人可恨的。虽是这等说法，这个泼字，用的当了，就是合那疼汉子的孟姜，敬丈夫的孟光，一样相传。譬如巴豆、硇石，用在那好人身上，就是毒药；若是用之得当，那人参、黄芪也无有那么效验。现今有了件故事，却不在唐朝，也不在宋代，也不在南蛮，也不在北塞，就出在这山东济南府历城县。有一人，姓宗，名亓，号是三宝。他有个小小的家当，尚可过度；只有件小毛病，最好赌博，连年来背着醋瓶耍把戏——逛荡的也就轻快上来了。他的娘子叫做张三姐，为人极有本领，管的他那汉子回了头，从新成了人，这几年来，成了那木锨舒在酱盆里——就大匙起来了。街房上编了一套《俊夜叉曲》。敢说这夜叉有俊的么？只因这个夜叉不曾吃好人，吃的都是那些响马强盗贼，虎豹狼虫，便把他那恶业，都变成了好处，人都爱起他来了，所以人人都说是俊夜叉。这个曲儿，是用时兴的【耍孩儿】调儿编成，能开君子的笑口，也能发俗人的志气。待我唱起来，给列位们听听。

【耍孩儿】宗亓人一博徒，掷三骰又游湖，眼看成了蹋撒物。起初输的钱合钞，后来无钱当衣服，得空输了他老婆的裤。都说他祖宗不好，积作的寸草皆无。

宗家儿郎真不好，输的净光无饭捣。换米抽了屋上椽，烧火拆了房上草。穷死煎，饿死炒，老婆气儿受不了。不如死了那块地，还找上一个小元宝。

宗亓人算定了，寻典主把死契交，大钱找上好几吊；安排着买柴又还籴米，挤留下几吊好做梢。前前后后算计到，亦是他合该倒运，又撞着破败消耗。

他忽然正走有人叫，倒把宗官唬一跳。回头认的是胡友朋，满面欢喜带着笑。宗大叔你听道：有一个下情来相报，东庄有个好大局，咱去刨刨妙不妙？

宗大官笑哈哈，细寻思不听他，锅内正等米来下。叫声胡朋你先去，籴米买柴送到家，从容另作商议罢。这胡朋微微冷笑，依我说不是这么。

胡朋又把宗官念，俗说只怕事不办，从来本大利就长。破上大本干一干，忽然一朝运气转，银上包，钱上串，柴火买上几十捆，粮米买他百十石。纵然娘子没吃饭，情管笑脸来相见。

宗傻子听巧言，心内痒似虫钻，起初念头一霎变。胡朋接过褡子去，殷勤替他上了肩，一心要去糊涂干。一霎时到了赌场，闯下柱擦掌磨拳。

宗官初时主意妙，这钱我只输一吊；输到一吊热了盆，遂手褡里又去捞。这头捞，那头捞，捞来捞去不成吊；纵然留着也不够本，总果下上鳔一鳔。

宗亓人，实在贫，一个差，净了身，算来真是活倒运。放着籴米不籴米，痴心只望去赢人，如今剩了一条棍。空着身无的可弄，撅着嘴回上家门。

娘子吃了菜一碗，一等等到日头转，恹头搭脑回家来，柴米银钱无半点。问声那地卖了没？低着头儿气不喘。呀，偢强人，嘲畜生！割了肉来胡触送，终朝每日瞎作蹬，弄的天那大窟窿。卖地卖地长咕哝，怎么问着不做声？

张三姐气儿粗，骂强人，贼囚徒，一星活路全不做。用急才把地来卖，回家一个渣也无，你说你是个什么物？你看乜南庄北院，那有你这样丈夫？

宗官已是不得意，进门又受老婆气，跳将起来喝的声："放你娘的狗臭屁！也无钱，也无势，俺达挣下几亩地，我待要丢个干净净，看你嗄法把我治！"

宗亓人恶狠狠，骂一声泼贱人，我受气受到何时尽？也卖的厚非你嫁妆地，也没输了你首饰银，几留哈啰瞎撑棍。我输的自家东西，累着你那条弯弯筋？

三姐说每日来到那暂晚，说你做个什么茧？家里等你去卖地，既至回家没也板。虽是人家也赌钱，谁像你乜没腚眼？掉了帽子看见鬏，缕缡搭撒什么款？说说你还跳油锅，你的脸皮没一点！咳，俺一日吃了一碗菜汁子，拾了一把烂棘子，着咱家里小妮子，借把盐来炒虱子，章邱的话头好日子。

骂一声贼强人杀，白黑的不来家，你在外边做什么？只管掷你乜额髅骨，不管家里吃什么，这样汉子要你咋？一窝哳红虫相似，难道说你就眼瞎？

汉子听说把脚跺，这话说的忒也错。已经夫妻这些年，孩子养活好几个。米成堆，柴成垛，那样日子也曾过。如今就是嫌我穷，百样款儿都捏过。酒肉赔着满欢喜，那有这样混账货！

骂一声泼老婆，活活的气煞我！安稳日子你不待过。酒肉赔着心欢喜，一时没了就使作。昂赃气儿受不过，我给你休书一张，嫁汉子另去快活。

三姐说道也不错，这样汉子恋不过，虽然嫁不着好丈夫，不少这样破喇货。尿里赌，屎里卧，忘八也是一处坐，鼻咀黑乌不成人，说起羞煞鬼一个。嘤，你还可笑听我道：借身白袍把丧吊，你就送在那千字号，本主待穿捞不着，上门打户逐日要。谁还拿你当个人，你还打你那花花哨。

赌博鬼不害羞，为乜钱把脸丢，霎时狗脸还依旧。年前官家来拿赌，舍死逃命爬墙头，掉下来几乎跌坏前槽子肉。我还嫌辱没祖宗，你待休即时就休！

宗官听说把火起，骂声泼妇太无礼，结发夫妻无了情，听说休你心欢喜。铁拐李把眼挤，若是休了便宜你，狠狠一下趋了你的生，到还刮了这块癖！

宗亓人大发威，瞪着眼攒着捶：你到肯合人家汉子睡，我偏不休了你！不如捞头一棒槌，杀老婆破上个充军罪。虾腰来抹起石头一块，那妇人早抹起个秤锤。

三姐凑凑腆起脸，骂声强人你瞎了眼！这番劝你是好意，你倒反把粗气喘。我说道你不敢，给你把钢刀也咋不着俺。不是说句啦咀的话，有你那心没你乜胆。哏，你娘常把您达哄，说你赌博没点影；您达打你两条子，娇儿哭了三天整。每日惯着当达叫，着你撕的碁无种。今日试试你那汉子顶，看看你有嗄本领！

张三姐怒冲冲，骂强人少逞凶，活到百岁成何用？你无三头合六背，看你能作甚么梗！滚崖跳井挤你弄，看着你没什么仗势，倒不如死了干净！

汉子骂声好泼妇，您娘咋生你这桩物！我才说了够一把，你就抉了一大捇。留着你又少袄又少裤，做鞋还得三尺布。杀了休了都不好，这样汉子怎么做！

宗大官没了法，把石头又放下。老婆不要仔顾诈，好像捕下一窝雀，摔着贼毛够一抓，嗓哐叫人听不下。宁可还一刀两断，你还去另嫁人家。

三姐说咱今已是变了脸，摘了帽子看见鬚；一行要休又要斫，哎哟，你可就唬煞俺。大囷流，小囷满，那样人家给俺拣。你叫我去我不去，偏在这里萋你的眼！

俺头不秃眼不瞎，碗会洗锅会涮，官家俺也打发的下。我离了你时容易过，你离了我时要饿煞。哆煞我还值什么？且休讲我轻轻就去，我还要那珠钿银花。

要你乜身子往上长，听我把你故事讲：半夜三更才来家，家里不敢把门挡；播开门闸钻进来，摸摸索索找饭嗓；盆也响，碗也响，抹了一回没的想，抿了几碗冷眵块，扑着坑头只一攮。提将起来气煞人，不如散了也到爽。

宗大官叫老三，歪揣货太不贤，常惹的邻舍家在墙头上看。捣丁似的也是吵，只等我吃完你才骂完，亏了能捱才积不住饭。每日家像那疔疮着骨，你去了我且松缓。

亏了我那面皮混，没似你骂的忒也甚。进的门来就是吵，口口声声不长俊，紧一阵，慢一阵，只等我颠了才封印。汉子就是铁打的，也着你骂的有了璺。

三姐说不相干，你那不是该打一千，收上来还该打一万。长长骂着还踢蹬，给你句好气就上了天，我还嫌我骂的善。咱就到历城堂上，也说你个闭口无言。

咱可休要扎住咀，松缓上半年只怕直了腿。我不去却也不是恋的你，怕的是两个孩子成了鬼。你也输的没了魂，脸上常似滴下水；一顶帽子开了花，一双鞋儿没了底；手里净光无的弄，行里步里光打盹。我说罢呀，不理你，你就诈的没了拐。咱就同上历城县，只怕你爬到地下没了本。

你看我到如今，袄没袖鞋没底，饱饭何曾吃一顿？拾了根绳子扎着腿，上下一堆破铺衬，你扎裹的老婆好不俊！不着我千补百衲，鼤妈妈出来见人。

一根菜儿没嗄咬，一个碗儿没处讨；衣服首饰都会飞，地土宅子都会跑。腚上裤，身上袄，转眼花花不见了，腊月里穿着“雁过愁”，这还说是我不好。

越寻思越痛酸，这苦楚对谁言？俺一日挣了一升糊突面，白日里给人家纳鞋底，夜晚纺到三更天，百般苦楚都尝遍。逐日里白黑挣命，你还要花边柳边。

强人强人你再说，我看你有什么诀？讲好的咱就犯商量，不好原是命里拙。不必讲，不用说，再要劝你是个鳖。或是割了打滚磞，或是跳在踢天笼，那时你可自在蹭，典儿卖女尽你撕。

宗大官脸儿忙，低着头竖在傍，两扁担夹不出一个屁来放，钗环都是我输了，捱些菜瓜也应当。口里渐渐不敢强，笑着说：我若是再去赌博，就着俺老婆为娼！

三姐听说嗤的声道：叫我没有那好笑，好眉好眼什么调！这一霎里咋不跳？若是我投了井、上了吊，再娶个来现世报，输的着急没了法，愁你不挂忘八号！

宗大官气儿消，骂的俺口难学，叫我心里怎不躁？我一时爆仗性，你也骂的尽够了，从今受了娘子教。我若是再去赌博，就死在地府阴曹！

起的咒誓天那大，娘子不要生气罢。分明是我不成人，事到如今待说嗄？尽你吵，尽你骂，情愿着你打几下，从今再若不回头，孩子娘呀你可就指脸骂，哏哏哏，杀野鸡我的不是大。咱们情愿合你在一堆，过了若再去输钱，叫你使锥子扎万下！

张三姐笑吟吟，我着你伤了心，牙疼咒儿我全不信。前日你道说洗了手，起的咒誓似血盆，随即输了个大荆囷。若是狗改了嚓屎，你说话就是那公鸡拂群。

你就好似一把伞，撑的落了一根杆，赌博的咒誓不值钱。我曾见你那咀合眼，乌红眼，乌黑眼，披着狗皮还打着板。你就从今不赌博，再赌百回还带一千。

宗大官叫老三，我那人你听言：我抓不出心来给你看。我的年纪还不老，从今成家也不晚，发憨风才出了一身汗。你从此往前去看，管叫你攀吃攀穿。

小三小三你睁开眼，忒也说的不成款。虽然长了二三十，从今还要做个茧。如再跌牛又拉满，变个小狗没大点。以后齐心往前过，生个儿来叫小改。

张三姐叫一声，老天爷在上听：怕他心口不相应。若是成人还不好，这才是合该命里穷。再若上赌博场里撞天命，那屋里总有神灵，也不加护那掉腚的苍生。

开场聚赌无二话，终日就把那套来下；若是偺虫来忝张，打杀还把皮来剥；背地里偷，明地里拿，那里有点良心查？你看东庄赵打头，生个儿来长不大；只有一女才十七，先又学着零碎嫁。

打头的好营生，引好人跳枯井，输赢的都叫他净打净。输了若是取他的梢，一日一个本利平，相识也要掉了腚！你要待赌博场发迹，这心眼可就跳枯的不成。

只说赌乖不赌赖，越乖越把那良心坏，谁的棉袄不中穿？捞着达达也啃一块！瞧他的牌，抓他的快，错错眼睛受他的害，赌博场里奸似贼，那里下着你的菜。输的热了再去捞，投损结下人命债，沙窝里掏井越发深，这可是嘲哇可是怪。

赌博场似贼奸，那有你赢的钱？岂不是个真憨蛋！买卖发财从来有，庄农也有大收年，赌博起家何曾见？空说是某人发财，到头来片瓦无椽。

丈人劝你是为你，你的性儿便发了；断了往还这几年，不知外甥多大小，舍上奴家这块肉，死在这里没人找。他二姨命真好，绫罗缎匹穿不了，到家好似接天神，粗饭怕他吃不饱。你也是个人，争争气，俺也把脸瞟一瞟。咳，俺妈妈，俺达达，给俺找的好人家！摊着你这个赌博鬼，拿着俺不值个烂甜瓜。哦，你休怨我胡轮打，不过是望你还撑擦。

诓借钱赌起来，没根基不成才，倾家败产还开外。他娘在家断了气，还要看下这把牌，他也不顾亲朋怪。因赌博人品尽丧，只输的眼里插柴。

对你说:去年的皇历看不的,别人蹭蹬盼不的,蒺藜块子咽不的,三日不吃干不的,早晨不吃算不的,一日两顿欠不的,今日你也怨不的,从今成人象不的,再不成人劝不的。

宗亓人句句听,猛抬头把眼睁,忽然大醒南柯梦。辞了混江合老教,别了四梆与三穷,从今再想蹾花凤。为汉子着老婆管教,就死了难见祖宗。

宗大官果然洗了手,败子回头饿煞狗。婆子依然纺棉花,汉子就去卖柳斗。生意虽然不算大,三日挣了二百九。家里有了活便钱,柴米油盐般般有。人人说他成了人,过的不好那里走。

那一日在南桥,遇胡朋搂着腰,拉去要合他赢东道。亓人说是断不可,窃盗就是强盗苗,你拥撮死人来上吊。仨俩钱攒穷不少,骰子牌再也是不消。

胡朋这里又念款:你可成了个老迂板!娘子虽然家教严,他也没有这么长的眼。为个汉子要自由,不是孩子还吃奶当饭?亓人听说不耐烦,仔说我没有那样纂。起来佯常一溜烟,胡朋成了个直大板。

宗亓人跳了行,有财主来商量,赶着就把钱来放;合了伙计做生意,他的时运又顺当,年年家道好兴旺,有了钱银包腊弹,就恭然大弄通堂。

丝绸裤,蓝绫袄,上酒鱼肉吃不了。当时是个宗亓人,如今成了宗三宝。钱不少,人不老,如今才说三姐好;说道三姐委是好,当初亏了那一吵。

康熙爷乙卯年,宗亓人四十三,婆子大他一年半。住着楼房骑大马,官宦合他有往还,几年全把家道变。若是他执迷不悟,到如今两手攀肩。

东庄有个李捣鬼,老婆输给了张三水。死后净光没口材,刨出窝子没人垒,狗一嘴,狼一咀,不知此时悔不悔?当日赌手数他能,三日剩了一条腿!

【调寄劈破玉】不成人可也是前生造就,纵是他老子娘也管不回头;造化低又摊着娘子忠厚,顺从着不言不语,嗄家当不尽他去丢。这样人不饿煞那里走?

您都看看,谁敢合我打下赌,一个猪头一瓶酒。

【西江月煞尾】最可笑煞人也:赌博输的屁嗤狼烟,着急寻法去抓钱,顾不的廉耻体面。放着天堂不走,照着地狱生钻。清夜想来我好憨,岂不是一身冷汗?就是那相识会赌博,不弄鬼难说长赢,哄来富贵天不容,死也难得好病。或是贼打火烧,费了钱还受官刑。虽然当下还峥嵘,儿孙后来也要弄净。

似这等成人天下少,只是回头妙。丢去骰子牌,上了正经道,宗大官到后来还有碗饭捣。

穷汉词

【西江月】孩子绝不探夜，老婆更不通情。攮他娘的养汉精，狗腿常来逼命。止有一身破衲，夜间盖盖养生。绰号名为“大起灵”，一起满床光腚。

大年初一，三炷名香，三盏清茶，磕了一万个响头，就把财神爷爷来祝赞祝赞。

忙祝赞，忙磕头，财神在上听缘由；听我从头说一遍，诉诉穷人肚里愁。

爷爷，爷爷！你是个甚么意思？我亟待仰攀你，怎不肯和我见面？

掂量着你沉沉的，端相着你俊俊的，捞着你亲亲的，捞不着你窨窨的，望着你影儿殷殷的，想杀我了晕晕的，盼杀我了惛惛的。好，俺哥哥狠狠的，穷杀我了可是真真的。

俺果然亵渎你几回，抛撒你几遭，你看着俺不中抬举的东西，就合俺绝了来往，也都罢了。

赌场里玩，嫖场里耍，丢了俩，撂了仨，穷杀狗头还该打。俺如今又不伬，又不傻，又不聋，又不哑，穷的像个耸打瓦。东头邋遢虽是穷，还有一身新坐马；没似俺家他穷达，穷的忒也没有把。

俺长了这么大小，从没枉费分文，是怎么乜粧化钱的自是有钱？

蠢的蠢，夯的夯，空有臭钱不帮寸。泱着肚皮装富汉，偏他交的是好运！

俺也曾血汗暴流，扭筋拔力。只有鹁鸽屎呀似的一块银子，雀子头呀似的一块金子，俺也算有了身分。

快生火，烧冻冻；快扫雪，填枯井。只说窟窿天那大，还有大其天的大窟窿。昨夜晚，做了一梦，拾一锭，喜个怔，老婆孩子呱打腚，醒来还是个净打净。

咳，就是温和温和，好一似火上燎毛，一烘就尽。

粮也欠，米也欠，粮食粜的没一石，衣裳当的没一件。狗腿常来给俺没体面，嘴儿翻边又卷沿，眼儿恶钉珠儿转，把他娘的好难看！说了道了都不算，也有酒，也有饭，尽他捣，尽他揎，还要给截官儿见，休要误了这一限。

成年论月，犁眼钻圈，真正是气也气不死！

墙又塌，屋又倒，大风刮了屋上草。又少裤，又少袄，孩子哭，老婆吵，都说不如死了好！

把叉一年来，弄的是净打光的。当铺里强人，倒好似剥皮厅的鬼判！

天字号，地字号，宇宙洪荒一百号，当了二钱水丝银，回时定把拾成要，回不出来又翻票，利钱使了七八吊。衣服待穿没处捞，到来年，拜不的节，上不的庙。又清锅，又冷灶，哭的哭，叫的叫，有心只待上一吊！这样苦楚谁知道？

我那亲亲的爷爷！你到几时合伙你那众兄弟们，一当踏凶，二来散闷，光降光降来舍下走走？

元宝哥，黄边沿，象象帕，颠颠块，看看底，认认面，是几两，是几件，或是字，或是漫，进进包，上上串，合俺做上两日伴。红缨帽子胭脂瓣，满洲袜子扣丝线，纱罗穿上浑身凉，皮袄穿上一身汗；狮子碗，象牙筷，脂油饼，蘸辣蒜，大米干饭鸡黄面；黑叫驴，红鞍鞯，打一鞭，风霜快。邻舍百家看一看，也是俺阳世三间为场人，熬没儿马犯了蛋。

你也试试俺的心肠，志志俺的性情，看俺望着你珍重不珍重，希罕不希罕？苍天！俺若是亵渎了你，辱没了你，你就该下个绝交的帖子，再休理俺。可怜俺浑家大小，祖祖辈辈，子子孙孙，就没有个有财命的、有担福的？怎么的混的少油没盐，少柴无米，少裆无系，少吃无烧？

【清江引】孩子热了穿上袄，腚冷了戴上帽，饥困了喝凉水，撑的吱吱的叫。剩下个老婆儿，穿的还没根绵条！

丑俊巴

山坡羊段

净坛府八戒害相思

【西江月】一个说金莲最妙，一个说八戒极精；我遂及他撮合成，那管他为唐为宋。净坛府呆仙害病，枉死城淫鬼留情；酆都城畔喊一声，就成了一双鸾凤。

【山坡羊】圣僧悟能，他原是天蓬元帅，跟着唐僧姓了猪，取名八戒。取了经来，封了个净坛侍者，散诞逍遥。他已跳出三界，只为他为了神，那色心未改，那邪里巴心肠，好好的就兴起来。虽然是长嘴大耳，不成个行款；他到那风月场中，调起情来，比那行者还怪。他若是净了坛，吃上了三杯哩来哟，那酒迷真性，就发起嘲呆，又是那做和尚饿鬼的情怀，虽娶了两个毛氏，泼不下那心里火灰。

一日，八戒离了天官，驾着云头去净坛，到那吃个醺醺醉，东歪西倒要回还。忽然云中往下看一眼，看见鬼门关；鬼门关人烟闹，做买作卖似人间。八戒说者个去处没曾到，何不下去玩一玩？猛然动了闲游兴，按落云头四下观。见了些昏昏惨惨地狱路？见了些乌乌黑黑没黄天，见了些膻膻腥腥食店铺，见了些吱吱呀呀小唱班，见了些哭哭啼啼思乡鬼，见了些恶恶扎扎老判官。八戒正看阴司景，一伙人来到面前，俩鬼押着一个鬼，佳人容貌似天仙：满口银牙白似玉，盈头丝发黑如烟；一双杏眼秋波动，两道蛾眉新月弯；才向腰间惊细柳，又于裙下见金莲；妙舞撒来相思害，风流喜结万人缘。八戒一见昏迷了，魂灵飞上九重天！拉住行人问一问，才知道武松杀的潘金莲。八戒越发动了兴，想他多情容易缠，凑到近前只顾看，颠到总不害心烦。恨不的搬过头来做个嘴，恨不的一手搨扶在香肩，恨不的就把细腰双手抱，恨不的即时脱裤上床眠，又是呆情又是醉，搭上着迷越发憨。看的金莲知觉了，斜转秋波开笑颜，不知是那里来的黑大汉，心里着实犯故俺，模样虽丑汉子大，心里想到所以然，回头看着笑一笑，传情只在眼角边。八戒更把心情乱，魂灵勾上蒿里山。跟着他到衙门口，鬼魂无数闹喧喧，旁边跑过两个鬼，把他各人一齐拴，三梆就说老爷坐，一群一群往里牵。八戒跟到衙门里，只见堂上一员官，金莲上前销了到，上头吩咐且寄监，那时才把娇容变，泪眼愁眉更可怜，看见虎头门一座，推着拉着往里钻。八戒看着金莲入，心里好似刀子剜，有心待弄个神通把他救，只怕是二番再罚上西天。闭了监门才没望，少魂没浅上家颠，一驾云头到旧府，恹头搭脑好不堪。放身倒在床儿上，迷迷糊糊不动弹，睡着不醒起来坐，及至起来又不安，反来复去思又想，魂里梦里怪声欢，不觉金莲叫出口，活现美人在面前：头上一朵乌云乱，我的姐姐呀潘金莲；一双俊眼如秋水，我的亲亲呀潘金莲；两道蛾眉弯又细，我的娇娇呀潘金莲；有红似白芙蓉面，我的妹妹呀潘金莲；两行牙齿白如玉，我的肉肉潘金莲；腰儿一掐风情软，我的亲人潘金莲；花鞋瘦小刚三寸，我的心肝潘金莲。又想起临去秋波那一转，怎教人一刻去心间，我想金莲想的重，还不说乌斯高翠兰。想极了做了一个鸳鸯梦：我合他相逢只在旷野边，一把拉住不放手，一亲一喜口难言。只说到今世不能再相会，一般的捞着我那俏心肝，迭不的诉说相思害的重，一心里待要倒凤又颠鸾。他说道看有人来容再会，我说道错过好时后会难，但只是急切少个阳台所，路旁里找了一个秫稭攒。他的裤来我的袄，左右遮来盖不严，袍衿略动香肌露，石枕斜欹宝髻偏，土块高低常转侧，衣裳牵扯错钻研，槽合一身全身动，衫隔惟余半体沾，颠势动摇身两就，颤声齐作口双甜。梆铃正响狂初发，云雨方浓事未完，架上金鸡忽一叫，床头好梦已惊残，忽的惊来淡了个死，手脚沈沈病越添，自从那子母河边怀了孕，白黑哇哼第二番。八戒病了十日整，浑身消瘦鬣毛卷，腮子掉了二斤半，后坐瘦的竖脑尖，耳朵搐的相薄脆，前槽搭喇踠了肩。病重不顾羞合耻，逢人告诉一大篇，要想得个昆仑手，窃取红绡到枕边。昼夜寻思千般法，怕的是前生没结欢喜缘，但结得我那金莲见一面，总就是再贬红尘心也甘。已定要可意人儿必到手，还未知月老赤绳拴不拴？

枉死城金莲成双对

【山坡羊】猪八戒害相思，只害的恹恹憔瘦。颠倒思量，总然是无法可设。有一个长伺候净坛的童子，他说道一个养汉的老婆，消用甚么巧计。爷爷爷，你在云栈洞里何尝是如此？到如今就全消了往年虎威。只听他起解出来，大喝一声留人，那大鬼小鬼，谁敢牙崩个不字？若是马面牛头，他打个迟局，来哟，只消那九齿钉钯，筑他个烂酱稀泥！童子说罢，那八戒抓耳挠腮，异样的欢喜，俨然金莲到手，已成了夫妻。

八戒闻言叫小童，听你言语开心胸，你再给我找个法。

（全稿至此完，似是未成稿）

快　曲

第一联

遣　将

却说:孔明祭起东南风,助周郎烧那曹操,到了樊城。

东风一阵助周郎,百万雄兵一扫光。老贼纵然烧不死,把脚一跺,说教他皮肉焦烂骨头伤!

笑说:"妙哉,妙哉!俺祭起东南风助周郎,我想这时老贼着了处也,他必然弃甲丢盔而走。待俺略使小计,教他插翅难飞!"

【黄莺儿】连天火烧,东南风阵阵高。百万雄兵,填不满火神庙。我想那曹操,必定逃奔来走夷陵道。老杂毛,由此经过,休想把你饶!

"众将何在?"传了一声,关、张、赵、糜五将俱到,孔明点名。叫:"赵云。"答应:"有。"孔明说:"今日你在赤壁山前鏖兵,曹操百万人马,必然尽丧。老贼到四更天时,必到乌林,你便那里埋伏。——这乌林草密,可放火烧之!"

乌林埋伏着。你听听四鼓敲,那时节老贼必然到。他那里一烧,俺这里再烧,能通神,也教他贼头吊!老曹操,贼毛满嘴,今夜口也胡焦!

"他起初逃走,跟的勇将还多,这头仗非子龙不可,须得小心!"答应:"是,得令。"又叫:"糜竺、糜芳。"答应:"有。"孔明说:"北夷陵为葫芦峪,你二人可去埋伏。那峪里有窄窄一条出路,树木甚多。那老贼天明必到,杀他一阵,放火烧之!"

精兵领一标,葫芦峪等曹操,须要伺候他天明到。那一番燎毛,这一番皮焦。奸似贼,不出我胸中料,纵然能逃,连头带腰,也起个大燎泡!

"他到这里,还不甚困乏,一人不能擒他,得你兄弟同去。"答应:"得令。"又叫"张飞。"答应:"有。"孔明说:"你领一支人马,顺路北下去,但见曹操残兵败将,斩他首级,夺他器械。"

江上火连天,烧不死顺江边,烧不死必然齐逃窜。伏一伏雕鞍,加一加马鞭,尽夺尽杀从君便。这一番盔甲满载,齐唱歌舞还。

"还有一句话嘱咐你:到了午转时候,要到双陵头大路上歇马,休得迟误。"又叫小校。答应:"有。""你几个去夷陵道旁,熰着数堆烟火,休要断绝。"答应:"得令。"却说:玄德在屏后待了多时,听到这里,一步出来。慌的孔明下了座,让他坐下。玄德说:"军师差矣!你既望他这一条路上来,又熰着火,他看见烟起,怎肯从这条路来也?"

【耍孩儿】既要他这里来,又熰着火几堆。反教知道兵马在,就是个喇巴也不来;况那贼,奸又乖,必然远躲天涯外。我听着军师调遣到这里,教人难猜。

孔明说:"皇叔不知。兵法有云:'因人用计。'他若是个粗人,我便上南夷陵唬他,他必然往北夷陵来矣。正因着曹操甚诡,看见烟火,他意料必是疑兵,断然无人,反照着烟火来也。"

论兵法无正规，那敌人看是谁来。从来戏法人人会。粗人就合他行粗法；争奈曹操奸似贼，他既奸，就合他把奸对。俺布下天罗地网，要教他插翅难飞！

玄德拱手称道："谢军师妙算，谁人能知。军师完了？"孔明说："完了。皇叔只稳坐樊城，只等众将献功便是。"关爷久等，见不用他，便气冲冲的大叫："军师！末将从来上阵死杀，不曾退后，今日伺候多时，独不用俺，是何缘故？"

论死杀数俺强：诛文丑，斩颜良，五关也曾斩六将。怎么诸人都用了，单留下俺关云长？这事怎教人忿不上！若叫我匹马独去，挥大刀杀上许昌！

孔明说："将军息怒。不是不用你，到有个极吃紧的去处，极得一员大将；只是踌躇了几回，不敢奉托。"关爷说："怎么说起？"孔明说："听我道来。"

我想那老曹操，葫芦峪烧不焦，必然要走华容道。像如将军有几个，当道拦住怎能逃？就是一点不大妙。关爷说："那一点？"孔明大笑说你合他平日相厚，怎么肯顶上一刀？

关爷说："岂有此理！他虽然待俺有情，我已是报了他了。他若来时，我怎放他！"孔明说："这等极好。设或放了他着，该怎么处？"关爷说："割下头来！设或他不走华容，却也是军师失计。"孔明说："若是他不走华容道，我照样砍头。咱就立下军令文书。"关爷说："咱就写下罢！"

军令状甚是严，打赌赛休当玩，一言既出难更变。谁输了谁头割下来，盛来只用个金漆盘，皱眉不是男子汉！上边有皇叔作证，到日后不许食言！

孔明写完，给玄德看了一回。递给关爷看了，说："就是这等。”孔明说：“云长再思一思，若不能杀那曹操，不如不去，省得那时懊悔。”关爷摇头说：“思他怎的！”孔明说：“既然这等，请了。”关爷上马加鞭而去。孔明合玄德也就散了。

诗曰：不斩曹瞒势不休，君主稳坐望江楼；

北来一道红尘滚，马上提归老贼头。

第二联

快　境

却说：曹操中了连环计，把几万只战船缆的紧紧的，稳坐船楼，单等吴兵来降，自在之甚。

志气腾腾贯九霄，雄兵百万压江潮；

直将一指遮吴境，铜雀春深锁二乔。

“吾乃曹操是也。今夜吴兵来降，叫人探听一遭。”

【耍孩儿】捻胡须气昂昂，等吴兵来投降，差人不住往东望。一马平吞东吴境，万船填满扬子江，孙权那在心坎上。不日间两国到了手，这老瞒快乐非常！

仰起头来说：“呀！东南风起了。若吴兵来降时，且休叫他进寨，看有诡诈。”都答应：“是。”却说：吴兵各带火把，用小船装载硫磺，摇橹来了。

【倒扳桨】周郎定计捉曹操，装载硫磺火焰硝。那怕曹营兵百万，定不留他一根毛！火尽烧，三军不用动枪刀，动枪刀。那里逃？尸满长江水不潮。也么咳，咳，莲花花里一朵梅花落。

曹兵赶着来船大叫:“丞相吩咐,且休前来!”叫了几声,吴兵不应,竟往前走。

低头不语往前行,万橹齐摇不住声。吱吱呀呀一片响,小船风快如流星;小船风快如流星,进曹营,一齐呐喊杀曹兵。也么咳,咳,莲花花里一朵梅花落。

到了曹营,齐声叫“杀”,都用火把杀将起来。大叫:“休走了曹操!”烧的那曹兵乱窜。曹操慌极说:“中了他的计了,计了!”许褚、张辽,徐晃、张郃盔歪甲斜,来扶曹操,说:“丞相快换衣帽,看人认的!”帽也倒了,衣也敞着,带百十个兵卒好跑。曹操去了不提。且说:那船上八十万人马,被吴兵好杀好烧,死了个尽绝。那吴兵齐唱凯歌而还。

杀的杀来烧的烧,亡人死马满江漂。鱼鳖都吃烧人肉,可惜走了老曹操;可惜走了老曹操,曹操虽然逃,纵不胆战也魂消。也么咳,咳,莲花花里一朵梅花落。

却说:喊杀连天,曹操魂不附体,跑了半宿,才不听的呐喊。说:“众将,你们都看看,我有头呃没有?”都说:“丞相,你看没有头怎么说话?”曹操说:“有头还好!”

【耍孩儿】离大江百里遥,走一步哭嚎啕,咱只当也把头来吊;既然有头还不错,大丈夫那怕小儿曹!到京定把仇来报!咱也要加鞭快走,怕孔明诡计难招。

却说:一气跑了半夜,人困马乏。“咱且慢走几步。”曹操掩面流泪。

不听的呐喊声,定定神慢慢行,八卦炉中逃性命。虽然火里没烧死,胡子短了一揸零。百万人一个何曾剩!我已是用兵半世,这场戏忒也伤情!

“前边什么去处?”都说:“是乌林。”曹操一看,哈哈大笑。都说:“丞相正哭,如何又笑?”曹操说:“我笑的诸葛亮,人都说他用兵如神,看来也是虚名。若是会的着,这里安下一队人马,不罢了咱么?”

人说起卧龙冈,齐孙膑汉张良,拿来说比诸葛亮;可见人言不足信,看来兵法也寻常,到底不如我曹丞相。若是这里埋伏下兵和马,咱爷们逃向何方?

都说:“孔明那里跟上丞相的。”一言未尽,一声炮响,火把齐明,一将大叫:“曹操认的俺常山赵子龙?奉将令等你多时!早早留下人头,放你过去!”

【皂罗袍】叫曹操留下脑袋,做夜壶不费安排,抠眼弹刮了毛腮;上镶铜几年不能坏。早早下马,休要挣揣。枪刀没眼,怕坏了天灵盖。

曹操战战说道:“怎么了!怎么!”张郃、徐晃说:“许褚,你保着丞相快走,俺二人去敌一阵。”上前合子龙死杀。但见火焰冲天,曹操说:“了也了不的了!四下里是火,往那里逃走?”

【哭皇天】哩溜子喇,喇溜子哩,百万雄兵一旦休,一旦休!那里投?教人伤恸泪交流!才自江东逃出命,又遇赵云要老头。骂诸葛,老贼头,平地掘成万丈沟。一行杀人又放火,合你前世里甚冤仇?我的哥哥哟,咳,咳,我的皇天!

许褚说:“丞相快走!追兵就到。”曹操说:“罢了,罢了!”只得舍命抱着头大跑而去。却说:三人战了多时,张郃腿上被子龙着了一下,两个才逃了。子龙说:“饶你狗命去罢!”却说:曹操正走,天又下雨,便说:“苦哉,苦哉!又下起雨来了!天那,天那!”

赵子龙用火攻,何不早早往下倾?这雨单留着折掇俺,大骂龙王太不通。顺脸流水湿马鬃，山水呼呼往下冲。今日真是活倒运，踩着蝎子按着蜂！我的哥哥哟，咳，咳，我的皇天！

你看这水好利害，正走着把马绊倒，倒闯下来，说："死了，死了！"许褚、张辽扶他上马说："看有追兵，快走，快走！"又跑了一回说："好了，天明了。"叫李典："你登山望一望，探探虚实，两条路看那一路无兵。"李典答应一声，上山去了。曹操说："冷的紧！且下马把衣服拧拧。"

雨又大，水又深，浑身上下水淋淋。西北风来好不冷，冻的我几乎近了心！打寒森，好难禁，忍寒挨冻到如今。给我把衣服拧一拧，扑撒扑撒前后襟。我的哥哥哟，咳，咳，我的皇天！

"拧了拧衣给我穿上。"李典回来，曹操说："看的何如？"李典说："这一路是上北夷陵，望见有些烟火；那一路是上南夷陵，却极宁静。咱上南夷陵罢。"曹操说："我偏要上北夷陵。"众人说："既有烟火，必有埋伏。"曹操说："这兵法家虚虚实实之法，你那里晓的？"

【呀呀油】静悄悄，静悄悄，必然有兵埋伏着。他要哄俺上这里来，俺可怎肯上他套？把火烧，把火烧，虚张声势把人唠。他意料我不敢行，我偏走这条道。

"这是孔明诡计，那清静处必有埋伏，有烟火处必定无人。这好计，去耍哄别人，如何哄的我？我竟上北夷陵。"

他虽通，他虽通，怎么哄的老祖宗？我用兵用了三十年，这个方法常常用。用火攻，用火攻，偶然中了他计牢笼。有朝一日到京都，咱可再把机关弄。

少时，许、张二人来了。曹操问："来了么？"答应："来了。张郃中了枪了！"曹操慌忙去看说："好，好！虽透了甲，幸而伤不甚重。如今人困马乏，须要寻个去处，歇歇人马，烤烤衣服，做些饭吃。前面不知什么去处？”众人说：“到了葫芦峪了。”曹操说：“速速埋锅造饭，给我烤烤衣服。”众人听说，都去奔忙。曹操坐下一瞰，哈哈大笑。众人说：“丞相，乌林一笑，笑出了个赵子龙，如何又笑？”曹操说：“还笑的孔明无智。”

笑孔明，笑孔明，这里兵马好安营；若是安下一支兵，咱可真正难逃命。这里平，这里平，他还是个小后生；虽然有点小计谋，到底也还上不净。

“你说这里埋伏下兵马，咱那里逃走？”言还未尽，一声炮响，跑出两员大将，大叫：“曹操休走！俺乃糜竺、糜芳，奉将令取你首级！早早下马，免动刀枪！”

【皂罗袍】奉将令取你首级，早下马是你便宜。刀剑一动剁如泥，那时休说咱无仁义。割了奸肉，剥了贼皮，也给朝廷家出出肮脏气！

曹操又战战起来。众人扶他上马。一干人顾不得困乏，一齐乱战。那蜀兵放火来，满峪皆着，烧的曹兵弃甲丢盔，死的死，杀的杀。二糜得了衣甲器械而去。却说：那峪里只有一条出路，曹操被将护着逃出性命。都说：“丞相身上还有火哩！”给他搓杀。曹操说：“怎么又吃一场横亏，好恨人也！”

【呀呀油】好奸徒，好奸徒，烧的我鼻脸黑又乌！不惟说是衣服烧，身上燎泡无其数。天叫孤，天叫孤，一统天下坐皇都，尽他怎么弄机关，自然还有天加护。

说不的人困马乏，只得慢慢走去，说：“恼死我也！”

恸伤心，恸伤心，眵眉呆眼欺负人。不是他的武艺高，原是自己交死运。为了君，为了君，拿住周郎抽了筋；还把孔明剐千刀，方才解我心头恨！

众人说："前边是华容道了。"曹操走去看了看，大笑说："好了，好了！亏了孔明失计，这里没有兵马。"

我孤穷，我孤穷，人困马乏肚里空。万死千生跑出来，像是一个南柯梦。到华容，到华容，若有兵马往上冲，拴缚只用一条锁，何须又把刀兵动？

正说着，一声炮响，转出一支人马，为首大将高叫："关云长在此！"曹操吓的魂不附体，说："可死了，可死了！"一干人战战成块。关爷又叫："早早投降，饶你性命！"

【皂罗袍】有本领夹马就上，闯过去算你命长。我有刀来你有枪，前前搐搐不成像。待要不战，下马投降。孔明若喜，未必不把你放。

大家光战战起来。许褚说："咱舍命合他决个胜负罢！"张辽说："咱人困马乏，怎是个敌手！如今只有一策：关云长虽然勇猛，他生平打的訾汉，不肯打死蛇；何况丞相待他甚有恩情，他为人义气，咱和他说好的，未必不见面生情。不如丞相亲去。"曹操无奈，只得欠背躬身，到了马前说："将军好么？"关爷喝了一声说道："待死杀，就死杀，问俺怎的！"

何劳你问俺近况？杀过我，放你颠枪。马上谁合你叙家常？费唇舌，上不的正经账。打伙商量，或杀或降，军令森严，谁把人轻放！

曹操说："我在将军身上也有好处来！"关爷说："我已是报答过了。"

俺当年曾领大教，你待俺情义也高。颜良、文丑把头枭，那时已把恩情报。今日相遇决难轻饶！不敢徇私，我实相告。

“点点人数，听俺绑缚。”一个，二个，三个，……共十六个。曹操说：“将军，你忘了过五关、斩六将时节么？”关爷回头自思说：“可是老贼虽然可恨，今日却也可怜。旧日交情，忽然打动，可怎么处？”张辽见他踌躇，掐了掐曹操说：“还不逃命，更待何时？”果然哄的声跑了。关爷见他跑了，大喝一声，那十六个人一齐跪下。关爷又不动手。他爬起来，上马好跑。关爷低头说：“这可怎么处？”叫三军快赶。众人说：“去远了。”关爷长吁了一口气，说：“也罢！一时自己没分晓，且听军师去发落。”

那孔明才能出众，掐指儿算定关公，方才老鳖在瓮中，一刀就把残生送，一时昏惑放过华容，事到而今，懊悔中何用？

关爷领兵回去不题。却说：张飞一路截杀曹兵，夺了许多兵器。隔着大林不远，叫三军：“军师教俺午时歇马，休要违了将令。”

俺凛凛一条好汉，不教俺截杀曹瞒。杀兵斩将好几番，一次何曾用着战？前边下马歇雕鞍，大小三军都把功劳献。

“这个大林，就好歇马。”不免下马进去，到了里旁坐下。有献耳级的，有献器械的。小校来报：“曹操逃下来了。”翼德惊道：“哎呀！快牵马来！”上了马大笑说：“好妙，好妙！”

那孔明兵机神妙，他已是算定曹操，一处不死一处逃，午时三刻，必然在此歇马，等着正好。这个乖子，看看你那里逃？

不一时，曹操来到，说：“前边是上京的大路，可无事了。”张辽一望说：“林里有人！”正说着，翼德一马飞出来，大喊一声：“张翼德在此！老贼那里走？”不用分说，一矛刺去，曹操落马。许褚来救，又一矛刺去，攮了个透明。那别人丧胆亡魂，各逃性命。命把二人首级枭了，献于翼德。翼德哈哈大笑说：“奸贼，奸贼！一般也有今日么!"提过曹操的头来,端详了一遍。

看样儿奸雄无对,毛满腮两道浓眉,端详真是老奸贼;老奸贼,思量要篡君王位!皮焦毛落相吃大亏。为什么一矛刺死,半点事儿全不费?

"赶了个痂脚鬼儿,讨愧的紧!奸贼,奸贼!你记的害人么?"

汉天子何人打救,一任你杀斩存留;祢衡死在鹦鹉洲,又因何杖杀伏皇后?杀了文若,又杀杨修,那董、马两家都吃你的肉!

把头拴在矛上,抗起来大笑:"快哉,快哉!都像这一矛,不三两矛,'天下大事定矣'了。"

诗曰:只当贼头是铁铜,割来也是软沽浓;
凯歌直到中军帐,一手提来献首功。

第三联

庆　功

却说:孔明和玄德坐在帐中。玄德说:"这一回拿住曹操了才好。"孔明说:"云长必然放了他。"玄德说:"只怕也未必。他不想那个军令状么?"

【银纽丝】我想二弟云长也么长,一世为人性气刚,最傲强,喜他一片好心肠。一言既说出,生死不能忘,况且立下赌头状;只怕那曹操性命长,捉他不住溜了缰。我的天,赶上难,可是难赶上!

孔明说:"不然。曹操到华容已是力尽筋舒,只消刀一割而已。"玄德说:

我想那曹操老贼也么奸，雄兵百万下江南。老曹瞒猛将还有数十员：张郃也骁勇，许褚敢当先，张辽、徐晃皆能战。若是天意灭曹瞒，杀了奸贼大事完。我的天，献猪羊，就把猪羊献！

“兵马也该有来的了？”孔明说：“眼下便见云长放了他，或者翼德可不放他。”却说：子龙得意而归，说：“被俺杀的痛快！来此已是中军帐，待俺进去。”孔明起来说：“辛苦了！”子龙献首级，便说：

【耍孩儿】老曹操到乌林，果然有四更时分。大炮一声排成阵，军士满山去放火，张郃被俺攮断筋。曹操死命生逃遁。虽没把老贼捉住，可也是丧胆亡魂。

孔明说：“拿酒来，与子龙贺功。”三人饮酒。二糜来到说：“皇叔、军师在此，待俺下马进去。”孔明说：“鞍马劳顿了！请坐！说说那战斗俺听。”二糜说：“有耳级在此。”

葫芦峪里埋伏着，听了听五更敲，待了霎老贼才来到。大喝一声杀出去，四下里军人放火烧，一群齐把皇天叫。杀了的割了耳级，可惜是走了曹操。

孔明说：“就好，就好！快斟酒，给二位贺功。”却说：关爷恹头搭脑的，一路行来，说：“俺一时失了主意，把个曹操放走了，如今怎么见军师？俺待拔刀自刎，又可惜一身本领，没做出一点事业来。也罢！来此已是中军帐，只得进去，任凭军师怎么处分罢。”

懊悔煞关云长，失主意没算当，一时就把曹操放。俺今若到中军里，说不的短，道不的长，但凭军师怎么样。若饶了是看体面，就杀了也是应当。

大步蓦进来，合席都起来。孔明说：“拿酒来给云长贺功，想是拿了曹操来了！”关爷朝着玄德双膝跪下，大叫一声：“哥哥！”低下头不做声了。孔明说:“奇哉！想是曹操过去了?”也不做声。又问:“想是曹操未打华容道上来么?”又不做声。孔明说:“这就奇了!”

叫云长你听知:你缘何把头低,一问一个不喘气？若是没走华容道,把我就给个脖儿齐,我也怨不得军法治。可怎么不言不语?这个事好不跷蹊!

“哦！是了。想是你放他了？这可说不的,有军令状,你可记的么?”关爷说:“记的。”孔明说:“可该怎么样呢?”关爷说:“砍头便是!”孔明叫:“刀斧手!”一群人喊了一声。玄德说:“暂看薄面,恕了这一次罢!”孔明说:“断断难恕!”

关云长太不通,放曹操走华容,把江山只当人情送。百计千方把他趁,趁到网里落场空。恨的恨来牙根痛！休说有赌头令状,按军法断断难容!

却说:翼德挑着头,直到中军,便问那把门的:“里边吆喝什么?”军人说:“军师因着二爷放了曹操,要行刑哩。”翼德把得胜鼓乱打,提头直入,大叫:“军师！曹操贼头在此,饶了二哥罢!”满堂都说:“可喜,可喜!”孔明说:“既然斩了曹操,大家贺喜。把罪人释放,讨他不得入席。把头挂起,鼓吹饮酒。”

一来看皇叔尊,二来看张将军,三来庆贺不暇问。把个贼头高挂起,大吹大打饮酒巡。曹操死,一统咱有分。快叫人宰杀牛马,犒赏那大小三军。

“翼德,你说说那杀曹操的情状听听,咱大家下酒。”翼德哈哈的大笑说:“待俺说来。”

奉将令杀奔逃,坐林中验功劳。午时三刻曹操到,我就一马闯出去,分心刺杀老奸曹。那些人莫敢把我招,只有许褚来挣扎,只被我透甲一矛！

都说："快哉，快哉！"都要一口一盅，把杯放下，击鼓为令。孔明叫军人埋下百尺高杆，把头挂起，赌一赌弓箭，射着大家贺一大盅。翼德说："妙，妙！待俺先来。"

【倒扳桨】走兽壶中把箭抽，捻弓搭箭把弦彄，撒手好似流星快，直中曹操老贼头；老贼头，烂流丢，奉劝合席一大瓯。

一箭射去，果然中了，鼓声乱响。都喝采说："到底是张将军！"斟上酒，都吃了。子龙起来，捻弓在手。

龙角弯弓待俺开，扯时好似月满怀，悠悠撒去雕翎箭，端端穿透老贼腮；老贼腮，把酒筛，奉劝合席一大杯。

一箭射中，都喝采说："好箭，好箭！"鼓声齐鸣，大家又吃一杯。糜竺起来说："我也射他一箭。"

飞鱼袋内取弯弓，搭上雕翎不放空，今日全凭你支架，一撒直中老贼雄；老贼雄，鼓咚咚，奉劝合席一大盅。

糜竺又中了。大家又喝采，又吃酒。糜芳也起来说："我也射他一箭。"

弓儿弯弯箭又长，从来百步会穿杨，这会射中老奸党，明朝封你箭中王；箭中王，都称扬，奉劝合席一大觞。

把箭撒去，都说："不好，不好！歪了，歪了！"少时，那箭落将下来，军人拾箭来报说："箭上穿落一耳。"都哈哈大笑说："妙，妙！投壶中耳也算的，斟酒庆贺。"关爷大叫："有罪之人，也许射他一箭么？"玄德说："射中免罪。"关爷撩衣向前，拿起弓来，说道："待俺射他左眼，中着右眼，便算俺输了。"

一篷长箭插当腰，曾向空中射雁毛，放出单单射左眼，中着别处算落操；算落操，难免叨，立刻罚酒一大瓢。

才射出，那鼓声乱响，都说："将军神箭，果然中了左眼！"合席喝采。孔明叫赏一大盅。此时，玄德已醉，便说："二弟坐着，俺也射一箭。"踉踉跄跄，起来才待开弓，便就歪倒了。都说："皇叔醉矣！"叫二人扶进去了。众人都起来作别。

【清江引】没似今朝醉的好，大家同欢笑。箭箭中贼头，鼓声酒杯倒，把一个刘皇叔生醉倒。

诗曰：可恨华容欠一刀，此时紧的点刚矛；

谁怜软弱刘天子，强夺江山付汉朝。

第四联

烧　耳

却说：张翼德斩了曹操，刘玄德君臣饮酒射头作乐，大醉而散。又犒赏三军，军人们也分队饮酒。有一伙军人提壶瓶酒盏商议说："老爷们散了，赏咱们的酒肉，可以痛饮。那贼头挂在那边，咱也就着那里作一个会，有何不可？都坐下，都坐下，咱就猜拳，赢了的吃酒，输了的着他指头骂曹操，骂的都成溜。"猜了两拳说："你输了，我吃酒，你骂。"那一个指着曹操就骂起来了。

【黄泥调】骂声曹操：狡肚蛆心忘八羔！一心要作朝廷，那里不思想到，忒也好刁！扯带腮，一堆毛，毛里响一声，叫人魂也吊。

"该合李大哥猜哩。"又猜说："我输了。你吃酒，我骂他。"

骂声曹瞒：看你浑身都是奸！杀了伏娘娘，要把朝来篡！痛快难言，一矛刺下宝雕鞍，一刀割下来像个毛蚁蛋！

又猜说："我想起来一件事最奸恶，极可恨，待我骂他。"

骂声奸行：当初逃难在他乡，到了朋友家，还把祸来降。侯家村庄，装酒杀猪给你尝；你杀他一家人，这是那里的账？

骂罢又猜。一个输了，说："老奸党，我也想起一件该骂他处。"

骂声奸曹：你也各成一大包。你说你奸不奸？自已吃毒药，奸的口难学；白日挺着尸，装睡觉，猛起来杀了人，还推不知道！

一个说："您骂的都好。我虽未输了，不骂也缺点。我也骂他几句。"

祢衡虽狂，他把口舌当刀枪；虽不能杀贼，他那气也壮。你这奸行，杀他又怕恶名扬，就把个祢正平送给了壶瓶匠！

骂罢，又跳起来，一个说："骂到如今，越发引上火来了。"

天爷好蹊跷，潼关割须又弃袍，总不着他死，放他只胡跳。撞着马超，树林转了好几遭；魏延一箭来，只射的门牙吊。

"好恨人，好恨人，骂他不尽，嚼他两口才好。一个全头，不敢动着；有糜二爷射吊了的那个贼耳，拿来烧烧，每人嚼他一口，出出恶气。"都拍手说："妙，妙！"即时从箭上掭下来，争着烧。

争着去烧，到了火上甚腥臊。上前闻一闻，都说不大妙。原来错了，烧猪也要用姜椒，即忙拿来加上点材料。

"快拿来加上些花椒、茴香，去去那贼的恶气。"加上又烧，说："好了，不大臭了，可也中了。这是个异味，大家都尝尝，休要偏了。都吃大盅。"一个说："都坐下细嚼嚼，才有滋味。"都嚼了嚼，说："有个别味。"一个说："咱不要混闹。这不是五营的人都有，咱大家斟上酒，着一个起去做手着，各人说说那杀曹操的光景，快活快活。"一个说："咱是头一阵。你吃酒，我就先说。"这人果然拿过枪来,做手着,说起来。众人都吃着酒,侧耳笑着听。

【梆子腔】一杆长枪一口刀,都在乌林埋伏着。等了半宿没有信,听得城头四更鼓敲。忽然像有人马动,心里就知是曹操。大炮一声齐呐喊,老爷大喝似江潮,说是"常山子龙"到,他就打战筛糠头也摇!两个汉子齐来斗,俺老爷一杆长枪把他朝。话不投机一枪去,把那个行子攮着腰。两个着忙就撒腿,俺又放火把他烧。一行杀来一行烧,满山满谷哭嚎啕。砍瓜切菜不住手,使的我,大汗淋淋透甲袍。曹操好个老奸党,不知几时亦奔逃。实指望捉住老贼耍一耍,谁想是只杀几个毛小妖!老贼虽然逃了命,必然嘴上没了毛。俺把死人割耳级,跟来帐前献功劳。

都说:"妙,妙!若不着赵老爷,这头仗难打。"又有一个说:"你是糜老爷的人,说说那葫芦峪的死杀俺听听。"那人也起来舞刀做势,说起来了。

【梆子腔】一蓬火箭一张弓,暗暗埋伏在峪中。乱鸡叫罢曹操到,俺那大炮只扑通。糜爷兄弟人两个,大骂曹操老奸雄。两杆长枪一齐去,人似金刚马似龙。他就唬得打溺战,老头无路乱烘烘。一群汉子齐来战,俺就烧山用火攻。哭的哭来叫的叫,上下一片火光红!那些行子没处伏,撒马开交一溜风。俺就赶着只顾杀,砍瓜切菜一般同!一人回头向我照,我颤长枪只一通,不禁汤水落了马,我就割头来献功。曹操不知那里去,耳级穿上一大绳。谁知胜仗极好打,上前好似一窝蜂。共总一个曹操没拿住,到如今懊悔杀的松!

都拱手说:"得意,得意!关老爷的兵也是不弱的,你起来说说。"那人起来,伸了伸腰,长吁了一口气,说:"我跟着二老爷,也曾得意来;惟有今遭,甚不出气。我正待对着列位诉诉哩。"空着手，弥量着，说起来了。

【梆子腔】一群人马打高照，华容道上等曹操。午时三刻等的到，十数个人来往北逃，只剩游游一口气，好像死了好几遭。老爷大叫“云长在”，看他魂灵撒九霄，攒攒簇簇不敢动，好似老鼠见了猫。好汉子也不喘粗气：只有秦奸肉佞狗张辽，不知他挤眼弄鼻说些嗄，一霎老贼来告饶。老爷起初主意正，任他咋说把头摇。若还此时就下手，不过只用十六刀，咔喳一声人头落，千古大恨一时消。老爷低头不下手，燥的俺只待溺一泡。老爷又不知寻思嗄，只等他扯腿开了交。放着死蛇不会打，你说这事是乖可是潮！还合那曹操讲义气，如今闷得口难学。人人来家都要嘴，独俺不敢把嘴啕。这个时节还错过，那得再有第二遭！

都摆手说：“你休说罢，闷死人矣。关二老爷平生爽快，这件事着人不服。得三爷的人说那砍头的妙景，解解这闷气。”那个人立起，哈哈大笑：“待俺说来。”

【梆子腔】俺那老爷本姓张，一杆蛇矛丈八长。领俺去把逃兵杀，一路赶杀如群羊。跑了百里日正午，林中歇马去乘凉。各人抢的各人献，衣甲器物排成行。忽然报说曹操到，老爷大喜似颠狂。即时提矛上了马，好似一尊活金刚。出林大叫“老爷到”，一堆人打战似筛糠。前前擂擂不敢动，如同小鬼见阎王。老爷全然不答话，须似钢针插嘴旁。夹马拧矛撺出去，一声霹雳震山岗。单照曹操分心刺，一下就成致命伤。许褚安心要弄鬼，一矛攮去透心亮。两个翻身都落马，敧在地下狗痓黄。脚楂脖子枭首级，那鼻眼略动口还张。贪慌摆划这垛髅骨，别的跑了他贼娘！不是老爷足了意，一马直追到汴梁。瓮中捉了老瘸鳖，临行不用刀和枪。丁点力气全没费，马上提来头一双。老爷尽有痛快事，今遭痛快不寻常！后日英雄听到此，必然满饮一大觞。

都拍手说："妙，妙！快哉，快哉！这样快事，俺偏捞不着，便宜你！过日捞着司马懿，俺也这样。酒也足了，话也尽了，咱散了罢。"

【清江引】天下事不必定是有，好事在人做。杀了司马懿，灭了曹操后，虽然捞不着，咱且快活口。

诗曰：华容一事千秋闷，未斩奸臣老贼头；
不是一矛快今古，万年犹恨寿亭侯。

禳妒咒

第一回

开　场

丑笑上【西江月】诸样事有法可治，惟独一样难堪：画帘以里绣床边，使不的威灵势焰。任凭你王侯公子，动不动怒气冲天；他若到了绣房前，咦，汉子就矮了一半！

家家房中有个人一堆，戴着鬏髻穿着裙祸根；仰起巴掌照着脸瓜得，内问云是你打他么？哭云那里，是他打我。作介我只雄赳赳的闯进门扑哧。内问云这是怎么？笑云扑哧一声，我就跪下了。内问云你就这么怕老婆么？丑云列位休笑，天下那一个不是怕老婆的呢？你说先父是怎么死了来？敝庄南里有个八家店。这八家子被老婆降极了，大家约了一道怕老婆会。都不敢做会头。有一个人就提着先父的名字说："北庄里王喘气，听说他极大胆，何不去请他做会头？"都说："极好，极好！"大家一齐到门，把先父请去，说了来意。先父当年还是条汉子，慨然做了会头。这一日吃着那血酒，说下若一个有难，大家一齐上前。谁想那众娘子们，已是都知道了，都各人拿了棒槌，来合和了家母一齐跑去。这里大家正吃着血酒，看见女兵到了慌极，都爬墙颠了；独有先父坐在上席，稳然不动。内云好哇！还是令尊是条汉子！丑哭云好么！到了近前看了看，那王喘气已是不喘气了！内云咳！令尊是这么死的来么？丑云你道是咱着来呀？我昨日在街上听见人唱一个【山坡羊】，甚是伤感。我唱唱与大爷们听听，普天地下什么人是条汉子？

【调寄山坡羊】不怕天不怕地，单单怕那秋胡戏。性子发了要杀人，进来屋里没了气。尽他作精尽他治，放不出个狗臭屁。休笑汉子全不济，这里使不的钱合势。

你就是个王侯，你就是个阁老，常言道水长船高，到这里也用不的。

杀了人放了火，十万银子包里裹，一直送到抚院堂，情管即时开了锁；惟独这娘子人起了火，没处藏没处躲，这个衙门罢了我。

若是拿出良心细细想来，就怕他些可也罢了。

想当初把我嫁，一朵鲜花才摘下。口里一口糯米牙，头上一头好头发；脸儿好像芙芙子苗，金莲不够半揸大。白绫裙绿绸褂，传的影上的画，出的门支的架，扎裹起来爱煞人，好像一尊活菩萨。你说该怕不该怕？

再加上生男育女，又着他受苦遭难。

本等是家小人家，千头百穗难招架。没有冬没有夏，说不过来是做啥。闭煞屋门纺棉花，唧唧哇哇放不下。小的小，大的大，都从他肚里养活下，叫叫唤唤把气啕，他就心焦把我骂。你说该怕不该怕？

况且是丈人丈母用心用意，其情难报。

俺那小舅来这里耍，骑着骡子牵着马，驴驼担担一大些。本等是真说不的假，南瓜皮子一大筐，炊帚苕帚三五把。枣面蒸成窝窝头，嫩鸡鲜鱼剁成炸，丈人给了个银子锞，丈母偷着又给了俩。俺可不似那没良心，吃了费了还嫌寡。只是为了还是穷，这样行子本该打。

依起那没尽足的心肠，就得二百个达达来把你填还。

我就从来没有捆，有了钱来要弄鬼。学着赌博指着赢，输了待捞没有本，心里痒痒没处抓，跑前跑后撅着嘴。不知是谁撒了汤，恼的娘子滴下水，进来房门采住毛，扬了一百小鞋底。虽然打我我不怨，原是俺自家没有理。

俺过着他的日子，他管教俺成人，还说俺是怕婆子，没得还该不怕么？

东庄有个李小楼，寻了个老婆门楼头，粗唇大口窝挖眼，做鞋就得二尺细。看他那人物丑甚丑，他倒跟个俊的憨，要打就打要骂就骂，汉子总像有了仇。他汉子还顺他的道受他的教，可笑可笑真可笑！丈人过的着实焦，等着女婿去尽孝，送了粮食送衣服，黄边还得好几吊。这样汉子还要降，冤枉冤屈那里去告？

怕老婆的虽然不少，像这样怕法，可就叫几声皇天。

我就从来爆仗性，受不的气儿顾不的命。到家见了那个人，吆喝一声挣了腚。浑身打战似筛糠，不知这是那里的病？老婆说有森人毛，这话是真不是空。到多喒拔了他那毛，治了我的病，仔怕我就胆子硬。

天地之间，蚕们可以老了，刨树可以倒了，饥困可以饱了，肮赃可以扫了，惟独这着骨的疔疮，几时是个了手呢？

昨日煞进门就是顿巴掌子，劈头就是顿踏棍子，打的露着血脉子，几乎见了腥荤子。若不着俺家他三婶子，坐住领了双份子，孩子裂了书本子，嗔我又没端尿盆子。

俺只得虔诚祷告:玉皇爷爷,灶王爷爷,月光爷爷,太阳爷爷,头上顶的房爷爷,屋里铺的床爷爷,三根腿的炉神香爷爷,毛厕的毛神脏爷爷,凡是天地间的神灵,无论什么爷爷,你若保佑俺打骂不捱,我就发下洪誓大愿。

虽有巴掌不能扬,从今汉子不受降,俺就许下杀乜羊。待要攮俺折了锥,待要扎俺折了针,俺就许下杀乜鸡。鞭子手软不能牵,烂了棒槌折了拐,我就许下朝南海。纸也整锞也整,腊月里穿单不害冷。娘娘如有灵,一步一拜的到山顶。

听的说:怕老婆的不少饭吃。这话只怕是胡言。

一般俺也腆着脸,一般俺也瞪着眼。脚儿跟他三四双,浑身不曾少一点。发恨想着掘他娘,到了近前没了胆。说怕老婆有饭吃,这话也是瞎打闪。俺也怕了十来年,至到而今他不怕俺。咱且从容且怕着,只怕将来还做个茧。

果然从此兴家,俺自家怕了不算,还嘱咐那子子孙孙,休要失了家传。

【皂罗袍】怕婆子休得取笑,十个人九个操淖。谁家盆碗不厮敲?反了常倒是个不祥兆。蛾眉一竖,胆战魂消,阁老尚书也要上他的道。

内云养汉老婆攀四邻,谁家那正经人物子怕老婆来?丑云嗤!我道你就不怕么?那一日俺王大娘就没打你呀?内云哇!我怕是上人上物哇。丑云你就不是上人,怎还算不的上物呢?若是算不的,待我说一件典故你听:

当初明朝有一位戚继光戚老爷,是个挂印的总兵。他生的身长八尺,腰阔十围,就有百万贼兵,他一马当先,就杀他个片甲不回。你看这是个什么汉子!岂不知他到了家里,那汉子就合你我是一样,那奶奶说跪着,他还不敢站着哩,真正是降的至极至极的。手下那些参将,副将,游击,千、把总,都替他不平。大家都来商议说:“老爷领着百万兵马,怎么怕一个妇人?咱不如反了罢!”戚老爷说:“怎么反呢?”众人说:“请老爷顶盔贯甲,亮出刀来,声声叫杀,往宅里竟跑,大家俱呐喊助威,愁他不服么?”戚老爷听罢大喜,即时披挂整齐,明盔亮甲,拿着一口刀耀眼争光,就在厅前大喊了一声杀呀。走进了宅门,又喊了一声杀呀,那声就矮上来了;进了家门子,再喊了一声杀,那杀呀之声又矮了些;进了房门,只落了游游一口气儿,那喉咙眼里插语着说杀呀。那奶奶正在床上睡觉,睁开眼说:“杀什么?”戚老爷丢了刀,一波落盖跪下,捏起那嗓根头子来,哏哏了一声说:“我杀乜鸡你吃。”这位戚将军不是上人么?

戚将军忽然反叛,一声声叫杀连天。进去家门气不全,到房中不觉声音变。莺声一出,跪倒床前。那软弱书生越发看的见。

内云这没根子瞎话,我就不听。丑云说起来你不信,如今就现有一个哩。你看那不是怕老婆的他达来也?下

第二回

双　戏

高公、高母上云年岁周花甲,鬓边白发生;有子万事足,无妾一身轻。

咱家姓高名猷,字是仲鸿,本贯临江府峡江县。俺本宦官后人也,家中有万金产业。我合夫人周氏,都是六十余岁。五十上生了

一子,叫小长命。自从读书,起了个名字叫高蕃。可喜他聪明俊秀,今年方才十岁,已是成了文章,也是一件好事。

【耍孩儿】也是咱命里该,五十才生了小婴孩,如今将近十年外。我儿生的模样好,伶俐聪明会弄乖,出去门人人看着爱。我合你年残日暮,摸弄着也略散心怀。

夫人说四十五上才生了他姐姐,已是没了指望,还亏临了才得了他,不然怎了!

十来胎不存留,看今生已罢休,不想还生下这块肉。已是生了痴和疹,又不瞎眼不秃头,心满意足今生够。但得他长命百岁,不指望富贵千秋。

仲鸿说天已晌午了,也该放了学了,怎么到如今不来?夫人说他来到家,光合咱那赁房的樊家那小妮子江城去打瓦,必定是玩住了。待我去看看。并下,小生扮长命上,贴旦扮樊江城上,相遇介,江城说你放了学了么?答应说放了。江城说来来,我正等着你翻交哩。两个坐下翻介

【跌落金钱】江城说咱且坐坐翻个交,看我翻个老牛槽。长命呀,我这一翻翻的妙。长命说妮子休夸翻手高,看我翻个细狗腰。江城呀,找不着头还着你心里燥。江城说小厮休要瞎胡捞,当初你曾跟我学。长命呀,方学会就弄乜花花哨。长命说我才翻了个单绵条,你自一翻就乱了交。江城说我说你还不懂窍。

江城说你才学会了,就教你乜嘴。这一回你打交,我先翻;翻错了的打十个瓜子。长命说就是这等。你犯着我手里,我使上些唾沫打你。江城说你翻错了,我下这四指面条子打你。

长命说咱可赌不的嘴里叨,老实休要翻错了。姐姐呀,翻错了只怕还唬一跳。江城说我说你慢翻错了,我伺候下四指老面条。哥哥

呀,有本领不要泪珠吊。长命说犯着我手里我也着实敲,到那进前休告饶。姐姐呀,量着肚子好吃药。江城说放着还不流水挑,认公认母只顾瞧。哥哥呀,闷煞人叫我心里燥。

长命大笑说妙哇,妙哇!你可翻错了,这可说不的了,来来!吐指头就拉胳膊,江城说打不的,是你从头里灶的我。两人正争,周夫人到笑道我说一猜一个着。长命,你不吃了饭上学里去,是什么样?长命说江城输了瓜子,不依我打呢。夫人说我儿来罢,着他该着你的罢。将着正走,高公又到。夫人说果然是我那话,正在那里争瓜子哩。

【耍孩儿】我就说我会猜,贪玩耍真乜孩,着我找到二门外。正争瓜子闹垓垓,一行叫着还不待来,两个还要胡厮赖。若不是我找的紧趁,他也就忘了书斋。

仲鸿说哈哈!这孩子不上学里去了么?连饭都忘了吃。

我的儿你听知,高拱手深作揖,往前休弄乜孩子势。放学来家吃了饭,不要移东又转西,一直径往书房去。若还是去的晚了,你看恁师傅不依。

过来过来,你吃些饭去罢,看晚了赚下打来了。

高小儿小女去翻交,周还要相争把气淘;

高可笑痴儿只贪耍,周不知书舍有荆条。

第三回

迁 居

樊公上云虚度人间五十秋,短袍破烂又流丢;街头个个称师傅,实与人家去放牛。

咱家姓樊名才，字子正，每年以教书为业。赁了高仲鸿家一口屋，不觉住了四年。主人到极盛德。明年的馆在北门里头，隔着这里太远，不免携家搬去。

【耍孩儿】教书教了三十年，卷着席头沿地里搬，几乎住遍了峡江县。惟有这里住的久，主客相交算有缘。明年又弄的不方便，领打着老婆孩子，北门里又要重迁。

樊婆徐氏上云嫁得穷酸丁，飘零五十春；搬来又搬去，南北似流民。自己徐氏便是。老头子说在北门里头赁下了一口房子，今日要搬，只得合家收拾收拾。

半领席一片毡，一个锅子一个坛，找找休忘了笔合砚。一桌破柜扫扫土，棉花车子落落弦。常言破家值万贯，你看看这破鞋破袜，乱烘烘堆满床前。

樊子正说我去外边雇一个挑脚的，拾掇上给他挑着，下剩的咱自家拿着罢。

箱子里满满当当，破家伙流流的一筐，匙箸碗碟掖打上。包起你为人的那蓝绢袄，我还有撒脚的鞋一双，尿鳖儿还没处放。你从容收拾妥当，我待去辞别街房。

我去别别街房，辞辞仲鸿。你合江城收拾下饭，我回来吃。携行李并下，高公上云樊子正今日要移居，他还来作别。咳，他到是个好人，怎么就无个定所？

樊子正实是穷，今日西来明日东，为人空好中何用？在这里住了三四载，我待他不与客户同，临别还得走相送。他或者收拾妥当，必定还到我家中。

叫道人来，你看您樊大爷来，即刻报我知道。手下人答应是，樊公上老仲是个盛德人，见了相爱更相亲，欠下房价更不问。若遇着冬年寒节，请我闲谈酒满斟，好处一言真难尽。临起身登门奉拜，谢谢他大德洪恩。

远看见那门上一人，看见我他就进去了，想是他去报他主人。呀！那不是高大哥已出来了？待俺速走一步。高公上前，一行走着便说今日必于乔迁了？子正说敬来叩别。握手到了堂中，即便作揖叩谢

连年来作践非常，孩儿入阁又穿房，跳圈儿乖破了红纱帐。使破锄头砍坏了斧，不肯教我去赔偿，借的粮食不上账。敬登门磕头拜谢，这恩德生死难忘！

握手到了堂中，即便作揖叩射！高公说这是那话。请坐请坐。

老头子睃不上那少年，说句话雾罩云山，时腔真有十可厌。喜的至诚又忠厚，表里真实无妄言，以后难得常相见。我为人村粗直率，有小错单望海涵。

子正说这是套言了。小弟还有几件家伙不曾收拾，就此告别。高公说那有此理！小弟还有一杯薄酒奉饯。子正说心领罢。不能取扰，足见高情。高仲鸿那里肯依，说不过一顿粗饭。子正没奈何，又坐下了。仲鸿便叫快拿酒来！手下人说酒到。仲鸿说我亲递一杯。子正说不劳不劳。

【黄莺儿】高说一杯奉坐前，听小弟告一言：以后难得常相见。暂且留连，暂且盘桓，毕酒还有家常饭。莫推谦，酒薄情厚，请告一杯干。

子正说忒也多情了！

老兄情太高，扰过了千万遭，不曾杯水将恩报。又饮香醪，又享佳肴，临别又领兄台教。不劳消，相隔不远，何必在今朝？

已是领过情了，别了罢。仲鸿拉住说岂有此理！即时饭到。子正说忒也过扰了。

一别路途遥，蒙相别情义高，不领也被旁人笑。留也是虚邀，饭也是免嚣，你我惟有心相照。请饱叨，省的老嫂，重复费烹调。

子正说已是醉饱了，就此告别。仲鸿说老兄既忙，小弟也不敢久留。摇手送介

芥蒂无分毫，我两人道义交，往来尽脱虚圈套。心恋恋难抛，恨重重难消，临行还有言相告。请听着：如有闲空，相访莫辞劳。

子正说是是，请了。高公下，子正抬头看介呀！天已晌午了。其实不能他去，俺且回家再处。急走介

【香柳娘】客何曾谢完，客何曾谢完，抬头看天，一客拜到晌午转。急等着要搬，急等着要搬，心火又生烟，诸事还不办。老婆儿望穿，老婆儿望穿，定说老汉一去不回还。

作进门介，徐氏说你灶死我也！怎么一去不还了？子正说一言难尽。

蒙仲鸿死留，蒙仲鸿死留，难把身抽，三杯已是饭时候。才刚刚罢休，才刚刚罢休，好似鱼脱钩，两脚忙忙走。跑的来汗流，跑的来汗流，不暇再别两邻朋旧。

徐氏说已是收拾停当，快去叫那脚夫来。子正叫脚夫那里？脚夫上等候已久。交行李介老婆子，你挎着这筐子；江城，你拿着小篮儿；我抗着板凳。

将房门放开，将房门放开，满地尘埃，该把房屋深深拜。看梁柱庭阶，看梁柱庭阶，炕沿锅台，住你三年外。今别你去来，今别你去来，脚夫等候，不得迟挨。

走介，江城哭介俺跟不上呢！子正说您娘俩慢走，我到前边等着。下，徐氏唱

叫江城女孩，叫江城女孩，步步走来在后边，谁相待？俺慢慢

行来，俺慢慢行来，啼哭泪满腮，看被人惊怪。又过巷穿街，又过巷穿街，布衣上盖，罗裙尘埃。

子正、脚夫歇介，徐氏说江城，那不是你爹爹在那里等咱？我儿快走些。走介，脚夫要走，江城哭了说俺还待歇歇。子正说咱就再坐坐。

俺无可奈何，俺无可奈何，孩儿细弱，啼啼哭哭真难过。只得且磨陀，只得且磨陀，共向街头坐，行人渐渐多。难把你拉拖，难把你拉拖，只管倒磨，你是待怎么？

又歇了歇说咱可走罢。江城摇头说俺不！子正起来说这妮子什么正经！我还先走罢。下，徐氏说我儿，咱也慢慢的走着。

【皂罗袍】盼家门叫人焦灶，女孩儿生把气淘，十来多岁还撒娇。路途半里何时到？转弯抹角，又过小桥，铺面两行，一派人烟闹。

江城又不行介，徐氏说哎哟！小歪拉骨！你可淘煞我了！

淘煞人前生业障，撅着嘴坐在路旁，不言不语泪汪汪。说走就把声来放，什么冤屈，皇天爷娘？坐到黄昏，终须怎么样？

子正上云脚夫打发去了。娘儿两个如何还不到？不免迎他迎去。呀！还在那檐下坐着哩。坐会子就不去了么？徐氏说正在这里弄鬼哩。子正说过来，我背着你走吧。江城笑说将将着罢。子正说就依着你。江城又说俺在这肩膀上站着罢。上在肩膀上介

这身材几乎一丈，到被他淘煞爷娘，丫头还把小孩装。脚儿躁在肩膀上，叫声妮子，要立住壮。一个筋斗，只怕跌的残生丧！

怪丫头站的牢壮，大立碑好似秦王。不怕翻了往下张，走来好似天仙降。一心似箭，奔走慌忙，来到家门才把孩儿放。下

徐氏说原来赁在此处，到也幽静。

诗曰：半世曾无安乐窝，书斋迁处住房挪；

　　旧年邻舍才相识，又去南城二里多。

第四回

入　泮

高公、高母上云小长命跟他三叔高季去考,已是二十余日。听说考完了好几日了,怎么不见回来?夫人说他三叔是好秀才,又老成,自然教导那孩子或者不差。

【耍孩儿】我那儿心志高,十三岁望进学,跟他叔叔去进场。场里考了好几日,人家童生都来了,全不见我儿郎到。虽没有千里万里,也隔着水远山遥。

高季领长命率家人上云长命进了场玩耍了几日,或者教我哥嫂担心。忙忙走来,已到家门,待俺即忙进去。

我侄儿会做文章,但他意兴太颠狂。考前不依他闲游荡,考后方才领着他去,看了亭榭看池塘,连朝便惹的倚门望。进门来先参哥嫂,叔侄俩竟到高堂。

家人忙报俺三叔合哥来了。仲鸿说好好!高季进门说小弟与哥嫂拜揖。仲鸿说辛苦了!拿坐来与叔坐的。长命说给爹娘磕头。夫人说我儿,你休磕头了,你坐下歇歇罢。仲鸿说怎么来到如今?高季说小长命待要耍耍,出了场留了几日,所以来迟。仲鸿说文章如何?

三兄弟你听着:孩子不敢望进学,叫他先学着认认号。咱既不曾求情面,咱又不能去下操,文章也未必能做的妙。进了学千万侥幸,进不了也就罢了。

高季说文章到通。点名时宗师见他小，还问他年纪，只怕也有些指望。但只是学道是要钱的。

【银纽丝】使银钱也把好缺也么挑，当日的文章未必高。甚操淖，敲门砖把进士唠。再做十年官，满眼尽蓬蒿，破题儿也忘了怎么造。酒色养的那脾胃娇，那厌气时文也不待瞧。我的天，学道瞎，真是瞎学道！

学棚里原是傀儡也么场，撮猴子全然在后堂。最可伤，瞎子也钻研着看文章。雇着名下士，眼明又心强，本宗师也做的有名望。若遇着那混账行，肉吃着腥气屎吃着香。我的天，丧良心，真把良心丧！

宗师的主意甚精也么明，只要实压着戥上星。求人情，好歹将来未可凭。不如包打上二百好冰凌，上公堂照他皮脸撕，要进童生是童生，要进几名是几名。我的天，灵应真，可有真灵应！

怨不的宗师大称也么称，他下的本钱也不轻。好营生，至少也弄个本利平。既然做生意，只望交易成，下上本谁不望利钱重？大县进学十五名，其实三停只一停。我的天，侥幸难，真是难侥幸！

仲鸿说进学这样难，就不必指望。他孩子又小，不进也罢了。高季说也未必。就若是进，必在三四名；没有就没有了。仲鸿说怎么说呢？高季说以下都是钱了。

点着名学道笑也么开，喜的原不是求真才。心暗猜，必定是大包封进来。只求成色正，不嫌文字歪，把天理丢靠九霄外。那管老童苦死挨，到老胡须白满腮。我的天，坏良心，真把良心坏！

仲鸿说童生有多大年纪的？高季说咱这临县中有一个刘太和，今年六十五了。一伙小童生见了他每日考，便都戏他说：刘大爷，你

好做诗,何不做一首?刘太和说:什么为题?众人说:就指着自家罢。刘太和顺口念道:

从那来了个春风鼓,童考考到六十五。没钱奉上大宗师,熬成天下童生祖!

仲鸿大笑说这也可笑可笑!

童生考成了白头也么翁,盘缠也得数万铜。到学宫,八十衣巾告不中。咱家小长命,不到着实通,不肯教他塞人家空。岁岁宗师一样同,再没个出来秉秉公。我的天,摇动心,都把心摇动!

报子上云报报报,俺先到,打了一个肩,崩了一宿道。买报使了四两银,指望还赚七八吊,还赚七八吊。

高大爷家相公进了,这就是个肥主子,摊着他也是咱的造化。来此已是高大爷门首。门上大哥传一声:高蕃进了第四名,俺来报喜哩。家人慌忙来报哥哥进了第四名,报子讨赏哩。仲鸿说呀!奇哉奇哉!他果然进了,可喜可喜!

如今世道爱钱也么神,无钱难得跳龙门。这头巾,颠颠约值二百银。孩子忒也小,安心待来春,科考才折蹬那粮食囤。谁想全不费分文,竟进了临江第四人。好运交,这才交好运!

叫人来,赏那报子二两银子一匹红。家人应介长命我儿,你去歇歇,好上府复试。三弟,你还送他一遭。

都答应说是。

高公人说宗师太不通,高母不爱文章只爱铜;

高季说长说短凭他去,长命只管咱不骂文宗。

第五回

择　偶

丑扮媒婆上云全凭口舌作本，不用买卖耕耘；舌上打下谷豆，牙中长出金银；一家衣服穿戴，只消两片薄唇。他心若爱富贵，就夸骡马成群；他心若图俊俏，就画个活现的美人；就是嫦娥不嫁，也说的他爱落凡尘。东家找我配对，西家找我求婚。女儿纵然丑陋，说成个王嫱昭君；女婿纵然穷迫，说成个十万季伦。光撒谎也无恶意，不过为成就婚姻。过了门两家不好，出上俺再不上门。有人问我来历，我乃女中苏秦。

自家不是别人，东庄里王古董便是。城南李知府看见那高家小相公聪明俊秀，要给他做个丈人，托我做媒，许下给我裂半尺布的裹脚。待俺去走走，设或说成了，挣他这一宗布来，裂了裹脚，只怕还剩下一对鞋里也是有的。挣赏还须看运气，成亲也是在姻缘。下，高公、高母

【耍孩儿】小娃子十二三，戴方巾穿蓝衫，模样扎挂的极中看。资质聪明人物好，做亲要择个好姻缘，后日也省的孩儿怨。一来要门当户对，二来要貌美人贤。

仲鸿说咱小长命十二三了，也该给他定个丈人家。近来提亲的到不少，只是合不着我的意思。夫人说咱真么个好孩子，须索要一个好媳妇才好。仲鸿说正是呢。

夫人唱家里穷还不妨，第一门户要相当，女儿也要个好模样。

人物不好不成对，没有根茎也赃囊，两班儿都要配的上。这个事虽然在我，也合他本人商量。

【调寄呀呀油】做媒人，做媒人，吃了东西还赏银。凭着这两片唇，挣下了米一囤。做媒人，做媒人，怕的是弄假不成真。两亲家翻了脸，才蕣的这头毛尽！

来此已是高宅门首，待俺进去。相见介给大爷合奶奶磕头。夫人说王古董，你从那里来？王婆说我没事不来，是为小哥的亲事。这有极大的一家人家，又是极好的个美人儿。仲鸿说是谁家？王婆说远在临江，近在峡江。

李知府，李知府，楼房俱是磨砖铺。寻常的财主家，治不起他一件物。有个闺女，有个闺女，模样手脚一件无差。要合咱家结门亲，就给相公做媳妇。

仲鸿笑说到极好。但只是他人家大，我仰攀不起；我只找穷汉人家肩膀齐的。王婆笑说哎哟！大爷，你人家小来么？

好姻缘，好姻缘，他那嫁妆件件全。昨日煞那李奶奶，还拾掇来给我看。他合咱，他合咱，门当户对不容嫌。天生一对俊人儿，绝好的个鸳鸯伴。

那李老爷体面也好。

到上台，到上台，轿马一到仪门开。司道军门都请酒，请的迟了怕他怪。手段不喷，手段不喷，官里人情能求来。那阁老合尚书，都合他有一拜。

仲鸿说我是个乡瓜子，不敢攀那大头脑。王婆说大爷，你真个不合他做亲么？仲鸿说你看我这里扯着来么？王婆说不着我去罢。仲鸿说你吃些饭去。王婆说罢呀，㧟塑匠两口子扎春牛，忙着那忙哩。

运气低，运气低，返回就到了日头西。一门亲事没既成，到走的俺这腿儿细。再休提，再休提，撞着高家这谬东西。费了脚步没赚钱，又瞎淘了多少气。

一心忙似箭，两脚走如飞。下，夫人说他才说的这李家也就罢了，你怎么就杜住门子？仲鸿说你不知这李知府是李二蹭，少年不干好事，曾在赵亲家家里当管家，因他不服实，攒了他；又偷了人家牛，着人家告着他；就颠到北京，报了吏部尚书钱宅里。从此丢起诈威，二三年间大富了，买了个官儿。咱虽是没个乡宦，这样富贵，我还不曾放在眼里。

我害嚣，我害嚣，从来只合那贫贱交。他虽然那线索灵，我断不敢领他的教。咱虽穷了，咱虽穷了，门户虽衰品极高。也该略把崖岸存，休要惹的旁人笑。

末扮陈举人上云咱家陈昌侯，也是丙子科中个乡榜，合高仲鸿的侄儿同年，因此相处的极好。前日王翰林有个女儿，托我作媒，想是一说没有不成的。

翰林王，翰林王，自从去年开了坊。高宅合他有老亲戚，用不着我说名望。竟登堂，竟登堂，两家门户又相当。这也是个顺水船，只用俺去走一趟。

家人说禀爷，已到高宅门首了。陈举人说待俺下马进去。仲鸿正合夫人说话，门上人报陈爷进来了。夫人说你去瞧他瞧。下，仲鸿出去迎接，相见了，进来各作了揖，陈爷说该给老伯磕头。仲鸿说岂敢岂敢！又作了揖，才坐下，仲鸿说年兄久不下顾了。陈爷说一向不曾问候，有罪有罪！今日来有话告禀。

【罗江怨】在春坊大号洪君，合尊宅上辈有亲，四十里隔着也相近。有小姐不曾许人，他意思要作婚姻，行辈不差情理顺。小年兄已到黉门，十三四年正青春，现如今还又不曾聘，依我看绝妙无伦。俺如今专候台钧，他那里专等着晚生的信。

仲鸿说这到极好。烦年兄坐坐，待我去合老荆计议。出来正撞着夫人，夫人说陈昌侯言语，我已是听着了。这个主到极妥当。仲鸿说却不知道他的女儿何如。夫人说这不消问别人，前年小长命往他姐夫家去，就曾到他家里，就见他那孩子来。他若说好，也就罢了。叫丫头去书房里请你哥哥来的。丫头答应是，不一时，长命到。说爷有何吩咐？

仲鸿唱陈昌侯为你作伐，王翰林官宦人家，论起来尽可成婚嫁。他门户虽然不差，他女儿未知怎么，因此心上还悬挂。那孩儿你曾见他，模样儿佳与不佳，请来问你一句话。丑合俊听你胡吧，好合歹全在你自家，老子娘也替你定不的价。

你说说是好是不好？公子低头不做声。夫人又问不好么？他也不做声。又问好么？又不做声。夫人说做不做只听你一句话，怎么不说？公子才说不好。夫人说怎么不好呢，丑么？公子说不丑。夫人说这又奇哩！不丑罢呀，怎么不好？公子把两手比量着说那脚够真么大！夫人大笑说好仯孩子！模样好罢呀，要那脚做什么？仲鸿说既然这等，我可怎么回复他？哦！有了。出来见了陈举人说可笑，可笑！

可笑是婆婆妈妈，凡事儿絮絮答答。他给小儿长算卦，那瞎厮一溜胡吧，说小些到还不差，媳妇不宜量比他大。王翰林门第清华，还不待找什么人家？奈妇人听那瞎子的话，从头斗口磨牙。妇人这性儿难拿，汗珠儿教人通身下！

陈举人说老伯母既然不爱也罢了，小侄行了罢。仲鸿说那有此理！不曾吃饭就走么？陈举人说若是饥饿，自然取扰，岂有作客之理；且是家里有个小约，不能久留。仲鸿说既不肯，我也不便强留。陈举人下

【清江引】仲鸿唱这两日提亲的到不少，才去了又来到。门户若相当，人物又不妙，好事儿就真么不凑巧。

仲鸿回来合夫人说这事情怎么真么不凑巧！前日他姐夫张石庵说，何家庄那何科道家，他有十三四的个女儿，极待合咱做亲。不就打听打听，若是人物好着，合他就做了也罢了。公子在旁笑了笑说不好。仲鸿说怎么知不好呢？这家子不好，那家子不好，你打了光棍子罢！夫人说怎么不好？公子说那脸上一些黑雀子。夫人说你见来么？你听的谁说？公子不语。夫人又问，公子才说那一日听的姐夫合爷说了这宗亲事，正月十五他出来走百病，我瞧了他瞧。夫人说哈哈！你只说他小，隔着十里多路，他又先打听了来了。

老头子你只说他小，他什么不知道！隔着十里多又跑插到，他自家看一看到也好。

高公妍媸皆是命里该，高母推不能去挽不来；

长命暗里赤绳早系定，合云空劳人力费安排。

第六回

邂　逅

长命上云相如乐事在当垆，室有佳人意象殊；宁可空房常独守，丑妻恶妾不如无！

小生年长一十五岁，事事都算如意；怎么婚姻这样难成，不由人心中纳闷。待俺出得门去，消散一回便了。

【耍孩儿】念人生在世间，一对夫妻百岁欢，得美人方遂今生愿。

好花插在银瓶里，朝夕闻香梦也酣，衾枕还是第二件。不得个佳人作伴，却也是枉生世间。

待俺穿过大街，从小巷而去。江城领丫环上，高公子说呀！从那边来了一个女子，好不齐整的紧！

是谁家女儿娇，衣裳摆动暗香飘，远看着已是浑身俏。风流教我心情乱，脚步使人魂暗消，画中人也不过这么妙。待小生从容走去，细看他眉眼风标。

走的近了，你看我，我看你介，背介这分明是江城。怎么五年不见，就变化的这样齐整了！江城背介这不是小长命么？长的越发好看了。但不好问候他一声儿。公子见他眉眼留情，便撇下汗巾而去，公子说我把汗巾奉赠，看他意下如何。

【叠断桥】斜眼偷瞧，斜眼偷瞧，风流一滴在眉梢。见俺似有情，低下头微微笑。心痒难挠，心痒难挠，魂儿飞上重霄。撇下了汗巾儿，我看他要不要。

小丫环将汗巾拾去，送去江城说这是那相公吊的，我拾了他的来了。江城接过藏在袖中，又将自己的汗巾拿出来说那相公不是别人，是高大爷家小长命哥哥，你赶上送给他罢。丫环送去介相公吊了汗巾了。公子接过来看了看，背云我的多情的姐姐，他给我换了。便说多谢你家姐姐，我到家思念他罢。小丫环、江城下，公子拿着汗巾细细端相介

想这汗巾，想这汗巾，纤手拿着擦朱唇。一片麝兰香，还有个胭脂印。我那多情人，我那多情人，看着你的汗巾亲又亲。想你那情儿好，爱你那模样俊。

俺也没心游耍，不免回家也罢。

闷闷归家，闷闷归家，想他想的眼儿花。待要丢放开，反转丢不下。定了丈人家，定了丈人家，他爱我来我爱他。只愁爹娘前，

怎么好说这句话？

不觉来到家门，待俺再寻思寻思。江城心里有了我，我心里有了他；我给樊子正做女婿，或者他也肯可。只是这话怎么好说出来？低头一想说罢呀，爹娘近前也害不的羞，我就实说了罢。

思量万千，思量万千，心中虽有口难言。斗斗胆待说去，先自家容颜变。来到堂前，来到堂前，低了低头只一钻。舍上这不害羞的脸，实落诉一遍。

夫人上，公子进去门，夫人便问你往那里去来？前年在咱家里做饭的老张婆子他说，人家有个闺女极整齐，待找你来合你商议，再找不着你。公子说俺不要他。夫人恼了说你还没问问是谁，就说不要，从此可也不给你找老婆了！你待等着做驸马呵？你等着罢了！

说话忒差，说话忒差，想是要等着做驸马。叫人好心焦，待把畜生骂。没问是谁家，没问是谁家，怎么就不要他？我就猜不方，心里是待咋？

你说说是什么意思？公子说江城极好！把夫人笑极了哈哈！这就奇了！叫丫头请你爷爷来去。

好不蹊跷，好不蹊跷，家家你都把头摇。只待向叫化子，去把爹爹叫。好呆好伖，好呆好伖，多少好主都辞了。若临了就了他，才笑的牙儿吊！

高公上，夫人笑说你问问这伖行子，他每日嫌这家子，嫌那家子，他是待咋？仲鸿便问你是怎么样呢？公子低了头不做声。便问夫人他是待咋？夫人说若说出来，你才笑倒了哩！

真是个伖畜生，真是个伖畜生，拣来拣去都不成，谁想心里待要那樊子正。女儿江城，女儿江城，衣裳好似邋遢僧。也不见怎么好,怎么把心来动?

仲鸿大笑道哈哈哈哈!奇哉怪哉!你真果待要他么?他也不做声

我那俊心肝,我那俊心肝,他无片瓦与根椽。领打着老婆孩,搬遍了峡江县。论那老樊,论那老樊,为人还在德行间。但没个屋子顶,怎么成体面?

夫人说俊孩子!有的是好主好闺女,何必他呢?天已晌午转了,你吃饭去罢。公子说我不吃。擦泪出门下。夫人说你看饭也不吃,哭出去了。可怎么治?

高公却了南家却北家,夫人俺家生了个小俊达;

高公眼中只有江城好,夫人笑倒东邻赵大牙。

第七回

订　婚

长命上腰为相思瘦,围带长一指;若不得江城,所期惟一死!

自从见了江城,觉着这三魂出窍,好一似身在半空。那不体情的爹娘,又嫌他贫贱。这两日酒饭不能下咽,难道就死了罢!

【还乡韵】好难害的相思病,也不痒痒也不是痛,这口里说不出那心里的症。那情可是大家的情,怎么丢下些相思,叫俺自家喉哼?那茶不知是嘎味,那饭也是腥。颠颠倒倒,睡里也是江城,梦里也是江城。江城呀,我为你送了残生命!

起来不能站立,还是睡罢。高公、高母上,夫人说你看长命儿,三四日不曾吃饭,竟病倒了!咱去看他一看。

这孩儿着实病，你看他眉眼儿不睁。就床头叫了声小长命，昨日煞吆喝你两句，也不过嫌你那气性，笑你那呆情。休愁那亲事难成，情管找一个极俊的媳妇，还强其江城，还强其江城。你好了，任拘是嘎由你的性。

你吃口汤儿罢。公子说不吃。仲鸿说这可待怎么处？向那里请个大夫来给他看看。高公、高母出去介，公子叫住丫头说春香过来。你对您爷爷说，休请大夫，我这病不是吃药能治的；待要好，必是定了江城。下，春香上，夫人说叫你做什么来？春香说着爷爷休请大夫，待要病好，还得江城。高公、高母两个说怎么就生下这样痴儿！

这个事儿真异样，不知那灵魂儿飞向前方，仯冤家你说这是那里的账？像是那樊江城做的魇殃，魂儿勾去，那大夫也是无方。那江城虽然不丑，却也是平常。只怕五六年不见，变成个王嫱，变成个王嫱。若不然，怎么痴心帖在他身上？

你说这可待怎么处？仲鸿说想是江城他在那里见他来，吃紧了两个见了话，也未可知。女大十八变，那江城也未必不变的标致了。依我说，那樊子正虽穷，也比不的市井无赖。你找个什么头儿去相相那江城，若是标致，就做了亲也罢了。方且是他自家主的，后日也怨不的那爷娘。

我想那樊子正不好处，就是一个穷，他别没有甚么病。穿上件好衣裳，还是个文雅书生。况且他为人甚好，心术又极正经。你找法相相那江城，若还是标致，也不玷辱了门庭，也不玷辱了门庭。贤不贤，那可也是各人的命。

夫人说有了。今日是玄帝老爷的圣诞，那庙中烧香的甚多，隔着那樊子正家就不远。我假托烧香，就一直到他家里，有何不可？仲鸿说妙极妙极！就是这么吧。立刻就叫轿子来，夫人上轿出门介

【倒扳桨】我为江城去降香，到那里推说是看他娘。他家听说没多屋，不过赁了两口房，没处藏，必定江城也在旁，必定江城也在旁。细端相，我看是怎么样的个窈窕娘？

轿马直到大门前，转过一湾，不久看见玄帝庙门前。士女闹如山，士女闹如山，卷起帘下轿，登门瞻圣颜。

夫人下轿，到了庙里说待拈香则个。

拈香已罢拜尘埃，求神降福又降消灾。有个儿郎身抱病，教他明日起床来，教他明日起床来。婚姻谐，百年琴瑟永无灾！

夫人拜罢出门去，上轿说我要到樊大娘家。

庙外疾忙又起身，为儿百计访婚姻。借问此行何处去？要拜樊家徐夫人，要拜樊家徐夫人。那里寻？转过南墙第一门。

家人说来到樊大爷家了。夫人说待俺下轿进去。

进去门来四下里观，道路清幽气象闲。四壁独成一院落，面南也是屋三间，面南也是屋三间。无嚣喧，闭门雅静似深山。

徐氏从屋子出来说呀呀是高大嫂呢，你怎么胡迷来来。这里拜了两拜，彼此问了安，徐说来屋里坐坐，可只是沾了你的衣裳！

深宅大院享荣华，怎么胡迷到俺家。大嫂请进屋里坐，我叫江城去炖茶。去炖茶，喜气加，别后离情正似麻。

两个正说话之间，江城从屋里出来，笑嘻嘻的来到跟前说大娘好么？夫人说好！江城长的这样的齐整，怪不的我儿就动了心。

江城一貌美如花，城北城南谁似他？红拂拂的脸儿真可爱，瘦小小的金莲只半揸，瘦小小的金莲只半揸，真叫男儿要爱煞。

夫人拉过江城的手来，撮了撮下颏，捏了捏耳环，便说你看看江城出产的这样的风流，这样的标致！有了婆婆家没有？徐氏说我三个闺女嫁了两个，独有他再不能成亲。夫人说极好！我合你结了亲罢。徐氏说大

嫂,你说笑话哩！看折罪杀俺了！一边说着,一边拉到屋里坐了

你家楼舍垛成堆,俺家扎地也无锥。自家估量着配不上,地下那敢望天飞,地下那敢望天飞？咱是谁？莫要笑话俺穷似贼。

夫人说我不是相戏。他老兄弟又极相好,孩子又极般配,有何不可呢？你若不信,我今日就定了罢。便去头上拔下来了一对金凤钗,插在江城头上。夫人说

今朝专为降香来,不曾带的礼合财。亲家若还不相信,先插一对金凤钗,先插一对金凤钗。莫疑猜,当面亲成不用媒。

叫人拿毡来我就拜谢了亲家罢。两人交相拜了,江城唱

家人铺下茜红毡,两人交拜在堂前。大拜八拜婚姻定,江城低头笑嫣然,江城低头笑嫣然。不好言,小小心头暗喜欢。

两人拜罢,徐氏说江城过来,给你婆母磕头。江城羞惭惭的磕头介,夫人拉住说我儿,免了礼罢。

宦家辞了两三番,合该合你有姻缘。我儿越看越发俊,也是儿郎修的全,也是儿郎修的全。若不然,那里造化把你摊,那里造化把你摊？我回还,名香整纸谢灵天。

徐氏唱东说西说不相当,一等等到这么长,合该孩子造化好,等了个女婿似潘郎,等了个女婿似潘郎。不寻常,从今一步到天堂,姓名香,大谢龙天宰猪羊。

夫人起来,夫人说我走罢。徐氏拉住,徐氏说你再坐坐着。着你那媳妇子热酒来你喝。夫人说不必呀。徐氏说哎哟！以后成了亲家了,还真吆见外？他爹在邻墙教书,知道大嫂来,他去玄帝庙前买嗄来你吃去了。夫人说休呀,快着人对他说,不要费钱,我不能住下。起来走着,拉着手说咱就定了娶亲的日子罢。

儿女都是大身量,不必因循过时光。大利原该正九月,年除日

交节大吉昌，年除日交节大吉昌。过门墙两醠薄酒一牵羊，备衣裳，两家不用再商量。

徐氏唱一毫财礼我不图，诸般但凭你吩咐。我的日子你知道，大小妆奁一点无，大小妆奁一点无。把头梳，送上高门做媳妇。托相熟，体谅俺家这穷姑姑。

夫人说我那里一切全备，不用亲家费心，请了。并下

高公上云怎么老婆子只顾不来？是好是歹，好闷人也！

【皂罗袍】老婆子往定婚嫁，日将转不见回家。是成是否好难拿，翻转教人放不下。婚姻若就，孩儿病瘥，大事妥然，免我心牵挂。

家人走报说奶奶来了。仲鸿起来说好了好了！相见说那事何如？夫人说大喜大喜！孩儿亲事已成。

那江城仙人下降，眼儿秀眉儿弯长，脸儿娇嫩似雪霜，腰肢窈窕嫦娥样。胭脂不搽，粗布衣裳，千金小姐那里跟的上！

仲鸿说可喜可喜！你合他说了么？

他那里着实谦让，俺这里没管短长，便将金钗赠一双，即时插在他头上。彼此交拜，欢喜非常。年前娶来，省的孩儿望。

叫春香，对你哥说，可如他的意了，着他欢喜欢喜。春香笑说奶奶还没来，他已着人打听来了，极欢喜，方才吃了两碗饭。仲鸿说哈哈！他既这等，就是丑也作成他，何况是好！

这是他百年姻眷，这可与你我何干？择好择歹费机关，算来真是闲扯淡。未知媳妇贤不贤，造就前生，原不由人算。

高公人才可喜算无双，夫人怪道孩儿梦不忘；

高公他日若还不大好，夫人难将长短怨爹娘。

第八回

花　烛

长命上织女含情久，牵牛欲渡河；人生得意事，莫如小登科。

我高蕃为樊江城想了一场大病，因着定了亲事，才觉精神健旺。看下迎亲日期是腊月三十日。这几个月以来，度日如年，俺一般的也捱到了。

【耍孩儿】光阴速箭离弦，近来好似换了天，半年就有三年半。虽是江城见的少，模样烂熟在心间，精神眉眼皆活现。只他那脚迹笑口，一霎时过去几番。

最难捱是这几天，过一刻似一年，无时不把佳期盼。还没断了相思苦，忽然又想到合卺欢，千班万样心头乱。虽然喜眠食不稳，好容易捱到年残。

呀！却早擂鼓也，却早撞钟也！

谯楼上鼓已敲，熬的麦子黄了梢，看看已是良时到。穿上靴子整整袍，束上大带紧紧腰，开盒儿又拿出崭新的帽。俺自己不好前去，单等着爹娘来招。

高公、高母上谯楼初鼓，良时已到，长命儿可去迎亲了。轿马可曾齐备不曾？众应介俱已齐备，快请哥哥上轿。高公应介是。长命上说给爹娘磕头。拜介，拜毕，夫人说天不早了，你上轿去罢。下，众引介

【西调】众唱堂上翻身才拜罢，坐上轿一片喧哗。呀！听那喇叭嘻嘻哈哈，那唢呐滴滴答答，一片人声吱吱呀呀，门前花炮乒乒乓乓，十

对家丁批溜扑喇，一行人马唎嘚喇蹋，锣儿噎噎，鼓儿帕帕。八对纱灯，两对火把，两乘大轿，百匹大马，又搭上四个小厮，四名管家。三三两两，说是谁家，规矩体统，这样大法？嚷嚷闹闹，喊喊插插，走走站站，指指画画，虽是城里，也是乡瓜，小小民户，知道什么？多少妇女门口看，伸头搐脑，乱说胡吧，见的见的，欣羡他那荣华，都说道不知谁是他丈人家。呀！邻近知道说是樊家，一个听的撇嘴呲牙，一口屋没有，到处为家，教书为业，过的揭巴，这些人去，怎么打发？不用说那赏钱，馍馍也是难拿。都说是他家的女儿，料想也不见怎么，料想也不见怎么。有的说道：这话却差。那高家公母，也不是㑇巴，听说江城，一貌如花，雪白脸儿，昏黑头发，一点朱唇，一口银牙，腰儿一捏，脚儿半揸，穿上一件好衣服，真似一尊活菩萨；若不然，除了这个图他嘎？

家人禀道头行已到门首了。

生唱马儿缓行轿儿慢，一霎时已到门前，火把照满了峡江县。人从众多，一片声喧，叫他一行行摆列在两边，夹着大轿呼呼扇扇。吹鼓手大号连天，吹鼓手大号连天，乱纷纷惹的多少人来看。

家人说来到了。公子下轿，樊子正出来接着让进去，公子朝上拜了就了坐，子正说寒家一无所有，蒙尊公亲家劳心费事，感激之极！酒到了请酒。

子正唱心里想来口里念，那里费的那事儿口也难言。呀！几对银花，几对金簪，两对铜掠，两对排鬘，箍上珍珠，豆大滚圆，宝石蜜蜡，价值百千，丝绸十匹，彩缎百端，花裙红袄，罗褂纱衫，枕头百幅，耀眼光鲜，象牙梳枕，件件周全，穷人家治起那一件，浑家大小都喜欢。呀！还有那酒两醯，羊一牵，鸡笼鹅笼，叫叫唤唤，抬盒大架，呼呼扇扇，我说恁丈母快来看看。老婆说道：哎哟皇天！这都是什么东西，古怪刁钻。邻家孩子，往里乱搬，有许多不知道名的，三间屋摆满了两间。那邻家北舍，挤擦在堂前。呀！这一个瞧瞧，那一个掀掀，拿出一物，个个哄传，老婆孩子，擦背磨肩，你猜是在水，我猜是在山。拿到屋里，少了半盘，不知该生吃，不知该油煎？藏在房中没敢动，收拾到如今待中干。尊宅什么人家，梦也不敢高攀，梦也不敢高攀！呀！又搭上姐夫英妙，一表非凡，天生伶俐，一目十篇，文章又好，定中三元，小女造化，成了姻缘，就做太太，不出三年，草庵茅舍，亲家不嫌。咳！我做学匠，也是可怜，学生十个，束脩八千，饭要吃，衣要穿，买柴籴米，打油称盐，人人情情，甚是艰难，赤条条个人儿，并无一点妆奁，一回想想一个通身汗！

公子起身说已是醉饱了，请岳母磕头。徐氏上，公子拜毕，江城上，徐氏说我儿，从今以往赁家里去了，等我嘱咐你几句。

几句话我儿在念，奉公婆孝顺为先，做媳妇这是头一件。清晨早早去问安，凡事勤谨，休要贪眠。那里是大人家，不愁你吃穿，不用你挟筐只要你贤，不用你挟筐只要你贤。听我说做下媳妇来，省的娘挂牵。

叫介打轿来。公子、江城上了轿，子正夫妇下

公子唱那一日把他撞，心儿乱魂儿飞扬，模样儿至到而今不曾忘。手拿着汗巾每日想，那画上人儿一班捞着同床，俺可把俊脸细细端相，也揸揸那腰儿多细，脚儿多长；今夜晚一笔勾却那相思账。

江城唱我拿着汗巾儿想，他拿着我的毕竟也思量，就着我就知道他合我是一样。那一时里爱他就糊迷了心肠，把一件擦嘴的东西就换与了情郎。到家才懊悔，没人处心慌。侥幸成了对儿，也亏天爷在行；不是呵，把这件东西那里放？

家人禀道头行到了门前了。

【皂罗袍】喜孜孜夫妻来到，将进门锣鼓齐敲，行人摆了够二里遥。

齐臻臻乘着两乘轿，穿街过巷，下下高高，渐入佳境，只待自家笑。

家人吆喝落轿！江城搭了盖头，江城同公子都下了轿，两个夫人出来倒毡

公子唱下轿来家人乱窜，黄道鞋步步生莲，忙随倒步倒红毡，盖头红趁着那娇影颤。家门一入，火烛连天，那撒帐先生口里胡嘶念。

丑破巾服扮先生上，伸了伸腰说哎呀！已是过了门了，好景好景！吃了两盅，一觉儿睡着了。待俺撒帐。撒帐东，天丁力士劈蚕丛，春风一度桃花落，从此鸿沟有路通。撒帐南，抱颈双双入画帘，凿井穿渠皆大吉，明年此日产双男。公子二人拜了天地，又拜爹娘，先生瞧见说呀！好个俊人儿！掮回头来又撒帐撒帐西，天丁力士辟蚕丛。众吆喝说这混帐先生念不成溜了！先生说呀！你看这心那里去了！该打这嘴！撒帐北，天生一对好夫妻。众笑喝说这个物件醉了，攒他去罢！先生忙说我绞别了嘴了。撒帐西，天生一对好夫妻，巫襄夜夜阳台会，临睡常闻妙小屄。急改口道报晓鸡。小鬅鬁，小鬅……自打嘴说这心往那里去了？有了法了，我闭煞眼不看便了。闭眼介撒帐北，夫妻和好两相随，从此夜夜无空床，偕老双双到一百。撒帐上，百年偕老永无样，小登科后大登科，坐听禹门三级浪。正念着一脚跌倒，大声说浪浪！家人都笑了，仲鸿说捏他出去，众捏脖子下，仲鸿说我家造化，娶了个好媳妇。

真可称郎才女貌，一双儿凤友鸾交。天生配就怎能逃？到也不惹旁人笑。大男俊秀，小妇丰标，拜倒双双，叫我心欢乐。

夫人唱可喜是媳妇俊俏，似仙子降落云霄，亏我孩儿赏鉴高。佳儿美妇双年少，百年似漆如胶，今宵合卺，好去同欢笑。

叫介人来！扶恁大嫂子去坐炉帐，使美酒佳肴教他夫妇同饮。公子、江城并下

喜两口身端一样，玉人儿造成双。佳人窈窕细腰长，合我儿正配的上。夫妻和好，百岁春光，你我今生完了儿女账。

高公佳儿英妙自天成，夫人娶的新人更娉婷；

高公只怕妍皮裹妒骨，夫人这回断送老残生！

第九回

闺　戏

长命上，长叹一口气说自从娶了江城，一经半年。那三个月恩爱异常；这三个月里好虽好，只为着点小事儿，把娇容一变，就着人魄散魂消。摇头咬指云看起来也不是个善良君子也呵！

【耍孩儿】娶了他已有半年，起初是你爱我贪，眉眼不怕人难看。近来为着些小事，惹的心中不耐烦，登时就把娇容变。俺看他柳眉一竖，不由人意软心寒！

他虽利害，俺半月不见，只是想他。暂罢琴书，找他耍耍。下，江城上云日色将午，公婆处懒去问安。有绣鞋一双，不曾做完。春香，拿过针线盒儿来。

刺绣鞋介看日色斜向东南，久等踌躇去问安，整日家不待见公婆面。闺阁清闲无个事，想起弓鞋未绣完，纤手便拈针合线。鞋底儿刚刚上罢，闷昏昏眼涩眉酸。

打一个呵欠说好疲倦人也！待俺睡睡。长命上云呀！你看手里拿着绣鞋就睡着了。不敢惊动他，待俺轻轻的将他鞋儿偷去，看他觉与不觉。偷介他既不觉，俺就藏了他的，俺也略睡睡。

连衣服竟登床，放倒身面朝墙，从来不敢把气儿放。便把绣鞋拿在手，一指挑来细端相，一针针细看花儿样。乜尖儿还没看勾，不觉的梦绕黄粱。

手拿绣鞋不觉睡去，江城醒云呀！鞋儿那去了？他从几时睡在这里？必然是他偷去了，待俺瞧瞧。瞧见笑云果然，果然！我且捻个纸捻儿通通他的鼻孔。作捻介，作打喷介，江城笑着从手中夺过那绣鞋，劈头打了两下说偷鞋贼！官家来拿你哩！

不觉的睡沉沉，忽然间鼻痒钻心，待打喷嚏何能禁？尖细鞋儿花一朵，青红绣线一针针，细密花须没看尽。倒被他劈头两下，打的我疼到而今！

我来找你，你睡着了，我就没敢惊动。我若是通你通呵，你待中恼了哩。江城说可怎么着呢？俺通你就罢了。

叫一声小江城，真像个鬼灵精，把人作祟的睡不定。你可是防着从今后，得个空儿照样行，可要识玩休使性。你看着你再睡去，也教你嚏喷连声。

江城说哎哟！你还不敢。公子说你有两本大明律么？你从小光好赖人，那一年翻交，你该我那瓜子，也该还我了。

小江城小江城，你输了瓜子还要争，从小就有点偏心病。六年的瓜子没还账，至少也该个本利平，你可说说谁理正？咱今日清清账目，光是那嘴说无凭。

江城说我给你这胳膊，你还不敢打哩。公子说你拿过来咱试试。江城没好气，露出胳膊来一舒说给你！公子拿过来轻轻的打了一下，江城恼了，劈脸一掌

贼强人太揸煞，俺今日到您家。难说济你揉搓罢？从头只是逞灵怪，这个那个瞎拈麻，怎么把俺打一下？你打我我也还你，我

主意不受你掐把！

公子摸了摸那疼处说你恼了么？江城说谁恼了谁不恼了哩？公子说我说你不识玩，何如？

俺不过汤一汤，也不曾把你伤，瓜子也是轻轻的放。两个指头打了你，你劈脸一巴掌，嫌你忒也没人样！不说你自己没脸，打了人还说短长。

江城说是谁先打谁来？公子笑着说罢么，是我先打你来。你当初曾说要四指面条子打我，怎么加上一个指头呢？还打着脸上呢？本利都勾了，你还气嗄哩？我再给你作个揖，这可罢了么。江城才有笑容

小长命你听知：戏玩耍也须要投机，偷鞋有点小情意。让你打时是一礼，怎么爽然就托实？以此叫我心里气。当初说四指面条，可原就不是唠你。

公子说娘子既不恼我了，咱一章掀过去，从新处好，我合你下棋罢。江城说赢什么？公子说我再不敢赢瓜子了，咱赢弹罢。不好不好，弹你也不依打，咱赢钱罢。

【跌落金钱】拂拂灰尘放下盘，四下里将棋子安。江城说呀！咱可就把高低见。还让奴家一着先，不敢占腹只争边。长命呀，你这意思极不善。辘轳却打到明年，你虽没眼到相连。江城呀，这一着就把你行来断。江成唱满槃只是这一递间，他的活了我的难，长命呀，这一个子儿俺不算。

江城说我不依你下这个子。公子又只是安上说在我，你怎么不依的？江城红了脸说我只是不依！公子说就让你。又下几着，数了数一五，一十，十五，……江城你赖了块，还输二十着，你支过钱来罢。江城说再一槃着。

长命长命你过来，侥幸一槃就卖乖。长命呀，我合你两槃分胜败。长命唱公平休得要拿歪，我赢的你吊了红绣鞋。江城呀，咱可赌赢不赌赖。江城唱屎棋屎棋不成才，一着跪倒在尘埃。长命呀，你看我杀你这一块！长命唱不用踌躇不用猜，我这个子儿妙哉妙哉！江城唱一递打你全局坏。

江城看了看，把棋推了推说我心绪不佳，不下了。公子说好赖好赖！既不下了，拿钱来。江城说没有钱给你。公子说好小家子！江城恼了说你既嫌我小家子，就不该合俺做亲。

【耍孩儿】小杂种太欺心，开开口就销撇人，有两钱就撑他娘那棍！岂不知俺是小家子，怎么合俺做了亲？我只待掘他娘一阵！既嫌俺般配不上，退了婚我就起身。

公子说你骂嗄哩？江城说我骂了还骂，怎么着我！长命唱

骂了姐又骂娘，好眉好眼不贤良，我也没气合你强。有心待要照着他，又不知待闹几场，终朝须是常打仗。只得是存心忍耐，低着头上了书房。

诗：生来不幸遭狮吼，不免身为陈季常。下

江城说贼强人躲了去了，你就再休上门了！

骂了声小囚根，说出话来气杀人，骂了几句还不忿。以后惹恼了我这性，我只是狠掘他那亲，着他睁眼把我认。到晚上把门关了，我看他那里安身！

枉惹奴家气满怀，强人休进绣房来，晚间早把门关上，不叫亲娘门不开。重二句作发恨下介，长命上

【叠断桥】美如仙，美如仙，忽然就把脸皮翻。听着他俏莺声，只像是霹雳电。好不难堪，好不难堪，叫人胆战又心寒。夜里是城垣，白日里是森罗殿。

天色已晚，只得行去，听他处分。行介呀！怎么角门关着？敲门叫介春香！……怎么没人答？

把门敲，把门敲，欠身就把吊儿摇。不见有人来，忙把春香叫。好蹊跷，好蹊跷，新月刚刚上树梢，方才掌上灯，难说就睡了觉？

呀呀呀，并没答应。哦！是了，这意思是不准小生进门了。这便怎处？书房里并没烟火，又不曾伺候铺盖，这冬天岂不冻死人也！

无处投奔，无处投奔，骂声江城狠心人，怎么全没有半点夫妇分？不好叫娘亲，不好叫娘亲，或者一宿死不了人。只得去盖毡条，骨碌到五更尽。

哎！江城江城，你好狠心！只得回上书房，受罪一宿，明日再讨分晓。

诗：夜夜床头锦被开，爷娘还恐冷难捱；
　　今宵若是娘知道，只恐双双泪下来。下

第十回
退　婚

公子上，长叹介咳！我好苦也！只爱他模样俊俏，谁知人面兽心。昨夜晚闭了房门，着我在书房中，合衣冷睡一夜，不曾合眼，这两日才哄发的略好了，今清晨又受了一场好气。骂别的也还好受，这爷娘岂是可以常骂的呢？他已不是人了，我岂是个人乎！

【银纽丝】可怜天生命苦也么哥，娶了个夜叉做老婆，没奈何终朝每日吵呵呵。提心又吊胆，还要得罪着，那里还有那夫妇乐。一句话儿不敢多，恼了还给个大揭锅。我的天，难过人，他叫人难过！

咳！天给他这么一个模样，怎么就给他这么一个性情？天给我这么一个人物，怎么就给我这么一个老婆？跺脚介真好恨人也！

跺跺脚说小子生来命运也么乖，怎么娶了个祸根来？女裙钗走来好似画图开，模样既然好，性儿再不歪，岂不越发着人爱？谁知禽兽是心怀，受罪也是俺自家该！我的天，没奈人，真正人没奈！

受了无穷苦楚，还亏了爷娘不知，可怜哪可怜！

诗：一腔酸水实难受，还恐爷娘入耳闻。下

高公、高母上云娶了这个媳妇，全不孝顺；但得他夫妇合好，也还罢了，又听的他每日吵闹。做公婆的也只得推聋装哑。如今越发毁骂祖宗，咱那儿也不是条汉子了！

老头终日闷央也么央，娶了个媳妇甚不良。日子长，合他只隔着一堵墙，终日掘坟顶，一场又一场，隔壁儿教人听不上。他自作自受还应当，怎么为苦到爷娘？我的天，忍让难，叫人难忍让！

夫人作哭介云你止听的他骂，你还不知他那做事哩。

终日谁敢把气也么抽，瞧着没人暗泪流。忒也诌，见了丈夫似有仇。今日你合我都已白了头，六十多只生这一块肉，钻在冰房没处投，只剩丝丝游气留。我的天，后绝了，几乎绝了后！

高公也哭了，跺脚说这怎么了！春香，你书房里请您哥哥来的。公子上云爹娘有何吩咐？太公说您媳妇合你好么？公子说也好也好呢。太公冷笑了声说好么？就是这口气还喘哩！

看了看我儿泪恓也么恓，你苦在心里更不提。你受的冤情我尽知。书房终日冷，睡也是连衣，只吊了游游一口气。你自作自受不为奇，从来没见这泼东西！我的天，处治难，叫人难处治！

夫人说你没见咱这儿，忒也不成汉子了！

为个人谁没有夫也么妻，把爷娘骂破嘴唇皮。把头低，苦在心里只自知。年纪也不小，身量一样齐，怎么全没点汉子气？你就辨辨是合非，他也没拿着打牙槌。我的天，受罪真，真是活受罪！

江城上，背后听介

终日起来吵呵也么呵，骂的话儿口难学。十样多，叫人愁死不望活。他若再掘你，一样就照着，他有什么降人药？你就是个脓包哥，尽他怎么去揉搓。我的天，货不成，原来不成货！

江城闯进来，怒冲冲的说我听的了，教您儿处治我！待怎么处治哩？处治了罢！割了头，碗那大小一个疤啦！投信我掘他妈的！要死就死，要活就活！

【闹五更】我说你满家心儿就不平，挑唆儿家夫妇去相争。老头儿在这里说，俺在那听，又待将奴宰烹，又待将奴怎生，揭开眼罩咱就踢蹬。老头子你在房里咕咕哝哝，怎么着江城？

一家大小拧成绳，惟独这外户子没人疼。老婆儿你在这里骂，俺在这听。奴家就敢应承，奴家就敢招承，把头揪吊，赶去脱生！老婆子你在屋门里咯咯嚷嚷，破上我江城！

满家老少俱是瞎子丁，看不见终日气的我肚子疼。长命儿你在里边听，我在外边听，你待自家怎生？要把奴怎生？有的是我，逃了不成！合家儿都在一堆儿嘁嘁插插，看看我江城！

夫人说江城，你就听的，该怎么着？

俺家你儿郎没点汉子星，济着你吵骂自宿到天明。媳妇儿你在那里掘，俺在这里听，骂达也是一升，骂娘也是一升。这个光景，咋是人行？媳妇儿你来么穷吵穷吵，你待怎生？

江城怒将夫人推，又拉着太公衣领说你不说说您那老祸害呀！太公也倒了，公子忙将爹娘扶起说江城，你反了！江城奔出说我过咋的嗹！便去上吊，老婆子、小妮子都去劝他，太公说这样媳妇子要他怎的！不如把他送去。长命快写休书。作写介

樊家的女儿嫁在高氏门，只为他大骂公婆太欺心。他又不能改，俺又不能嗔。情愿合他断亲，情愿合他退婚，并无反悔，落笔为真。媳妇儿任凭丈人家早早晚晚，另嫁别人。

公子写完，叫家人来吩咐说你把休书拿着，把恁大嫂送他娘家去。他那里若不收，你丢下便走。答应是。江城说既休了我，我就去，且不受恁家臭气。下，高公说那里伤了天理，遭着这样事情！可怜可怜！

【清江引】这个媳妇天下少，来把公婆闹。除打了人还去上吊，祸临头还亏了休的早。这个老婆怎么了？吵的那头也吊！早知这个胎，干给也不要，我情愿打光棍直到老！

诗：高公泼妇离门凶气除，高母耳根清静眼丁无；

公子送您姐姐归家去，自有人家叫姐夫。

第十一回

私　会

长命上云自从江城去后，不觉一年有余，省担多少惊恐，省受多少恶气；但苦于闺中冷落，好闷人也！知心朋友惟有王子雅，闷时只去访他，叙几句闲话。今日饭后无事，不免再去走走。

【耍孩儿】千伶俐百样娇，怎么性儿那样娇？这般凶恶谁能招？原因爱他爱成怕，一家受气口难学。不丈夫真是儿不孝。今日虽孤

单冷落，到落得自在逍遥。

王子雅好风标，又诚实又饱学，做诗写字皆精妙。议论使人闻见广，说笑使人闷怀消。我心惟有他知道。不时去棋酒快乐，我合他文字相交。

来此已是他家门首，呀！为何门儿紧闭？待俺敲门。

拿拳头把门敲，举手又把吊儿摇，高高声就把书童叫。左写遣意惟书卷，右写迎春但柳条，对联细看笔迹妙。立多时徘徊瞻望，呀的声柴门忽然开了。

王子雅上，叫鱼童。答应有。你看看什么人叫门。走来把门开放呀，原来是高大叔，极好极好！俺三叔正待说去请你。公子说里边有客么？鱼童说没有。说罢，去报与主人说是高大叔来了。王子雅即时迎出，拱了一拱说妙哉，妙哉！方才待差小价去奉请，来的正好。

杏花卸柳如烟，困人春气奈何天，连日相思不相见。要屈贵脚踏贱地，写字几行墨未干，刚才封罢离书案。草草具一杯薄酒，为贤弟稍破愁颜。

公子说多谢盛情！别有客么？子雅说没有客。适才表兄陈美卿到，又有街西头吴丽华适才赐拜，并留在此。便叫陈大哥，丽华，客已到了。陈携吴妓同上，大家行礼毕，子雅说拿茶。茶到

别兄台已数天，终日昏昏只愿眠，弟兄恨不长相见。闷时信步来相访，怪道白日把门关，原来静对芙蓉面。可喜有美人在坐，今日里解闷成欢。

子雅说拿酒来。家人提酒到，子雅说丽华送酒。

不成酒不成肴，托两人文字交，借着饮酒领尊教。三杯能拨愁云散，一醉可将闷愁消，人世难逢开口笑。劝贤弟愁眉展放，我为你暂乐春宵。

子雅说酒已过三巡，丽华先合恁高大叔豁一拳。作猜拳介高贤弟输了。斟上酒，同饮一杯，丽华唱一个。丽华便唱

【叠断桥】正月一年新，正月一年新，火树银灯夜夜春。寂寞锦屏人，憔悴煞谁相问？半掩绣房门，半掩绣房门，别君愁绪乱纷纷。红袖掩朱唇，漫漫将牙儿印。

子雅说太短，以两个为率。丽华又唱

二月花朝，二月花朝，溪梅开过子生条。独自傍妆台，懒把菱花照。相思病难招，相思病难招，药鼎添薪细细烧。只将那更点儿，细数到金鸡叫。

公子说绝妙清音！先说过输了的也要唱。子雅说可要都陪一杯酒。又合陈美卿豁拳，丽华输了，子雅说妙妙！都斟酒。丽华又唱

三月清明天，三月清明天，人家依树系秋千。惟奴少心情，高卧在深深院。愁闷恹恹，愁闷恹恹，已黄杨柳暮春寒。不见冤家来，斜依着门儿盼。

四月初夏头，四月初夏头，风约黄坡小麦秋。乍穿上素罗衣，越觉着腰肢瘦。卧看牵牛，卧看牵牛，未必天仙不解愁。不寒不暖天，怎么把孤单受？

子雅说我合陈大哥豁一拳。妙哉妙哉！陈大哥输了。丽华唱

五月端阳，五月端阳，困人天气日初长。终日闷恹恹，只倒在牙床上。懒待梳妆，懒待梳妆，半是思郎半恨郎。渐渐的热难熬，怎么把归期望？

六月薰风，六月薰风，映日荷花别样红。身上素罗衣，像有千斤重！大热如笼，大热如笼，无限鸣蝉噪暮空。独宿着甚清凉，只是觉身边空。

子雅说咱不必豁拳了，咱击鼓传花。叫鱼童，你去庭前折一枝花

来的。答应是。又禀花到。子雅说你去打鼓，花先从我起。作传花介，鼓声住，花在公子手，子雅说贤弟输了，吃酒。丽华接着往前唱罢。

七月秋间，七月秋间，桐叶无声下井栏。忽听秋声愁，越觉着容颜变。最苦是孤单，最苦是孤单，庭院寂寂人倚栏。瘦的一捻腰，怎禁的虫声乱！

八月露寒，八月露寒，新月娟娟愁里生。天上也有团圆，可怜奴长孤零！冷冷清清，冷冷清清，一时一夜难为情。过一个好良宵，犯一回相思病。

九月雁行斜，九月雁行斜，遣愁强自插黄花。晚来对银灯，只将薄情骂。盼想冤家，盼想冤家，每依南斗望京华。手拿绣鞋儿，频频占鬼卦。

十月是小春，十月是小春，夜寒暖玉倩谁温？独自对孤灯，辜负了晚妆俊！捱到黄昏，捱到黄昏，少年离别枉绝魂。一手托香腮，直坐到三更尽。

又传到子雅手，公子说一般也输了主人翁了。子雅说十二月将完，自然该到主人手中。丽华快唱来。

十一月隆冬，十一月隆冬，一雪翻成柳絮风。空将锦被重薰，奴与何人共？独坐漏声中，独坐漏声中，更放兰缸紫焰红。床上暖吁吁，只是觉身冰冻。

腊月冬残，腊月冬残，开轩惟见雪满山。暖帐麝兰薰，只少个人儿伴。离别一年，离别一年，嘱咐你从今岁月还。辜负好光阴，千金那里换？

公子说酒美歌佳，小弟却不能饮了，就此告别。子雅说住一晚，就借重丽华奉陪。公子说怕父母担心。子雅说既这等，小弟也不敢强留了。作握手送介

【呀呀油】出房来,出房来,手扯手儿过庭阶。既然说到父母忧,强留便是不相爱。出房来,出房来,看看西方日影歪。叮咛改日另相邀,殷勤送出门儿外。

公子说天色已晚,到家日便落了。疾走下,樊子正上,长吁云从来说养女的不气长,今日才知这话有理。不幸生下这个不孝的女儿,被人家休断出来!屡次央亲友去哀告高仲鸿,无奈那仲鸿坚执不允,这如何是好!

央仲鸿,央仲鸿,仲鸿坚执不允情。养着这不肖女儿,好叫人心酸疼!太不通,太不通,做着媳妇骂公公。应不过自家的心,怎么合人家碰?

公子上云那不是俺丈人那老狗头来了?待俺捎下路去罢。急走了几步,樊子正手打凉棚说呀!那分明是高姐夫,待俺追赶他去。大叫说那是高姐夫么?公子站住上,樊子正上前搭手拉住

高姐夫,高姐夫,公婿相别一年余。养的女儿不成才,不知是一个什么物!得罪翁姑,得罪翁姑,近来自家悔当初。望姐夫将就他,到底是好夫妇。

一言难尽。生下这样妮子,教尊公和令堂生气,我总然不成个人了。他今来也知道懊悔。没什么说,我只是谢罪为主,还望姐夫海涵。

一年多,一年多,也叫老夫没奈何。大不是在江城,总然是我的过。我只跪着跪着,哀告尊公和亲家婆。把小女再收回,磕响头一个个。

寒舍不远,姐夫先降。公子说天色晚了,明日着罢。樊子正说隔着一箭多,也岂肯放姐夫走了呢?请,请!公子只得跟他去也。

到家中,到家中,姐夫只领我两三盅。若还是天黑了,老汉还去相送。喜相逢,喜相逢,一年冤气积满胸。对姐夫诉诉冤,出出

那心酸痛。

已到家门了，请进。

到家中，到家中，门里还是乱蒿蓬。你丈母昨夜晚，做了个极好的梦。喜重重，喜重重，离别年余又相逢。隔墙是卖酒家，不愁没杯水奉。

老婆子快来，高姐夫到了！徐氏忙上呀！姐夫从那里来？请坐。公子朝上拜揖，徐氏说我还该谢罪。二人礼毕，徐氏说您爷两坐着，我去筛茶去。

情意高，情意高，小婿亦已醉饱了。再休要去沽酒，费了钱合钞。天又晚了，天又晚了，说两句话便开交。等到过日来，再领丈人的教。

一个小妮子端出茶来，徐氏上，并坐一年多，一年多，终日愁死不望活。俺只待寻了死，不待把日子过！高大哥，高大哥，双双一对好公婆。俺那个小冤家，可真正不成货！

自家女儿不长进，瞒怨的亲家合姐夫么？借重姐夫合亲家说说，江城也没有再嫁之理。

没奈何，没奈何，终日起来闷活活。日日劝江城，只使的舌尖破。小哥哥，小哥哥，收他回去奉公婆。俺也断不肯，再嫁第二个。

公子说天晚了，我行了罢。丈人、丈母一边一个按着说那有此理！筛着酒哩。公子说我已醉极了，不能再饮了。子正说虽然不饮，天已昏黑了，没有放姐夫行的了。叫江城来。徐氏下，江城上说官人好么？公子说好。江城低头擦泪，公子看见，也低下头擦眼，子正说姐夫既不饮酒，叫小妮端着灯，送他两口儿去东房里睡罢。公子、江城并下

一年来，一年来，夫妻恩爱两分开。见了他模样儿，不由人心中爱。俊娇才，俊娇才，忽然见俺泪下来。他亦是回了头，还没把良心坏。

子正说可喜可喜！女婿既宿咱家，夫妇重复和好。明日见高仲鸿，自有话说。

诗：夫妻相看意暗伤，百年恩爱不曾忘；

今宵留寄咱家宿，到得天明别有商。

第十二回

复　合

樊子正上云昨日女婿寄宿我家，天明要合他作个商议，不料天未明早早去了，也罢也罢。向来托亲友去央仲鸿，仲鸿只推他令郎；今日还有什么推托？待俺竟到他家，看他有何话说。作行介

【耍孩儿】养女的不气长，在家倒成了著骨疮，教人怎么把眉头放？日日托人去哀告，亲家只推他令郎，这事不知怎么样？他今日没的推托，俺不如竟到高堂。

高公上云自从儿媳休去，亲事总不妥当。向来见孩子忧闷无聊，处处去放荡，也还不忍的说他。夜来又在王子雅家寄宿不归。那王子雅是个风流名士，不拘小节，宿在他家，只怕也没有好处。

从媳妇离了房，着孩儿闷怏怏，行去带出愁模样。不知文章读几遍，不知五经念几行，终朝只去闲游荡。早给他成婚另娶，也省的忧虑爷娘。

子正上云来此已是高家门首。门上的管家，烦你传报一声。门上即刻来报樊大爷在门首。高公说他来了两次，我不曾见他。你只说我有病便了。门上答应是。回头待走，见子正自家进来了，仲鸿只得出房迎接，子正

进门跪下,痛哭不起,仲鸿也跪下这是怎说!子正唱

告亲家你知音,我的女不成人,罪儿万剐不能尽!小儿有罪坐家长,惟有跪在地埃尘,任凭亲家骂一顿。但望你收他回来,我只是结草衔恩!

不由人泪纷纷,小弟从今不是人,人品家风都丧尽。幸喜本人知懊恼,今日才敢亲到门,不妨叫他来亲口问。但求把前愆恕宥,还教他从此自新。

高公说亲家起来,从容细讲。子正说亲家不放赦书,小弟就跪到明年。高公说世间没不了之事,你起来再作商议。子正才起来了

论令爱貌无双,人物风流百事强,娶媳妇还待求什么样?不求他贤良合孝顺,但望安分不生殃,这等就满了老父账。俺只求平安无事,奈何他作恶非常!

子正说再不安分,小弟一面全管。

到今日魂已伤,无论令爱不贤良,到底改不了从前的样。况且人家娶媳妇,相期百岁大吉昌,谁拆那鸳鸯帐?原是那小儿不爱,我不能替他主张。

儿大不由爷,他自己不待,小弟也就无如之何了。子正说到是令郎没什么意思。高公说怎么见的?子正说在寒舍住了一宿,合小女极其和好。高公大惊说他几时寄宿尊宅来?

三月里初三天,在王家酒半酣,过寒舍夫妇得相见。两人问到寒暄罢,惟有相逢泪眼看,到教小弟心怜念。若还得金口放赦,那公子定无他言。

高公说哦哦!他哄我在子雅家宿,这事我全然不知。若是这等,我不是替儿嫌妇了么?他相爱,做爷娘的与媳妇为仇呢!便从亲家就是了。子正起来,又跪了一跪,说多谢,高公拉住,子正说小弟告别。高公送出

从前话一笔勾，媳妇纵然不回头，好歹自有他丈夫受。有心待往油锅里跳，焦了身子吊了他的头，到底烧不着爷娘肉。他既自己心爱，何苦替古人担忧！

拱了拱说请了。子正下，高公回来，夫人上云樊子正来做什么来？高公说可笑可笑！着咱那儿郎，背着咱去合他丈人家相处，咱不成了老扯淡了么？

那一日三月三，他在王家饮酒酣，还不归家来，去把丈人看。夫妇相看齐下泪，去在房间一夜眠。你我真是老扯淡！从今后把他丢了，折掇煞休要可怜。

春香，请您大哥来的。公子上呀！那事决撒了也！那一日酒后见了江城，便把旧情打动；他又哭哭啼啼，教人怎不心软！适才樊子正来，必然说破机关，爷娘呼唤，必然要受气也！

【劈破玉】在书房忽听的爹娘呼唤，叫一声不由人胆战心寒，思一思想一想浑身是汗。若是长像那一夜，情愿合他再团圆。不知是怎么样的吩咐，未曾去，先红红这不害羞的脸。

进门来，高公说不肖的畜生！你还待受罪呵？也没人禁止，你怎么背着我去丈人家？公子跪下说爹娘在上，听儿告禀。

那一日大醉了爷娘在念，适遇着樊子正苦死歪缠。不得已到他家已经半醉，忘了在那里睡，五更酒醒悔难言。天未明早早的来见爹娘，待说实情又不敢。

高公说畜生！你自作自受，可也怨不的爷娘！门上来报樊大爷合大嫂来了。夫人退下，高公起来说畜生起去！子正领江城进来说快来给您公公谢罪！果然江城朝上磕了头

今日里望亲家千千万万，小妮子不成人罪大弥天，多亏好公婆佛面相看。若是下回还不改，任凭打死在这边。那时节狼拖狗拉，

俺两口泪也不来滴一眼。

子正说快往后宅给您婆婆磕头。江城下,子正说小弟告别。高公说还有借重亲家处。

小畜生他自己没有汉仗,把不是都掀在别人身上,我以后断不能替他认账。趁着亲家还没走,分开他两口在那厢。借重你做一个明证,从今后各支锅子把饭嗓。

我不能替他认过,好合歹着他自受。分给他几石粮食,一个使女,着他两口度日。长合短,小弟也不敢与闻。叫春香,你合老王您两就跟去伏侍。答应是。又叫长命,你听着:

从今后不怕你不通人性,别开门另支锅各度日生,或是好或是歹你听天由命。若是相好我欢喜,若有差池我并不听。你那里就死在眼前,却也是自作自受休怨命。

你去罢。叫家人烫酒来,我与亲家痛饮三杯。子正说小弟穷忙,就此告辞。高公说亲家上门来怪了! 子正说实不能留,明日定来取扰。高公说休要失信。子正说岂敢岂敢! 请了。

诗:花谢重开月再圆,但求儿女各相安;
　　闺房再有参差处,他日相逢见面难。下

第十三回

挝　公

高公、高母上云自己生儿女,方识父母恩;但有一口气,无日不忧心!

自从媳妇重来，三月有余，并不见旧病发作，夫妇和睦，可喜可喜！

【耍孩儿】媳妇来三月有零，夫妇合睦不相争，这番真成家门幸。庆儿郎聪明，媳妇美和顺，不闻吵骂声，还有什么忧心病？多亏了祖宗积善，临老来闲气不生。

夫人说这也还未如何。向来孩儿甚是欢喜，这两日看着他有个愁容；从夜来见他袄领解开，那脖子上有两道缕楚，我也没敢问他。想是不大好了！作哭介

【银纽丝】愁咱那孩儿泪汪汪也么汪。向来欢喜不寻常；细端相，今日这容颜改了腔，饭也不多吃，行动闷怏怏，看他像有个愁模样。你我只有这儿郎，软弱禁不的怎么降！我的天，惆怅人，真叫人惆怅！

丑扮王婆上，笑云可笑可笑真可笑，买了个草驴不识道；一朝骑着看闺女，朴搭跌的这腰儿吊。早知这样不成才，怎么肯使钱合钞？休说使了二百钱，就是干给也不要！哈哈！俺家小哥哥，真正是近视老婆拾蒜瓣，自家捣了眼了。其初在巷里撞见江城，十月里柿子不漤，就烘上来了。那江城又会扭作了两眼儿，渔妈妈的皮狐子，变了个江米人，就是个引汉子的老妖精，弄的俺小哥哥一相思几乎害杀！后及至娶了那江城来，倒成了祸根，为不着个破烘笼。哎呀！扎着长声又是长，又是短，想是娇嫩嫩的那手，打着脸上也不大疼么？我只听的瓜的一声，可也老大响哩！俺家小哥哥可是那卖馓子的折了本，也就扎挣不的了。老头子才替他一刀两断，割了那块大痞，待了一年多，好不清静静的。谁想小哥哥自在不惯，替板的长了一腚疮，没人打就痒痒，好没声的溜到他丈人家里；着那樊老儿定了个美人计，着那江城扎挂的合那妖精一般出来见他，那有不动心的？又搭上江城眼里又吊下瓜子来，娇滴滴的声儿问官人

好么，只这一声儿，小哥哥那魂灵儿就像腌坏了的那螃蟹，久不吃了，脐子都沙了。着俺爷爷知道了，就气了个饱，赌气把江城收回。待了两个月，两个说说笑笑，好不欢喜！谁想渐渐的旧病发了，这两日萝卜窖子被了盗，掘开了。昨日又攫了一顿把，亏了还抓在那背脚处；若是差一点儿，胡桃栗子摆在鼻窝里，可不就脸上开起山果铺子来了么？小哥哥还嘱咐说，王妈妈你休合人说。作笑介嗤！我没人处不说。线匠不见了线包子，我看着也背不的。不要慌，耍把戏的开了箱，只怕还弄出故事来哩。我正愁着老头子问我，我没嗄答应哩。连日不曾问安，趁闲去那边蹭蹭。

【呀呀油】小哥哥，小哥哥，根根毛儿都竖着。只当是美人图，原来是夜叉坐！小哥哥，小哥哥，自寻蛐蜒钻耳朵。既不听老人言，还怨的那一个？

小哥哥，小哥哥，进的门来战移梭。分明是追魂台，怎么是夫妻乐？小哥哥，小哥哥，自家找的不快活。因是他命理该，也是他当初错。

作进介，夫人说老王，你这二日不曾过来。老王说终日做饭，总不得个空儿。这两日不见爷爷合奶奶，着春香烧着火，我才来了。夫人说您哥哥和嫂嫂和睦么？老王低头说和……和睦呀。夫人说和睦就是和睦，怎么结结不成溜了？想是不好么？

在上听，在上听，起初说笑甚有情。这两日不大好，像犯了从前的病。咯气撩生，咯气撩生，俺家终日闹烘烘。或者是偶然间，将来好未可定。

现如今家里正骂哩。谁家盆碗不相敲，或者将来或好。夫人听说哭了

【银纽丝】死活娶了个泼奴也么才，闺房终日闹该该，我方才冤仇割断

两分开。人给你推出去,你自家拉进来,到如今待将何人怪?我儿瘦的似麻秸,千般的折掇日日也么捱。我的天,无奈人,真着人无奈!

老王说奶奶也不要哀伤,往后也未必常常如此,待二日再看。正说着,只见公子歪待着方巾,喘吁吁的跑来,藏着在仲鸿身后,高公忙问怎么来?怎么来?但见江城随后怒冲冲的,拿着一根棍子,赶进房中,夫人忙问怎么说?怎么说?江城并不答言,便来仲鸿身后抓着公子痛打一顿,把公公错打了一下,仲鸿说打死我也!叫唤起来,江城才去了,公子搽眼,高公、夫人都哭着说苍天苍天!

叫一声苍天好伤也么悲,夫妻相对泪双垂。把心捶,我生作了什么非?不曾杀了人,不曾害了谁,怎教老来苦受罪?向来不听的闹成堆,我儿都吃了昧心亏。我的天,碎人心,倒把人心碎!

高公说我没说不好么?只是要呢!分开你原是图个清静,怎么又跑来连累我受罪?

骂了声潮儿照脸也么啐,明知道后日要吃亏,死乌龟,待开院门引入贼。打是极该打,捶是极该捶,可怎么带累着人受罪?分开图免是合非,还捱一棍才解了围。我的天,连累人,着你把人连累!

叫人来!答应有。你去搬您樊大爷来的。答应是。夫人下,子正上女儿江城叫人忧心之极!回去了三个多月,并不见有参差,想是化恶为善了。可喜可喜!呀!那是高宅家人,来做什么?家人入,子正问高爷好么?答应好。你来有什么事?俺爷爷叫小的来搬樊大爷。子正说什么事?答应不知。说请樊大爷速去。子正上马便行

【呀呀油】奔了来,奔了来,教人心里乱疑猜。只怕小江城,在那里踢弄坏。奔了来,奔了来,扬鞭打马过南街。马蹄儿快如飞,霎时来到门儿外。

作下马介,到宅里,高公起来让了坐说我请亲家来,求奉劝令爱。子正跺脚说呀!他又作下什么恶了!高公说你听我道来。

【房四娘】老夫妇适刚才，正喜他夫妇得和谐，方且一言未落地，他从空中吊下个故事来，吊下来！

子正点头说嗯嗯，怎么来？

您女婿不成才，慌忙跑进面前来。我和贱荆才放门，令爱凶凶跑进来。哩喇嚁落。

子正说怎么样呢？

怒冲冲走进来，抓住小儿大棍揣。老夫不曾躲得过，一棍捅来脖子歪。哩喇嚁落。

子正说哎，反了，反了！

今日里亲家来，良言好劝女裙钗。天幸若还能改过，依旧还傍到妆台。哩喇嚁落。

子正长吁了一口气，说总是小弟伤了天理，积下这个东西。来，我就去宅里劝他。

【耍孩儿】请姐夫你休怕，他犯着你手着实排。打杀也么不说一句话，看来真畜类，知道那羞耻是什么。这样东西要他煞，碎尸万段还看那狼卸尾巴。

江城上，说贼囚根子忽然要拌嘴，见我拿起棍来；便跑去藏在他达达那边，做他的护身佛儿。孰不知，我怕公公么？早被我打气了一顿，出了这口恶气。但只见错打了公公三下，也罢了，罢了！谁着他生这样儿来？子正到。江城说爹爹来做什么来？子正说我看你气死我也！

便开言叫江城，做的事大不通，带累老子没德行。看你不秃又不瞎，好像一个鬼灵精，怎么全不通人性？传出去人人嗤笑，真叫我难见亲朋！

江城说爹爹，做了贼了么？养了汉了么？该你嗄事的？

骂江城好畜生，说的那话缠不清，着你气杀我樊子正！你说改了何曾改？从新又添上打公公，泼法更比前番胜。你着那天雷就打，只怕我打碎天灵！

江城说我作的我受，或者打不着你，你管什么闲事？

怒恨恨骂一声，苦口良言全不听，说你越发逞灵圣。我又不曾伤天理，怎么把你禽兽生？终来为你送了命！你若不夭亡横死，抠了我一双眼睛！

又自家打了两巴掌说哎哟！气死我也！忽的声倒了，不省人事，江城转身说你死就死的。下，公子合老王扶起捶了捶，叫春香，快拿水来。扒开口灌了两口，子正才吁出两口气来，睚哼说气死我也！高公忙上云子正痰厥了，怎么处？春香指着道还魂过来了。高公说好好。快着人使小床抬去。答应是。扶上床去，高公近前说亲家不必这等。既劝不醒，我教他夫妻各居，也省的你我生气。

劝亲家自将养，不必合他论短长，从此各把心来放。纵然儿女无行径，但有老气还不妨，一口不来怎么样？这到是区区小事，几乎有生死存亡。

高公说你家去罢。子正点头，从人把子正抬着走，高公说叫人先上家里报知。答应是。从行介

【棹歌】老头子年纪已高，儿女生把气淘。几乎送了老性命，翻转只为娇娇。气来心似火烧，顷刻命赴阴曹。幸得还魂归去，淘杀了人了娇娇。

徐氏上云好了么？好了么？怎着来？仆从抬子正哎哎！言不的！我合你远走高飞便了。喤哼！扶走下

诗：孩儿可恨太不通，此去几乎一命终；
　　惟有远逃为上策，合家直上大江东。

第十四回

招　妓

公子上不敢西来不敢东，低头受气几时终？

冤魂初下阎罗殿，觉得青天分外空。

自从丈人去后，爹娘叫我独居，今已一月有余，倒觉松缓的紧。但有一件不好言处，白日还好过，黑夜真难捱！

【鸳鸯锦】一更新月才照上窗棂，又下窗棂，孤单的人那愁苗渐生。进门来冷冷清清，没人做声，坐下起来只是闷。端过银灯，点起银灯，手儿懒抬，眼儿懒睁。孤雁声促织鸣只在身边叫，好不难听。也么咳，也么咳，咳也么哟，只在耳边叫，好不难听！

二更沉沉月又歪，倦眼难开上床来。没精打彩，手伸去却拳来，没处安排。覆去翻来人一个，摸不着绣鞋，荡不着金钗，枕头滚遍仰不着香腮。鼓儿鸣锣儿筛，睡不着好不难捱。咳也么哟，哟也么咳，睡又睡不着，死活的好难捱！

三更谯楼响连声，想起他那模样，想到天庭。笑盈盈，俊生生，赛过那莺莺。想是俺今生没造化，进了交情，不是不爱，冤也难明。眼蒙眬梦初成，梦见冤家见了我，喜了个棱挣。哟也么咳，咳也么哟，才到床上梦又醒，恼了一个棱挣。

四更睡醒想冤家，心痒难抓，心痒难抓。想他那腰儿一捏，脚儿半揸。俊是他，美是他，俏的是他，怎么转眼没情，又像是仇家，又像是仇家？怎么样着才是好，好难打发。虽是他性儿差，想起他那模样，哎哟浑身肉麻，想起他那手脚，浑身肉麻！

五更敲罢不曾眠，没个空儿钻钻，现放着美人却在半天。我也闲，他也闲，两下孤单。若还跳墙见他，未必不喜欢。怕的是恼了那性儿，果子甜吃酸。思一番，想一番，你回了心罢么，我就许下朝山。

夜间想来，呆呆的孤眠，好不苦哉！这书房隔着内宅甚远，俺悄悄的寻个人儿，晚来早去，有谁知觉。叫小厮你去上东街上，叫老李婆子来。书童答应是。

好好的鸳鸯分两边，这苦难言，这恨难言，就是他心里也未必自然。风片片，雨连连，一夜似一年。俺是黄金买个笑，打打这馋涎，解解这愁烦。到晚床儿上，有个金莲，腰儿软，口儿甜，就不如我那冤家，也强似孤单。

丑扮李婆上云自家李婆便是。没有南北陇，也无东西行，只凭着唇舌度日。俺也不肯伤天害理，只是撮合人家好事。他有爱汉子的呀，或是想老婆的呀，俺老李一到，就是天仙织女，俺也念诵的思凡。是怎么这年年来，好像到了女人国里，卖春药的全不发市。见书童说呀！你不伺候恁大叔，来做什么？书童说大叔着我来请你。李婆笑说哈哈！他叫我做什么？书童说不知道，但说叫你去呢。

【刮地风】不上机不拿针，只将唇舌骗黄金。全凭孙衍张仪口，说的嫦娥动了心，人哪哎哟动了心。

不知叫我做嗄？

他那娘子好发威，终朝好似躲强贼。今日忽然来找我，不能替他捱棒槌，人哪哎哟捱棒槌！

没哩是劝他那娘子？

从来口念说风流，那过板活儿不曾诌。我就不敢支这个架，能说的江城回了头，人哪哎哟回了头。

书童说你什么两只小脚儿哩，啄打打打的闷杀人！过来，咱驾云去罢。拉着飞跑，李婆叫说到了门首了，看绊倒了！一言未尽，朴的声倒了，哎着说跌杀我！贼囚根子！墩破这不便处了！书童扶起来，见了公子说大哥叫我有何吩咐？公子笑着说你给我找个人儿。李婆说大哥说笑话哩。公子说实言。李婆咬指头，扎着长声说噫！夏里的皮袄不收拾。公子说怎么说？李婆说只怕吊了毛，俺大嫂到利害，不是顽，不是顽！公子说你悄悄的。李婆说不好不好！酒坛淌出糟来。公子说又是怎么说？李婆说鼓了袋子就坏了！

前日打的没处逃，你还要想第二遭！只怕一朝发觉了，打你那俊脸，捋了我的毛！

老虎窝里种南瓜——守着个吃人的东西，还作大叶。公子说这里隔内宅远，夜里来，夜里去，什么相干！这是五钱银子，先给酬劳。李婆说没哩我就拿着罢呀咋，我就破上这老性命。

我这是老来贪，破上性命去挣钱。只要大家密密做，那主知道不是玩！

你待要谁呢？不就着吴丽华罢。公子说不好。我见他来，唱的倒罢了，不大白生，又是半揽子脚。你还是找那半掩门子。李婆说嗯嗯！你几时要呢？公子说今晚。李婆说这就难了。天已黑了，是什么东西，一把就抓过来？今晚且着丽华来，你且解解闷，我从容再给你物色好的。公子说就是这等。你可瞧街上没了人送他来。李婆说是。公子下，李婆说妙妙，俺又得了财了。待俺到丽华家，看他有客没有。

正喜欢正喜欢，平白里挣他银五钱。他既痒痒图快乐，俺且喜他个大黄边。

呀，天已起了更了。远远看见丽华家门里出来了一个人儿，不知是谁。丽华上，李婆来到近前说哎哟！原来是丽华姐姐。你待那里去？丽华说前天王少爷约我今晚去陪客。李婆说好呀，培了的芋头不踏，差一脚就摸了。我正是来找你，有个主儿想你哩。丽华说谁？李婆说高少爷。丽华说嘁嘁，我会他来，极好的个人儿。可只是陪他，我就失了信了。李婆说失了信，失了信，虽然爱钱也爱俊。咱流水走罢，我还待家里等我那老相厚的哩。

他又美来你又香，双双一对好鸳鸯。快活时节念念我，哐哼一声李大娘。

丽华说你疯了么？

李大娘李大娘，奴家丑陋亏了你帮。等我相处人多了，让你一个老夹钢。

公子上云书童，你外边看看，丽华待中来了。作相见介云来了么？李婆说来了。公子说妙妙，恐怕他不在家。李婆说差着一步，几乎就颠了！丽华说给大爷磕头。公子说免了罢。从那一日听了一回曲儿，到如今还想你。只是这偷生子儿可领不的你的教了。李婆说您俩都得在此，待我去罢。

诗：深深庭院夜黄昏，高点银灯深闭门；
　　不敢公然听度曲，暗并枕上叙寒温。

第十五回
装　妓

江城上云嫁作南城荡子妻，深闺风雨冷凄凄；
　　人生岂好生闲气？只为男儿不服低。

自从合气之后,公婆把他儿郎唤着,俺夫妻分院而居,这也罢了。近来听的他夜夜合老婆同睡,这样光棍到容易打哩。不知虚实,待俺再访。

【耍孩儿】打了仗开了交,省在一处把气匈,怎么做局把我罩?俺在这里活守寡,你在那里度元宵,这个公道不公道?俺这里访真底确,给他个点子瞧瞧。

如今寻究起来,这个是有的。昨日到了门外,撞见老李婆子那模样儿,毛梢梢的,像有些虚惊的光景,必然他引诱为非。且从容瞧他。

李婆子真似贼,瓜搭着嘴儿搬是非,原该问个凌迟罪。好人说的上了他道,节妇也说的解了裙,不走草叫他螫了对。若是他往来引诱,我着他鬓毛乱飞!

李婆上云不担惊怕与勤劳,难得银钱到我腰;

但弄机关须要妙,才能保守鬓边毛。

前日大相公去玉笋山上烧香,见那陶家媳妇小娇娇,爱他一双小脚儿,只是央我合他说。不知费了多少唇舌,多少脚步,才说的招了道儿。虽然大相公我也使他两吊钱,可也担的利害不小。昨日从书房出来,顶头撞着江城,出豆腐的点不成脑,几乎就坏了作。还亏他不曾细问;若是细问起来,可是卖豆腐的破了布袋子,怎么说,你就过不的了!大相公还嘱咐密着些,可是捂着耳朵放爆仗,使了钱卖了些出作。待俺去报他的喜。来此已是他家门首。且瞧瞧,这二日眼跳,造化低不要再撞着他。伸伸头,搐搐脑,往里一溜,公子说你来了么?那事如何?李婆说恭喜恭喜!

【西调】我为你心牵挂,我为你磨碎了牙。昨日冒雨,到了他家,旁里没人,俺俩闲吧;吧了半日,不敢勾他,勾搭不上,怕他发渣。天色将晚我归家，他又留我，我就住下。晚来俺俩，睡在一榻。听了听窗外雨儿越发大，我就从此去趁量他。问他男子，恋酒贪花，年年海角，日日天涯，孤单独守，家又贫乏，纺织棉布，自己挣扎，说到这里，泪下如麻。我说休恼，这也有法，独守空床，也是呆瓜，他也找块肥肉，何苦喜这清茶？他就恼了脸儿，把我訨喇，说道李婆子放屁，说的是什么！呀！我就大笑，嘻嘻哈哈，一当是玩，二当是耍。嫂子休怪，这是实话，你看那风儿细细，雨儿刷刷，四壁寒蛩，吱吱呀呀，何处砧声，敲敲搭搭，好不把人闷杀！若有个人儿，忽搭忽搭，他又爱俺，俺又爱他，夜去明来，谁知谁觉？我那少年，也曾做过，不是这口说瞎话。他半晌无言，我往那头乱爬乱爬。呀！我说公子风流俊雅，脸儿雪白，把人爱杀，着他一搂，浑身肉麻，况他门户，又是大家，几两银子，值他什么？若是合他相处，你就不纺棉花。着我说的滚热，他就心痒难抓。我就问他几时去，他就答应今黑。呀！玉笋山上的花鞋来到手，可待怎么谢我老人家？难道说吗啼啼的干休罢？

公子说亏承亏承！等他来了，我谢你二两银子罢了么。李婆说我去罢，这个去处久留不的。公子说你可打趄着些。李婆说我知道。伸出头来又搐回去，江城上云怎么等了二日，老李婆子并不曾来？哦！是了，我在这里，看见我就溜了。我掩杀这门儿，打这门缝里瞧着他罢。李婆子上，看了看没人，又是一溜，江城开门便叫李婆子倒回来！你来做嗄来呢？李婆哆哆说我……我没做嗄。江城说这老奴才不知捣的什么鬼儿！怎么是没来？实实的招来！免的挦毛！李婆说我实话说就是了。

既见了娘子面，不敢不一一的实言。大相公只是叫我胡突干，看上陶家小娇儿，降着我给他把情传。许下了二两银子，约下在今夜晚。我也穷极了,图了他俩钱,图了他俩钱。饶了我罢么,到家烧香念。

江城说你既说了实话,其情可恕。李婆就待拿腿,江城说你休去了,我还用你哩。

到如今人人说我好吵,人人说我好打,人人说我好骂。我对你诉诉我自家,比比那人家,也说说那冤家。你看他作的那精儿,弄的那鬼儿,做的那事儿,人人眼里看不下。终日把人家活活的恼杀,活活的啕杀,活活的气杀!一家人好说是我打嗄子,说是我骂嗄子,也不问问是争着甚么,因着什么。看他作的那鬼儿,怎么不该打他!怎么不该掘他!怎么不该抠他!你看看真么吵着,真么闹着,真么打着不怕!

李婆子说天黑了,我去罢。江城说借重你头里去到他房里,你说小娇三来了。他害噐,着我吹杀灯哩,先把灯吹灭。你可去办。果然李婆头里,江城后头,到了书房,李婆进去,公子说他来了么?李婆说他害噐,着我吹杀灯哩。一口吹灭,回头走了,江城随后进去,公子摸着说我那娇三,你想杀我也!你且坐坐,等我摸索摸索。作摸下介

玉笋山前你把轿儿下,那一时见了几乎爱杀!你那金莲不勾半揸大。那一日你穿的松黄绉纱,桃红鞋儿围着一朵金花。呀!你这腰儿还是勿一揸掐。这脚儿比前越发小些小些。休害噐,你放出娇声说句话。

想了你半年才捞着,若是当面不见,岂不辜负了一番情肠?我点起灯来。点起来一照,唬了一跌,把灯吊在地下,江城说这来见了你那可意人儿,怎么不看了?公子跪下我再不敢了!江城说你就没怎敢罢呢?

【虾蟆曲】哄我自家日日受孤单,你可给人家夜夜做心肝。强人呀,仔说我不好,仔说我不贤。不看你那般,只看这般,没人打骂,你就

上天！强人呀，你那床上吱吱呀呀，好不喜欢！

只说你合我两下不成双，谁知你这里夜夜有亲娘。做的什么事，弄的什么腔？你该裂个净光，你该刺个净光，打了不算还送监仓！强人呀，你在房儿里，娇娇呀，倒不凄凉？

不圈不点，过来跟了我去，不许你没人处胡做。

我只是要你合我在那里过罢，我可又不曾叫你下油锅。强人呀，俺漫去受罪，你可去快活，今日弄出这个，明日弄出那个，这样可恨，气杀阎罗！强人呀，俺也叫人家哥哥呀哥哥，你心如何？

诗：几个楼台几进房，那边娘子最凄凉；
　　与人共上床头卧，也把凄凉教你尝。

第十六回
夸　妒

旦扮樊满城上南山顶上一池水，一个被窝里四条腿；再添两条他不依，从来只许每人每。为什么咯气又撩生？只因着汉子好弄鬼。汉子原就不该怜，当把锡壶把他毁。一点事儿不合心，嗯，脱下只半尺花鞋打他那嘴！自家非别人，就是江城的姐姐樊满城是也。看着模样不大精致，俺这心里还俏别起人。自从嫁了葛天民那王八头，枉勾家里梦见俩汉子，他也不敢惊着俺。他若牙缝儿崩不字，小孩子卖长生果，吃不了还叫他兜着走哩！那江城枉担着降汉子的虚名，还嫌他不会降哩。要着他怕情儿从心坎里流出来，这才是会降。都像那汉子有个不是，作恨声介，拿着那长声哎哟，气杀我！

捞着那不中用处,也是一棒槌;捞着那中用处,也是一棒槌。捞着那不见人的去处,也嘶一口;捞着那见人的去处,也嘶一口。酒店里开了市,就挑出望布来了。这就是降么?人说江城降汉子,江城也自家说,作嗤声介我能降汉子。嗤!唠杀我罢了!昨日听的二姐夫作下了点精儿,着江城家里生气,我去看看的。下,江城上云两好并一好,相处才到老;世间惟男儿,最不宜量好。你看贼强人,才没人管着,任拘什么茧儿都作估出来了。昨日着我拧着耳朵拿了来,着他在我床前打铺,慢慢的合他好说,不好骂着也便。

【劈破玉】拧着耳朵只拉在牙床一下,就着他打个铺近着奴家。想起他可恨处醒了就骂。近来一发不成个腔儿,把人活气杀!气也不喘,像个呆瓜。我才脱鞋,他已倒下;合他说句话儿,他就打呵;给他点笑脸,他也不觉。在人跟前,嘻笑哈哈;到俺跟前,恹头搭喇。跪在床下,战战呵呵,似上杀场,就着刀剐。看这熊儿,还能怎么?就是相好,也只一霎,全然一点不中用,真正是个偈忘八!到而今想起他那身上,没有一件不该打!

满城上云进来高宅门儿,这南边一院是江城在此,待我进去。江城看见姐姐呀,来了,极好极好!我这两日正自纳闷。满城说我听的说你家里生气,故来看看。江城说可是气杀人!请坐,我从头对你诉诉。

大姐姐你听我上诉,俺那个光弄鬼的不成个丈夫。说起来也不是妹妹吃醋,他搬了院里吴丽华,又说待看陶家那媳妇。若是那有气性的人儿,姐姐呀,就着他气的长气鼓!

满城说他二姨夫都这么作法,还是你那管法不济。你说你是怎么降?江城说也没有定法。

终日家对脸儿,寻常是骂。我合他可没有一定的方法,恼了脸也顾不的什么是嗄,若是迭不的攮拳,劈脸就是耳巴;或者是脸上抓,身上掐,腿上扭,腚上砸,棒槌槌,巴棍打。打开了那管是什么,浑身上下批丢朴搭。那一日拿起一棍劈柴,把我这手指头是伤了俩。

满城笑说我说你不会打呀!江城说你是怎么降?满城笑说我那降法,你可学不的了。

我初到葛家,约有半年,那忘八意思里就待施展。我这里采住毛,我就剜他那眼弹子。寻思这行子忒也诈,不宜量慢慢合他缠。劈脸带腮,就是一拳,一交倒在地面朝天。没有那好嗄打,就使半头砖,爬爬就待跑,接着又一砖,揣了一百下,睡了半年。像那高大官忒也嫩,不禁揎,若还手里没分寸,忽然一下染黄泉,这才犯了凌迟罪儿,秋后处决定不免。

江城说您那个行货子,你那么打他,可怎么我听的说他还合你极好呢?满城笑说俺不说,妙术不传六耳。江城说姐姐对俺说了罢么!满城笑说罢么!也没有别人,可只是说了,你也未必能学。

对你说这降汉子也有个妙道。要着他捱了打口又难学,受俺的降不说俺降,这法才妙。汉子没服就把泼名来挂,这一样降法真是操。你那性儿忒也娇,虽有好法,只怕难学。朋友来到,不疼酒肴;我待公婆,孝敬极了。这个孝名,传到九霄,屋里打人,有谁知道?待合人说又害嚣,他又装体面不肯招。早晨打了仗一霎就消,咱还用他不用潮。换上对花鞋,搓上脸肥皂,着他看一看就软了腰,给他点笑脸魂也消。狗儿甜蒜碟,到屋儿还勒掯他不轻饶。似肯还不肯,等他来跪着。他要把俺唠,俺还把他唠。到晚来也还要着尽力奉承,奉承不到俺还恼。若得了这个法儿,还着他吃俺亏,还说俺好,爱俺只到老。

江城说但只是寡人有疾，寡人好气。满城笑说请无好小气。想是他不爱你么？江城说不呢。满城说是你不爱他么？江城说也不不呢。满城笑说不呀，不怎么就撕毛砸腿闹满屋？这个不字容易知道，是那个不字就难解了。江城低下头说常时还好来，近因着他战战得塞的，越发厌恶人了，着人说不出口来。附耳作小语介，满城拍手笑说哈哈！贩鲜的担着柳杭子鱼活，我就好说，掐出水来的乜孩子，禁什么降？都是唬破他那肚头子了！一样汉子有一样降法，怎么抄的稿呢？

有一句知心话儿把妹妹奉劝，你眼儿拿着他当丈夫，腹儿拿他当心肝，那小鬼见阎王命儿难保，他有什么心绪把人去看？既做个汉子，也背不的打，那打时节也给他点缝儿，既不可太宽，也不可太严。说你不爱他，就说不然；说他不爱你，这也是谎言。他若不怕你，你那点不如娇三？因你不中惹才不傍边，找一个替身解解馋。你又只顾骂胆也寒，心里害怕怎么不浑身发软？

第十七回

中　伤

公子上常时愁怕尚成欢，犹想芳闺近玉颜；

　　一自连朝发觉后，美人常当夜叉看。

长叹介近来在床前打铺，气儿不敢粗喘，苦哉苦哉！爹娘听的还说是该。咳，那里去诉冤苦！这是俺不安本分惹的，这也罢了。且是他又不依东移西转，好闷人也！

【银纽丝】床头上不是个女娇也么娃，分明卧着个母夜叉！见了他，浑身的筋软骨也麻！进了娘娘庙，娘娘貌如花，教人拜倒寒毛乍。心里不知是怎么，到他跟前百事差。我的天，高骂人，他将人高骂。

我想江城他合满城姊妹二个最相好，我往别家去他就嗔，每遭往葛家去，他还没嗔。今日闷极，不敢更访他人，去找葛天民骂骂也好。行介

细细的思量苦哀也么哉，终朝长在血魂台！命里该，癖在心头怎么捱？不敢挪一步，他就胡歪揣，长坐监跳不出圈儿外。森人毛长在桃腮，柳眉都带些杀气来！我的天，愁坏人，真把人愁坏！下

葛天民笑上云峡山有个呆瓜，呆瓜家中有个夜叉，夜叉若是开了赌打，我还打他俩仨。争奈见了他，浑身怪发麻。自家葛天民，是那樊满城的汉子，绰号槌被石。我问人怎么是槌被石？哦，说是老婆棒槌常常挂打的。哈哈！这个号儿响的紧，好令人人都知道我是槌被石，把葛天民这名儿竟呜呼了。这怕老婆的合县里无其大数，就选着做了行头。那官娘子着出来要棒槌，着我陪钱。如今好了，这行头有了替的意思，俺那小姨子嫁了高家那小长命子，他还比我赛头哩。往后再有差使，我就顶上他。他人家大，就要金子的，银子的，他还答应的起。听说昨天他痒痒了，吃了横亏，我待去瞧他瞧。嗯！那江城利害，看招了祸来了。公子上呀！我那贴户儿来了。请坐，有什么贵干？公子说敬来探望。

【耍孩儿】连日来热难当，不敢出门汗似浆，今日清凉把你望。约有一月不相见，丰范肥泽更异常，腰带粗大容颜胖。槌被石擦磨光净，你看那边背皆光。

葛天民说我正寻你，思把这行头替给你把，你还有赔垫的。公子说不必，这班缺好出来，我重重的帮你帮你便是。天民说真果么？若是出来班缺，我这头儿还有使顶手。不给你，不给你！这合县里怕

老婆的，仔说一个人帮我一个钱，只怕比那十分钱粮还多，我不就富了么？公子说还有个喜信对你说：官府昨日说，宅里白黑的事体，或也烦多，着你打那粉头家的课税钱。你当着两丫头，不便宜你么？天民说我的才短，宁自我还当着我的，让你这个缺罢。

小长命说话差，把个肥缺却让给咱，姐夫方才答应下。一来是你模样好，二来高宅是大家，立下个根基好加纳。强似那宗师下道，把四等大抹大叉。

公子说你这就怕学道哩？天民说怎么？

槌被石不用愁，不用挂牌一笔勾，学道要给你一个点儿受。卖了秀才还嫌少，要把行头课税抽，你可提防着割你的肉！自然贪赃学道，搜寻这忘八流头。

天民说到如今空磨舌头，咱还吃杯酒。拿酒来。酒到，满城悄悄的来窗外听他，天民说他三姨我只见了他一次，一眼看见，几乎把我晕杀！昨夜梦见他，可就晕的我学不的了。

那江城眉儿弯，点点一对小金莲，笑一笑把人魂引断。昨宵梦里梦见他，还叫了一声俏心肝，我只待央你把媳妇换。你若是许了交易，我许上两吊皮钱。

咱换了罢。公子说嗤！干给也不要就是了。

两道眉三指宽，一双眼似灯盏，一口牙总似蒜八瓣。还该削削那额髅盖，还该斫斫那小金莲，着咱丈人再把他变一变。你给我我就留下，还给你两吊高钱。

天民说混账物诮嗄哩？谁说你的不俊来？不俊着就怕的那！公子说这倒未必，我是怕俊；一般也有丑的还怕的，这不奇么？

似仙子下瑶台，着他打下还应该，原是心里把他爱。就有模样丑似鬼，一揸长短大花鞋，汉子怕的比我赛。却不知他是为嗄？这才是奇哉怪哉！

满城听到这里，气的战哈哈的说好贼欺心的忘八！我到怜惜他，他可这么诮撇人，说的俺就像个人了！气杀我！急仔江城每待打他，我就替他效效劳罢。捞了个棒槌来，喝的声跳出来，那天民唬的咬着指头颠了，公子就跑，满城说那走！一棒槌打倒，打了四五十下子，里头出来了个老婆子，才拉着说够了三姨夫的了，饶了他罢！

骂一声小囚根，浅嘴薄舌诮撇人！天下就是你狗脸俊！进门流水款待你，倒被你贬扯到如今，扯上来还该打一顿。若不是别人解劝，定把你剥皮抽筋！

满城说便宜他，便宜他！老婆给公子勒上头，搓呀搓呀的出门说哎哟！打折腰也！打折腿也！其势不能到家，王子平家不远，暂且投宿再处。

诗：行步艰难带血痕，腰中酸楚腿瘤疼；

　　如今才识江城好，巴掌留心棍有情。

第十八回

殴　姊

公子上云呀！五更三点了，身上略略的轻些了。咳，俺吃的这场横亏，那里说起！活该合樊家前世有仇，妹妹打了，姐姐又捶了。一夜不能翻身，临明稍觉轻些。趁王子平不能起来，待俺开门而去，看天明了街上人看见，不成个胎状。

【哭皇天】喇溜子喇，喇溜子唎，好好儿的访亲戚。访亲戚造化低，坐下吃了他三杯酒，到着俺替了槌被石。我的哥哥哟！咳咳！我的皇天哥哥哟！

没处走，没处行，一条路儿让分明。谁想有个夜叉坐，险些儿一命送残生！我的哥哥哟！咳咳！我的皇天哥哥哟！

锅着腰，勒着头，只有丝丝气儿抽。只怕江城问一句，无言答对更堪羞。我的哥哥哟！咳咳！我的皇天哥哥哟！

一行走着一行算设或进门，江城问我一声，我可如何答对？待要唠他，亲戚们没有撒不了气；待说实话，他合满城最好，我得罪他姐姐，未必不恼了脸还要扫查。这可怎么处？罢罢！不如实说了，其罪还轻。家门一到，呀！刚才开了门，待俺进去。这个模样，若是爹娘看见，必要唬杀。俺先去回了江城的话，洗洗脸再作区处。

【房四娘】头难抬腰难伸，模样不堪见双亲。就是爹娘到今日，不知我访葛天民。见江城说原因，一一从头细说陈。我又不曾得罪他，凭我那娘子咋处分。进房门四下里撒，揭开珠帘看见他。他若见俺这个样，未必不重新再损揸。

江城上，卧介呀！娘子还不曾起来。江城翻身说春香，你去那边问问你大叔，夜来那去了？公子说小生在此。江城说你往那里死去来！带了这么个样子来！公子抹泪介

告娘子得知闻：夜来饭后闷昏昏，寻一会没处去，街头去访葛天民。江城说怎么着来？夜未上酒才斟，俺俩巡了两三巡，被他二姨跳将出，一顿几乎打断筋！

江城说你又不知作下什么精儿了，难道说好好的就打你？

槌被石不害羞，着我替他那行头，诮我没点汉子气，打着不敢把气抽。江城说你说什么来？我说道你休嗔，我怕原是望着亲，人家老婆丑似鬼，汉子怕的不像人。江城说他怎么着来？

他二姨喝的声，手拿槌棒似流星，打了个无其数，腰折头破骨零仃！

江城一骨碌爬起来，穿上衣裳，扎了扎腰说真果么？公子说怎敢撒谎。江城说气死我也！谁家的汉子他打！春香，拿棒槌来，我去合他讲讲。公子说着人备上马。江城说怎么等的！公子说春香不能济事，着老王跟了去罢。满城上，笑说高家那小忘八可恨，也吃了我一顿打！江城知道了，必来感激找我。江城奔上

疾如马快如风，怒时金莲不觉疼，来到葛家门儿上，几步跑到正堂中。

满城上呀！妹子来的好早！江城并不答言，一棒槌打倒满城这是怎么说？这是怎么说？江城仔是打，打着才数量

跷蹊事谁得闻，不论疏来不论亲，谁家的汉子劳你打？这不说来笑煞人！骂一声泼贱人，我合高蕃也不亲，各人家汉子各人打，怎么隔墙过了身？又打介

也使我得知闻，我不出气你再理论，咋就不问谁是主，拿着当自家那抗腿的人？打自家打别人，不管人家嗔不嗔，一个汉子不勾打，拿着棒槌打四邻。这个事真是邪，打人家汉子一大些，纵然受了老婆子气，可又生个儿来不叫俺爹？你打他打破头，浑身上下血交流，我也拿你这降人的，试试你这狗髑髅！

打头介，老王说大嫂罢呀，淌出血来了！夺了棒槌，推江城下，家人架着满城大哭，扎着倒勾自家说我着小三妮子打杀我了！葛天民上云哈哈！好奇！昨日高四于虽然可恨，不过也是玩，被那没脸的东西打罢一顿，我可怎么见他？我正待偷着给他谢罪，江城就来报仇。妹妹打姐姐，也不是别人，什么好货哩！着他打的罢，我且跑到高四于那里，速速去以便早来。公子勒头上云怎么江城不见回来？不免叫人打

听打听。天民上,公子说呀!二姐夫从何而来?天民说我敬来谢罪。公子说没见贱荆么?天民说正在那里报仇哩。

蒙贵脚到寒门,我是主来你是宾,姐夫姐夫休见怪,那个东西不是人。我自然来跪着,兄弟们好的时节多,怎么全不放赊账,就着江城去打俺婆?

公子说你不知我不能作主的么?江城上云呀!怎么客房里有人说话?老王说原来是葛姨夫。江城说他来做嗄来?待俺听听。作听介,天民说莫怪莫怪,我合妹夫相戏,殊不知我疼他什么。

要我这肉剥我这皮,不敢回手也是实,借重江城教诲他,还该谢谢他三姨。才相戏休认真,咱从几时羞动人,我可不是口头话,打死疼着我那脚后跟。

江城闯入说好没良心的忘八!自家的老婆着人家打了,还在无人处庆幸,怎么是人!拿那棒槌来!老王说春香拿去了。江城说气杀我也!正使着拿去了。来查着门,我去取的。跑下,公子战战下,天民一头撞倒老王,吊了帽,吊了鞋,夺门跑出,站下说好了,出了门了。作喘介,作看介,怕来赶,又跑,站下喘云诗曰:吊了头巾吊了鞋,又跑几步喘云吁吁喘喘过长街;又跑介,回头介已穿小巷两三道,还怕江城赶了来。跑下

第十九回
毒 友

王子雅、王子平家人抬酒上云小生王子雅是也。俺兄弟二人,合高四于孩童相交,合他最厚。听说在葛天民家吃了大亏,不免去望他

一望。

【耍孩儿】樊满城不是人，棒槌常打葛天民，怎么又权妹妹印？看着时势不大好，就该撒腿早起身，因什么等他打一顿？这件事逢人说起，笑倒了东舍西邻。下

周仲美家人抬盒上俺周仲美，是高四于的表兄。听说表弟着他大姨子打的甚苦，不免到那里看看。呀！那是表妹夫张石庵来。石庵上，仲美拱了拱手说妹夫是待看高大弟去？石庵说正是。仲美说咱就同行。石庵说我夜来方知道。

捱了打两三朝，我是夜来才知道。他姐姐一夜没睡着。不知他能起不能起，又不知头儿消不消？天没明把我叫起，叫我起来没吃饭，打发着立刻开交。

仲美说这是那表兄弟关情处。来到他的门首，请。石庵说叙长幼罢。正让着，子雅、子平二人到，仲美说二位是客，不用再让。并入，公子勒头上云呀！朋众云集了。众云抱屈呀！公子说少笑。大家作揖，让了坐，仲美说三位且坐，小弟合张贤弟到宅里问安。子雅说怎么就到了赐打呢？公子说说来可笑。

樊满城黑如炭苗，半尺金莲嘴似瓢，估着不知怎么妙。槌被石待合我换老婆，我说他不值个破枣，干给跪着也不要。不提防从里跳出，一棒槌带腚连腰！

子平兄弟大笑说这也瞒怨不的打。仲美、石庵出，并饮，石庵说恭喜！子雅说什么喜？石庵说到了宅里，才听的说那弟妇大义灭亲，已是报了仇了。

为丈夫打他二姨，浑身打了勾百棒槌，治人的法还去打他治。每日说他不明白，这样快事谁能之？真乃有个豪杰气！你看他单刀直入，一霎时得胜班师。

子雅大笑说快哉快哉！拿大杯来，咱每人满饮一杯。

立时去转时来，兴兵全不费疑猜，贤人做事真爽快。听说四于被了打，深恨汉子不成才，胸中闷气结成块。忽听的这段佳话，伸伸腰把这破瓮蹬开。

石庵说小长命子，他大妗子这样疼你，就打你几下子也该不怨。我且问你：听说江城过来不合你睡觉，近来好了么？公子说混账材料！你问问他不合我睡，你待送你嫂子来合我睡哩么？

张大哥无日生，纵着老婆养满村，石庵吃醋心不忿。他令兄出去随人情，半夜去听他嫂嫂的门，二捣鬼还撑什么棍？弄张致递上呈子，差夜捕给他拿人。

仲美说高兄弟学的油嘴滑舌，为什么转下棒槌？江城听的吵笑，便说一伙人喧嚷，我听他一听。作听介，石庵说小长命子，我问你：昨日这打，比着江城谁轻谁重？仲美说必是自家的还有点情。石庵说江城我爱他，就打着也自在。

眼澄澄眉弯弯，朱唇一笑更娇然，俏步真如花影颤。若是前生没有福，难得他手来身上安，闷痒待求他打一遍。不妨那尖尖花鞋，真移这嘴上唇边。

公子说这个东西不是人！王大哥、王二哥，咱说咱的，不必听这杂毛物。仲美说我有一件疑惑处，弟妇那么降你，可不知道到了好处，也称呼你什么呢？公子说好混账！周二嫂称呼你什么？仲美说自天子以至于庶人，一是皆以两个字称呼为本，你还不知，必然没称呼你。石庵说好铺囊货！

周二嫂人物也精，必定叫的什么中听，周二哥想是也回敬。夫妇从来无定准，打就打来称就称，到了床头使不的性。怎么就三年捱打，挣出亲亲的一声？

江城听了多时说这两个忘八好可恶！用什么法儿治他？只顾寻思，仲美说我醉了，这一霎儿渴，叫人去宅里要凉豆汤来吃。家人便叫周二叔待吃豆汤哩。江城笑说有了！你看那巴豆还有两个藏着，拿来加在这豆汤里给他。又笑说妙哉！我且放倒一个。下，家人端豆汤来，仲美接来，石庵来夺争饮，公子又叫再盛来。子雅说我也吃口。吃了两三口说这豆汤不甚好吃，有点什么气味。石庵说怎么这一霎里肚子不大快活呢？我告一告便。起来出去了，仲美说我像也是如此。急急跑出去，子雅说奇哉！我这肚子也响起来了，不免也去走。下，石庵回来，坐不多时说不好，不好！跑出来说不能远行，就在这近处罢。墩下便泻，仲美回来，忽然又大吐，子雅又回来了，石庵回来一行又吐，仲美正坐着又说不好，不好！往外跑着说这裤里像有了物了。墩下又泻，石庵又跑着说不好，不好！跑了去相对孤堆着哇哼，子雅说我也还不调贴。也去孤堆着一处，少时子雅起来，回来说哎哟！亏了我还轻些。

好奇哉好怪哉！忽然腹内似沉雷，三人同病真奇怪。你去我来无停止，酒饭全然吐出来，必然受了那豆汤的害。可怜那石庵、仲美，只泻的眼花鼻歪！

家人托汤上云这是宅里送出绿豆汤来，给王二叔吃。子雅说甚好。接过来吃了说奇哉！果然好了些。石庵、仲美捧着肚子哇哼回来说哎哟！就死也去给俺要盆绿豆汤来，给俺解解。家人答应了一声，回来说宅里熬着哩。春香笑出来说大婶子说，问问周二叔合大姑夫，还敢那不敢？石庵哇哼着说哦哦！吃了他的亏了。你说他再不敢了。他出来，我光着跛骼盖跪着他。春香待走，石庵哇哼着说哎哟！你回来，我问问，那药是别人加的，是你大婶子自己加的？若是他自己加的，死了还不懊悔。春香笑着去了，家人托上绿豆汤来，仲美说只怕又加上了。石庵哇哼着说经了美人手，我先吃了死了罢！二人吃讫说呀！果然止了。子雅说愚兄弟先行了罢。石庵说咱同行。公子说宿了罢。石庵摇头说不是玩，不是玩，求每人亲赐一根拄杖罢。果然拿了三根来，每人拄了一根说请了。

诗：子雅刮肚搜肠眼也枯，子平几乎三命尽呜呼；

仲美哐哼从今朋友应相戒，石庵哐哼莫访城南高四于。并下

第二十回

男　装

公子上云前日江城用巴豆得罪了亲友，那周、张二人还不屈他，但连累了王子雅，着实惭愧，又不曾敢出门谢罪。那县前有个茶馆，红梅甚盛，反蒙他请我去赏，心中越法讨愧的紧！

【耍孩儿】他携酒到俺家，巴豆汤来连累他，汗珠叫我通身下。约有半年不相见，反蒙他请去赏梅花，此行还得告一告假。这心里踌躇不定，我可待托个什么？

久不出门，着实纳闷。当时那朋友还来访我，自从王子雅中毒之后，半年以来，并没有一个登门，想是恶名远播了。今日之约，必得去才好。若说吃酒，他必不放我，我可托个什么原故？思介

半年来愁闷杀，有人说请痒难抓，勃勃兴致安不下。出门的假儿实难告，反复思量说什么？这个谎要托的题目大。俺说的冠冠冕冕，唠的他见信方佳。

有了，俺就托文社里请我去看课罢。江城上，公子笑入云适才众朋友写了字来，大家会课，请我去看文章。江城说去去就来。公子大喜说是。下，江城背云又不知弄什么鬼儿！下，王子雅合二三朋上云天已午时，

高四于待好来也。

【罗江怨】春风早，春风又吹来，梅花娇红乱开，千枝万朵门外。这馆中柳榭花台，桌椅光并少尘埃，一杯酒叫人心中快。茶儿好酒儿乱筛，满坐人闹闹垓垓，博士奔走忙成块。午将转日色渐歪，诸客到一客未来，设上席大家殷勤待。

公子上云来此已是王家茶馆，待俺进去。呀！这馆中客甚多，各席已满，却不知王子雅在何处。茶博士说王二叔在后边哩。走上几步说又是一层院落，好不幽雅！这各处却也不少梅花，果盛的紧！

一步步转回廊，庭院开清雅异常，上栏干尽是梅花放，乱纷纷满院清香。有杨柳垂下池塘，拨琵琶何处高声唱？酒席儿各处高张，吃酒的逐队成行，醉乡人渐有风颠样。这里瞧瞧那里张张，作望介同事人却在何方？王子雅出来翘首望。

子雅说这里来，四于，大家等候久矣。馆中都不为礼罢。公子说小弟和兄台还该为礼，年前得罪，又蒙盛情。子雅说怎么又客套呢？让了坐，斟上酒，公子说小弟实实有愧！

蒙亲友同到我斋，那一日得罪兄台，回头已是半年外。每日家想在胸怀，总未能叩谢庭阶，到而今朋友心肠在。纵然是小弟不才，绝了交也是应该，幸蒙见谅不深怪。今早儿又把人差，约小弟来看梅开，治肴治酒还相待。见了字着实徘徊，俺已是有心不来，若不来辜负了老兄爱。

子雅说这都是些套言，不必再题。这闷酒难吃，新来个名妓，名字兰芳，模样绝好，我已约下他了。叫人请他来。公子说叫妓我便行矣。子雅说我不是相戏，不过你恐怕犯法，那家里眼也没有这么长。正说着，兰芳到，拱了拱手，让他坐下，公子起背云好个标致人！怎么行户中有这样美人！

好一个标致人，一件件典雅无伦，难得处就是一个韵。也不在画黛乌云，也不在杏眼朱唇，教人说不出是那里俊。嫌粉儿白的挣新，嫌胭脂红的太深，一半点倒合江城近。一见面着人消魂，心上痒何处抓闷，没操就入了迷魂阵。

公子坐下，子雅说这一位是高大爷，是世家名士。兰芳笑了笑说看人物就知是才子。高大爷贵庚好像十七八岁？公子说今年二十一岁了。兰芳说大奴三岁。两个彼此端相，子雅说兰芳上来，陪高大爷一坐，省的远了看着不便。果然两人坐在一堆

他二人接坐挨肩，彼此都喜喜欢欢，时时笑语垂情盼。这一个暗蹴金莲，那一个笑上眉尖，两家都把心绪乱。哑谜儿暗会心间，眉眼把情传，做手势背不的旁人看。合坐人吃酒猜拳，他两个意惹情牵，看情势也顾不的把王法犯。

子雅说佳人才子，极好的一对夫妻，您俩个违法犯了嫁娶罢。兰芳说高大爷何等人物，俺梦也不敢高攀！子雅说我管撮合。兰芳说多谢王二爷，若不的呢？子雅说好奇呀！赌了咒誓不成么？

低下头暗自沉吟，高公子是个才人，好处不止模样俊。若是他合俺成亲，俺情愿做个文君，就是卖酒也不恨。可只是他似天人，俺而今流落风尘，怎么望合他成秦晋？可怜俺生在人群，逐日家弃旧迎新，今辈子已是无好运。

子雅说吃了饭了。咱起去看看梅花，着他摆下围碟，咱可痛饮。并下，江城上云我说他是撒谎，才到了婆婆那里，说起来才知道县前吃酒。在我看来，还不止光吃酒。春香过来，天已将黑，我合你女扮男装，咱也去看看梅花。果然两个装点了出了门，江城说你看多大霎，天已黑了。

【跌落金钱】城头新月已娟娟，黑夜茫茫春气寒，春香呀，满街多少行

人乱。靴里塞上半斤棉，脚儿沉沉腿儿酸，春香呀，街不平又怕脚儿绊。我看你奔不觉难，我只待一倒跌墙边，春香呀，你看我一霎儿通身汗。过了牌坊过栅栏，门楼高高像县前，春香呀，你问问那是王家店？

春香说问他怎的！我知道前边就是他。这门限儿甚高，从容蓦去，看绊倒了。江城撩衣进去说不知那梅花在那边？春香说往里还有一层哩。江城走去说你看这梅花照着灯儿，越发好看。听说您大叔在此吃酒，怎么不见他？春香说那尽西边那插屏遮着的那一席，才见王家那管家在那里摆菜碟儿，必然就是了。江城说我乏了，就在这尽东边这一席上，坐下歇歇。茶博士说爷是吃酒是吃茶？江城说茶罢。子雅说斟上酒。兰芳，你可唱个曲儿。公子说丽华唱的那【叠断桥】，甚好，你会么？兰芳说此小技耳。

【叠断桥】春色溶溶，春色溶溶，杏花良宵雨声中。黄莺儿枝上啼，惊醒了团圆梦。暖雨和风，暖雨和风，此宵难得一伴同。独坐闷恹恹，只将裙带儿弄。

夏热难当，夏热难当，明珠劈黄小荷香。细腰儿瘦伶仃，只觉着没处放。夜晚汗如浆，夜晚汗如浆，小阁清风枕簟凉。孤伶伶一个人，懒进那轻纱帐。

秋夜凄凉，秋夜凄凉，知时蟋蟀解亲床。砧声和雁声，都叫人听不上。铁马儿叮当，铁马儿叮当，风雨萧萧夜打窗。若一年两个秋，便把残生丧！

冬雪霏霏，冬雪霏霏，江头吹落豆秸灰。此时夜如年，温不暖红绫被。独守孤帏，独守孤帏，病起乌云正作堆。也合那欢乐人，照样添一岁。

公子说唱的比丽华更悲。夜已深了，我行罢。子雅说你看东席上那一位美少年在那里狂饮，那样高兴，咱为什么散了？兰芳拿起公子手来，着指写了个字，公子起背云他在我手上写了个“宿”字。好多情人也！好爱人也！他那里知道我这心里！

【刮地风】彼此相爱都有情，口虽不语两心明。欲待不留难割舍，住下还愁祸不轻，人哪哎哟祸不轻！

起来坐下又沉吟，左右想来难杀人。只为佳人一个字，魂儿已不在当身，人哪哎哟在当身！

子雅说咱且吃酒。江城说春香，你支了茶钱，咱行了罢。下，子雅说那美少年走矣。江城出来说你去对您大叔说，俺主人请您说话。我先归家，你合他随后就来。答应是。

娘子差我请主人，就从门外反回身。只怕说个主人请，听这一声转了筋，人哪哎哟转了筋！

春香进去，子雅说你看那美少年的管家照着咱来，什么意思？春香来到近前说俺主人请高大叔去说话。公子认了认，急忙爬起来，把手里酒盅吊在地下，往外就跑。子雅拉住说那美少年是谁？公子说江城。挣了跑出来赶上，战战成块。江城说你看的那文章可也不好咋！叫开门到了宅中，公子跪下说这是我的不是！江城说我可也不依你出去这院落，也不依你进这屋门，你就在这门外孤堆着，好思想你那美人。下，公子走来走去说天还没打一更，春夜这样寒冷，一宿怎么捱的！这好苦也！

一更独自立庭前，人声寂净更凄然。走来走去无人问，深夜还愁长似年，人哪哎哟长似年！

呀！已交二更了！

二更里心绪更难堪，心头冤苦对谁言？趁着宿酒还未醒，带醉容易眠，人哪哎哟容易眠。

趁着酒还未醒，俺且睡睡。只怕依着这门，还有些暖气。便蹲下低头,两手把膝作睡声,醒介好冷呀！浑身打战,两脚再起来走走罢。呀！却早三鼓也！

三更鼓声半夜天,忽然酒醒一身寒。四肢冰冷人将死,死在中庭谁见怜,人哪哎哟谁见怜？

走了一回,两脚少热,只是身上冰冷,不得已出门边孤堆下略略的避风,蹲下说又打四更了！

四更天冷不堪言,搐头蹲在画帘前。坐下嘴唇着双膝,臀腿酸麻斜正难,人哪哎哟斜正难！

哎！苦也苦也！呀！好了！交了五更了！

五更鸡叫闹喧喧,一刻难捱最可怜。看看东方已放亮,太阳好似鳔胶黏。人哪哎哟鳔胶黏。

好了！天已明了！春香开了门,公子进了绣房,江城卧在床上说今夜梦见兰芳来么？公子打拱说不曾。江城说你去取你那笔砚书箱,放在西房里,从今把门锁了,送饭你吃。公子说是。果然取了书来,江城才起来,公子问说我进去罢？江城说还等什么！公子下,江城锁门介

诗:堂上炼磨如戒僧,一朝松手去如绳；
　　恨他日日眠花柳,敬你从今闷气蒸。

第二十一回

观　剧

江城上云可恨男儿游荡,只想出去胡行。自从锁门之后,将近一月,起初还听见他长吁短叹,这两日吟哦起来了。既不误了他读

书,又省他出去放荡,岂不妙哉!

【要孩儿】恨男儿大不通,时时妄想在心中,松松手就去瞎胡弄。锁在他间房一月久,没可思想才咕哝,把书本才有了清闲空。这个策公私两得,也不怕婆婆公公。下

耍猴人领老婆、老猴上实不能招轻作重,老婆孩饿断腰筋。教给那猴子学作人,耍一耍为众爷们解闷。处处鸣锣玩耍,走遍了城市乡镇。无君子不养异人,费的那钱财有尽。众人挤看介,猴人说谁与俺做个牌官?多是众爷的情,少是小人的运气。拿着钱绳团围走,江城跑上云春香背着杌子,外边锣响,咱去看看。跑出说放下杌子,待我上去。猴人说来来来,就耍来,一翻筋斗到天台。猴作筋斗介再来连十个始算乖,再来再来再来,再来把个跟头再打开。人人说你打的好,赏你一只大花鞋。猴开带鬼脸穿衣裳,装李三娘上

【皂罗袍】刘智远一生放荡,去投军撇下三娘。哥嫂叫他受苦磨房,一推一个东放亮。天色明了,奔走慌忙,担筲打水,才把磨棍放。

众人指指画画,不看猴子,都看江城。高公上,仰面见江城说呀!儿妇在此。反面疾趋下。猴装目莲母上

目莲母良心尽丧,堕下孽去见阎王。刀山剑树受灾殃,地狱才把人磨障。目莲到狱,去救亲娘,用手一指,方把门开放。

猴装昭君,众看江城,作挤眼弄鼻介

王昭君眉清目秀,模样儿异样风流。窈窕风韵百花羞,朝廷怒杀毛延寿。自背琵琶,两泪交流,独向荒庭,去把孤单受。

猴打跟头,并猴人下,众人下,江城亦下,高公、高母上云咱那儿被儿妇囚禁,虽是酷虐,也是自己作的。况且古人读书就有这等的,到还罢了。适才见他在外边看耍猴子,多少人指画,是什么道理!羞死人

也！哭介

【还乡韵】想一想通身汗，年小小媳妇竖立上人前，不知勾多少眼睛把他看！指指画画都是些少年，喊喊嚓嚓又带些闲言。俺如今愁有千般，也是前世里不好，留下的孽冤孽冤，羞杀人嗄还把亲朋见。

夫人也哭了说若有了主儿，还可以休给他；他老子知道他劝不过来，不知藏在那里去了，撇下这大害给咱。

孽障也是天生就，前世的冤家才来报仇。可不知何年何月填还够！好眉好眼全不知羞，他漫不觉可叫人怎么抬头！骂一声樊子正那贼囚，偷着躲了，一点信儿不留不留。可怎么撇下这祸害着别人受！

老两口抱头大哭说哎！苦哉！苦哉！

诗：高公丑事赃名日日多，夫人不知究竟更如何？

高公但求速死黄泉下，夫人永闭双睛不见他！哭下

第二十二回

夺　门

高公、高母上云昨日三弟来说，学道里调牌已到，该放出高蕃来去赶考。那儿媳子不依他早去。今早晨甚燥，老孙婆子可再去对您大嫂说，宗师下了道了，着他出来罢。

【耍孩儿】锁了门没处逃，听的书声日日高，我也不怨媳妇虐。隔着府远无真信，久久迟延怕误了，有人说宗师下了道。早放他安排

行李,也走的自在逍遥。

老孙来了,怎么着来?老孙说大嫂说他早上府里,就在那里游荡,待三日方才开锁。高公说或者待三日也还不妨。高季奔上,高公说三弟怎么这样慌张?高季说事急矣!怎么样?这不是王子雅的字。高公看字介

学师来已三朝,学中朋友尽开交,宗师初二下了道。遣了个人去说信,不敢托别人把信捎,教星夜忙投到。贵叔侄忙忙奔走,休误了初四下学。

这学道着实贪,打捞生童托学官,高低讲价惟书办。讲书定要人人到,一处抽到几支签,误了讲定价三十串。万一的运气不好,抽着了后签后悔难堪。

高公说怎么了?夫人说你自家去说说。夫人下,江城上云这二日,只是教我放出他来,惯着他悠游放荡,不成个人品。我定然不放他,把角门关了,免的胡缠。夫人上,叩门介春香,春香!……不答应,又叫江城,江城!……我自已来了。全没人答应,夫人回来了

到那里叫了百声,叫春香又叫江城,站多时并没个人答应。叫着他全不入耳,说着他好哩还听。他从几时通人性?细踌躇无法可治,定叫人闷愁转增。

高季说天已日西了,几时到府?着人快去备马,着人快去备马,待我跐着梯子爬过墙去,把门开了。嫂嫂领着几个健壮妇人,堵住江城;我合哥哥扭了锁,夺他出来便了。速行不必再思。果然招着梯子去台上,高季爬过墙,放开门,一群人拥入,江城从屋里见了高季说三叔不必管俺家闲账。高季合高公去扭了锁,江城背云来的这样凶恶,我若挡他,必定不妙,不如做个人情罢。便问这是怎么?夫人说你主意竟要着他抹了秀才么?江城笑说怎么就抹了?两个说着,高季领了公子跑出来,已开了门走了,夫

人也去,江城说看着到那里,定然考个四等!下,高季说快牵马来!二人慌忙下,高母说愁杀,怎么到的了!

到府里路上正长,看看西方落太阳,明日怎么赶的上?没有月明天已暗,道途深夜黑茫茫,教人难把心儿放。这都是今生孽报,说不的受苦遭殃!

高公说我看势不能到。凑上三十两银子,差人早早送去。叫老孙,你去看看王宁睡了没睡了?叫他起来。老孙去了,王宁披衣上云叫小人有何吩咐?高公说您三爷合您大叔必定误了下道,你外边赊上三十两银子,随后送去。答应是。下,高公、高母上云有难同胞急,出门慈母忧。并下,高季、公子慌张上云好了!好了!天明上来了。

【呀呀油】走终宵,走终宵,天阴不辨路低高。看东方明上来,略略的看见道。鞭上摇,鞭上摇,如隔云山万里遥。恨不能插翅飞,临江府一霎到。

急急奔,急急奔,往来多少行路人。心儿里甚胆悬,一路子逢人问。过一村,又一村,问着宗师未动身。打对的不大同,全没有真实信。

那远远的是王次山来了。王大哥,宗师下了学了么?王次山说学道下的学极早,我来时出了道了。

快开交,快开交,及赶到城听下学。天就有小傍晌,真有些不大妙。快开交,快开交,冀幸他学中未散了。俺就着跑上堂,跪下哀哀告。

远远的看见城上谯楼了,看这马儿不快走,又住下撒溺。

见谯楼,见谯楼,浑身火急汗珠流。如今还未进城,天已是饭时候。到关头,到关头,来往行人更密稠。不敢放马加跑,怕开了难收救。

咱已进了城门了，得个相识的问看宗师还在学里没有。好了，好了！那是王子平来了。子平说贵叔侄忒也悠忽了，宗师已是回了道了。咱县里抽了六个，就是四于没到。高季跺脚说这待怎么处？这待怎么处？子平说咱到敝寓住下，再作计较。

好营生，好营生，夜来将黑起身行。整跑了一宿多，好像是挣了命。昼夜不停，昼夜不停，差一脚儿进不的城。受了苦枉徒劳，把一个秀才掯。

子平说来到敝寓了。请进请进。子雅也来，拱了拱手说贵叔侄这么大胆，怎么如今才到？高季说俺不是大胆致的，却是小胆致的。子雅说宗师回了道，已是挂出牌来，不到的即降。

说什么，说什么，降青就是待要蛤。便破上四十千，休要讲别的话。也不差，也不差，论起四于文字佳。但是他降了青，便不给打好卦。

如今就是破钱，你不使钱，就好文章也没有上等给你。高季说来得仓猝，盘费甚少。子雅说他已是挂出，就待三日亦可。高季说待我写字差人。

低下头，低下头，动笔就把家书修。早些儿告家知，他家里好展凑。把他求，把他求，卷上青字一笔勾。今岁勒止一考，怕等儿定不就。

写完说高立，你回去说，大叔降了青了，得凑三十两银子来收拾。速去快来！答应是。王宁上云天已黑上来了，不知寓在那边。呀！高立来了。高立说妙妙！我正待去找你，来的正好。便回来进去说家里着王宁来了。高季说你来怎的？王宁说爷爷怕不妥当，着小的送了几两银子来了。

掌上灯，掌上灯，爷爷唤我到家中。吩咐我凑了银，急急往这里送,夜朦胧,夜朦胧,走了五十日出红。这是银子三十两,教三爷随便用。

高季说好了!高立拿的那字烧了罢。明日托人送进去,着他不降就是了。

诗:学道人言是美差,好官利市大招财;

若从门外丢将去,真自床头买出来。

第二十三回

秋　捷

高公、高母上云儿子上府中应试,考了个一等。怕他来受气,我就叫他叔侄在省中读书。三场已毕,他三叔说他有个指望,便留在那里观榜。今日八月将尽,该有消息;仔怕他没有造化。

【耍孩儿】老爷爷做刑厅,咱爷爷御史南京,隔一代就是一番盛。到我又隔了一辈子,高蕃生的也聪明,只怕咱没有封君命。你看一家遭际,怎么望平地飞腾!

报子上云报报报,佳音到,中举十三名,赏钱一百吊。来此已是高宅门首。高爷中了十三名举人,门上的传与老爷知道。门上人急忙跑进磕头说爷爷,奶奶,千万之喜!少爷中了十三名,报子在门首哩。高公说好呀!如此谢天谢地!叫人来赏他二十四两银子,红缎二匹。答应是。

金榜上把名标,我儿平步上青霄,乱烘烘报马门前闹。常时文章还平等,今日才学分外高,也亏娘子那无情教。若任他东西放荡，怎能够长进分毫？

家人乱烘烘都来磕头虽然误了讲书，费了白银三十两，我也不怨那媳妇子了。你这些妇人都去给你少奶奶磕头报喜。答应是。江城上云

【玉娥郎】人家夫妻共床眠，两相怜，知心话儿枕边言。俺家六七年，日日受孤单，想是没结下欢喜缘。相好只待两三天，就要终日闹闹喧喧，两下都难堪，纵然是在一堆也甜。自从离了俺，花边又柳边，想那里放风筝好自然。

家人、妇人上云给奶奶磕头，大哥中了！江城笑说呀！他中了么？您太爷也该不怨我折掇他那儿子了。济他放风筝，怎么中了呢？众人下

爹娘生下一个男，嘴里衔，任他南北去风颠。书本全不掀，老婆任意搬，对旁人还要说我不贤。自从舍给他屋三间，把门关，只在四堵间，没处去跳圈，没奈何方把书本翻。八月场三完，侥幸第十三，想是又疯魔了张解元。

他虽可恨，着人奶奶长、奶奶短的，我也欢喜，不免去到公婆那里。高公、高母上云咱那儿中了，若是江城欢喜，必然来到这边；若不来，就是怪人了。

【满词】听说丈夫折桂还，必然喜地又欢天；若不喜欢，若不喜欢，真是终身不解冤。若不然，还望他合好到百年。

夫人说好好！那不是江城来了？江城到说今日大喜！给爹娘磕头。夫人笑说我儿，这不好么？如今中了举了，你往后可些须给他点体面。江城说他大了，俺就不大么？

【玉娥郎】像爹娘把他娇，任逍遥，荒疏难把考官唠。爹若不害嚣，早玩晚又嫖，这时娘也要把气淘。他又轻狂把俺诮。怎不焦，又不

是相交，光把瞎话叨，惹闲气都是他自己招。弄鬼就吃敲，阁老也难逃，常言道水儿长船儿高。

夫人说他来家，我也要善劝他。

【满词】两人终日闹喧喧，不似人间并头莲。媳妇若贤，媳妇若贤，男子的话儿容易言。他回还，劝他回头到不难。

家人禀报说庄里的人都来道喜，请太爷去陪客。高公下，夫人背云你看江城还是不改的话，罢罢，且自由他。下，江城转身说你看公婆还是向他儿子。

诗：皮里出来皮里亲，道来媳妇是他人；
　　不知夫婿虽荣贵，还是当年旧杵砧。

第二十四回

挞　厨

丑扮厨子上云一身好似油褡，逐日家冒火冲烟。六月暑伏热难堪，汗珠淌到脚面。俺只是混条马条，一褡儿且去清闲。好歹抓打上两三盘，那管他揎与不揎。自家姓吴名恒，号是良心，高宅厨子是也。哈哈！俺在高宅吃着他两个觅汗的工粮，其实俺可不肯给他做半个觅汗的活路。适才胡挠胡抓的做了两碗菜，已是完了一天的大事，且找个人去巴巴瞎话。呀！那是秦伙计来了。秦大哥，这旁里没有别人，你说咱这做厨子的有五个字儿。秦厨说那五个字？吴恒说谄、懒、尖、奸、贪。怎么说呢？遇着那厉害主人家，一碗菜儿做不好，就打屁股；我遇着那富贵人，一碗菜做好了，就赏钱几百，粮食几斗。你说这个就是要咱那老婆，要咱那女儿，咱也要扎挂了去奉献，何况是几碗东西，还不用心哩么？这就是谄呢。

【黄莺儿】一年八石粮，上了工细端相，主人家试试怎么样？一碗不香使巴棍就降，打的裤儿提不上。这才害怕，刀板慌忙，恨不能把老婆孩子剁了用葱姜！

秦厨说好混账物！待扎挂你扎挂罢，待拉扯别人咋？怎么懒呢？吴恒说这懒还消说么？即如就是一碗豆腐，若是切成叶着油煎了，蘸上个蒜碟儿，或是切成细馅包包儿，敢子他就吃了。这个休说。咱还要省下那香油拿了家去，方且是谁奈烦翻翻弄弄的，剁剁打打的？秦厨说你是怎么做？吴恒说俺无论几顿，只是锅子里泚上瓢水，抓上把盐，把豆腐切把切把，扑棱翻上，俺就合人家去闲话，这不省便么？本等也该费点事，就是十八的大姐铰了头。秦厨说怎么呢？吴恒说就是不待嫁呢。这不是懒么？

主人家若不嫌，把良心放一边，工粮每年七八石。那鸡蛋是铁丸，那豆腐是没盐，菜儿竟不着香油拌，一天大事霎时就完。好自然，落下物料，赚了得清闲。

秦厨说怎么尖呢？吴恒说这尖还罢了。譬如两厨子打发主人，省事的着人做，费事的着咱做；不就是挣赏的人去干，倒包的咱去干。这不是镑地的镑出来了个柘骨碌么？秦厨说怎么说呢？吴恒说锄着咱这死眼子了。咱可就把梨子连皮吃，秦厨说怎么说呢？吴恒说不啃他的。这便是尖处。

冒火又冲烟，这生意实是难，有个出产心情愿。主人家若偏把俺体恤，着人赚钱，独俺没钱赚。再来有事，躲在后边不近前。吵红了天，若有两个，就是尖对尖。

秦厨说怎么奸呢？吴恒说客房里有了客，给了东西着咱去做，咱可不要傻着头就做，先伸头儿去瞧瞧那客，看咱样的个客，若是打伞坐轿，或是穿着绫罗缎匹，这必是主人敬的了，咱可就买了肝肺来不上碗。秦厨说怎么呢？吴恒说用心。若是那客戴顶破帽子，穿着身破袍子，咱可就小腊梅的裹脚。秦厨说怎么说？吴恒说有块块就是了。看起这个来，也就自家昧不的良心，养汉老婆不生儿，奸捣的没了种了！

好他贼奸达，自头顶到脚下，没有一点不奸诈。他若是衣不堪，跨驴似蚂蜡，俺就不把齿来挂。人头客到，材料多加。若主家砸头敲腚，另把一包拿。

秦厨说怎么贪呢？吴恒说就是我罢，每日领着主人家工食月粮，也仅够费的。给俺老婆做的通红的袄，娇绿的棉裤，扎挂的合那花鹁鸽一样，人人看着齐整。昨日待去烧香没有鞋，我卖了一斤香油，他截了半尺三绫，又给了他一斤姜，半斤胡椒，换了一副扣丝带子。你说这都不是在主人家挣的？也就该知足，怎么见了主人家的东西，拿一点儿，又待拿一点。临了看看我拿的那个，比着主人家那个还略猛点，心里才自在。那一日俺家里杀了一只鸡待亲家，才煮出来，我没犯寻思，就把那胸脯揎下来，包了包掖在腰里。俺婆子看见，便问待怎么。我才顿混了顿混说："你看我呀，好当还是主人家的来呢。"这不是贪么？

厨子最赃贪，肉块儿掖腰间，腚膗腚眼都油遍。羊落了半边，鱼落了中间，书房鸡也把胸脯儿揎。好伤天，杀佛吃血，心里怎么安？

咱这把戏，说起来又待哭又是待笑，我索性再从头数量数量。【哭笑山坡羊】终日家顶着一个黑灰鬏儿，瞪着两个泪眼儿，守着一块肉板儿，拿着两个油盏儿，浑身上下没有干净的一点儿。哭你不信身上这油，巴剔下来还够一担。

俺可有件好处。

俺不拾拾那车靽儿，也不挑挑那筐担儿，也不担那饭罐儿，也不挎那菜筅儿，也不曾楔楔那锄垫儿。笑俺可也轻轻巧巧的每日吃饭儿。

遇着那胡突官儿，厨房只一间儿，又是热杀人的天儿，打上呕杀人的烟儿，那汗成了湾儿，又没人倒倒班儿。哭忙起来就是热杀那里躲闪！

黑了点上灯儿，使船看看风儿，谯楼上还有个更儿，帘子上还有个钉儿，粮食有个升儿，秤上有个星儿，何况是眼里放着钉儿，怎么不听听声儿？笑该用心不该用心，俺自有个成算宗儿。

秦厨说那该用心的，是什么人呢？

轰轰烈烈的乡官儿，出门打着伞扇儿，王家有个十万儿，身上穿着绸缎儿，大儿到了抚院儿，小儿到了知县儿，望他给点体面儿，弄的不成酒饭儿，主人砸这手腕儿。哭这可才费的心思，眼也不敢去晰。

那不该用心的，是什么人呢？

头上戴着朗素儿，身上穿着粗布儿，腚上穿着破裤儿，骑着毛驴没点马褥儿，老辈的亲戚，穷的不成个样物儿，或是主人家治下的花户儿，或是书房里教书师傅儿，又打公婆不喜的媳妇儿，这算甚么客数儿！笑这可就生硬腥脏，取俺的尊便去做。

那用心的，怎么样呢？

海参切成四瓣儿，鲍鱼切成薄片儿，皮鲊切成细线儿，鲤鱼成个正面儿，葱丝切成碎段儿，花椒研成细面儿，包了剁了细馅儿，蒸合压了饼沿儿，稀烂的猪头还带蒜瓣儿。哭使碎了俺这心儿，还怕说一声不好看儿！

那不用心的，怎么样呢？

成挓的菜蒸一抓儿，豆腐带水一洼儿，连皮的萝卜一掐儿，挺硬的鸡蛋俩仨儿，煎或用个葱花儿，并不见个油花儿。今日是这个做法儿，十年五年并没第二个做法儿。笑省天下的大事，那管他嫌与不嫌！

昨日霎嫌那猪肉没点好块儿，鸡肉椅了不够几块儿，又说煮烂了海带儿，又说蒸生了烧卖儿，少油没盐的凉菜儿。拿鞭子打俺那膝盖儿，棒槌敲俺这骨头儿，拳头打这脑袋儿。哭是当着这一行生意，说不的那命苦！

虽是打了。

俺可鏇了一块肉胡儿，赚了一个鸡脯儿，偷了两对鸽雏儿，香油称了一伏儿，清酒落了几壶儿，炭块还够一炉儿。笑拿到家里，老婆孩子大家好揎。

说那菜里没有香油。

俺一碗青菜一钱儿，一碗豆腐一钱儿，一碗汤是一钱儿，四个菜碟也合着一钱儿。担惊受怕的一年儿，刚才积攒了一坛儿。

问依你说，一碗一钱，十碗才是一两，怎么能攒成块呢？吴恒说说起伤惨！哭俺不是半截儿，插上了个鹅眼。

俺这几年治了几亩田儿，买了一个园儿，有了几吊钱儿，小厮叫小全儿，妮子叫蛮儿。笑实言一家四口，俺不用打油称盐儿。

你看我呀，贪叨瞎话，打发书房的那鸡蛋，从清晨春在锅里，虽然化了不要紧，看熬红了那锅子，得去看看。下，江城上谁想做奶奶有多好处，且不说别的，常时那厨子一日打发两顿饭，少油没盐，上顿也是那个，下顿也是那个；这一月来一日三顿，一顿就换一样。

如今思想起来，那厨子始常忒也拿我不当人，甚是可恶！就该揭了他那皮才好！老王，你去叫吴恒那奴才来的。

【耍孩儿】那厨子太欺心，该剥皮又抽筋！莫似他奸诈的忒也甚。因着公婆不向我，他就拿我不当人，如今想来真可恨！叫他来一千鞭子，打他个挣命发昏！

吴恒上，老王说奶奶叫你哩。吴恒说妙哉！近来我打发的奶奶甚是用心，必然待赏我点甚么。快去快去。见了江城说吴恒来了。江城说你去外边叫个管家来。吴恒说奶奶待赏小的嗄，着小的出去问他要的罢。江城说等着赏你一千鞭子！吴恒说小的不知是什么不是？

骂一声贼奴才，贼头贼脑真杀才！做厨子全把良心坏。就看今来这样款，才知你常时忒也乖，你该杀已是三年外。要把你的贼头割下，把贼心剜将出来！

老王说叫了人来了。江城说拿鞭子来，打吴恒这奴才！家人禀奶奶：是连衣打，是解衣打。江城说解衣打！吴恒说奶奶，解衣不冠冕。解衣打二百，家人说二百了。江城说再打！又说四百了。江城说拿棍来再打四百，着实打！又打二百棍，家人说吴恒没了气了！江城说再打一百拉出去！打毕，江城下，家人扶起吴恒唓哼说亏了我推佯死，少捱了一百。这一场亏从那里说来！下，高公、高母上云听说咱媳妇解了衣打那厨子，这是个什么景况！况且听说是为了打发的好了打，这怎么是个人来？天哪天哪！

媳妇才二十三，到了这样不值钱，光腚滚来怎么看？说是为打发的好，这个难以对人言，这件事传遍了峡江县。愁我儿来家受气，想起来心似刀剜！

哭了回子，打了个哈睡着了，高母说我也疲，也睡睡儿。作睡介，罗汉上云吾乃金身罗汉是也。忽见高仲鸿夫妇愁气冲天，待我惊他。高仲鸿,高仲鸿,我劝你不要空愁。那江城原是那净业和尚养的个长生鼠儿。你儿那前生是秀才,到了那寺里,只当是个寻常鼠儿,一杖打死,所以今生来报冤仇。你只每日念佛一千声,自然消除冤孽。记着记着!我去也。下,高公惊醒呀!好奇!好奇!夫人也醒了,高公说我方才得一个怪梦。

刚才梦见罗汉来,叫俺暂把愁解开,他说是前生冤孽债。江城原是长生鼠,我儿原是一秀才,堂下把他残生害。他叫咱念佛千遍,自然要降福消灾。

夫人说奇哉!我也是梦见如此。高公说这又奇了。

我方才入梦中,怎么你梦也相同?这梦不比寻常梦。分明罗汉来惊我,还当顶礼拜虚空,念佛休说不中用。就从此勤宣宝号,消却那孽障千重。

南无阿弥陀佛!

诗:不击金钟与法铙,念佛千声祸自消;
　　到得悍妇回头日,还向如来挂锦袍。念佛下

第二十五回

喜　聚

太公、太母念佛上,公子扬鞭上云三载寒窗苦,一枝占桂林;虽怀逆鳞惧,且慰父母心。家人报大爷已到。公子云给爹娘磕头。

【桂枝香】为儿侥幸,居然得中。半年间满腹文章,就觉着秋闱必然胜。果得成名,果得成名,看起来再休谈命。但在窗下,莫负青灯，若还读得工夫到，万里青云自有程。

太母云若是这等，也亏了您媳妇。公子云虽然七年受罪，不没他六月锁门。太公云这就是命了。

休说无数，听我告诉：若是你命里该成，就遭着家中悍妇。坷坎全无，坷坎全无，怎能够高登云路？鬼神拨弄，心眼迷糊，好歹都是前生定，白黑打襟尽成虚。

我如今再不敢怨你媳妇了。昨天那罗汉托梦，说是你前生打死了长生鼠儿，今生来报怨仇，叫我念佛。我和您娘已念七日了。公子唱

爹将儿教，教儿知道，前世里结下怨仇，怎能免今生恶报？数定难逃，数定难逃，情难堪只该一笑。愁也不必，怨也何消，只该念佛千千遍，祷告天公把俺饶。

只怕是爹娘的幻梦，不足为凭。太公说若是幻梦，如何两梦相符？公子云既是如此，就怨不的了。

前生造就，神佛保佑，既遭了前世冤家，要脱逃如何能够？泼水难收，泼水难收，到不如今生全受，免的再生再来报仇。想来怕也不该怕，何况戚戚终日愁。

夫人云你今中了举人，他还给你点体面，也是有的。你去罢，我和你爹念佛哩。下，江城上云这半年没见他，又中了举。听说他回家，不免喜迎，只怕他没有了这个心肠。公子见云娘子好哇！江城云官人好么？公子背云半年没见，江城大变了也！

半年没见，笑容满面，忽蒙他问道一声，喜的人手脚麻乱。口虽不言，口虽不言，做举人这样体面。别来几日，乍得团圆，如同织女牛郎会，此身不像在人间。

江城笑云官人中了，也该谢谢这锁门的严师。公子揖云门生感激，

不曾敢忘。老师若不弃嫌，当是竭力酬报。江城云伺候酒馔，给老爷洗尘。家人应晓得。

诗：江城夫妻原无隔宿嫌，公子如何离别动经年？

江城遥知酬报无隆礼，公子且效床头一夜眠。

第二十六回

虐　妒

公子上云连日江城与小生竟有了说笑，虽则是我去奉承着他么，到底也还奉承得过了。不知是念佛之力也，不知是举人之功也。妙哉！小生交了好运也！

【耍孩儿】小娘终日搜求，怎么忽然回了头？孽罐想是填不够，若是念佛见效，我向如来便磕头，保佑俺再不把罪来受，若是举人的体面，刻方儿传遍千秋。

江城上云小长命呀，咱这闷闷的，做点什么？公子说我中了举，怎么还叫我小长命？江城说好大的个举人哪！也就是在炕头上称罢。公子说我这举人，可就是这炕头上称不得。

见同年称年兄，拜知县称治生，庄村谁不把我敬？从此没有下三等，顺口谈文尽着俺烹，见人说嘴又墩腔。若来到这绣房以内，这一把青伞难撑。

我是不敢叫你江城。娘子待做嗄来？江城云咱抹骨牌罢。公子云抹骨牌不好，放着安稳不安稳，看咱弄的不好了。

我也爱打哈哈，这骨牌争竞多，不敢再做从前错。放着自在不自在，又寻蜒蚰磋耳朵，只怕又弄出什么祸。恼了脸大家不好，那其间如何如何！

江城云你这意思是记仇么？公子打躬云不敢！我是预先里这么说。娘子既待，焉敢不从。江城云你那不在家霎，我闷了就合春香抹牌，觉着和他不如你呢。公子云你是赢什么来呢？江城云我输了一柱一个钱，他输了一柱一瓜子。咱今日还和春香抹，咱俩赢瓜子，还给春香钱。公子说咱都一柱一个钱罢，看瓜子有争竞。江城说谁没见过俩钱呢？你从头里这个那个的！我只赌瓜子，我输了该着，你输了我可打你。公子笑云就是这么。咱分一桩儿，六到底，该春香。

【满调】揭起牌来个桩，马儿不在柱子上。却是春香，却是春香，你运气强不强？若是强，赢几钱来买梳妆。

春香摇头云嗄呀！俺老爷先戏把人。江城打起牌来云七在手。春香云俺不用看了，我是孤红。公子云这妮子运气好，该我桩哩。春香云我打九到底。江城唱

打个临老入花丛，又见霞天一只鸿。柳绿桃红，柳绿桃红，你看我这秃爪龙不同，还是巫山十二峰。春香唱你看打个锦屏风，打个楚汉大争锋。眨眼乌龙，眨眼乌龙，纷纷落花满地红。昼夜停，又是劈破老莲蓬。公子唱

你看五岳去朝天，一心打个八珠环。二士入桃园，二士入桃园，苏秦背着七星剑。火炼丹，打个人牌也不难。

公子云妙哉，妙哉！我是人牌。春香舒出胳膊来罢。春香果然露出，公子打两下，江城云你望他亲么？公子云若是亲，亲你着。你待中恼了？江城把牌一推，打了公子一耳把子云春香给跪着！公子云打我罢呀，该他什么事？江城云他从头里合你挤眉弄鼻的，难道我看不见么？

【虾蟆歌】骂一声强人忒也值钱！这一个妮子还要合他缠。春香

儿他那眼儿挤，你这眉儿弯，一个推说要钱，一个推说换钱，眉来眼去，手脚动弹。小鬼儿只在我这眼前里，指指儿画画，指指儿画画，教人难堪！

春香云看我这宗模样哩，屈也屈杀我了！江城说看不的模样！打介，一行骂着

骂一声奴才你就太欺心，模样不俊你就会弄神。春香儿你也把他爱，他也把你亲。我要着你分身，我要着你断筋，着你难受，叫你难禁。强人哪，你看这鞭子，乒乒儿乓乓儿，乒乒儿乓乓儿，打你那亲人！

江城放下鞭子，找了把剪子来云我铰下一块肉来，安在你那亲汉子身上。公子云使不的！忒也暴虐了，看人说你！江城说你说又咱不铰你了么？把春香那怀中一剪子，把他那妈妈头子铰吊一个，春香大哭，又跑过来把公子那衣领解开，公子大哭，一剪子又把公子奶头铰吊，公子嗥叫，江城云我把春香这一个给你安上，你可和他亲个够；把你那个给春香安上，您各人抱着，吊了我还打！公子、春香在房哩哼，江城又骂

骂一声强人胆就大起天！时时对我摔你那春香。那举人只宜量唬小厮，只宜量唬觅汉。赃帮的难堪，牙嗙的难堪，上头扑腚，不似从前。从今后抱着妈妈头儿，思思儿想想，思思儿想想，你那小心肝。

你不宜量好，到晚上还来我这床前打铺。下，春香哩哼下，公子云世间那有这事！苍天哪苍天！佛也不来搭救，那举人也不能优免，这冤孽何时了也！

【银纽丝】想来今生最不也么堪，这附骨的疔疮在心间。苦难言，叫不应的老苍天，梦也无灵验，神也不见怜。南无佛空叫爹娘念，我是前生有冤孽，可与春香嗄相干？我的天呀！遭难同，和我同

遭难！

哎哟！

诗：说起家门鬼也羞，孽冤相报几时休？

人身无处不招妒，李代桃僵祸奶头。

第二十七回

占　化

公子上云江城，江城，你好狠也！怎么凶恶至此！他说铰我的奶头，我当个震话，不想就真果铰下来了！当时着带子勒住，待了两宿，竟不疼了。等我解开看看。呀！春香这个奶头竟长住了，奇哉，奇哉！

【叠断桥】两下奶头，两下奶头，倒换过来好不诌。谁想他的皮，竟成了我的肉。那个丫头，那个丫头，合我原没甚来由。摸着这奶儿头，倒教我心难受！

想是我那个，春香也长住了。难道着他带了我的肉去嫁别人么？

什么相干，什么相干，把俺身体两摧残。倒换过妈妈头，到叫俺心里念。叫人心酸，叫人心酸，要留他成双自是难。我的肉和皮，怎么去陪村汉！

爹娘每日念佛，越发念大差了。受了大害，怕爹娘伤心，没敢言语。今日好了，不免去劝劝爹娘，不必昼夜念诵，枉受辛苦了。下，太公、夫人上云咱每日念佛，毫没效验，听说他媳妇子把他那肉都铰

下来！咳！天哪！哭介

两泪如浇，两泪如浇，冤家作对更难逃。前世里结下仇，自然是今生报。念佛也该饶，念佛也该饶，怎么报的更蹊跷？连他那奶头儿，一剪子生铰掉！

太公云不必啼哭，还是咱那虔诚未到。

夫人莫焦，夫人莫焦，前世冤仇恨未消。咱只管去念佛，休要岔了道。我说你听着，我说你听着，想来不必哭号啕。这大祸越发增，还是咱没修到。

公子上，太公云我儿，听说你媳妇子把你那妈妈都铰去了，你怎么受来？公子云当时难受，一宿就好了。可只是念佛无用，爹娘不必劳心。太公云胡说！难道修养三日，就成仙么？

休得胡言，休得胡言，难说三日便成仙？你只管但去捱，休管俺念不念。再看往前，再看往前，若是似今朝太不堪。你会试早上京，除非是不见面。

夫人云你听听那里咣咣响，你媳妇必然去看和尚的。你且上屋里藏着的吧，俺待念佛去哩。并下，和尚领童子挟钵头上云今世恶姻缘，原是前世冤；冤仇从中解，佛法广无边。俺乃静业和尚是也。苦修了三百年，得证金身。修行的时节，养了个长生鼠儿，被裴相公一杖打死。裴相公脱生了高蕃，鼠儿脱生了江城，成了终身的冤报。他翁姑虔诚念佛，不免与他解释。来此已是他的门首，不免打动铙鼓，引他出来。街上人都来看，待俺装一个罗汉。童子打动铙鼓，江城上云春香，外边铙鼓响，搬着杌子，咱去看和尚的。春香云是。出门介，江城云太多太多。就杌子放在檐下，你可扶住，待我上去看。上介，众人看江城，和尚装降龙童子念唱

【浪淘沙】南海有毒龙，作害无穷。金身罗汉下天宫，捉着龙头按

龙尾，搭救苍生。

和尚又装伏虎童子念唱

猛虎在深山，为害人间。金身罗汉下西天，猛虎一见伏在地，不敢动弹。

和尚又装弥勒童子念唱

身体胖如绵，耳大头圆。全无烦恼在胸间，常似见人裂嘴笑，一派喜欢。

和尚起来念唱

静业和尚入深山，苦苦修道三百年。
洞中养个长生鼠，寺内斋粮任他餐。
鼠子年久通人性，日日闻经又听禅。
裴氏秀才来到寺，打他当作等闲看。
鼠子见人全不避，秀才一脚丧黄泉。
前世冤仇今世报，莫怨人来莫怨天。
生生相报何时了？一解全消前生冤。

众居士见赠清水一盏。众递水介，和尚接水，又念咒云

莫要嗔，莫要嗔，前世也非假，今世也非真。鼠子缩头去，莫等猫儿寻。

咒毕，含水一口，照着江城喷了一脸水，江城打了寒噤下杌子下，和尚亦下，众人云奇哉！江城这么个恶人，被那和尚喷了一脸水，竟没恼回家去了。咳！一个俊脸，俺还没看够，可恨那和尚就把他喷了去了！众人下，江城上，以巾抹脸，不语，上床便睡，公子上云每日出头露面，教人羞死！今日受了这大辱，想是也怕嚣了。

【叠断桥】他不害嚣，他不害嚣，跑着到人前去立着。名道是高奶奶，岂不叫旁人笑？低头睡着，这场羞口难学。想是自家羞，恐怕

人知道。

他却睡了,我也把这铺伸开,卧下听候。春香上云爷爷奶奶都睡了,我且在这门外头伺候。

冷水一浇,冷水一浇,低头不语竟歪倒。晚饭没曾吃,已是睡了觉。俺待去了,怕他醒来又心焦。衣服未曾脱,又不敢把他叫。

夜已是三更,俺且在檐下打了个盹罢。江城起来坐着云官人哪!官人哪!公子立云小生在此。江城云你上床来。公子战战着坐在床头上,江城云我总不是个人了!怎么叫官人这么害怕!拉着公子手大哭介

【哭皇天】唎溜子喇,喇溜子唎,合你一对好夫妻,好夫妻。好夫妻,亲又亲,虽是两身是自身。着你看见心胆战,奴家如何是个人!咳咳!我的皇天哥哥哟!

咱俩同是二十三,合你夫妻六七年,总像冤家来相会,何曾床头一夜欢?咳咳!我的皇天哥哥哟!

我想那和尚是个菩萨化身,着他那一口水喷来,如梦初醒。

凉水喷来冷满身,和尚想来是佛神,忽然大梦如初醒,想想从前羞杀人!咳咳!我的皇天哥哥哟!

铙鼓喧喧方到门,满街男子乱纷纷,怎么一个良家女,出头露面不避人?咳咳!我的皇天哥哥哟!

又摸公子的奶头,自己打脸介

如此禽兽不成材,碎尸万段也应该!怎么一个人身体,忍着剪子铰下来?咳咳!我的皇天哥哥哟!

自头摸下来,又自己打脸介

爷娘生下禽兽来,指抓轻轻到项腮,自己想来真该死,不知当时怎么捱!咳咳!我的皇天哥哥哟!

我想翁婆年纪高上,生了一个儿子,娶了一个媳妇,到躲的远

远的，整好几日不见个影儿，这怎称的是个人哪！

父母命年六七十，一个媳妇一个儿，啕的爹娘分两院，枉在人间披人皮。咳咳！我的皇天哥哥哟！

官人哪，咱搬回家去，早晚好侍奉爹娘。公子云不料娘子就变成个贤人，真是合家造化！江城云春香，天多咱了？春香云五更了。江城云掌灯来。应云是。灯到，江城云你去收拾家伙，咱好回家去，我待梳头的哩。

【还乡韵】刚才听的更鸡呜叫，那谯楼上钟鼓乱敲，卷行装里外都着银灯照。想从前泪珠儿乱抛，说了一夜，懊悔了终宵。等不到天明，就要开交。叫一声丫环先瞧瞧，瞧瞧天还早，恐怕爹娘唬一跳。

看老王拾掇着，春香先去叫开角门子，问太爷和太太醒了没。春香云是了。

丫环去把角门叫，你叠起乜衣裳卷起那毡条，看不真就把灯儿照一照。俺如糊突梦儿醒了，今晚一夜何曾睡着？见爹娘自家全招，罪该万死，只望恕饶！悔从前媳妇不贤，都成儿不肖。

春香云开了角门子，太爷合太太都起来念佛哩。江城云既是开了门，待俺自已前去。远远的听见佛声，俺且在门外等候。丫头开门云我当是何人，原是大爷、奶奶来了。待我禀太爷、太太知：大爷、奶奶到了。太公、夫人大惊上云又是什么祸事！真唬人也！江城进见跪哭介，太公云这怎么了？江城哭唱

爹娘听我读一遍，俺如今懊悔从前，到如今一回想一身汗。做的那事儿，自己口里也难言，就是万剐凌迟，也尽不的罪愆！望爹娘把奴宽，从新做人，只当是另脱生了一番。未曾来踌躇难见爹娘面。

夫人拉起来云我儿是真果么？江城云着娘不信，可见我不是人了！

夫人大哭云咳,我儿不,你就变化了!

忽然就把个人来变,见你这等到叫我心酸,泪珠儿好似珍珠断了线。叫了声我儿,又叫了声心肝,爱的极了,已是忘了那从前。那么个人儿一霎变成了圣贤,咋不叫人喜欢,咋不叫人喜欢!佛有灵,从今越发虔诚念。

我儿既是待回来,这是你孝心。那里拿不了的东西,叫个人去,你看着搬搬的罢。江城云是。下,太公云可喜可喜!媳妇儿竟变化了!

佛法有灵,你我往西朝谢。

诗:太公全凭佛法保安宁,夫人苦海风波一日清;

太公长命几乎成短命,夫人江城今不止倾城。

第二十八回

纳　婢

江城上云梳头已毕,天早明了,不免去翁婆处问安。连日想来,昨日把公子合春香的奶头铰下,怎么是个人!那春香脚虽不小,倒也不丑。给他交换了皮肉,我有心想把他撮合一处,问安时禀过翁婆才是。

【耍孩儿】想当初最不该,生把奶头换过来,神灵又叫他长成块。官人身上一块肉,教他带去嫁奴才,他俩心里也不爱。俺把他撮合一处,也把这愁闷解开。

里边念佛,待俺先问问老王:你太爷和太太今夜安好?王云好,念佛久了。夫人上云我儿，几时来的？王云奶奶来了多时了。夫人云我儿，你再来晚着些，忒也早了，我这心里不安。

我的儿忒蹊跷，不好煞人难熬，好了就不寻常孝。每日起来梳洗罢，未明先来伺候着，你这等到把我肝肠吊。乍受着媳妇孝顺，这两天心痒难挠。

江城云儿有件事禀娘知道。夫人云什么事，你只看该做就做。江城云我待给你儿子收了春香。夫人笑云嗯，你是懊悔那一剪子了。江城低头背云好羞人也！夫人笑云我儿红了脸了么？江城唱

转过脸低了头，话儿不管人害羞，当面托白真难受。俺这心里不好说，怎么把人揸根子抽，一霎汗湿衣襟透。只望再休提起，把前情一笔全勾。

夫人云我儿，你可不要后悔。江城云儿不后悔。夫人云既不后悔，你就去做的。江城下，太公上云咱那媳妇子才说嗄来？夫人云说起来可也喜人。

忽然又爱春香，要把春香收进房。我说是为妈妈的账，他就一霎红了脸，看他羞愧甚难当。往时怎么敢冲撞？件件儿温柔孝顺，没有半点儿张狂。

太公云咱儿没在家，不知他商量来没？夫人云想必两口商量就了。

手底下乜丫头，既待来把他收，三人必定商量就。还得看个好日子，给他开脸才上头，咱还得把衣服做。等咱那儿来到家，见了他再问缘由。下

江城上云春香，你去叫老王给你浑身洗净，再来见我。应是。王云平日不嫌春香脏，怎么忽然今日嫌他脏？是什么意思？过来，我给你秃把秃把。下，江城云待我找出几件新衣服来，好扎挂他扎挂。

开开柜打开箱，取出套好衣裳，检妆盒又找的银簪样。杭州宫粉搽面俊，胭脂如血点唇香，画道眉母猪也看的上。人物好也须打扮，常言说马在鞍装。

把这衣裳放在床上，这簪环放在桌子上。春香原自不丑，扎挂起来，想是也还看的过。老王领春香上云给春香洗了。江城云待我给你梳头。春香云不敢劳动奶奶，着老王吧。江城云他不在行。

将头发细分开，头上乌云垂下来，细细梳不留一点灰尘在。挽上一个扬州纂，插上一枝镀金钗，髻高到有半尺外。又拿过胭脂官粉，才给他匀搽香腮。

呀！春香俊了也！这不是衣服，你拿了去穿上，去那穿衣镜前照照你自家，看看俊也不俊？春香穿上一照，抿嘴一笑，江城云是俊么？王云怎么看见就不认的他了？江城唱

搽了脸抹了唇，穿上套衣服耀眼新，俗眼都要看着俊。扎挂起来看一看，丫头竟自像个人，就是那金莲不止有三寸。要把你打扮齐整，嫁于那放猪的老陈。

我扎挂你扎挂，待叫你合老陈合房，好么？春香摇头云俺不去。江城云你看这个丫头，扎挂了扎挂，就乍了哩？你不嫁他，谁还要你？老王，你合老孙打上轿抬了他去，给太爷和太太叩头的罢。二人交起手来，春香坐着，二人口内掌着号

公子上云

不免到爷娘处问安。老孙，太爷、太太关了门没？孙云关门念佛去。公子云罢了，且往娘子那边去。江城云官人回来了么？公子云回来了。娘子怎么有喜色？江城云官人有喜事，奴家就有喜色。公子云小生没有什么喜事。江城唱

【耍孩儿】我寻了一美人，今日等你来成亲，且是模样委实俊。东

屋里铺下床合帐，安排下酒馔去合婚，不必来这里瞎胡混。他那里化妆等候，你休要错过良辰。

公子云我去看看的娘子弄的什么鬼？春香上，公子云这是什么人？细认之原是春香么？公子笑回，江城云你不在那里合房，又倒回来做什么？公子笑云怪丫头先作弄人，我不去！江城推介云官人，这是我禀过爹娘的。若不去，可不辜负我这一片好心么？我待关门哩。作关门下，公子云娘子把门关了。也罢，我就领娘子这段美意。

诗：可怜两乳久离分，割断恩情生去身；
　　今宵骨肉重相会，双双两个对头亲。

第二十九回

买　妓

江城上云向来与官人才有了夫妇之乐，他又待上京会试，好伤感人也！

【银纽丝】俺俩同床六七也么年，今日才有夫妇欢。好可怜，又要离别上长安。口里不说，心里好难堪，见行装不觉的神思乱。此去也不过几月间，又像一去几千年！我的天，感念人，到叫人感念。

公子上云行装收拾停当，别了爹娘，再到娘子那边。相见，江城云官人今日就要行了？公子云娘子，我这番出行，不像往常了，好伤感人也！

夫妻恩爱好难也么言，又要离别各一天。两孤单，铁石人儿也心酸。依着我心里不待求官，守着你胜做翰林院。觉着近来这两月间，夫妻分离一霎难。我的天，盼程途，又把程途盼。

江城拭泪云功名大事，你到得中高官，告假养亲，那时越发荣华快乐。

叫一声官人你听也么言：千里离别自古难。莫心酸，爹娘望你做高官。不过几日间，到京师已把念头换。此去望换紫罗衫，来时人呼高状元。我的天，念恩情，莫把恩情念。

公子云娘子，别离了！江城云得了高官早告假。公子云不用嘱咐。下，江城云官人去了，好凄凉人也！好闷倦人也！我想妓女兰芳，合官人彼此留恋，被我打断了他的恩情，也是一件恨事。那兰芳温柔雅致，我还爱他，休说是个男子。

【要孩儿】那兰芳俊如仙，性格温柔不可言，我也跟不上他一半。没有一点不可爱，俺还常挂在心间，怎么怨的那男子汉？我若是还是男子，也定然意惹情牵。

听说他要从良，要嫁个秀才，不给人家做妾。不免差王宁又问他问，若肯来着，我赎了他来。官人不曾在家，俺且解闷，岂不是好！

听的他志向佳，从良要嫁好人家，秀才这是他口中话。前年曾在王家店，他爱他来他爱他，合他只怕他也肯嫁。他若是肯来俯就，且解闷棋酒琵琶。

老王，你去对王宁说，叫他到鸳鸯巷，找着那名妓兰芳，问他问他待从良，咱买了他罢。他若来是来着，可问问他要多少身价。速去快来。王云是。下，江城唱

又低头想一番，买老婆要大钱，只怕他叨的无边没沿。有心待向翁婆说，买妓他也不喜欢，买来方着翁婆见。俺破上钗环典当，也省的求地告天。

王宁上云王妈妈对奶奶说,我回来了。王云王宁回来了。江城云叫他进来。王云奶奶着你进去哩。江城云王宁,怎么来的这样快?见他来没?宁云小人到了那里见本人,我说高宅里待买你。他说不给人家做小。问是那个高宅,我说是新举人高老爷。他说,这倒极好,不过那太太愿意没?小人说,老爷上京会试去了,这是奶奶寻的。他说,既是奶奶寻的,还我自己去看看。你先回去对太太说,我随后就到,想必待好来了呀。江城云既是如此,你且出去。王宁下,江城唱

他安心嫁秀才,说起来官人又徘徊,想来还是心里爱。必然还得相相我,我若好时他才来,这个丫头心里怪。待霎儿他若来到,我看怎么安排。

兰芳上云奴家兰芳便是。我想风尘下贱,好苦命人也!行介

【鸳鸯锦】流留烟花四五年,今日这边,明日那边。强把笑脸儿,下四低三,光棍行,皂隶班,但肯给钱,不管奴家爱不爱,陪他去眠。纵然打盹,只得去动弹。清夜间,五更天,想到那将来,不觉痛酸。哎哟!想到那结果,不觉的泪涟。也么咳,咳咳也么哟!

俺积攒了一百两银子,苦苦哀告,许着有了主还给他五十两,他才慨然许俺从良。但只是不为娼,就做妾,朝打暮骂,还是火坑。

鸨儿慷慨许从良,昼也思量,夜也思量。若还做衙官,伺候正堂,搥孤拐,骂淫娼,好似阎王,那可才摆划的俺出了滚汤,又到火床。还有什么路,只得悬梁!好凄惶!好悲伤!寻思了一遭子,那的是个乐乡?哎哟!寻思一千回,那里是个良方?也么咳!咳咳也么哟!

我待嫁个秀才,又想那富的不寻我做妻,穷的那有出起一个元宝的?罢罢,适才高宅里来说待寻我,那高举人我见来到极爱人。听说他那娘子利害。我想他丈夫不在家,他替他买妓,其人可知。

虽然只怕有什么缘故,待我前去认认那江城,看是怎么样的个太太。来此已是高宅大门,待俺进去。王云来了么? 兰芳,奶奶等久了。兰芳云给太太叩头。江城云免了罢。你看兰芳好个俊人。

乌云高簇麝兰香,好个兰芳,好个兰芳。每日家闻名,只当寻常。美无双,俏无双,典雅无双。一双金莲尖又细,花也在行,鞋也在行。面如花瓣,貌似雪霜,眼儿光,眉儿长。只你这模样,引杀情郎。哎哟! 见了你这人物,害杀情郎。也么咳! 咳咳也么哟!

兰芳云见了奶奶,自家就不像个人。江城云你坐下,我问问你,会下棋呀不会? 兰芳云才学着做。江城云你会打双陆呀不会? 兰芳云才知道成梁。江城云妙呀! 我要做嫖客,合你犯个嫁娶,不知你肯那不肯? 兰芳云奶奶若是抬举贱人,情愿服事奶奶,一辈子不要丈夫。江城云是果然么? 兰芳唱

今日是你眼见的,不是我自言的,不是人传的,遇着知心人,难舍难离。有天知,有地知,真真实实,不嫌奴家天生岔,做个伴儿,做个伴儿,又不推磨,又不织机,下下棋,叠叠衣。若我是肯赌个儿誓,哎哟! 我若是撒谎,说誓儿。也么咳! 咳咳也么哟!

江城云你可不要过来懊悔,大认认。兰芳云我早已认真了,有什么悔处! 江城云你贵庚? 兰芳云痴长一十九岁。江城云你还小我四岁,那有不要丈夫的。也罢,我把个丈夫让给你罢。

聪明人儿怪心肠,乖觉的异常,聪明的异常,话温柔,全无有张狂。泼泼茶,烧烧汤,唱唱昆腔,双陆棋儿解解闷,要你在行。若不能守寡,给你个情郎。不孤单,不凄凉,白日里有我同房,黑夜里有他,哎哟! 合你同床。也么咳! 咳咳也么哟!

你看,还有要紧的一句话没问,不知你得多少身价? 兰芳云我给他一百了,许着有了主还给他五十两。江城云不多,这么一个人

物，也就再要一百，我也给他。原打算典当钗环，这就不用了。你本姓什么？兰芳云我本姓高。江城云你原与官人同姓。也罢，咱昧这一层罢。今日你就住下，我打发人去支你的身价，给你取箱子的。兰芳云那于妈妈养了我一场，我去辞他辞。一个丫头在家里看家，我去合他拾掇拾掇就来。

【耍孩儿】辞他辞也应该，也曾受他教诲来，只得朝他拜一拜。一个丫头看着家，还有旧衣合破鞋，我去合他拾成块。这到不甚远，请奶奶就把人差。

江城云既是如此，你先去，我随后安排人去接你的。兰芳云是。江城唱

奴终日闷恹恹，丈夫不知甚日还，娶一个清客来作伴。白日烹茶下棋子，黑夜饮酒听丝弦，他俩又遂了心中愿。那个人心满意足，俺赚了解闷消遣。

兰芳去了，那箱子里还有几两银子，待找出来称上五十两，着人好支兰芳的身价。称介云这银还有六十余两，待俺称上五十两，老王把这银子交给王宁，叫他备上马一匹，夫二名，前去交了兰芳的身价，好合他来。应云是。下，江城唱

他一去交了银，合兰芳就赶来，晌午只怕就有信。不拘说他模样好，说话典雅也爱人，白日不愁夜间闷。望着亲亲热热，我合他前世有因。

兰芳上，江城云来了么？怎么来的这样快？兰芳云恐怕奶奶盼望，我到了家拾掇拾掇，就先来了。那丫头合王管家，还在后边哩。江城云好好！这里冷，咱后边下棋去罢。

诗：江城未共郎君一夜眠，兰芳先从女主接清谈；
江城如何相见即相爱？兰芳想是前生定有缘。

第三十回

馆　选

太公、太母上云孩儿去应试，朝夕挂心间。相公，三月将尽，怎么会试的还没有信？太公云道路讹传，说报子失了录条，不知真假。咱那儿不中，就该还家来了。

【耍孩儿】到京师够两千，不中的早也还，怎么信儿全不见？近来媳妇异常的孝，一家老少喜平安，就是常把儿挂念。若是咱娇儿来到，就不中可也喜欢。

报子上云这是高老爷家门首。门上的快忙快忙传与太老爷得知，老爷中了第五名，俺来报喜的。家人报太爷、太太大喜！老爷中了五魁。太公云可喜可喜！快忙报与您奶奶知道。江城、兰芳上，江城云到如今进士没有消息，也是你的喜信。兰芳云怎么说？江城云官人不中，就该还家也。兰芳云我原是奶奶寻的，又不是老爷寻的，来与不来，与我何干？丫头报云奶奶大喜！老爷中了进士了。江城云真乃可喜！兰芳，跟我去给翁婆磕头的。

喜官人又中了，脱蓝衫换紫袍，满门贵显真荣耀！不望他封妻合阴子，只望他殿试早回朝，来家合咱打马吊。你是个影里爱宠，还没有一夜相交。

江城云爹娘在上，媳妇叩喜。兰芳云给太爷、太太叩头。太母云我看着兰芳沉重典雅，不是下贱之人。我儿既然爱他，我又老了，他写算皆通，就叫他替你管家。往后休叫太太，就叫爹娘，着下人叫你于奶奶。

我看着于兰芳，他的人物不寻常，看来是个有福的像。我儿既然望他好，也爱他不张狂，待他休合人一样。往后的银钱出入，都要去合他商量。

江城云儿久有此意，想怕娘嗔。娘既爱他，就是如此。兰芳云给爹娘叩头，谢爹娘抬举。江城云往后休叫奶奶了，就叫姐姐罢。兰芳云奶奶买了我来，怎敢自大！

蒙奶奶费钱财，从火坑提出来，这个恩德如天大！诸般家事托给我，又着我叫太太，原是爹娘把我爱。我若是居然就把姐姐叫，这可就断然不该。

江城云这是我爱，与你何干！兰芳云既是如此，就叩头谢恩。报云老爷选了翰林了。江城云真乃可喜！兰芳，你我同给爹娘叩喜。二人同拜

同拜倒爹娘前，一家大小都欢然，俺家新有翰林院。上世原为黄榜贵，今又平步上青天，从此直到文华殿。祝爹娘幞头封赠，有福分享受百年。同下

樊子正上云只因女儿不肖，合家潜逃他乡。听得门婿得中，才来登门叩望。老夫樊才，只因女儿不贤，恐怕休断，连年躲在江东。昨天见了乡试录，才知道女婿中了；中了便没有出妻之理。俺才来家，待去道喜，又遇着报了翰林。我的女虽然不贤，这奶奶可也就扎住根了。

怕女儿累爹娘，远走高飞把头藏，六七年没敢把影傍。听见女婿中了举，才敢重来到故乡，谁知好事从天降！我女儿虽然不肖，如休断婿也无光。

来到门首，待俺进去。太公上云樊亲家又出头也！子正作揖云恭喜

亲家！还该叩拜。太公拉着云岂敢。

樊亲家你好乖，仍崩一去不回来，再找那得个影儿在！去了六年无了信，不知何处把头埋，舍一个贤令爱。樊亲家来的极好，这媳妇正难安排。

媳妇正啕气哩，你来了可好了。子正云还啕什么气？小弟虽然来家，可也没有富贵出妻之理。

令公子选翰林，俺到道喜竟登门，女儿的好歹不堪问。女婿既把高官做，没有官员休夫人，大贵出妻理不顺。亲家若做出这事，只怕还惹笑乡亲。

太公云亲家拿什么极呢！近来令爱竟变了贤人了。子正云是果然么？太公云岂敢相戏！

从那日你去了，做的事儿口难学，说来也被旁人笑。子正云：真乃可恨！忽然神佛来点化，一口水向顶门浇。子正云：哦，怎么样着来？猛回头就不是寻常的孝。到而今房中夫妇，竟成了凤友鸾交。

子正云可喜可喜！还是小弟天理不曾伤尽。今日来我原不曾待见他，既是这等，我上宅里看他去的。暂别。太公下，老王云奶奶，樊老爷来了。江城上，哭云给爹爹叩头。子正云我儿这不好么？听你长进了，我异常的欢喜。江城在父怀大哭唱

【北黄莺】爹爹在那方，见了爹问问娘，不觉就把声来放。恨孩儿不良，教父母不光，回头不成个人模样。愧难当，看见爹爹，只待自悬梁！

子正笑云我儿，这才是好人了！

我儿这样贤，翁婆丈夫欢，忽然把个人来变。你心里也安，我心里也安，从今又得重相见。好心酸，这回相见，如在梦魂间！

实不料我儿还能给爹娘争气。我这回来住在乡里，今日回家，

就叫你娘来看你。江城云爹到家着娘就来。

久不见娘亲,没人处泪纷纷,就是没处逢人问。教爹娘远奔,怎么是人！如今已是悔难尽。爹娘到门,儿今荣贵,以后莫愁贫。

爹爹到家,着母亲明日就来。子正云我去罢,到家也教你娘喜欢喜欢。我也不去别你翁翁了。

诗:数载归来形影酸,喜逢爱婿做高官;
　女儿谁想真贤孝,一样喜成两样欢。

第三十一回
锦　归

太公上云得一吉祥梦,说与夫人知。夫人那里?太母上云相公怎么哩?太公云我适才合眼做了一个奇梦,梦见一把伞,一顶轿,哈道进宅。我问什么人,说是尚书老爷。我去跟着看的,抬了春香房里去了。你速去看,若是春香待生产,是个大吉之梦。老王上云太爷、太太大喜！春香添了小哥哥了。太公云此儿必然大贵,真乃可喜！【劈破玉】我和你已将近七十之数,到如今那孙子一个还无。乜丫头居然是代把夫人做,他给了俺儿圆下房,如今又产麟儿落了肚。若能再见孩儿的成人,贤妻呀,我合你准有好日过。大喜同下

公子衣锦荣归,见过父母,回房与江城相见介,唱

【桂枝香】一年没见容颜,想是那心内无愁,便叫人春风满面。俺梦魂常牵,俺梦魂常牵,长安花无心去看,刚刚假准,急急回还。得合娘子重相会,胜似金钗十二环。

江城云春香给你生了贵子,你怎么还不问问?

丫头命重,新把璋弄。高尚书坐轿八抬,还惊他爷爷清梦。看孩儿不凡,看孩儿不凡,定然是麒麟来送。头圆耳大,像貌丰隆,又是一门老少喜重重。

快快伺候酒筵,与老爷洗尘。应完备多时了。请老爷上坐。江城斟酒唱

满满斟上,亲手奉让,为官人洗洗风尘,说一说都中景况。再贺亲新郎,再贺亲新郎,劝郎把胸怀开放。隔半年不见,诉诉衷肠。还有喜事向君报,叫君喜欢到天亮。

咱俩饮酒,添上个人才好。公子云娘子差矣!人千里来,恨不能两个人弄成一个,怎么还容的半个?

千里来到,夫妻欢喜,恨不能两个身子并起来,还加紧簾。再半个多了,再半个多了,添俩眼到是不妙,搭扶肩背,搂着纤腰,房中欢笑全无禁,旁有一人更不消。

江城云情管添上此人,官人也未必嫌多。公子云是谁?江城云是我个清客,如今又给母亲当总管,极在行。公子云这不喜么!

自蒙青盼,全无他念,况且是母亲的总管,又说是夫人的篾片。是恁大官衔,是恁大官衔,怎肯来床头相见?等到明日,敬写红笺,今日夫妻会,何劳清客来帮闲。

江城云你不知近来座中无他不乐。公子云既是如此,就叫他来。江城云还有一件:他是个门里人,我合他论日,没合他论夜。今日官人来了,他不过连宿都算,叫他黑夜里也不要闲着。公子笑云这倒不必。

【鸳鸯锦】既然是论日不论夜,有什么话说,有什么话说?你和他从今后就快活。我老实,心似铁,并不随邪。您俩下棋,我点着替

找却，我点着替找却。天若黑了，一拱而别，我冰清，他玉洁，若有什么事儿，敢当面证折。哎哟！若有什么话说，听合他发牒。也么咳！咳咳也么哟！

江城笑云你不必疼那宿钱，我管给你支，叫他来罢。兰芳领头上云给老爷叩头。江城云你坐下罢，磕什么头！公子细认惊云呀！这就是那清客么？江城云是。添上他不多么？公子云不多是不多，只是夫人太痴了。

俺曾留情一笑间，两不相干，两不相干，什么人引进把他夤缘？你也须，他也须，怎么要钱？看看若别有事故，撵他飞颠，撵他飞颠。鸨儿太怪，夫人忒憨。女子弟，女帮闲，还讲包年月。奇事堪传。哎哟！还讲论昼夜，这事希罕。也么咳！咳咳也么哟！

兰芳抿着嘴笑云从来是两家子玩了还都得要钱，这算奇么？公子云也罢，久不聆你的清音了，你唱一个将功折罪罢。兰芳云俺伏事奶奶，原说下棋打双陆，不曾讲着唱？公子云这又奇呀！唱还另要钱么？江城云着他这个小丫头替他唱一个罢。公子云十来岁的孩子也会唱什么？兰芳云他会唱狗呀狗，你看家，虽不中听，也足发笑。丫头唱一和解……兰芳笑云哈！又自唱下了道了。公子云怎么说？兰芳云不好荤耳。公子云我这耳朵正待荤荤，快唱罢。丫头唱道【十和解】

一和解，坐卧思量头不抬。哎哟！想杀奴了么呀，我的乖乖！

二和解，带病不曾上床来。哎哟！害杀奴了么呀，我的乖乖！

三和解，忽见灯光一夜开。哎哟！喜杀奴了么呀，我的乖乖！

四和解，洞里躲贼贼不来。哎哟！你上来罢么呀，我的乖乖！

兰芳云够了，不必唱完，已见大意罢。公子云怎么不唱？我定要叫他唱完。又唱

五和解，春里风筝抱在怀。哎哟！你放放罢么呀，我的乖乖！

六和解，马钝途长日又歪。哎哟！快着些罢么呀，我的乖乖！

七和解，脂油熬菜油吃斋。哎哟！荤了奴了么呀，我的乖乖！

八和解，丫头买货到当街。哎哟！叫一声罢么呀，我的乖乖！

九和解，急待着烹茶水未开。哎哟！听听声罢么呀，我的乖乖！

十和解，打破的碗儿对上来。哎哟！休要动了么呀，我的乖乖！

公子云妙哉！不著家里丫头，不会唱这么个曲儿。你也唱一个罢。兰芳云我去取琵琶来的。下，江城云你上那屋里听的罢，我待睡哩。公子云好奇呀！一年不见，往别处拥撮，不成情理。江城云官人不必推辞，我不怪你便了。把公子推出，关了门，老王云那边已是吹了灯，关了门睡了。公子云这不闪了我露地里了么！夫人开门来！

【黄莺儿】整岁隔山河，好夫妻恩爱多，全然不想第二个。这天边暖和，这檐前是旧窝，不开门只在檐边坐。蒙撮合，奈俺心里不爱却如何！

娘子不开门，檐下也是下官的熟径，就此坐下便了。江城云这是好心不得好报，到反揭挑起来了。开门云我合官人实说了罢：这是我使了一个元宝，将他买来，今夜不去，辜负了我的心了。公子唱

夫人这样贤，买佳人奉我欢，越发叫我心感念。但离别一年，那离情万千，床头只待诉一遍。若下官见新忘旧，诛灭在人间！

江城云官人不必太固执了，待俺替官人叫门。兰芳开门！兰芳云姐姐就怪些也罢，这门是不开的了。江城云罢了！今晚就叫官人上我那房内去，到明夜再来。公子云这还近情理。

颠倒费踌躇，分身法俺又无，自然该往急处做。俺和他心情疏，俺和你不不熟，离情乜只两三句。怎能如恩爱夫妻，终夜不嫌俗？

诗：公子夫妻恩爱话离情，江城况值尊荣喜气生；

公子乍作阳台云雨会，合云已拚刺刺到天明。

第三十二回

贺　子

太公父子兄弟同上云重重喜事满门庭，公媪苍苍白发生；孩儿锦衣归故里，一门欢喜又添丁。太公云我儿，今日亲友前来给你贺喜，你去料理料理。公子云是。众下，公子唱

【耍孩儿】中进士选翰林，告假来探双亲，宫门曾带牙牌进。又梦春香生贵子，大慰高堂父母心，将来斗大黄金印。尚书梦一时传出，众亲友把喜酒来斟。

前月生了一子，今日满月。爹爹因着梦见尚书，就名叫小书子，今日亲友来贺，待俺伺候。门上报大姑爷已到。石庵到，公子云生了一男，怎么敢劳姊夫劳费！太公上云石庵来看看罢，何必又厚费？石庵云好说，不堪之极！

大贤弟得令郎，做的梦甚吉祥，将来定有个尚书望。亲戚朋友都喜欢，大家今日敬登堂。小小一幅红锦帐，每人分资五百两，就借重子雅的文章。

太公云这怎么敢当！客还没到，咱且上后宅坐坐罢。同下，仲美上唱

高四于造化强，做了官又生郎，真能遂上双亲望。自从荣归有一月，他在城俺在乡，道了喜不曾把他望。俺今日早些来，上后宅看看姑娘。

门上报周二叔来。公子上云石庵在后边呢，哥哥，咱且上后边坐

的罢。下,子平兄弟唱

高老伯年五十,才生了高四于,还得见他连登第。而且今日又生子,公姑两个甚欢喜,未必不还得了济。你看天生造化,把悍妇变成了贤妻。

俺合葛天民约在关帝庙里会齐,他还没到,只得在此等候。天民笑云哈哈!常时我这行头,还望高四于替我,而今可做牢实了。他选了翰林,什么还优免不了;况且江城我那个心肝,变成了一个贤人了,给他买妓收婢,不多大时节,就生了个白胖小厮。好造化!好造化!

跺跺脚叫声天,老天爷忒也偏,偏起来不怕人难看。俊的不贤还好受,丑的就该变成贤,怎么偏着那俊的变?只待凌霄殿上对玉帝,诉诉这奇冤。

方才出门,我说他三姨怎么就这么贤德了,不但不打他三姨夫了,又给他收妾买妓。你说俺个物件把眼一白说:"你可伴不的他,他能着人叫他三姨奶奶哩?"我就也没敢喘,跑出来了。我果然没有小长命那本领吗?天下可也没有他那一份子奶奶罢了。王子平云来了么?葛大哥,等久了,想必仲美和石庵都到了,咱快去罢。可是如今葛大嫂合他令妹和了么?天民说和了。

姊妹俩还家门,都去看俺丈人,江城前来把罪认。若是我被江城打,他未必不还向别人。江城真有个奶奶分,到如今坐轿打伞,他姊妹亲上加亲。

子平云来到门首了,闲话休说罢。门上报,太公、公子上云众兄着实厚费,小弟怎么敢当!众云好说。太公云众位请。众让介,公子云不必让了,咱今日叙了齿罢:子平兄头,葛姐夫随大,王二哥第三。请。仲美、石庵上云众客都来了,将帐子挂了,咱好行礼。主客相拜,子平云老伯

着人抱出令孙来,大家添寿。遂将小娃子抱出来,大众齐看云好福相!好福相!子平云我有一双银铃相送。遂给娃子拴在右手上

【倒扳桨】小后生来小后生,耳大头圆眼又明。没有什么来奉蹭,白银打就一双铃;一双铃,把岁增,寿活到一百有余零。

天民云我有银钱一枚,祝外甥长命富贵。

线条两股辫银钱,寿祝娇娃富贵全。从此无灾又无害,少年平步上青天;上青天,做高官,富贵荣华一百年!

子雅云贱荆自造了一条锦带,祝贤侄聪明富贵。遂拿出来,众人都看云怎么这样精巧!一头系着锦书一套,还用的是牙签儿,一头斧戟弓箭,俱是五色绒线,缠的好精巧,好精巧!奶母且拿着罢。子雅唱

天生文武好全才,少年无难又无灾。将来一举人头上,将相声名福九垓;福九垓,到八抬,又做三边总制来!

仲美云我有银锁一把奉送。

眉清目秀小神童,将来必定作相公。锁住长生锁富贵,锁来兄弟更无穷:更无穷,闹烘烘,生子还得见老公!

石庵云我无以为敬,他姑母给他做了珠箍一顶,细衣一件奉送。

身穿五彩带珠箍,百福齐来百病除。强壮坚牢容易养。聪明伶俐会读书;会读书,灾难无,一路功名到尚书!

太公云抱小娃子去罢。众亲友着实厚费了。请坐罢。众人坐,太公、公子拜谢斟酒

家中生个小婴孩,又劳亲友大破财。众位贵人添了寿,必然去病去消灾;去消灾,纵不才,且叫老夫笑口开。

子平云令孙面方耳大,定是大贵之像。

耳大声高眼又光,秀眉两道更弯长。听说老伯有佳梦,应梦生

来大吉祥；大吉祥，不寻常，将来定是尚书郎！

净扮张三疯破衣赤足上云俺本天上大罗仙，游戏人间一百年。欲学颠狂蓝采和，踏歌饮酒道途边。我乃张邋遢是也。从京都一路行来，只见瑞云缭绕，原来却是高翰林家。待俺进去会会。哪哈！门上给我传传，我待见你老爷。门上云里边有客。三疯云呀呀哈！难道里边是客，外边是主么？门上云请问尊号？三疯云我乃张邋遢是也。门上报禀知老爷：外边有个疯人，自称张邋遢，要见老爷。公子惊云他从何处而来？久闻张邋遢乃一有道神仙，今日下降，不胜惊喜！连忙出见云家人不识仙颜，得罪得罪！请进请进。三疯大笑云原来是个八抬。入见众人，作一长揖，便在上边坐下云这是什么公宴？公子云众位亲友给学生贺子。三疯云那小娃子怎不赐俺一看？公子云快抱出小娃子，求仙长添岁。妈妈抱出来，三疯子见子云哎呀呀！你又来了这里么？又是一个八抬。我有寿珠一串奉送。便取出来挂在小娃脖子上

小儿男来小儿男，肚内文章有万千。比他尊公还长业，一十六岁做高官；做高官，福寿全，轰轰烈烈六十年！

抱了小娃子去罢。太公、公子拜谢，三疯子云几时上京？公子云因着父母年高，意思要告假养亲。三疯云不必不必。

到无妨来到无妨，休虑尊公和令堂。只管跨马摇鞭去，合家保取都安康；都安康，要还乡，等着小者开了坊！

起身云我行矣。太公云既蒙仙长下降，那有不饮几杯便行得？三疯云罢了，我就领扰一杯便了。公子取了个大杯来斟满，双手奉上，三疯子连饮三杯云足了。我要行也。众人向前拉住云求仙长说说俺众人的终身。三疯又站下指子雅唱

【皂罗袍】王翰林休得埋怨，你是卯小者的同年。指子平、高季云两个风流老教官。指石庵云你是当今的王十万。指仲美、天民云功名富贵您

俩一般，指公子云借重此老，得个小官衔。

公子拉住三疯云请仙长坐下，用过粗饭。众人云还要请教。三疯云那边又来客了。众人回头，不见三疯，众人惊云张神仙那里去了？公子云想必又弄障法走了。咱且坐下饮酒罢。众人云天色已晚，俱醉饱了，就此告别。子雅云老伯请了。公子云老兄不必以言介意。

老兄台不必焦燥，读书人立志要高。疯僧一片瞎胡叨，信口吧来真可笑！不出三载，直上青霄，玉堂金马，原自不难到。

子雅云从此我不求功名了，只等令郎罢便了。

我也到全不在念，怕的是命里没官；命里若还能做官，何必急惠苦思盼？公子同我四十三，也还康强做的翰院。

请了。

诗：石氏丰财范氏贫，一生计较枉劳神；
　　高才日望登金榜，今日才生同榜人。

第三十三回

祝　寿

公子上云下官告假还家，祭扫茔田，不觉三月。昨日那张神仙许爹娘百岁高寿，甚是可喜！看的日子，后日上京，天冷不能起行。夫人便讲趁着下官在家，摆个酒席，给爹娘上寿，甚是有理。待我前去检点检点便了。

【耍孩儿】神仙说要还乡，等着孩儿开坊，父母都到九十上。我若今年有造化，挣一顶封赠与爹娘，方才遂了心中望。也不等孩儿得志，就告假事奉高堂。

江城上，公子云上寿酒席完备不曾？江城云问兰芳便知。兰芳上，江城云酒席停当了没？兰芳云停当了。请官人合姐姐去看看。三人同看，公子云地铺了毡，炉里有了火，墙上挂了画。呀！这孔雀毛是我京里买的，忘了拿出来，是谁偷了来了？夫人你看，兰芳不枉的做总管，安排的好不鲜明也！

叫一声我的兰芳，你不只人物在行，才能人就跟不上。给我母亲当总管，用心去做，赏你件梭布衣裳。

兰芳云多蒙主赏赐。公子云向来不曾查你账目，快拿账来我看。兰芳抱了一大罗来云官人请看。公子看云这么些从那里看起？也罢，就看这新的罢。二十日发钱四吊，燕窝、海参、熊掌、鲍鱼。呀呀，这还给他个单儿，他知道用什么？公子云怎么又夹着一个？兰芳云前边那一个是我给他的，怕他待了我的笔迹，叫他写下来，还将原稿变回来。公子云怎么上头一个差儿？兰芳云他多写上了一百五十二个算不着，还不曾发出去问他。公子笑唱

叫一声我那兰芳，一字字一行行，从头至尾无差账。我去京师千万里，得你料理替爹娘，越发我把心来放。赏你个总管工价，每一年百石上粮。

这两席酒，二两燕窝如何够用？兰芳云这燕窝太贵，穷翰林吃不起，做两碗给爹娘吃罢。公子云这总管打算的也是。二十日鸡一支。这总管该打，夜来何曾吃鸡来？兰芳云这与外厨不相干。每早晨不曾吃饭，先做两碗热汤与爹娘吃了做点心，天气凉爽，剩下的明日再用。公子笑唱

叫一声我的兰芳，你又能孝顺爹娘，叫我敬你那一样？体情又念穷乡官，不肯多做燕窝汤，打算给我省家当。我有你这一个总

管，赏个座坐在门旁。

兰芳云咱家杂粮不过五百余石，自官人来家，就费了够二百七八十石；若不俭省，只怕那俸粮也不能救急。

自官人到家中，这使费便无穷，二两银不足一日用。内外使人数百口，五个仓囤两个空，家中等不的京师俸。若不着我这谨查点，一千石也费不到年终。

官人没来，咱爹看着拨出来了二十石谷，锁了仓门，我去贴封条的；又把仓门开开，将谷堆平，看了看去了不止二十；又叫老孙领了两个人去粮食房里，我自看着又拨了二十五石。回来禀了姐姐，才着咱爹把管事的打五十。江城云我这眼色，跟不上兰芳一半子。

咱爹爹已老耄，不知哄过十数遭，兰芳一见早知道。仓里还有半仓谷，怎么这样眼力高？再差几石谁能料？那一天又拨，才请咱三叔来看着。

公子云夫人，大事，咱爹年高，以后就托三叔便了。家中有二位夫人看管，我何忧哉！江城云官人，请你去请爹娘上席。俺去把春香扎挂起来的。同下，太公、太母上云这么时节，那媳妇们一个也不见，去做什么的？丫头云后日老爷待上京，今日要太老爷合老太太上寿，奶奶们都忙哩。那楼前厅房内摆的好齐整！太母唱

【桂枝香】才到楼陈设才罢，只见是耀眼争光，也不知摆的嗄。似锦上添花，似锦上添花，两边列屏两架。屋前屋后，香透窗纱，选丫头五六个，换上新鞋去看茶。

孩子们这样多事！公子冠带上云儿后日上京。昨前在京里，人家送上几件古董玩器在楼上，请爹娘去看看。

炉香一片，古董几件，为的是孩儿做官，摆设下请爹娘去看。备两桌酒筵，备两桌酒筵，也不别请亲眷，家人聚首，父子团圆。堂

前共献一杯酒，寿祝爹娘万万年！

太公、太母同着去云孩子们这样摆设，这座寿山是玛瑙石；这福海是水晶雕的；这一轴八仙庆寿，眉目这样精巧；这个香炉是渗金，里边焚的是什么香？公子云龙涎。太公云怪道香的异常！挂的这一幅大画，是什么图像？公子云是瑶池宴。太公云这插孔雀的是玻璃瓶么？公子云正是。太母云好好！你若不做官，那里有的这个东西！

满屋照耀，件件精妙，若不是我儿做官，小人家怎能知道？我儿官高，我儿官高，一个媳妇贤孝，过了一日，胜如三朝。不必珍馐常到，只碗清水也逍遥。

公子云请爹娘坐下歇歇罢。江城、兰芳、春香、丫头捧衣服上，太母云这是什么东西？江城云官人从京里捎了两匹缎子来，我合兰芳给爹娘做了两件衣服，请爹娘穿上。太公、太母接过穿上云极好！甚是可体。

媳妇伶俐，针指细密，看了看长短遂心，试了试宽窄如意。教人心欢喜，教人心欢喜，晚来得了儿家济。江城甚孝，兰芳出奇，春香有福生贵子，谁似咱家福寿齐！

四个站在两旁，公子吩咐云斟酒来。公子送了酒，朝上便拜，太母云何必又行礼？公子叩头云祝爹娘百岁！

【四朝元】深深下拜，满斟酒一杯。祝爹娘寿比南山，福如东海；也无病也无灾，到百年开外。离是春夏秋冬，暑去寒来，见黄河虽干，朱颜未改，春色年年。嗏！武陵花日日开，好似晋家桃园，并不知什么朝代。为儿平步天街，官到了宰相，荣华万载，那子子孙孙，满堂金带！

公子站下，江城又送二杯酒叩头云祝爹娘二百岁！

寿星下照，寿星万丈高。俺这里杀烹鲜鲤，酒暖葡萄，扑翻身又拜倒，奉爹娘欢笑。见那海水干，成了万顷田苗，也不必海上三山，说什么蓬莱十岛，去把天门叫。嗏！那神仙也非逍遥，只是旺相百年，又早见五花官诰，封赠数十遭。长生更不老，忽然白头黑了，齐齐整整变成年少！

江城站下，兰芳叩头云祝爹娘三百岁！

爹娘在上，满斟酒一觞。望发还黑，牙落还长，似蓬壶日月长，又年年旺相。俺也常常少年，事奉我的爹娘。见儿登金榜，又见孙上玉堂，俺一家都在人头上。嗏！那牙笏摆满床，且喜白发双亲，那时节全然无恙，到百岁还安康，如神仙下降。你看那雪莲花放，枝枝朵朵一开千丈。

兰芳站下，春香跌跌笑笑站着，江城云你看看春香！如今生了儿子，也算的人，敢还不给爹娘斟酒？春香疾忙送酒叩头云祝爹娘一千二百岁寿！

锦堂佳宴，寿酒献高前。俺这里深深下身，尽了这诚心一点。祝大寿比南山，又年年康健！俺那有福的娇儿，连中三元，欲把那梦里尚书，真真是八抬黄伞，从头儿摆爹娘看。嗏！笑彭祖一少年，何曾见王母桃花开过两三遍？且喜满门贵显，双亲得亲见。奴家心愿，望安安稳稳，春秋千万！

太母笑云你看春香出产的越发有福气了！好好！您都坐下罢。公子云你三个坐一席，我在一席上好伺候爹娘。各人入席坐下，太公大喜唱

【黄莺儿】满屋笑哈哈，一个儿这一窝，两席已是满了坐。暖溶溶春和，喜孜孜笑多，此地说不尽家人乐。好快活，儿才子媳妇似嫦娥！

公子云给太爷斟酒，给太太换酒。太母云我够了，给您太爷斟罢。

媳妇个个贤，我的儿又做官，牙牌直到金銮殿。恐妨你不安，

恐妨我不欢，做官都遂人心愿。一般般，老来如意，多活二十年。

江城给太太斟酒云娘再吃一盅。太母云我吃够了。公子云爹娘都再用些儿。太母云我合您爹能吃多少，就这么些东西？可忒也费事。

熊掌满金盘，鲜鱼肚鳖裙衫，燕窝当不的家常饭。一箸儿万钱，一碗儿百千，小人家何曾来着见？这佳肴肥美，酒味香甜，这一餐，家有八口，可活十数天。

太公云你上京，只安排了安车蒲轮便了。

一齐上家室，团圆百事佳，从此官到一人下。儿带着乌纱，孙插了宫花，爷娘玉带腰间挂。贵无加，福寿双全，天下第一家！

诗：儿贵孙生妇又贤，高堂双庆各欢然；

　　从今更受天公眷，福寿荣华万万年！

富贵神仙

第一回

楔　子

【鹧鸪天】区区小愿欲求天：近绕村居百顷田；膝下儿孙多似玉；堂中妻妾美如仙；朝饮酒暮烹鲜；耳目聪明牙齿儿坚；皓齿清歌细腰舞，糊突混过百余年。

【山坡羊】笑世人求仙求佛，这念头忒也谬妄。一个俗俗的人儿，怎么把青天去上？就是那鹤壮如驴，他能驮我到仙府，也怕那里神仙太多，这后来的没处安放。奉劝世人，不必慌张。依我这意思，清廉本分，那天爷也不说我贪赃。愿得那小蔑蔑山儿一堆元宝；又离不了有一两个子孙拜相，解闷开怀；些须得几个美人歌舞；百岁外浑身上下，任拘嗄，都壮健如常。但只是古人富贵，都要先受点风霜；我要漫荒拉草，享那下半世的风光，或是佛来或是仙，摸摸这头皮不能担。忽然要到极乐国，只怕坐不的那九品莲。我要腾云学吕祖，天爷必定笑我憨；若是那不富不贵的老彭祖，天爷就肯了我也不心甘。自家贬损了又贬损，这才开口告人难。我今说一个样子给天爷看，足见我那志向甚清廉。天爷若是还不肯，何厚何薄这例可援。这人原是一才子,他下半世的荣华尽可观。每日奔波条处里撞,一举成名四海传。舞儿歌女美似玉,金银财宝积如山;一捧儿孙多富贵,美妾成群妻又贤;千顷田园无薄土,十层楼阁接青天;大小浑身锦绣裹,车马盈门满道看;十八洞神仙来上寿,福星寿星落尘寰;天官也赐千般福,人世永成百岁欢。夫妇才到七十外,又见曾孙中状元;吃了仙酒老来少,模样只像三十前。口里东西须索是自家吃,脚上的鞋袜也要人替穿。一件衣服值百两,一碗东西值万钱。朝朝歌舞朝朝乐,夜夜元宵夜夜年。一更的吃的醺醺醉,美人扶到牙床边。快活如同在天上,荣华不似在人间。自家的官诰四五次,儿孙的封赠十数番。每日黎明不曾起,门外成群来问安:遇着拜年或上寿,紫袍锦带挤成攒。天爷赐了生铁券,千年万辈做高官。郭子仪富了两三世,那似这等福寿全?若是像他这下半世,就不长生也自然。但这风光须早受,至多迟到二十三;只望富贵从天降,他那前半截的风光一笔删。这个志向也容易见,小小的荣华也不算贪。受艰难也没省天爷的事,受荣华也没费天爷的钱。以此望空常祷告,像是天爷也不作难。

【劈破玉】祷告罢老天爷开口就问。那福神一路表直奏天门,说这人又清廉又极本分。天爷笑了一笑,吩咐那手下人,你把那用不着的玉带,丢赠给他一捆。

【清江引】老天爷见我这志向小,蟒袍玉带往下撂。暂且捞在手,再从容问他要;还求个长生更不老。

第二回

张生逃难

莫费文心做状呈，宁将冷落恼亲朋；不惟用意伤天理，尤恐将来祸患生。

说的是顺天永平府有一个秀才，姓张名逵，字是鸿渐，年方一十八岁，就成了一府名士。

【耍孩儿】张鸿渐实是能，年十八响大名，人人知道他名合姓。诗词歌赋般般好，书画琴棋件件精，文章更比苏欧盛。看他那生平志气，要一步直到天庭。

且是他为人，仁慈义气，极喜救的急难，又好买物放生。

貌堂堂一少年，不奸诈不爱钱，痴心好救朋友难。心慈又好买生放，活了生灵万万千，也亏他家里方便。只因他为人仗义，都望他辈辈高官。

这一年那卢龙知县是老马，异常的贪酷，作弄的财尽人愁，一县里都叫哭连天。

打强贼小板撩，打钱粮大板叨，无钱还把夹棍套。一群衙役如猛虎，家里过的就吃他的敲，打官司就是财神到。合县人愁生怕死，似遭着贼打火烧。

那钱粮是加三火耗，十分数七月里要全完。有一个范秀才，完了七分数，便上堂告宽。

端端帽整整衫，望公座堂上参，开口就把父师念：衣服典尽牛驴卖，未至秋成小麦完，钱粮目下实难办。老父师恩施格外，望迟迟打下秋田。

马知县听罢大怒，便说："奴才，梗老爷的令么！"一行骂着就丢下签来。

骂一声狗生员，欠钱粮不待完，一人就要霸住堰！把个狗脸冲冲怒！一行骂着撧下签。皂隶就往地下按，把秀才三十大板，一霎时命染黄泉。

不说范秀才被知县登时打死。却说那合学秀才，老大不平，俱撒下帖子，动起公忿来了。

没有法没有天，不请学师大板揎，从此我辈遭涂炭。大家须向院里告，呈词可要做周全，都说必得张鸿渐。共登门殷殷恳恳，祈求他名列前边。

合县里一来求他的刀笔，二来借重他的名望，央的极其恳切。张鸿渐是最义气的人，就拉拉扎扎的要合他去。

一为他为人公，二为他文字通，三来为他声名重。起初答应的不慷慨，禁不的齐念诵，少年不觉豪心动。意思里犹犹豫豫，要合他患难相同。

且说张鸿渐夫人方氏，极齐整，又聪明。听的这话，便着小厮把丈夫请来说那利害。

秀才们做事松，得了胜都居功，人人会把花枪弄。如今只论钱合势，衙门不合你辨青红。况你孤单无伯仲，若或是万一不好，那时节受苦谁疼？

张鸿渐听了娘子的好话，忽然如梦初醒，便出来推托事故，立辞众人。

张鸿渐不承当，凭众人怎么央，全然不把边儿傍。我有伯父前年老，至今灵柩还在堂，不久要看日子葬。要我做得门呈状，这自然不用商量。

做了呈子，众人拿去院里司里递了。

众秀才递上呈，告衙蠹役十二名，院里批准要赃证。合县黎民齐痛快，满堂衙役吃一惊，老马听说也挣了腚。央求了知府老李，送上一万冰凌。

院里差下人来，把那衙役拿的屁滚尿流，审了一堂；虽无夹打，可着实怒骂。老马送进去了八千银子。复审的时节，就不是那个嘴脸了。

大老爷怒冲冲，骂砍头把军充，夹打要你从实供。头一番审时变了脸；二番复审大不同，就知他那消息动；三番审时问倒了原告，一伙人儿流徒辽东。

一群秀才问成了诬告，打板问罪，革顶充军。又问那呈子是甚么人做的，众人招出张逵来。

见呈子做的神，便追究这个人，拿来把他罪儿问。众人招出张鸿渐，便差了个快手是邓天君。亏了朋友走了信，张鸿渐听说这话，头顶上走了三魂！

张鸿渐是做汉子的人，少年刚强，要出来承当。那方娘子就落泪开言。

方娘子哭啼啼，叫丈夫你听知：这一回一跌六个字，明知是火坑，你就往里跳，世上那有这般痴！票子不来还易治，不如你从此撒腿，只说你游学山西。

张鸿渐见说的有理，家里还有一两银子，扁了在腰中，就与娘子相别而去。

欲相别泪纷纷，生察察两下分，愁你在家无投奔。如今已把冤仇结,老马横行不是人,怕他要捉妻儿问。我只该在家受死,断不可连累闺门。

娘子说:“我家有他二舅可以招管,且是你无有口供,料想也无甚么大差。但只是你的盘缠太少。”

在家贫不算贫,路上贫贫杀人,他乡难求饭一顿。我有紫金钗一对,或者还值几两银,拿着救你的穷途困。你只管脱身远走,也不必挂念家门。

张鸿渐接了手饰,亦发酸痛。备上了一个驴,牵着要走,不免又嘱咐了几句。

又回头叫夫人:我如今要起身,千般万样言难尽。咱儿小保才三岁,你我只有这条根。不敢望他能上进,但得他成人长大,好守那祖宗茔坟。

娘子又说:“你只管走,不必挂念。我有几句言语,说于官人知道。”

又少友又少亲,万里千乡一个人,你在途中须谨慎。纵然丈夫犯了罪,告官也不至灭满门,那怕就去当堂问。我看着保儿福相,未必不枯木逢春。

娘子嘱咐了几句,送丈夫出门去了。那天才有二鼓,心里久已待哭,又怕丈夫担心,忍了又忍,那泪才没落下来;送了回来,直哭到房中,一夜不曾合眼。

转回头泪如麻,又愁我又愁他,叫人怎不把心挂!家里未知凶合吉,破上一死更无差,低头就把主意拿。寻思个颠颠倒倒,不觉的明透窗纱。

天明着人去请他二哥来。且说方二相公,名兴,号是仲起,也是个饱学的秀才,一说就来了。

方娘子泪涟涟，把前情诉一番，哥哥唬了一身汗。老马得胜越发诈，比前加倍更酷贪，秀才越发无体面。这可就无法处治，你可就准备着坐监。

不说兄妹二人商议忧愁，却说那院票已到，老马立刻差人，把人即速拿到。

差出了虎一群，雄赳赳跑到门，乔声怪气把张逵问。仲起出来忙答应，说他山西去探亲，如今半载无音信。那衙役歪头别脑，待要去家里拿人。

方二相公冷笑了一声，说道：“你是待翻翻那，请翻翻。”原来这方二相公也不是极弱的，那差人不敢进去，只管挣挣的。

方仲起就开言：待要翻只顾翻，我就陪你看一遍。把那差人拉着手，到了前边和后边，并无一个张鸿渐。仲起说翻翻极好，到回去好回那县官。

差人没翻出来，便去回了老马。老马大怒，叫他拿家属来回话。

上门来大发威，怒狠狠好似贼，二郎几乎把牙咬碎。央他迟迟还不肯，回家叫声我妹妹，这也没有砍头的罪。咱出上合他就去，到公堂再辨是非。

方娘子没奈何，抱着孩子，骑着他二哥的驴，二相公后头跟着就到了当堂，却没跪下。老马说：“你就是张逵的妻么？”答应：“是。”

马知县怒气发，你把人藏在家，难说这就干休罢？奴才犯了弥天罪，见了老爷不下跪，胆儿真勾天那大！我奉了军门的宪票，也不是私将人拿。

方娘子说：“我从来不会跪人。况且那呈子做与不做，这是没凭据的,我有何罪?”

做呈子未必然,被仇人将他攀,我料想也定不的案。丈夫就犯杀人罪,也与他老婆无相干。难道你不是秀才变?待要头一刀砍去,跪不惯糊突赃官。

老马气极了,却也没奈何。便说:“寄监。”

方娘子骂县官:拿人易,放人难,做贼也要个真赃犯。无影响的事情没照对,就把妻子送在监,想你不是人来变。譬如你砍头问罪,还把你老婆牵连。

老马坐在那堂上,气的没大头没小头的。二相公上去堂跪了一跪,着实告禀:

满口评妹子差,张鸿渐要归家,妹子全不会说话。年小无知真可恨,信口说的是甚么,还该把捏妮子骂!望老爷把他宽恕,把正犯拿送官衙。

方二相公说的极好,那老马原是厌恶秀才,要拿方氏来辱那张鸿渐,不想倒被他骂了一场,如何肯依!只是摇头。

二相公又开言:望开恩免寄监,归家大小烧香念。老爷不过是恶生员,我却不当生员是春元,暂且留点薄体面。不过到明年八月,老父师何争这一年。

老马冷笑说:“等你中着了再讲。”二相公说:“那时节轿马送去,不费你的事么?”老马大怒说:“你就中了,怎么着老马!”二相公回头就走。

叫妹子你放心宽,就破上长坐监,休想我去求情面。看我定着老马贼,轿马送你到大门前。央着你出来还不算,不教他官吏同死,我把这俩眼全剜!

老马听的他发恨,也就怒恨恨的退了堂。二相公把妹子送到监里，到家差了个老婆子进去服侍他。有分教：三军尽赐秦王酒，留得老皮裹伏波。

且听下回。

第三回

中途逢仙

按下方娘子在监受罪不提。且说张鸿渐半夜里出了门，忙忙奔走而去。

【银纽丝】一更天出门月色也么乌，萧条行李一鞭孤。奔长途，高低乱窜眼模糊，那辨南北合东西，只任驴昏昏惨惨摸不着正经路。驴呀驴呀休模糊，你迎着增福避掠福。我的天，何处投，不知投何处？

走了半宿，那天就明上来了，看了看是平子店，离家勾六十里路了。

眼望家乡痛伤也么怀，子散妻离命里该，苦哀哉！半夜三更走出来，终夜走忙忙，来到平子街，回头已是天涯外。人驴乏饿都难捱。忽见路旁酒店开，我的天，卖高酒，他把高酒卖？

张鸿渐下驴入店，沽了一壶酒来吃了，又喂了喂那乏驴，才又走。

千里奔逃第一也么天，怕有追兵在后边。昼夜颠，真是骑驴三不闲，骑着腿也夹，赶着又加鞭，忙忙好似离弦箭。晌午打了一个尖，登程只到日悬山。我的天，荒店宿，方才宿荒店。

头一日走勾二百，第二日又走了一百五，到了第三日上，那驴就干不的了。

第三日恹恹路途也么中，一里难如山万重。夕阳红，恨不能翅插半悬空。心里虽是急，不得不从容。蹇蹇驴儿死活打不动，好似行船断了篷，出门遭着顶头风。我的天，作弄人，你把人作弄！

张鸿渐自家又没本事，走一日只走三四十里路，遇着下雨就不待走了，两三个月才到了河南。长起病来了。

昏沉沉好似发晕也么风，一身总像坐船中。眼矇眬，手脚发热似笼蒸，浑身不自在，终夜哐哼哼，到天明病儿越发重。一日只捱饭一盅，没人问一声是那疼。我的天，痛伤情，真是伤情痛。

捱了二三日，那病越发重了。店主便商议叫医官，张官人点了点头。略待片时，那医官请到。

那医官来时问一也么声，就着床头把脉评。问的明，写了一个方儿甚不通：上头用当归，又要用勾藤，不知他拿着当什么病？眼前亲人没一个，死活交给瞎医生。我的天，命由人，可是由人命！

吃下那药去，刨燥了一夜。亏了那心里还明白，对店家说："我不吃药了。我还有几件首饰，你卖了来，好打发他。"伸手就把那金钗取出来，给店主去买。

双手儿捞出首饰也么来，不觉一阵痛伤怀。泪满腮，临别你将画匣开，愁我没盘缠，赠我紫金钗。那知我病里将他卖！家中带着小婴孩，不知你昼夜怎么捱？我的天，无奈杀，教人杀无奈！

张官人淌了两眼泪，把金钗交于主人，不一时换了八两银子来。把那药钱合杂项使费，还去了一两二钱。

病恹恹把眼儿也么合，身子好似在油锅。怎奈何，白黑昏迷在被窝。水米不沾唇，待了一月多，闷昏昏只在床头卧。离乡已是受折磨，又着俺在外染沉疴。我的天，祸弥天，真是弥天祸！

张官人一病病了勾五十天，鼻子都歪了。那店家恐怕死了，商议要买棺材。张官人迷迷忽忽也不觉了。

终日家昏昏眼不也么开，魂灵也到望乡台。苦哀哉，早晚刨窝往外抬。上看眼睛塌，下看鼻子歪，像这等谁人保他还在，恐怕一口气不来，死在床头没有材。摆划难，可就难摆划！

又待了一天，到了长上灯，那店主来试了试，汗浸浸的；又待了一霎，看了看，大汗直淌。那店主也没敢动他。

浑身大汗似瓢也么浇，到了三更热尽消。好蹊跷，一阵清凉到四梢。像是一个梦，忽然才醒了。天将明才睡了个自在觉。翻过来溺了一大泡。肚里饥饿好难熬！叫主人，才把主人叫。

出了汗，觉饥困，叫店主慌忙来看。听他待吃饭，即时就做了饭来。

两月水米不曾也么沾，忽然吃着异样甜，美甘甘，盛来吃尽又重添。口里还待吃，心里不敢贪，小碗儿已吃了两碗半。亏了死去又回还，若是一命丧黄泉！见何人，可有何人见？

张官人从此好了。一日吃四五顿，待了六七日，拄着棍子就起来了。

谁想祸不单行，把个驴夜间又教人偷去了。官人不觉的感叹。

自从奔逃离了也么家，只有俺俩并没有仨。叹杀咱，想起当初痛撒撒，流流的奔一日，我困他也乏，不吃草倒在槽儿下。谁知今日在天涯，我到还活没有他。牵挂人，倒教人牵挂！

“店主，我不着驴也走的。”店主着急，满口招承赔他。张官人不依赔他！

张官人便说我从也么来，生平全不会撒歪。命里该，合当如此睹不的乖。我又不曾死，应当又破财，被贼偷何肯将你赖？烧汤烧水在心怀。若把你好处都丢开，坏心术，就把心术坏。

店主见张官人不依他赔驴，感念不尽，又加一倍的服事。

欢喜的主人笑哈也么哈，服事殷勤十倍加。没处抓，供养只待用香花，杀鸡又赶饼，烧水又烹茶。来的迟还把当槽骂。设或呈治到官衙，不是打板是抗枷。招架难，那才难招架！

服事了够二十日，张官人才壮实了，算起以后从今的饭价带草料共得二两五钱银子。店主分文不要，张官人不依。

张官人便说好相也么交，我住了不是两三朝。病难熬，依托主人情意高，清晨把饭做，夜晚把茶烧，一泡尿也是架着溺。阎罗殿前走一遭，侥幸在阴间把命逃。酬报难，可就难酬报！

张官人再三给他，才收了银子一两。到了家，又添上一两，来给他送行。官人不肯收。那店主给他雇上了一程的脚，才拥撮他走了。

主人临别泪满也么腮，天下找不出你心来。小秀才，度量宽洪又不歪。合家祝赞你，少病又无灾，趁少年乌纱黄金带。相公既然不爱财，雇上程脚儿表表心怀。感戴难，可也难感戴。

不说店主感谢而去，且说官人出门，原无定向，走到那里是尽头？忽然想起凤翔府有个王秀才，三年前从京里来，断了盘缠，在我家里住二日，送他银子二两，他嘱咐与我有事南行，便去访他。今日何不一往？

张官人动了这个也么心，要去凤翔访故人。自沉吟，如今举目又无亲，现今兜肚里，剩了四两银，净了包谁待给饭一顿。走了一程病临身。倒运真，真是活倒运！

张官人还不大壮实，走了一百多路，又使着了，晚间全无吃饭，又病倒了。

走了一百多病又也么缠，浑身疼痛苦难言。主人贪，不似前边贤。孤身一个人，占着房一间，三日就要往外赶，死气白赖不肯搬。幸亏了十日病早痊。大汗出，方才出大汗。

这个店家甚可恶，亏了十日上出汗，才又找了一家，养了勾半月多，方才走了。

这一回走路病殃也么殃，缓缓走来不敢忙。路又长，难堪病体受风霜。晚起又早宿，信马只由缰。一日不过四十上，一路到凤翔，剩了千钱在被囊。望朋友，但把朋友望。

到了凤翔府，那盘缠就不多了。店里住下访问，没有知道王秀才的。问了十来日，才知他在王庄，离城还有三十里路。

雇了一乘轿子上南也么乡，腰里只剩一空囊。到高庄，眼看一步就登堂。未知厚与薄，宿下慢慢商，饭合酒想必不上账。不知千里久分张，访人那定不空亡？指望难，教人难指望。

不一时到了王庄，问了问，人都说他上京去了。张官人听说，唬了一惊。无奈何，只得到他门上。

张官人一直到门也么庭，敲着门儿叫一声，不答应，只在门前侧耳听。叫了许多时，出来一个小学生，才与他一一通姓名。孩子把他爹爹称，说他设教在北京。动愁心，才把愁心动。

官人无可奈何出来，打发轿钱，只剩了勾二百钱，老大着忙。便思量背着行李，找个店去当衣服。

背起行李甚凄也么惶，肚里饥饿又难当。走慌张，急急找个店合坊，还有二百钱，当下且无妨，打算着要把衣服当。转思典卖不久长，将来饿死在他乡。魔障人，可是人魔障。

张官人从来不曾走路，又背着行李，又是饿了，一步挪不的四指；走了十来里路，那日头就落了，越发着急。

张官人独自在荒也么坡，一行寻思泪滂沱。没奈何，两背酸困被囊磨；浑身流虚汗，寸步也难挪。放行装且在荒郊坐。还有黄钱二百多，投庄且顾眼前活。捱饿难，真是难捱饿！

张官人歇了歇，背起来又走，那天就黑上来了。忽看见那南边有个小庄村，只隔着有一箭地，心中大喜。

看见小村在眼也么前，漫荒拉草到庄边。仔细观，一个瓦门面向南，出来一个老婆子，就待把门关。走近前就把婆婆念：俺在他乡实可怜，走错了路途无处眠。怜见人，你把人怜见。

张官人哀求他借宿。那老婆子不肯留他。张官人又苦苦的哀告。

老婆子拿出好心也么田，在外的人儿难上难，放心宽，小生只求一夜眠。酒家何处有？囊中自有钱。要存身只用席一片，得避虎狼便是安，早起行不复更留连。怜见人，望你把人怜见。

老婆子便说："俺家没有男子，原不敢留客。看你是个书生，料想也不差，我私自留你在门里头宿了。我可先说，可没有饭你吃。"随即拿了个草来，着他打铺。

进的门来把身也么安，才将行李下了肩，靠墙边，老婆子一去不回还。自家铺下草，找了个半头砖，嫌硌头要着衣裳垫，依墙来把脚儿盘。饥烧心火欲生烟。断肝肠，几乎把肝肠断！

张官人正在那里坐着，忽看见从里边出来了一个灯笼，引着一个女子。官人急忙起来躲在黑影里，仔细一看。年纪有十七八，世间就没有这个俊人。

佳人的容貌似天也么仙，十八青春正少年。杏黄衫，软款腰肢似小蛮。漫漫长裙摆，一对小金莲。脚儿挪头上银翅颤，一朵能行白牡丹，面庞如在画中看。我的天，见观音，才把观音见。

那女子开口就问:“大门关了么?”老婆子答应:“关了。”说着就到了门上,便问:“这铺是谁打的?”

老婆子叫大也么姑,有个行客在路途,一身孤,天晚无归来借宿。少席又无枕,给他个草儿铺。天明就要登程去。女子开口骂老奴,怎么私自留强徒?可恶极,你才极可恶!

张官人听的那美人恼了,着实惶恐。女子又问:“那人呢?”官人抖了抖衣衫,过来作了一个揖。女子便问他的来历。

张官人从头说原也么因:小生原是历府人,来探亲,书生不曾远出门,走的错了路,晚来到贵村。告婆婆来把门儿进。还求娘子发慈心,他日难忘你一宿恩。投奔谁,我将谁奔投?

女子听说,那娇容不怒,笑口生欢便说:“我只当是个恶人,原来是个读书的君子。可恨他不禀我知道,这样亵渎尊客。便请里边安歇。”

灯笼引道在前也么边,行来只到客厅前,掀开帘,书画琴棋件件全。官人才坐下,酒肴往上端,一霎来好像是现成饭。小生从无半面缘,今日反蒙贵眼看。我的天,感念人,到着人感念。

官人吃了饭,那丫头老婆子收拾家伙。官人便问:“小娘子高姓贵名?今日取扰,过日也好思念。”

老婆子便说你听也么咋,对你说姓名也不差。是施家,太太公母葬黄沙,合家无男子,只有姊妹仨,小妹两个还不大。大姑名字教舜华,方才见的就是他。我的天,出嫁没,却还没出嫁。

老婆子说罢去了。官人看床上已铺下锦被锦褥,又香又软,抽了一本书,上床观看。

拿着本闲书上去也么床,就灯看了十数章。耳边忽然听的响叮当,像是钩帘动,有人走进房,只听的高底鞋儿轻轻放。瞅着门儿细端相，美人灯下见红妆。我的天，降神仙，却是神仙降！

官人看了看是舜华，慌的放书摸衣裳。小娘子不依他，下床便拉把椅子来，坐在床前，告诉他的孤苦。

就把官人叫一也么声，难得贵脚到门庭。你是听，奴家对你诉衷情：上边无父母，下边无弟兄，这样人真正不成命！两个妹子未长成，教奴一人把门户撑。我的天，孤零人，真是人孤零。

舜华说着，眼中落泪。官人说："娘子这表人才，甚么好女婿找不上来，不强及自家过么？"舜华听说，便着那衫袖搽搽泪，抿了抿那樱桃口，笑了一笑。

小娘子含情在笑也么间，似有话儿到口边，又难言，一朵桃花上玉颜。忍了好几忍，才把心事传，说出口又把娇容变。官人风雅又少年，既到寒家定有缘。我的天，心愿遂，只要遂心愿！

官人听说，作了一作难。难的是嗄呢？一见面，蒙他的厚情，原是待成亲，若说我不依，明日必定撵了，若是唠他，又不成个人了。宁可着他撵了罢！

小生初得见容也么颜，只当是个玉天仙。真有缘，分明织女降临凡。若要把你找，除非画图间，没有福难得见一面。但我娶了够二三年，若是昧心将你瞒，我的天，相见难，可就难相见。

舜华说："这也见官人那志诚处。但只是官人料想还有几年住，就是家里有了夫人也不妨。"

娘子合你是结发也么缘，他在北来我在南，不相干，从来江多不碍船。一个在这边，一个在那边。俺这里不把你恩情断，住上三年或五载，待要回还就回还。我的天，便从君，可就从君便。

说到这里，张官人也就肯了。舜华起来要去，说到明日请个媒人来。张官人探过身来，一把拉住说："既不弃嫌，省了一番事也罢。”

张官人说道你听也么知，再找媒人费事极。不必提，谁是着急好亲戚？既没有哥哥，又没有兄弟，那别人与咱何干系？魂灵即已被卿迷，你既不嫌我容易依。我的天，亲事成，咱就成亲事。

二个正讲款，两丫头拿了酒肴来，张官人留他同饮。舜华也就依了。床上放下一张漆桌儿。丫头斟上酒来。舜华说：“你唱一个与官人听。”丫头果然就唱：

【叠断桥】春日天长，春日天长，带病恹恹懒下床。奴这里正心焦，极嗔那桃花放。燕子为谁忙？燕子为谁忙？莺声日日哭垂杨。人道说这是春，奴觉着合秋一样。

四季曲儿才唱了一个，舜华瞅了一眼，就喝道：“好贱人！那就知道俺不久长，就唱这个曲儿？”那丫头慌极，改了个“跌落金钱”。

【跌落金钱】叫了声娇娇嘴印腮，看见你那影儿就麻上来。娇娇呀，这一笔就勾了相思债。哥哥不知我心怀，你说我狠来我说你呆。哥哥呀，这一霎才不把奴家怪。又教一声娇乖乖，端相了模样看绣鞋，乖乖呀，那一点不教人心里爱！说奴昏醉眼难开，自家的身子作不下主来。冤家呀，舍上我凭你雕摆划。

唱毕，舜华红了红脸，微微的一笑。又吃了一盅，官人先不吃了，才收拾睡了。第二日清晨起来，便向官人嘱咐了几句。

【银纽丝】天幸相逢在一也么窝，夫妻恩爱似江河。我合哥，从此百年琴瑟和。家有几顷地，杂粮百石多，就住上几年也不错。咱俩无媒自撮合，怕的是旁人耳目多。我的天，瞧破人，休被人瞧破。

说罢拿出了五百钱说：“给你拿着登山玩水，只早去晚来。”张官人点头会意，有分教：登山玩水两千日，晓去晚来四五年。且听下回分解。

第四回
佳人出狱

不说张鸿渐与舜华成其夫妇，却说方小姐到了监里，就过了一个年头。

【叠断桥】佳人在监，佳人在监，不觉光阴又一年。花炮闹烘烘，才又把年头换。锣鼓喧天，锣鼓喧天，元宵佳节万人欢；谁知道受罪人，啀哼到三更天！

方小姐到了监里，觉着极其难受；住下来了，也就不以为事了。

一个年头，一个年头，住成家了便不愁。那里头甚腥臊，闻下来也不觉臭。见儿泪流，见儿泪流，今年过了正二秋。可怜你小未成人，也跟着我在里头受！

按下小姐伤感不题。却说方二郎赌了气，奋志读书，果然到了八月里，中了第五名。报子来监里报喜。

小姐低头，小姐低头，喜到极处泪双流。我只当住到老，一般的也有个够。笑口难收，笑口难收，想这个去处不久留，收起行装，但等他二舅。

却说老马听的方二官人中了，也挣了一挣。只等他拿个帖来，说说也就把情做了。

老马也慌，老马也慌，回头反复自思量：若是他差人来，就把他妹子放。眼儿日日张，眼儿日日张，全无一字到公堂。发恨说不做情，料想也无妨帐。

却说方二官人，寻思着老马必定把他妹子送来。谁知石沉大海，杳无信音。

他叫我等着，他叫我等着，今日等的也罢了。你送妹子来，应当拨上轿。金榜把名标，金榜把名标，足见我当初不是叨。若是送了来，暂且不计较。

谁想老马又拉着硬弓，见他不去便说道："哦！哦！是等我着轿去送他？错用了心了！"

大发狂言，大发狂言，望我送到你大门前。你虽然中了魁，管不着我马知县。你到明年，你到明年，破上登科中状元，就做个大翰林，也没有敕封剑。

方二官人等了会子，见他总没送来，便说："这意思里，还望我央他？他就错了！"

用意忒差，用意忒差，还要等我去央他？骂一声老贼头，他忒也自讨大！咬碎银牙，咬碎银牙，合该合他是冤家。纵然不做官，定要把他头割下！

方二官人不受贺礼，竟上京里去了。小姐等了二日，不见他哥哥，也就参透了他哥哥的意思。有替他灶的，他却极喜。

哥哥立志坚，哥哥立志坚，不肯屈意望周全。央给着出了监，我这心里也不愿。拿了赃官，拿了赃官，那才是我出头年。我主意不归家，要坐的那牢底烂！

从此以后在监里越发有体面。不觉悠悠忽忽又过了一个年头，那小相公是五岁了。

怀里小哥哥，怀里小哥哥，问一声亲娘是怎么？这是甚去处，咱只在这里头过？小姐泪如梭，小姐泪如梭，这也不是安乐窝，原是你爹爹在家里惹下祸。

小相公说："爹爹呢？"娘子说：

你爹远逃，你爹远逃，不知逃将那去了。近合远谁得知，生合死不能料。知县杂毛，知县杂毛，把咱娘俩送监牢。你如今未成人，几时才把冤仇报？

小相公听见就哭了说："娘，咱几时出去呀？"

我的心肝，我的心肝，咱在监里已二年，一时全不想，还得那天日见。祷告苍天，祷告苍天，保佑你二舅得高官。要知吉合凶，且在这二月里看。

不说娘儿两个在监盘算。却说方二相公到了京里，白黑的想着报仇。

仔细思量，仔细思量，我就一朝到玉堂，能着他丢了官，难割他脖子项。惟有严中堂，惟有严中堂，现今权势震朝纲，有心待报仇，只得把良心丧。

想道如今惟有阁老严嵩，他还济的事。但只是怎么能结交他？

苦心钻研，苦心钻研，先要结交那严世蕃。寻思了千条路，总没有一条善。想想老严，想想老严，门下官儿万万千，小小个方仲起，怎么能捞着见？

全想不出个法来，见他也是天假其便，那严世蕃是严嵩的大儿，忽然大病，大些医官守着不得好。方二官人可就医，听的大喜。

便去行医，便去行医，进身不用人先提。投了个官衔帖，说这病我能治。苦用心机，苦用心机，全凭医道作阶梯。若合该得报仇，一帖药就得济。

到门上,投了帖,即时就有相公迎接出来。吃了茶,就看了脉。

讲说病源,讲说病源,酒肉伤脾结住痰。可笑那医不通,只给他人参灌。写方在案边,写方在案边,大黄硝石与芩连。众医官瞧一瞧,一个个心惊战!

众人都走开,不与他担干系。方仲起知道那意思,也就破着做,送进方子去看了,着人出来问:“你认真么?”答应:“认真了。”又说道:“你担的么?”大声说:“我担的!”

把药煎熬,把药煎熬,亲手煽来不惮劳。那神若有灵,就着我这方儿效。贪物该抄,贪物该抄,合县如将水火遭。若还药有灵,是老贼头该掉!

自从晚间吃了药,方仲起到了半夜里还没睡着。

把药味推敲,把药味推敲,怕有一点对不着。踌躇到三更天,何曾睡一觉!忧虑到中宵,忧虑到中宵,忽听人声脚儿高。只当是凶信来,那心往口里跳。

半夜里有人来说:“泻了一回,觉着极好。”心中甚喜。到了第二日,缕着头子,索性又一贴,把病全好了。

仲起笑盈腮,仲起笑盈腮,不喜医名遍九垓。一来为报仇,二来为民除害。公子起来,公子起来,自家的女戏盛筵开;又是个新举人,异常的好相待。

严公子好了病,送了缎子十匹、银二百两,方仲起丝毫不收;又送的玩器古董,才收了几件。

仲起清廉,仲起清廉,彩缎金银一概捐;字画合鼎炉,收了三四件。仲起开言,仲起开言:我此来不为钱,只求近身,得见公子面。

公子大喜,着人把仲起的行李搬来,就在宅中居住,朝夕合他攀话。

早晚一堂中，早晚一堂中，酒饭笙歌件件同。仲起甚聪明，极会相奉承。满面春风，满面春风，态状实难见友朋。说一句笑哄堂，却是把公子动。

方仲起从来极傲，只因着待借人的声势，不得不加意奉承，把一个公子奉承的自在之极，从此异常的相厚。

想着报仇，想着报仇，时时刻刻上心头，暂且把良心丢放脑门后。妻妾虽羞，妻妾虽羞，不把功名富贵求，只为着同胞人，现在监里受。

方仲起每日合公子在一堆，早晚闲谈，便极口说那老马的贪酷，并不提小姐在监。

共酒同茶，共酒同茶，拿着恶款当闲吧。虽然是报仇，却说的真实话。公子咬牙，公子咬牙，这样赃官留他咋！这只该割了头，还拿来当街挂。

到了二月里，方仲起又中了进士：殿了三甲。公子越发的隆礼他，许着给他个翰林。

仲起不然，仲起不然，告禀公子大人前：我从来最粗浮，那翰林做不惯。我做美官，我做美官，公子恩义重如山。扶持我做刑厅，我可到遂心愿。

这翰林是美官，人人求之不得，难道方仲起嘲么？殊不知这是他乖觉处。

心中自言，心中自言：借他的声势杀贪官，虽然快人心，还觉着身流汗。若附权奸，若附权奸，翰林院里做美官，当下甚峥嵘，难把乡邻见。

仲起住在京里要瞧个空儿下手，正找不出窍眼门来。不则一日，有北直的按院来参见公子，公子留他吃饭，就着仲起来陪。

暗暗喜欢，暗暗喜欢，这里正好用机关。要照着那个人，加上枝狼牙箭。套套圈圈，套套圈圈，不好说那卢龙知县官，慢慢的引将来，时时要行方便。

仲起此一时可是关煞屋门烧湿柴火——有意存烟，时时的谈论那卢龙知县的好处。

处处留心，处处留心，要说那乌骓的正子孙。那按院不参详，远远的把他趁。谈论古人，谈论古人，只说那卢龙的县正尊。事事起上头，要引那巡按问。

那按院不觉的问了一声："贵县的知县姓甚么？"仲起还没答应出来，公子说："可是呢，也该问问，那奴才是该砍头的！"

仲起一言无，仲起一言无，暗向心头转轳辘。奉承了大半年。只用他这一句。仲起话粗，仲起话粗，不装老巴只装雏。看着无心人，其实是实落做。

少时饭毕，按院因着公子这句话，去无人处请教。仲起只推不知，按院又再三的恳他。仲起说："老公祖请回，等治生问过公子，着人去回话。"那按院才别了。

按院告辞，按院告辞，作别主人三个揖。向仲起又叮咛，千万的望留意。两下别离，两下别离，仲起回来便不提。只找出恶款来，再一番加仔细。

仲起把老马那款单，又改窜的结实，封的停当，倒次日着人送给按院。

大事妥然，大事妥然，才得酣酣一夜眠。心中一事无，才把家乡念。告别小严，告别小严，要归家去祭祖先。正鞍马甚慌忙，要赶过那按院。

按下方仲起别了严公子不提，且说老马听的方仲起中了二甲进士,也就不敢撑棍了,急忙请出方小姐来,着轿送他还家。小姐还不肯出来。

大骂砍脖,大骂砍脖,送在我监里二年多。我只当砍头贼,叫我长长坐。今日如何,今日如何?请我出来待怎么?要我出监门,只等把贼头砍剁!

合衙门里衙役都去监里跪着,那小姐才出来坐上轿,来了家。

到了家中,到了家中,墙歪屋塌满蒿蓬。惟有个瘦犬存,见主人把尾摇动。屋里尘蒙,屋里尘蒙,屋后桃花一树红。满眼甚凄凉,教人心酸痛。

不说小姐来家凄凉度日,却说方仲起来了家,知道他妹妹着轿送了来了,笑了笑说:"晚矣了!"

大骂老贼头,大骂老贼头,体面丝毫不肯留!我说的那话儿,一般也照着做。晚了三秋,晚了三秋!早若如此,我也不记仇;既是到如今,要和平不能勾。

老马听说方仲起来了家,就去拜他。到了门上,方仲起着人出来说:"老爷睡着了。"

新贵来家,新贵来家,知县登门不见他,人都说方仲起自托忒也大。老马怒发,老马怒发,方兴辖着我甚么?我索性破着行看,他待能把我咋!

老马恼羞成怒回了县,一声里吩咐那张逵来了家:"去给我拿他来!他若不出来,还带方氏回话。"那乖觉的退后,那一班少年衙蠹要弄时道,有四五个答应的。

一群恶渣,一群恶渣,极喜去把妇人拿。一霎时到了门,一个家勾天那大。声声怒发,声声怒发:既把张逵藏在家,还着方娘子,合俺去回话。

那衙役说了一遍,方娘子气的柳眉直竖,杏眼圆睁。正待对他二哥说的,谁想方仲起早已知道,已是差了人来了。

衙蠹欺心,衙蠹欺心,该把狗脚打断筋!拴起来着实打,多合少不要论。立刻差人,立刻差人,各人要带棍一根,万万的休教他,摆了溜子阵。

却说那衙役们,正在门前吵闹,忽见来了十数个人,雄纠纠的。认的是方仲起家人,觉着不好,拿腿就颠。

扯腿就颠,扯腿就颠,赶上拿来一齐拴。照着那腚合腿,打了个稀糊烂!苦苦哀怜,苦苦哀怜,杀嚷地动叫欢欢。他虽然叫达达,也只当听不见。

打了一阵子,不待歇手。那小姐才出来问:“众人怎么不打了?”

再给我打起来,再给我打起来,着他捎给那老杀才。拿绳子高吊起,打他个极自在!重新又捱,重新又捱,撕了帽子剥了鞋,拿起那大鞋底,只掺那天灵盖。

小姐自家看着,又每人打了二百,才放下来,都磕了顿头。小姐说:“饶了你的狗命罢!”都歪着地下走不的。小姐说:“哦!这意思还待捱打么?给我再打起来!”

说了一声,说了一声,大家不敢说身上疼。拿起那将折的腿,顾不的稀烂的腚。挪腿仍崩,挪腿仍崩,路上坐下才哇哼。都说道好他娘,几乎间送了命!

一行瘸呀跛呀的到了县里,对着老马,如此这般告诉了一遍。老马大怒,即时点上五十名衙役,再去拿人。

休要怕他,休要怕他,带着器械到张家。就撞着方家的人,也拿来回我的话。定把方氏拿，定把方氏拿，拶他顿拶子也没有楂。破上这老性命，就合他对了罢！

却说老马在堂上正点人，有一人跑的极慌，高声报道："刑厅老爷到了！"老马也就挣了一挣，也迭不的点人了。

老马听了，老马听了，暂且从容把气消！全没信息来，如何刑厅到？好不蹊跷，好不蹊跷，摘了帽子蒯蒯毛。这一来甚莽撞，像有些不大妙。

老马正伺候迎接，刑厅已是来了。慌极，跑下堂来，接上去，就待行礼。刑厅摆了摆头，一个人拿出锁来，丢在脖子上。

即时锁了，即时锁了，魂灵飞上九重霄，不知嗄来由，点信儿知不道。低头跪着，低头跪着，神色苍惶没处逃。就无人问一声，那方娘子还叫不叫？

刑厅锁了老马，即刻带着走了。后边留下人拿那十五名衙役。这正是去见桃园三结义，乌牛等候已多时。欲知将来，且听下回。

第五回

闻唱思家

按下马知县被按院拿了不提，且说张鸿渐在舜华家，逐日登山玩水，朝去暮来。

【玉娥郎】正月里，梅花娇，春雪飘，又见春光上柳条。家家闹元宵，走冰又过桥，他乡人也跟着走一遭。

二月初二是花朝，冻初消，榆钱绽树梢，春风鸟梦摇。不觉的三月清明又来到，杏卸放红桃，坟头把纸烧。可怜俺望家乡万里遥！

不觉三春既尽，夏天又来了。

四月里来小麦黄，稻插秧，困人天气日初长；紫燕上雕梁，黄莺啭绿杨，这时节又不热又不凉。五月五日是端阳，角黍香，艾虎挂门旁，菖蒲酒一觞。又早是六月里热难当，荷花满绿塘，暖水戏鸳鸯。可怜俺抛妻子，离家乡！

三伏既尽，秋气初生。

七月里来到秋间，听寒蝉，梧桐叶飘飘下井栏。十五是中元，家家祭祖先；异乡人舍坟墓，好心酸！八月中秋白露寒，蛩声喧。人家妻子欢，月圆人也圆；那堪在他乡！又到九月天，此时列酒筵，菊花插鬓边；可怜这远游人，形孤单！

忽觉着天气渐冷，隆冬又到。

十月里来天气寒，觉衣单，鸿雁行行尽向南。行是雨涟涟，又是雪漫天。北风起，冻的手足难堪。十一月里难上难，河腹坚，日色冷惨惨，火炉不救寒。受冰霜又受到腊月间，岁尽已冬残，行人都回还；可怜是，人家过新年！

光阴甚速，张官人在外已过了五年。一日天甚冷，归来的早些，到了旧处，全然不见庄村。

【房四娘】张官人，唬一惊，举头满眼尽蒿蓬。分明归来不是梦，不是梦，如何庭院尽成空？

好奇呀！没哩这是个梦？待我坐下，定醒一回。

张官人，正徘徊，回头已是画堂开。身子已在房中坐，房中坐，忽见舜华笑进来。

张官人忽见庄村如故，院落依然。正在这里惊怪，舜华笑进来说：

告官人，你听言：实说我原是一狐仙。劝君不必胡惊怪，胡惊怪，奴与官人实有缘。

张官人听说是狐仙，也沉了一沉。

施舜华，说无妨，咱俩夫妻正相当。若还害怕就拱了手，拱了手，任凭君去往何方。

张官人笑说："这是那话！"

我和你，已五年，夫妻恩义重如山。人间没有这俊样，这俊样，原就猜你是九天仙。

舜华笑了，说："你不疑忌呀？"

张官人，笑吟吟，夫妻多年恩义深。若还娘子不相信，不相信，天地神明鉴吾心。

舜华说："从此说开了，也就罢了。"一日，张官人出去游玩，被一个初相识的李朋友拉酒馆里饮酒。

两个人，进馆来，肴果香甜酒热筛。你一杯来我一盏，我一盏，主人还说不开怀。

李朋友说："咱俩吃这闷酒不好，吩咐那酒家叫一个清唱的来，唱上一个何等不好呢？"即唱道：

【银纽丝】一更里昏沉灯儿也么张，无情无趣卸残妆。好凄凉，半是思郎半恨郎。人家好夫妻，晚来诉衷肠，好恩情还把睡工旷？惟奴独自守空房，独把薰炉焚上香。我的天，上牙床，懒把牙床上。

二更里昏惨灯儿也么惨，谯楼连声玉漏残。好可怜，两下离别各一天。奴家也是孤，影儿也是单，对孤灯也亏了影作伴。斜依枕头闷恹恹，手托香腮撑架难。我的天，换绣鞋，懒把绣鞋换。

三更里吹灯上床也么眠，一床锦被半床闲。好难堪，细听谯楼半夜天。身子只一捏，倒下小如拳，在牙床仅把角儿占。翻来复去睡不安，捱了一更似一年。我的天，乱神思，越觉神思乱。

四更里沉沉鼓乱也么敲，离情愁思更无聊。好难熬，捶床捣枕睡不着。看看窗儿外，明月上花梢，透纱窗又把牙床照。万转千回泪暗抛，眼儿一夜不曾交。我的天，告何人，可将何人告？

五更里合眼到阳也么台，梦见冤家进门来。笑盈腮，进门迭不的诉衷怀。教奴卸残妆，催奴换绣鞋，多情人将奴浑身爱。忽被鸡鸣惊散开，卧到天明头懒抬。我的天，害相思，越把相思害。

天明了头沉身子也么酸，明窗红日上三竿。闷恹恹，昏沉压在枕头边。起又不能起，眠又不能眠，一夜只滚的乌云乱。形容憔悴病生添，瘦卧牙床谁可怜？我的天，埋怨谁，可将谁埋怨？

唱的甚是悲切，就合着张官人的心了，便称赞他，他随即又足上一个。

初交一更冷清也么清；二更寂寂更伤情；好难听，谯楼却又打三更；四更盼五更；五更盼天明，有六更便送了残生命。一更一更数漏声，捱尽了更儿梦不成。我的天，扎挣难，可就难扎挣！

张官人问："这是甚么曲名？"清唱的说："这名为【银纽丝】"。张官人赏了他盅酒，说："好极了！"那人说："小人还有个四季曲子【金纽丝】哇，唱给老爷们听听。"

春来到，花径生尘，风飘万点正愁人。他乡万里无信音，想你泪沾襟。你那里殷殷勤勤，杏花插乌云，却有谁看着俊？谁望着亲？

夏来到，荷叶如钱，一榻清风万树蝉。终朝只把家乡盼，想你好心酸。你那里愁病恹恹，弓鞋强绣完，穿与谁人看？谁把你怜？

秋来到,落叶飕飕,萤火飞飞直过楼。此时难把孤单受,想你恨悠悠。你那里寂寂啾啾,万恨在心头,定把眉儿皱,泪珠儿流。

冬来到,长夜如年,宝帐孤灯照影寒。床头上只数的更声断,想你泪潸潸。你那里孤孤单单,独抱绣衾眠,不知如何盼,咋么样的难?

唱完,张官人感动心怀,那酒也吃不下去了。别了朋友,来了家。

【房四娘】别朋友,来到家,进的门来见舜华。舜华一见微微笑,微微笑,便叫丫环去烹茶。

少时茶到,又吩咐炖酒。

叫丫环,炖酒来,我与官人解闷怀。今宵不着三杯酒,三杯酒,怀抱如何得好开。

少时酒到,舜华斟了一大盅,送过来。

把大杯,满满斟,微微带笑叫官人:吃了我着他唱一个,唱一个,情管合着你的心。

舜华说:“小丫头唱一个与官人下酒。每日唱的那四季曲儿【叠断桥】,今日可用着了。”丫头便从春日天长唱来:

春日天长,春日天长,带病恹恹懒下床。奴这里正心焦,极嗔那桃花放。燕子为谁忙,燕子为谁忙?莺声日日哭垂杨。人道说这是春,奴觉着合秋一样。

夏日荷花,夏日荷花,一团心绪乱如麻。闹吵吵聒杀人,只将那鸣蝉骂。热汗成洼,热汗成洼,忽然小雨打窗纱。才清凉越发愁,说不出因着嗄。

秋夜睡不着,秋夜睡不着,隔帘忽见月轮高。叫丫环关煞门,休教把奴照。铁马儿去了,铁马儿去了,央及那砧声休要敲。你时常里跺跺脚，休着那促织儿叫。

冬夜被难温，冬夜被难温，翻来复去到更深。小丫环睡叨叨，越教人心里恨。一更似一春，一更似一春，谁与我劝劝打更人，也叫他行点好，流水把更打尽。

唱完，张官人长吁了一口气，便说："娘子真神仙！怎么就知道我的心？"

【房四娘】张官人，叹一声，叫声娘子你是听：既然知道我心里事，心里事，何不打救我苦苍生。

张官人说："娘子既是仙人，我的心事，料想不说，也就知道。"

我逃走，在天涯，嫩子娇妻抛在家。仙人必定有神法，有神法，送我去走走也不差。

舜华听说，就恼了。

说官人，太无良，五年的恩爱算久长。守着我把别人想，别人想，灭了奴家好心肠。

官人说："娘子差矣！"

你合他，没重轻，我从来最恼是薄情。今日对你想着他，想着他，对他也要定想卿。

舜华说："我不知是怎么有点偏心病呢？"

你虽说，情义高，我有个心眼甚蹊跷。合我望你忘不了，忘不了，和人望你全忘了。

官人说："娘子这就差矣！"

若还是，续上新，忘了前边百样恩。转眼无情真负义，真负义，娘子也不喜这样人。

官人说："娘子有甚么妙法，送我家去看一看，何不好么？"

舜华说道：这不难，原自家乡在眼前。过来我就送你去，送你去,奉赠床头一夜欢。

就把官人拉着手,出了门。

他二人,出了门,茫茫黑夜步难奔。娘子拉着一只手,一只手,脚不沾地似腾云。

走了不多时,说到了。“我在这里罢。”

张官人,认旧村,树木楼台件件真。走了几步抬头看,抬头看,认的自己旧柴门。

到了自家门首,看了看,那墙也倒了半截。

便飞身,跳过墙,眼看院落尽荒凉。又把一层矮墙跳,矮墙跳,忽然窗内见灯光。

看见屋里点着灯,便说:“我那娘子还未曾睡哩。”

将两指,弹双扉,惊动娘子问是谁。悄悄的答应说是我,说是我,娘子开门喜又悲。

娘子听的音,疾忙开门,一把拉住。

方娘子,甚凄惶,你从何处返家乡?奴在家中常下泪,常下泪,为你眼枯又断肠!

官人才说他遇着狐仙。

幸亏了,遇仙人,他今送我返家门。他还路上等着我,等着我,我合你灯下略亲亲。

“近来那官事如何?”

方娘子,细说陈,两个斩绞十充军。只为官人拿不到,拿不到,奴在监中过两春!

官人听说,就下泪,问:“我那娘子,你怎么出来呢?”

方娘子,泪纷纷,老马奸贼不是人。亏了他二舅中两榜,中两榜,才把奴家送上门。

官人又哭了说:“老马呢?”

他二舅,报了仇,老马拿去问砍头。共有衙蠹十五个,十五个,人人斩绞问徒流。

官人听说才笑了笑。又看见小相公睡在床头。

张官人,细端详,不觉两眼泪汪汪。我去时他在怀中抱,怀中抱,今日长的真么长。

娘子说:“他今年七岁,读书三年了。”

张官人,泪汪汪,全凭娘子放心上。我将来不知成何物,成何物,千万休着他断书香。

方娘子把身子倒在怀里。

倒在怀,泪眼红,那里交欢夜夜同。想是仙人模样俊,模样俊,把奴全不挂心中。

官人说:“我不想你,怎么来来?”

娘子说:你还乡,只为孩子不为他娘。官人休说违心话,违心话,见了那仙容谁肯忘。

官人说:“他虽俊,他到底不是个人。”

他到底,是个狐,不是从小的夫合妇。只是他待我情意好,情意好,我不是忘恩负义徒。

娘子说:“官人那官人,你仔细看我是谁?”

张官人,看自家,怀里抱着是舜华。身子还在房中坐,房中坐,碗盏还盛旧酒茶。

张官人挣了挣,说:“奇呀,难道孩子也是假的?”

看孩子,睡沉沉,还在床头未动身。放下舜华仔细看,仔细看,原是一个竹夫人。

又挣极了。舜华说:“你挣嗄哩,今日已是足见你那心了。”

拿你当，并头莲，谁想把奴下眼看。亏了临了那一句话，一句话，恩义不忘罪可原。

张官人一点什么也说不出来了。

小娘子，又嘲诮，你在他乡万里遥。为到你如今还别势，还别势，是该撵着就开交。

张官人挣了一回，上床去陪不是去了。这一回有分教：青天有眼豺狼死，平地无尘波浪生。且听下回分解。

第六回

愤杀恶少

却说舜华把张鸿渐作弄了一回，以后也没说甚么。又待了几日，忽然说道："我想痴心恋人，终久无趣。我今真真送了你去罢。"

【劈破玉】我合你做夫妻四年零半，你心里有个橛另把奴拴，为甚么还痴心把人留恋？你自有结发的恩和爱，这露水夫妻嘎相干？趁如今就合你别了，省的你日后要把奴家闪。

遂即拿过来了个竹夫人，丢在地下，说："我那没良心的官人，你是在前头呀，是在后头呢？"张官人只当还是戏耍，笑了笑说："我在后头还得搂着我那娘子。"

张官人才坐下晕了一阵，叫声起呼的声就似腾云，只唬的闭煞眼不敢再问。此时才觉的腰儿细，怀里好像没有人。就是那床头上，亲到那极处，那时节也不曾搂的这样紧。

只听的那耳边呼呼的风响，不多时，舜华说了声住，就忽的落下来了。便说："官人咱可从此别了。"睁了睁眼，已不见舜华了。

张官人正待说几时相见，不知他从几时飞上半天，想又是眼障法把俺诓赚。独立在月明下，定了定神仔细观，景色如故，树木依然。庄东里那个滩，庄西里那个湾，庄北里那座山，庄南里那段田，庄里头那楼三间，这是谁家坟墓，那是谁家花园，楼阁不曾减少，庐舍不曾增添。看了看历历分明，真真的隔着家门不大远。

"呀，这真正是我的庄村。无论他是真是假，且走将进去。"

进了庄直到了自家门外，看了看一遭儿墙倒屋歪，昨日和舜华来那风景还在。跳过那破墙去，直进那内宅来，却也是窗儿里灯明，和昨夜半点儿不曾改。

"虽则是舜华唠我。我且叫一声门儿。"

轻敲那绣房门，里边就问：黑夜里，漫墙过，你是何人？官人说是张逵。娘子不信。说你站在月明下，我认认模样真不真？那娘子细按着窗棂端相的尽心：身上的道袍，头上的方巾，面庞嘴口，眼角耳轮。添了几根胡须，带着一点风尘。上下看了一遍，实实的是我那官人。乒的声放下手里的绣鞋，只听的步步金莲走的紧。

娘子哭着出来，把门开了，便问："官人怎么来的？"官人笑说："你知不道么？"

张官人又当是舜华作戏，便说道：小娘子你会弄张致，平白的哄杀人光行诡计。看了看保儿还在床头卧，比着那夜更不差毫厘，笑一声说：你又把这竹夫人拿来了？小娘子我可从今不信你。

方娘子见他冷打慢吹，说的云里雾里的，就搽泪大恼了。

叫官人这几年你良心全坏，我为你把人间苦尽数全捱。到如今枕头上泪痕还在。五年离别一相会，一点泪也不流下来。像奴家这一号没心眼的痴人，该着死在监牢不要来！

张官人见娘子恼了，才知道不是假的，方才扑扑簌簌掉下泪来，将舜华相戏的缘故告诉了一遍。才问那官司事。

这一案也费了三拷六问。县堂上，出了票，每日拿人。说起来，可真是，一言难尽，娘子屈着指略说了五六分。问了几个斩罪，发了几个充军；方仲起怎么赌气，马知县怎么请出监门。斩了老马一个，弄翻了衙蠹一群。一行行，一字字，从头说来，和昨夜说的无一点不同。才知道仙家的神灵，无限的准。

夫妻说话，正说好处，忽听的窗外有人走的响，两口子挣了一挣，你道是谁？

这庄里有一个无赖的光棍，小名叫李鸭子绰号破军。久瞧着方娘子风流聪俊，二十三四长守寡，难说夜里不动心？院墙又矮，一直到门。但知这主子利害，不可轻易近身；县官骂了个闭气，衙役打了个发昏。又搭上方仲起忒也尊。弄发了，不饶人。重则掉了脑袋，轻则打的断筋！老子生儿一个，死了没人上坟。只因着寻思到这里，狗心肠方才忍了好几忍。

李鸭子这一夜在东庄吃了酒来家，远望见一个人跳进墙去。心里便寻思："这必定是方娘子的厚人。妙哉！我也踩个狗尾。"

李鸭子跳过墙一直竟进，门外头足听了半个时辰，不听的这个人姓甚名谁。安心听出这个主，吆喝一声堵住门，一把儿捏着他脖子，那时节不怕他不肯。

张鸿渐看了看是个小伙子，恐怕是捉他的，不敢做声。方娘子便问："是甚么人？"李鸭子说："我是捉奸的。"

叫一声方娘子你不必弄像。我是那李鸭子合你是同庄，你合我犯相与甚么妨帐。难说你合别人来往，就不许俺磨磨光？你若是依了俺如此如此,咱可就千万的话都不讲。

一口话把两口几乎气杀!无奈何只得实告他说:“是我丈夫张鸿渐来了家了。”那李鸭子听说,一发歪起来了。

张鸿渐现如今歇着大案,说是他可也该拿去送官,我看他还有个甚么分辨?若娘子依了我,万事皆休都不言。若不然咱就叫起那地方,叫起那邻右,都来看上一看,你两个里头做的甚么茧?

张鸿渐气极了,抬头看见墙上原有挂着一口刀,一伸手把刀抽出来,说:“我犯了杀人的罪罢!”

扑冷的声开了门往外一跳,照着那李鸭子就是一刀。那行子可也是出于无料,马尾套蜻蜓,就把那腚挣了。你看他掉了一只鞋儿,光着脚舍了命的往外跑。

张鸿渐一刀没砍着他,跳了墙颠了。张鸿渐撵过墙去,也是那行子合该命尽,跳过墙,跌倒了。

又是醉又是慌魂也不在。跳过墙一骨碌跌在当街。张官人一刀去砍下了一块;爬了爬又待走,复又一刀砍下来。可方才四牙子朝天,两腿伸开;死了那一股气,济着仔顾摣剔;开那肚子,割了那脑袋。那一把无名烈火,这一时略略的解一解。

张鸿渐杀了破军回来,娘子哭着说:“你如今罪上加罪!这却怎么了!”

歇着案要拿你不能得勾,你今日又从新割了人头。这死罪真真的无法可救!颠险曾捱过,这也顾不的羞。我替你寻思了三十六计,好法儿还只是一个走。

“他二舅自从报了仇,就不去奉承那严公子的了,正做着刑厅,着他一笔勾了。如今在家闭了门,一星闲事也不管,还怕京里找他,也倚不的了。”

官人说我安心去自家投案，为乜人怎么着妇人去出官？我听说那一回还浑身出汗。你领着小保儿过，我的事你休挂牵。种着几亩薄田，料想不至饥寒。但愿孩子无病，但求娘子平安。还看他二舅体面全，些须有小事不相干。济着我去撞，待几年，朝廷发大赦得回还。命里若不好，设或是不然。既杀人破上充军绞了脖子，锁了顶是个砍头，娘子呀，还有甚么大凶险？

看了看天有三更多了，娘子还拉着哭。张鸿渐挣开，拿着刀竟到县里，此一时新官是老程。

张鸿渐说这几年游学远去，大案里牵连着我全不知。昨夜晚才到家弄了件奇事，从头说一遍告禀老父师。我既然杀了人，不敢瞒情愿来投死。

老程因着他自家投首，到底为他是方仲起的妹夫，又是钦件里人，也没难为他，当下上了锁，钉钮送监，到了第二日，解了府，府里又解了院。

张鸿渐起了身解了部院，要打点那解子腰里无钱。方仲起差人来使了个虚体面。差人见他不能走，后头的路只待着巴棍揎。在旁里口里粘，你作弄一番又一番。既然有本领要告官，觉着不大好一溜烟。今日杀了人杂不颠？你一回一回的作精，翻吊的都是作弄的俺。

张鸿渐没本事走路，又带着钮锁，那解子旁里粘牙嚼口的，张鸿渐极负气人，怎么受的，也就怒了。

你不过待要钱这可万不能够，弄噪子怎么着给你一兜。我不曾请你来陪我去受。我就犯了杀人罪，您俩可砍不了我的头。任掏你弄出甚像来，我可只是真么走。

“我腰里还到有几两盘缠，你可就夺不了去。你汤我一汤，咱还别讲。”那解子横眉瞪眼的，却也没敢打他。

那解子到晚来大弄歪像，便说道张相公你惯好颠枪。今夜晚断然是不肯松放。两个齐动手，把绳子拼在床。实话说，得罪你些罢么，张相公，咱还是须索绑一绑。

把张鸿渐两根腿绑在一堆。

骂狠贼我合你何仇何怨？任你雌我可就只是无钱，没了事我定然杀你个稀烂！挺挺待一夜，手脚难动弹。虽然是口里勉强，张官人及到了天明窝控了眼。

到了天明，放起来又走。自家寻思：再着一宿，也就死了！早知道这等来家做甚么来？忽然想舜华，心中悲叹。

那一日得罪他着实不忿。想是他知道我大祸临身，竟意的送我来解他那怨恨。不过为着一句话，怎么就忘了旧日恩？叫了一声我那舜华小娘了，你那心儿忒也狠！

走了半日，那天就晌午转了。着实愁那晚间难受，把舜华想了一回，又怒了一回。

那舜华他合我异常的恩爱，我怎么蒙上心，只要回来？可教他赌气儿把我来坑害。固是他心里恨，也是我命里该。到如今不见我那亲人，教我可从那里改！

正自愁叹，忽见从那边来了个妇人，骑着个骡子，一个老婆子跟着。来到近前，忽然揭开眼罩说：“这不是二姑家大哥么？你是为嗄来？”张鸿渐抬头一看，却是舜华，那泪就直流。

见舜华好一似大赦来到，叫一声我妹妹那泪珠直浇。一句话就得了这么个狠报。你明知我来家必定死，竟意的送我来把命交还。还望你想想那一年、那二年、三年、四年、五年的情肠，就没有一点半点儿好？

舜华说："依起你来，就该闭闭眼过去，但只是亲戚们我可不肯。"

依你的情就该低头竟过，但只是亲戚们好处还多。小荒庄不大远你去坐上一坐，我替你把官差谢上一谢，再凑上几两盘缠与哥哥。你平日就有些差迟，断不肯像了你待的我。

两个解子听的说大喜，便说："这就往你亲戚家去，带着钮也不好看像。"便即时把钮开了。一行说着，转过山嘴，只见一片楼阁，进了庄，舜华下了骡子，进家去了。

一行人进去门到了客位。四下里看了看楼阁成堆。才坐下端上了佳肴美味，喷香的糯米酒，大大的建磁杯。那衙役长了人那大小，那里捞着这个，端起来骨都骨都的，好似灌凉水。

急赶吃了饭，那解子像那十月里的柿子——不染就烘上来了。里头着人出来说："着人去凑银子的了。姑奶奶说，天晚了，你宿了罢。"

家里有几两银子可还不够，找个主又粜着几石黄豆，等一等好着他把钱去凑。张大叔的盘缠是小事，要把官差酬一酬。在这里歇上一晚，咱家里有的是酒。

那解子正恋着美酒，听说这话，不知待给他多少银子，喜极，那里肯去呢，又大瓢大碗的灌起来。

进庭来又着人端出小菜，又是那开坛酒喷鼻的清香。张官人就把那公差大让。两个砍头的死鬼，恋着那迷魂汤，只醉的好像那王八的亲戚，也不说把官人绑一绑。

两个解子都醉翻了，他可极有主意，临睡，把那锁来一头子锁着张鸿渐，一头子锁着自家的胳膊，两个把张鸿渐夹起来了。

两解子放倒头合泥块一样，臭煞人那一个噘了一床。张鸿渐睡不着滚上滚下，舜华既知道我受罪，或者也不肯教我上杀场。且正自家这里寻思，忽听的轻轻的脚步响。

那桌上灯不曾吹，看了看是舜华，也不敢做声。舜华来到近前，指着那锁，说："开。"果然从脖子上掉下来了。

真神仙不费事将人搭救。一只手轻轻的把官人抵搊，又着人牵着骡在门前等候。娘子先上去，官人在后头。这一时欢喜，才怕怕的叫了一声姐姐，呀，不想又得把你搂。

骑上骡如腾云驾雾，一阵走了。那解子睡醒，觉着冰凉，看了看并无庄村，只在那山坡里卧着，那张鸿渐也没了。

两解子只吃的酩酊大醉，睡醒了冻的像两个乌龟，睁开眼看了看可在那山坡里睡。待说是个梦，怎么噉了一大堆。不见了床铺，不见了楼宅，不见了他哥哥，不见了他妹妹。既然是能变必会飞，既然颠了没处追。咱若还家吃横亏，夹棍夹，板子捶。咱不如也就仍了，也就崩，也就仍崩拿了腿。

一个说："且住，这只怕是个梦。你拿过胳膊来我咬咬，看疼不疼。"那一个果然给他咬了咬，问："疼不疼？"那个说："不大疼。"这个说："不大疼还好，或者是个梦。"那个说："我咬咬你看疼不疼。"拿过胳膊来只着实的嘶了一口，这个大叫道："疼疼！"那个说："疼便不是梦了。咱这不快着颠罢，等嗄哩？"两个解子颠了，全没音信。有分教：书斋冷落无音问，闺阁喧腾有是非。且听下回分解。

第七回

泼妇来骂

不说解子逃命而走，却说舜华带着张鸿渐，一霎时到了一个所在，说："你下去罢。"张官人才下骡子，待去问他，看了看已是没了影。

【西调】多情人送到我这荒郊路，回了回头那俏影儿全无，闪杀人那泪珠儿流不住。看了看那星儿密密，那树色还乌。听的谯楼上鼓儿咚呀呀呀，又一声咚呀，已是三更有余。走了走高高下下，一片模糊。端相着树木庄村，从来没见，自小不熟，自小不熟，半夜里叫俺恓恓惶惶往那里去？

又坐了一回，那天才明了，看见有个庄儿，走将进去。人家都还不开门，身子乏困极了，就着这檐下，待我歪一歪儿。

想念你那模样儿俊，感念杀我那好心的人。不着你，披枷带锁何时尽？但只是你既疼我，就该给我一个安身处，可怎么半路里丢下，全没有丝毫的情，半点儿恩？不知是走了路程多少，乏困的我难禁。又不知是那省里地面，那县里庄村，那县里庄村。俺如今流落他乡将谁投奔？

想念了一回，睡着了。也是一宿没睡，乏极了，直睡到大饭食以后，人家开了门，问了问，才知道是太原府地方，叫牛梦里。

一夜走了一千半，醒了觉舌涩口干，腹内饥，只想着酒合饭。看了看四面皆山，那是个卖饭的望市，卖酒的青帘？问着人离城还远，那满腹火灼，又怕见动弹，又怕见动弹。俺如今举眼无亲，有谁见怜？

正愁着没卖饭的去处，忽然见门里头出来了一位老者，便问："客是那里？"

老人家你放下拄杖，坐下听我说家乡：俺姓官号子迁，也有点小名望。家住在大名府张家庄。从十四岁进了学，考了两遭第一，下了两遍大场。实指望一举成名，谁想时运不好，看不中我那文章。到贵省攀了那汾州的正堂，不想到路上被盗，弄了个净光，弄了个净光。俺这里腹中饿了，脚儿乏了，闷恹恹正愁难把那府城上。

却说这个人姓徐，号北岗，是个布衣财主，庄里的首家，人家俱称他徐员外。他两个儿子，都是秀才。极重文人。又见张鸿渐仪表非俗，心中大喜。

老员外听说忙起敬，把鸿渐让进了门庭，一霎时东西酒果极丰盛。吃了饭，领到书房见他那学生。正遇着七八个人会课，做的是"必也正名"。员外说客肯赐教，求做一篇拟程。鸿渐说我荒疏久了，只怕写出来见不的亲朋，见不的亲朋；若不嫌，学生敢不从尊命！

员外吩咐人拿过文房四宝，送在面前。

没打草就完了一篇的账，那第二个题是"悠久无疆"，略费点心思就把笔儿放。人完了一篇，他才思量；人做完了两块，他也就成了两章。人见他完了，都争着去端相，都说道这个文章，咱就该拜他的门墙，拜他的门墙。张官人像是登坛拜了将。

员外大喜，就留下合公子读书，又外边来了两个学生受教。每岁束脩五十两。张鸿渐也就住下了。那时还正是春天，想起家不觉伤感。

春来到魂也不在，一树树榆钱乱开，桃李花好像笑我在千里外。常想着园里看花，我合你使着一个酒杯。你折那花枝，翘起脚儿褪下绣鞋。做了十年夫妻，同床了四载，可不知道你想我的心肠，比着我想你的心肠那一样儿难捱，那一样儿难捱！这也是没行好，前世里结下的孤单债。

夏里天来实难受，一点点汗珠儿直流，一霎时全湿的衣衫透。家里那茅亭上，树影儿还稠，想必你拿梳儿在那里梳头。这一时往何处不热？到那里不愁？小保儿离了你那怀了，走走站站还得个自由。不知你淌泪来没有，不知你淌泪来没有？又几时到来，才得看见你那罗衫袖？

秋来才是活受罪，秋风儿飘飘，落叶儿成堆。到晚来铁打的心肠，也教你碎。那铁马儿只在那肝肠上，一阵一阵的摧；砧声儿只在那心眼里，一下一下的捶。那孤雁儿哀哀切切，像是没奈何才远去，不得已才高飞。又听的雨点儿打的那芭蕉叶儿，乒呀乒呀，点点儿伤悲，点点儿伤悲。我这里这等，不知你那里睡不睡？

冬里越把家乡盼，门外北风乱的我心酸。打窗纱又飞下鹅毛片。也是无心吃这酒，只觉俙来一霎就寒。守着一炉红火，只觉着衣单。我想你浑身细弱，就是俩人睡觉，还要往怀里钻钻；到如今被窝里指头似的一个人儿，也舒不开那金莲。到几时到了家，见了我那亲人，见了我那亲人，我可问问你此时念不念？

不说张鸿渐在徐员外家设教，时时想家；且说这解子走了，待了一年多，那乡里才知道。

【倒扳桨】犯人解子一齐颠，一个音信没人传，官家知道才两月，乡里知道勾一年，勾一年，造讹言，都说官人久回还。

却说李鸭子他娘，是个极泼的老婆，每日打这门前过，就骂几声，也没人理他。忽听的张逵来了家，就扎了扎腰，拿着把菜刀，跑来门前大骂。

骂只骂你不害羞，坐监坐了两三秋，作恶的心肠还不改，将俺那儿来割了头；割了头，成了仇，定要骂的你汗珠流！

骂只骂你逞英豪，既要杀人不要逃。卖马的汉子那里去，好似做贼脱了牢；脱了牢，窝藏着，定要骂的你起了毛！

骂只骂你主意差，把个强人藏在家。你妈有儿望上进，弄的俺无儿嘴孤答；嘴孤答，咱休夸，把头伸上一处劓。

骂只骂你不成才，俺儿收着你那红绣鞋。忽见您那汉子到，对着汉子卖你乖；卖你乖，休要歪，定要骂的你出头来！

骂只骂你太昧心，俺儿也曾合你亲。今日虽然变了脸，再生个儿来是我的孙，我的孙，心不昏，定要骂的你存不住身！

骂只骂你太无情，把我那娇儿超了生。今日虽然骂几句，我那娇儿也活不成；活不成，把气争，也教你难听难听又难听。

骂只骂你太不贤，倚着您哥是个官。任拘您势力怎么大，我破上一死不怕天：不怕天，嗄相干？还要骂到你明年明年又明年。

方娘子见他无赖，把门关了。那旁人都替他不平。有张鸿渐的个堂叔伯哥名是张春，打靛的扒子吊了柄——也是没把子的个青头。见他骂的忒也不堪，便说："我说你省着些罢。"那老婆说："您撑甚么棍哩？"张春大怒，劈脸带腮只一拳，打了个倒栽葱，拾起石头来好打！一行打着，也就照样的数量起来了。

打也打你不害羞，东头打到街西头。科子科子休弄鬼，还要把你乜狗筋抽；狗筋抽，我报仇，打的你屁滚又尿流！

打也打你逞英豪，人不打你是嫌你骚。骂了半日没人理，你就逞逞乍了毛；乍了毛，我就掏，定要打的你起了毛！

打也打你主意差，平白的骂人为甚么？浑身上下扯个净，拾起腿来拧个花;拧个花,归不的家,还要打着你高脚子爬!

打也打你不成才,一把贼毛半片鞋。你只说你骂手好,我的打手也不啧;也不啧,咱休揣,打的你不敢出头来!

打也打你没良心,劈着腿生出您那杂毛根。生儿的去处还该自家认,腆着狗脸还骂人;还骂人,莫心昏,定要打的你安不住身!

打也打你太欺心,欺负俺家没有人。我若不看邻里面,还该镟了你乜双腚门;双腚门,杀你那孙,给你个断根断根又断根!

打也打你太不贤,打你也用不着做高官。那里值当的方仲起,我就合你缠一缠;缠一缠,济着揎,打到你明年明年又明年!

起初打着那老婆还骂,到后来就告起饶来了。众人见他打的不像样子,才拉开他。那老婆漏着腚,光着脚,点呀点呀的家去了。

却说用着张大青,一锤合着骂一声。除上捱了一顿打,浑身转了个净光净;净光净,气难争,倒弄的难听难听又难听。

这一日老母鸭子没来在家,跑到县里告上状。方娘子听的说,自己到了家里,着他哥哥用了用力,问了个平啰不争。这回有分教:两家大恨从新起,万里孤踪依旧逃。且听下回。

第八回

闺中教子

且不说张春把那老母鸭子痛打一顿,仇恨越深,却说张鸿渐这一去,又是四五年,那保相公长成了。他娘给他起了个名儿,叫张得聚。

【皂罗袍】自离娘不曾见父，好像是从小儿便孤。不知模样是何如？就是顶头撞着佯长去。原是娘子想念丈夫，起个名字才叫张得聚。

张得聚极伶俐，十来岁就成了文章，十四岁就进了学。

从小儿就有人样，十来岁会做文章。虽然伶俐也亏他娘，不肯娇惯工学旷。一点懒惰，打骂如常。门户撑持单把孩儿望。

这方娘子总是守寡，供给儿读书极费力。因着他进了学，就没请师傅。

乜女子撑持门面，请师傅着实艰难。做了秀才略放宽，自己听着他把书念。催他早起，叫他晚眠，悄悄的步儿时往学中看。

娘子自己查考他，小相公虽然进了学，到底是个娃子皮气。他娘有千样的事儿，怎么常去看他？

又管里又要管外，没工夫常上书斋。十四犹然是婴孩，怎容一霎没人戒？瞧娘有事，跑到当街，那有心儿寻思娘亲怪。

一日方娘子到了书房里，听了听他没念书，悄悄的又到了他案头。

一本书展在当面，读书人不见回还。只说他消闷暂时闲，等候多时全不见。娘子大恼，迈动金莲，探出身儿只往街头看。

娘子见他久不回还，便跑到大门，探头一看，见他正在庄东头踢毽子。回来找下条子，差人叫他来，骂道："畜生快跪下！你做嗄去来？"

一恨你生来忤逆。你老子十载别离，生死存亡未可知。你只知街头闲游嬉，逍遥自在，全不悲戚。骂声狗子你枉长十三四！

小相公说："娘，儿知道了，再不敢了。"

二恨你不听娘教。我为你昼夜苦熬，你到自在的痒难挠，吃饭也等着娘亲叫。长街打瓦,踢毽子罚毛。骂声狗子把我心肠使吊!

“快躺下我打你!”小相公说:“娘,我不敢了!”娘子说:“你不躺下么?”

三恨你心儿全放。光玩耍懒进书房,离了师傅蜂没了王,上山爬岭济着你撞。之乎丢去,者也全忘。骂声狗子我合你清清账!

小相公见他娘越发恼了,才躺下。打的连声嗃叫,说:“我不敢了!我不敢了!”

四恨你不通人性。将书本丢在半空,说着只当耳旁风,每日光把鬼儿弄。身材凛凛,一字不通。骂声狗子要你成何用!

小相公说:“我再不敢了!再敢,打我一千!”

五恨你行止不顾。全不想做个丈夫。古人十二耀皇都,那也不过是个人儿做;你今十四,志气全无!骂声狗子待成个甚么物!

娘子气极了,把小相公打了四十条子,小相公打笃磨子跪着,说道:“娘!你消消气罢!委实是儿的不是,我向后再不敢了。”娘子放下条子,可又念诵起来了。

一劝你温柔雅致。见了人高拱深揖,轻薄话儿口休习,出门休要争闲气。人人说好,个个欢喜。那时方随娘心意。

二劝你遵娘闺范。将书本细细的钻研,休把玩耍放心间,一心专把文章念。一篇做出,层层密圈。他日何愁金銮殿?

小相公说:“娘说的是。”

三劝你风云在念。要平步直上青天。读书思量中状元,不好还是功夫欠。前拥后护,坐轿为官,那样峥嵘,不过是个秀才变。

答应:“是。”

四劝你休学浮荡。马儿好不在鞍妆。腹中没有好文章,三四等上不的秀才账。那短袍窄袖,件件在行,街头摇摆,也不成一个人模样。

又答应:“是。”

五劝你把父亲在念。千里外何日回还?你能发志做高官,就是仇家也不敢怨。福来祸解,父子团圆。若能如此,才是个男子汉。

小相公说:“为儿知道了,娘说的极是。”娘子说:“罢了!你起去,把书拿来这房中,我一间里刺绣,你一间里读书,”小相公说:“是。”

小孩儿小小侥幸,进了学似到天庭。东西尽去放风筝,哄着娘亲由他的性。家有丈夫,把子教成;难道说无达,就该把书本子撕?

不一时,小相公取了书来。娘子说:“我儿你听我道来。”

既读书登科有分,您二舅方才是个人。绝顶的文章志不伸,方才怨的时合运。书本子搁起,说我这命贫,这个心肠,天生的不长进!

小相公说:“娘说的是。”果然到西间,拂了拂桌子,放下书,高声朗诵。

方娘子手拿针线,寻思起两泪潸潸。娇儿一个最孤单,未曾打他手先战。打他一下,心似刀剜。要他成人,须索把脸儿来变。

娘子放下针线,便说:“保儿,不知你念了几遍了?我看我绣线添了三条。天色已晚,光阴好快呀。你给我点灯来。”不一时灯到,娘子说:“我儿,你听我道来。”

你看这光阴似箭,转回头日落西山。错错眼睛又一年,光阴不能着千金换。少不努力,老大堪怜,那时才悔,也难把白发变。

“我儿你,坐下读书吧。”

我那儿书声喲喨,听着你字字铿锵。纤手拈来绣线长,此时才略眉头放。日日如此,不负时光。今科不中,还有来科望。

娘子出房门来,听了听,交了二鼓,便回房来,炖了一壶茶,一碗棋子,送来说道:“我儿略歇歇再念。”

方娘子把针钱暂罢,怕娇儿肚内饥乏,斗升炒棋一碗茶,亲自送到灯儿下。但知读书,歇歇何差?早晚用心,省的娘牵挂。

小相公吃了又念。

剔银灯将花烛明照,看了看月上花梢。绣线重添十五条,梅花已插的枝头闹。绣工已毕,书声尚高。叫声娇儿,不觉微微笑。

娘子说:“我儿,你听听几更了?”小相公说:“三更了。”娘子说:“我儿不读罢。这里有一壶茶,你拿去吃了好睡。以后就把今夜做个样子。”小相公说:“是。”这回有分教:寒烛挑残开月殿,宫花插处见烟楼。且听下回。

第九回

再会重逃

按下娘子教子读书不提。却说张鸿渐在徐员外家教书,又是五年多。那十五年的夫妻,倒别了十年有余;十五年的父子,并不识面:如何不想!

【呀呀油】我那妻,我那妻,娶了四年就别离。又过了十一年,在灯下一相会。我的儿,我的儿,并不知模样瘦合肥。那一夜我到家,并没敢惊你睡。

忽然想起家来,白日还好过,黑夜好难熬。

好长宵，好长宵，倚在床上睡不着。想我那儿长成，叹我那妻年少。好难熬，好难熬，一身千里故乡遥。整夜儿不曾睡眠，千条路思量到。

想了想："五六年了，那官事或者也松撒了，我悄悄的到家里走走，有何不可？"

怪想家，怪想家，终朝每日在天涯。忽动了故乡心，死活的按不下。去到家，去到家，认认我儿，看看他。纵然就难久留，也诉诉衷肠话。

"我那儿虽十四五了，也未必能供给他读书。连年积下了二百银子，捎了去，好着他费用。"

家里难，家里难，虽还尚有几亩田，乜妇人无持筹？料想也不能变。买油称盐，买油称盐，纳草封粮俱要钱。我那儿虽成人，也未必把书念。

昼夜的打算起身。徐员外听说，摆下酒，徒弟二两的，三两的，都来送行。

泪双双，泪双双，薄仪相送返故乡。到家中三二年，还望把山西上。五载一趟，五载一趟，指教门人增舍光。千嘱咐早早来，休辜负门人望。

徐员外给张鸿渐雇上了一个长骡，师徒们才洒泪而别。

路途间，路途间，快骡顿辔又加鞭。一步步近家乡，屈指把路程盼。打了打尖，打了打尖，翻身上马又飞颠。只到了日头西，走了勾一百半。

一日到了北直境界宿了，夜间听的邻房里唱曲，居然是故乡腔调，心中着实的感叹。听了听，唱的是个五更。

【楚江秋】一更里苦难言，日落怕孤单。他那里手托腮儿盼。拳着你那金莲，斜倚着牙床绣枕边。四更也未眠，五更也未眠；五更也未眠呀眠，合那孤灯全作伴。

二更里苦难熬，月儿上柳梢。他那里必定泪珠儿吊。听那更鼓连敲，长夜还愁睡不着。上床也是焦，就枕也是焦；就枕也是焦呀焦，还是留银灯照。

三更里鼓乱催，想你泪双垂。他那里独展红绫被。此时孤孤寂寂，吹灭了灯儿更难为。翻来也是愁，复去也是悲；复去也是愁呀愁，必定不能睡。

四更里鼓咚咚，想你绣房中。困乏不觉枕边空。此时合眼睡曚眬，必然合我正相逢。梦里也是空，醒来也是空，醒来也是空呀空，劳你那殷勤梦。

五更里夜又残，枕上梦初还。绣房正把行人念。此时孤孤单单，临明偏觉绣衾寒。左思也是难，右想也是难；右想也是难呀难，已是那鸡声乱。

张鸿渐隔着家越发近，心里越发想。听见鸡叫，就起来走路。

【呀呀油】家近了，家近了，两程路儿更难熬。上马又加鞭，恨不能一霎到。好心焦，好心焦，一里如同万里遥。俨然在绣房，已把那娇儿叫。

天忽然下起雨来了。冒雨走了一程。便说："掌鞭的，我虽是大明人，我却不往大明去；我永平有个姐姐家，要打他那里去看看，歇歇。"

往大明，往大明，我却不上大明上永平。说大明雨水多，看路上忒也浓。上卢龙，上卢龙，有个姐姐家住乡中。在那里歇两天，可教他把我送。

那赶脚的果然就合他进了永平，到了王店，隔着家一程路了，心里胆虚，带上个眼罩儿。

近故园，近故园，马上踌躇左右难。怕撞见认识人，眼罩儿遮遮面。闷恹恹，闷恹恹，每朝夹马又摇鞭。望家越发在眼前，程程的走的慢。

隔着那庄，勾十来里路，便寻思有个叔伯哥张子明，在这邻庄居住，暂且在他家里住下，夜深再走不迟。

到邻村，到邻村，岔下路儿去投亲。十年多不来家，那大娘也该问一问。等到黄昏，等到黄昏，更深夜静少行人。那时可回庄，慢慢的把家门进。

且是到那里，打听打听，看那时事紧慢如何。不一时来到庄里。

竟登堂，竟登堂，顶头子撞着他大娘。忽见侄儿归，好像是从天降。叫大郎，叫大郎，您大兄弟返故乡。你疾忙快出来，去把门关上。

张子明怕有人来，把门关了。张鸿渐疾忙写了一个字回那徐员外，打发那掌鞭的走了，回来才问那事休。张子明一五一十的说了一遍。

鸭子他妈，鸭子他妈，听的说你藏在家，掖着把切菜刀，上门着实骂。张春发查，张春发查，撕了个罄尽好势的砸。惹的仇越发深，对着人常发话。

“李家现如今常察访你，你也该背着些。”打发吃了饭，天就黑了。张鸿渐说：“我去吧。”

送出门，送出门，送你不敢叫别人。未知到人心腹，恐怕他走了信。到家门，到家门，三朝两日快起行。那行子知道了，是合非难合他论。

张鸿渐背着行李，走了七八里，才到了家。看了看墙甚高，不似前番那等破败。不免把门敲了敲，有觅汉金三，出来答应。

是何人，是何人，半夜三更来叫门？伸出头细端相，仆合主不能认。官人进身，官人进身，背着行李往后奔。那觅汉不自然，还跟着只顾问。

金三跟着说："你是谁呀，棱棱挣挣的只顾跑？"张官人也没理他。又把内宅门一敲，方娘子自己来问。官人说："是我。"娘子听过来了，才开了门。

故意的声高，故意的声高，骂声奴才好蹊跷。既差你来要盘缠，怎么不早些到？好杂毛，好杂毛！今日晚了有来朝。你看是多咱晚，才来家把门叫？

娘子怕人听见叫门，故意的扬了会声儿。嘱咐金三："这是您大叔，出去休说。"

嘱咐觅汉，嘱咐觅汉，转身才把内宅关。两口子进了房，好像是梦里见。泪珠潸潸，泪珠潸潸，千辛万苦也难言。又待了五年多，才合你见一面。

夫妻相抱哭了一回，才细说那逃走的缘故。

自从解了，自从解了，千辛万苦从头学。张官人说一声，方娘子泪珠儿吊。说那走逃，说那走逃，遇着员外把书教。听说道得安身，娘子才微微笑。

官人说毕，娘子说他家里光景，正说着，一个小媳妇子放下桌子，酒饭齐到。官人问乜是谁？

娘子开言，娘子开言：保儿媳妇孟娟娟。我家里没有人，娶他来同作伴。排行是第三，排行是第三，比着保儿大一年。今夏里过了门，这才有俩月半。

官人听说儿娶了媳妇，落下泪来，说道："儿已成了人家，不知你怎么费心来！保儿呢？"

槐花黄，槐花黄，他去京中进大场。年时进了学，着他去瞎胡创。成了身量，成了身量，他二舅说他好文章。且着学规矩，也不敢实指望。

官人听说儿去下场，便放下饭碗，那泪珠直流，说："咳！我意不想你就着孩儿继我的书香，可使碎了你的心了！"

我那贤妻，我那贤妻，一个寡妇守孤儿。只说还没上学，谁想把书香继。泪双垂，泪双垂，叫人心里好伤悲。我年年在他乡，可把你心使碎！

一行擦着那泪，便去褡子里取出那银子来，说道："我愁您家里过不的；又愁保儿读不起书，我攒了几两银子，捎来你费用。"

娘子推托，娘子推托，家里庄田虽不多，俭省着吃合穿，可到也还能过。我有一着，我有一着，想想终来怎奈何？你经年在他乡，到几时得安乐？

"你每日躲着，可也不是个长法。既有这宗银子，极好，你就不要动他，就在这里想出一条团圆的路来。"官人说："甚么路？"

上北京，上北京，就把银子纳监生。你若能中京举，也可以扬名姓。此一行，此一行，三年望你就成名。你往前做将来，可听咱夫妻的命。

娘子着他留着纳监生，官人大喜，说："我向来糊糊涂涂的，就没想到这里。娘子说的极是！"依旧将银子包起，听了听，已到了四更。二人才睡了。

话儿长，话儿长，好似织女会牛郎。泪滴了勾一瓢，话说了勾一藏。灭灯光，灭灯光，十二年来得成双。夜夜的昼昼的儿，今夜里才消消账。

不说张鸿渐过了一日，夫妻欢会，且说李鸭子的丈人，是赵二荒荒子，是人家的马夫，奉着他主人家的差，从河间府来，合张鸿渐宿在一座店里。认的官人，官人却不认的他。

运不高，运不高：一日远归万里遥，合冤家在一堆，自家还不知道。到明朝，到明朝，那个行子开了交，见了他主人家，就跑来把信报。

赵二荒荒子回了他主人家的话，就告了假，到了第二日，就来报及老破军。却说李家虽有十来个族人，可都不在一处。

老破军，老破军，飞往各处去齐人。怕张家族人多，一半个上不的阵。东跑西奔，东跑西奔，人还不齐日已昏。车子不动铃铛响，那里有走不了的信？

李家齐人，张春就听的了。他合张鸿渐是紧邻墙，便竖上梯子，过来叫了一声："真果大弟来了家了么？"张鸿渐正吃着酒，听的只唬了一惊。

酒落台盘，酒落台盘，叫声大哥我回还。还说是兄弟情，过墙来见一面。跑在庭前，跑在庭前，说我这是头一天。我家没有人，多亏你把保儿看。

张春迭不的问候，便说："李家齐人拿你，你快走罢！"张官人这一惊不小！

娘子也慌，娘子也慌，银子给他填在囊。所用的嘎东西，都给他掖搭上。捆起行装，捆起行装，叫人送你过后墙。到路途雇上脚，你自己往前创。

张春说："不必叫别人。"漫墙叫过他大儿张成来："着他给他大叔背着行李。"竖上梯子，看着他过去了，才嘱咐方娘子：

将灯灭了，将灯灭了，婆媳同床这一宵。若有人爬墙来，将铜盆为信号。铜盆一敲，铜盆一敲，大家过院动枪刀。一个个绑起来，给他点不公道。

嘱咐已毕，又叫他的觅汉王五，着他合金三一处睡，一个人一杆枪。又吩咐他：

心要齐，心要齐，只在墙边不要离。若有人过墙来，一枪儿放到地。我去墙西，我去墙西，对您叔们哥们知。大家要齐上前，弄他过不精致。

张春嘱咐停当，又打家里过墙去，齐人去了。却说老破军，纠合了十来个人，来把张家围了。

墙围了，墙围了，老破军把门敲。里边推睡浓，济着他怎么叫。都心焦，都心焦，说这墙也不甚高。但半夜三更天，怎么敢往里跳？

众人踌蹰不敢爬墙。赵二荒荒子说："拿不着漫怕他；张鸿渐明明的来了家，怕他怎么！待我跳过去，捉住金三，开了大门再讲。"两三个撮上他去。

上墙头，上墙头，揽着棵桑树往下溜。到了半中腰，一枪儿攮着肉。手脚难留，手脚难留，扑通跌在树底头。一绳子拴起来，捥了个五丝扣。

墙外头听的里边一声嗬叫，知道是赵二荒荒子吃了亏了。又撮上一个去看。王五一石头侮下来，把头跌破了。金三一声吆喝："有了贼了！"

好张春，好张春，领着族人一大群，都推个似不知，闹嚷嚷一声问：甚么人，甚么人，五更半夜乱纷纷，一个说破了头，一个说打一棍。

张家一大些人，上前要动枪刀，慌的李大说："俺是拿张鸿渐的。”保正也来看，便说：“他拿张鸿渐，也当不的他。”张春说：“我便替他叫门。”

叫金三，叫金三，里头休要把门关。他说他不是做贼，是来拿张鸿渐。人勾一千，人勾一千，围了宅子没处颠。你大叔既在家，倒不如把他献。

金三开了门。张春说：“那保正，你既说该拿人，你就领着去拿。”李大见拴着赵二荒荒子，大发道：“怎么拴着俺的人？”张春说道：“不慌，你发嗄咧？”

不必慌，不必慌，半夜三更爬过墙，必定是来做贼，就杀了也无妨账。难辨善良，难辨善良，借着拿人来赐光。等着张鸿渐在家，再从容把他放。

一伙人到了宅门口，又叫了叫。金三媳妇出来问：“待做嗄？”张春说：“待拿张鸿渐。”

李大不言，李大不言，开了门儿往里钻。李家合张家人，一时满了院。娘子装憨，娘子装憨，外头何人闹喧喧？金媳妇喘吁吁，学说拿张鸿渐。

娘子听说拿人，忙叫孟三姐快起来。又听见答应。又叫娟娟：“有人来拿你爹爹哩。”

李大思量，李大思量，媳妇婆婆在一床，就觉着这一来，像有些忒孟浪。忽见灯光，忽见灯光，娘子说李大在何方？你若是翻不出，咱可就算算账。

娘子点起灯来，便说：“李大进来。我这卧房里，可不是轻易进来的。拿着人，万事皆休；若翻不出来，你可休想出去！”

李大骇然，李大骇然，不敢轻身进画帘。娘子说你既来，不翻怎么算？侄儿张金，侄儿张金，拉着他进来翻一翻。揭开那柜合箱,都着他看一看。

那张金是条壮汉,见他婶子吩咐,一把扭着李大,进来房门,点着灯,箱里柜里床底下,都看了。

李大无言,李大无言,深深跪倒地平川。娘子说拴起来,咱从容合他算。都待颠,都待颠,张春说咱各处里翻。把李大厢起来,打火把翻一遍。

搜了一遍,回来回复了娘子。娘子气的细腰抖战,粉面焦黄:

好贼奸,好贼奸!分明做贼爱银钱。见了一大些人,就推说拿张鸿渐。都要拴,都要拴,打他一顿再见官。休叫他一个逃,就完了这一案。

"拴起那别的来,哥们处治他。李大既到了我房里,留着我合他讲。给我牵过李大来!"李大跪下,娘子便骂:

奴才你听,奴才你听:俺合您那小畜生,不但无冤仇,并不识名合姓。夜至三更,夜至三更,爬墙忽到我家庭,若不是太欺心,怎么就送了命。

李大只是跪着磕头。旁里有张家两个侄子,一边一个,打了顿耳根子。娘子说:"且莫要打他。"

他那达,他那达,听的您大叔来了家,要拿人还不妨,又说那欺心话。央及他,央及他,话儿把人活气杀!就是你达那乌龟,心头火上按不下。

李大又磕头说:"我再不敢了!饶了我罢!"那小伙子们,劈脸带腮,又搗了顿拳头,鼻子都搗破了。娘子说:"你且休打他。"

您老达,您老达,曾在俺家做客家。你买了两间房,就估着勾天那大。做贼做发,做贼做发,还进房中把人拿。拿过乜铁锤来,把他那腿砸下!

娘子说:“给我把狗腿来砸下来!”众人听说,找铁锤去了。李大又磕头,只叫饶命。娘子说:“我家虽算不事,也还朝住你李大了。找不着锤,使石头罢。”

忘八羔,忘八羔!就使石头把腿敲。掐着脖子往下拉,打杜磨子苦哀告,死声嚎啕,死声嚎啕。娘子道也罢了,论起你这欺心,就该把腿砸吊!

娘子说:“也罢,暂且从宽,砸下他一个脚指头来罢。”说了一声,呵擦的大拇脚指头砸吊。李大怪嗨叫,才吩咐牵出去,众人牵着出去了。

老匹夫,老匹夫!斜眉眵眼的来欺奴。该缺下你下半截,也解解这心头怒!老囚徒,老囚徒!仅仔一个指头无。虽然是暂时疼,便宜他还走走路。

却说那李家人在墙外头都跑了,只捉住了五六个,每人打了二百。

把人拿,把人拿,外头跑了勾俩仨。抓住了五六名,打了勾二百下。大开发,大开发,还要拴去送官衙。那保正也讨嚣,说不的一点嗄。

别人都打了,惟赵二荒荒子那胁膢里扎了一枪,还血淋淋的,就没打他。众人又说:“那保正呢,你既说该翻,如今翻不出来,该怎么样?”保正也闭口无言。原承着,立了一张合状。

立合状,立合状,因着黑夜去爬墙。央保正作中人,再失事上俺的账。放他颠枪,放他颠枪,都怨李大没主张。呆着脖子跟了来,几乎把这残生丧!

大家做刚的,做柔的,把李家人都放了,一个个瘤呀点呀的才去了。这一回有分教:蟄谷神龙能破壁,阶前小桂更生香。且听下回。

第十回

娇子秋捷

李家一个个少皮没毛，七劳五伤，各逃性命，不在话下。却说张鸿渐那一夜出了门，亏了侄儿张成，背着行李，天明了走了七十里。

【刮地风】黑夜茫茫前路迷，两人直向故城西。生平不解奔波苦，天明走了六七十。人哪哎哟，天明走过了六七十！

张鸿渐乏极了，叔侄两个歇在店里，吃了些饭，适遇着山西的骡夫待回家，就雇了他一个长骡。

雇上长骡要起行，门前洒泪别张成。前途料想全无事，到家说与你婶婶听。人哪哎哟婶婶听。

叔侄临别，哭着又嘱咐几句。

我家是非一大些，一个孩儿没有爷。得个着急的人看望，多多拜上你爹爹。人哪哎哟你爹爹。

看着张成走了，哭着才上了骡子。

上马回头泪双垂，在家三日又长离。老天造的逃亡命，未知逃亡到几时？人哪哎哟到几时？

头一日走了八十，乏极了，就找了店宿了。

一夜奔波手足酸，途中盹睡在雕鞍。安排一宿酣酣睡，及到睡时又不眠。人哪哎哟又不眠。

第二日午时，才到了王店，就想起那夜听唱，一夜睡不着。

朝朝日日想家乡，到了家乡起祸殃。当日凄凉不曾睡，凄凉还比此时强。人哪哎哟此时强。

在骡上愁闷，便合那骡夫闲谈，说："我来时宿在此处，夜间听着唱的五更曲儿，甚好。"骡夫说："我也有个四季曲儿，唱与相公听听解闷。"

【虾蟆歌】一年的好景第一是春天，惟独离人无有一时欢。冤家呀，你在那里孤，奴在这里单，好不教人心酸！好不教人痛酸！不知几时才得团圆：百花儿只在枝头上，开开卸卸，开开卸卸，教奴怎堪。

一年的光景夏日最天长，为奴的香汗合泪都成行。冤家呀，你也不成对，奴也不成双，怎不教人心伤，怎不教人痛伤！翻来覆去辗转牙床，蚊子儿又在耳边厢，吱吱嘤嘤，吱吱嘤嘤，教人怎当！

一年的凄凉秋梦最难成，忽见那梧桐飘飘一叶零。冤家呀，你也睡不安，奴也睡不浓，怎不教人伤情，怎不教人痛情！绣房独自捱到三更，秋雨儿只在纱窗外，滴滴点点，滴滴点点，教奴怎听！

一年的苦景冬月最可哀，但见那梅花独向雪中开。冤家呀，奴又不能去，你又不能来，怎不教人伤怀，怎不教人痛怀！长夜不眠月儿渐歪，更点儿只在谯楼上，叮叮当当，叮叮当当，教奴怎捱！

唱完，张鸿渐说："极好！这是甚么曲名？"骡夫说："我却不知道是嗄名儿，这就合那一更里寒蛩吱吱呀呀，是一样的腔儿。"

【刮地风】忽闻游子唱歌声，哀切不堪愁里听。便在家乡犹下泪，孤身况在客中行。人哪哎哟在客中行。

说不尽途中水旱，客里风霜，走了十来日，才到了牛梦里。

系马门前到旧斋，东西相见笑颜开。问声此去来何早？不觉双双泪满腮。人哪哎哟泪满腮。

却说东家、徒弟，都不料他就回来了，相见惊喜异常。员外就问:“先生没到家么？怎么来的这样速呢?”相处久了,张鸿渐也就不背他了。

员外开言问一声,鸿渐从实说分明。家中祸患从头起,坐下门人尽不平。人哪哎哟尽不平。

鸿渐说罢,大家嗟叹了一回。鸿渐又把待纳监生的意思,说了一遍。

忽听鸿渐说哀情,员外夸好不住声。若是自己无力量,老夫还相助老先生。人哪哎哟老先生。

当下就托员外纳监不提。却说张得聚,他娘着他科举,原也不敢指望他中,谁想高高的中了十四名举人。文昌老爷不坐轿,这不骑了那牛来了。

【罗江怨】方娘子在房中,忽然见报条红,当是一个糊突梦。我那儿小小的顽童,怎么能折桂蟾宫？还疑错把报条送。他二舅说他文章通,只怕他还得二三冬,今科不敢望他中。问了问府县皆同,这个信的确非空,娘子不觉心酸痛。

娘子闻报,忽然一阵心酸,不觉泪下。

一是为月患年灾,二是为苦教婴孩,三为鸿渐在天涯外。一霎时乱叫奶奶,一霎时乱叫太太,亲友塞门来相拜。赏报马又要钱财,送盘缠又要铺排,倒着娘俩忙成块。若我儿平步天街,他爹爹万里归来,如今不望他把老来卖。

待了会子,小举人来了家,给他娘磕了头,便哭了,说:“为儿虽然侥幸了,还不见我爹爹,教人未免感伤!”太太说:“我儿!”

伤叹的真正不差,您爹爹岁岁天涯,没有老长了这么大。我的儿还该发愤,这举人压不住仇家,仅仔能不着人来骂。你若能插了宫花,你若能带上乌纱,那时才压的仇人下。你爹爹听的你发达,他自然打算还家，我儿不用心牵挂。

小举人说："儿的意思要上山西。"太太说："你且不必，一来没盘缠，二来你忒也年幼。待你明年会试场后，中与不中，你可去看看。"

您爹爹出了门，那东主相爱相亲，他又不是无投奔。他从小是个才人，他还要愤志青云，未知将来的时合运。我的儿等到明春，去会试到了都门，从容再把你爹爹问。他不似昔日无音，你得了进士出身，那时再寄平安信。

小举人说："俺爹爹知道我的名字么？"太太说："我可就忘了对他说呢。"小举人说："俺爹爹就没说，他改了什么名字？"太太说："我也没问他。"

小举人泪洒洒，这个事也跷蹊，父子不知名合字。儿的名爹又不知，爹的名儿又不知，中状元也不知是谁及第。方太太懊悔无及，恨当初没说的实，如今也是没法治。你只管直上天梯，若中了亲到山西，到了那时再商议。

当下商议祭祖、竖旗、陪客，日日的忙乱。

新举人去上坟，骑白马彩色新，比着从前越发俊。方太太是个佳人，三十岁还正青春，做太太忒也嫩。乡党中个个来亲，终日家贺客盈门，比不的坐监时无人问。都说他受尽艰辛，心儿里又有乾坤，将来定有个夫人的分。

那坐监的时节，人都说方娘子俊的皮儿忒也嫩，没有厚福；到了此时，人都说方太太又齐整，又有福相。好不可笑！

【劈破玉】有人说方娘子生来福大，说他那模样儿就不是个小家；有人说他那本领就不在人以下。人人都讲，尽是瞎胡吧，却没说他那教子读书这一桩，天下找真没有俩。

张得聚十五登科，这都是方娘子教子读书的效验。正是：若无孟母三迁教，那得燕山五桂芳？还有情节，且看下回。

第十一回
凶信讹传

却说小举人上京会试，太太嘱咐："中了便捎信去，着太爷来家；不中，便亲身去看。"

【跌落金钱】嘱咐娇儿记在心，嘱咐娇儿记在心，到京遇着太原人，我儿呀，你就托人捎个信。不中不必回家门，不中不必回家门，你就上山西见父亲，我儿呀，见了也着他心不闷。你到场中好作文，你到场中好作文。不是望你耀乡邻，我儿呀，实指望你把家声振。

小举人受了母亲的嘱咐，不几日到了京师，逢人便问，才知道山西大俭年，断了路行人。待了几天，没中了进士，来了家，回了太太的话。

为儿二月在场中，为儿二月在场中，觉着文章也算通，母亲呀，不知怎么就没中！你怎么没上山西去呢？山西谷价黄金同，山西谷价黄金同，白日断人路难行，母亲呀，没敢兴心往那里蹭！你就没问问么？山西没多举人公，山西没多举人公，太原平阳两府空，他说道：出门就得镖枪送。你可怎么处呢？那里方且乱烘烘，那里方且乱烘烘，打听消息且从容，到明年，待我自己到牛梦。

从此每日打听山西的信。一日上庆云，看他老师的，在府里遇着个落第的王举人，是山西人，便问他山西的乱信。

最乱太原与平阳，最乱太原与平阳，小弟来时雇镖枪，年兄呀，方才敢把京城上。贵府是那里？太原城北是荒庄，太原城北是荒庄，落第不能返故乡，只得是暂且在外闲游撞。贵府的徐员外认的么？员外姓徐号北岗，员外姓徐号北岗，舍妹夫就是他令郎，年兄呀，他到壮实全无恙。他家有个先生知道么？有个先生他姓张，有个先生他姓张，不知家住在何方，那先生去年遭贼将身丧。

王举人说："这个张先生去年被贼害了。"小举人听说，扑簌簌掉下泪来。王举人惊问说："这是年兄甚么亲戚？"小举人说："那是家父。"举人拱手出门说："小弟失言了。我连年不在家，这也是传言。"王举人去了，小举人大哭起来了。

爹爹远游在太原，爹爹远游在太原，再上太原才二年，爹爹呀怎么就遭着土贼乱？待上山西去问安，待上山西去问安，听的山西乱信传，爹爹呀，合该咱父子不相见。为儿侥幸中春元，为儿侥幸中春元，一日不曾聚首欢，爹爹呀，谁想终身不见面！儿命生来最可怜，儿命生来最可怜，三岁即别大人前，爹爹呀，如今着我没的盼！

张举人哭的着实哀痛，家人们俱劝他说："这信也未必真，天下姓张的也太多，那见的就是太爷呢？"小举人搽了搽泪就走了。

张爷上马泪如麻，张爷上马泪如麻，反复思量难杀咱，到家里，怎么去回娘亲话？这个信儿老大差，这个信儿老大差，是真是假不知他，实说了陡然倒着娘亲怕。朝朝挂虑在天涯，朝朝挂虑在天涯，听的这话愁更加，那一时愁着母亲值的大。叫声跟随的众管家，叫声跟随的众管家，太太知道要唬杀，对您说，到家昧起休提罢。

小举人嘱咐了管家们到家休提，到了家各人都隐昧起来。太太端相着公子不大欢喜，便问："您老师待你不好么？"

儿到宅中即刻传，儿到宅中即刻传，登堂相见甚欣然，母亲呀，送了几匹真贡缎。说你嗄来么？饮酒如同父子欢，饮酒如同父子欢，世兄陪酒又划拳，母亲呀，嘱咐我得空常常见。你病了来了么？庆云一往又一还，庆云一往又一还，照常吃饭又平安，母亲呀，不必常将儿挂牵。你怎么不大欢喜呢？一自归来下马，一自归来下马，入门说笑在娘前，母亲呀，并不曾觉着容颜变。

小举人虽在他娘近前，勉强说笑，到底那模样儿带出那愁像来。太太着实疑心，每日常察访他，再不肯说。待了勾半年，不知那一个多嘴的，搬弄的知道了，太太一行哭着，叫了公子来。

叫声我儿太蹊跷，叫声我儿太蹊跷，您爹既把凶信遭，我儿呀，怎么还着我不知道？公子便说娘听着，公子便说娘听着，道路讹言对母学，母亲呀，着娘担心儿不孝。太太不住哭嚎啕，太太不住哭嚎啕，山西处处死亡逃，我儿呀，您爹定有个不祥兆。公子劝娘莫心焦，公子劝娘莫心焦，山西荒乱信难晓，母亲呀，会试时再问个真实耗。

从此方太太每日泪道不干。孟娟娟在旁里劝着，才些须吃点饭。

【哭皇天】喇溜子喇，喇溜子喇，看看来到新年头；新年头，正月里过年时，千里存亡未可知。人家都把元宵闹，俺家闭户泪恓恓。咳！我的哥哥哟！咳咳！我的皇天哥哥哟！

二月里柳树青，芳草萌芽向日生。百草还有还魂日，行人何日返故程？咳！我的哥哥哟！咳咳！我的皇天哥哥哟！

三月里上坟茔，家家麦饭过清明。谁家寡妇坟头哭？惟有愁人不忍听。咳！我的哥哥哟！咳咳！我的皇天哥哥哟！

四月里日初长，大麦青青小麦黄。闭着绣房门儿坐，不知燕子都成双。咳！我的哥哥哟！咳咳！我的皇天哥哥哟！

五月里端阳来，榴花如火向人开。空将艾虎门前挂，谁共菖蒲酒一杯？咳！我的哥哥哟！咳咳！我的皇天哥哥哟！

六月里见荷花，行人远去不归家。昔日花开同他看，今日花开不见他。咳！我的哥哥哟！咳咳！我的皇天哥哥哟！

七月里是秋天，牛郎织女会河边。人人都有悲愁恨，况是天涯人未还！咳！我的哥哥哟！咳咳！我的皇天哥哥哟！

八月里月正圆，过了十五少半边。奴家就似半边月，夜来孤灯照床前。咳！我的哥哥哟！咳咳！我的皇天哥哥哟！

九月里树叶黄，人人沽酒过重阳。菊花开放人何在？又见归南雁一行。咳！我的哥哥哟！咳咳！我的皇天哥哥哟！

十月里更伤怀，人人祭扫哭哀哀。魂儿虽隔天涯远，望向南柯梦里来。咳！我的哥哥哟！咳咳！我的皇天哥哥哟！

十一月正夜长，滴水成棱在他乡。又愁又想又是恨，又逢长夜难苦当。咳！我的哥哥哟！咳咳！我的皇天哥哥哟！

十二月办年忙，处处行人还故乡。但得他乡人儿在，纵然离别也无妨。咳！我的哥哥哟！咳咳！我的皇天哥哥哟！

方太太日日哭啼，儿合媳妇常守着劝解，再不能劝欢喜。公子叫了个先生唱给他娘听。那先生唱了一个老少哭笑【山坡羊】，是少秃妮子，嫁了一个瞎眼的老汉子。

【山坡羊】少哭才离了爹娘，这心里像劈破了的青梅，酸酸的一片。老笑俺光棍打了十年，一般的抢满的模叶，捞了一个八万。少哭一行扎着包头，那泪儿像断了线的珍珠，一个一个的乱滚。老笑坐着人家席上，那旧板子做了脚打罗儿，到这里才成了踢面。少哭坐着轿里好似软扛子举重，一行哭着呼扇。老笑骑上大马，小大姐笑吊了裤子，喜起来顾不的难看。少哭人都说他大风里刮了下颏嘴，一是难赶。老笑俺虽然穷极叫化子，叨瞎话，且捞一个黄边。少哭下轿来一看，砘骨碌吊在井里，可是一个眼子到底！老笑俺瞧了瞧，可是皮猴子吊在火里，一根毛也不见。少哭伤惨，任拘你怎么端相，那木匠吊着墨斗，也只是看了俺一眼。老笑你就忒也伤惨，肉头老撞着显道神，你也说不的我长，我也道不的你短。

唱完了，太太才笑了一笑。一日，小举人上庆云，得了二百银子，就买了两个丫头：一个叫玉兰，一个叫瑞香，都会歌舞。买了来解他娘的闷。

【跌落金钱】清晨对镜强梳妆，清晨对镜强梳妆，独坐潸潸泪两行。没心情，任拘是嗄回头忘。公子孝顺非寻常，公子孝顺非寻常，愁了老子又疼娘，为娘亲寻思了勾千万样。买了玉兰合瑞香，买了玉兰合瑞香，歌舞便是解愁肠，老太太方才略把那愁眉放。娟娟茶酒奉高堂，娟娟茶酒奉高堂，锣鼓终日闹嚷嚷，日头西，一直闹到东方亮。

有了这两个丫头，每日闹烘半宿。小举人见太太略略的开眉，到了正月将尽，上京会试去了。这一回有分教：闺阁忽闻晓燕报，芙蓉已破远山颦。自有喜信，且听下回。

第十二回

春闱认父

却说张得聚自从中了举，才有了号，叫做张合庵。到了京里，已是临场的时候，疾忙打点进场。

【平西歌】日头不太高，果饼丁锤都挎着，披毡衣又带上安军帽。

一来十里遥，下马前行闹吵吵，不多时就把名字叫。

北直是头一处，点了不多时就叫着张得聚，答应一声就进去了。

进去大场门，堂前接卷乱纷纷，下堂来才把号来认。往里飞奔，放下包裹扫扫尘，挂卷囊出去混一混。

到了外边，安心找着个山西举人问个信儿，还没点山西，那天就黑了。

急急跑回还，掀起门帘放下毡，准备着要把周公见。邻墙那一间，也有个人儿在里边，伸出头就把年兄唤。

张合庵见那邻号有人，便问了一声："年兄是那一省的？"那人说是山西的。

合庵才得问，出号慌忙立起身，到跟前又把府来问。回道小弟：是太原。听说太原人，听说太原人，合庵钦敬又钦尊，烦年兄寄一个平安信。

"贵姓呢？"那人说："姓宫。"合庵说："认的徐北岗么？"那人说："极熟了。"

北岗舍盟兄，远隔东西千里程，你如何知他的名合姓？他家有个张先生么？这个先生去年掳去在贼营，可怜他丧了残生命。

合庵听说哭起来了，便说："小弟不进场了！"那人惊问："怎么说呢？"

那就是家君，道路传说他命不存，那讹言竟成真实信。贵省是那里？小弟北直人，家父投在北岗门，到而今三载无音信。

那人说："年弟差矣！那人是河南人，与令尊何干？"合庵听说才大喜，说："怎的？"

带泪开笑颜，胜如九锡下云天，这等说还有个佳音盼。令尊老太翁甚么名字呢？永平府城南，家住乡村田舍间，父名逵字是张鸿渐。

那人大惊说:“呀！这等说你是我家保儿了?”便大哭了。

到家那一年,你进大场尚未还,住一天可又重遭难。我今在西边,改名官升字子迁,科京举中在国子监。

合庵抱着大哭,说道:“这等,真真是我爹爹了!”

自从儿中了,要上山西走一遭,又听说那里有贼盗。凶信好蹊跷,母亲每日哭嚎啕,出了场先往家中报。

父子哭罢,可又喜极。太公说:“我儿,极好。”

拜谢天公,着咱父子得相逢,若不然那里去问名合姓?坐号喜相迎,新交好运喜重重,咱爷俩必定一回中。

张合庵才细说出处治的李家极痛快。太公说:“如今怎么样呢?”

自从儿中了,合庄贺喜闹吵吵,惟李家没把喜来报。不是儿自高,事情若是在今朝,那行子必不敢登门闹。

太公笑了笑,说:“虽然么,咱爷俩有个翰林才好。”公子也笑了。

翰林虽是佳,中一个进士就不差,声势微尽足朝李大。从今不怕他,石头生把指头砸,到如今料想还梦里骂。

说了半宿。太公说:“我儿,已交四鼓了,你去闭闭眼,明日好做文章。”

爷俩放头眠,心里喜欢睡不酣,略合眼已是鸡声乱。一声里哄传,题纸下来闹喧喧,老太公急唤孩儿看。

太公说:“保儿,你出去看看,是题纸下来了。”

公子出来瞧,传说首题是大学,略停停果然把题纸到。一霎时散了,太公拿来仔细敲,向孩儿细说那题中的窍。

合庵极聪明,听的他尊公讲了一遍,说:“我晓的了。”便归了号。

展卷挥毫，完了一篇日未高，忙拿着起身离了号。叫爹爹瞧瞧，能济着中了就罢了，中不得还得另改造。

公子做了一篇，就给他爹爹看。太爷笑说："我才做了半篇，你到快。待我看来。"

从头仔细观，这也哄的那瞎试官，运气低怕撞着明眼看。替你略钻研，细细改改这头半篇，后半截可到尽好看。

"中不中，全在头一篇，像这文章，可以中在十三名上。那六篇等你完了看。"

公子回来，展开卷子细安排，没晌午又完了两三块。把筐篮解开，咬着果饼细徘徊，第五篇又有个架儿在。

问爹爹做了几篇了？太爷说："三篇了，你呢？"公子说："四篇了。"

把墨儿研稠，行行写去不抬头，第五篇又是一笔就。脱稿再搜求，六作才完把笔投。伸伸腰再将七篇作。

"爹爹作了几篇了？"太爷说："七篇将完了。"公子便钻出来说："第七个题我不大懂得。"

孩儿且闲，我这七篇就做完，做完了给你看一看。这天还有天，少着一篇也不难，在旁里略且站一站。

不一时太爷做完了，交于公子，公子看了一遍，说："爹爹这文章是会元！"

说好连连，便将指头细细圈，念到底已是圈一遍。从头都是瞎胡编，这才知错把题来看。

太爷说："你取来我看一看。"公子取来递给了太公。

接来仔细看，看来看去甚喜欢，一行一行往下念。你这第六篇，略改几行便可观，差不多不甚足为患。

“做房考的，有几个不瞎眼的？但只好看便罢了。你这文章有指望。那一篇你若做不来着，待我替你做做罢。”公子说：“不用了，我看了爹爹的，心里已甚有了。”

回上号房，顿饭时节便成章，这一篇更在前篇上。吟哦铿锵，顺口读来字字强，好文章必定有标榜。

拿着出来说：“爹爹，我完了。”太公接过来一看，说：“也亏你，比着葫芦画上个瓢来了。”

我儿你听着，题目细写休错了，下一画要把题纸照。号板要牢，常将卷子盖的交，剪烛头也怕灯光爆。

一更鼓儿敲，场里行人静悄悄，处处挂青帘，都把银灯照。卷子开包，磨墨声闻百步遥，个个都吟哦，好似蛐蟮叫。

二更鼓儿轻，场里火光一片明，处处嘊哼哼，不知是谁有病。号里少人行，虽是无声却有声，酷似赶集人，遥隔十里听。

三更鼓儿挝，头眼昏沉渐渐乏，时听的问点话，声儿也不大。手儿紧紧抓，低头忽如身在家，好像坐房中，别房里人说话。

太爷问：“保儿呀，你写了几篇了？”公子答应说：“将完了。”太爷说：“怎么这样快？小心那！”

四更鼓儿真，此时笔管重千斤，才写了四五篇，觉着那手酸困。恨那打更人，打的更点未必真，交四鼓，多大霎，又早五更尽！

公子完了，出号来问：“爹爹誊了几篇了？”太公说：“六篇了。且去号里坐下。”

五更鼓儿天，满面皆薰蜡烛烟，搽那眼角眵，只是觉灯光暗。手腕痛又酸，剩了勾十行越发难，只听的号儿吹，一声快交卷。

天没明，太公写完了，自家对了一遍。叫一声保儿，公子忙然跑了来，把卷子换过来，对了一遍。太公说：“呀！这头一篇题目里，不错了一个么？”

忒也莽撞，我说从容莫要慌，若不着看出来，就完了今科的账。仔细端相，错的点了添在旁，大规矩不要差，就有些胡指望。

公子说：“这第一篇，吊了一个，这第五篇，错了一个。”

太公对完，收拾丁头并烛签。公子在外头，替太公挪笔砚毡条布篇，大带捆来上了肩。说保儿莫粗心，你再去看一看。

公子说：“不用看了，没吊了嗄。”太公说：“那雨伞呢？”公子说：“呀！捆在号房上忘了。”

伸手取下来，才把行囊另解开，捆了个极结实，拴上一条带。直上堂阶，交了卷子领了牌，爷俩笑孜孜，跳出了场儿外。

出的场来，太公的管家牵马接着，才见了小举人。

喜地又欢天，说有个少爷在那边，却不想十四五，已成了小乡宦。俺在太原，叫了老爷勾一年，改了口，叫太爷难把嘴来换。

少爷的家人也接着，问了问，才知道是太爷。

公子出场门，吩咐接场的众家人，大家笑嘻嘻，都把太爷认。议论纷纷，谁知太爷正青春，怪不的咱太太，模样还着实俊。

少爷说：“爹爹的下处宽快么？”太爷说：“也是两间房儿。”少爷说：“还是爹爹上儿那里去罢。”吩咐人搬行李，爷俩就同来了。

吩咐张千，去把太爷行李搬，孩儿那下处，就在药王店。爷俩上雕鞍，接场的家人头里颠，过巷又穿街，走了勾十里半。

到了门前，父子下马。看家的一个老家人是王孝，一眼看见太爷，磕下头去，就掉下泪来，说：“太爷，你从那里来来？”

家人惊猜，太爷忽从天上来？太奶奶每日愁，听的谣言心惊怪。小的无才，奉了山西这一差，因我还老成，跟少爷好出外。

太爷也落下泪来，说：“这几年没见你，你也老了。我合您少爷在场里头遇着。”王孝又喜，说道：“这等，是太爷也中了？”

家人泪涟涟，咱家大祸有十年。少爷中了举，恨不得太爷见。谁知在外边，已向蟾宫折桂还，从此一家人，都得重相见。

“少爷速速写字，小的即火速回家。”一行说着，端了饭来，少爷说：“爹爹吃，儿写了字吃罢。”

磨墨挥毫，大喜先报娘知道，孩儿在场中，合爹爹紧邻号。桂榜也非遥，父子登科这一遭，等报子到门前，不久的爷儿到。

公子写完，王孝立刻走了。有分教：上院花开春富贵，蕊宫香发月团圆。且听下回。

第十三回
宫花连报

不说张太爷父子同居等候放榜，且说方太太在家，日日愁闷，亏了两个丫头，每日着他闹哄半宿，略解愁闷。

【劈破玉】方太太日日在香闺纳闷，倒是那公子中不中不挂在心，只望他早上山西打听个实信。酒合饭是全不想，没人的时节泪纷纷。着那丫头们，一闹一个三更，才歇下，还骨轮噪子，这才打过个盹。

这一日正在房中纳闷，丫头进来说：“京里着王孝来了。”太太说：“他回来有甚么事？”丫头子说：“知不道。”

【房四娘】方太太自惊讶，京里盘缠不缺乏，他不等往山西去，又待来家做甚么？

太太吩咐："快着他进来。"不一时，王孝到了，磕下头去："太太千万之喜！"

方太太又惊猜，如今天榜不曾开，你又没上山西去，问你喜从何处来？

王孝说："太爷现在京里，合少爷在一堆咧。所以写了书，先差小的来报喜。"太太吩咐起来说。王孝上行李内取出书文来的。

【银纽丝】方太太把书来仔细也么观，绽破樱桃开笑颜；孟娟娟，娘俩喜地又欢天。名字叫官升，字是官子迁，那里去问那张鸿渐？难得他乡性命全，不必官花插帽檐，我那天咳，献猪羊，就把猪羊献。

叫人赏王孝红一匹、银一两、酒一瓶。

我那冤家把我唬碎也么心，不想你依然性命存。有鬼神，指引爷俩号紧邻，两个在一堆，场中论论文。我儿进士也有分。道路讹言认不的真，骂那山西路行人，我那天咳，凶信传，怎么就传凶信？

且不说方太太在家欢喜，却说太爷父子在京，已到放榜之日，爷俩同去看看榜。

【倒扳桨】二人骑马出大街，都看天门放榜来。父子到时榜初挂，人山人海闹垓垓，挤不开，多有挤吊了袜合鞋。

太爷说："咱着一个家人挤进去看看罢。"少爷说："李才他识字，你进去。看见名字，就吆喝报来。"

李才挤进到榜棚，爷俩在外用心听，等的榜儿将放尽，不见李才报一声；报一声，心内惊，必定咱爷俩都没名。

少爷见榜将放尽，不见李才报，便说："想是咱爷俩都没中。"太爷说："不然，这榜是从后放的，你那文章还该在十五名以里。"略不停时，只听的李才吆喝一声，说："少爷中了！"

太爷听说笑哈哈，有了一个就不差。纵然我就落了第，也就可以归的家；归的家，抱娃娃，从此功名不求他。

不一时放完了榜，李才出来，少爷问："太爷没中么?"李才说："没。"

虽然一个就喜欢，到底心里不自然。公子上马容颜恼，低头不语在雕鞍；在雕鞍，要回还，暗骂瞎眼的老试官。

少爷暗暗的寻思说道："我那文章还中了，怎么我爹爹那文章倒中不了？岂不是瞎了眼了么?"一行走着，又问李才："你看的亲么?"李才说："亲极了，前半截并没有个姓张的。"少爷听的大怒，把李才打了几鞭子，勒回马头自己去看。

【劈破玉】好公子拨回马亲自去看，乜马夫头里跑一溜飞颠。到那里只见那观榜的渐散，公子夹夹马往里一直钻。到了棚前，抬头一观看，先看了会元，次看了亚元，从下又看，见那第三，第四官升就是太原。那公子飞马儿跑来，才站下，只瞰了两三眼。

公子见太爷中了第四，飞身回来，见太爷还在路旁勒马等候，方才说："爹爹中了第四！"太爷笑了笑，同回了下处。

【呀呀油】喜重重，喜重重，公子写成书一封，说爹爹合孩儿都把进士中。父子相逢，父子相逢，又得一日科甲同，现如今门下人，都做着吉祥梦。

不说公子着人上家中报喜，却说孟奶奶每日合太太在家里商议。

叫声娘，叫声娘，如今咱家胜似常。俺爹爹就来家，料想也无妨账。婆婆惨伤，婆婆惨伤，但得两个中一双，您爹爹往家来，可也才来的壮。

婆媳正在家里盼望，有人来报："少爷中了，有报马在门首咧。"

报门前，报门前，忽听一派闹喧喧，传进到闺中，要喜钱一百串。太太喜欢，太太喜欢，带着泪痕开笑颜，不是喜富贵来，喜的是得夫妻见。

太太说："想是您爹爹没中；也罢了，孩儿中了就好！"

儿登科，儿登科，就是他爹爹待怎么？虽不如中一对，还强其没一个。儿登科，儿登科，就有仇家奈我何，得殿了新翰林，可方才稳稳坐。

丫头又来报道："京里差人下来了。"太太说："叫他进来。"不一时，家人磕头道喜。

太爷中了，太爷中了，五魁以里把名标，怕报子不知名，着小的来家报。太太听了，太太听了，满斗焚香天地烧，一行说足了心意，不觉的连声笑。

婆媳二人欢喜的没魂颠倒的，人才知道，山西那宫升就是张鸿渐。闹嚷嚷，每日道喜，比前更胜不提。且说二人去殿试。

【皂罗袍】官子迁把万言书上，会写字又会做文章，御笔钦赐探花郎。忽然举人头上，乌纱辉耀，玉佩丁铛。此时才不负闺中望。

太爷殿了探花，少爷做了个三甲进士，已没指望，亏了他少年整齐，圣上大喜，又给他一个翰林。

张少爷少年英妙，十八岁绝好的丰标，齿白唇红模样儿娇，玉堂金马忽然到。翰林院里，尊贵逍遥，此时才不负娘亲教。

爷俩这一时，方才心满意足，好不得意的紧！

张鸿渐紫袍金带，骑大马直过天街，人人都说探花来，模样不像三十外。翰林公子带牙牌，日日街头去把荣贵卖。

不说二人在京中得意，打点告假还乡，却说方太太虽欢喜，却还盼望那殿试的消息，便说："娟娟，怎么京里全没个信儿？"

【叠断桥】家门衰孤，家门衰孤，小小功名总似无，还得个小翰林，才压得仇人住。人心无足，人心无足，得了陇来又望蜀，我看着小保儿，担的个翰林做。

“俗语云，人心无足，有了两个进士，我这心里又望一个翰林。”娘俩在房中正说笑话，有人来报：“太爷中了探花。”娘们听的好喜！

太太开笑颜，太太开笑颜，回首想想十年前，只待做奶奶，做太太不情愿。今日不然，今日不然，不指望老虎又爬山，这一个探花郎，只该合保儿换。

傍里那妇人们，都说道，太太虽是三十三，模样只像二十四五的。

太太笑吓吓，太太笑吓吓，既在世间为个人，也不可不尝做奶奶的味。保儿两道眉，保儿两道眉，前生像有个造化根，到了做翰林，怎么就不成对。

正说着，就有人来报：“少爷拉了翰林了！”你说这一喜，若是那不会喜的，可就是八十的老儿转磨磨——就晕杀了！

喜气扬扬，喜气扬扬，我说保儿不寻常，我每日看着他，就有个翰林像。满斗焚香，满斗焚香，拜了天地拜家堂，此时把仇人，放不在心坎上。

此时烘动了合庄，大大小小都来磕头，连李大老婆，在家里坐不住，也来捣了顿首去了。

都来磕头，都来磕头，仇家不敢记前仇，也跟着别人来，好像那鸡嗲豆。闹闹稠稠，闹闹稠稠，给个板楂坐在门后头，出去逢人说，奶奶合我厚。

此一时，离不了京里有人来往，已是打听着爷俩告了假，就待来家。家里勾多少人伺候，庄里有多少人迎接！

【玉娥郎】竖大旗，挑大旛，人声喧，枪刀斧钺共矛镰；鼓吹一大攒，锣鼓闹喧天，好一似排大驾，上泰山。财主亲戚，衣帽鲜，坐雕鞍；穷人借身白布衫，找一个毛驴儿骑着颠。接了有半天，听的大锣传，这头行已合那执事连。

接了半日，张老爷到了。管家到近前禀说：“乡亲们接老爷。”张老爷下轿，都说几句好话。才又上轿。

【罗江怨】众乡亲摆列两边，那管家跪禀途间，老爷下轿来相见。小人们磕头问安，亲戚们叙叙寒暄，老爷从头问一遍。又上轿呼呼扇扇，那探马跑跑颠颠，五十里一派人声乱。不一时来到门前，三声大炮响连天，合庄多少人来看。

方太太着人探着，太爷隔着二十里了。一霎又报：“隔着十里了。”一霎又报：“太爷就到了。”太太合奶奶都穿着火红等候。不一时爷俩进宅。

【耍孩儿】太老爷进了门，见太太泪纷纷，十余年夫妻才相认。外边待了十余载，寡妇孤儿过十春，希乎把你心使尽！今日里孩儿富贵，我还该谢谢夫人。

太爷说：“今日我还该谢你才是。”方太太说：“这是那里话！”

方太太泪涟涟，那几年把我这心眼望穿，这几年把我这魂惊乱。但只望你残生在，不敢望你做高官，谁想今世还相见。今日里明明相会，还想是梦里团圆。

夫妻哭罢，张少老爷才铺下毡，给太太磕头。

方太太叫一声，我的儿你是听，一行哭着泪珠儿迸。你做了秀才还打瓦，打你时节我心里疼，不想还有翰林命。还记着朝朝每日，我陪着你坐到三更。

太老爷听说太太教子，又痛又感，说："这等说起来，我越发该谢谢夫人！"

割慈爱教儿童，陪读书到夜中，说来教我心酸痛。我就在家常教子，也只不断把书攻，那得像你把心用。我十年出亡在外，倒情着做了个太公。

不一时，方老爷来道喜，两个作了揖。太老爷又下泪：

【平西调】自离别十年后，不肖人南北迁流，到如今侥幸才把功名就。我家孤儿寡妇，谁敢来探头？百般的仗赖，刻骨也是难酬。娘俩去坐监，好不可羞！亏你昂昂志气，报复了冤仇，若不然受磨难到何时勾！

方老爷说："这都是贤弟的福分，贤甥的造化，带着我中了这个进士。"老太爷说："那严阁老坏了，老兄还可以起用。"方老爷说："如今有个指望了。"

为妹妹把奸臣俯就，到如今梦里还羞，倒是丢了官儿还好受。常恨那科道谷都着嘴儿，该把那眼抠！我若还行去进京，定要撞倒那五凤楼。天下的大害，固是州县不肖，也是那司院贪求。我定要上几个本章，除除民害，砍几个贼头，就是那流徙的秀才还可救。

太老爷说："吾兄若有志向，小弟可以帮助。咱且吃酒。"看酒来。

【跌落金钱】亲戚隔断十余载，亲戚隔断十余载，今日相逢笑口开，老兄呀，把酒同欢共一快。快把美酒暖暖筛，快把美酒暖暖筛，美味佳肴端上来，老兄呀，登堂不饮上门怪。二哥贵庚呢？方老爷说：我大妹子三岁。高叫一声二兄台，高叫一声二兄台，得开怀处且开怀，老兄呀，人生几个三十外？莫学傻来莫弄乖，莫学傻来莫弄乖，相逢只要饮三杯，老兄呀，明朝自有明朝在。

方爷说："我从来不多饮，已是醉了，别了罢。"作别上马去了。太老爷说："看酒来，咱作一个家人之乐。"

十年夫妇得相逢，十年夫妇得相逢，一家聚首喜重重，夫人呀，或者今朝不是梦。孩儿与我斟一盅，孩儿与我斟一盅，家人难得一樽同，夫人呀，要吃杯酒何人共？十七方才认乃公，十七方才认乃公，对面还不识颜容，我儿呀，鬼神会把人撮弄。

不一时掌上烛来。太太说："叫那丫头来歌舞。"一霎时，玉兰、瑞香到。太爷说："这从何处得来？"太太道："说起来教人伤感。"

想起当初凶信闻，想起当初凶信闻，房中日日泪纷纷，那时节，孩儿买来解我的闷。房师送他二百银，房师送他二百银，倾囊买了这两个人。多亏他朝朝日日在房中混。一混一个夜儿深，一混一个夜儿深。能学飞燕舞轻尘，能歌十折【锦堂春】，愁时节，叫他略解心头闷。

太爷说："你看他舞艺虽然不多，果然也好。再斟酒来。"

舞袖翩翩锦带垂，舞来真似燕飞飞。你看他，轻盈入过霓裳队。两行红烛照深闺，妻子团圆共一堆，这时节，人间快乐能无对。一杯一杯又一杯，喜气重重酒力微。不觉的，月明西转参辰坠。痛饮何劳击板催？渐觉沉沉体不随，少爷呀，今宵一个酩酊醉。

太老爷呵呵说："好醉呀！"太太说："玉兰、瑞香，扶您老爷房中来。"

【清江引】醉的西倒东又倒，妻子同欢笑。十年两次归，只睡了一宿觉，都不如今夜里眠的好。

第十四回

群仙庆寿

却说张太爷做官三十年,做到吏部尚书。少爷做到侍读学士。这三十年里,老太爷生了二子,中了一个进士,一个举人。少老爷生了五子,中了两个进士,殿了一个翰林。别的都是好秀才。大重孙也进了学了,到了十八岁,中了三元。这是后话不提,此时,已是富贵极了!

【耍孩儿】张太爷三十年,拖玉带上金銮,子孙又赴琼林宴。进士还生进士子,千秋辈岁做高官,天地赐了生铁券。年纪才六十三四,何愁不满屋貂蝉?

老太爷做到尚书,就告了老。少老爷也告了养亲,家里歌儿舞女,好不快活!忽然想起不得意的来,就想那舜华。

想当初遇艰难,结恩爱四五年,杀人又教我脱了难。如今富贵三十载,一门老少俱安全,怎么能得他见一面?要画他仙仙妙影,挂在那金屋珠龛。

一日三月三日,是太老爷的寿诞,子孙们冠带满堂,都来拜了寿,亲戚家人都来磕了头。太老爷回到书房,待要歇息。

才进了内书房,摘纱帽脱衣裳,自己静掩轻纱帐。忽听的掀帘挪俏步,扑鼻一阵兰麝香,进门乃是天仙降。看来是舜华来到,老太爷惊喜非常。

太老爷方才欹下,忽然一阵异香,却是舜华进来了。太老爷喜极，跳起来，一把扯住，说："你可想煞我也！"

【桂枝香】久不相顾，知君思慕。今遇着寿诞良辰，我约下群仙赐顾。将客舍全铺，十二席围裙坐褥。我带来佳肴美味，甘脆香酥；一坛仙酒尽堪用，不必尘凡酒店沽。

舜华约下八仙，俱来上寿。太老爷异常惊喜，便吩咐儿孙们，打扫焚香。舜华又嘱咐：

虔诚坐侍，焚香斋戒。净洒扫紧闭厅门，都着那俗人靠外。我有安排，一个客不容还在。随我来一双婢子，茶酒能筛。唯留夫妇儿孙辈，共候群仙下界来。

太老爷听说，吩咐一切家人都去，锁了大门，舜华才合太老爷往客房里去看，掀开帘子，已是铺设齐整。才坐下，着一家人都来叩见。

太太进叩，多蒙打救，自然该拜谢仙人；施舜华拉住袍袖。叫儿磕头，好端端敛容坐受。五年祖母，名分还留。每人奉赠一丸药，能开智慧更添寿。

一家人朝拜了，舜华每人给了一丸药，说："吃了可以开聪明、添寿数。"大家都拜谢着。忽报："仙姑到了。"进来合舜华为礼。

仙姑微笑，稽首称道：蒙妹妹嘱咐叮咛，已邀下群仙俱到。八洞烦劳，我先来登堂相告。添福赠寿，世世金貂。为你数载夫妻义，我为千秋姊妹交。

太老爷要领着一家人朝上参见。仙姑说："仙家不行俗礼。"便让太老爷夫妇陪坐，少老爷合众少爷站立两旁。忽然一朵彩云坠落，洞宾老祖到了。

拱手一笑，大家脱套，久不见何姑仙颜，前日蒙折柬相召，说舜华相邀，不敢不登堂领教。主人意盛，道侣情高。我先拔剑为君寿，愿君寿数比蟠桃！

洞宾老祖也吩咐不必为礼，就了坐。舜华称谢劳动。一霎时，张果老、曹国舅、韩湘子三位老祖俱到。

果老、国舅、湘子随后，一齐来三位神仙，一个个宽袍大袖，高高拱手。花篮儿不离左右，笛声隐隐，渔鼓悠悠。并祝尚书张吏部，同上三山十二楼。

在坐的都打了稽首。张果老说："我还该逐位奉谢。"都问："怎么说？"果老说："这是宗弟。"吕祖说："这老儿冒认华宗了。"大家都笑，钟离、采和到了。

钟离赴宴，采和同伴，忽然间瑞气千条，一霎时祥云满院。一道香烟飘，长须漫舞蕉扇，轻敲玉板，歌绕华筵。共饮余杭千寿酒，愿君寿数比南山！

霎时，铁拐老祖又到。

李仙赴会，彩云轻坠，才到了海外三山，适来迟望乞恕罪！急急追随，远迢迢葫芦在背。只恐群仙等候，只脚如飞。丢拐自作商羊舞，愿献麻酒一大杯。

舜华向仙姑说："想是客已全了？斟酒罢。"仙姑说："还有福、寿二老，只怕待将来也，虚着两席罢。"斟上酒，舜华一一亲递。

洞宾背剑，钟离摇扇，何仙姑笊篱在手，张果老骑驴进院，湘子花篮，采和云阳五扇，长笛国舅，铁拐李仙，大家共斟一杯酒，共赠主人万万年。

共斟了一杯，与太爷上寿，太老爷拜受了。才一巡，忽报福、寿二位星君到了。但听的鹤鹿齐鸣，众仙一齐迎接。

福星照耀，寿星同到，忽然间鹤鹿齐鸣，满院中瑞云笼罩，并落九霄。众神仙承迎喜笑，寿山不险，福海无涛，华堂幸见两星会，清浅蓬莱又一遭。

就了坐，舜华参见了。太老爷领着儿孙拜见。舜华先奉了酒，太老爷又奉酒。

【香柳娘】进一杯坐前，进一杯坐前，扬尘舞蹈，望上朝参，敢拜求众仙，增福增寿，家中平安。

张老爷又合奶奶，奉酒。

敬拜寿筵前，敬拜寿筵前，诚心一片，叩祝天仙，佑祖父百年，四体康壮，牙齿牢坚。

献酒一毕，福星老祖去袖里取出一个小瓶儿，勾核桃大小，吩咐童子给公子、公孙各赐福酒一杯。都看着器物甚小，未必能勾一盅儿；谁想只顾倒，只顾有。每人饮过一杯，不觉异常的精神，都来叩谢。

饮福酒香酣，饮福酒香酣，一杯入肚，直透玄关，齐拜叩连连，仙官赐福，恩重如山。

众位老祖都待起身。太老爷才称谢舜华，舜华也就告别。

【侥侥令】今生新爱好，前世旧姻缘，今朝一别何时见？要知道千里在眼前。

太老爷说："既蒙仙子厚情，怎么就怱然而去？"

【收江南】呀，有恩义不忘了琴瑟欢，又教我世世福寿双全。不能常作鸳鸯伴，你也稍稍留连，教我也心头略放宽。

舜华说："官人从此福寿永远，相会也自然有日。"

【园林好】俺今日已正金丹，断不能久恋尘凡。但愿你跨黄鹤腰缠万贯，不必问再得会在何年。

众位老祖都起来告别。

【沽美酒带太平令】罢豪饮，谢芳筵，辞贤主，别众仙；照夕阳，人影乱，跨鹤凌云上九天，似风去雨还，飞来舞凤翔鸾。乱纷纷，酒阑人散；闹嚷嚷，星流雾散；薰腾腾，异香一片，白茫茫，祥云数段。俺可飘然言旋，名山洞天。呀！好像是赴瑶池一回佳宴。

众位老祖起在半空，一家人望空拜谢。

【清江引】荣华一路功名全，没有灾合难。八子上玉堂，七婿朝金殿，又是那汾阳王一转。

诗曰：蟒玉纷纷照金堂，绣帘一簇麝兰香；

夫妇八十犹康健，牙笏脱来已满床。

磨难曲

卷　一

第一回

百姓逃亡

众流民上云孩子饿的吱哟吱哟，老婆待中心焦，还为钱粮大板敲；宁死他乡不受大板敲！老天呀老天，怎么给真个年景，还给真么个官儿！

【耍孩儿】不下雨正一年，旱下去二尺干，一粒麦子何曾见！六月才把谷来种，蚂蜡吃了地平川，好似斑鸠跌了蛋。老婆孩一齐捱饿，瞪着眼乱叫皇天。

县公老马，嗔人报灾。大家去上司告了，即时委了一个官来查勘。老马便送上二百银子，着他休报成了灾。

大家去告上台，他虽然把官差，那眼睛没长在额颅盖。满坡一片皆红地，只有几科秫术秸，便说蚂蜡不为害；还说有八分年景，都休要望想成灾。

虽然说不成灾，却又自家看不上，坐在那轿里麻瞪着两眼，见一个庄里没有秫秸，便说这庄子成的是灾。合县里四万顷多地，仅报成了二百顷灾。

起了本按庄村，照地亩赦三分，有灾无灾全不论；都着蚂蜡吃了个净，何曾一点受皇恩！家中器物折蹬尽，还要去按限比较，三十板打的发昏！

昨日比较，打了我二十五板，及乎死了！俺一堆捱打的，一霎死了两个，发昏的还有。不早些拿腿，只等的走不的就晚了！作哭介

瓢一扇棍一条，拿起来先害嚣，这饭可是怎么要？祖宗留下几亩地，只望儿孙守的牢，如今避不的亲朋笑，遇着这铺囊物件，一旦把坟墓全抛。

我这二日听的说，咱这俭年去处，朝廷家知道了，已是把钱粮全赦。有说是文还没到的，有说是老马押起来的。王大说也是有的。常时打的还善和些，这一向打的甚狠，想是他有了信了。

相传着有赦条，说是他押住了，又说还是不曾到。这一向来打的狠，二十五板命难逃，这里头想是有点窍。他安心把粮打起，见了赦一并上腰。

可只是就明知他这等，性命要紧，怎么挨的！

朝廷就赦了粮，俺已是一担筐，在家也是没投向。逃在他乡就饿死，俺善人埋在俺乱三岗，胜如打死公堂上！俺如今主意已定，流水走不用商量。

一个说如今可也通不成个世界了！俺庄里有一个老秀才，家道虽不大富，还有一半石陈粮。他居家五六口人，指望着搀糠搀菜的，多吃会子。昨夜晚被一伙人进去，将谷抢去，把老头子打死。他那儿媳妇，现如今找主，代给人家支使。

七八十一秀才，爬个窝没有材，摘扇门来把尸盖。夜来还有支使的，今日出来当奴才。说起这事真奇怪。这冤屈对谁告诉？真

正是无妄奇灾！

一个说道他不该报官么？又一个说虽报官待怎么！俺那邻庄，燎死了杨善人，奸了他的令爱，他那儿子还小。那地方、邻右都替他不平，大家给他报了官。官府看了状，摔下呈子来，大怒说道："他自己不告，与你们何干！"

官不论是和非，听的人说个贼，总像犯了他祖宗的讳。到是贼人全无事，还是失主吃横亏。不拿人，有理合谁对？可恨那铺囊被杀，一似坐县的李逵！

看起来，此一时只该做贼。做贼的抢着吃，夺着穿，怎么肯逃？但只是到了当官，虽然无事，自家觉着也难见人。除了逃还有甚么生路？众人都哭了，掩面说道咳咳！好不悲叹人也！

不肯当忘八头，做了贼又害羞。堪堪饿死何人救？从来不曾讨饭吃，待要不吃肚里呜。叫奶奶自觉面皮厚。多亏了好官看顾，教阖县南北迁流！

哎呀！苍天呀！听的说朝廷爷极仁慈，若是有官好的替咱诉诉这些苦楚，休说赦钱粮，还赈济也是有的。怎么就大小官员，都没有摊着一个爱民的？

知道咱苦和甜，全凭那上下官，朝廷好那里捞着见？下头知县不肯报，上头大官不肯言，万岁爷怎知道卢龙俭？休指望赦粮赈济，就赦了那恩惠难沾。

长想着，那一年大赦了钱粮，没封的就便宜了那滑户，封了的就便宜了那县官，那好百姓沾甚么恩来！奉旨各处都开饭场，那米未曾发县，上司就落起了八千石；发在厂里，那衙役又偷去了六千石。煮出粥来，那衙役的亲戚、朋友、兄弟、族人，尽吃的是朝廷家饭。厂里倒饿死许多人。那万岁爷哪里知道的！

前遇着大俭年，万岁爷动爱怜，发了漕米百万石。赈济赈的是衙役家狗，赈济赈的是州县官。饥民饿死了勾千千万！若遇着洪武皇帝，剥的皮堆积有如山！

一个说道咱的苦楚一时也说不尽，就说煞那朝廷也听不见。咱还商议，这饭是该怎么讨法？一个说道我可教的给你。你把喉咙打扫打扫，大叫道："爷爷呀，奶奶呀，舍俺一碗饭哩。"一个说不好，不好！这样打砖了。众人说依你怎么样？这个说依着我是两手扳肩，到了门上，先吆喝一声，才叫："爷爷呀，舍个钱，生个儿来中状元。奶奶呀，舍碗饭，家积余粮千万石。爷爷奶奶给个饱，积下万个大元宝。"一个说不好，不好！这也像叨贫话的，不大雅致。有一个说俭年里我曾讨过饭。众人说你是怎么着讨法？这朱二说我是打莲花落。众人说妙，妙！你就是个老师，俺就跟着你学罢。朱二说您可好生接和着。近来街上新编一套小曲儿，我学了几天才会了，今日用着他了。您都听着。

【莲花落】万民造孽年景荒，田地焦旱麦枯黄。

您都哑了么？全不做声一声。众人说怪嚣人的。朱二说这个待要饭吃，还怕害嚣么？咱从此散了，各人顾各人罢。众人拉住说你休心焦，俺都接声便了。

万民造孽年景荒，田地焦干麦枯黄。共总种了十亩麦，连根拔了勾一筐！莲花落哩溜莲花。

朱二说极好！就是这等。我收拾着几件乐器，分散给您，没有的拍手亦可。果然取出硼硼鼓、插儿机，交于别人。咳嗽一声说好好着咱就来。

六月半头下大雨，晚谷种的甚相当；长来长去极茂盛，眼看就有尺多高。实指望秋禾接接口，谁想天爷不在行！遮天影日蚂蚱过，朝朝每日唬飞蝗，把谷吃了个罄溜净，庄稼何曾上上场！大家没法干瞪眼，饿的口干牙又黄。一窝孩子吱吱叫，老婆子拖菜插粗糠；老头子不济瘟着了，出不下恭来绝气亡。大家告灾到了县，知县不肯报灾伤；众人又望上司告，差下盐正道老黄。知县怕他实落报，送上厚礼哀哀央；他轿里底头麻瞪眼，合县报了几个庄。百姓跟着号啕痛，摇佸怒喝脸郎当；一溜飞颠扬长去，骂声空在耳边厢。军门照着起了本，按庄赦了三分粮；哭的哭来笑的笑，人人祝赞那公道娘。路上行人多凄凉，暂时不知死合亡；乡里人民都散尽，城里大板大比粮。近日相传有大赦，越发狠打苦难当！一限抬出好几个，庄庄疃疃出新丧。与其临死臀稀烂，不如囫囵死道旁；今日还能沿地走，运气极低算命长。俺也不指望逢大赦，指望出门逢善良；一路无灾又无难，安安稳稳到汴梁。天爷睁眼不杀死，他日还能返故乡；贪官拿去年成好，正纸大锞又烧香。莲花落哩溜莲花。

朱二说极好了！咱可以合打上来了，不愁饿死了！众人都哭了说就是故乡难离！这也说不的，咱就去罢，去罢。

【耍孩儿】一担筐一扇瓢，上羊肠路一条，未曾举步泪先吊。半世生长一块土，今为荒年一旦抛！这回生死也难料。待要在家中守死，那官家枷打难招！

诗曰：成群逃离向他乡，泪流千行与万行；

只等天爷开了眼，再招回来认家乡。

第二回

贪官比较

众百姓拴绳上白咳！俺好苦也！家中升合无粮，看看饿死，可有甚么纳钱粮！听说大赦将到，那官家越发打的狠了。今日拴来，这性命休矣！

【耍孩儿】衙役们好似贼，有了钱放他回，俺无钱该受这肮脏罪！拴着脖子受了气，上堂还不知怎么捶，不死也把皮来退！这一限若还不死，只得远走高飞。

这一回，咱这里头只怕有打死的了。一个牛大跪着那差人，哀告说大叔，我这肚里没食，十板就打死了！你放了我，积个阴德罢。差人说我从来不积阴功。又哀告说你杀生不如放生好。

半年来常忍饥，又无食又无衣，吊了一口悠悠气。休说打到二十板，七八下子死无疑！打杀我与你也无益。你若放我回去，我只是磕头作揖。

差人瞟着脸说脏行子！磕些头也积不的私房。若是人人磕头，俺倒饿死了哩！一个说你这个人好耸，跪噪子当了甚么！死活的由命，哀告甚么！

你若是命该终，放了你也活不成。寿限亦是前生定。若还今日不该死，人待杀你也不能，何必捣头还挣命？一个人全没志气，你也就辱没祖宗！

正然说着，听的发梆。差人说三梆完了，带上去罢。

官扮老马上云为甚人人望做官？三梆响罢面朝南。这班生意真真好，板上皆生银子钱。

白自家马台，卢龙县知县是也。朝廷大赦将到，若不速比钱粮，数日之间，设或赦到，只压三两天，那银子能有多少？今日且不审官司，快把那比较牌抬出。众人答应一声是。

闻听说有赦文，钱粮只封六七分，不肯折蹬那粮食囤。我就狠狠的只顾打，他没有粮食也卖人。想是我打的还没甚，完了粮赦文才到，我只说拖欠在民。

范秀才上云钱粮打的甚狠。我已完了七分，上去告个宽限，或者可以依允。上堂跪下说道禀老父师：生员钱粮完了七分了。

端端帽整整衫，望公座堂上参，开口就把父师念。衣服典尽牛马卖，未到秋成小麦完。钱粮目下实难办，老父师恩开格外，一两限稍稍从宽。

县官大怒道：奴才！你要梗老爷令么！一行骂着，就丢下签来了

骂一声狗生员！欠钱粮不待完，一人就要坝住堰。给我拉去着实打！打杀秀才我敢担！戴着顶头巾妆体面，打一个给合县看看，莫叫他眼里没官。

拉下来，喊了一声就打。打到十五板上，就不做声了。皂隶禀道死了。老马挣了一挣，才说怎么死了？待我看来。看了看，转身说道我只打了他几下，不料他就没了气。可是该怎么样呢？也罢也罢，已是如此，我破上打来的这银子，丢了便了。

他也是运气低，人都捱到三四十，十五板怎么就断了气？也不怕他歪告状，只怕军门具了提。人已死了如何治？出上我自己的不用，现放着打来的东西。

呀！不知打死了多少人，今日这个人怎么把心跳起来了？我

待不比了，怕人看出来。不免坐下再比。便叫赵大。答应一声，说小的完了九分了。官说你是个好的，下去罢。又叫钱二你封了几分了？答应一声，说八分了。官说也罢了。下去，速完。又叫孙三你是封了几分数了？答曰小的是七分，下去就全完了。官说好，好，下去快完。下边一群上来说小的们李四、周五、吴六、郑七、王八、冯九，都是七分数了。官说也罢了。都下去，速速封完，暂且免打。官退了堂。众人出来，不胜之喜，都道牛大，怎么没死了你？

【倒扳桨】欢欢喜喜出衙门，不曾打死叫人抬。命里不该今日死，见了阎王放回来。放回来，笑满腮，归家还见老婆孩。今朝来闯鬼门关，关门已过保平安。上堂不曾打一板，合该妻子得团圆。得团圆，真是难，烧纸烧香谢老天！

家中不知怎么盼望，俺走动些。

下，老儿拄杖上，作叹介白我儿拴去比较，到如今不来，不免去望望。妇人上白牛大爷那里去？老儿说我那儿拴去比较，不见回来，少吉多凶。妇人说我也待去望望俺那儿，老儿说您那儿壮实还不妨。我那儿每日忍饥，今早做了三碗饭，他留下两碗给我吃，他只吃了一碗去了。一打就死！哭着说天哪！天哪！

【耍孩儿】出门去上了绳，低着头进了城，没有钱嘴也不敢硬。饿的吊了一口气，打到十板活不成！这个必定送了命！他若是有些好歹，我也就有死无生！

妇人也流下泪来说俺那儿也是打了一顿的了！

俺家里无分文，俺还欠几分银，匙箸碗碟折蹬尽。上限拿了去比较，二十五板打了个昏，板疮还有一大稃！这一回若再捱打，必然就性命难存！

小孩子上白，妇人含泪问道小喜儿，往那里去？孩子说俺爷去比较的了。俺娘着我出来打听打听，看打的动弹不的了，好找个人去抬他。老儿说咳！可怜，可怜！

俭了年已难禁，又给个官索杀人，老天罚的忒也甚！流泪眼观流泪眼，断肠人送断肠人！家家都交了死绝运！老天爷你几时睁眼，看看你受苦黎民？

樵夫上，妇人说好了，那不是俺那邻家卖柴来了？俺问个口信。陈大哥，你从城里来么？没听说比较的如何？樵夫说我在关里卖了柴，就回来了，没进城。老儿说若有凶信，你就实说，何必隐瞒？樵夫说我实是不知。就是听见人言乱传说，是打杀了一个秀才。老儿跺脚说咳！一个相公还打死了，俺是甚么！罢，罢！死了死了！

秀才打的见阎罗，况且小民直甚么！必然定有非常的祸！今朝逢限该比较，俺庄去了十个多，不知打死了那一个？唯有我儿太弱，定是他不能存活！

比较人作歌上

【倒扳桨】好似死囚上杀场，人人保不住存和亡。谁想去了人十个，归来还是整五双。整五双，老子娘，又得团圆在一堂。

老儿说远远望见一伙人来，只怕是比较的回来了。小孩儿说是，是，那不是俺爹爹呀？老儿说你看见我家里您牛大哥了么？孩子说没看见。老儿说必定是打死了！咳，天哪，天哪！比较的人来到，孩子叫道牛大爷休哭，那是俺牛大哥来了。老儿拭泪说道我儿，你来了么？

【耍孩儿】俺这里望眼穿，谁敢望再团圆，料想不得重相见。到家收拾逃性命。在家也不过受饥寒，何必定把家乡恋？但免了官刑打腿，那管他东北西南！

第三回

阖学公愤

众秀才上白列位诸兄都到。范子廉被老马打死，人人共恨，大家不可不动个公愤。众人都说这是自然。

【耍孩儿】范子廉一好人，教子弟养双亲，生平不把衙门进，钱粮完了七分数，打死当堂命不存！阖学岂可无公愤？若知县要杀就杀，何必要这付衣巾？

众人说大家一齐上前，休要退前擦后。

做堂堂一丈夫，那义气不可无，搐着头算不的人之数：把他恶款开详细，告了军门告总督。大家一齐往前做，若有退前擦后，定教他地灭天诛！

一个说道虽然如此，这张呈词，须得个好手做做才好。一个说这呈子，必须张鸿渐妥当。众人都说极是极是。他不但笔法高，是他名重，不可不借重他。

一为他为人公，二为他文章通，三来为他名声重。他那里听说这件事，未必不咬的牙顶平，俺求他那有心不动？他从来慷慨义气，到可以患难相同。

俺就去求他的，不必迟延。众下，生扮张鸿渐上白不幸卢龙遇俭年，城中又复坐贪官。男儿不遂冲天志，要得安生难上难！自家卢龙秀才，姓张名逵，字鸿渐，年方一十八岁，颇有个微名。但是时运未至，不得不惧祸藏身。今遇荒年，又遭着知县贪酷，听说打死了范子廉。这等暴虐，好不怕人的紧！

既不幸遇俭年，又遭着虎狼官，打了牙只望肚里咽！明日大赦已将到，竟把钱粮封纳完，闭了门且吃安稳饭。范子廉忒不自爱，何必去当堂求宽？

众秀才上白来此已是张鸿渐家，不免扣门。张兄在家么？鸿渐说甚么人叫门？待我看来。作看门介呀，众位兄台，从何处而至？请请。众人入门，作揖介，坐介，张鸿渐说诸兄齐临，有何见教？众人说有事奉央。

马知县大板敲，范子廉命难逃，大家要往上司告。这张呈词极要紧，须要做的手笔高，想来无如兄台妙。更求写尊名在上，大丈夫定不辞劳。

张鸿渐说如今世道难言，众兄台也要三思。众人说老马恶贯满盈，且是一个秀才，明明打死，料想也无甚么凶险。张鸿渐说小弟断不能从命。

我是个真呆瓜，年纪小知甚么？说不出句利亮话。不敢逾限等大赦，明二暗三任他加，受不的衙役登门骂。休说是上台告状，并不敢出入官衙。

旦扮方氏上白自家方氏是也。客房里何人说话，待我听来。听介，众人说兄台不为范子廉，只为阖学情面。若还不肯，大家都跪下了。张鸿渐背云这怎么处，这怎么处！旦转身云这事不同小可，只怕丈夫失了主意。叫丫环快去请你姑爷来。丫环出来禀道有请姑爷。张鸿渐转身说道小弟告便，去去就来。方娘子迎着说道我听了多时了。官人休失了主意。如今伯母就待出丧，借此推托，岂不是好？

秀才们做事松，得了胜都居功，人人会把花枪弄。如今只论钱合势，衙门里不合你辨青红。况你孤单无伯仲，若还是万一不好，那时节受苦谁疼?

张鸿渐说娘子说的极是！急忙出来对众说道这是阖学的公事,小弟极该奉陪。但伯母发丧有期,万万不能从命。若是要我做呈词,这个不敢辞劳。众人说张大哥既不肯入伙,目下就请动笔。这是他的恶款,你看看好做。张鸿渐接着,一行行吟哦了一遍,才下笔写道

具呈人合学生,只为着贪酷情,加三火耗钱粮重。听说有赦着实打,打死了欠户四百名,秀才也丧残生命！望老爷即时拔救,不得不激切上呈。

做完了,众人拿过来,也各吟哦了一遍。说道极好,极好！张鸿渐说这款单上的衙役、证见,劳众位兄台拿去填写罢。众人说有劳了！俺今日还要起身哩。就请别了。张鸿渐送至大门外,一拱而别

诗曰:呈词精微笔如刀,句句真情非放刁;

世上若还有公道,一张冤状恨全消。

第 四 回

军门枉法

众秀才上白咱们自从递了呈子,军门差了两个承差去拿人,这也是好几日了,也待好来。咱不免去院前听候,以便销到。

【耍孩儿】告人命告贪酷,告知县告衙蠹,认上头只得望前做。无的不敢说上有,有的不肯说上无,赃证分明有过付。咱且去伺候销到,也听听气色如何。

解子押衙役代锁上。众秀才拱一拱,说道齐了么？答应齐了。听得掌号,都

说三咚了,大家伺候过堂。副扮军门上诗上马管军,下马管民,腾腾杀气振乾坤。有人来告贪州县,白刺猬来拱大门。俺北直军门臧品是也。俺今日官至二品,位至八抬,出门去前呼后拥,轿前磕头者无其大数,也算的是个尊之极矣!我想人生在世,冷桌热凳,钻东闯西,巴不能做个大大官儿。若是像那古人,要赤心报国,爱养百姓,这就是从苦上去求苦,岂不是个呆瓜?到底是挣些银子,盖些楼阁亭台,买些舞女歌儿,落得终身快活。前日那卢龙秀才,告着那知县老马,这不是送了个财神来了么?且不论事情真假,单看那马知县的意思若何。他若是待认一分真,就是一分真;他若待要十分真,就是十分真。我也不合他计较,或者他也不是个傻子。今日来销到,不免给他个下马威,也教他早早安排,上了堂自有道理。

马知县不大肥,两个眼好似贼,他来磕头曾相会。从来善钱也难舍,须索给他个下马威。看待要个甚么罪,略略的针针才好,想他也知道理亏。

上堂坐介,解子上禀启禀大老爷:卢龙那一案,都拿到了。军门吩咐带上来。一干人都上堂跪下。军门大喝道这一干奴才都是该死的!马知县也该砍头的!暂且上刑收监,伺候下夹棍,到过午时夹您这奴才们!一干人下来,衙役们送了监里去了。秀才们都欢喜道好明白老爷!咱且听候过午复审。下,卢龙内司上白俺乃马知县胞弟马如飞。是日老兄给我一万两银子,托我上院里打点。那老兄也是个苦瓠子,若挣银钱,到家也没有看顾兄弟的。我安心打点七八千,落下两千,扁在腰里。不想昨日托掌稿的李洪图送进去六千,里面便问:“若求两家无事,便就收下;若要倒了原告,还得添添。”我想,银子是细事,兄弟要紧。若再加二千,不过坏两个功名,尽之矣。一不做,二不休,索性一万两银子,都给了他,把那秀才们问他个七死八活,也好在卢龙做官。

一不做二不休，万两银子要全丢，有钱买的天门透。上堂若是分辨理，款单呈词一笔勾，行行都成了牙疼咒。问他个顶门反坐，只交他斩绞徒流！

马如飞说来此已是李洪图家，待俺叫一声：李大爷在家么？李洪图出来，拱了拱手说有甚么见教？咱里边说。两个进门坐下。马如飞说还是为家兄那一件事，还求李大爷相为。李洪图说大爷吩咐，说令兄原是死罪。若是单求免死，前日那些数目，小弟就还是送进去。马如飞说小弟又借上了两千，凑足一万之数，只要那原告反坐，问两个死罪才好。李洪图说这甚容易，我管效劳。马如飞于腰中取出，说道这是黄金六百两，白银四千。作了一个揖，说道借重借重！明日家兄还另有酬谢。李洪图说小弟合令兄就至厚，那一遭不蒙他厚赐？小弟就送进去。马二爷，你只听着审理便了。请了。并下，众花面扮衙役代锁上云哎呀！不争一时快乐，几乎吃了大亏！若不着能舍大钱的老爷，咱今日一群吹鼓手吊下驴来，只怕都回头朝下哈哈哩。又笑说妙妙！咱那老爷送上了银子八千两，还怕他怎的！

【桂枝香】做的太过，委实也错，惹弄的递起公呈，几几乎弄成大祸：俺怎生奈何？多亏了那元宝千个，财帛耀眼，买透阎罗。上堂那论理合表，开开门只用嘴捆挌。

今日复审，咱且一旁听候。下，众秀才上白一秀才被知县打死，大家动了公愤，递了公呈。军门到也明白，即时发票去齐证见。今日人犯俱全，听的说老马送上了一万两银子，给了抚院，未知的与不的？或者也不致过于大差了也。

军门尊贵，威风无对，虽然说贪了就昏，料想也良心难昧。就是原告吃了亏，也没有砍头大罪。平稳凶险，只在这回。今日若还赶逐出，大家便是一头灰。

咱们没有情面，又没有银钱，只得听天由命而已。咱且一边伺候。下，净花面浓须扮军门上云几千几百讲冰凌，任俺当堂定死生。前拥后呼八人轿，居然一个小朝廷。哈哈！做大官的有这样好处，不用开口，自然成千成万送将进来了。

呵呵大笑，大官真妙，不用开口州县皆知，一伸手万金就到。现成成全交，送将来还愁不要。若不如意，一笔勾销！生死参罚在我手，尽他乖变也难逃。

卢龙知县被那秀才们告他贪酷。我岂不知他贪酷？但他送了一万银子，要俺把这些人砍头充军，不得不敬从尊命。

银钱所在，仇家不怪。一霎时舞人歌儿，一霎时楼阁成块，还坐轿人抬，似这等谁人不爱？使人钱钞，与人消灾，嘴脸回头变，登时黑白翻过来。

叫那卢龙知县，那一起犯人进来。喊了一声犯人进。军门说叫卢龙的衙役进来。便问您这些衙役，如何拨官害民？衙役说小的都是奉公守法的。只因那秀才们结了党，要把持官府，县公不随他的意思，才刁告大老爷案下。望大老爷施恩公断。

【西调】极好的个马知县，到任三日，那屏子发了传单，德政歌儿贴在墙上人人见；万民衣费过百千，那万民幛子是没有一年不攒，百姓们没有一句怨言，就是那板子打腚，也叫他青天。不封粮，只给衙役没体面。

军门说下去！下，军门又叫那原告一伙秀才上来。军门便问您各人都有甚么冤事？众人说生员是为阖县的公愤，请大老爷公断。

又贪又酷人人骂，全不论理只要蛤，有了钱，人命官司也不怕。每年的钱粮明加了暗加，他还说短少无一个不拿。纵着一群饿虎作害人家,你若是惹着衙役,这一跌就全差;上了堂,没有百姓说的话。

军门说这都是刁词。本院也有耳目,那马知县也是个好官。众人说大宗师不信,那证见叫来问他。军门说证见都是你一路人,问他怎的!众人说别的或者是谎,那范子廉被他活活的打死了,这可是假不的。

做官他凭着那歪揣性,狠要钱不顾人的死生,除贪酷别没有甚么毛病。他或好或歹自有个定评,大宗师耳目极广,见的极明。那范秀才有甚么罪名?三十板打死,人人心里不平。真合假,可以不用证见证。

军门恼了,哏了一声,说你是范家的甚么人?打死不打死,与您们何干?给我打嘴!喊了一声,每人打了一百嘴掴

大伙成群放刁赖,分明几个大秀才,把持衙门把官害。谎他贪使了您多少债,说他酷夹棍板子你又没捱。结了党告到上台,挟制官府安心要揣歪。砍几个头,您才知道王法在!

你这些人结党害民,把持官衙。为首的该杀,纵党的该绞,别的充军。暂且收监,待本院起本。众人大叫冤枉!军门摆袖下,众人说这不变了卦么?

【憨头郎】唎溜子喇,喇溜子唎,打伙合该造化低。造化低,忒蹊跷,只说贪酷件件实,纵然衙门无公道,出上一个脖儿齐。谁知道做个屈死鬼,弄的家破人又离,死不了充军去,老婆还要点军妻!我的哥哥!咳咳!我的皇天哥哥!

告世人仔细听:休管闲事递公呈。杀人该我甚么事?好好的逞头把气生。明知世上无公道,本领又不如宋公明。一条棍子闸了口,满心冤曲对谁明?我的哥哥!咳咳!我的皇天哥哥!

诗曰:带枷披锁气难伸,俱是鬼门关上人;
想是天爷正打盹,不知何时始翻身?

第五回

大王打围

众秀才带锁并解子上白只为着递了张呈子,被知县老马使上了一万两银子,着军门绞了两个,其余辽阳充军。冤哉,冤哉!

【耍孩儿】可怜俺众秀才,都被这无妄灾!眼看就到口儿外。虽然是军门伤天理,却也是俺自己该。岂不知如今是银钱世界?只加三千贰吊,把黑白翻将过来!

解子说列位既有本领告官告吏,就有本事充军。每日家酸酸邦邦的!看前边这座大山里,有一伙强盗,要杀人吃了哩!你可合他摔之乎,弄焉哉!

摔之乎弄焉哉,又告吏又告官,我道你是甚么通天汉。问了一个充军罪,走着好似上刀山。到前头休着大王见,细豆腐揣的好肉,再酸些他也不嫌。

一个秀才说道你骂甚么哩?解子说怎么来?纸糊的桌子请客——只怕抹抹就抹一块去了不成么?一个说不必拌嘴。相公们,俺只当央及您,这不是好去处,咱走动些。秀才说这话还有情理。咱疾走便是。下,戎装扮大王领众卒旗帜上云如何四海不清宁?只为奸臣日日生。对众发下洪誓愿,要将海河尽奠平!俺乃三山大王任义是也。只因路见不平,杀了恶人遭大毒,逃在山中,招集天下豪杰,如今有精兵一万，不怕那总、副、参、游。今日春暖花开时候，正好玩耍。

【皂罗衫】俺今日雄兵一万，凭武艺占住三山。只杀赃吏与贪官，那官兵谁敢正着眼看！一马当先，营寨城池，踩一个稀糊烂！

大小头目何在？答应有。大王说趁今日天气晴和，各人披挂整齐，下山打围一遭，有何不可？都呐喊一声说是。行介

马儿齐鸣，人声一片，抖精神放辔加鞭。枪不离手弓上弦，腰中都插雕翎箭。不拘队伍，不按营盘，野鹿獐麅，到手方才算。

俺今日虽然打猎，看山下有甚么行人，拿来见我。如有官兵解粮，以鸣锣为号，上前杀去。若有买卖商人，十分之中取他三分，放他过去。众人呐喊一声

俺不是自己托大，那官兵直些甚么？长枪一刺仰不踏，齐逃生还要梦里怕。若是商客不要杀他，休像贪官惹的人人骂。乱纷纷人喊马叫，闹烘烘遍满山腰。乱擒野鹿杀獐麅，半空中射的飞鸟吊。狗跑山涧，鹰上云霄，鸟儿擒获，兔儿也难逃。

方才一只大鹿，被俺一箭射倒，他忽然跃起来，代箭而去。大家往南追赶，休得迟慢。乱赶中人下介，众人上白呀！那山坡里，像有兵卒打猎，不知何人采猎。相遇介，兵卒问道见带箭的一只鹿儿不曾？解子说不曾见。兵卒说必定是您们藏了。解子说路上行人，那里藏的一只大鹿？兵卒说同我去见大王回话便了。并下。大王上

小鹿儿忽然惊跳，一箭射去中当腰。上南死命去奔逃，追将来一点没音耗。登时兵马一标，去了多时，而今还不到。

俺且下马，坐在山头，等候消息。兵卒上禀，大王问道赶的那鹿儿如何？兵卒说道赶了十余里，全无踪迹。只见一伙蛮子，带将来请大王审问。大王说叫他上来。一干人并见，跪介，解子说给大王叩头。大王问道您是甚么人？众人禀道小的是两个解役，解了这起犯人上辽阳充

军。大王说那犯人上来。一干秀才上前跪爬了两步。大王问道你都是甚么人？犯的甚么罪？说来我听。众人说大王听禀。

【耍孩儿】生员是永平人。您既是些秀才，因甚么犯罪呢？因知县贪又昏，打秀才霎时命不存！这样可恨，您告下的么？俺把他恶迹开成款，就去院里告军门。这就是了。谁想都是活倒运！怎么说呢？那知县自知理屈，送上了一万白银。

大王又问那院里就收了他的么？

那院里收了银，变了脸翻了唇，良心天理全不论。怎么着来？他后堂已是定了罪，原告说话他只是嗔，恶款一件何曾问？呈头的问了斩罪，俺们是关外充军。

大王大怒，跳起来说道有这样事！气杀我也！快把那锁给我开了。请坐请坐。可惜路途太远，不能去杀那狗官儿！且把这解子剥了皮，消消闷气。我有个愿心，要杀一万个衙役；这四五年间，杀了三千余名。叫他两个报名，以便记账。一个说我是李一文，一个说我是仁盈野。大王说快快剥皮报来！李一文叫唤哀告，说道留着小的给大王效劳罢。小的曾跟着太行山头目，夜间行过事。大王说这等说，一发是该死的了！我手下没有这样毛贼。一行拉，一行说小的无罪，剥仁盈野的皮罢。仁盈野说一路上都是你得罪相公们，怎么剥我？大王喝一声说我自然从头来，不可偏袒。果然把李一文登时剥了拿皮来报。又拉仁盈野。盈野大叫相公们给我说个情面！众秀才起来作了个揖，说道禀大王：这个人还好些，求大王饶他。大王哈哈大笑说这是秀才们的故套：一张呈状呈到堂上，及至官府替他打人，他又讲起情来。岂不可笑也？依你一半人情，免了剥皮，砍头便是。下边喊了一声，一刀砍讫，提头来报。大王哈哈大笑快哉快哉！

【皂罗袍】做官的不成货，得了钱把生死移挪，世道如今怎奈何！

那赃官都该把头剁，小民遭难愁死愁活。那高官仁皇，气的这肚儿破！

俺有个小小志愿，只怕天不从人。

俺只爱雄兵百万，遍天下寻杀贪官，开刀先诛了严世蕃。一匹马扫清那金銮殿，奸臣杀尽，解甲归山。若能够如此，方遂人心愿。

如今要去杀那奸佞贪官，朝廷不说俺是片好意，又合俺为起仇来。必须要百万精兵，个个都像那存孝、敬德。

怕朝廷不肯体谅，不信俺但杀贪赃。指不的出马一条枪，百万兵才敢往前闯。八十万存孝、二十万张良，天下人民才有个太平望。

众秀才说大王志向，真是圣贤之心！大王说叫人来，将众位相公，每人助他路费十两，教他归家去。众秀才说已是受了大王活命之恩，怎敢受赐！大王说不必谦让，即便收去。我们要寻那鹿儿去也。众作揖叩谢，大王说不劳，不劳！扬鞭竟去，下。众人说真么个英雄，怎么不着他做阁老丞相呢！

【耍孩儿】真是个贤大王，解绳索助行装，这个恩德真难忘！他又大发冲天志，要与天下杀贪赃，想他必是天神降。到家中画他影像，朝夕的叩头焚香。

他虽然放了我们，怎么就敢归家？只得把这银子攒起来，找一个买卖为生。

问流徒上边关，才离家够一年，回家定是真逃犯。大家寻思无头路，归与不归左右难。不如别处且逃窜。等到那朝廷放赦，那时节再讲回还。

第六回

方氏骂官

秀才衣巾上咳！军门把公呈审坏，又听说追究那做呈子的。有一个亲戚在刑房当差，对我说道："今日院票来到县里了。"想是就要拿人。张鸿渐是个好人，俺悄悄的对他说着，他也好安排。不免急走则个。呀！来到庄里，天有半夜，待俺叫门。把门打了几下，张鸿渐上半夜三更，何人叫门？开门问道你是那个？又细认道是冯二哥么？有甚么紧要事？秀才喘吁吁的说道如今院里签票已到，要拿那做呈子的人，想是天明就有差人到了，你也该犯个打算。我待去也。张鸿渐回来，自言自语这待怎么样？怎么处？一行说着，到了房中，见方娘子还做衣裳。张鸿渐说不好了！适才冯学友来对我说，军门里要拿操笔之人，老马差了人了。方娘子放下针线，跳起来说道这怎么了？张鸿渐说已是如此，还有甚么法儿？出上杀就杀，充就充！方娘子就流下泪来了

【耍孩儿】方娘子哭啼啼，叫官人你听知，这回一跌六个字，明知火坑望里跳，世间那有这样痴？票子没来还好治，不如从此撒脚，只说是游学山西。

张鸿渐说娘子所见也是，不着就是这等。包里还有二两银子，也还可以盘费几天。但只是做个汉子，惹下祸不敢承当，家里惊动女人，可怎么过意的去？

要作别泪纷纷，生察察的两下分，愁你家里无投奔。如今已把冤仇结，老马横行又不是人，怕他要拿妻儿问。我只该在家受罪，

断不可连累闺门！

方娘子说家里有他二舅，可以照管一些。你又没有口供，料想没甚么大差。已是三更多了，你立定主意，速走为妙，不要迟疑。只是你盘费太少。

家里贫不算贫，路上贫贫煞人，他乡难求饭一顿。我有紫金钗一对，或者还值几两银，拿着救你穷途困。你只管脱身远走，也不必挂念家门。

张官人接着金钗，越发悲恸。备上那驴。又说娘子呀！

我如今要起身，眼睁睁两下分，千言万语难倾尽！我儿小保才三岁，你我只有这条根。不敢望他还上进，但得他成人长大，好守那祖宗茔坟。

方娘子说你只管去，不必挂心。我可有句话嘱咐你。

又少友又少亲，万里他乡一个人，你在路上须谨慎。纵然丈夫犯了罪，料想不致灭满门，那怕就是当官问。我看着保儿福像，未必不枯木逢春。

方娘子送出官人去了，关了门，可就大哭起来了

转回头泪如麻，又愁我又愁他，教人怎么放的下！家里未知凶合吉，破上一死无大差。低头细把画儿画，寻思个颠颠倒倒，不觉的明透窗纱。

呀！天明了。叫小秋妮子，叫了两三声才出来。方娘子说小奴才，你倒睡的安稳！你去开开那角门子，那边叫起牛二来，着他快去请您二舅爷来的。同下，方仲起上云世间公道不分明，惟只钱财最有灵。闭户读书登甲第，人前说话便中听。自家方兴，字仲起。做个秀才，不敢说饱学，学校中也有点声名；不敢言豪杰，衙门里也还给点体面。阖学递公呈，来请俺入伙。我想，当今之世，甚么公道，放着科甲不

争,争甚么闲气?一些人见我不肯,还忿忿而去。妹丈张鸿渐与我所见略同。若是认上头着,今日不免充军流徒。万幸,万幸!

今朝晨冷飕飕,洗了脸梳了头,夜来读的今朝又。若是随狼去打虎,辽阳受罪几时休?待想如今不能勾。张鸿渐甚有主意,必合他折桂来秋。

牛二上,见介,方相公说道呀!这是张姑家的家人,怎么来的这样早?牛二禀道大婶婶吩咐快请二舅爷去。二相公问甚么事?牛二说小的不知。我正睡着,叫起我来,催我快来,说请二舅爷快去。二相公叫人备上那驴,骑上打着飞走,一霎时到了。见妹子两眼通红,便问甚么事?方娘子说他惹下祸了!因他做的呈子,现今差人拿他,想是将到。二相公说这怎么了!

我妹妹泪涟涟,把前情诉一番,不由叫人一身汗。老马得胜越发作,比从前加倍更酷贪,秀才越发没体面。这可才无法可治,你可就准备坐监!

二相公说老马通不是个人了,近来越发横行。妹夫去了,他必要拿家属收监,这可怎么样?正商议着,牛二来报县里差了邓天军来拿人。方二相公说甚么事?差人说还是为那公呈,说那呈子是张相公做的。方相公说他上山西去了半年有馀,等他来时,才可以质对的。邓天军瞪起眼来,嚷道这是奉大老爷的明文,不是马老爷的私意。方相公笑了笑,说道你不必动气。你不过是待翻翻,请翻请翻。差人又商议说这方二相公也不是个善查,只怕进了门,他就给个作道。方相公见他前前搐搐,便把邓天军一把拉住说请进请进,我就奉陪。

叫上差你听言:待要翻只管翻,我就陪你从头看。我的话也不足信,我是方才到此间,也未必不有个张鸿渐。翻一翻有与没有,也好去回那县官。

果然进去房屋里，坑里洞里，前头后头，都瞧了一遍。方相公说是我没撒谎么？请去外边，我去沽酒酬劳。都说不必，不必。才进城去了。二相公回来，方娘子说他去了么？二相公说虽然去了，家里你该收拾收拾，托着谁给你料理家事。老马必然要来拿你。办下了极好；设或办不下，也有个着落。方娘子说不妨。这一个小丫头，着他去跟着咱娘；一个觅汉在家里，着他春大爷看着他做庄稼。把屋门锁了便是。

种着有顷多地，还有个大觅汉，托他大爷常常看。我在家中还害怕，若是出头见了官，我也不怕那马知县。我已是白黑计较，二哥哥莫把心耽。

我怕的是见官；若是见了官，就是砍头我也不怕。我家里已是安排停当了。二相公说他若不拿家属，还是个人；若是拿么，也就该来了。正说着，那邓天军领着两三个人，在大门上嚷闹，大呼小叫的说快出来，发人给俺！有一个说就进去，看迟了他又说上山西哩。方相公一行出来，他已是进了家门。见了方二相公说俺没拿了人去，几乎转下了。叫俺怎么来拿方氏，快打发俺走。二相公说列位，且外边歇歇，家里拾掇拾掇，好跟您去，请管逃不了就是了。一个个叉着腰，哧哧的喘粗气，都说不消讲迟呀耶看去的晚了，又说俺受了贿哩。殊不知俺是一口水也不曾吃的。方相公冷笑道列位少坐坐，我管去烹茶。邓天军说不用，还是速走。方相公说你不必如此。俺们该灭了门了么？邓天军说爷爷，你合官说，合俺说中甚么用？方相公说哎呀，您那官掌着铜刀敕剑哩么？待不说哩么？您且略站站，我去叫他出来。进来见了妹子，说收拾停当了么？方娘子说停当了，我已是嘱咐他大爷了。方相公说你合孩子就骑着我这驴罢。

上门来大发威，恶狠狠好似贼，教人几乎把牙咬碎！央他迟迟还不肯，快合他去罢，我的妹妹！料想也没有砍头的罪。低着头合他就走，到当堂再辩是非。

兄妹两个出来，便说咱可走罢。邓天军说您头哩先行。那地方去打水去了，俺哈些就走。方相公说不可呀！您从头里急如火星，吃水不耽误工夫么？看俺逃走了，不如同走。众衙役还坐着，二相公催着走，没奈何，起来走了。都说天哪天，这才是一口水也没捞着哈。方相公说我待打水给您吃，您等不的；怎么这一霎，就这样从容呢？一行说话，方相公把那驴打的飞跑，说咱紧着些。一伙差人连跑了两回，还没歇过来，喘吁吁的，把衣服都拓了。一个说好渴！一个说好热！邓天军说这说不的那苦楚，一清晨已是跑了五六里了。方相公也不答言，只是绰打着那驴飞跑。一个说好了，好了，到了城了。再着几里，就渴死了！同下，马知县上白可恨那张逵逃走了！我今差人拿他家眷，看他羞呀不羞！怎么还不见来？一干人进来，邓天军禀道拿了方氏来了。老马说带上来！方娘子上去，老马便问你就是张逵的妻么？答应是。老马把惊堂木一拍，反脸大怒，喝了一声好奴才！怎么这样无礼，见了本县，竟不下跪？

不由人怒气发！你把人藏在家，难道说说就干休罢？奴才犯了弥天罪，见了老爷不跪下，胆儿就比天还大！我奉着军门宪票，也不是私将人拿。

方娘子说我是秀才的女儿，秀才的姊妹，秀才的妻室，平生不会跪人。况且那呈子做与不做，是没有凭据的，於我有何罪？

做呈词未必然，被仇人把他攀，风闻料想也定不的案。丈夫就犯了杀人的罪，也与老婆不相干。难道说你不是秀才变？待要头一刀砍去，跪不惯糊涂赃官。

我上边跪朝廷，下边跪父母，犯了罪跪问官。我今日犯的甚么罪？我跪你是敬你的贪那，可是敬你的赃呢？若是有敕封的剑，就拿出来早早把头割去。我是万不能哀告你，待跪你怎的！方娘子指

画着骂，老马气极了，吩咐收监。方娘子闻说，一发大骂

我把你奸佞官！拿人容易放人难。做贼也要真赃犯，影响事情无照对，就把妻子送在监。你也不是人来变！譬如你砍头问罪，也把您老婆牵连？

你若犯了罪，拿你的老婆，你心下如何？老马听说哎哟，气死我也！方相公急忙上堂，作了个揖，便说道这是生员的妹子。他甚不通人性，老父师息怒。方娘子说我已是出头露面，我怕他怎的！只待他到监里闭了我，你伺候告上状便了。方相公又吆喝道这妮子这样无知！还不快结声的，胡说的甚么？

满口评妹子差，张逵实实不在家。妮子全不会说话，年幼无知真可恶，信口说的是甚么，真该把这奴才骂！望老师将他宽恕，把正犯拿送官衙。

只是望老父师耽待，从容查访张逵便了。老马怒气冲天，只是摇头。方相公上去跪了，说道望老父师少看薄面罢。老马喂了一声，说道本县合你没有杯水之交，看甚么薄面！方相公爬起来说道老师，你好小器，那杯水值甚么呢？

爬起来便开言，望你开恩免寄监，归家大小烧香念。老师不过恶生员，你可休当生员当春元，暂且留点薄体面。不过到明年八月，老父师何争这一年？

老马冷笑说道等你中了再讲。方相公说那时节轿马送去，不费你的事么？老马大怒道你就中了，待怎么着本县！方相公回头说道走走，座他娘的！我料想他不敢教你死。方娘子说二哥哥，你甚志气，待跪跪个好人，跪他怎么！二相公说罢，罢！我只拿他当个人来。

叫妹妹放心宽，你破上坐长监，休想我去求情面。看我定要着老贼，轿马送到你大门前。央着你出来还不算，不教他官吏全死，

我把这两眼全剜！

方二相公一行领着妹子往下走，一行唱骂。老马也怒冲冲的退了堂。二相公把他娘俩送到监里，说道我到家，就送个妇人来合你作伴。下

诗曰：踢跳跑呩野性多，无辔少鞍奈尔何？

秦王赐罢三军酒，留得老皮裹伏波。

第七回

旅村卧病

张鸿渐上白俺半夜逃出，早起晚眠，已是将近一月，料想他也没处追赶了。

【银纽丝】离家奔走两三也么天，怕有追兵在后边；昼夜颠，真是骑驴三不闲，骑着腿也夹，赶着又加鞭，忙忙走，好似离弦箭。晌午打了一回尖，登程只到日悬山。我的天呀！咳！荒店宿，方才宿荒店。

俺头一日走了勾二百；第二日走了勾一百五十里；到了第三日，这驴就赶不的了。我又没本事走，向来一日只走四五十里。才到了河南境界，运气特低，这两日又病起来了，只得住下。这已是三天了，全不见好。

昏沉好似发晕也么风，一身好似坐船中！眼蒙眬，手脚发热似蒸笼。浑身不自在，终日哐哼哼，觉着病势越发重。一日只捱饭一盅，没人问声是那里疼？我的天呀！咳！痛伤情，叫人情伤痛！

你看这一霎，觉着站也站不住，还得去屋里欹倒。店主人上白这天已黑了，看看张相公要吃甚么？来到近前，叫了声张相公，还吃甚么？

张鸿渐摇头。又问吃茶么？遂点了点头。主人说我可没有好茶。相公若有。我煽火顿罢。鸿渐指了指那书箱。店主便开箱取出，又即时扇火。不多一时，泼了一杯，两手捧献，说茶到了。鸿渐抬起头来，吃了半杯，便摆手不吃了。主人收拾了。又问你想吃甚么？鸿渐说全不想甚么吃，到是凉水甚好。店主连忙答应有，便打了水来，吩咐店小儿把那蜜拿来，加上两匕，加上蜜调和了调和，拿来说相公请饮水。鸿渐抬起头来，吃干了，说极好。店主出来，自己筹划说道张相公这病，我看着越发重了，可怎么处？略停了一停，再去问他。张鸿渐哐哼成块。主人又来说相公，你这病，我看着越发重了。张鸿渐答应了一声。店主说还得请个医生看看。鸿渐又点了点头。店主即时去请了个医生来，坐下看了脉，就撮了药来。那医生看着顿了，看着吃了，才起来去了。店主说药资我明日送去。送了医生去，店主又来看。但见张鸿渐滚来滚去，大叫了两声，便说我药着了！快熬些绿豆汤来解解。店主人急忙扇火熬了来，又吹冷了，递于鸿渐。鸿渐接过来，一气饮干。停了一停，才说好了，略受的了。蒙店东人家费心，我可再不吃药了。还有两件首饰，托你换来打发。他伸手把金钗取出，不觉落下泪来了

一伸手捞出首饰也么来，不觉一阵恸伤怀，泪满腮。临别将你画匣开，愁我没盘费，赠我紫金钗，那知我病里将他卖！家中带着小婴孩，不知你家中怎么捱？我的天呀！咳！无奈何，叫人愁无奈。

滴了两眼泪，交与店主人。那天已大饭食了。店主出去，换了八两银子来，交与鸿渐，把药钱并一切杂费，称去了一两二钱

病恹恹只把眼儿也么合，身子如在热油锅。没奈何，白黑昏迷在被窠。水米不沾唇，足勾一月多，闷昏昏只在床头卧。离家已是受折磨，又着俺在外染病疴。我的天呀！咳！祸弥天，真是弥天祸！

店主时常来看，便问吃饭么？只闭着那眼说不吃。店主问吃茶么？又说不吃。店主看了看，说道了不的了！鼻子也歪了！眼也昏了！那有好

人？该商议买棺材才好。又叫张相公，也不答应。又叫了一声，只是迷迷忽忽，并不觉了。店主说这待怎么了！

终日昏昏眼不也么开，魂灵已上望乡台。苦哀哉，早晚爬窝往外抬。上看眼睛塌，下看鼻子歪，像这等难望人还在。怕他一口气不来，死在床上没口材。我的天呀！咳！摆划难，教人难摆划。

店主叫小二，你来守着，就在床前打铺，常听着些。我两三宿不曾合眼，且去睡睡。下，店小二放倒身便打鼾睡，忽然醒来，听了听，说还有气哩。又睡去了。店主上，看小二睡的这样浓，叫了两声小二。小二莽莽怪怪爬起来，还揉眼。主人说张相公怎么样？小二说还有气哩。主人骂道狗男女！说的是甚么话！待我看来。伸手一试呀，这头上有了汗了！我在此守着。天已将明，你去把张相公那驴喂喂。小二出去，不多一时，跑回来说不好了！驴不见了！主人说想是开了？小二说不是开了，那大门也是敞着的。主人说哎哟，这怎么了！我再看看张相公。拿过灯来一照说正出大汗，不必惊他，等他好了，再作商议。小二说依着我，他得病时就该逐出门去。你不听我言语，白黑伏侍，受了多少辛苦；临了没上一头驴，还得赔他五六两银子。这个丧气不丧气！

你行好不肯逐他也么出，倒在床上喘呼呼。命将除，想来这事好糊涂！白日烧汤水，黑夜提溺壶，辛苦受了无其数。熬的他出汗病全无，倒赔上一个大叫驴。我的天呀！咳！诉何人？可向何人诉？

主人说这原是咱的运气不济，何必埋怨？张鸿渐出了汗，翻过身来，说呀！病已去了八九分了。这肚里好饥饿！店主说病后只宜吃薄粥，快做快做。不一时盛来

两个月水米未曾也么沾，忽然吃着异样甜美甘，盛来吃尽又重添。口里还待吃，心里不敢贪，小碗里只吃了两碗半。亏了死去又重还，若是一命染黄泉，我的天呀！咳！见何人？可有何人见？

主人见他好了，才说有一件恼事对你说。鸿渐说何事？店主说连日看守相公的病，不曾得睡；昨晚叫小二看守相公，我便去睡。临明叫小二去喂驴，不想那驴被贼偷去了。鸿渐不觉感叹说道我千乡万里，骑着他出来，不想就不见了！

自从我出门离了也么家，只有俺俩没有仨，叹煞咱！想起当初痛撒撒，溜溜的跑了一日，我困他也乏，不吃草倒在槽儿下。谁想今日在天涯，我倒还活没了他。我的天呀！咳！牵挂人，叫人心牵挂。

店主说相公不必烦恼。谁叫我不小心来？请管还给相公买一个好驴。鸿渐说这是甚么话！我叹的是这驴跟着我受了罪了，一旦不见了，这心里不自在，岂有叫你赔的呢？店主说相公不教我赔，我心下怎么过意得去？鸿渐说有甚么过意不去呢？

实对你说我从此也么来，生平全不会揣歪。命里该，合当如此赌不的乖。大病不曾死，坐当又破财。被贼偷何曾将你赖？烧汤烧水在心怀。若把你好处丢放开，我的天呀！咳！坏心术，就把心术坏。

我说不赔，你心里过意不去；你赔了我，我心里怎么过意的去？店主说只是难为相公，忒也便宜了我了。罢罢！我合小二抬你到那书房里，你静养几天，等相公壮实了，再作商议罢。并下，张鸿渐上白养病又是半月，每日教主人翁杀鸡割肉，一日两三顿，甚是不安。这几日行动的了，我去街上自己买饭吃，到晚间还吃他一顿米粥。不免叫他来，把账算算，以便起身。主人公在家么？店主上相公有何吩咐？鸿渐说作蹋你三四十日，你把饭价算讫。店主说相公三五两银子的驴还不叫我赔，吃几顿饭，那有要钱的理？况且每日都是你外边吃饭，扰我甚么来吃？张鸿渐又不肯依，把银袱展开

我合你本是好相也么交，住了不是两三朝。病难熬，仗托主人

情意高，清晨把饭做，夜晚把茶烧，一泡尿也是扶着溺。阎王殿前走一遭，侥幸在阴城把命逃。我的天呀！咳！酬报难，教人难酬报！

张鸿渐再三的给他，只是把戥子递给他，才收了一两银子。拿去旋即回来，说这是我的二两银子，送与相公路上买顿饭吃。鸿渐推了不接说劳苦你一回，除不赚钱，那有教你折本的理？坚执不收。店主去领了个驴夫来，说我给相公雇了个脚。鸿渐说一程多少价？店主说不必问，我已支了脚价了。鸿渐说多谢多谢！才上了牲口。店主又嘱咐道若回来时，务必到咱家歇歇。鸿渐答应自然么！请了。

诗曰：蹇驴失去病难痊，天幸又逢店主贤；
　　　临别虽劳嘱再顾，不知何日始回还？

第八回

旷野逢仙

张鸿渐上白自从店主人送我上路，一日走了一百二十里。不想灾星未退，又使的抄了，病了一日。那店主人极其可恨，不依我在他店里，我又只是不动身。亏了代了数十日，又出了汗，方才另找了店房，将养了几日。我生平又不能吃那粗饭，况且是病后非肉不饱，盘缠已是不多了。

【耍孩儿】急忙忙上前奔，走一程病临身，如今已是活倒运。连日不敢多走路，吃的剩了一两银。几吊钱能买饭几顿？我出门原无定向，取便道访访故人。

前边到了凤翔府了。我想这凤翔城南，有个王庄。庄里有个王秀才,号是霞紫。前年从京里下来,断了盘费,在我家里住了几日,送了他程仪二两。他曾嘱咐有事南行,便去访他。何不一往?俺到凤翔住下,再问便了。到了店里,店家端上包面来。吃完了饭,便拿出银子,说道店主,我没有钱了。还有一两银子,你收去找过钱来罢。店主称了称,说道不足一两。上盘一算,找了一千二百五十文。又雇了个驴,直上王庄。那凤翔府人烟闹市,张鸿渐骑上那驴,扬着鞭子,说道踩着,踩着!出来南关说好了,出来了。那驴夫在后边赶上说挤呀!驴夫又看了看,说呀!相公,你被剪绺的剪了!鸿渐回头一看,被套割破了哎哟!不好了!待俺下驴。下来一摸说,不见了一整吊怎么了?罢了!罢了!

雇了驴上王庄,被贼人剪被囊,盘费钱今日毕了账!腰里只有钱二百,亏了眼下上高庄。如今但把朋友望,未知他情薄情厚,想今晚不当衣裳。

来到庄里,待俺问问王霞紫在那门里。有一个人指说那南首路西,第二个大门便是。到了门前,敲着门说里边有人么?出来一个孩子说你待做甚么?俺爹爹没在家。张鸿渐说那去了?孩子说他在北京教书,还没来哩。张鸿渐暗暗踌躇说这可怎么样!遂即又出了庄,解开被套,打发了脚钱,说道不知那里有坊店?脚夫说顺此上东,还有二十里。脚夫去了。只得卷起被套,上了背,可就往东走下去了

没盘费甚慌张,访朋友又空亡,钱虽少今夜不欠账。买饭只买一两顿,明日不免当衣裳。终日可是怎么样?只怕要中途饿死,势不能再返故乡。

从来不曾走路,觉着这铺盖勾百斤还多。才走了十来里,太阳已是落了。心里虽急,争奈这脚不随心,实不能行,俺且歇歇则个。

寻思起没奈何,还有钱一百多,暂且投宿不捱饿。只是浑身流热汗,觉着寸步也难挪,放行装且在荒郊坐。歇歇去敲门投宿,暂

且顾眼前存活。

歇了歇,起来又走,说这天已是黑了。不知走到几时?好苦人也!忽然抬头一看呀,那边不是个庄村么?俺就照那庄走去。老妇人上天黑了,俺把大门关上。张鸿渐急步上前,说道老婆婆,且休关门。老婆子说你待怎么?张鸿渐说我走迷了路了,没处投宿,望祈方便,借宿一宵。老婆子说俺从来不留人宿,谁知你是好人歹人?请行了罢。鸿渐说我不过一书生,能做甚么恶事?

在外人难上难,俺没处把身安,老婆婆望你可怜见。小生但求一夜宿,倒身并不用床眠,门里头只用席一片。我明晨黎明就走,上前去并不留连。

老婆子说罢了。你就进来。俺家没有男子,本不敢留客,因你是个书生,料想不妨,我私自留你在这门里头睡了。我先说,可没饭你吃。这不是草,你可打铺,鸿渐说就好就好。

进门来把身安,把行囊下了肩,身上乏省去找房店。便就墙根铺下草,还得找块半头砖,怕硌头不妨着衣裳垫。俺暂且拳拳乏腿,怎禁的这热火生烟!

这一霎坐着,倒强似走路。只是饥饿难当,就不能有饭,得一壶酒也好。等他出来时问一问,若有处可沽,还可开门寻酒。正自打算,忽从里边出来一个纱灯,引着一个女子。自家赞叹道好齐整的紧!世间那有这样的美人!一行瞧着,一行夸奖

那容貌似天仙,十七八正少年,真如水月观音现。看他慢慢长裙摆,仿佛一对小金莲,脚儿挪头上银翘颤。见了他广广世界,可知那飞燕貂蝉。

那女子不一时来到大门,便问大门关了么?老婆子答应说关了。又问这铺是谁的?

老婆子叫大姑：有行客走迷途，央我在门里打个铺。我说少席又没枕，他说只要个草儿铺，天明就要登程去。受不的千般哀告，又看他不像个强徒。

女子恼了说这样可恨！怎么私自留人？可知他是好人是恶人？那人呢？张鸿渐听的问，抖了抖衣衫，走近前作了个揖，说原是小生的不是，与老妈妈不相干。女子便问那里来的？鸿渐说来路甚远了。

我张逵历府人，上凤翔来探亲，书生迷路无投奔。一个孤人天又晚，荒窜前来到贵村，告妈妈求他把门儿进。书呆子不晓世事，望娘子好意留存。

女子听说不怒了，微微笑道我只当是个恶人，原来是读书君子。可恨他不禀我知道，这样亵渎尊客，成何道理？快收拾起行李来，请去客房里安歇。女子头里先走，鸿渐随后到了客房，一个丫头掀起帘子，女子说请坐。便向后宅去了。鸿渐坐下，一霎时酒饭俱到

抬起头四下观，书画琴棋件件全，不像没有男子汉。坐下没有多时候，美酒佳肴望上端，一霎时像有现成饭。俺并无半面相识，怎蒙他厚意垂怜？

吃完了饭，丫头、老婆子掇去家伙。鸿渐便问小娘子高姓贵名？今日厚厚扰了，过日也好思念。老婆子说我对你道来。

他原来是施家大姑，名叫舜华，十七八岁还没出嫁。太太公母俱不在，惟只撇下姊妹仨，小妹妹两个还不大。你是个诚实君子，对你说料想无差。

两个都去了，看了看那床上，已是给铺下了锦被锦褥，又香又暖小生可有甚么福德，蒙我那舜华姐姐这样错爱！夜长难睡，俺且看书。遂去架上抽了一本书，塌伏着枕上观看。忽听的后门呀的一声，像是那高底儿响，走将近来。鸿渐抬头，原来是舜华。慌的放下那书，摸那衣服。舜华说不必不

必。一把按住他，却扯过椅子来，坐在床前头，说我见了君子，忍不住要诉诉孤苦。

把官人叫一声，得贵步到门庭，看来也是前生定。奴家上边无父母，下边无弟又无兄，这样人真正不成命！今得见读书君子，忍不住诉说衷情。

奴家上无依，下无靠，里外的支使着一个人，一肚子酸苦，没处向人诉诉。今日见了官人，志诚雅致，不觉的发泄出来。说罢，掩面落泪。张鸿渐说有娘子真么一表人物，何等女婿找不出来？不强似自己过么？女子便使衫袖拭去泪痕，又微微的笑了一笑，说官人哪，官人咳！鸿渐说娘子有事但说，因甚么又中止了呢？女子又笑。鸿渐又问有甚么难说处么？女子说旁边无人，说也无妨。

有句话到口边，待要说又回还，未开口不觉容颜变。官人风雅又少年，既到寒家定有缘，何必别处求姻眷？不嫌奴家貌丑陋，就在此杯酒成欢。

鸿渐低下头，着实作难。便说娘子且坐，我去去就来。出来到了没人处寻思道这怎么处？一见面就蒙他厚待，必定是待成亲。若说不，她老羞成怒，必然就逐出门外；若是哄着他成了亲，倒也快活，可又不当如此。罢罢罢！生有地，死有处，能仔教他撵了。返回身来说道小生的话，比着娘子越发难言了。

进门来见容颜，只当是玉堂仙，没福分难得见一面。若得娘子成夫妇，造化并不是人间！但娶妻已是三年半，哄着你虽然快乐，也怕那头上的青天。

女子说这也足见官人那志诚。但只是官人料想还有几年的住头，就是家里有夫人，也到不妨。

他合你结发缘，我合你恩爱间，两头庄来往从君便。住上三年合五载，待要回还就回还，俺也不把你恩情断。从来船多不碍江，何况是地北天南？

鸿渐说若得娘子如此，小生万幸！但不早说明白，到后日便成负义王魁，却不把张字更了么？娘子不嫌，小生已是吊魂久矣了！女子起来说道奴且去，明日请个媒人来。张鸿渐伸手拉住说即不弃嫌，今夜就大吉祥。女子笑了笑，也就住下了。两个丫头端了酒来，床上放下小棹儿，鸿渐说请就床对饮。女子笑说下边极好。丫头斟上酒来。女子吩咐道唱一个曲儿与官人听听。那丫头听说，便唱起来了

【叠断桥】春日天长，春日天长，带病恹恹懒下床。奴这里正心焦，极嗔那桃花放。燕子为谁忙？燕子为谁忙？莺声呖呖哭垂杨。人说道这是春，奴觉着合秋一样！

四季曲儿唱了一个，女子瞅了一眼说好贱人！你怎么知道我合官人不能长久，就唱一个离别曲儿？丫头慌忙即时改了，遂又唱了个【跌落金钱】

【跌落金钱】叫了声娇娇嘴印腮，又看见你影儿床上来。娇娇呀，这一笔才勾了相思债。哥哥不知我心怀，我心怀。你说我狠来，我说你呆。哥哥呀，这一霎才不把奴嗔怪。又叫了一声乖乖俏乖乖，端相了模样看绣鞋，乖乖呀，那一点不叫人心爱？教奴昏醉眼难开，自家的身子做不下主来。冤家呀！舍上奴，尽你咋摆划。

鸿渐说妙极了！这一个词，我就干了三杯酒。女子笑道我合官人讲个款。

【黄莺儿】杂粮百石多，虽不富能存活，就住几年也不错。但无媒说合，机关恐被人瞧破。劝哥哥：晚来早去，休得要磨陀。

我这床上有钱，任你拿去花消。要未明早行，日落晚至。鸿渐说就是如此。咱不饮罢。

这正是：困苦幸遇美人伴，忘却深闺独断肠。

第九回

牢中报喜

方氏上白咳！俺初到监里，腥臊烂臭，好不难禁！及至住下来了，也就好了。

【叠断桥】一个年头，一个年头，住成家了便不愁。里边甚腥臊，闻下来也不觉臭。见儿泪流，见儿泪流，你今年过了整四秋。可怜未成人，跟我在这里头受！

这过了中秋十二三天了，大场里将近放榜，不知他二舅何如？好闷人也！报子上云急忙监里报，娘子得知道；买他一个笑，挣他钱两吊。把牢门的禁子报与方娘子知道，方二爷中了第四名举人。娘子正坐，禁子来磕头，说大喜了！方二爷中了！报子讨赏。娘子大喜，吩咐老王说还有一吊钱，赏了他罢。一霎时，满监里女人都来道喜，都说你明日就出去了。娘子说这还未必。

娘子低头，娘子低头，喜到极时双泪流。我只说住到老，一般也有个勾。笑口难收，笑口难收，想这去处不久留。收拾破行装，但等他二舅。下

马知县上白谁想方兴真果的中了举，这可怎么处？嗯嗯，他若是拿个帖来，就做个人情，把方氏放去，后日也好相见。下，方仲起上白侥幸中了。我意料老马必送了妹子来家，怎么不见动静？

他教我等着，他教我等着，等的今日也罢了。他送了妹妹来，应当拨上轿。金榜把名标，金榜把名标，足见我当日不是叨。他若

是送了来，就且不计较。下

老马上白奇呀！怎么方家并不差人来说情？想是等我送去，那就差了。

大发狂言，大发狂言，望我送到大门前。你虽是中了魁，管不着我马知县。待他明年，待他明年，破上登第中状元。就做了大翰林，也没有敕封的剑。下

方仲起上白马知县不送妹子出来，这意思还望我央他，还要做个情。我央他怎么！

用意忒差，用意忒差！还等我去央告他。骂声老贼头，你就忒也诈！咬碎银牙，咬碎银牙，合该咱俩是仇家。我纵然不做官，定把你头割下！

方娘子见全无音信，都替他疑惑，说道方二爷怎么就没央央？老马虽然可恨，央央他也没有不依的。方娘子说您那里知道的。

哥哥立志坚，哥哥立志坚，不肯屈意望周全。央他出了牢，我也不情愿。拿了县官，拿了县官，方才是我出头年。立志不回家，要坐的牢底烂！

孩子在旁说娘呀，这是那里，咱只顾在这里头？娘子泪下说道我儿，这是监里。原是您爹爹惹的祸患。儿又问俺爹爹呢？娘子说我儿。

你爹爹远逃，您爹爹远逃，不知他望那去了。远近谁得知，死活不能料。知县杂毛，知县杂毛，把咱娘俩送监牢。你还未成人，几时把仇报？

小相公听说就哭了娘，咱几时家去呢？

我的心肝，我的心肝，咱在牢中已二年。已是全不想，还得天日见。祷告苍天，祷告苍天，保佑您二舅坐高官。要知吉合凶，明年二月里看。

第十回
仲起报仇

方娘子上白咳！思想一回，好不伤感人也！

【叠断桥】日日在监，日日在监，不觉光阴又一年。花炮闹烘烘，才知这年头换。街上闹喧喧，街上闹喧喧，每逢佳节万人欢。谁知受罪人，哐哼到三更半！

禁子跑来叩头说方二爷中了进士了。娘子笑说赏他。老王哈哈大笑俺姑，咱今这一回可出去了！咱收拾行李去来。并下，老马上呀！方兴又中了进士。早知如此，当初就做个人情罢了。如今可是该怎么样？也罢，我出上就依了他，着轿送去，或者他不怒了。叫人来！答应有。老马快把方氏请出，使大轿送去。答应是。下，方氏上白，说道老王，你且不必收拾，看老马还不知怎么治咱哩。老王哈哈大笑道情管就做了情了。不一时，禁子来请马老爷拨了轿来，请娘子出监。方娘子说我不出去。为甚么送我进来的？又为甚么叫我出去？

大骂贼科，大骂贼科，送我监中二年多。只当老奸贼，要叫我长长坐。今日如何？今日如何？请我出去待怎么？要我出监门，只等把贼头剁！

衙役们在监门外边等候。禁子出来说方娘子不肯出来。众人说这怎么了？方二相公，那做秀才时就歪，何况中了进士？咱不给他送去，他治不的官，可就治咱。咱进去跪请。众人一拥进来，跪了一监，说娘子不出去，小的们担不的！方娘子说该您甚事？也罢。问道有轿么？答应停当了。娘子说还有一个人,可有马么?众人连忙答应有马。便说李虎,快去厂里鞴匹马来。李虎说老爷没吩咐,还得禀禀。众人说何必禀?轿都抬来了,何争一马?不一时,鞴了马来,众人又请行了罢。方娘子才出了监门,上了轿。老王合小相公上了马,老王可就喜极了

老王笑哈哈,老王笑哈哈,一般今日也归家,应了俺二爷说的那句话。满街闹如麻,满街闹如麻,出了城门见杏花。忽然抬起头,天勾多们大!

来送的众衙役说到了大门了。方娘子下了轿,老王合小相公下了马。方娘子笑说众差人,生受您来送俺!衙役说娘子不怪就罢了。下,方氏进了家门,眼中就落下泪来

来到家中,来到家中,墙歪屋塌满蒿蓬。惟有个瘦犬存,见主人把尾摇动。屋里尘蒙,屋里尘蒙,屋后桃花一树红。满眼甚凄凉,教人心酸痛!下

方仲起上白俺侥幸中了进士,又点了个二甲。自家思量,老马曾说就点了翰林,怎么着那马知县?亏了那严世蕃有病,俺借着行医,去结识了他。

俺把药煎熬,俺把药煎熬,亲自煽火不惮劳。祝赞家神灵,着俺方儿妙。给他吃了,给他吃了,病去好似火燎毛。俺的药有灵,他的头该掉。

自从治了病,极其相好。送俺的金银细缎,都不曾收,得他一发敬重,搬俺的行李来,就寓在相府,朝夕相会,俺奉承的他也极其自在。我想那严公子,待杀个州县官,只像碾杀个蚁蛘,有何难哉!

想着报仇,想着报仇,时时刻刻在心头。权且把良心,丢放脑门后。妻妾堪羞,妻妾堪羞,不把功名富贵求。只为同胞人,现在那监中受。

昨日问起那县官，我便把马知县的恶迹，只当笑话说了一遍。那公子说：可杀，可杀！

共酒同茶，共酒同茶，只将恶款当闲吧。虽是报仇心，都是真实话。公子咬牙，公子咬牙，这样贪官留他咋？只该割了头，拿了去当街挂！

仲起说妙极，妙极！这里有点钻眼了。只怕他事烦忘了，一两日重重才好。怎么今日还不曾出来？公子家人上白按院王老爷就到。俺老爷吩咐道，请方老爷伺候陪客。方仲起说我就去。遂说道好，好，这内里有个机关了。走下，北直按院上云本朝官名御史，奉旨钦差代巡，拿问贪酷官吏，办理冤枉军民。自家北直巡按王成是也。今日点出差来，须先去严老师那边请教请教。方仲起大庭正坐，有人来报王老爷到了。仲起忙迎出来。按院不认的，合他手下人嚓语嚓语，才进来行了礼，说方老爷，先生殿过试了，因甚么还不归家。仲起说因着严舍亲挽留，所以迟迟，日下也就行了。公子上云家君为宰相，权势压朝纲。文武将赴任，须谒小中堂。俺乃严阁老的公子，严世蕃便是。有北直按院来见，须索去会他。按院迎出来，进去作了揖，就要下跪。公子让起来，坐定。按院说晚生要去到任，望严老师指教。公子说也没甚么指教。只是辇毂之下，要做好官便是。按院打下躬说是是。公子吩咐看酒来。三人饮酒。仲起说老公祖到任，治弟便亲受大福了。按院说岂敢岂敢！仲起说好的紧！

【耍孩儿】老公祖休作谦，永平府正俭年，饥荒连岁人逃窜。去岁年景还略好，逃去的百姓未回还，满眼都是荒一片。老公祖慈祥仁爱，就是那厚地高天。

按院说岂敢岂敢！休说小弟没有长才，方且不是牧民之官，可有甚么恩惠给那百姓们！公子便说老世台虽不牧民，却管着那牧民的了。仲起说这个牧字，敝县去任的何父母，他讲的甚好。他说：牧是养，譬如人家喂羊，同是爱惜他，也望他孳生，也望他肥大，却也要杀他吃，托给那牧羊的，他也要偷着杀他。那县官就合那牧羊的一般，岂有全然不杀百姓的？按院笑了笑说想是贵县就有被他杀过的？仲起说这却是他的戏言，他却一清如水。按院说他升了什么官儿？仲起说可惜他才力不及，家去了。按院说如今贵县知县姓甚么？公子说可是呢，老世台该问问，那奴才可杀的很！仲起便不做声了。少间起了席，仲起没人处暗喜说好妙好妙！

自今年在京都，奉承在他两月馀，不过用他这一句。他说我没有敕封的剑，有剑何用敕封乎？我着他掉头他不知因何故。这报仇有点眉眼，单看那按院何如。

转了转便来，按院一把拉住。看了看公子没在旁边，便问适才严老爷说贵县县官该杀，是因甚么？仲起说治弟不知。按院说朝夕同居，又是贵县官长，那有不知的？不妨明告。仲起说实是不知，老公祖请回，等治弟问问，着人去回话。公子也来了。按院就告别，说厚扰了，别了罢。送了客去，公子也回宅去了。仲起也到了书房里，遂把老马的恶款，拿出来看了看，誊写一遍，教自家的家人吩咐道你把这书，密密投与按院老爷。答应是。仲起起来说一天事完矣哉了。

监里人受罪多，我心里不快活，这样日子真难过。虽然中了个进士，一夜何曾得睡着？只愁老马的头难剁。不料想满心冤气，到如今一旦消磨。

到明日，须是辞了公子回家而去，必然在按院头里方好。他只怕也就行矣了，俺只得速去为妙。

诗曰：打胜官司贼益骄，强将妹子送监牢；

一腔冤情重重结，斩落贼头恨始消。

卷　二

第十一回

贪官拿问

方仲起上白自从京师来家，问了问妹子，已是送到家中。哈哈！晚矣了！

【耍孩儿】骂一声老贼头，半点体面不肯留，我那话一般也照着做。他若还是早如此，我便相安不记仇。今要平和不能够！谁知冤仇莫结，惜乎他晚了三秋。下

老马上白听说方兴来了家，只得去给他道喜。

骑上马上方家，自觉着不光滑，待不去心里放不下。他说着我轿马送，出上件件都依他，到如今还有甚么话。这一去没有久住，不过是相见一茶。下

方仲起白听说按院到了任，想那消息将动也。家人来报马老爷来拜。方二爷说你对他说，老爷睡着了。老马来到门前，门上人就照话回付了。老马怒极

听的说他来家，我登门来拜他，他反估着自家大。我在卢龙做知县，方兴辖管着我甚么！破着行看他把我咋？从今后咱就踢弄，一天事有我不差。

拨马说道走走，咱就弄呀。众下，仲起上。家人来报，老马大发威而去。仲起说哈哈！他能怎么着咱！回去必然又差人作祟您大姑家。可差十来个人，拿住他那衙役，着实打，打他个半死半活。怕他怎的！

答应是。且说老马回县，立刻吩咐说张逵业已来家，去给我拿他来。他若不出来，还代方氏来回话。众衙役都不做声。老马大怒说奴才们怕方家，倒不怕本县了？

那张逵来了家，都不敢把他拿，怕方兴不把本县怕。一伙奴才准备着，板子打来夹棍夹！就着方兴把你拉，我把您狗腿折了，都着你就地高爬。

快拿夹棍来！一伙少年衙役都商量说现官不敌现管，咱趁着如今不干个时道，更待何时？况且咱会方娘子一面也好。便应声说小的们就去。老马说您到是中用的。到那里定把方氏拿来！答应一声是。跑将出来，说道一群老奸巨滑，不肯伸头。咱不做点事儿，那官那里认的咱呢？一个说那方娘子我极待看他，他笑的也好看，他恼了也中看。

方娘子貌如仙，他恼了把柳眉弯，叫人越看越中看。俺曾见他把老爷骂，至到如今在眼前。今日又得见一面，听听他莺声燕语，真教人魂飞半天！

一个说他把咱乜官府都骂了，不是中看的。一个说叫他出来，每哩待捂着咱这眼哩么？一行说笑，到了门前，便叫里边有人么？没人答应。一个说还得再叫。又叫了两声，方娘子说丫头，你去问问，是做甚么的？丫头出来说您待做甚么？衙役说马老爷差俺来拿张逵的。丫头说他无来家。衙役说他无来家，还叫俺代方氏去回话哩。丫头跑回来说了不的了！老马差了一大些人来，说姑爷没在家，还拿姑娘去哩！方娘子跳起来说气死我也！这没人去对您二爷说，可待怎么处呢？方仲起众家人拿棍上

这衙蠹太欺心，拿住他打断筋！打多打少不要论。二爷早已吩咐了，各人手拿棍一根，休叫他摆了溜子阵。一个个俱都拿住，

打他个致命发昏！

差人正嚷着说怎么着哩？咋不出来？俺就进去哩！忽抬头见一行人来，说不好了！那是方家人来了！快拿腿罢！四下里乱窜。方家人喊了一声，说好狗头！那里走！赶上捉回来，都说俺是官差不自由。一齐乱打，打的叫亲达达！勾了俺的了！

帽子上破了边，网子上坠了圈，腚合腿都是稀糊烂。批溜扑搨一片响，煞狠地动怪叫欢。叫达达只推听不见，要把他屁股打破，带与那堂上赃官。

每人打了勾一百多，才不打了。方娘子说一霎咋不听的做声了？我出去看看。出来，见一群衙役还拴着。便问打了多少了？答应打了一百了。娘子说再打二百！

再给我打起来，捎给那老杀才，高吊起打他个极自在。从新数着数儿打，撕了衣裳剥了鞋，拿鞋底拶那天灵盖。打个样给他看看，好叫他想着再来。

打完了，方娘子说饶你狗命去罢！都歪着地下，说打折了腿了！走不的了！娘子说是还等打么？给我再打起来。

【叠断桥】说了一声，说了一声，大家不说身上疼，拿起那将折的腿，顾不的稀烂的腚。扯腿仍崩，扯腿仍崩，路上坐下才哐哼，都说道：好他娘，几乎送了命！

一瘸一点的，到了县里，对着老马，如此这般，告诉了一遍。老马大怒，即刻点了五十名衙役给我再去拿人！

你休怕他，你休怕他，带着器械到张家。就撞着方家人，也拴来回我话。定把方氏拿，定把方氏拿，拶他顿拶子也没有揸。破上老性命，就合他对了罢！

老马正在堂上点人，有人来报刑厅大老爷到了。老马听说，也挣了一挣老马听了，老马听了，暂且从容把气消。全没有信息来，如何刑厅到？好不蹊跷，好不蹊跷，摘了帽子薅了毛！这一来甚莽壮，像有些不大妙。

老马正伺候迎接，刑厅已是进来了。慌的跑下堂来，才待行礼，刑厅摆了摆头，一个人拿出锁来，丢在那脖子上了

即时锁了，即时锁了，魂灵飞上九重霄！不知是为嗄来？一点信儿不知道。低头跪着，低头跪着，神色惶恐没处逃。没人问一声：方娘子叫不叫？

刑厅锁了老马，即刻点着起身走了。后边留下人，又拿了十五名衙役。

这正是：夫见桃园三义士，乌白等候已多时。并下

第十二回

闻唱思家

张鸿渐上白舜华与我倒极其恩爱，每日床上银钱，尽我花费，登山玩水，却也逍遥。但这一条肠子，系恋家中，何日是了！

【玉蛾郎】正月里，梅花娇，春雪飘，和风荡荡上柳梢。家家闹元宵，走冰又过桥；他乡人，也跟着走一遭。

二月二，是花朝，冻初消，榆钱绽树梢，春风乌梦遥。不觉的三月清明又来到，杏卸放红桃，坟头把纸烧。可怜俺望家乡万里遥！咳！三春即尽，夏又来到。四月里。小麦黄，稻插秧，困人天气日初长，紫燕上雕梁，黄莺转绿杨。这时节来，又不热来又不凉。

五月五日是端阳，角黍香，艾虎挂门旁，葡萄酒满觞。又早是六月热难当，荷花满池塘，暖水戏鸳鸯。可怜俺抛妻子在他乡！

呀！三伏即尽，秋风忽至，七月里，到秋间，听寒蝉，桐叶飘飘下井栏。十五是中元，家家祭祖先，异乡人舍坟墓好心酸！

八月中秋白露寒，蛩声喧。人家妻子欢，月圆人也圆，那堪这，在他乡！又到九月天，山头列酒筵，黄花插帽檐，可怜是远方人形影单！天气渐冷，隆冬又到，十月里天气寒，觉衣单，鸿雁行行尽向南。正是雨连连，又见雪满天，北风起，冻手脚冷难堪！

十一月来难上难，河腹坚，日色冷惨惨，火炉不救寒。受风霜，又受到腊月间，岁尽又冬残。行人都回还，可怜是见人家过新年！

鸿渐暗叹我离家来此，已是五个年头了，家中全无音信。暑去寒来，好闷人也！今日闲暇无事，到那里去好呢？东庄里许梅庵，是新相知的个朋友，不免去访他访。呀！那不是他来了？许梅庵说兄台那去？鸿渐说正要奉访。梅庵说甚好。舍亲家酒店里，有极好的酒，咱去饮一壶。两个携手到了店里。梅庵吩咐，筛上酒来。拿过几样果肴来，斟上酒。梅庵说两人吃酒太闷，提壶的，你去叫一个清唱的来唱唱。答应道有。即刻叫了一个美少年来，抱着弦子进来唱道

【银纽丝】一更里昏沉灯儿也么张，无情无绪卸残妆。好凄凉，半是思郎半恨郎。人家有夫妇，晚来话衷肠，好恩情还把睡工旷；惟奴独自守空房，漫把金炉焚上香。我的天呀咳！上牙床，懒把牙床上。

二更里银灯昏惨也么惨，谯鼓连声玉漏残。好难堪，两下分离各一天。奴家也是孤，影儿也是单，对孤灯多亏了影作伴。枕儿斜依闷恹恹，手托香腮擎架难。我的天呀咳！换绣鞋，懒把绣鞋换。

三更里吹灯上床也么眠，一床锦被半床闲。好可怜，细听谯楼半夜天。身子只一抓，倒下小如拳，在牙床仅把脚儿拈。翻来覆去睡不安，捱了一更似一年。我的天呀咳！乱神思，越觉着神思乱。

四更里沉沉鼓乱也么敲，离情愁思更无聊。好难熬，倒枕捶床睡不着。看看窗儿外，明月上柳梢，透纱窗又把牙床照。万转千回泪暗抛，两眼一夜不曾交。我的天呀咳！告何人，可将何人告？

五更里合眼到阳也么台，明窗红日上三竿。闷恹恹，手脚沉困懒动弹。起又不能起，眠又不能眠，一夜儿滚的乌云乱。形容憔悴病新添，凄凉苦楚实可怜。我的天呀咳！埋怨谁，可将谁埋怨？

初交一更冷清也么清；二更寂寞更伤情；好难听，谯楼却又打三更；四更盼五更；五更盼天明；有六更便送了残生命。一更一点数漏声，捱尽了更点梦不成。我的天呀咳！扎挣难，教人难扎挣！

鸿渐说这是个甚么曲名，唱的这样哀切？清唱的说这叫作【银纽丝】。鸿渐斟一大杯，说先赏你一杯。你唱的极好！清唱的吃了酒，说我还有个【金纽丝】，再唱给爷们听听罢。

【金纽丝】春来到，花径生尘，风飘万点正愁人。家乡万里无音信，想你泪纷纷。他那里殷殷勤勤，杏花插乌云，可有谁看着俊？谁望着亲？

夏来到，荷叶如钱，一榻清风万树蝉。终朝只把家乡盼，想你泪涟涟。你那里闷闷恹恹，弓鞋强绣完，穿与谁人看？谁把你怜？

秋来到，落叶飕飕，萤火纷飞直上楼。此时难把孤单受，想你泪难收。你那里唧唧啾啾，怨恨在心头，定把奴双眉皱，泪儿暗流。

冬来到，长夜如年，宝帐孤灯照影寒。床头只数的更头断，想你好心酸。你那里孤孤单单，独抱绣衾眠，不知你怎么盼，咋样的难！

鸿渐长吁了一声，说怎么这心里忽然伤感起来？酒也吃不下去了！便说咱不饮罢。梅庵说咱每人还再吃一壶。鸿渐说一口也不能下咽了！咱别了罢，请了。梅庵下，鸿渐说这日还未落，到家也就黑了。

【黄莺儿】离人本断肠，听离词，越感伤，几乎落泪酒杯上！俺未定他安康，他未知我存亡，日夜几时把心放？好栖惶，游人在外，何日返故乡？

忽然抬头呀，怎么不见庄村？我不曾醉了，这分明是舜华家，可怎么门户全无，楼阁俱渺？待俺坐下定醒片时，但只怕我是醉了。

不由人暗惊惶，忽看见舜华庄，门前大树还无恙。那屋在那乡？那人在何方？蜃楼海市一般样。怪非常，小生那去，低头自思量。

数年伴见鬼，也是人间奇事。却只是天已黑了，我可向何处投宿？到明日可怎么度日？舜华呀舜华，你就是个鬼，这几年的夫妻，也该有个情义，怎么不说一声，你就飘然而去？天已黑了，可怎么处？回头惊讶说我真是醉了！真眼花了！你看这楼房俱在，俺已是身在房中，何曾不见庄村？奇怪呀奇怪！

【太平年】张官人吃一惊，举头满眼尽蒿蓬，分明归来不是梦，太平年，一望庭院都成空。年太平。张官人正徘徊，回首一见华堂开，身子已在房中坐，太平年，忽见舜华笑进来。年太平。施舜华，开笑言，实说我原是个狐仙。官人不必心惊惧，太平年，我与官人实有缘。年太平。

【黄莺儿】转眼变沧桑，这光景好异常。眼障法真把眼睛晃，一霎时大荒，一霎时村庄，醉迷糊也不知怎么样。梦一场，似醒未醒，还是在黄粱？

丫头点着灯，舜华从后进来，笑了笑说噫！你还不起来，是挣甚么？鸿渐说我这里正做梦，娘子又来合我梦中谈梦。舜华说不必说你那梦了，我都知道了，今日也不瞒你了。实对官人说：我本是个狐仙，与官人有缘分。你若不嫌，咱就还待会子；你若嫌，就请行，我也不敢教官人流落。我赠你纹银三十两,任凭官人上何方而去。张鸿渐说这是甚么话！休说娘子是个仙人;任拘是谁,既有了恩爱,那有敢嫌的呢?

娘子莫相商,我自幼无别肠,也该久得仙人谅。受的恩非常,待的情更强,岂是回头把恩忘?去何方?小生负义,神灵在上方!

舜华吩咐拿酒来与官人解闷。不一时,酒到了。鸿渐说娘子既是个仙人,小生的心事,想已尽知?舜华笑了笑,说官人的心事,我可何由而知?鸿渐说娘子怎么偏偏的与我解闷?我实不敢相瞒:嫩子娇妻,四五年没有音信,今日忽然感触起来。娘子既是个仙人,你设个法儿,送我家里看看不好么?舜华冷笑了一声,说你待去你就去,不必商议我!

官人太无良,守新房想旧房,教人心里好淡账！他丈夫姓张,你娘子姓方,施舜华到底别势样。莫相商,我不管你还乡不还乡!

鸿渐说娘子怪起我来了！我若是见新忘旧,这就是个负心人了,娘子你就喜么?舜华笑了说我原有个偏心病:在我身望你不负心,在人身上偏望你负心。官人既待归家,家原在眼前,我就即刻送你去。一把拉住手腕,说过来,我就送你去。拉着飞走。走不多时,便住下说到了。你可家去,我在树下等你。鸿渐抬头观看,说呀！这真果是我那庄村。待我进庄。咳！我这几年在外,这垣墙也塌了半截。待俺跳过墙去。说这角门关着,不免打门缝里瞧瞧。呀！屋里还点着灯,想是我那娘子还不曾睡。待俺敲门。方氏说半夜三更,何人叫门?鸿渐说是逃人还家。方氏说听这声音,真是我那官人还家。送开了门,一手拉住,掩面下泪,说你从何处来来?鸿渐说一言难尽。我且问你,那官事何如?方氏说如今好了。又下泪说我为你受的那苦楚,也学不的了!

他把我送监中，二年多不放松。亏他二舅连科中，老马才吃惊，也不敢拗争，从新轿马把我送。天眼睁，贪官拿问衙役二十名。

近来不知问你何如，想是有了眉眼。鸿渐说好了，我也诉诉我那苦楚。

起脚到河南，得大病幸保痊，失了驴，又把盘费断。幸遇着神仙，说合我有缘，殷勤留我成姻眷。我哀告，求他作法送我自云间。

方娘子歪倒身子，一头栖在怀中，说想是那仙人是极俊的，你就忘了这结发夫妻了！鸿渐说我不想你，怎么来来？小保儿呢？伸手指说那床上睡的不是么？鸿渐说咳！我去时他在怀中，如今长了这么大了！回头看了看那孩子。舜华换方氏介，说官人，你待怎么？鸿渐说舜华还在外边等我哩。娘子说你着舜华引转了心了。鸿渐说他虽好，到底不是人，只是他待我的情意难忘。舜华嗤的一声，说你看我是谁？鸿渐说这又是做梦了，分明是方氏娘子，怎么又变化了呢？难道这孩子也是假的不成？背抄着手，走至近前一看，说呀！奇哉！原来是一件衣裳，盖着个竹夫人。又看了一遍，说怪哉，怪哉！走了半夜，竟不曾出这房门！这不是咱吃的那酒？这不是咱吃的那菜？娘子，你忒也作弄煞小生了！舜华说我已是知道你那心了。鸿渐说讨愧讨愧！我的不是。咱去内房里，我给你陪不是罢。拉着手走下

诗曰：实情一句情难消舜华，枕上陪情不惮劳鸿渐；
　　琴瑟合好应不久舜华，鞠躬尽瘁在今宵鸿渐。

第十三回

愤杀恶徒

张鸿渐上白昨日被舜华作弄了一回，哄着我把实话说出，这两日觉着他情意疏淡。等他来时，再央告他才是。舜华上，鸿渐说娘子，我昨夜不过多说了一句话，却也没忘了娘子恩情，小生见娘子似乎不能忘怀。舜华说缘分已尽。我想这痴心恋人，终久无益，我今夜可真真送官人家去罢。丫头顿酒来，与官人送行。遂斟上酒，说道这五年恩爱，只在这杯酒之间，可痛饮一杯。叫丫环每日嗔你唱的四季曲儿，今日可用着了。丫头听说，便从夏季接唱起来了

【叠断桥】夏月荷花，夏月荷花，一团心绪乱如麻。闹吵吵咶杀人，只待将鸣蝉骂。热汗成洼，热汗成洼，忽然小雨打穿窗纱。才清凉越发愁，不知是为的嗄？

秋夜睡不着，秋夜睡不着，隔帘忽见月轮高。叫丫环关煞门，休叫他把我照。将铁马摘了，将铁马摘了，央及那砧声不要敲。你时常跺跺脚，休着那促织叫。

冬宵被难温，冬宵被难温，翻来覆去到更深。小丫环睡叨叨，越叫人心里闷。一更似一春，一更似一春，谁给我劝劝那打更人，也教他行点好，流水把更打尽。

舜华说官人，从此别矣了！鸿渐说娘子又待戏弄小生哩！才隔了两日，再相戏便俗了。我只是谢罪便了。舜华说我实送君行，不是相戏。

【劈破玉】我合你做夫妻四年零半，不想你心里另有个橛儿把奴拴，为甚么还痴心把你恋？你自有结发的恩合爱，这露水夫妻煞相干？趁如今就合你别了罢，省的你后日要把奴来闪。

舜华说官人既不饮了，咱便行了罢。把个竹夫人丢在地下，问你在前边在后边？鸿渐说你在前边，我搂着你罢。两个骑上，一阵风响，飘飘荡荡，不多一时，舜华说住了。忽然落下来，便说官人，咱可从此别矣了！鸿渐睁开眼看了看，说呀！我那舜华那里去了？

俺这里就待问几时相见，不知他从几时飞去半天？想又是眼障法把我诓骗。独自立在明月下，定定神思仔细观：光景如故，树木依然，庄东里那个滩，庄西里那个湾，庄北里那座山，庄南里那段田；庄里头楼几座，庄外头庙几间；这是王家的坟墓，这是李家的花园。楼台未曾缺少，庐舍不曾增添。看了看，一件件的分明，真真的，隔着家门不大远。

这真正我那庄村，无论是真是假，我且进去。呀！灯光也是明着。

进了庄，直到了自己门外。看了看，一遭儿屋倒墙歪，昨一日合舜华来那风景还在。跳过破墙去，直到内宅来，却也是窗儿里灯明，就合那夜半点儿不曾改。

虽然这丫头又弄法哄我，我且敲敲门，看是如何。方氏上白半夜三更，你是何人叫门？鸿渐说是逃人还家。方氏说你站在窗外，我认认着。鸿渐果然站下。不一时，把门开了，哭出便问官人怎么来来？鸿渐笑着说你不知道哩么？还问甚么？

这想是施舜华又来作戏，便说道小娘子会弄张致，平白里哄杀人光行那鬼怪计。看了看保儿还在床睡，比着昨夜更不差毫厘。你又把那竹夫人拿了来了？小娘子，我可从今不信你。

方娘子恼了说我合你四五年不见面，我为你受了多少的苦楚。见了面一眼泪也不落，冷打慢吹说的话，云里雾里，想是你的良心全丧了！

张鸿渐这几年你良心全坏，我为你人间的罪尽数全捱，现如今那枕上头泪痕还在。五年的夫妻一相会，一眼泪也不流下来。像奴家这一等无心的痴人，该着他死在监牢永不睬！

张鸿渐说这真是我那娘子了！一行哭着说娘子，你不知就里，原是我在外头，相处了一个狐仙，姓施名舜华，他已是合我来了一次，他哄怕了我了。

昨夜晚他就把娘子来变，在怀中谈话儿百样的试单，他说你忘了我合他留恋。我谈他情义儿虽然好，到底是个狐狸仙，这一句话犯着他那苗架，他就现了原身翻了脸。

适才又是他送我来的。我只当又是戏我来。我且问你：那官事怎么样来？方氏说一言难尽了。

你去后拿我去当堂审问，我可就掘他妈不辨官民，他气极就送我牢里监禁。他二舅跪央只是怒，我在监中过两春。二哥赌气愤志青云，过年连登进士，才把我送进家门。只等按院到任，一路访的底真，锁了老马一个，拴了衙役一群。人都说老马必砍头，还不知将来准不准。

鸿渐说施舜华真是仙人！昨夜来时，他装着娘子说话，说的如此，一字不差。方氏说我拿酒来与官人洗尘。你可从容说说你那苦楚。

丑扮李鸭子醉上白我乃李鸭子是也。自小无赖，人都叫我破军。吃酒嫖赌，俺没有一件不通的。适才远远望见一个人，爬墙往方娘子家去了，想是他的个情人。俺也蹉个狗尾儿。那方娘子，且休说合他有实事，但能汤他一汤，也就浑身酥麻。

俺从来便是个无赖光棍，起了个外号叫做破军。我爱那方娘子风流聪俊，二十四岁长守寡，难说全然不动心？院墙又矮一直到门，但只是这主子利害，不可轻易近身。县官骂了个闭气，衙役打了个断筋！又打上方仲起忒也尊，弄发了不饶人，重则掉了脑袋，轻则打的发昏！老子生儿一个，死了无人上坟。虽然是馋涎长流，皆因寻思到这里，才死活强忍。

今日既有了相厚的，还怕他怎的？待俺爬过墙去。

跳过墙俺不免一直竟进，他里边既说话待俺听真，醉昏昏听不出姓谁名甚。若听出这个主，吆喝一声杜住门，一把儿掐住他那脖子，那时节不怕他不肯。

李鸭子听了多时，走的响了。鸿渐说外边有人，我看是谁。扶着窗棂瞧了瞧，说不认的，听不出来。方娘子便说甚么人？鸭子说我是拿奸的。

叫一声方娘子休弄歪像，我是那李鸭子合你是同庄，你合我犯相交有何妨帐？难道说你合人来往，就不许俺汤一汤？你若是依了我这件事儿，咱可就千样事儿都不讲。

方娘子说气煞我了！这怎么治他？鸿渐说我总不是个人了！做着条汉子，除不能中举会士，给那妻子增光，一个老婆也不能做下主来，待要这命怎样！床头上抽出一口刀来，说杀了这行子罢！娘子说且住，万一伤着人，等我实告他。便说李鸭子，这是鸿渐刚才归家，你待怎么？鸭子说我不信。就是张鸿渐，他每日歇着案，也该拿去送县。你若依了我，咱就省的叫地方。鸿渐说罢呀！我犯了杀人的罪罢！遂提刀开了门，一刀砍去。鸭子闪了一闪，吊了一只鞋，往外飞跑。不想跳过墙去，跌了一个跟头，爬不起来。鸿渐随后赶到，砍了一刀，爬了爬待走，鸿渐又是一刀。方娘子赶出来，吆喝说放他去罢！李鸭子已是杀死了。鸿渐已发大开了膛，割下头来，才说虽犯了杀人重罪，我心里且快活快活。娘子哭着说道这却怎么了！

歇着案要拿你不能得勾，你今日又从新割了人头，这可才真真的无法可救！颠险曾捱过，我也顾不的羞。我替你寻思了三十六计，好法儿还是一个走。

他二舅自从报了仇，纵不去奉承那严世蕃，正做着刑厅，着他一笔勾消了。如今闭着门星事不管，他是依不得的。你不快走，还有甚么妙法！鸿渐说我再是不走的了。死就死罢，甚么相干！

我原就安排着自己投县，为个人怎么光教老婆出官？我听的那一回浑身是汗。你仔管领着小保仔过，我的事你休挂牵。种着几亩薄地，料想不致饿寒。但望孩儿无病，但求娘子平安，还有方仲起体面全。些须小事不相干，济着我去撞，待几年朝廷大赦转回还。命里若不好，设或是不然，既杀了人破上充军，绞了脖子钻了顶是砍头，娘子呀，还有甚么大凶险？

方娘子拉着只管恸哭。鸿渐摔开，提着刀，进了城。署印的县官是姓程，这日正坐大堂，鸿渐写了一张自投首的呈子，当堂投递

跪下说：这几年游学去远，大案里牵连着全然不知。昨夜晚来到家弄了一件奇事，写了张投首的状，告禀老父师。我既然杀了人命不敢瞒，情愿甘心来受死。

县公看了呈状说你大案里的事，如今已无事了。你可又杀了人。既来投首，我也不加刑审了，暂且收监，等候起解便了。老程退了堂

诗曰：重犯抵偿理亦应，也无烦恼也无惊；

大贤大圣身遭此，难说宽柔气不平。

第十四回

按台公断

花面扮众秀才上白哈哈！老马被按院锁拿了。官宅里发出银子来，托了一个礼房，一个皂头，每个秀才五两银子，每个百姓二两，求大家递状保他一保。这皂头是我拜交的，那礼房又是秦老兄拜交的，怎么辞的?

【耍孩儿】论老马甚酷贪，又打杀范子廉，待秀才真不成体面。常常借重盟兄弟，待要推辞开口难，兄弟过日怎相见？何况有白银五两，看了看耀眼光鲜。

这一来回喘的紧，过日只怕难见人。一个说狗脂，如今不过是银钱世界，甚么是公道良心！且歹他五两银子，盘费不了，给老婆子买点人事。

叫一声俺潮哥，讲廉耻做甚么？头巾歪塌蓝衫破。只是银钱有实济，从来良心下不的锅。不害羞请管不忍饿。在背后指指画画，回过脸谁敢咋着?

一个说见人是小事，只怕按院问他的德政，咱答应甚么？一个说他不准也就罢了，还问甚么！众百姓上老马叫咱去保他，每人给银二两，那衙役、保正，落去五钱。点着名子叫飞跑。一个家狠眉竖眼，谁敢不来！李大哥，全在你了。你是个头儿，他给你银三两。看按院老爷问话，全在你答应。李大笑说在我不妨。他有许多该保处哩。

我保他钱粮轻，加二五大戥称；我保他要钱狠打腚；我保他打贼使小板;我保他捶粮大板棱;我保他科派众百姓;我保他满堂饿鬼,下乡来两眼圆睁!

众人哈哈大笑说你绰号"狗獭皮",不这样说的,是个忘八!李大说请管无妨。我保官曾保过几次,不准也就罢了。那不是众位相公们来了?咱也不可不商议他商议。相见介秦相公,每次保官,是咱两个为头,咱也该会同会同,看官府问话是该怎么答应?秦秀才说你甚么不知道呢?

咱两个久相交,保官保了好几遭,你还甚么不知道?官府若是不肯准,除罪只把项来摇,把状只望当堂撧。嘴一撅大板乱砍,一群人撒腿开交。

这是咱做过的。若是他准了,老马就不能留任了,再来的知县也拿着当人;他不准,也教那后来的知道咱中用,上堂也给个体面。呀,这不是察院?吹打了三通了,各人伺候罢。他若问,只就这状上说便了。并下,按院上唱

【桂枝香】官职定就,代天巡狩,拿问那赃官贪吏,要说逃怎么能勾?时到了难留,奉圣旨先斩后奏,三声炮响献上人头。自家作来自家受,我是天差不自由。

我乃北直按院是也。今日该审马知县那一案。看收了外边状词,监里提出马知县,并一干衙役听审。众答应是。众秀才、百姓上,执着保状跪倒,接着的拿去,递与按院说下边有卢龙的秀才、百姓,保那马知县。按院接过状去,看了一遍叫那秀才上来。衙役叫秀才上来,众秀才跑上堂跪下。按院说这呈子上说马知县清廉,可是真么?众人说真。按院冷笑了一声,说想是您这些秀才是马知县雇来的了!

贪酷知县,真赃实犯,你说他本分清廉,又说他为人良善。这个不然:火耗重人人瞒怨,胡敲乱打满堂是官。你若不是通官府,

必定使了他几吊钱。

您不是每日串通衙门，打诈百姓，必定是雇觅了来的。众秀才战兢兢的说大宗师老爷，生员并不曾使他一个钱。按院说看您嘴脸，就是一伙小人！给我锁了！一边行文去学院里除名，一边动刑问罪。

看他面貌，早已知道，想是您衙门纯熟，想是上司常告。看你嘴脸奸刁，这人玷辱学校，呈子手本带袖藏腰。从今把您衣巾革，叫您下回再不消。

锁介，众叩头哀告说宽了生员罢！这才是头一遭。按院说教众百姓上来。按院说您这奴才们，因甚么保那马知县？众人战战介，李大说小的们都是些乡民，那保正拨俺来，俺就来了。按院说这里头可有保正么？都说无有。按院说既无有，且先打这奴才，一边去拿那保正。

奴才可恨，把本院胡混！并不是买卖庄农，分明是一伙光棍。想您串通衙门，在乡中横行无禁，迎官吏欺诈良民。既然自己来投受，把您奴才打断筋！

李大说大老爷不必动怒，这是这里的土俗，从来的通套。按院问道怎么是通套呢？李大说有了歌谣儿，说是：官到了任，锦屏一架；官满了，脱鞋一双。问通套何人为首？自有那谄佞的赃腔。按院说料想那知县有些好处。

【跌落金钱】一个知县到任来，并不论他才不才，老爷呀，赠屏子到不的一年外。可是甚么人开这个端呢？县里几个佞奴才，奉承官府买他的乖，老爷呀，这几年全把风俗坏。你们不从不的么？为头的烦了体面来，不从又怕他胡揣歪，老爷呀，况且又怕官府怪。只得低头去死捱，不论事体该不该，三百、五百尽铺排，老爷呀，不敢说我心待不待。

按院说谄奴才！必然你就是头一个了。不然，合县里有几十万人，那找你做个头儿？也罢！把为首的每人二十大板，其馀免罪。

打讫，二人提上裤哎哟着原是自己不小心，一个按院访的人，怎么还敢来保他！下。众秀才又哀告求老爷苟全功名！按院说您们不安分读书，不行好事，断断难饶！有两句话，你对上饶你，对不上一定除名："与人为善，不亦乐乎？"秦秀才说"理合具呈，须至呈者。"按院大笑说一肚子都是呈词，还说不刁！第二个对来。那于秀才寻思了许久，说这个虚字，最难对的。嗯嗯，有了："懦懦恳恩，叩乞恩之。"按院说俱是一字不通，甚么秀才！

狠骂一声狗秀才，蓝衫节柳头巾歪！狗秀才，何曾有个之字在？生员的诗文好，就是不通杂作。不通者也矣焉哉，都是五等六等斋，狗秀才，怎么叫你把方巾带？生员只考了三个四等，并不曾考五等。你把文章丢放开，只知向衙门日日来，狗秀才，攒锦屏必有奉申拜。牛秀才说：攒锦屏子每遭都是他，我只攒了三次。凭着奸刁诈钱财，小事轻轻告上台，狗秀才，砍顿板赶出大门外！

也罢，每人砍二十大板，打出去。叫他起来，以便好砍。每人砍了二十，头巾吊了，蓝衫皆破。摸了腚又摸腰，说好他娘！他娘这腚还可以装着，这衣服裂碎，怎么见人？幸而剩下了一两银子，只得做身衣服，好见亲朋。下。按院提那马知县、一班衙役，上来跪下。按院说马知县，你做的好官！

且不合你论短长，你有十万枉法赃，况且是库里又欠三万账，加二加三收大粮，拿短少的票子几千张。怎么说？读书人尽把良心丧！官司全不论青黄，不给你钱使大板抗，现如今告打死到有百张状。要钱百计又千方，全不寻思到法场，好叫那天下的官儿，看你的样。

老马说还是老大人听错了，犯官并无有贪酷的事。按院大怒说胡说！叫那干证上来。众乡老上，说小的们都是人命干证。按院说您都是怎么打死来？一个老头哭着说别人还好，就是小的更苦。年时那天大旱，递了旱灾，有了赦粮风信。马老爷恐怕赦了粮，一发狠打，七月里要十分数全完。人家吃的还没有，怎么完粮？不出一月，打死了一百多人。小的七十了，只有一个儿子，三十板绝气而亡。苦哉呀苦哉！

【耍孩儿】俭了年都忍饥，粮食贵不能籴，就待完粮也无法治。谁想打的越发狠，完了七分还不依，三十板登时绝了气！七八十无人奉养，可怜这冤枉谁知！

又一个陈正说小的父亲被冯小二打死，小的告着他，他着户房送进去了六百银子，便问的全然无事。小的哥哥去上司去告状，在路上撞着那皂头，被他拴回来，着马老爷四十板打死了！

那冯家打杀人，他使上六百银，官府问的不成问。那日当堂齐对理，原告顶嘴官就嗔，满心冤屈无头奔。我哥哥上司告状，拿回来剪草除根。

按院说那皂头又无批票，怎么就敢拿人？陈正说老爷不知，堂上有坐着的知县，堂下有站着的知县，还有走着的知县。就是走着的知县，谁敢违他？按院问站着的知县是甚么名字？陈正说那是马老爷的户房孟连城，马老爷说那是他的左辅，刑房许进忠是他右弼，民间叫他“二大天王”。四班里衙役，马老爷都照着《西游记》里起了名子：那皂头王玉芝是精细鬼，快头李合宇是伶俐虫。应捕头有四个：一个是王钻天，一个是急如火，一个是何大虫，一个是快如风，民间叫他“四大金刚”。有他处，乡绅也害怕。

精细鬼伶俐虫，他能把线索通，他俩说话极中用。一个捕头急如火，一个捕头快如风，人人都把银钱送。若有人得罪应捕，合得罪知县相同。

按院说那皂头上来。说你就是精细鬼么？皂头说是马老爷的玩话。按院说足见马知县爱你。你怎么没有票子,竟自敢拿人呢?皂头说有票子。陈正说你有甚么票子?你是上府里下文书,适然遇着。按院说拿夹棍来!

你行事任便宜,拿犯人不用批,知县忙你就把他替。带到堂上四十板,拼签就打不许迟!打死想是由尊意。这一样横行无禁,那别事不问可知。

按院说奴才们听着!秋后处决!又有一个秀才说生员是王岗。因着二十个多人进了宅子,把我的父亲燎死。哭介,按院说你怎么不报告呢?秀才说怎么无报!大老爷叫刑房合应捕来,都听着生员告诉。有一字谎言,叫他当面质证。按院说叫一干人犯都上来。

马知县大发威,把公案捶又捶,像生员犯了弥天罪。刑房嚓嚓了两三句,他才欢喜把头回。便说王岗你暂且退,我随后就差应捕,出票子给你拿贼。

按院说这就是了。秀才说谁想不是好意哩。差了两个应捕头,领着二十个小应捕,到了生员家去要盘费,每人要三十两银子。我说没有,他又不去。敧着的赌博的饿了,便要酒饭吃,在灵桌上化拳吃酒。又哭可怜可怜!那一时生员受不过,遂即递了呈子,说我情愿不拿贼了。马知县大怒道:怎么依的你呢?

马知县大不然,贼杀人事关天,我就不担这条担。这个事情还不了,又找法儿治生员:贼情要作奸情断,要辱没生员门第,做拿法好弄银钱。

按院说这又奇了,怎么又当的奸情?秀才说他拿了生员两个家人媳妇子去,合两觅汉去,到了城里,押了一宿。那一个妇人才二十多岁,那王钻天就待合他奸宿,那妇人又不从。他便说:你依了我,我教两句话给你,明日省的捱拶子。按院说这样可恶!王钻天说小人何曾来！就是拿人要盘费，都是马老爷吩咐的，与小的何干？秀才说那妇人喒叫，合店里都起来问，谁没见哩！按院说见了官，怎么样来呢？

官府说你实言，我看着明是奸，如何当的贼情断？奴婢都说没有的事，打的打来撺的撺，死了人合家遭涂炭。现如今冤枉难诉，见老爷如见青天。

那刑房着我送六百银子给马知县，这贼可以免拿。生员的父亲因着无钱给贼，才丧了性命。那的六百银子给他？按院说马知县，你做的好官！这些奴才们都是该死的！每个四十板一夹棍，收监等秋后处决。

那衙役你望着亲，那百姓也是你的民，为衙役到把民杀尽？一堂共有十知县，下乡如同虎一群，黎民涂炭不堪问！这一样官府衙役，都是些砍头充军！

按院说一件真，件件真，不必再问了。又有一个哑巴，在堂下边叫唤。按院说叫上来。那哑巴指指画画，哭哭啼啼，从袖里抽出一个帖来。按院接来看了说你媳妇子被户房抢去了？点了点头你媳妇合户房有奸么？哑巴摆手。问无有么？点点头，哇哇了两三声，把手比量着，舒了八个指头。问是做甚么？把一只手拉着自己胳膊。问是拉你老婆么？又比量有三尺高，作一个望上掀的形状。问是马驼去了么？又点点头。又指着自己的眼，比着淌泪的光景。问你老婆去时哭来么？又点点头，不觉自己大哭。按院说你不该告他么？哑子指着马知县，使手自己打腚，又褪下裤来，着按院验那疮疤。按院说马知县真是个禽兽！做的好官！户房说原是他八两银子卖给小的。哑子从腰里掏出一包银子来。问是给你的么？点点头。问是多少？摇了摇手。问不知道么？点点头。按院看了看，那银子有二两，其余尽是杂铜。按院大怒，丢了八枝签，打了四十板，又吩咐夹起来，又枷了二百杠子。吩咐哑子你去罢，我着他把老婆还给

你。哑子又闭着眼作死样。问你老婆死了么？点点头。按院说容易，就着他老婆给你。下去罢。哑子叩头，下

贼奴才忒也差，挑杂差倾人家，怎么把老婆霸？知县真真合你厚，不嗔你还打他。怎么你老婆把他嫁？这乃是一还一报，狗奴才还说甚么！

且都钉扭送监，等秋后处决。马知县哭告说犯官如今懊悔不尽，都是听错了衙役的话，望大老爷留一线生路。按院说从头里无听着说么？你但有一分人气，本院也不肯叫你死了。

你是个知县官，翻过地揭过天，被你屠没卢龙县！任拘谁人作下恶，到头都是你承担，心腹人拥撮你头儿断。还愁你秋后处决，难脱那剑树刀山！

今日不刑罚你，就是便宜你了。叫禁子好生着看守马知县。下。老马哭下来说咳！我只说天下就没有大的卢龙知县的，谁想到了这等！

想当初行出来，那管他该不该，天下官只有那卢龙大。衙役说我官声好，找法给我弄钱财，话儿都是极相爱。每日叫耳根舒梭，到不想脖项成灾！

大哭说不知几时霜降？禁子说还待一月多。又哭说不知买口快刀得多少钱？禁子说马老爷不必忧虑，请管比别人少使二两银子。哭下

诗曰：衙役甜言勿信之，传与天下县官知；

听来甘美心中乐，头项眼看日月离。

第十五回

泼妇骂门

李鸭子妈扎腰拿刀板上云我生平有点本领，专一会吵巷骂街，若有偷我的物件，骂的他送将出来。我那儿着张鸿渐杀了，官家把他解去，谁想那解子，两个王八羔子，把他卖放了。一个回信无人传，官家知道两个月了，一年有馀俺才知道。我断不肯饶他！

【倒扳桨】犯人解子一齐颠，一个信无人传。官家知道两个月，乡里知道勾一年；勾一年，都乱传，张家凶犯又回还。

人都说张鸿渐来了家，我每日把他门前走，虽是待要骂他几句，干的甚事。今日去登门骂他一个痛快，也叫他合家不安稳。我就他门前乜块石头上，剁打起来。方氏呀！你可听着。

骂只骂你不害羞，坐监坐了两三秋。作恶的心肠还不改，把俺儿来割了头。割了头，成了仇，定要骂的你汗珠流！

骂只骂你称英豪，既要杀人不要逃。买马的汉子那里去？好似做贼脱了牢。脱了牢，窝藏着，定要骂的你起了毛！

骂只骂你主意差，把个强人藏在家。你漫有儿望生长，弄的我无儿嘴咕答。嘴咕答，休要夸，把头伸上咱一处砸！

骂只骂你不成才，俺那儿也曾收着你红绣鞋。忽然见您汉子到，对着汉子卖你那乖。你那乖，休要歪，定要骂的你出头来！

骂只骂你太欺心，俺那儿也曾合你亲。今日虽然变了脸，生个儿来是我的孙。我的孙，莫心昏，我叫你从今难见人！

骂只骂你太无情，把我娇儿超了生。今日虽然骂几句，我那儿子活不成；活不成，把气争，也叫你难听又难听！

骂只骂你太不贤，依着您哥哥是个官。任拘你势力怎么大，破上一死不怕天。不怕天，嘎相干，骂到你明年又明年！

方娘子上，丫环报到李鸭子妈在门口里骂哩！娘子说他从来泼赖，闭了门不要理他。张春上我乃张春是也。我叔弟张逵杀了李鸭子，他本人又不在家，鸭子的妈只顾骂起来了。好气人也！待我上前劝他几句。到了跟前说老李婆子，你省着好罢，看使着呀。李婆子说我骂不骂的，该你甚事？撑甚么棍呢？张春大怒，批脸带腮只一捶，打了个倒栽葱。老李婆子敧在地下说张春杀了人哩！张春就着蜷了顿脚，抹了一块石头来好打。一行打着，照样的数量

打也打你不害羞，庄东头骂到庄西头。杂毛科子休弄鬼，还要把你乜筋来抽；筋来抽，我报仇，打的你屁滚又尿流！

老婆子骂道贼科子生的，可杀了人了！

打也打你逞英豪，人不打你是嫌你骚。骂了半日无人理，你就撑撑的乍了毛；乍了毛，我就掏，定要打的你起了毛！

打也打你主意差，平白里骂人为甚么？浑身上下扯个净，拾起腿来拧一个花；一个花，归不的家，还要打的你高脚子爬！

又骂道忘八羔子，你可打杀我了！

打也打你不成才，一把贼毛半片鞋。你只说你骂手好，我这打手也不来；也不来，只顾揣，打的你不敢出头来！

老婆子说我着你打就是了。

打也打你没良心，劈着腿生出杂毛根。生儿的所在还得自家裂，腆着狗脸还骂人；还骂人，莫心昏，定要打的你安不住身！

老婆子说我合你有仇么？

打也打你太欺心，欺负俺家没有人。若不看着邻里面，还该镟了你乜双腚门！双腚门，杀你那孙，给你个断根又断根！

老婆说张大哥，你也该打勾了！

打也打你太不贤，打你也用不着做高官。那里值当的方仲起，我就合你缠一缠；缠一缠，尽着揎，打到你明年又明年。

老婆子说好俺张大叔，你饶了我罢！我跪着你。旁人说不好呀，他忒打的不堪，再弄出人命来了，咱劝他劝的。众人上前，才拉开了。老婆漏着腿，光着脚，一瘸一拐的去了。张春还指着骂道

看着邻里说人情，放了这科子逃了生。不然还要着实打，我看打的疼来骂的疼？骂的疼，就上城，有的是我张大清。

他汉子必然去告状，我就先进城。下。方娘子上大哥打的母鸭子极痛快！我想他汉子必然告状，待我亲自去合他二舅说说。下。差人上说李旺击了鼓，说他老婆叫张春待中打杀。老爷抽了一枝签，叫我去拿张春，不免速走。张春迎着，差人说妙，妙！来的正好，李旺击了鼓了。张春咱就去见老爷。下。知县上，差人报到张春来了。张春上去说老爷听禀。

【黄莺儿】张逵不在家，生合死不知他。李旺老婆持刀骂，骂一回张家，骂一回方家，合庄邻里看不下。老爷呀，我一时愤恨，打了他两耳巴。

官府叫李旺上来你婆子持刀登门喝骂，便极可恨。骂张家尤可，骂方家怎么？你老婆自己惹事，还敢来击鼓！该打顿好板！看你老婆捱打，暂且饶恕，去罢！并下

老婆恶喳喳，日登门，骂邻家，母大虫到处人人怕。他虽然叫达，俺只是狠砸，料想从今不敢乍。到官衙任凭击鼓，一个平铺塌。

诗曰：打人惹祸到官衙，天幸好官见不差；

若是此回捱几板，归家不好见邻家。

第十六回

闺中教子

方娘子上保儿才十四岁,就侥幸进了学。因着束脩难凑,就叫他自己读书,只怕他未必用心,也是有的。

【耍孩儿】止种着百亩田,凑束脩难上难,进了学就教他自家念。还是一个玩孩子,只怕读的未必专,我又不能常常看。本不该离了师傅,千万的只是无钱。

趁着今日无事,到书房里瞧他一瞧。来到书房门外,呀,怎么不听的念书?待我到他房中看看。书本儿掀在桌上,念书的那里去了?想是出恭去了,或者不久便来,我且坐下等他便了。

坐书房暗徘徊,出了恭便回来,坐许久教人心中怪。学生又无别的事,如何许久不见来?他料我不能出大门外,想畜生闲游放荡,必然是玩耍当街。

待俺门前瞧上一瞧。呀,大东头踢毽子,不是他么?好畜生!这怎么是人!我回家着人叫他来,自有道理。叫小春子,去叫您哥哥来的。

办粮米治柴薪,终日里忙煞人,读书的全然不曾问。只说他常在书房里,谁想他每日哄娘亲。一回想来一回恨!我找下荆条竹杖,等他来自有处分。

小相公来到说娘叫儿有何吩咐?娘子拿着条子说道畜生还不跪下!你不念书,那里去来?小相公跪下说我念书念疲了,偶然去走了走。娘

子说好畜生！我等了你许久不来，怎么是偶然？给我躺下！小相公说娘，儿不敢了！娘子说你还不躺下么！小相公才躺下了

【皂罗袍】一恨你生来忤逆。你老子十载别离，生死存亡未可知。只知街上闲游戏，逍遥自在，全不悲凄。骂声狗子，枉长十三四！

打介，小相公告饶我再不敢了！

二恨你不听娘教。我为你昼夜苦熬，你到自在的痒难挠，吃饭也等娘亲叫。长街打瓦，踢毽罚毛。骂声狗子，怎么成材料！

三恨你心儿全放。贪玩要懒进书房，离了师傅无蜂王。上山爬岭济着你趟，之乎丢去，者也全忘。骂声狗子，我合你算算账！

又打介，小相公说娘，儿子再不敢了！

四恨你不通人性，将书本丢半空，说着只当耳旁风，每日长把鬼儿弄。身材凛凛，一字不通。骂声狗子，要你成何用！

五恨你行止不顾，全不想做个丈夫。古人十二耀皇都，他也不过是人来做，你今十四，志气全无。骂声狗子，待成个甚么物！

小相公爬起来跪着说娘，消消气罢。委实孩儿的不是，儿再不敢了。娘子放下条子说我因着你身量不小，又进了学，您媳妇子大你两岁，我看下日子要给你娶亲。你这个行径，全不像个汉子，可怎么样呢？

一劝你温柔雅致，见了人拱手作揖，轻薄话儿口不习，出门休要惹闲气。人人说好，娘心欢喜，这等如此，才遂人心意。

小相公说娘说的是。

二劝你风云在念，要平步直上青天，读书思量中状元，不好还是工夫欠。前拥后呼，坐轿为官，那样峥嵘，不过是秀才变。

三劝你遵娘闺范，将书本细细钻研，休把玩要放心间，一心专把文章念。一篇做出，层层密圈，若能如此，何愁不到金銮殿？

四劝你休学浮荡，马儿好不在鞍装，肚中没有好文章，三四等上不的秀才账。短袍窄袖，件件在行，街头摇摆，成不的人模样。

五劝你父亲在念，千里外何日回还？你能发愤做高官，就是仇家也不敢怨，福来祸解，父子团圆，若能如此，才是个男子汉。

小相公说为儿知道了，娘说的极是。娘子说你起去，把书去拿来，在我房中，我一边刺绣，你一边念书。答应是。

你觉小小侥幸，进了学似做朝廷，东西尽你放风筝，哄着娘亲由你的性。家有丈夫，把儿教成；谁说无达，就该把书本子撺？

不一时取了书来。娘子说我在东间里刺绣，你在西间里读书。

既读书登科有分，您二舅方才是人。绝顶文章志不伸，方才怨的时合运；书本搁起，说我命贫，这个心肠，天生的不长进！

小相公拂了棹子，高声朗诵

俺这里手拿针线，寻思起两泪潸潸。娇儿一个最孤单，未曾打他手先战；打他一下，心似刀搠，要他成人，须索把脸来变。

娘子放下针线，问保儿你念了几遍了？我绣线插了三条。天色已晚，这光阴好快，你自已点起灯来罢。

【耍孩儿】看日月似箭离弦，一霎时昏惨惨，光阴难把千金换。若是少小不努力，老来无成实可怜，虽懊悔难把千金换。休说我年纪幼小，回回头又是一年！

小相公坐下又念。娘子说我听听几更了？呀！已交二更了。看保儿乏了，顿上一壶茶，拿一碗棋子送去，给小相公吃了又念

谯楼鼓已三敲，看斜月上树梢，银灯还把花线照。他念书时我刺绣，绣线重添十五条，梅树已插的枝头闹。细听他书声嘹亮，不觉的怨恨全消。

我儿，你听听几鼓了？保儿说三鼓了。娘子说不念罢。这里一壶

热酒，你拿了去吃了好睡。

诗曰：刻刻读书莫暂停，光阴疾似水流行；

　　夜夜念到三更半，如此三年望有成。

第十七回

钝刀斩佞

军门锁并解子上我北直军门，卜为人是也。曾八抬八撮，前护后拥。忽被按院王成为卢龙一案，参了我三十二款，部拟了斩罪。亏俺用了白银十万，才问了一个充军。不妨不妨，自然还有回来之日。

【耍孩儿】俺也曾坐八抬，俺也曾上金阶，俺也曾王法随心卖。至到而今失了势，治人的法儿翻过来，带上锁也着解子解。休要忙自有道理，待半年另有安排。

长叹了一声哎！罢了罢了！想当初凑十万银子，送与严阁老，买他个孙子做做。那时他要二十万才肯收留，我当彼时割舍不的，连那十万省下。早知有今日之祸，悔不当初！

虽一皮隔一皮，做孙子不如儿，到底仗依爷爷的势。就是孙子忒也贵，十万白银还不依，合该还受王成气。若有爷爷作主，谁大胆敢把我欺？

解子说老爷把马走动着些。扬鞭下

众秀才上这二年亏了大王给咱的银子，在此开了座酒店，到丰衣足食，都是大王的恩惠。昨日听的说老马杀了，饶咱无罪，千万之喜！咱不日归家，趁今日叫人抬着两坛好酒，宰两只猪羊，大家到山上辞别辞别也好。都说极是，极是！

俺抬着酒两坛，猪一口羊一牵，大家会会大王面。一般天爷睁开眼，千里军人指日还，可喜杀了马知县。上山去从头告诉，大王爷必然喜欢。下

大王上，诗一棚长箭百斤刀，片片血星染战袍。贼子奸臣杀不尽，胸中愤气上九霄！这两日闲暇无事，把大刀拿来，待俺演武一回便了。

【黄莺儿】作舞介大刀阔似门，舞瑞雪乱纷纷，清闲一日浑身闷。那朝廷太尊，那官儿太昏，忠肝义胆何人信？跳起身枪刀直入，一骑定乾坤！

众秀才上，抬猪羊酒白来此已是山上。叫巡山小校报与大王知到，秀才们来问候。小卒进去禀道众秀才来见大王。说快请，快请。众人进来作了揖，说俺们备了猪羊酒来，与大王犒赏三军。

告禀大王前，到营中来问安，无甚么携着来相见。这礼物不堪，这市酒薄酸，赏三军也不勾一顿饭。羞难言，物薄情厚，万望着莫弃嫌。

大王说屡次厚费，怎么又送大礼？众人说今日来辞大王。

恩重如山高，母生长父勤劳，今生难把大恩报。亏天地昭昭，把贪官斩枭，充军免罪有恩诏。趁今朝见大王一面，一别路途遥。

大王大笑，说道妙哉妙哉！一般也有今日了！恭喜恭喜！拿酒来，与列位饯行。

朝廷在梦中，忽然间把眼睁，把俺刮去心头病。筛好酒千瓶，与列位饯行。从今相会真难定，请诸兄，大杯在手，饮尽莫留停。

大王大声说好快活，好快活！今日正然闷坐，就遇着列位痛饮开

杯。正然饮酒,有倭兵来报道山下有个充军官儿,像是有些财物,拿到了,听大王处分。大王说带进来。一行人到了檐下。秀才们惊说呀,这不是军门么?都起来说真是他!大王喝道哎呀,你来了么?

八抬做大官,把人命卖成钱,真真该碎尸千千段!久闻名酷贪,这怒气冲天,今朝一般也得相见。甚喜欢,此物下酒,何止两三坛?

大王说快给我砍了头来,大家庆贺。有一个周秀才起来说讨给生员替兵卒用刑。大王笑道你能杀人么?周秀才说那问成绞罪的,就是生员的哥哥。大王说既如此,拿快刀来。秀才说不用快刀,钝的更好。军门叩头说大王爷饶命罢!大王不理。周秀才一把抓出去了

堂堂坐官衙,那刀斧任意加,恨不把你头割下。忽见了仇家,这心痒难抓,眼睁红怎肯干休罢?一把抓,岂肯枭首,还要把心扒!

一刀砍去,砍着肩膀上。军门哎哟了两声,说你饶了我罢!又一刀砍去,砍着额颅盖,那军门还哐哼。又横三竖四,把个头砍的稀烂,才踏着肩膀,抹下头来了

手脚乱蹬摇,把脖顶镟一遭,贼头也不是利亮掉。偕大王英豪,把闷气全消,不然怎将兄仇报?面南朝,把头放下,杯酒望空浇。

祭毕,提头来献,便跪下说谢大王大恩!大王拉起,哈哈大笑,说妙哉呀妙哉!

鲜血染头毛,不知你剁几刀,方才砍的贼头掉?你仇气也消,我怒气也消,教人不觉哈哈笑。莫辞劳,好酒筛上,每人一大瓢。

大王说把解子杀一个,留一个,割去耳鼻,教他把军门头带去,号令那贪官。众秀才说都杀了罢。留放一个,生员不敢归家。大王说正是呢,都杀了罢。

杀却老奸贪,拿头去到处传,看样子叫他心胆战。依你说不

然，看他把脸翻，倒不如从此掐了线。莫迟延，一刀两断，大事已全完。

大王说都砍了罢！众人喊了一声，一齐斩讫。大王说斟酒来，与列位饯行。众人说赖大王保全性命，不知何日还见金面？大家都哭了

【耍孩儿】恩合义重如山，临作别心痛酸，不知何日重相见？刻一个牌位传一个影，又用檀香雕个龛，跪下磕头千千万。今世里无可报答，来辈子结草衔环。

大王说归家原是好事，何必下泪？众人说总是因着相见无期。听说圣上屡次有人招安，大王是因何不许？大王哈哈大笑你们那里晓的。

戴纱帽穿朝衣，都是些贪东西，认上头便受他肮脏气。抚院招安好几次，并不敢着朝廷知，焉知不是拖刀计？若不是张家叔夜，那梁山如何肯依？

众人说大王一片忠义，神天必然加护，自然要世世王侯。生员们还得合大王相见，也是有的。酒已醉了，请别罢。大王起来相送

送列位返故乡，管一路保安康，各人愤志青云上。丈夫自有冲天志，那生死离别何足伤？一伤悲便是脓包样。重相会固是可喜，不相会也是寻常。

众人说大王请别罢。大王说请了。

诗曰：大王要做人间大丈夫，朝中奸佞尽诛锄；

众人老天若肯从人愿，明岁相逢在帝都。

第十八回
仙人救难

众解子押鸿渐上白今日起了解了。二位公差,一路上多有借重。

【耍孩儿】披枷锁解出来,原是俺命里该,如今却将何人怪?生平不曾走远路,只是借重二公差。多赖多赖多多赖,若到了法场一里,破上死也无大灾。

方宅家人上二爷差俺来,看看张姑爷起解。送盘费来,嘱咐那解子小心。那不是来了么?迎着便说二爷差小的凑了十两银子,给姑爷盘费。鸿渐说多谢你家二爷了。

虽然是他姓方,虽然是我姓张,亲戚骨肉一般样。他手里无钱我知道,何必又费事办行粮?倒是盘费无妨帐,我家中求他看顾,就教人生死难忘。

到家中,多拜上您二爷,我家中寡妇孤儿,早晚借重他看顾。家人回头说这是二位公差么?方二爷吩咐,路上好生伏侍,回来给您二位酬劳。二人笑说是,是。方二爷吩咐,敢不小心!家人下,二人回头裂嘴说嗤,多谢你酬劳。张春上,看见鸿渐流泪说解出来了么?遂拿出一个包来,说这弟妇凑了二两盘费,着我送来。鸿渐接过来,压在腰里,两眼落泪

【憨头郎】哩溜子喇,喇哩子溜,今日起身院里投;院里投,甚耽忧,一千一吊最难求。弟妇着急没有法,现从头上摘金钩;摘金钩,作当头,当银二两你且收。家里还有方仲起,放开心肠不要愁。我的哥哥哟!咳咳!我的皇天哥哥!

咱爷爷，最善良，你家叔叔好文章。好文章，虽好无得中，指望你把姓名扬玉堂，也是阴功积一场。谁想老天无有眼，教你惹祸又遭殃。我的哥哥哟！咳咳！我的皇天哥哥！

鸿渐说大哥也不必哭了。只是我家无人，事事劳大哥看顾。张春还拉着哭。解子说呔，合的还不走开，装甚么亲生的哩？张春擦了擦泪，瞅了一眼说谁是合的？鸿渐说大哥，你去罢。张春瞪了两瞪，喘了口粗气，走了两步，说气煞我也！不怕我兄弟路上受气，要这性命待怎么！怒下，张鸿渐也起了行。解子说张相公，你一回一回作登，弄把的都是俺。鸿渐说不曾请你来陪着我受罪，您不去的不么？

【耍孩儿】您二位忒也诌，怎么着给你兜？你待要钱不能勾。我就犯了杀人的罪，解子不能砍我这头，留着钱且买酒合肉。我生平不惯受气，休瞪着你乜眼睛其溜！

我这腰里，还有二两银子，不就夺了去罢？解子说你发嗄哩！我代不看哩么？这不是走了二三里路，堪堪黑了。都像今日，於几时到府里？就得七八天，可那的这些盘费？咱且宿下，到明日还得快着走。下。店主上，解子问道这边有开坊子的么？答应有。三人进了店。店主说二位要吃甚么？解子说有没有钱吃酒？鸿渐说我要吃酒。即时酒到。鸿渐斟上酒，说二位请酒。解子说相公的不中吃，敢说是俺吃了你的酒哩。鸿渐说您既不吃，我只得自饮了。解子说店主快拿饭来。店主答应道停停就到。解子又嚷说天勾一更多了，停到几时？店主又说就到。却又提了酒来。解子说你不给我饭吃了么？店主说就来就来。店小二说现成饭给他喧了罢，只顾着他吵甚么？店主人摇了摇手说你不知情由。

他解的是张相公，好文章压卢龙，为人义气声名重。两个解子恶瞪着眼，并不吃他酒一盅，还不知怎么把他弄。我因此捱迟时刻，也教他料得从容。

店主又提了酒来，说张相公，你再吃一壶，这是揭开二年的陈酒。鸿渐说你怎么知道我姓张呢？店主说你不认的我，我却认的你。鸿渐说这酒更好。店主说你爱吃，我只管筛来。还吃饭么？鸿渐说吃么。店主说先叫公差吃饱，我下边另伺候相公的饭。解子瞅了一眼说酒不要筛了。鸿渐说我不曾吃了你的钱，筛不筛的与你何干？解子没好气说你只顾灌，明日不走路么？鸿渐说不睡亦可。解子说你不睡，俺可要睡哩！鸿渐说我待吃饭。店主去后，许久不拿饭来。解子又大叫道不速拿饭来，天将明了。店主说不妨，才打二更哩。解子怒冲冲起来，自去要的。店主方才另赶饼。解子说一行有饭，怎么又赶饼。真是混帐行子！店主说我只说你混帐行子！相公不嫌晚，你慌的是甚么？他么着你解着来，我也着你解着来么？解子说俺解的人有甚么差迟，你可就认帐！店主说不妨，我就认帐。你杀了他，我可不管。鸿渐听的店主受气，便说不做饭罢。店主又不依。解子说他不吃了，不必做了。店主说他就是罪人，你待断了他的牢食么？毕竟端了饭来，鸿渐吃了。店主收下家伙。解子关煞门，把眼瞪起来说张相公，你弄到这半夜里，俺睡着了，看你跑了，咱还得绑绑。

【劈破玉】瞪起俩贼窟窿大弄歪腔，他说道：张相公惯好颠枪，今夜晚可断然不肯轻放。两个齐动手，把绳子丢在床。实对你说：得罪你些罢么，张相公，咱还许绑一绑。

把两根腿绑成一堆，又说道咱老爷胡突极了。作付休给他代杻，不绑起来如何行的？也把两只手绑了。才说张相公，你可受用罢，俺待睡哩。张鸿渐不觉的哐哼起来，口里可就骂起来了

骂狠贼，我合你何仇何怨？任你咋，我可也只是无钱。完了事，我定然剁你个稀烂！挺挺的绑一夜，店主人是证见。就不能砍了你乜贼头，忘八羔，我也剜你乜两个眼！

店主走来走去，听了两回，说咳！他不知怎么着张相公哩！可惜这么一个好人，受这样罪，令人可怜。天已三更将尽，待俺叫门。说道您是怎么着张相公哩？解子说您不要来管闲事！店主说您说有事教我认帐，我担不的。前边的客都起来了，您也起来好走路。离了我这个去处，你就杀了他，与我何干！解子说天还早哩，你闲扯甚么淡哩！店主说合店里您都来看看，弄死了人了，可不该我事！解子咕哝说这个老屃养的这样可恶！罢罢，叫他起来。两个这才解了绳子，开了屋门。店主点了灯来，说众客都行了，您也走罢。鸿渐说绑的我这腿不能走路了。主家，你可是见证了。到了司院，我若死了便罢；若还不死，这仇必报！解子说我看你也回不来。鸿渐说你若造化高，我就回不来了；若是皇天有眼，我就回来了。

【耍孩儿】我虽然杀了人，却未曾坏良心，不过遇着驳杂运，有朝一日遇了赦，焉知我不返家门？无端受罪我心不忿，到那时一还一报，你难脱灾祸临身！

解子怒说张相公，你不要泼。你除到分文不给，还要找算人么？

张相公休要泼，你为人太大差，除不给钱还发话。都像你这苦芦子，俺饿死长途值甚么？你真肉佞还奸诈！若不肯回心转意，到晚上咱弄弄别法。

张鸿渐说狗脂，你弄就弄，或者你不敢杀了我！你要指望奉承你，给你钱使，万万不能的！

您两个太欺心，作祟法不是人，一番思量一番恨。你目下虽然把我治，只怕头上有灵神，机关休要全使尽。我劝你行好得好，休惹仇怨海深。

我如今虽受人作践，清夜自思，於心无愧，未必不有老天睁眼的时节。

【劈破玉】我今日诚然是一个凶犯，推断起也不是必死的根原。虽然是杀了人我还有辩：夜深无故入人家，登时打死不相干。想还有个报仇的日子。老天爷爷，还望你速速的睁开眼！

今夜既不死，想还有几日的活头。可只是这腿重了，不能行路。店主说相公就住几天何妨？只是我可担不的。不如雇上驴行了罢。鸿渐说无钱雇驴。店主说我一面招管。即时叫了个赶脚的来，说脚钱我管。鸿渐说你当是我真果的无钱么？就叫你管？罢罢，咱就走。宁子死到别处，休要连累这贤主人。你可算算这饭钱。店主说不要算，相公的酒饭我都不要钱。鸿渐说那有此理！除叫你受了气，又不要钱！店主说不是这等说。我不要钱，那有虚言。鸿渐说多谢了！一行人就出门。店主说二位公差怎么不留下饭钱。解子说你说不要钱。店主说我是不要张相公的钱。可怜他是个名士，受这样苦楚，所以不问他要钱。您二位，咱又不是爷亲娘故，我怎么不要钱呢？解子说你即要钱，我只是无钱。店主说你就是公差，管着我甚么？不给钱，休要走！张相公可也待养腿哩，我管伏侍他。到夜间您再行事，我就给您报了。那一个说丢打几个钱给他罢。天已小晌了，只顾咯嗓甚么？才支了饭钱走了。鸿渐一路寻思说今夜不着好店主，就刑杀了！咳！早知道受这样罪，我可待来家做甚么来呢？

那一日得罪他，他着实不愦。想是他知道我今日大祸临身，故意送我来解他的怨恨。不过为着一句话，就全忘了旧日恩。叫一声：我那舜华恩人呀，你那心肠忒也狠！

呀！天也晌午转了，若到夜间再一绑，只怕可就死了！

施舜华他合我异常的恩爱，我怎么猛上心定要回来？可着他赌气子把我坑害！固是他那心肠狠，也是我自家命里该。到如今不见我那亲人，舜华，舜华，教我可从那里改！

正然愁叹间，忽见一个妇人，骑着一个骡子，跟着个老婆子，来到跟前。揭起眼罩来说这是二姑家大哥呀。你为甚么来？鸿渐抬头一看呀！我那舜华妹妹！你从那里来？待望何处去？不觉的落下泪来了

见了你，就是我亲人来到。叫一声我妹妹，泪下如浇，一句话得了真么个狠报！明知我来家必定死，竟送我来家把命交。还望你想想，那一年，二年，三年，四年的恩情，可怎么？就无有一点半点儿好？

舜华说依起你来，就该票票脸过去；但只是我可不肯。天已晌午转了，隔着我个小庄至近，就合公差到我庄上。大哥，你就犯罪，也未必有钱打点差人，我凑上几两银子，给你打点打点罢。

依你的情原就该低头竟过，但只是亲戚们好处还多。小荒村不大远，您坐上一坐，替你把官差谢一谢，再凑几两银子於哥哥。你平日纵然有些差池，断不肯像你以前嘎待的我。

解子大喜。跟着走不多时，转过山头，一看说齐整庄子，一片楼阁。进了庄，见舜华进门去了。他跟着进去，到了客房里。坐不多时，就送出酒和菜来，那酒扑鼻子香。解子哈了一口说好香，好香！咱当衙役，也走了些道路，何曾见这样酒！两个解子三口一盅，两口一盅，说说笑笑。鸿渐也不做声，只自斟自饮。一霎又是饭到。两个说这样饭，咱也是捞不着吃的。一个说这馍馍我能吃十个哩。一个说我也吃七八个呀。二人吃完了，看了看那天说日头晌午大转了，还可以走三四十里。一个老婆子出来说着人凑银子去了。姑奶奶说，天晚了，宿了罢。

家里有几两银子可还不勾，找着主又粜上十石黄豆，等一等好叫他把钱去凑。张大叔盘缠是小事，要把公差酬一酬。在这里歇上一晚，姑娘说，咱家里有的是好酒。

两个解子正没吃勾，听说甚喜。便说奶奶吩咐，怎敢不依！可只是扰

的太多了。给张相公凑盘费罢了，俺两个没正经。两个回过头来说造化造化！想是要给十来两银子。吃他的好酒好东西，再给扁上十两银子，这不是个美差么？不一时，又端上围碟来，抱出一大瓶酒来，说放在这里，随便好吃。两个坐下，斟上酒。一个碟里拿出一个果子来说这是甚么？又拿起一个来说这又是甚么？咬咬尝尝，说甜。咱收拾起两个来，到家问问是啥东西。闻闻尝尝，好似猢狲一般。鸿渐暗笑。两个说咱三人猜枚。鸿渐说我不入令。李虎说相公不要怪俺，俺两个都是草包货。我给张相公斟一盅。鸿渐说我自斟罢。两个喃喃叫叫，猜枚化拳，一霎大醉。张龙跌在椅子底下，李虎去拉他，也跌倒了。口里还吆吆喝喝，三个五个爬查起来说咱不吃罢。张相公，咱睡罢。张龙说一张床甚大，咱三个就在一头罢。张相公在中间里，把咱三个的手都拴在一处，休叫张相公自已受苦。拴完，李虎大吐，吐了一大堆。张龙呼呼的大睡，灯也没吹。忽听的门响，鸿渐一看，乃是舜华来了。指着绳索说开，开！脖子上的，手上的都落下来。伸过手去，把鸿渐轻轻提过来。鸿渐跟着出了大门，见一个走骡在旁边，舜华牵过来，老婆子扶着他上去。才说受罪的官人，无良心的官人，你也上来。鸿渐也爬上去，其走如飞。忽忽的风响，不多时，便说官人下去罢，这就是你发迹的去处了。鸿渐下来，舜华已不见影了。鸿渐睁开眼，观望四面，一片昏黑，又不知这是个甚么地方

【西调】多情送我到荒郊路，回了回头那俏影儿全没。闷煞人，叫俺泪点儿流不住。看了看那星儿密密，树色儿还乌。听了听谯楼上，更鼓冬呀冬呀，又一声里冬呀，像是三更有馀。走了些高高下下，一片的模糊。端详那树木庄村，从来无见，自小儿不熟。半夜里叫俺栖栖惶惶那里去？

俺只得坐在地下，定醒一回罢了。

想你那模样儿俊，感念我那好心的人。不着你，我披枷带锁何时尽？但只是你既疼我，就该给我一个安身，可怎么半路丢下，全

没有一丝的情，半点的恩？连夜不睡，乏困的我难禁。又不知是那府的境界，那县的乡村？俺如今流落他乡，将谁投奔？

眼望见有个庄儿，待俺走将进去，找个门楼底下，且歪倒睡睡，也解解连夜的困乏。走下。且说那张龙醒来，摸了一把，说呀，张相公那里去了？把李虎踢了两脚，说快起来，不见了犯人了！李虎睡梦里答应说拴在胳膊上哩。张龙又踢了一脚，才坐着抹眼张相公不见了。李虎说这么一家人家，料想不妨。待俺去寻他一寻。抬起头来说呀，满天星斗，那房屋都无了！说这不像是山坡里么？为甚么浑身冰凉？

【劈破玉】俺昨晚只吃的稀糊烂醉，睡醒了冻的来像两个乌龟，睁开眼却在这山坡里睡。待说是个梦，怎么还唠了一大堆？不见了床铺，不见了楼宅，那去了他哥哥，也没了他妹妹？既然是会变，必定也会飞，也是颠了道没处去追。咱若回家去吃横亏，夹棍夹，板子捶。咱不如也就啲，也就㗻，也就㗻啲拿了腿。

李虎说这仔怕是个梦。你伸过胳膊来，我咬咬看疼不疼。张龙伸过来咬了咬，问疼不疼？张龙说不大疼。李虎说不大疼，必定是梦。张龙说我也咬咬你。李虎伸过来，张龙着实一口。李虎大叫说疼，疼！张龙说疼，一定不是梦。既不是梦，咱不快颠，等待何时？下

张鸿渐上一场好睡！这门下虽不快活，比那绑着的时节自在的紧。这天将近饭时，遂向人问道这是个甚么地方？那人说是太原府地。又问那里有卖饭的？旁人说这乡下无有，城里镇店上到俱有，离此四十里。鸿渐说饿的紧，这可怎么处呢？正踌躇间，忽然从里边出来一位老者，拄着拄杖。便问客人是那一方来的？鸿渐说道此去甚远。

【西调】老人家放下拄杖坐下听我说家乡。俺姓官字子迁，也有个小名望。家住在大名府张家庄。从十四岁进学，考了两遭批首，下了两回大场，实指望一举就名扬。谁想时运不济，看不起那文章。

到贵府攀了攀汾滨的正堂，不想路上被盗弄了个精光！俺这肚儿饥饿脚儿乏困，正愁难把府城上。

鸿渐问贵姓？老者说贱姓徐，贱字北岗。这个庄叫牛梦里。一庄并无别姓。小弟最重斯文。我见尊兄仪表非俗，就知是个名士。请进里边坐。有两三个小儿都在学中，今日合几个朋友会课，求指点一二。进去作了揖。一霎酒饭俱到。北岗说这天还早，他们又不能奉陪。先生先用过饭，请到书房，就着题目做一篇程文，领领尊教。鸿渐说晚生荒疏的久了，只怕见笑大方。既蒙吩咐，敢不从命。饭已饱了，就到贵斋。遂到了书房。都来作了揖，问了姓名。各人就位。北岗说众人已做过一篇了，先生只一篇罢。鸿渐说济着晚生做罢。按下笔砚，下手就写。直了直腰说俺也完了一篇。出去看了看天，有甚么时候。呀，将近午时，说可以完场。回来坐下。不多一时，端上课饭来，不离坐位，每人用一碗。鸿渐说二篇未完，已吃午饭了。一行吃着，一行吟哦。吃了下笔又写，说好了，俺也完了二篇了，不免誊真便了。写了不多时，众人下了坐，互相问候你完了么？答应完了。还有两个未完的，众人说咱不要混他。客还未完，就烦二位陪陪罢。鸿渐说小弟也草率完篇。都说呀！怎么这样快！乱来争着看他那文章，说好的紧，好的紧！又吟哦，又称赞。方才看完，员外也来了。都说先生的佳作，妙不可言！俺都该拜师范。员外大喜说可敬可敬！

看年纪不过二十以上，看人物是金马玉堂，文字我可不知怎么样。饭后才做，还早早完场。看一看篇篇俱妙，这岂是寻常？那边备着一杯薄酒，叙叙家乡，也叫您认认面貌，说说那文章。从今后，教诲小儿，单把先生望。

请到那边备下小酌，大家叙谈叙谈才好。请。

诗曰：徐绝世才名遍九垓，张相逢一见笑颜开；

众若非前世欢缘定，千里如何招得来？

卷　三

第十九回

再会重逃

方娘子上白保儿才十五岁，一来因他成了身量，二来他媳妇大他两岁，三来我又没人做伴，就给他完了婚。儿媳孟娟娟，到极安雅，日日与我下棋，颇能解闷怀。

【耍孩儿】新媳妇孟娟娟，又老成又极贤，真能遂我心中愿。闷来合他下棋子，一日下到二十盘，胸中愁闷也消散。小保儿虽然伶俐，十四五中举还难。

依他二舅说，保儿这半年文章大进，该令他去观观场。我想盘费甚难，何必何必？

说叫他进大场，一来是没文章，二来盘费凑不上。俺又不敢有妄想，又不指望唬同乡，何必费钱瞎胡跦？且叫他读书会课，待三年咱再商量。

娟娟笑上，方娘子问道您说的甚么？娟娟说他待去进大场，央我来合娘说。

一句话告娘亲：天下事认不真，他进学何曾猜他进？不猜进他就做秀才，不猜中焉知不做举人？只在当下时合运。若或是盘费不足，我还有几两白银。

方娘子说你忒也妄想！教他去学学规矩还罢了，怎么说到中举？也罢，去请哥哥来。丫环答应去了。公子来到。娘子说我不叫你去进场，你怎么求了情来？我且问你：你能完的七篇了么？公子答应能。娘子笑说看娟娟面上，着他去撕几吊钱的罢。

谆谆的把情央，只要去进大场，心里不知待怎么样。你到下处把书念，只要用心做文章，莫在那里瞎胡趺。若是你三场不贴，十六七速还家乡。

到那里，合你老师同寓，不要游荡。公子答应是。同下，张鸿渐上白俺在徐员外家，不觉又是四年有馀。十四年夫妇，到别了十年；十四年的父子，并不识面。今辞别东主，往家一看。官司未必妥当，无奈心里思家，昼夜不能安寝，为此回家一探。

【西调】到春来魂不在，一处处榆钱乱开，桃杏花好似笑我在他乡外。常想着园里看花，我合你使着一个酒杯。你攀折花枝，翘起脚儿，褪下绣鞋。做了十四年夫妻，同床了四载，可不知你愁我的心肠，那一样儿难捱？这也是没行好，前世里结下的孤单债。

夏来到实难受，一点点汗珠交流，一霎时全湿的衣衫透。家里草亭上树影儿还稠，想必你拿着镜儿在那里梳头。这一时，往何处不热？到那里不是愁？那孩子离了他那怀了，走走站站还得一个自由。不知你淌泪来没呀？我到家，才看看你那罗衫袖。

秋来才是活受罪，西风儿飕飕，落叶儿成堆，到晚来，铁打的心肠也叫你碎！那铁马儿只在肝肠上，一阵一阵的催。孤鹰儿哀哀切，像是没奈何才远去，不得已才高飞。又听的那雨儿，打的那芭蕉叶，乒呀乓呀，点点的伤悲。我这等，不知你那里睡不睡？

冬来越把家乡盼，门外儿北风刮的我心酸，打窗纱又飞下鹅毛片。也是我无心绪吃酒，只觉着筛来就寒。守着一炉红火，只觉着衣单。我想你浑身柔弱，就是两人睡觉，还往怀里钻钻；到如今那被窝里，细细的个人儿，想也是舒不开你那金莲。到家中问你，此时念不念?

走了五六日,来到王店。天色已晚,不免歇下。此处离家不足一百里。离家越近,心里越难;无奈心里越难,这一夜如何睡得着!

【楚江秋】一更里苦难言,日落怕孤单,他那里手托香腮儿盼。拳着那金莲,斜在牙床绣枕边。四点也未眠,五点也未眠;也未眠,还合那孤灯伴。

二更里苦难熬,明月上花梢,他那里必定泪珠掉。听的那更鼓连敲,长夜还愁睡不着。上床也是憔,就枕也是憔;也是憔,还留着银灯照。

三更里鼓儿催,想你泪双垂,你那里独展红绫被。此时正孤孤栖栖,吹灭了灯儿更难为。翻来也是悲,覆去也是悲;也是悲,必定不能睡。

四更里鼓冬冬,想在绣房中,困乏不觉枕边空。此时合眼睡蒙眬,必然合我正相逢。梦里也是空,醒来也是空;也是空,劳你殷勤梦。

五更里夜已残,枕上梦初还,床头想把行人念?此时孤孤单单,临明偏觉绣衾寒。左也是难安,右也是难安;是难安,又是鸡声乱。

赵鬼子上我吕家马夫赵鬼子便是。李鸭子是我的女婿,被张鸿渐杀死。他逃去不知何向。昨晚灯影里看见好像是他;只怕错认了,到清晨再认认。张鸿渐上隔着家近了,怕人认的,不免带上眼罩便了。

【呀呀油】近故园,近故园,马上踌躇左右难。怕撞着认识的人,眼罩儿遮了面。闷恹恹,闷恹恹,每朝夹马更加鞭。家越发在眼前,程程的走的慢。下

赵鬼子瞧见说不是他是甚么？他不认的我，我却认的他。好！我到家回了话，就去对俺亲家说，杜住门子，看他往那里走！笑下

家近了，家近了，两程路儿更难熬。上马又加鞭，巴不能一时到。心又憔，心又憔，百里如同万里遥！俨然到绣房中，进门把娇儿叫。

回头合掌鞭的说我是大名人，却不往大名去。永平有个姐姐家，打那里歇两天，叫他送我去。

往大名，往大名，我却不上大名上永平。听说那里雨水多，只怕路上忒也浓。到卢龙，到卢龙，有个姐姐住乡中。我在那里歇几天，叫他把我送。

自己寻思说前边是西楼庄，隔着十来里，有个叔伯哥张子明，在此居住，暂且到他家，黑夜里走，也打听打听。

上前村，上前村，岔下路儿去投亲。十年多，不在家，那大娘也该问一问。到黄昏，到黄昏，更深夜定少行人。那时候可回本庄，慢慢的把家门进。

到门下了牲口，往里竟进。老媪上，迎见呀！你从那里来来？便叫张超你快来！您大兄弟来了！张超慌忙出来，说道我把大门关上。回来坐下。鸿渐问了安好，便说我写个字，打发那骡夫回去。一霎写完，交与那骡夫。又关了门。回来坐下，才问近来事体如何。张子明说不是耍！

鸭子他妈，鸭子他妈，听的说你逃回家，掖着一把切菜刀，上来门子着实骂。张春怒发，张春怒发，撕了个罄净好势的砸！惹的仇家越发深，如今对人常发话。

李家如今常常察访你，你也该背着些。不一时，端了饭来吃了。鸿渐说天黑了，我去罢。子明说路上小心！

送出门，送出门，送你不敢去叫人。不知道人心腹，恐怕他走

了信。到家门，到家门，三朝二日快起身。着那行子知道了，是与非难以合他论。

送出门来，鸿渐背着行李到了家，看了看，遂说这垣墙也修起来了。好好，到不似前番那破坏了。不免敲门。有觅汉出来把门开了。鸿渐往里就走，那觅汉跟着吆喝是谁呀？棱棱挣挣的只顾跑！鸿渐又敲内门。丫头来问是谁？答应是我。方娘子听的声音，才出来开了门。嘱咐觅汉这是您大叔，休合人说。

把门关，把门关，行李递与小丫环。手携手，进房来，好相是梦里见。泪涟涟，泪涟涟，千辛万苦也难言。离别了五年多，再来合他见一面。

抱头哭了一场。娘子才问你去后怎么样来呢？鸿渐说一言难尽了。

头一程，头一程，手脚绑的直挺挺。若不着好店主，必然就丧了命！往前程，往前程，愁到晚间又受刑。若是再绑一绑，铁汉子也难扎挣！

娘子落泪问道那一夜你怎么受来？后来呢？

正愁怀，正愁怀，抬头忽见舜华来。他约我到他家，一手提在云霄外。落平阶，落平阶，又逢着员外最怜才。教他三子拜门徒，没有一个不相爱。

娘子笑了笑说亏你水尽山穷，还有救星，也不该忘了那舜华。正说话间，娟娟领着小丫头，端了酒饭来。鸿渐问是谁？娘子说

听我言，听我言，保儿媳妇孟娟娟。因我家里没有人，娶了他来作伴。行是第三，行是第三，比小保儿大二年。今春里过了门，这才有三月半。

鸿渐落泪说儿已成了人家了，不知你怎么着费心来！怎么不见保儿呢？

槐花黄，槐花黄，他去京中进大场。他年时进了学，就着他去

瞎胡跦。成了身量，成了身量，他二舅说他有文章。且叫他去学规矩，不敢兴心胡指望。

鸿渐放下酒杯，就哭了说我不想你就能着保子继我的书香！可使碎了你的心了！

我贤妻，我贤妻，一个寡妇守孤儿。只当是还没入学，谁想能把书香继！泪双垂，泪双垂，教人心痛好伤悲！我年年在他乡，可把你心使碎！

一行拭着泪，便去褡包里取出银子来，说这我愁您家里过不的，又愁小保子念不起书，攒了二百银子，捎来您好费用。娘子说不必。

还包着，还包着，家里庄田虽不多，减省着吃合穿，这可也到还能过。有一着，有一着，想想终来怎奈何？你年年在他乡，可到几时得安乐？

每日逃躲，可也不是常法。既有这宗银子，就不动他，便在这里头想出一个团圆之路来。鸿渐说怎么说？娘子说你听我道来。

上北京，上北京，就使银钱纳监生。你若能中京举，这也可以提名姓，此一行，此一行，三年望你就成名。你望前做得来，可再听咱夫妻的命。

鸿渐大喜说极是！我自来糊糊突突，没想到这里。依旧将银子包讫。听了听说天已四更了，咱收拾睡罢。同下。赵鬼子上云可恨张鸿渐，把俺女婿杀。他到扯腿颠，吻崩二百八。他不认的我，我却认的他。如今杜住门，就着绳子搭。拿去到当官，看他甚么法！待俺急急走，报与李亲家。

【耍孩儿】杀了人一溜烟，四五年不回还，至到而今歇着案。杜住门子拿着他，绳缚二背到当官，看他还有甚么辩？报与俺亲家知道，也叫他早把人传。

来此已是家门首,不免竟进。李旺迎着说赵亲家,希性呀?自从令爱改嫁了,你全不上门,猜你断了这条路了。你的主人家又远,隔着七八十里路,你从那里来呢?鬼子说俺那娃子虽然嫁了,现放着一个女外甥,六七岁了,就该不是亲家了?我不是也不能来,有一件极要紧的事,待对亲家说知。今夜四五更天就走,来到如今。

张鸿渐解起身,半路逃无处寻,至到如今心里恨。昨夜方才回家来,带几个人儿杜住门,纵然有翅也难遁。咱如今不要松撒,亲家你快去齐人!

李旺说真果么?休要错认了!赵鬼子说我合他宿在一处,第二日我看着他上了牲口,我才走的,有甚么不真处!李旺说我就去叫人。但只是几个族人都不在一处,得叫那舍侄合他分路去请。亲家你在此等候。同下。鸿渐、方娘子同上,鸿渐说我去把角门关煞,瞒墙请过大哥来,合他会会。娘子说极是!也该道谢他道谢。我坐监时,亏他管理庄农;人家来骂,又亏他行粗。若是不着他,俺娘们家里就过不的了!

【还乡韵】我坐长监无人问,他送牢食他还用心。咳!又看着打了庄稼上了囤。人家来骂,谁把头伸?他出来才裂了一个腚光,打了他一个断筋!俺家里又没有旁人,有点小事他就给俺东走,他就给俺西奔。咳!不着他,娘儿两个谁投奔?

叫丫头你竖上那梯子,打墙上过去,西院里请您大爷来。丫环答应去讫。鸿渐说还得筛上壶酒。娘子说你先去南房里安下桌椅。张春来到相见,说大弟,几时来的家来?鸿渐说昨夜来的。我该给大哥磕头。

我如今不成个货,每日逃藏并无有着落。咳?多亏了家中有你还不错。家里事千头百绪,比那麻豆还多。我别无有亲人,止有哥哥。我如今现受折磨,虽然不死,也定不就还活。咳!我去了,寡妇孤儿你看着他过。

丫环拿了酒来，鸿渐斟上。张春说那两个解子，我到如今梦见杀他，你可不知怎么受来？

头一夜，实难受，他把我手脚绑了，丢在那床头。咳！亏了店主来打救。若是第二夜，就一口气也不留。低着头儿走去，你说那心里好愁！幸遇着狐仙让到家里，端起他那酒瓯，两个吃的大醉，搭喇了他那贼头。咳！他带我到山西去，不消一杯茶时候。

张春说气死我也！他后日来到家，我必然报仇。

那解子，好不凶来好不大，他看着咱属他管，为他所辖。咳！你看他好事的吵来，好世的骂；又把你希乎捆煞，几乎勒杀！多亏了有仁义的店家，有恩情的仙家，到如今说起浑身酥麻。我定要剜他两个眼睛，打他两个门牙！咳！难道说，我受他气干休罢？你吃了亏了干休罢？

张春说保侄有指望，望他若中了，我就有个扶手。他若不中，除非张龙、李虎不来家便罢；他若来家，我必然不依他安生。鸿渐说大哥，仇是该报，但只是想一个万全之策，方才妥当。

痛心的仇家极该报，有个法儿休动刀。咳！杀了人打板抵偿实不妙！我也要把手脚儿绑紧，丢在他那驴槽止不理，凭他怎么告饶，剩了一口油气，才放他开交。他若不做声，也就罢了；若不然，府里、县里、司院里，任凭他去那里告。

明人有明人的法，只望老天也睁睁眼，就好了罢。天黑了，我过去罢。你也不可多住，三五日该行了。鸿渐说我起身只在三五日之间。大哥，你给我雇个长驴。张春说容易。我过墙去了。下，方娘子说官人合大哥说的甚么？酒吃的到不多，就说到如今。鸿渐说俺两人说的是报仇。这酒壶还热，再吃一盅。娘子说就着这盅酒，你也该想想那该说的话。

苦情惟有离别身，这不好的离别越发难禁！咳！相思里又打上愁合闷。睡着人，是惊省；睡不着，是愁人。未知你咋样？我那衣裳没有泪痕！就尽夜不睡，还怕有忘了的话说，说不尽的心事；多待一个更儿，也多一个面儿时辰。咳！我合你，不知到何日，才出了离别运？

张春忙忙从墙上过来，叫一声大弟。鸿渐跑出来问道大哥有何吩咐？张春说方才过去，听的二弟说，李家齐人来拿你。我去探听，他家里果然有好几个人，像是还没齐备。你就快起身罢，我叫张成来送你，速速收拾。方娘子听说，急急忙忙收拾行囊

【呀呀油】急慌忙，急慌忙，银子给你添在囊。该用的嗄东西，都给你掖打上。想起行装，想起行装，叫人送你过后墙。到大路雇上脚，你可自家往前撞。

一霎时，张成来了。张春说你给您大叔背着行李，紧着些快走。您两个便从后墙出去罢。叔侄去了。张春回来，才嘱咐方娘子

灯灭了，灯灭了，您婆媳同床待一宵。若有人爬后墙，敲铜盆为信号。盆一敲，盆一敲，大家过院动枪刀。一个个绑起来，给他点小作道！

我待叫过我那觅汉王五来。不一时，觅汉来，吩咐说王五跟我来。领到大门上，便叫金三睡着了么？金三出来。张春说你合王五同睡，一个人一杆枪。

心要齐，心要齐，只墙根，不要离。若有人过墙来，一枪就放他倒地。我去墙西，我去墙西，对你叔们哥们知。大家着上前，弄他个不精致。

张春说我去齐人。李旺领众人说道咱把宅后墙都要围了。待我叫门。敲门一回，里边推不听的。众人说半夜三更，又不敢爬墙，可怎么处？

赵鬼子说拿不着人漫怕他；明明在家，怕他怎的！等我跳过墙去，捉住金三，开了门再讲。两三个撮弄上墙去，墙根一科树，就揽着往下下。金三吆喝一声有贼！一枪攮去。鬼子哎哟一声，就跌在树下。两个绑起来。外边说里头咆叫，必是赵亲家吃了亏。还得再着一个上去。众人又撮上一个去。王五说又上来了一个贼。一石头就打下来，把头跌破了，又哎哟一声。金三大叫有贼！大家一齐过去，乱问甚么事？金三说获住贼了！一个说打了一棍，一个说砍了一刀。李大见一大些人，便说休动手。俺是来拿张鸿渐的。本庄的保正都来看着他拿人，你怎么当的他？张春说我管叫门。

叫金三，叫金三，里头不要把门关。他说他不是贼，他是要拿张鸿渐。人勾两千，人勾两千，围了宅子没处颠。果您大叔来了家，到还不如把他献。

金三开了门。张春说保正，你既说是拿人，你就领着去拿。李大见拴着人，怒发说您怎么拴着俺的人？张春说你休发，且去翻人。

不必慌，不必慌，半夜三更爬过墙，必定是来做贼，纵杀了也无妨帐。难变善良，难变善良，借着拿人来赐光。等鸿渐真在家，可从容把他放。

一伙人到了宅门，张春叫门。丫环问待做甚么？张春说你只管开开门。遂把门开了。李大先进去。李家、张家闹嚷嚷，站了一天井。方娘子屋里问是做甚么的？外边答应待拿人。方娘子叫娟娟，你起来。不听的答应。又叫娟娟，你快起来。一大些人来拿您爹爹来。李大背云呀！他婆媳同床，必然张鸿渐没在家里。这怎么处？方娘子点起灯来，说李大呢？你可进来翻。我这屋里可不是轻易进来的。拿着人，万事皆休；拿不着人，可休想出去！李大不敢进去。方娘子说是怎么不翻？就推进去了

休装憨，休装憨，怎么叫着不进前？你安心要拿人，不翻翻怎么算？侄儿张全，侄儿张全，扯他进来翻一翻。揭开那柜合箱，都

着他看一遍。

张全扭着李大进来房门，端着灯，箱里柜里，瓮里床底下，都照了一遍。李大见没翻出人来，便跪在方娘子面前。娘子说这算不的。把李家人领着前庭后院，都着他搜搜。拿不着人来回我话。果然明灯火把，一齐搜寻。搜完了，来报没拿着人。方娘子才骂道

奴才们听，奴才们听：你合您那小畜生，不但说是没冤仇，并不知他名合姓。天二更，天二更，爬墙来到我家庭。若不是太欺心，怎么就送了命？

李大只是磕头说我并不知是因甚么。旁里有张家两个侄子，一边一个打了顿耳括。娘子说且不必打他。

您那达，您那达，听的您大叔来了家，到是诈钱还不妨，满口里说那欺心的话。央及他，央及他，话儿把人活气煞！就是您达那老乌龟，心头火也按不下！

李大又磕头说大婶子饶了我罢！我实不知道。两个人劈脸打了顿拳头，鼻子也破了。方娘子又吩咐且休打他。

您老达，你老达，曾在俺家当家客。你买了两间屋，就估着天那大。做贼做发，做贼做发，还进房子把人拿。快去找铁锤，把他那腿生砸下！

把奴才的腿砸下来！两个乱找铁锤。李大磕头说饶了我罢！方娘子说不相干。我家虽未了势，还照住李大了。找不着铁锤，就使石头罢。暂且从宽，砸一个指头便了。两个往下拉。李大哀告饶了罢，饶了罢！不由分说，把袜子剥了，一石头把一个大拇指头砸烂了。李大嗨叫，才吩咐牵出去。两个牵着还骂

老匹夫，老匹夫！嗤眉瞪眼来欺负。该卸下下半截，也解解这心头怒！老囚徒，老囚徒！仅只一个指头无。虽然是他暂时疼，便

宜他还走的路。

方娘子问道那别的怎么发放来？一个来报李家在墙外边的都跑了。止捉住了五六个，每人打了他一百了。

把人拿，把人拿，分头跑了十二三。只捉住了五六名，每人打了一百下。留着他，留着他，还要拴去送官衙。那保正也张不开口，说不出一点嗄。

别人都打了。还有两个中了伤的，血淋淋的，饶了他没打。娘子说也罢。牵出李大来。张春说保正，你既说该翻，这翻不出人来，该怎么样呢？你是极公道的，你可吩咐吩咐。保正低着头不做声。张春说吩咐了罢。保正说该立张合状罢了么！张春说就是这等。拿过纸笔，保正递於李大说谁着你来来？少不得立合状于他。

立合状，立合状，因着黑夜去爬墙。惧罪不敢去见官，出了个字据把俺放。两无妨，两无妨，磕头又把众人央。烦保正作中保，再有失上俺的帐。

张春收了合状，才叫人一个一个解开绳子，瘸跛的出了门去。张春把合状递于方娘子。方娘子说奴才们也没转了便宜去。正论间，张成也回来了。方娘子说你送到您大叔那里来，来的这样快？张成说不远，遇的极巧。

走如风，走如风，一走走到日头红。不过走了六七十，大叔走的爬不动。路途中，路途中，遇着驴夫闹哄哄。合他讲就二两银，教他把俺大叔送。

大叔走乏了住下，俺吃了壶酒，他上了牲口，我才雇了个脚驴子，骑着来了。方娘子说这忒也辛苦了你了！我顿酒来，给你解乏。张成说我不吃酒了，我待去睡去哩。

诗曰：织女牛郎会不长，风波惊散两鸳鸯；

不知何日重相会？深闭闺门独断肠！

第二十回

张逵纳监

方娘子上白官人黑夜去了，好不叫人担忧！娟娟上，娘子说您爹爹如今可不知到了山西不曾？娟娟说那时走了八日，这已是十来天，那有不到的。可只是如何是个了手？娘子说正是呢。娟娟说这两日也该放榜了。娘子说放榜你待怎么？娟娟说得中个举人才好。

【耍孩儿】这日子好难捱，空有家不能来，来家又遭着仇人害。千思万想没指望，因此想那榜放开，这心常在云霄外。若得那报马走走，也可以降福消灾。

娘子说你望呀！闲着做嗄哩！这二日幸亏你合我下棋，不然，便闷死了。拿棋盘来再下一盘。娘子又说只顾下棋，那榜开与不开与咱何干？下完了，娟娟输了一百多着。便说数不得了！娘子说每日我只赢你五七著，怎么今遭大败呢？娟娟说我心不在焉了。

用房官做甚么？眼里都有只波缧，瞎着丁子不识货！他说他文章也算好，前后不少也不多，便就中了也不为过。可怎么人家热闹，教咱家冷炉清锅？

娘子说我从头当你是戏玩，你是实落落的想举人么？这就忒也无知了。

小保儿一孩童，进进场好用功，做举人梦也不敢梦！才秀才三两日，那里想到半悬空？我就知道不中用。你何必骂那主考？还是他文字不通。

娘子说你单说那主考太偏，不觉心里不平。

我想来没的巴，惟有中举压的楂，不由人才把房官骂。咱家紧急用举人，今遭不中太大差，这气怎么咽的下？论场中全是在命，骂主考也是屈他。

公子抹眼上，娘子说人家中了罢怎么来？公子说我不是恼没中，是懊悔没得见爹爹的面。

咱家里祸重重，中个举偏不中，如今要我成何用！懊悔上京瞎胡撞，倒着爹爹扑个空，想来叫人心酸痛！早依着母亲主意，到还得父子相逢。

娘子流下泪来说道我儿说的也是。

进了学没大通，观观场好用功，原没有痴心望你中。读书便是团圆路，父子指日得相逢，从此下手不算空。到来科一举登第，也还是花朵初红。并下

张鸿渐上好了，走了数日，又到了山西牛梦里了。待俺进庄。徐员外拄杖上呀！远望好像宫先生。鸿渐到了。员外说我远看着像是你，果然就是。怎么来的这样快！鸿渐叹了一口气说既然相爱，不敢隐瞒。小弟是永平人，姓张名逵，字鸿渐，本非姓宫。

【叠断桥】知县赃贪，知县赃贪，比粮打死一生员。合学递了呈，告到司合院。他又使钱，他又使钱，问成诬告苦难言！我做了一张呈，拿了我三年半。

员外说这边也听的说来。后来听的说，这一案大翻了，先生怎么还不归家？

后来偷还，后来偷还，一个无赖到庭前。说的话不堪学，气的那肝肠断。怒发冲冠，怒发冲冠，砍下贼头投当官。杀了一个人，

成了真凶犯。

门人都说快哉快哉！到了此时，要命怎的！员外说这自然手扭脚镣，解司解院，又怎么来到这里？

想起泪流，想起泪流，解出几乎把命休！亏了施仙人，设法把我救。暗落云头，暗落云头，丢在这里没处投。幸遇着老仁兄，待的我恩情厚。

员外说这也不是长法，可何日是了？鸿渐说正是呢！我还有几两银子，安心纳一个监生，妄想科京举，图一个出身的方法。员外说妙极妙极！

先生听知，先生听知：此着高妙莫猜疑。此时价却高，一个二百四。就做休迟，就做休迟，管托亲友无差池。先生有才学，何愁不登第！

鸿渐说我的银子还不甚足，止有一百八十九两。员外说全在小弟身上。你自顾情着做监生罢，不必问银子多少。

你若早言，你若早言，何愁功名没有钱？只这二年前，已到国子监。金榜上边，金榜上边，焉知没有官子迁？料想此一时，赴过鹿鸣宴。

近日听的说，明年还有开科，速速上监，指日就恭喜了。

第二十一回

娇子秋捷

太太、娟娟上，太太说娟娟，你看保儿科举，至如今不归家。别人是决科决甲的好秀才，漫在旁里观榜；你不过是完了场，就该归家，在那里做甚么？

【耍孩儿】小保儿真是呆，怎比那好秀才，游山玩水心中快？三遍一等好名士，完了三场得意开，临了还落孙山外。我看他揭晓落地，嗄脸回来？

娟娟说娘，你没做个好梦么？太太说我做甚么好梦呢？娟娟笑说我做来，俺且不说。精希奇，不知怎么说，我看他已中了。

昨夜晚梦他来，坐着轿有人抬，腰中放着好金带。昨夜又见灯花爆，今早喜雀噪庭槐，都可以望吉祥赖。中只在一时运气，那在那饱学秀才？

太太又笑说你想奶奶做，想迷了心了。将来不可知的，但此时还是妄想。我日看着你眉清目秀，举动端庄，到像是个奶奶；只是还得等等。

您二舅看他文，也流动也清新，就是大势还占嫩。你又端庄不轻佻，模样像个有福人，将来奶奶有身分。若还是此时就做，只怕也妄想痴心。

娟娟说娘只待如今就做呢。太太又笑说我儿在你，为娘的要托仗你了。

做不做从你的心：你待做我也不嗔，做将起来也没人问。做与不做全在你，我可是个薄命人，今生没有峥嵘运。全仗托我儿好命，托带我做个太君。

报子上开榜把名叫，报子先知道。使钱买录条，拿着就颠道。共总二百人，张爷最年少。人家笑哈哈，俺也哈哈笑。除了下马银，赏钱二百吊。任拘多少人，俺是头一报。

来此已是张老爷家。门上的报於太太：少爷高中十四名，快拿出下马银来！丫头跑来说俺大叔中了，报子要银哩。太太说那有此事！一霎传进报条来，太太就笑了说可不真真的中了么？娟娟，这不是奶奶你可做？报子要钱哩，我还收拾着十二两银子，就给他拾两。家人拉着报子说你去屋里坐，我再去说。报了说你先拿出红。并下，丫环来说坐下了，还要红哩。娟娟说我到还有两匹红尺头，可忒也便宜他。太太说这奶奶是容易做的么？娟娟去房里取出来，交于丫头，传于家人。又来说要酒吃哩。一霎那客家子媳妇，都来给太太、奶奶磕头。一个说道你去顿酒，我去做菜。

【罗江怨】正独坐在房中，忽看见报条红，只当又是糊突梦。我那儿小小玩童，怎么能折桂蟾宫？还疑错把报条送。他二舅说他也通，只怕他还得三冬，今日谁敢望他中？看了看府县皆同，这个信却非空，不觉叫人心酸痛！

小举人上白先给母亲叩头。方娘子说你没等赴宴么？小举人说观榜的那一日，才听的李大家一大些人进了宅子，我恐怕母亲惊慌，即时就起身来了。今日侥幸，恨不能见我爹爹一面。太太说我儿呀！

伤叹的真正不差，你爹爹岁岁天涯，没有老长了这么大。我的儿还当愤发，这举人压不住仇家，仅能不着人家骂。你若能插上官花，你若能带上乌纱，那时才压的仇人下！您爹您爹的样发达，他自然就来归家。我儿不用你心牵挂。

小举人说我要上山西去。太太说且不必。一来没有盘费,二来你忒也年幼。你明年会了试,会与不会,你可去看看。小举人说爹爹知道我的名字么?太太说我可就忘了对他说。小举人说俺爹爹他没说改了甚么名字呢?太太说我也没曾问他。小举人听说就哭了

不由人下泪凄凄,这个事儿也蹊跷,父子不知道名合字。儿的名爹又不晓,爹的讳儿又不知,中状元也不知谁及第。太太说:我儿不必伤感,已是悔之晚矣了。我如今懊悔无及,恨当初不说的实,这可是也没法治。你自管直上天梯,若会了亲到山西,到了那时再商议。

老王婆子上俺大姑受多少罪,我陪他坐了二年监。听的俺方二爷中了,喜的了不的!如今自家儿中了,又不知怎么喜哩。告了假去给他磕个头。这人眼也漫俗,他坐监的时节,人都说方娘子俊的忒也嫩,没厚福;到了此时,人都说方太太又齐正,又福相。好不可笑的紧!

【劈破玉】有人说,方娘子生来福大,说他模样儿就不是贫家。一个说,那本领就不在人以下。人人都讲论,尽是瞎胡巴!都没说着他教子读书,天下找来没有俩。

方娘子问道老王,你从那里来来?老王说我听的小哥哥中了,喜的极了,敬来磕头。方娘子说我正没人,要叫你的,来的正好。

诗曰:监中替我抱婴孩,谁想婴孩折桂来;

今日相爱总是爱,教人泪啊下盈腮。

第二十二回

凶信讹传

小举人上实指望一举成名，谁想跟人家会试，竟落孙山。我来时母亲嘱咐：若落第，就上山西走走。那山西俭年大乱，如何去的？不免愁闷而归。

【耍孩儿】自觉着在场中，七篇文也算通，不知咋就不该中？山西大乱无人走，谷价就与珍珠同，谁敢兴心上牛梦？俺暂且打听消息，上山西还得从容。

出离京城，走了一程，人马皆饥，且下马打尖则个。二举人上，相见拱手。小举人问道二位从京中来么？一个笑说陪着人家会试的来。小举人笑说同病相怜。贵处那省？一个说小弟山东，那一位山西。小举人便问听说贵省大乱，年兄怎么来来？举人说乱处是太原合平阳。小弟来时，雇了二十名标枪，送过平原百里外就好了，我自己就来了。小举人说那乱处正在太原么？

太原北有荒庄，今落第返故乡，只得在外闲游荡。小举人又问：贵县有个徐北岗，认识么？北岗就是徐员外，虽然年老身康庄。舍妹丈就是他令郎。又问：他家有个客姓张，可知么？那先生被贼掳去，可惜他遭难身亡。

小举人听说，掉下泪来。举人说张先生是年兄甚么亲？即对说就是家父。那人拱手道小弟失言了。敝庄隔着牛梦六七十里，因着荒乱，久不往还了，这也是个传言。一拱而去。小举人大哭起来

【跌落金钱】爹爹远游在太原，他在太原三四年，爹爹呀，怎么就遭着土贼乱？待上山西去问安，听的那里把信传，爹爹呀，合该父子不相见！为儿侥幸做春元，一日不曾聚首欢，爹爹呀，谁想终身不见面！儿命生来最可怜，三岁即别大人前，爹爹呀，如今可叫我没的盼！

哭了许久，家人都来劝解说这信也未必就真。天下姓张的也甚多，那徐员外家人家也太大，门客也不止一人，焉知就是太爷呢？小举人拭了泪走了。一路寻思说这个信若是母亲知道，就唬死了！便说跟随的，我嘱咐您，到家把这信全然休要提起，看太太担心。都答应知道了。小举人说天晚了，速速加鞭。下。方太太上保儿进京会试，想是榜发落第，不是就该归家。公子进门，磕头问安。太太说你今日宿在何处，就来到如今？答应昨夜宿了苏镇，离家一百六十里，因此晚了。太太说胜败也是常事，我看你容颜甚恼。你怎么没上山西去？公子说那里大乱。

乱在太原与平阳，两处年景甚饥荒，母亲呀，土贼白昼皆成帮。一半个来进会试场，都使银钱雇标枪，母亲呀，谁敢把山西上？干戈两处闹嚷嚷，几个举人来进场，母亲呀，问信也问的不妥当。暂且迟迟不用忙，等他宁静得安康，母亲呀，还得敬去走一趟。

太太吩咐拿饭来给您大少爷吃。公子说方才路上吃的甚饱，不吃了。太太说你即不吃，去歇息的罢，我也要睡哩。公子到了绣房，掩面落泪。娟娟问道官人怎么来？是为没中么？公子说不是。路上得了个凶信。

【还乡韵】路上方才得了个信，惊煞人来唬煞人！咳！听的说，我那泪点儿何曾尽！太原一个王举人，他说他那里贼成群，有个张先生，是徐员外门宾，自去年被贼掳去，性命无存！咳！昧起来，进门还怕娘亲问。

这信不知真与不真,若叫母亲知道,就唬煞了！这不是管家媳妇在旁？想是冯玉来家,也没有不合你说的,你可万万休漏出一字来！就是太太那边人,你也休合他言语。冯媳妇答应是,我知道了。嘱咐了又哭

偷来走走还害怕,我如今中了望爹爹还家,咳！谁想都成了瞎打挂！我又不曾杀了谁家,害了谁家,老天爷咋就处治的真么？没人处淌两眼泪还不差,只怕母亲知道,不是唬煞,就是哭煞！咳！再休想合我爹爹说句话！

娟娟在旁里也淌泪,遂劝道

一个年头八个月,从天上吊下这么一个祸！咳！猛听的泪珠点点如花卸。但只是姓张的一大些,你又不曾问问名号,怎么必然就是咱爹爹？我劝你不必悲切,再细细打听,方才稳贴。咳！徐北岗,他岂肯把这信消灭？

天色将明,你歇息罢,不必哭了。那见的这话就真;若是真的,徐员外必有信来。且是朝廷重开科,明年又该会试,每哩山西待长俭年哩,那里太平了,你可去看看的。公子出来,抬头一看,说呀,天已明了。母亲每日起的最早,俺先去问个安,回来再睡不迟。吩咐取水来,遂梳洗完备,出离房门说天已大明。来到上房,问娘夜来可安么？太太说乜两眼红红的,你哭来么？公子说因着乏了,晚间吃了几杯酒醉的。太太说你晚些起来也罢了,何必这样早？公子去了。丫头说天将明嗄,我去溺尿,看见大少爷屋里还点着灯,我偷去听了听,大少爷咽咽的哭。太太说你没听的他哭的是甚么？丫头说别没听的,就是听的少奶奶劝说:天下姓张的也多,那见的必然就是咱爹爹呢。太太说快去叫你大少爷来的。答应一声,不一时请到。太太说你这不孝儿郎,专一欺哄娘亲,怎么中了举来！公子说不敢欺哄母亲。太太说还敢强嘴！外

边有甚么凶信，还不叫我知道！公子跪下，说道实是为儿不是了。

路上听了一句话，不知是真不知是假，咳！对娘说恐怕心牵挂。他说一个姓张的被贼掳去，这信忒也大差，虽不信他却也不敢不听他。细寻思姓张的，那庄里没有几家？又没有姓名，怎么就说是自家？咳！唬着娘儿的罪愆越发大。

太太听的落下泪来，说你起来罢。可只是这话你不对我说，是何道理？

不知那世里把孤单欠，十四年夫妻刚聚了四年，咳！到如今四五年来见一面。还指望你上金銮，还指望你衣锦还，谁想铺排的那路，都成了空言！那一夜几杯酒，就是尽头的姻缘！咳！待相逢，除非梦里见！

娟娟劝道娘，何必这样的哭啼？千里外那见的这信就真？咱且从容打听，等山西好了年景，便得官人自家去。太太说怎么捱这一年。

【憨头郎】哩溜子喇，喇哩子溜，看看来到新年头，看看来到新年头。正月里，千里存亡未可知。人家都把元宵闹，俺家叹苦愁别离。我的哥哥咳！我的皇天哥哥！

二月里，柳条青，百草萌芽向日生。百草尚有还魂日，行人何日转回程？

三月里，上坟茔，家家麦饭过清明。谁家寡妇坟头哭？惟有愁人不肯听。

四月里，日初长，大麦青青小麦黄。闭着绣户门儿坐，不知燕子都成双。

五月里，端阳来，榴花如火向人开。空将艾虎门前挂，谁共菖蒲酒一杯？

六月里，见荷花，行人远去不归家。昔日花开合他看，今日花开不见他！

七月里，是秋天，牛郎织女会河边。人人都有悲秋恨，何况天涯人未还！

八月里，月正圆，过了十五少半边。奴家就似半边月，夜来孤影照床前！

九月里，树叶黄，人人沽酒过重阳。菊花开放人何在？又见南飞雁一行。

十月里，更伤怀，人人祭扫苦哀哀。游魂远隔天涯外，望想南柯梦里来！

十一月，夜正长，滴水成冰在异乡。又想又愁又是恨，又逢长夜苦难当！

十二月，办年忙，处处行人返故乡。但得他乡人儿在，纵然离别也无妨。

太太痛哭不止。娟娟拉太太说娘哭了半日了，你些须吃一点饭。太太说我甚么汤咽的下去！娟娟说娘不吃饭，只得是大家饿死了！太太说您都去吃饭的罢。娟娟说娘不吃，谁还吃的下去！

【还乡韵】娘是今日没吃饭，他自夜来碗没端，咳！娘哭的完，他泪珠儿方才断。那信儿不知真假，已是叫人心酸，又打上母亲这等，益发叫人难堪！娘是一条肠牵挂，俺是两条肠子愁烦，咳！还怕这不好信儿，一家人先把气儿断。

太太说咱吃饭罢。一时间端了饭来，吃了几口，说我不吃了。娟娟说吃这几口儿济得甚事？大家一齐把碗来放下。太太说您只顾吃，管我怎么！公子说娘不吃，别人还吃得下去，便不是人了！太太又端起来吃了两口，又放下，大家一齐又放下。太太吃了一碗，两个都各人吃了一碗。太太说我还吃一碗。娟娟慌忙盛上,陪了一碗。太太起来了,两个也都起来了。自今以后,一家人欢少悲多,无限愁怀。

诗曰:千里行人最关情,传来音信苦难听;
　　强将妄语排愁闷,争奈柔魂梦里惊!

第二十三回

二瞽作笑

丑扮瞽人,背弦子上自家王丙是也。这也丙,那也丙,这个号儿叫的响。有口吃饭,没腚屙尿,石心子有汉怎么养?一个磨轴没处按,一把锥子没处攮。瞎的瞎,俺会唠,骗了三官爷爷一顶巾,挣了镇武爷爷两顶网。许着翰林家去上寿,那一遭不挣二百赏。惯捣鬼,惯撒谎,因此人人叫瞎谤。叫瞎谤,连年运气低,两个婆子死的爽,叫俺尽夜不眠心里想,半夜以后心里痒。咳!苍天哪,苍天!亏你叫俺瞎了眼,擎吃自在饭,不去扭筋拔力,血汗暴流,这就是你老人家看顾俺。可怎么人家娶妻生子,团圆百岁;偏我王丙寻着的,都是些短命鬼儿?这几年弄的人水净鹅飞的,如何是好!

【耍孩儿】我王丙实可怜,轴子在断了弦,这弦不是一回断。指望他那人来,指望他那算,指望他那吹来,指望他那弹,人人喜才捞着烧酒灌。侥幸得贵人抬举,可怎么命里孤单?

你看,这不是一运子低!这几日全无个主顾。腰间全没有一文钱。方才从那酒店门前过,那酒味喷香,只干咽了两口唾沫而已。

我王丙命不强，破了财守空房，这日子像个下番的样。打了一日芦庄板，并没个人来参俺的张。干嘴虾蟆不成腔，烧酒香唾沫空咽，可那里捞钱去装？

听说张宅物色先生，怎么就不知道我王丙？待俺上他庄里走走。又一个先生打卦板上，唱淌里洋来淌里洋撞，马虎好似狼，看见蹄儿是几个，道是一根尾巴长在屁股上。两个硼在一处，几乎硼倒。王丙抹头说鞋里加楔子——好揎。那个抹头说王大哥，你硼死我了！好疼好疼！王丙说我已聆李二哥清音，你唱完了，方待问候，就被你揸了这么一头。亏了你乜头不是铁的，若是个铁的，可是庄家老儿看戏——不认的关爷。李先生说怎么讲？王丙说那红的就出来了。李先生笑说哈哈！造化低，我这白胡子硼着狗骨髅。莫怪，莫怪，新女婿闪着腰——每哩你疼我不疼哩。王丙说李二哥，你这不骂起我来了么？李先生说怎么骂你？王丙说什么是狗骨髅？谁是媳妇？谁是女婿？放屁么！李先生说你就没骂我么？王丙说何曾骂你？李二说怎么头是铁的？惟有秦桧头是铁铸的。王丙说罢呀！咱俩准了罢，自可取个吉利。李二说怎么说？王丙说俗语说：便宜了一个大瘩疸。你也便宜，我也便宜，这不是吉利么？我但问你：这近来好么？李二说好甚么！胡突过就是了。每日打痴咕嚷，半日挣了七八十个钱，那是看的见的。亏了老婆子，到了宅里住了十来天，奶奶给了勾吊多钱，红布白布，还许着送粮食。王丙不觉掉下泪来，哭着说可怜，可怜！我怎么及你呢！

我王丙命运乖，死了人又买材，将钱丢了十千外。近来心里懒学唱，旧唱忘的不在怀。不如婆子在煞有人问，现如今家家刮喇，可那里挣出钱来！

你有婆子挣钱，我有谁哩？且是如今世情寡薄，给人家上寿，虽是叨他些酒饭，临起身，拿出四十个钱赏先生。李二说咱也该知足才是。你看那短工子觅汉，血汗暴流，吃了三顿粗饭，不过挣四五十文钱。每哩咱不瞎，待不吃饭哩么？王丙说你还好，到处都喜你。你看王宅里，从来没有进的去的，独有你去，就赏钱赏酒饭。你是甚么法儿？李二说你听我道来。

王伙计听明白：休要睁休要捶，到人家就有四样罪。一是多嘴管闲事，一是往来说是非，到处里人家房帏内，又搭上嫌寒道冷，遭着的不想二回。

王丙说见教的极是。这几日，听的说张宅物色玩的，我安心去蹭蹭。若是缘法凑巧，不须挣他二百么？咱同去走走何如？李二说极好。那小举人极大方，就去走走。下

公子上，叹了一声，说天哪，天哪！得了父亲的凶信，也不知是真是假。我想把愁藏在肚里罢，没人处流泪，何曾敢教母亲知道！不知是那个奴才多嘴，着母亲昼夜啼哭。叫我疼爷不了，又搭上疼娘。【黄莺儿】闻的信，甚担忧，哭号啕，不自由，油煎火燎真难受！猜一回是真，猜一回是假，堪疼母亲泪双流。刀刀剜都是心头肉，想这样日子少年头。

这两日没法可治，着人去找个会唱的来，解解母亲的烦恼。吩咐两三日，怎么不见叫来？众答应上着你找暹逷，怎么不到？众人说近处没有好的。那胡突着刻刻八字，巴几句瞎话，唱个《打枣杆儿》，怎么伏侍下太太来！公子说给我远处物色。答应是。王丙说前面张宅不远，咱把路庄板着实打，看他听不见。两个打了一阵。家人出来，问是那里来的先生？王丙说我是何王庄姓王，这一位是李昭君。家人说这模样也平常，怎么叫他昭君呢？王丙说他弹的是《昭君出塞》，远近有名，因此得了个绰号。李二说他是大号王丙。家人说这两日听的说

这个大号来。来的极好，宅里太太不大欢喜，代找个会玩的解解烦恼，您两个运气极高。王丙摇头说过日罢。俺今日有个生日，待去给人家做做。家人说你这个瞎狗啃的，养汉老婆不脱裤——人不找你，你又找人；人来找你，你又做势。请走，请走，快去，快去！天下少你这黑头哇唔哩！李二说王大哥，你就这样，张大爷有名的盛德乡宦，巴不能的去走走，那别处甚么要紧？老掌家的，不必发怒，他不去我去。王丙说我是这么说。张大爷赏一百，强的人家赏一吊。家人说不必，你别处挣的罢，我合李邋遢去便了。王丙陪笑说大叔，你休怪我，我是个草包货。家人领着李二，王丙也跟着，到了宅门里说你且站着，我传一声。里边禀给大少爷知道：小的找了先生来了。公子说叫他进来。问道是那里来的先生？两个听的问，便说给大爷叩头。吩咐起来。李二说小的是李众曈，名叫李周，这是何王庄王丙。公子说您会唱么？李二说俺做的是嗄？就是隔着五六十里路，不曾来伏侍大爷。今日偶然过来，得见大爷金面，也是造化。公子说我原不找你，因着太太不快活，找你们来要散闷，唱的取笑才好。答应是。公子说跟我去给太太叩头。二人跟去，方太太正坐，小举人进前说有两个先生会唱，领来给娘叩头。二人忙跪下说给太太叩头。太太说丫头拿坐来，给他二人坐下。李二说小的二人俱是村野瞎人，没见天日，若是犯了忌讳，望太太、大爷耽待。公子说你是初来，那知道忌讳，任你唱罢。二人弹了一套，便开卯说道

【西江月】莫笑瞎厮不济，常近富贵高贤。戳戳打打到堂前，必有喜辰寿宴。能知吉凶贵贱，又与人解闷消闲。圣人孔子做高官，还有师冕来见。

【边关调】俺已是瞎的惯，世间的丑相有千般，出上一个看不见。不曾剜垄，不曾锄田，除吃了酒肉，还赏一百大黄边。若教俺两

眼睁的圆，一个人也不认识，倒反是极难。老天爷给双好眼俺不换。

王丙说忒也自夸了，我见你那本领来。公子说这道极高。王丙说大爷不知。我说他那故事。有一伙瞎厮，在路上走路胡迷了，一骨碌张在崖里。亏他攀着一枝荆科，不曾到底。又不知底下还有多深浅。喻叫救人哪救人，并不见做声。喻叫了半日了，自言自语说："合该命尽了！"叫了一声皇天，撒了手，其实离着沟底不勾半尺了。才说："咳咳！早知道这等，喻叫甚么？"这个给你双好眼你换呢。太太微笑。王丙说我也诌一个太太听。

逐日好像在地狱里串，雨下了脸上才知道阴天。走的紧照着墙角子使头揎。空每日说天可是青呀可是蓝？面前的田地是湿呀是干？怕的是秋耕了的地土，合那当道的场园。即是酱里蛆虫，饭里苍蝇，俺都不嫌。笑煞人，一辈子夫妻没见面！

李二说我说一件故事你听听。一日，阎王娘娘生了一个太子，吩咐那判官小鬼，给我找一个会唱的来。不一时，找了来，赐了坐，唱了一套麒麟送子。娘娘甚是欢喜，赏了一个丝锞儿。便说："等万岁回宫，我嘱咐他给您换上一双好眼。"先生跪下说："到是娘娘大恩，瞎厮可不情愿。"娘娘说："奇呀！怎么不愿呢？"先生跪下，禀道："亏了没眼；若有眼，对着娘娘还敢坐着？只这一霎里，送在油锅里燎好几滚子了！"

瞎着眼，那贵人还给点体面；必然是因着俺瞎的可怜，不叫俺在门傍两腿直站，吩咐给个坐，定定才吹弹。那清唱立两边，缨头帽细罗衫。唱的唱弹的弹，站的久腿也酸。如我不瞎稳坐雕鞍，况且是极了也无柴可插，瞪着也无缝可钻，骂俺也无缝可滴，打俺也无嗄可剜，打俺骂俺也不怕，不过说瞎了丁子眼。

唱完了，太太正吃茶，笑了笑，吩咐丫头把这茶倒两碗给他，每人给他俩果子。王丙接过来说这是甚么果子？李二说好乡瓜子，这是龙眼。王丙说这龙剜了眼，可不合咱是伙计了么？李二吃茶，便说有一个典故，说给太太听。有一个山汉子，上城里卖柴。卖了柴回来，路上一棵大树，他便放下扁担，去树下乘凉。不知谁掉了一个龙眼树底下，拾起来端相了一回，说："奇呀！这是甚么东西？"捏了捏那皮挺硬，看了看像个菱枣。又寻思："那枣何曾有皮？"尝了尝极甜，连核咽了。又沿树底下回来回去的细找，说："这么一棵大树，怎么只结这一个果？"

大人家有虚名，其实不差；糟头子没点肉，异样的硌牙。那金枣酸煞人，不知像嗄，门上吊油牌把活压煞。若是担出去卖油，好壮汉，大庄也走不的俩！

王丙说您休当瞎话，还有乡老传给我的哩。南方一个乡人，从没见冰。有朝一日，布政司里开了冰窖，乡宦人家拿着走亲戚，路上掉了一块，这人不当不正撞着了。拾起来看了看。"明精精，这是甚么？像块水晶。"人说是冰。"五六月里那的冰？我扁在腰里，到家问问人。"掖起来走了。到了家合人说："我今得了一件异样的物件，极齐整，不知是甚么。我拿出来，您都认认。"解开裤腰，已是化了。喊了一声说："好孽畜！谁想拿住他耍，他是推洋死哩！这不是溺了一泡尿颠了？"

拾了块怪东西，不知何用，看那模样儿像块冻冻。拿在手里化不了，捏了捏又挺硬；吃着甜思思，咬着咯嘣嘣。人说是冰糖，嚼着咋不冷？

也罢也罢！我是乡瓜子。你瞎着两眼见的天，巴的也看的见，这就如那一个眼的汉子，娶了个秃妮子一样，彼此也笑话不的。咱把这个《哭江秋》伙着唱给太太听听取笑罢。我这嗓子可粗，哭不上来，请先少哭。

【哭笑山坡羊】少哭怎离爷娘，这心里劈破了青梅，酸酸的一片。老笑俺光棍打了十年，一般的抢满摸叶子的，捞了个八万。少哭行扎着包头，像断线的珍珠，一个个乱滚。老笑坐着丈人家的席上，那板凳子做了脚打罗儿，到了这里才成了体面。少哭坐在轿里，似扛子举重，一行哭着互扇。老笑骑大马的大姐，笑掉了裤子，喜起来顾不的难看。少哭人都说他大风刮了下颏嘴，也难赶。老笑俺虽然穷极叫花子，叨瞎话，且捞他一个黄边。少哭下轿一看，那砘骨碌掉在井里，可是一个眼到底。老笑俺瞧了瞧，可是那皮猴子吊在火里，一根毛也不见。少哭伤惨，任拘你怎么端。像那木匠掉着墨斗，也只瞅了俺一眼。老、少你就忒也伤惨。肉头老撞着显道神了，你也说不的我长，我也道不的你短。

太太笑了笑说赏他酒饭。二瞽下，公子见太太欢喜，才说老师那里写了字来叫我，我去看，叫我待说甚么？太太说既有书来，就该起身。只是不可久住下。答应是。同下

诗曰：行人一去久不回，闷坐不禁双泪垂；
　　觅得瞽人能作戏，犹胜独自在深闺。

第二十四回

二姬歌舞

太太上,说那暹邏唱了四五天,也俗了。每人赏他一吊钱,叫他去罢。丫头说太太又忘了么?今早吩咐过,已是着他去了。太太说我全然忘了。丫头说两人欢喜,待来谢赏来,太太睡着了,就没敢说。

【要孩儿】闷恹恹在绣房,夜无眠日又长,终朝倒在牙床上。放倒头来睡不稳,起的身去困难当,浑身不知怎么样?我可也不曾有病,可怎么一片心慌!

丫头说太太吃的饭少,近来也瘦了。太太不必烦恼,今早晨那先生临去,我着他给太老爷算了一卦,极好。太太说那瞎厮甚么正经!我说不信他那卦。

起月令刻关煞,也信口瞎胡巴,俺从来不信那先生的卦。明明知道不中用,还要买他胡瓜答。他说好怎么放的下?他若是说声不好,这心里愁闷偏加。

他知道您太爷的八字么?丫头说他不用八字,另有个法儿。周媳妇子也见来。他说:"您记着,咱私自算算。若是不好,就不必叫太太知道。"

起一卦笑欢欢,他说是今年春,太爷才交临官运。往前还有大富贵,如何说他命不存?道途传说难凭信。我这卦十拿九准,强似那六甲灵文。

他说:"我待给太太报喜,太太又不信卦。你替我说罢。"周媳妇子也见来。“爷去了四五日，不见回来，你算算几时回来？”他又捏算了捏算，说：“今日申时就到。”单看他这卦若是应验，太爷那卦也就准了。太太笑说单看罢。

远方人死合生，口里巴无足凭，这卦儿单看前应。他敢定下申刻到，错过时刻便不灵。先生胡巴成何用？果然是至期就到，您太爷运必亨通。

太太在绣房里坐着，单等先生说的那时辰，那眼也不敢转，身也不敢动，只是看眼前的应验。候之良久，身子微觉乏困，起的身来，去那天井里看了一看太阳，已晌午转了，申时将尽，并没有个先兆。便叫丫头说到底是先生撒谎。丫头说人都说他诚实，不是撒谎。正说之间，来报道大少爷领着两个妇女进来了。公子说给太太叩头。吩咐看坐来坐了。二旦上说给太太磕头。起站在一边。太太说极好。教他且去歇歇。他叫甚么名？公子说这一个玉兰，那一个是瑞香。公子说吃了饭来伺候。答应是。并下，公子自己起来，碾了桌子，又着丫头去请娟娟。娟娟说官人来了么？公子说来了。今晚有戏，你来伏侍母亲。娟娟说如何不到我那边？公子说这是伺候母亲的人，你休要吃醋。二旦上说给奶奶叩头。公子说这还罢了，看酒来。娟娟给太太斟上酒，丫头们给公子夫妇斟酒。二妓女可就唱起来了

【叠断桥】想起昨宵，想起昨宵，一场好梦甚蹊跷。晚坐绣房中，又见那灯花爆。正自心焦，正自心焦，丫头踏破画帘条，喘吁吁，报一声门外头郎君到。一个接唱恨杀薄情郎，恨杀薄情郎，发恨来时骂一场。忽闯进门，把骂的话儿忘。俺还思量，俺还思量，他说昨夜梦交双，听了听这话儿，把旧恨全消帐。

二人唱，便向席前，排场歌舞。先四句开场引子，说道是：

久旱逢甘雨，他乡遇故知；洞房花烛夜，金榜题名时。

【跌落金钱】中伏酷热火炎炎，草叶焦枯未种田，老天呀！不消说是

连年俭。去秋无麦青苗干，卖了小女卖小男，老天呀！逃窜死亡你何忍看！忽然云起黑满山，一霎倾盆蜜似帘，老天呀！地里透过三尺半。村村贺雨闹喧喧，家家喜地又欢天，老天呀！爷儿又得重相见。

年年流落在江湖，不解乡谈只自咕。乱秋秋，不知是应向何人诉？一人走过好似熟，细看欢喜动须胡，非别人，家中自小同床铺。定睛还是眼抹胡，一行欢喜泪扑簌，还是疑，床头又把梦来做。

花烛将近半月前，过得一朝似一年，喜心间，屈指暗把佳期盼。藤花大轿呼扇扇，轿里不知丑与妍，满心喜，到底还有一分欠。忙随俏步到红毡，顶头红罩貌如仙，喜重重，此时觉着天地转。初对佳人酒合欢，小登科如折桂还，浑身喜，三杯胜吃琼林宴。

三场已毕自徘徊，举人横查在心怀，乱嚷嚷，眼前常有个报马在。一日天门榜放开，门前忽送报条来，仍的声，头儿直觉如筐大。磕头送喜满庭阶，拜了爷爷拜奶奶，这时节，心麻似痒自通泰。面貌依然旧秀才，看人落第苦哀哉，猛回头，便觉身在云霄外。

【清江引】叫花子拾了一个大元宝；死罪逢恩诏；儿子久别家，忽然敲门到；老头子得了个儿初落草。

太太说舞的中看，唱的好听，到可以解闷消愁。天几更了？答应三更将尽。太太说我待睡哩。公子说儿明早上京会试，禀娘知道。太太说就忘了。正月将尽，还不速走，更待何时？公子吩咐二旦说您两个伏侍太太安寝。

诗曰：歌声呖呖舞翩翩，忘却他方人未还；

堂上酒阑满三下，犹愁就枕不成眠。

第二十五回
春闱认父

公子上母亲因着一家不得团圆，给我起了个名叫张得聚；近来因着我中了举，又起了个名字叫合庵：还未知合与不合，聚与不聚。母亲每日啼哭，不敢远离，捱的日期将尽，才上京来了。刚刚赶上，已是临场。一切进场物件，都要齐备。答应停当了。就去伺候点名

【平西调】日头不大高，果饼、丁锤都挎着，披毡衣又代上安军帽。一来十里遥，下马前行闹吵吵，不多时就把名字叫。

不多时就叫张得聚。答应有。接了卷子，说待俺认号，便去找那山西的举人，问个消息。哦哦，域字号在这边，不免放下行装出去。呀！山西的还没点着，天已黑了，住住再去。回来归了号，才坐下，听的那邻号有人咳嗽，便问了一声年兄那省里的？答应山西的。又问那府的？答应太原府。合庵听说，即忙跳出号来了

山西才得闻，不觉慌忙立起身，到跟前又把府来问。听说太原人，越发钦此又钦遵，问年兄寄一个平安信。

问道贵姓名呢？答应姓宫。合庵说认的徐北岗么？答应极熟了么。又问他那里那个张先生，如今何如？那人说又不一省，如何认识？

北岗舍盟兄，远隔山河千里程，你如何知他名合姓？有个张先生，去年虏去到贼营，可怜他送了残生命！

合庵听说，就大哭起来了，说小弟不进场了！那人问道怎么说呢？合庵说那是家君。

那就是家君，道路说他命不存，那讹言竟成了真实信！那人问道：贵省？小弟北直人，家父投在北岗门，至而今三载无音信。

那人说年兄差矣！那是河南人，与令尊何干？合庵听说大喜如此，有好信了。

带泪开笑颜，胜如九锡下云天。这等说，还有个佳期盼：老太君甚么名号呢？永平府城南，家住乡村田舍间。爹名逵，字是张鸿渐。

那人说你不是保儿了么？掩面就流下泪来

到家那一年，你进大场尚未还，住一天可又重遭难。我今在西边，改名宫子迁，科京举中在国子监。

合庵抱住大哭说这等，真是我爹爹了！

自从儿中了，待上山西走一遭，又听说那里有贼盗。凶信好蹊跷，老母终日哭号啕，出了场先往家里报。

父子哭罢。太公说极好！

忙拜谢天公，叫咱爷俩得相逢，若不然，那里去问名合姓？坐号喜相同，新交好运喜重重，咱父子必然是一齐中。

问道李家近来如何？

自从儿中了，阖庄贺喜闹吵吵，惟李家没把喜来道。不是儿志高，事情若是在今朝，那行子必不敢登门闹。

太公说虽然么，咱今遭有个翰林才好。合庵也笑了

翰林固是佳，中一个进士也不差，声势微尽可朝李大。原不怕他，石头生将指头砸，到如今料想还梦怕。

父子两个说了半宿。太公说我儿，已交四鼓了，你去闭闭眼，明日好做文章。

爷儿放头眠，心中喜欢睡不甜，略合眼已是鸡声乱。一声哄传，题纸才下闹喧喧，老太爷急唤孩儿看。

太公说保儿，你去瞧瞧，题纸下来了。

合庵出来瞧，哄传首题是《大学》。略停停，果然那题纸到。一霎散了，太公拿来仔细瞧，向孩儿细说那题中窍。

合庵极聪明，听的他尊公讲了一遍，说儿已晓的了。便归了号，展卷挥毫

展卷挥毫，写了一篇日未高。忙拿着离了自己号，叫爹瞧瞧。浓济着中的就罢了，中不了还得改改造。

太公说我才做了半篇，你到快。待我看来。

从头细观，这也捞的瞎试官；运气低，怕撞着明眼看。替你略攒眼，细改改这头半篇；后半截可到尽好看。

太公改完了，便说中不中全在头一篇。像这文章，也可以中在三十多名上。那六篇，等你做完了再看罢。

公子回来，展开卷子细铺排。没晌午，又完了两三块。将筐篮解开，嚼着锅饼暗徘徊。第五篇，已是有个架儿在。

公子问爹爹，你做完了几篇了？太公说四篇了。

把墨研稠，行行写去不抬头。第五篇已是一挥就，脱稿再搜求；六篇才完把笔投，直直腰再将七篇做。

公子又问爹爹做了几篇了？答应七篇将完了。公子钻出号来说这第七个题目，我不记的了呢。

叫保儿且闲，我这七篇就做完；做完了，给你看一看。这天还有天，少着一篇也不难，在旁边略且站一站。

不一时，太公完了，递于合庵。合庵吟哦，一行看着，指头圈着说好的紧！爹这文章有会元！我才知道这第六个题是做错了。太公说你取来我看看。合庵便取来给太公看了一遍。笑着说有指望。我给略改改，只好看便罢，那房官有几个不瞎的？

手敲门砖，只认的酒色装银钱，好文章他也看不见。你这第六

篇，只要软和便密圈，少嫩些也不甚足为患。

改了改便壮观了。那一篇你若做不来，我就替你做做。公子说不用。我看了爹的，已是有了。回了号房，一霎做成，拿来说我完了。太公一看说亏你，比着葫芦就画上瓢来了。且嘱咐你。

我儿听着：题目细写休错了，下一笔要把题纸照。号板要坚牢；常将卷子盖的娇；剪烛头也怕灯花爆。

父子各自入号誊正

【叠断桥】一更鼓儿敲，一更鼓儿敲，场里行人静悄悄，处处挂青帘，都把银灯照。卷子展开色，卷子展开色，磨墨声闻百步遥，个个都吟哦，好似蛐蟮叫。

二更鼓儿轻，二更鼓儿轻，场里火光一片明，处处咥哼哼，好像是谁有病。号里少人行，号里少人行，虽是无声却有声，好似一集人，隔着十里听。

三更鼓儿乒，三更鼓儿乒，头眼昏沉渐困乏，时听的问点话，声儿也不大。手儿紧抓抓，手儿紧抓抓，低头忽如身在家，好像坐绣房中，别屋里人说话。

太公叫保儿，你写完了几篇了？合庵答应将完了。太公说怎么这样快？

四更鼓儿真，四更鼓儿真，此时笔管重千斤，才写了四五篇，觉着手酸困。恨那打更人，恨那打更人，打的更点未必真，交四鼓多大霎，又咱五更尽？

五更鼓儿天，五更鼓儿天，满脸皆薰烛蜡烟，常拭那眼角弦，只觉灯光暗。手腕疼又酸，手腕疼又酸，剩了勾十行越发难，只听的号儿吹，一声里快交卷。

太公誊完了，自对了一遍。叫声“保儿”。合庵跑来，交换看了卷子。太公说这头一个题,就错了一个字。

忒也莽撞,忒也莽撞!我说从容不要慌,不是看出来,就完了今科帐!仔细端相,仔细端相,错的乌了添在傍,大规矩不要错,就有些胡指望。

合庵说这第一篇掉了一个,第五篇错了一个。对完了,公子替收拾笔砚。太公里边收拾毡条、布帘。合庵说我都背着罢。太公说各人的各人拿着好。你再回去看看。合庵说不必,莫掉了甚么。太公说你那雨单呢?合庵说哎哟!我搁在号房上,忘了。

伸手取下来,伸手取下来,才把行囊另解开,捆的极结实,拴上一条带。直上堂阶,直上堂阶,交了卷子领了牌,不免笑欣欣,跳出门儿外。

出的场来,太公的随人接着。太公说这是你少爷。

喜地欢天,喜地欢天,说有个少爷在那边,不想十五六,就会了小乡宦。俺在太原,俺在太原,叫了老爷勾一年,改了口叫太爷,难把嘴儿换。

公子的人来接着。合庵说这是你太老爷。众家人当街就叩头请安

接出场门,接出场门,两下里家人一大群,大家笑嘻嘻,都把太爷认。议论纷纷,议论纷纷,谁知太爷正青春,怪不的咱太大,模样还着实俊?

公子说爹的下处宽阔么?太公说也只两间屋儿。公子说还是爹往儿那里去罢。你这接场的,着两个人跟了爹的人去搬行李来的。答应是。

李万、张千,李万、张千,跟着去把行李搬,为儿那下处,就在那药王殿。庙屋多般,庙屋多般,不妨再赁两三间,上下六七间,住着也方便。

到了门前，父子下马。老家人王孝在下处看家，看见太爷，磕下头去，就落下泪来了。问太爷从那里来来？

乍见疑猜，乍见疑猜，太爷忽从那里来？太太听诈言，每日里心惊怪。小的无才，小的无才，奉了山西这一差，因我还老成，跟着好出外。

太公也落泪说这几年没见你，你就老了！我是合你少爷场里遇着。王孝说这等，太爷也是中过了。

叫人泪涟，叫人泪涟，咱家大祸有十年，少爷中了举，恨太爷没得见。谁知在外边，谁知在外边，已向蟾宫折桂还，老少一家人，都得重相见。

少爷快快写字，小的即刻回家，报知太太。一行说，端过了饭来。公子说爹爹先吃，我先写信。

磨墨挥毫，磨墨挥毫，大喜先报娘知道，孩儿在场中，令爹爹紧邻号。挂榜非遥，挂榜非遥，父子登科这一遭，报子到门前，不久爹儿到。

将书写完，王孝即时去了。合庵说王孝到家，真是非常之喜了。又问道爹爹中了，怎么不捎一个信到家中？太公说自觉一个举人，也压不住家，不如等到会试。况且京中一个认识的人也没见，怎么寄信呢？合庵说咱父子纵然不中进士也喜。况且咱败的凶，必然发的也暴，着咱父子邻号，天意就可知了。

【对玉环带清江引】脱难十年，自幼把儿闪，音信全无，相隔千里远。凶信传来，唬破娘的胆，终日号啕哭，劝也劝不转。团圆胜似功名显，况且时运变，父子俱连登，一齐朝玉殿，才叫那天下人打一罕。

太公说连夜不曾睡，咱且各人歇息去罢。

诗曰:父子相逢喜气扬,纵然落第也无妨;

吾家况且时运至,必定连名上玉堂。

第二十六回

宫花连报

方太太上千里行人,已是令人牵挂,况且又得了凶信,好不伤感人也!

【劈破玉】每日只在那纳闷。我那儿中不中倒不关心,只望他上山西打听个真实信。酒饭全不想,没了人时泪纷纷。亏了那两个丫头,一闹一个三更尽,才敧下骨碌噪子,打了一个盹。

虽然是姓张的也多,只怕保儿信还有瞒我处。吃紧的,就是我那官人,也是有的。说他虏去,未必不是杀死。叫人怎么放的下!掩面落泪,说咳!天那天那!俺有甚么不好,教俺生离,又教俺死别?丫环来报王孝来了。太太说他回来,可有甚么事?

【房四娘】好叫人自惊讶,京里盘费不缺乏,他不等着山西去,又待回家做甚么?

叫他进来。不一时,王孝来磕头说太太千万之喜了!方太太说甚么喜?奇哉!

你这话好奇哉,如今天榜不曾开,你又没上山西去,问你喜从何处来?

王孝说如今太爷合少爷,在京里在一堆哩。太太站起来说怎么着呀?王孝拿出书来,递於太太。太太接来一看。娟娟上白听的京里来信,待俺那边看来。

【银纽丝】一行把书仔细也么观，知他父子得团圆。叫娟娟，不觉欢喜泪痕干。名子叫宫升，字是宫子迁，那里去问那张鸿渐？难得他，他把性命全。不必宫花插帽檐，我的天呀咳！献猪羊，就把猪羊献。

太太吩咐人，赏王孝红一匹、银一两、酒一瓶。娟娟说这个比那报状元还喜哩。娘这一霎里没事处哩，咱可是待做点甚么才好？太太笑说叫人摆下席，请您春大爷来，咱合他吃酒贺喜罢。娟娟说还得去西头请大娘来，合他好说话。太太说极是。并下

张鸿渐父子同上白今日放榜，咱不免去看看。

【倒扳桨】双双骑马过长街，去看天门放榜来。到时正是榜初挂，人山人海闹垓垓；人山人海闹垓垓，挤不开，多多挤掉袜合鞋。

太公说呀！人这样多，如何挤得进去？叫个家人进去看看罢。公子说李才识字，你就钻进去，看见名子，你就唱出来。

推进家人对榜棚，垂鞭马上用心听。大榜俨然将放尽，不见李才报一声；不见李才报一声，心里惊，想是咱爷俩都没名。

合庵说榜已将尽，想是咱爷俩都没中。太公说不然。这榜是从后放，你那文章还在五拾名以里，我那文章，不中则已，若中，该在五名以里。不一时，李才吆喝着少爷中了！太爷听的极喜

忽然听的笑哈哈，有了一个就不差。纵然我就落了第，也就可以还的家；还的家，抱娃娃，从此功名不干他。

不一时，李才出来。公子说太爷没中么？李才说没中。合庵说真正房官没有一个不瞎的！我那文章还中了，怎么爹爹那文章到不中？一行走着，又问李才你看的真么？李才说极真，前头都没有姓张的。合庵骂道真奴才！遂拨回马，把他打了几鞭子，说我自己去看看的。

【劈破玉】又从新拨转马亲身去看，叫马夫头里走一溜小颠。到尽前那观榜的人尽散，把马夹一夹往里直钻。到了榜棚抬头一观，先看了会元，次看了亚元，往下又看第三，呀！第四宫升就是太原。那公子飞马跑来，才站下，只瞰了两三眼。

公子见太爷中了第四，飞身跑来，见太爷还在路旁，勒马等候。方才说说笑笑，来到下处

【呀呀油】喜重重，喜重重，公子写成书一封，说爹爹合孩儿，都把进士中。父子相逢，父子相逢，又得一日甲科中，现如今门下人，都做个吉祥梦。

不说公子差人往家里报喜，却说孟奶奶每日在家中合太太商议道

叫声娘，叫声娘，咱今日，胜似常，俺爹爹就来家，料想也无妨帐。太太惨伤，太太惨伤，但得两人中一双，您爹爹往家来，可方才来的壮。

婆媳正在家盼望，有人来报说少爷中会了，有报马在门前里讨赏哩。

报到门前，报到门前，忽听一派闹喧喧，传进来闺门内，要喜钱一百串。太太喜欣，太太喜欣，带着泪痕开笑颜，不是喜富贵来，喜的是夫妻见。

太太说想是您爹爹没中。也罢了，孩儿中了就好。

儿登科，儿登科，就是他爹待怎么？虽不如中一双，还强其没一个。儿登科，儿登科，就是仇家奈俺何！得殿个翰林来，方可才安稳坐。

丫头来报说京里又差人来了。太太说叫他进来。不一时，家人进来报喜道

太爷中了，太爷中了，五魁以里把名标，怕报子不知名，差小的来家报。宴赴了，宴赴了，殿试只在三两朝，若是点了新翰林，不久

还有报子到。

太太说赏他红一匹、银一两、酒一瓶。又说道娟娟,我着爷俩个,可作琐煞了,光赏报子使的我精穷。娟娟说着人捎个信去,休着他做的文章好了,看再点了翰林,没钱赏人。太太说隔着这么远,那里的便宜人?罢呀,这一要运气低,也说不的了。

【叠断桥】家门里孤,家门里孤,小小功名总似无,还得个小翰林,才压的仇家住。人心无足,人心无足,得了陇来又望蜀,看着小保儿,担的个翰林做。

娟娟说娘不怕赏钱么?太太说已是赏了,索性儿踢蹬踢蹬罢。不一时,有人来报太爷中了探花了!太太惊说这必是棍子来诈钱!京里人今早才到,如何今晚就又来了殿试报?叫人来,去细问真实。答应是。

事儿蹊跷,事儿蹊跷,来报进士在今朝,怎么报探花,也是今朝到?我家等着,我家等着,因着咱家运气高,必然是京棍子,打毛头瞎来报。

家人说这到未必然。不曾传胪,就有旨意赴宴,以后就行殿试,报鼎甲的,二十里拨一匹马,来的便速快,也可以到了。太太说你没问问您少爷呢?家人说问他来,他说得了鼎甲的名子,就飞马走了,别的不知。太太说你去罢。

忽开笑颜,忽开笑颜,回头想想十年前,只待做奶奶,做太太不情愿。今日不然,今日不然,不指望老虎更爬山,这一个探花郎,只该合保儿换。

旁里那妇人说太太虽是三十四五,模样只像二十二三。

不觉笑嘻嘻,不觉笑嘻嘻,既在世间为个人,却也不可不尝尝这奶奶味。保儿两道眉,保儿两道眉,前生有个造化根,到了做翰林,怎么就不成对?

又有人来报说少爷选了翰林了。太太一听着说可足了心了!喜的那手战战,身子也没处安放

喜气洋洋,喜气洋洋,我说保儿不寻常,每日看着他,有个翰林像。满斗焚香,满斗焚香,拜了天地拜家堂,此时那仇家,放不在心头上。

不一时,合庄里同姓异姓,老老少少,都来磕喜头。老李婆子上白说咳!长吁一口气,说道眼见的我那儿瞎死了!如今是多么大的声势,谁还敢合他为仇!合庄都去道喜,我若不去,只怕他还怪哩。无奈何,只得去磕头。老王上呀,这门里挤不进去,好喜人,这才是时来运至。

都来磕头,都来磕头,仇家不敢记前仇,也跟着众人来,好像是鸡参豆。闹闹稠稠,闹闹稠稠,给他板凳儿坐在门后头,出门逢人说,俺奶奶合我厚。

老王见了太太说挤煞我呀!磕下头去,说千万之喜!方二爷喜极了。家里有客不能来,着我送了几两银子来,添着赏报子。太太说好!正愁着没有赏钱,这几日使的我精穷。极好,极好!

【清江引】我着他爷俩琐碎的,闷闷的这头也懒刷刮。报子钱净了粮食囤,到不如坐监的时,清净的很。

诗曰:困苦颠难谁似他?十年逃遁在天涯;

忽逢苦尽甜来日,天下兴隆第一家!

第二十七回

父子锦归

太太、娟娟上白他爷儿两个，告假还家，不知今日宿在何处。着人传出去，着探马探着老爷来到那里，即忙来报。

【楚江秋】父子锦归还，路上怕留连。世人也敬新乡宦，那里日日长宴，司道军门州县官，今日是这边，明日是那边；那边，还得二日半。

有人来报太爷隔着五十里了。太太说既然近了，咱得换上色衣等候才是。太太合娟娟，都各人换上红袍

门内喜重重，彩旗一片红，人人欣喜来承奉。今日才得相逢，袍带一身耀眼明。哭时也相同，笑时也相同；相同，总像南柯梦。

太太说娟娟，你穿上官衣，越发齐正，好是欢喜人也！

我儿性温存，红妆一片新，好处不止容颜俊。我也看透三分，知你将来不受贫。前边看是美人，后边看是美人；美人，做的也相趁！

又来报道老爷隔着十里了。娟娟说适才娘说的差了。不是儿有福，原是娘有福，拖带的儿好。

年纪比儿差，容颜越光华，从头直到凌波袜。为儿无甚堪夸，只因有福到咱家。爷做了探花，儿插了宫花；宫花，才信那先生卦。

太太说这是咱自家互相夸奖了。又来报太老爷就到了。丫头说街上有几百人去迎接的，热闹多着哩！太太说娟娟，咱且去厅房里，放下帘子

来坐着。众执旗䠊上俺来迎接太老爷。才见探马过去,说是不远了。

【玉蛾郎】竖大旗,挑长幡;人声喧,枪刀剑戟共矛镰;鼓吹一大攒,锣鼓闹喧喧,好一似排大驾朝泰山。财主亲戚,衣帽光鲜跨雕鞍;穷人家,借马难,找身粗布衫,借个毛驴儿骑着颠。接了有半天,听的大篩传,这头行已合那执事连。

管家在轿前禀道众乡亲接太老爷。鸿渐慌忙下轿,说怎敢劳动众位远迎!我十年不在家了,看你老的少的,都不认的了。

【罗江怨】众乡亲摆列两边,那管家跪禀途间,老爷下轿来相见。小的们都磕头问安,亲友们叙叙寒暄,老爷从头问一遍。又上轿呼呼扇扇,那报马跑跑颠颠,三千里一派人声乱。不觉到了门前,三声大炮响连天,合庄多少人来看。

父子二人进了宅院,婆媳两个,迎出房门来。太公见了,双双落泪

【耍孩儿】看见了方夫人,忽然间泪纷纷,十馀年的夫妻才相认。年年我在天涯外,寡妇孤儿过十春,几乎把你心使尽!今日里,孩儿富贵,我还该谢谢夫人。

作下揖去,说道我当该谢谢夫人一片苦心!太太说我还该叩喜了!也掉下泪来了

不觉的心痛酸,那几年把眼望穿,这几年到把魂惊散。但只望你残生在,不敢望你做高官,谁想今日还相见。今日里明明相会,还像是梦里团圆。

若不着夫人指了纳监的这一条门路,今日怎能归家!夫妻哭罢,合庵才下红毡,给太太叩头。太太落泪

方太太叫一声,我的儿你是听:一行笑着泪珠送。你做了秀才还打瓦,我打你的时节我心疼,不想还有个翰林命。还记得朝朝每日,我陪你坐到三更。

太公听罢，又落泪说如此说来，我越发该谢夫人了！

刮慈爱教儿童，陪读书到三更，说来叫人心酸痛。我就在家常教子，也只不断读书功，那能像你把苦心用？我十年出门在外，到寻着做了个太公。

又是娟娟来磕头。太公说我这儿妇，天生的一位夫人。

见儿妇喜重重，看行动甚从容，安详窈窕身沉重。骨格里带下有福的像，步步行来便不同，一轴画图随风动。那里有这般像貌，还能在茅屋长穷？

家人报道方二老爷来了。娟娟退了。仲起进来，作了揖。太公说小弟千里逃亡，多赖二兄看顾，还该谢一谢。仲起拉着太公行了半礼，才让了坐

【西调】自离别了十年后，不谓人南北迁流，到如今侥幸才把功名就。我家中孤儿寡妇，谁敢来探头？百般的仗赖，刮骨难酬！娘俩去坐监，好不可羞！多亏你昂昂志气，报复了冤仇；若不然，受罪受到何时勾！

仲起说都是贤弟福力，拖带我中了进士。太公说那严老儿也坏了，兄台还可以起用。仲起说如今还可以打算如此。

为妹妹把奸臣去就，到如今梦里还羞，到是丢了官儿还好受。常恨那科、道骨都着嘴儿，该把那眼抠！我若还行取进京，定要撞到凤楼。天下的大害，固是州县不肖，也是那司院贪求。我要上几个本章，除除那民害，砍几个贼头。恨世人乖觉，光说那牙疼咒。

太公说兄台志向太高，小弟也要竭力相助。咱且饮酒，这十年之别，今日须要尽欢。

【跌落金钱】亲戚隔断十馀载，今日相逢笑口开，老兄呀，把酒同欢真一快。想我祸从天上来，险些儿路丧泉台，老兄呀，那知今日我还在！一生都是命安排，得开怀处且开怀，老兄呀，人生几个三十外？

做几桩好事传九垓，便归林壑去朝阶，老兄呀，我也不能等封拜。

仲起说贤弟谓之将相大任，前程万里，怎么说到遁呢？太公说屡受颠险，心中甚淡，只借功名为安全之路罢了。太公说请酒。仲起说我从来不能多饮，今日吃的到多，已是醉了。笑道别了罢。出门上马去了。太公回来，说道咱作一个家庭之乐罢。

十年妻子得相逢，一家聚首喜重重，夫人呀，或者今宵不是梦？高张银烛酒芳浓，家人难得一尊同，夫人呀，要饮杯酒谁能共？十六方才认乃公，对面还不识颜容，我儿呀，今宵一刻千金重！

太太说怎么两个丫头不来伺候？不一时，玉兰、瑞香来到。太公说适才他两个和众人都来磕头去了。我正悲叹，不曾问候，这从何处得来？太太说说起来叫人伤感。

【还乡韵】当初得了个不祥的信，我在房中泪纷纷，孩儿买来解我的闷。房师赠了二百银，倾囊买了两个人。他能学飞燕舞轻尘，又会唱十折《锦堂春》。咳，愁时节，叫他略解心头闷。

太公说今日一家团圆，且诉说这十年愁苦，发发这一腔心事，不暇看他舞艺，叫他斟酒罢。

今宵吃的个酩酊醉，妻子团圆在一堆，这时节人间快乐真无对。一杯一杯又一杯，喜气多觉着酒力微，痛饮何劳击板催？渐觉昏沉体不随，咳，你看那，明月西转参星坠。

太公说哦哦，好醉呀！太太说玉兰、瑞香，可伏侍太老爷房中去罢。

【清江引】醉的东歪又西倒，妻子同欢笑。十年两次归，睡了一宿觉。今夜要安安稳稳直到老。

诗曰：烂醉如泥月转廊，归来才似贾平章；
　　濛腾不知身何在，盼俏佳人扶上床。

卷　四

第二十八回

张春报怨

花粉面扮解上俺有点小小生意，并不用买卖耕耘。靠衙门开个铺面，但卖那天理良心。运气好招财利市，这两样丝毫不存。官府把望布挑着，俺卖酒那管清浑？奉承的老爷欢喜，一个票十两白银。他虽然待酒待饭，那散酒当不的正巡。他无钱把狗脸丢下，那管他爷故娘亲！他怕俺横眉竖眼，自然要典地卖人。若遇着官府耳软，俺就去打诈良民。若遇着官府利害，便借势杀人。怕甚么竹板夹棍，破上砍头充军！老婆且搽胭抹粉，孩子也鞋帽崭新。问我是甚么官衔？衙门里狗腿一根。自家不是别人：县里衙役李虎便是。趁着那糊突官儿，到弄了个小小的家当。谁想运气衰败，差我合张龙去解张鸿渐，一个枣红也没见，倒被他弄了个眼障法儿，颠了枪。俺两个不敢回家，只得也拿了腿。哭介

【耍孩儿】吃了酒放倒身，睁睁眼没了人，从实说官府也难信。俺不归家也罢了，又遇着知县老昏君，老婆常拿去当堂问。这二年家私罄尽，有两口破屋还存。

擦泪笑介听的张宅父子，都做了大官，公然来了家。俺两个也就公然来了家。虽然么，可是含着一丸药儿，当初在他身上有点不周处，只怕吃他敲。不免去找张龙，合他计议计议。走介

张鸿渐中了魁，他既归俺也归，他无罪俺有甚么罪？只是合他

在一县住,恐怕将来吃他亏,心里扑咚常捣碓。可恨俺前后无眼,到如今懊悔难追!

敲门介,张龙花面上,相见笑介呀,原来是李哥。待让你家里坐坐,一条板凳也没有。休说别的,您张大嫂子一对鞋也穿不住,都被人家拿去了。成甚么人家!四五年不在家,总言不的了。一个孩子还在肚里没生,这是拿不了去的。哎!咳咳!李虎说你没在家,这孩子是那里的?张龙挣了一挣说我就犯算计。你说的极是,我去杀了这淫妇罢!李虎拉住说你又来了。你说咱这当衙役的,每日伤天害理,是安心积的老婆盖志门来么?实对你说罢:俺家里又自生讫了一个,肚子里还怀着一个。张龙笑说我是怕你笑话。你既笑话不的,咱且商量正事。李虎说是呢。

早知他轿马人抬,宁只舍了老婆孩,怎肯惹的张爷怪!纵然宽洪又大度,全不把咱记心怀,咱俩到是癖一块。看老哥甚么高见?也该犯个安排。

张龙说我自来家,白黑打算。我寻思那张老爷是个大人物,想是也未必放在心里。咱不如敬去磕头。李虎咬着指头,说嗯,那主子不是个善查,只怕这腿就折了!张龙说有法。这巷口里有个算卦的胡先生,他每遭算的不差。咱去问他,问好咱就去。李虎说极好极好!就走就走。

安心要竟登门,只怕他打断筋!不见他到底心里闷。或好或歹真难料,就去找找算卦人,吉凶把他问一问。算一算若还不好,再商量找法安身。下

胡生破衣上云地无南北垄,也无东西行,甚么法儿不忍饿?哈哈!就是全凭这嘴一张。自家姓胡,卖卜为生。今日还不曾发市,这肚里自嗡搜起来了。张、李上,胡生迎笑拱手介二位老兄,几时回来的?张龙

说半年了。胡生说怎么不曾下顾？张龙说不得闲。胡生说今日来有甚么见教？张龙说我合这李兄弟有件心事，求你算一算。胡生说我就极会决人的心事。忙取卦角，望空祷祝周公、周母，孔父、孔子，诸葛孔明，王禅老祖，鬼谷先生，袁天罡地煞，有灵有应。今有张龙、李虎来问心事，吉则报吉，凶则报凶。将卦角丢去，看了看说这个靠山之卦好的紧！待我查那卦本儿你看。检书介您是件甚么心事？我好给您决断。张龙说要见贵人。胡生说妙的至极！看书介这"取"字上边加个"日"字。想是还念个"最"字。"最喜龙与虎"，你看头一句把二位大名就报出来了，奇的紧！这喜字吉利的很。下句说"朱门有路通"，这一句我可不甚懂的。又重念道朱门有路通。李虎说张嫂子姓朱。胡生点头说嗯嗯，是了。李虎问下边是甚么？胡生说有路通。李虎说这牛禄是张哥的邻家，这行子极可恶，我也听的点风声儿。这卦虽神，说出个通字来，这神灵也撒村起来了。下边还是甚么？胡生说下边两句却极明显。他说贵人，呀，这是个甚么字？"尚"字帮着单立人，想必还是个"倘"字。"贵人倘相见，一凶再不凶。"这不好么？你见了贵人，前边已是凶过了，往后再不凶了。大吉大利！求卦资焉罢。张龙说李兄弟有钱么？李虎说一个也没有带着。张龙说我也忘带来。拱了拱手说赊着罢。胡生拉住说今日还没发市，赊不的！张龙往外挣，胡生往里拉。张龙怒说你要甚么！胡生说我只要五个钱，便放你去。张龙劈一下，大骂淫娘养的！忒也欺心！李虎拉住张龙还去打，不觉的把腰中钱吊出来。胡生说放着钱不给！张龙拾起钱来，说我到有钱，只是不给你！胡生拾起卦盒，说天那天！这卦也算不的了，不如去他妈的罢！阿弥陀佛！还要见贵人；禅和子念经没撞钟，只怕吊着不打，就是击磬。张龙说这科子生的，说这样不吉利的话！待我捶这行子！李虎拉着，胡生跑去。张龙说这怎么说？惹了一肚子不自在。李虎说罢哟，咱且去做正经事的。他算的到极好，咱也有点子不是。张龙说着这狗攮的说的咥咥嗦嗦的，咱不去罢。李虎说那卦说的句句都准。他既说再不凶了，咱就去上一去。张龙说就是这等，咱就走。

扎扎带紧紧腰，往前走脚步高，怎么心里只顾跳？衙门里汉子那去了？好像做贼承了招，像是有个不祥的兆。怕的是双膝跪下，那时节难讲开交。

张鸿渐父子冠带上今日没客，少得清闲，不觉把往事想起。

闲来无事不从容，觉睡东窗日已红，想从前觉心酸痛，客户乡亲都相见，就是李旺未相逢，他心里料想不敢动。昨夜晚床头睡倒，忽想起李虎张龙。

李旺上，叹道既在矮檐下，怎肯不低头！张鸿渐如今父子登第，那前情已是讲不起了。既在这一庄居住，不免也去给他磕个头。此来门首，门上大哥替我传传。门上禀道李大来求见。太老爷说叫他进来。李大进来磕头。太老爷说你不记仇了么？李旺又磕头说小的不敢！太老爷说你听我道来。

叫李大你心不昏，你那儿不是人，到如今叫我心中恨！你若前仇全不记，我也不把你晦气寻，从前已往总不论。安本分我还相助，买老婆另生儿孙。

李大磕头道全仗赖老爷看顾！太老爷说你起来，去罢。李大出的门来，张龙、李虎看见说那不是李旺出来了？咱先去问问他见的何如。拱手问道你见着张老爷否？李大说见来。李虎说说甚么来？李大说极好。

张老爷度量宽，宰相肚好开船，笑嘻嘻全不装乡宦。问我还记前仇否，我就张口不能言；不能言，他不怨，我心何敢怨？又教买妾生子，还许下给我出钱。

张龙笑说既然如此，咱就见一下子。李大一拱而别。二人近前说门上的大爷给俺传报一声，说张龙、李虎来磕头。门上人进去禀道张龙、李虎来见。太老爷说呀，他来了家了么？叫他进来。门上人传说叫还进去哩。二人进去跪下磕头，说给老爷叩喜。太老爷说您几时来的家？二人跪趴了半步，便禀道

新探花是老爷，相传的一大些，信不真打听了三个月。后来得了真实信，没钱还把猪头赊，像如逢了郊天赦。若不是老爷洪福，都成了生死离别。

小的是昨夜来家，敬来磕头道喜。太老爷说您两个可知罪么？都磕头说小的知罪！因老爷宽洪大度，俺才敢来投见。俺二人该千万之死了！

上省城那一宵，手合脚难动摇，那时节死活真难料！您就看着张鸿渐，这回大数定难逃？不想恨还能报！依起你当年情意，该使棍把两腿齐敲！

二人又磕头说罪该万死！老爷杀生不如放生。太老爷说看起那个光景，您这做衙役的，不知摆杀了多少好人！既然知罪，饶你狗命不死。以后想着存些天理。都叩头说是是。太老爷说领他去罢。张春上客房里说话不知是谁，待俺看来。呀，原来是张龙、李虎。家人说老爷饶过了，待领他出去。张春说这两个奴才，如何见我竟过？二人说一时不曾认过来。张春说认过来了么？带去前边，我要问他一问的。李虎说大爷待问甚么，就问罢。张春说要清净处才好。到了前边坐下。张龙说待问甚么？张春说我待问你，那根铁柄是谁的？张龙说甚么铁柄？张春说木头的，拿来叫他认认。家人拿过来。张春说照乜快肢骨，每人敲他几下，着他试试是甚么木头。家人举起，把张龙一棍打倒。李虎即忙跪下哀告大爷饶命！张春说你还记得解您老爷那时，我去送盘费，你因不给您钱，见我淌下泪来，便骂台的不早开交，装甚么亲生的？

我每日想着你这合的，不能忘了。今日上门来，还大喇喇的。休想要偏了，可照样把李虎也奉承他一下。果然一棍。两个死生嗬叫。张春大骂

狗娘养科子生！解着人像做朝廷，恶狠狠把两窟窿瞪！合你甚么仇合怨，把人绑的直挺挺，几乎丧了残生命！既到门休要空过，奉还你本利皆平。

拿绳子来，把他手脚背绑在一堆，从梁上抽将起去，着他肚皮朝地。休高了，看那臭虫勾不着，休光偏宜那芦蛰。张龙苦苦哀告说君子不见小人过，大爷饶了小的罢！张春说我原不是君子，你又是个小人，如何饶的！二人说这腿已是折了！张春说也是搭头绑的，皇天爷娘的叫唤。果然吊起。张春说各人都散了，教他两个受用罢。将门锁煞，说您这些人休要撒了汤，到清晨漫漫放下他来。二人哐哼道了不的了！这一夜可就吊死了！这腿疼的狠！听的谯楼起更

一更里好难熬，断了腿折了腰！钻心疼只怕这脚儿掉！得罪阎王还好治，得罪小鬼怎么招？一句话得了个杀身报，不久就堪堪至死，这一夜性命难逃！

李虎说这蚊子臭虫利害的紧，咬也咬死了！

二更里好难禁，这蚊子吃了人，一窝臭虫浑身喷。蚊子哥哥，臭虫达达，饶俺一霎，见你的心，休把天理全伤尽！谁给俺唬上一唬，我给他做万代儿孙！

张龙说你觉着身上怎么样呢？我只觉着这一霎浑身木麻，可受不的了！

三更里苦哀哉，疼又麻难顾追，十万蛆蚤这波罗盖。单三绳往肉里杀，堪堪手脚坠下来，就放了也把骨坏。俺也曾把人捆绑，谁知道这么难捱！

张龙说好了，交了四更了。

四更里泪凄凄，去了肉没了皮，吊了一口游游气。张爷南北常逃窜，谁知他还成了大东西，瞎眼丁就该真么治。张老爷真正君子，想当初是俺差池。

李虎说亏了这夏天夜短，已是五更了。

五更里鸡唱鸣，吊久了不觉疼，只是觉着舌头硬。脖搭喇抬不起，眼皮肿闭也难睁，浑身晕不知是那里病。或者他清晨释放，怕的是捱不到天明！

李虎问道张大哥，你怎么全不做声了？呀！既不做声了，想是死了。天又不明，我这命也难保了！张老爷父子上白你母亲听的丫头说，那张龙、李虎，被您大爷吊了一夜，是真果么？合庵说儿不知。老爷叫家人问道张龙、李虎真果吊在那边么？答应是。老爷说快去放下他来！

他两个甚无良，当日把我绑在床，几乎一夜把命丧！依着那时心里恨，杀他个稀烂也应当。发大了都把前仇忘，何必与地狱小鬼计较短长！下

张春上，家人说大爷来的正好，正待去要钥匙。如今老爷知道了，叫放下他来哩。张春笑说我正待去看看的。遂开门进来。家人说这不死了么？张春看了看，那腿还动弹，想是还没死放下来，着他还魂还魂。家人说李虎还喘气哩，他死不了。张春说守着等等他。若是死了，叫他各人家来领尸。

狗攮的狠似贼，解着人大发威，好像即了皇帝位。当日空把肚子鼓，济着横眼又竖眉，只因是兄弟犯了罪。若不是十年仇积，那等到今日才追！

家人说张龙也动弹了。有一人跑来说老爷请大爷哩。张春走来。老爷

说两个死了么？张春说没死了。老爷说大哥，你何必这等。

那奴才甚是诌，这性命几乎休，那时发恨嚼他的肉！若或今日还贫贱，想起当年一夜仇，眼睛红冤气真难受。咱如今显荣富贵，把旧恨一笔全勾。

张春笑说你做的是你的，我做的是我的，各行其道。

你当日吃他敲，我受的气不必说，今日相逢怎不报！李大若还不受打，今日撞着定不饶。这样事只推不知道。我不肯伤天害理，该我账怎么勾销！

张老爷说已是这等，你看着放他去罢。张春回来，看着两个还歆着哐哼。张春说去叫保正来的。一霎时保正来到，说大爷有何吩咐？张春说你把两人背去，放在你家里，再着他各人家来抬去。保正答应是。才扶起来要背，便说李虎屙下了，背不的；我背张龙罢。待我去叫他那地方来，合我抬这李虎。张春说我偏要你背李虎。保正连忙答应就背。背起来走了几步，放下呕吐说了不的，臭死人了！

贼剥皮贼抽筋，我合你甚么亲，找着给你打扫粪？热气腾腾真难受，臭煞了谁是偿命人？越思越想心中恨。这个点有个来历，我已是看透三分。

罢了，罢了！只得背去。下。张春说怎么这保正不来了？叫人去看看。乾哕道臭死了，臭死了！半箭地歇了三歇，又把张龙扶起，看了看说这一个还好，只撒了一泡尿儿。背起来走了。下

张春回来对老爷说张龙、李虎已是着保正背去了。老爷说为何不叫地方呢？张春说想那翻人时，他偏向那李大，略略报答报答他。合庵在旁大笑说大爷，你报的忒也分明了！老爷说你丝毫的报人。只要丝毫的不着人报才好哩。

大哥哥窄心肠，心里难容半点糠，一丝仇生死不能忘。我既存

心是这等，也要自家细思量，人心里也合咱是一样。要知道为人在世，休逞那势力刚强。

诗曰：他如骂我我还他，报应分明更不差；
怨恨不忘他日报，定然不肯惹仇家。

第二十九回
初讨三山

周、王二秀才上咱自从充军来家，不觉已是三年。我听说任大王山上一发兴旺，招集了两三万人马。昨日又短了皇扛，教军门赔了十二万。

【耍孩儿】大头领任大王，有义气又忠良，如今山上极兴旺。军门赔了十二万，吃亏不敢告君王，只说毛贼无妨帐。被几个混帐官府，拨弄的日月无光！

我意料山上兴旺，朝廷家治不的，必然要招安他。怎么不见动静？必是朝廷还不知。我看任大王也不是决不受招安的。张鸿渐老，一岁三迁，名望甚好。

必得个好贤官，他才肯受招安，这事还得张鸿渐。他做翰林才四载，如今吏部做天官，不久要到文华殿。若能得此老一动，宋公明必下梁山。

王秀才说许仁庵也有此意。他合鸿老有个瓜葛，前日他去都中望他，说他要合鸿老说说，到如今不曾回来。周秀才说许仁庵蕴蕴吐吐的，就说也说不到是处。依着我，还得咱二人敬去一回。

许仁庵蕴蕴吐吐，说者也道之乎，舍着骨头漏着肉。说话说的不痛快，那鸿老怎肯上一疏？这事还得亲身去。你若是不辞劳苦，咱两个敬上京都。

王秀才说极妙，极妙！咱明日就行。二人携手出了门。王秀才说请别了。各人收拾行李，明日十里长亭相候。许仁庵上，二人说呀，那不是许仁庵么？相遇拱手说久别了！极好，极好！请回，咱同上周大哥那边一叙。三人同行

叫一声仁庵兄，不知你回家中，洗尘酒还没奉。俺俩方才正议论，你的志向与俺同，这回必定消息动。世间的一桩好事，却让你独占头功。

你到都中有个意思么？许仁庵长吁了一口气，说了不的，了不的！二人说怎么样？仁庵说如今成了祸事了！

我合那鸿老言，他到也不作难，一本直上金銮殿。谁想万岁冲冲怒，毛贼不消去招安。精兵发了十数万，选了个勇猛上将，领兵去直捣三山。

张鸿老上了本，朝廷说："不过是些毛贼，怎么值的招安？那军门、总兵是做甚么的？"鸿老说："万岁不知，那边兵马已是败过几次。"朝廷大怒，说："有这样事！我这一边拿问一干奴才，一边遣精兵十万，前去征讨。"我出京时，已奉旨了，想是如今兵马已行了。这不是给任大王惹下祸来了么？

张鸿老义气多，就上本不磨陀，得了不止人一个。如今到弄的大不好，朝廷立刻动干戈，好心肠反成了弥天祸！甚懊悔当时多话，到如今可待如何？

周秀才听说大笑。二位说你笑甚么？周秀才说二位听我道来。

那卫所十数营，几回战几回争，官兵何曾一阵胜？今日发了兵

将去，大王韬略最精明，还愁片甲无馀剩。若杀的亏丧兵马，可方才幌动了朝廷。

那大王武艺又精，兵法又通，那边总兵合军门都征他不下。这一回若是那官兵大败，朝廷才知道不是毛贼，到那时方才着人去招安。

草野的小书生，打伙儿讲朝廷，没人处侈口谈朝廷。如今发了兵十万，明盔亮甲出燕京，将来未见胜不胜。咱且听下回分解，不两日便见分明。

都起来说咱且散去，静听消息何如。请了，请了！并下。金总兵甲胄领兵上云头戴金盔凤翅展，身披铠甲黄金板；带内常弯百石弓，箭似小枪三十杆；一口宝刀耀眼明，一杆铁枪十斤纂。攻城破阵我当头，对面厮杀何人敢？万马营中走似飞，人说浑身都是胆。有人问我名合姓，北京上将金斗满。我乃十三营挂印总兵金无敌是也。奉圣上旨意，领兵十万，去征任义，管取手到擒来。

【干荷叶】凭着俺一杆枪，生铁攮透；一骑马跑将去，直取人头。谁忍烦，弄机关，退前擦后？杀人如切菜，半个不存留。会跳的乖子，看你那里走！

叫三军。众呐喊一声。吩咐各按队伍，杀将前去！众又喊了一声，并下。任大王上，叫大小偻罗。答应有。大王说二位王爷到了不曾？答应说到了。大王说传他进来。东山大王李杰、西山大王赵胜，进来作揖说大哥有何吩咐？任大王让坐，说道二位贤弟，今有军机大事相商。

朝廷家发了兵将到山下，要把咱一干人尽数擒拿。咱如今可也该犯个招架，趁他才来到，人困马也乏，略使一点小计，生擒了金二傻。

朝廷家差了金总兵，绰号二傻子，有勇无谋。李贤弟，你领兵一万，在东边埋伏；赵贤弟，你领兵一万，在西边埋伏。谅着他的人马过起大半，放炮为号，一个往东杀，一个往西杀，冲断他的队伍；我自己领兵，冲他的前锋。再者：离山十里，掘下陷坑，我引兵赶来，可以生擒活捉。

朝廷家发了兵足有十万，这一回不寻常胜败关天。大家要抖精神出马大战：一个往西闯，一个往东钻，我冲他的中营，杀他个细布卷！

二位贤弟，各加小心。请了！并下，金总兵上

俺领着雄兵马足足十万，安排着一行人平蹀三山！裹将来就会飞也难逃窜，一齐杀将去，休要放松宽！若走脱一个，剜了两只眼！

离山不远，各人小心！众人大喊一声，吩咐催马走动些。忽然号炮一声，两大王左右杀出，三军大乱，赶杀下去。任大王领兵杀到，与金总兵顶头相遇。金总兵大呵山贼！如何用奸计，摇乱我三军？看我取你首级！大战一回，任大王拍马就走。金总兵说好反贼！那里走？赶将下来。追了数里，任大王回马说好不识世务！我看初来，让你一阵，如何只顾逞强？看我枭你的首级！两个又战

金傻子你不要只顾作怪，这一回要叫你甲卸盔歪！你可也不知道大王的利害！我这里一枪去，你那里一枪来，弄掉了你乜吃饭的家伙，难把架儿摔。

金总兵喝哇！我誓要杀你这反贼，以解我恨！任大王又败，金总兵又赶。正赶之间，落坠陷坑，一骨碌张下马来，一群偻罗将他绑缚起来。金总兵大叫要杀便杀，待绑老爷怎的！任大王也不理他，绑起来，抬上山去了

金总兵甚棱挣极难招架，若合他讲兵法知道甚么？全不顾生合死人皆怕他，到处得了胜，就说是通家。俺略施一点小计，捉了个活二傻。

到了山上，任大王亲自给他解绑，说惊唬呀！金总兵大声说道偶中奸计，我

唬甚么！大王说拿酒来，给金老爷压惊。金总兵说我不吃乜贼酒！倒是快些杀了，甚自在。任大王说你不过一勇之夫，敌一人而已，你能怎么？金总兵说你敢合我斗力么？任大王笑道你忒也自大了。快拿兵器来，咱以棍当刀罢，看刀伤了性命。金总兵说刀枪甚好。任大王说我原是个好意，怕那刀枪锋利。每人拿起了一个棍。赵胜说不用战斗。我拿着这棍在此坐着，你若夺了去，我就服你是条好汉。金总兵果然就夺。赵胜全然不动。金总兵使的汗流气喘，被赵胜送了个仰面朝天。都哗然大笑。金总兵气的啡啡的说你敢合我斗兵器么？李杰拿过棍来说我是山上个铺囊的，你赢了我，再着强些的合你比并。二人斗了三合，李杰架住说不好。咱不过耍耍，你来的狠狠的，是要着实的下手么？金总兵大叫说实落下手，谁让的谁！两个又战了几合，被李杰一棍打倒。任大王慌忙扶起，说道亏了不是兵器。金总兵被打的重了，直不起腰来。李杰忙给他捶腰，说得罪得罪！金总兵满面羞惭。任大王说吃了酒饭，可送金将军下山。金总兵说既不见杀，即还我马来。倭卒牵了马来，说道这马在坑里抷瘸了。金总兵骑上瘸马，下山而去。三大王大笑而回

诗曰：傻子负疼归去，见人谁敢说嘴；
借问此行何似？人马两条瘸腿。

第三十回
鸿渐廷争

二秀才上俺为那招安的事情，来求张鸿老，未知何如。走了十来天，才来到京都。你看城池宫殿，好威武也！

【耍孩儿】看京城大规模，皇城耀的这眼也乌，半天宫阙无其数。

南京绸缎千家卖，百十个大店卖珍珠，一条街多少食店铺！你看那人烟热闹，不枉了帝阙皇都！

听的说鸿老住在右大人胡同，前面便是。那不是他的老家人王孝来了？见介，王孝说二位相公几时来的？二秀才说适才进京。敬来望爷，烦报一声。答应是。张鸿渐上，家人报道家里有二位相公来见。鸿渐说快请。王孝跑出来说老爷有请。二人进门，鸿渐已是迎出来，拱手说道客房里作揖。二人就待下跪，鸿渐忙还礼。起来坐下，二人问了安。鸿渐说久不相见，向来在何处？二人说一言难尽了。

问充军上辽阳，路遇着任大王，杀了官差把俺放。又赠盘费十数两，教俺归去务农桑。不敢归，恐怕仇人撞，只等到郊天大赦，俺可才同返故乡。

鸿老说这两日朝中正议论这一伙强寇，昨日败了官兵，不日要发大兵二十万，要去剿灭他。周秀才说这人仓卒难以剿灭，他智勇双全，远近百姓都委服他。有冤枉事不去告官，到去告他，他就能兴利除害。

上下官一样昏，只知道爱金银，官司半年还不问。上堂只把火耗打，使一个钱是抽条筋，全无皂白只胡混。若告在大王案下，立刻儿斩杀留存！

因此左近的官员，都不敢大贪，怕他兴兵问罪。

他又义他又仁，只杀奸贼爱好人，不伤天理人心顺。他有万夫不当勇，胸中兵法又如神，对大敌也敢冲前阵。若得他招安受职，边塞上能立奇勋。

若是招安了，倒可以给朝廷出力。鸿老说我听的说：那府院招安了两次，他不肯投降。秀才说那军门招安他，朝廷又不知道，他如何肯服？如今得差一位大臣，奉旨招安他，想他也没有梗处。听的许仁庵说,老先生曾上过本,不知那本稿上甚么言语?求那稿儿一看。鸿老说我何曾上本来!就是在朝房里,说到招安,便与人议论不合。昨日金总兵败了,此时正求添兵。添上兵将胜了,也不免损伤大队;若再不胜,一发损了威重。二秀才说

那大王智谋多,断不肯束手缚,杀他俩也自己伤一个。况他能战不曲缕,百万兵他也战百合,天兵只怕一脚错。倒不如招安为上,老先生意下如何?

鸿老说我原有此意。一来是许仁庵话不详细,二来是主征者多不知深浅,妄行启奏。设或他不受招安了,他再有差池,这个关系不小。二位兄长每日见他,知他情性,可以保的稳么?秀才说若是圣上准了本,俺两个就去说他。

若圣上允招安,俺先去说三贤,他单骑来相见。不必多代人合马,此行只消一员官,他性情直壮无更变。但得个贤良君子,才可以取信三山。

鸿老说朝中有人,就是这等。二位兄台上书房安歇,待我修本,明晨就上。同下

张鸿渐上呀,天已黎明,文武将到。待俺上朝。

戴朝帽整衣裳,骑大马上朝堂,出门已是东方亮。有意民生合国计,就该当面奏君王,不合众论无妨帐。前已是纷纷争辨,这一回不用商量。

黄门官上云宫中催晓箭,殿上整朝仪,净鞭三下响,文武拜丹墀。金钟三下,万岁登殿来也。朝廷坐了金銮殿,百官朝罢,皇帝便问山里那伙强寇,原说是伙毛贼,怎么这样猖獗?兵部尚书毛义奏说原是金英忽略了。他请再发兵二十万,自然一扫荡平。他就有三四万人,也不成气候,何劳万岁虑。鸿渐急走上去,跪下说自臣看来,不如招安为妥。臣

有本章，请万岁过目。升上本去，看了一遍，便问众文武，以为何如？毛尚书说万万不可！

讲招安这计差，那山贼井底蛙，不知天勾多么大。如今选兵添将去，平蹀了三山值甚么！毛贼难说征不下。败一阵便讲合好，也恐怕被人笑话。

张鸿渐说你听我说。招安有四利，添兵有四害。

你这话大不然，虽费不着你家钱，添上兵就得几百万。况且杀人一万个，自家也要损三千，兵到处百姓遭涂炭。贼也有长才可用，我才说不如招安。

毛尚书厉声说这征贼惜的费么？张鸿渐说费还是小事。我且问你：能必然平了么？毛尚书说必然平了！鸿渐说你自己去么？毛尚书说招安你自己去么？鸿渐说我就去。你敢答应一声么？毛尚书说有甚么不敢！旁里惟有户部尚书说张逵说的是。一班武臣都说毛义说的是。皇帝说那贼有三四万，发十万兵便不少，何必多添兵，耗费军粮？毛义，你可亲去监军。谁可同你从征呢？毛义说总兵赵勇！副将刘奇。皇帝说可宣他即日起行。毛义说臣部中事烦，教他两个去罢。鸿渐说你主着要征，必是胸中有了成算，你不去成不的。况且上奉君命，你还要躲奸？成了就是你的功，败了就是别人的罪？

既然说贼易平，必是你兵法精，殿头况奉君王命？成了便就是你的计，差一筹就归罪赵总兵，这机关到底不干净。你来回三月奏凯，我得罪登门负荆。

皇帝说毛义既有成算，亲去指挥指挥也好。今日就行。毛义领旨下殿。出了朝门，赵总兵合刘副将便来参见。毛义吩咐各营里点兵，今日还要起行。二人答应了一声得令。下。毛义说今日吃了张逵的大亏，罢了，罢了！有这十万人马，两个拿他一个，料想也不差的。下。张鸿渐到了家，对二位秀才说其事不成。在圣上面前，合毛义嗃了多少气，叫他自己领兵去了。看他分了胜负，再作道理。二位秀才说事已不成，俺二人就此告别了，回去家中，听候便了。鸿老说再住几日何妨？二人说已是厚扰太多了！鸿老吩咐每人赠路费银十两。遂说倘用着二位，我自有信到。请了。

诗曰：利害分明漫说陈，是非已听圣明君；
　　虽然胜败难先料，已是伤财又害民。

第三十一回

再征三山

毛尚书上云尚书领兵坐团营，部下貔貅兵百万，剑戟丛中人杀战，麒麟阁上俺标名。俺乃尚书毛义。吃张逵的横亏，叫俺领兵去征战，也罢了。俺统着十万大兵，又打上赵勇善於用兵，刘奇一员猛将，那见的不能成功？况有五百亲丁，走马善射，护着我一人，甚么相干，甚么相干！

【桂枝香】尚书部院，领兵十万，赵总兵足智多谋，刘副将骁勇敢战，平蹀三山，教张逵浑身是汗！宝刀出鞘，雕弓上弦，破上两个拿一个。管取鞭敲金镫还。

任大王上着人拿令箭去传两位寨主，可到了么？答应刚才到此。大王说朝廷差了个尚书，领了十万兵来，二弟可晓的么？答应知道。任大王说那尚书知道甚么；只是那赵勇，他曾上过大阵，可要提防他。他因着金傻子败了，必定意料三山人马都在一处，他必然留下毛尚书屯兵山下，那二将却分兵捣那两山的巢穴。您二位回去，率领人马都在途埋伏，他若来时，放他过去。我在山头瞭望，他兵出营后，我领三千铁甲，直闯他的中营；二将听的喊声起，知是中营有失，必定回马救护。等他兵过，你可赶杀回来，叫他首尾不能相顾，咱却一味乱杀，那时毛义可擒矣。各人安排，不可怠慢。我也要去途中埋伏，不在山寨了。二人呐喊一声得令！并下

尚书毛义，全凭声势，听说他依仗威灵，见了人好喘粗气，把三山会齐。俺这里略施小计，那尚书虽大，兵卒何知？将来胜负还无定，先要砍倒他坐纛旗！

大小三军，跟我山后埋伏。众人大喊一声，下。毛尚书领兵前行，传令道前离贼不远，就此安营。

平原无碍，安营下寨，密匝匝燕雀不飞，齐臻臻天神还赛，把旌旗摇摆，教贼人魂飞天外。绕山三匝，无缝可开，任你走上云霄外，也要腾云拿回来。

赵、刘二将上，毛尚书问道二将有何高见？赵勇说他知道大兵来到，必然调集东西二山的精兵，保守山寨，那两处的人马，必定不多。那金英来时，他三山的贼俱在一处。依小将的愚见：趁夜间他料咱远来乏困，不作准备，俺两个分兵直捣他两山的窝巢，取他的辎重粮草，烧了他的房帐，荡平两山，先去了他的翼毛。老爷只坐定团营，营中的勇壮不少，把守山口，不放他下山救护便了。毛尚书呵呵大笑说此计大妙！二人领兵而去。毛尚书说赵勇真是将才！俺保举的不差。

计谋一定，那有不胜？只要把山径守牢，不依他下山救应。按大炮扑咚咚，又打上箭长弓硬，两山无救，扫荡贼营。虽然不得全平定，也算初来第一功。

那山后剔陡石崖，不用招架的，就是前三面出路，须用车辆树

头紧紧塞断；却安下大炮、弓箭、鸟枪，轮流看守。众喊一声，又问山上有甚么动静？答应并无动静。毛尚书说既然如此，待老爷解衣摘帽，略卧片时。如有消息，报我知道。答应是。方才睡倒，有人来报有兵马行动。毛尚书跳起来说呀！山上既无动静，兵马何来？想是二将回来了。又报贼兵杀来了，老爷快上马！毛尚书歪帽披衣。众人说道给您的衣帽，都快穿上！穿还未了，任大王杀进营来，声声呐喊，各人四散逃走，并下。赵勇听的杀声，说呀！俺已是将近贼巢，远听的喊杀之声，只怕中营有失。待俺回去。才走了半里，忽然李杰杀出。赵勇慌忙且战且走，下。刘奇正往前进，有人来报中营已被贼劫了！刘奇听说，疾忙撤兵回去救援。才待放马，赵胜杀出，大喊一声，把行阵冲乱。刘奇大怒，大骂山贼！看我取你！战了三合，黑影里被喽罗一挠钩，拉下马来。待要绑缚，他抽刀自刎而死。那些兵卒杀了大半，其馀逃散，下。任大王赶杀众兵。喽罗大喊一声拿住毛尚书了！任大王说既拿住毛尚书，鸣金收兵。下。赵勇奔上，跌足槌胸说果然中营丧失，兵将四散。毛老爷必被擒获，俺怎么回覆圣上？不如自刎罢了！抽出刀来，被众人夺去。有败兵逃回禀道刘副将自刎了！赵勇又哭说要这性命怎的！众人说老爷还是跟寻毛老爷的下落。如今残兵还有几万，还可以迎敌，咱向南寻找才是。众下。任大王大笑道那毛尚书来，被俺略施小计，只杀的四散奔逃。有功的快来报功。一兵卒说我拿住的毛尚书在此。大王说代上来。一人代上前跪倒。大王说看你貌相，不像一个尚书。那人说实实不瞒，小的是贾成。大王说奇怪！怎么假充尚书？贾成说毛老爷恐防有失，俺一班六个，都有胡须，叫俺都穿着他的衣服。大王说毛老儿虽则无谋，倒也诡诈。又一卒上来说代了毛尚书在此。大王向贾说他是个真的么？贾成说他是尤位。那卒子说你说你是真的，怎么又是假的？尤位说我说是假的，就来不到这里，便割了首级了。大王大笑

好谋好计，央人代替，俺只说擒住魔王，一霎时两个毛乂。这

事出奇，眼睁睁被他逃避，如鱼脱网，马不停蹄。想来天数该如此，事到而今后悔迟。

把这两个假的，那脸上都刺有尚书毛义四个字，放他回去。众喊一声，将二人押下。两山寨主都来献功。任大王起来说有劳二位贤弟。

下山一战，官兵四散，可惜这个毛贼，眼睁睁教他逃窜！天数当然，必着他心惊胆战。喽罗犒赏，把酒成欢。这回毛贼魂灵怕，再来恢复难上难！

两山寨主献上人头。任大王问道这是何人之头？答应是刘副将。任大王说不该杀他，只当活捉。赵胜说安心要绑缚，他便自刎了。任大王说罢了罢了！若天子震怒，咱只杀出关外去便了。咱且饮酒去。下。赵勇道一路想来寻那老爷，也免不了失机的重罪。这人马还有多少？众应道两营还有二万馀。赵勇说还可成功。今日且图一个将功折罪。快回去，我料他山中得意，必然大吹大擂，不得准备。着几个能的爬过墙去，先到粮草厂里，放起火来，开了他的寨门，我领兵齐进，可以捉住贼头。众应道老爷吩咐，不敢不从。下。三大王开怀畅饮。赵胜大醉睡倒。任大王说赵贤弟酒量不佳，便已大醉。咱也各人休息罢。有人来报草厂里失了火了！任大王说快牵马来。不是失火，必是贼兵。快去点上信炮。连放了两声大炮，任大王合李杰上了马。赵胜推摇不醒。那官兵已是杀人。任大王在前，李杰在后，杀将出来。说这一条小路无人，就此下山。那东山头目听的信炮，代了三千人马。任大王说不必上山，有西山的人那边攻打。你可留一千人在此呐喊，以助声势。你领三千人从我去前边埋伏。众下。赵总兵代领人马，杀入山寨，绑了赵胜。大小喽罗，四散奔走。忽听擂鼓呐喊，说救兵来了！急忙收括了金银，引兵下山。两山人马，截住厮杀。赵勇当先杀出。两军混战一阵，且战且走。任大王大喝一声，把行伍冲乱。赵胜绑在马上，杀散官兵，夺将过来，割了绳索，还有醉气。两大王率兵乱杀。赵总兵前后不能

相顾，才拨马逃走而去。任大王赶杀数里，方才收兵回山

【雁儿落带得胜令】一刀刀俱砍着硬头颅，一枪枪俱攮着揎泛肉，腥登登只杀的血成渠，乱穰穰只死的尸满路。那将军心也服，那官兵骨也酥。贼徒这一回却难放，分胜负几也么乎，山上窝巢一旦无！

也是俺自己粗心，受此大祸，他却也不曾占了便宜去。山上火未必息灭，可便速速回山救火。下。毛尚书道这贼好利害！俺几乎性命不保。不知离山几十里了？毛尚书说俺走的人困马乏，可以下马歇息。下马歇息，再作打算。方才坐定呀，听后边鸾铃响亮，若是贼兵追来，咱尽数人性命休矣！我身饥乏，不能动履，只是由命而已。赵总兵道谁想又吃了一场大亏！一个贼头被他夺去，空割了些首级，成甚么功劳！前哨来报毛老爷在前边。赵总兵走近前，下马相见。毛尚书说你如何来到如今？赵总兵说一言难尽了。

【饶饶令】两下分兵去，谁想中奸谋，大兵折了无其数，刘副将命呜呼。

毛尚书哭着说听的传言，还望不的。伤了营头，何以见君？

【收江南】呀，早知道这等样难做，呵，如今懊悔不当初！大兵折了无其数，俺再四踌躇，有何颜面上京都？

赵总兵说末将望想要将功折罪，出其不意，夜间杀上山去。毛尚书说好好。后来呢？

【香柳娘】俺乱杀贼徒，谁想他有人救护，又半路埋伏，把个贼头生劫去。

兵折了多少？赵总兵说大兵十万，如今不足六万了。末将想来，五万多兵还可以立功。咱在这附近州县，休息几日，再回去杀贼灭寇。

俺向上京都，怕天颜震怒。有五万兵卒，杀贼成功还可做。

毛尚书哭着说罢罢！十万兵还不济事，何况去了一半？留着这老头归去正法，强似被贼砍去。回京便了。

【清江引】低下头来细细的想：回京方为上。一样吊了头，还得领去葬，强似把老尸首在山坡被仰。

诗曰：大兵十万半残伤，马上恹恹气不扬；
　　万转千回无好计，带将头去听君王。

第三十二回

招安三山

张鸿渐上这两日听说天兵大败。老毛回来，看他有何面目去朝圣上。

【耍孩儿】毛尚书太不仁，分明无知又装人，这回体面全丢尽。折了兵将五六万，丢了朝廷百万银，杀了他难解心头恨！听说他大军已到，可看他怎见明君。下

毛尚书、赵总兵自缚上昨晚归京来，今早去朝受死。朝房里文武百官，都来问候。看见张鸿渐，便扭过头去。朝贺已毕，圣上便问毛义呢？两个上前跪倒说臣该万死！朝廷说既不知兵，如何主定征讨？又叩头流泪说臣该万死！臣该万死！圣上说孤且从宽，革职免死。二人叩头谢恩而去，下。圣上说诸臣有甚么良策？户部王慈奏说府库空虚；招安为上。问谁可以去的？一班文武俱说张逵发的议论。圣上说张逵，你可前去招安。张鸿渐说臣就即日起行。又问你可领多少人马？张鸿渐说臣不用兵马。

万岁爷莫商量,臣单鞭就起行,发一兵就得一兵饷。臣只一身往那去,代着十数个做伴当,不讲杀那用兵合将。只凭着至诚相待,管教他解甲归降。

圣上说不然。大败之后,不领一兵,他必笑天朝不能征战,才去招安。张逵说万岁见的甚是。待臣去后,不妨发兵数万,到半途扬威,却不必前进,以震军威就是了。朝散以后,张鸿渐回到官所,修书一封,着家人连夜送到家,给周、王二位相公,每人送他白银三十两、良马一匹。家人答应而去。张鸿渐也就收拾起行

奉圣旨去招安,急揽辔上雕鞍,前行只将程途盼。人人看着招不下,料想一去即周全,事情原不由人象。起身时诸人暗笑,俺奉命何敢辞难?下。

任大王上俺自从杀退官兵,差人上京探听消息,至今还无消息。【皂罗袍】俺这里哈哈大笑,略粗心吃他大敲,五百喽罗尽被枭。亏了后阵还能报,杀杀砍砍,他也难招。同弄机,只在妙不妙。

怕那里此仇要报,他必然怒气冲霄。俺这威风似海潮,那怕百万天兵到。觉着不稳,扯腿开交,杀透重关,外国登时到。

趁此今日闲暇,去请二位寨主来饮酒便了。答应一声,旋即来报赵王爷到。任大王迎着说妙哉!正待去请,恰好就到。赵胜说连东山也不必去。昨他因着京师信息将至,差人去约我,今日同到大哥这边,不时即到。旋即来报李大王爷到了。兄弟坐定。任大王吩咐看酒

俺前日偶然懈怠,被杀的尸满庭阶,一个醉汉绑起来。亏了天幸还无碍。消息未动,早早安排,各处小心,俱要枪刀快。

赵胜鼓掌大笑

那时节酩酊大醉,绑起来也不知是谁。浑身疼痛甚难为,放倒头还要昏昏睡。捆缚马上,吃其大亏。解了绳儿,醉气方才退。

李杰说咱也要打算。

大哥哥真乃妙计，杀的他马不停蹄。今日用兵如下棋，他必然还有一着递。朝廷势大，常犯抵敌。寻个常法，不受官兵气。

当下仗大哥威灵，自是无妨。但朝廷家日日来征，也不是常法。任大王说贤弟说的甚是。等京中人来，再作道理。有人来报京里人来了。进去跪了一跪。任大王说怎么来到如今？答应说起初听的说，朝廷要招安，差一个侍郎。后来又听的说待发兵。我等着那侍郎走了，朝廷家差了杨都督点兵，我才走了。李杰说既然招安，后边便率兵来征。赵胜说大哥有何高见？任大王说预先定不的。

【耍孩儿】既朝廷要招安，差了个大大官，看他怎么来相见。那官不知是谁人等，要他忠诚素日贤，方才不受人诓赚。若还是言语不对，咱宁只死守三山。

又来报道那周、王二位相公来了。任大王说奇哉！他两个千乡百里，到此何为？快请快请。三位大王都迎出来。二位秀才给任大王叩头，又合两大王作揖，落了坐。二位问了安。任大王说二位何事到此？周生说就为那招安的事。大王说请讲来意。

毛尚书要征山，张鸿渐主招安，今番就差张鸿渐。他说兴兵伤人马，又声声称赞大王贤，将来还有本章荐。他为人梗直义气，不比那邪僻奸贪。

任大王说哦哦，这来的就是张鸿渐么？二秀才说依着他，昨日就无有这次争战。他前日有书来，因俺们称颂大王的好处，他便以此相托，叫俺道达来意，所以星夜前来。

把实情告大王，他来只有几伴当，一行并无兵合将。三位大王商议定，接上山来也无妨，他原洒落无官样。到可以心口相信，俺合他自幼同窗。

大王说鸿老俺也久闻他的大名，既可相信，俺岂有不愿招安的？但听说鸿老行后，又点兵调发，这是何意？秀才说这个却不知。想是朝廷怕大王不服招安。若有他意，何必又钦差大臣？大王说只怕鸿老是个赚局。秀才说必不然的。

这个说必不然，他待朋友信义坚，从来出口无更变。鸿老来时问端的，好歹听听他口中言，那时进退从君便。若遇后有何反覆，他就能一力承担。

有人来报探的张老爷离山只有两程了。二位说俺不饮酒了。鸿老既不远了，俺迎上前去，先问他一问，大王好作准备。大王说我也不逗留了，请了。送去二位相公，回来说二位意向何如？李杰说小弟原有此意。

咱在此据三山，又不图占中原，又不图坐金銮殿。眼下兴隆也甚好，将来的结果难上难。兄台必定有高见。依我说投诚极好，俺从此解甲耕田。

任大王说正合我意。连日听说，那蒙古鞑子来放枪，那大兵也犯个招架，必不能就到这里。我心里自有排铺。

若大兵到此间，逼着俺去招安，俺可破死还交战。勾连了蒙古骚达子，大家齐去杀杨蕃，那大兵不怕几千万。便从此接连外国，说不的占据江山。

咱且各回营寨，伺候交兵。等二位相公来此，再作商议。

诗曰：百万天兵亦不妨，自有妙计与刀枪；

进退不难一日定，单等都中张侍郎。

第三十三回

大王破敌

张鸿渐上俺奉旨招安，来到永平。听的说有外国犯边将来，不得不日夜趱行。急走扬鞭介

【倒扳桨】走忙忙来走忙忙，不料强寇犯边疆。只恐失落朝廷的敕，如何复命见君王？如何复命见君王？急慌张，扬鞭走马望山岗。

呀，你看这边人家，各安生理，并无逃避，想是不知北兵将至。去山不远，咱且下马，歇息歇息。二秀才上，鸿渐迎着说二位来了几日了？答应五日了。又问事体如何？二位说大王听老先生来，极喜欢。只是听的都中又发兵，不免疑心。鸿老说这何必疑？焉知此来他就受了招安么？他屡屡杀败官兵，若是不受招安，岂有置之不论的。弟来时，嘱咐他不必前进，只在半途听信。况今日外国犯边，他如今奉命征讨，也是有的。二位说俺也意料到者。鸿老说大乱不过百里，怎么此处人民不惊慌？二位说道那北兵来不到此处。

【耍孩儿】任大王名远传，好一似雷震天，北兵那个敢相犯！我等前番问了罪，在此住过好几年，也曾遭过北兵乱，到处里抢劫掳掠，惟此处村舍平安。

既无他意，俺急急回山，叫他鼓吹来迎。鸿老说他无他意，小弟也就行了。二位说老先生还要持体。请了。下。三大王上白咱们寨外望望。赵胜说那不是二位来也？二人近前说有跟去的人听着来，他说

那官兵在途中听信，也来不到这里。他说他以至诚待人，大王既无二念，他后边来矣。虽然如此，大王既归了王化，必须要尊国体，可备鼓乐旗帜，前去迎接。大王说极是极是！三人整了衣冠，备了鼓吹炮手，迎下山来了

【倒扳桨】下山摆列两行人，鼓乐喧天旗帜新。俺今回首归天子，不作明朝化外民；不作明朝化外民，已称臣，从此不敢杀官军。

原非心爱据山头，官刑逼迫不自由。今日投诚接圣旨，发马兴兵不用愁；发马兴兵不用愁，做营头，单刀匹马望封侯。

遥望见一簇人马，必是来也。待俺下马。张鸿渐上听的鼓吹，想是山上来也。二秀才急忙上前三位来奉迎了。鸿老下马，三位鞠躬说远劳张老爷。鸿老一手拉住说三位堂堂仪表，可为朝廷的栋梁。今日相见，不胜欢喜！即请上马同行，还要到贵寨取扰。

威仪表表尽英流，真是当今第一筹！可惜三条好大汉，几年望后在山头；几年望后在山头，莫担忧，投诚何患不封侯？

大王说蒙老爷过奖了。

解甲投降是本心，大兵逼迫甚羞人。今朝既得君王赦，尽感老爷高厚恩；尽感老爷高厚恩，归朝门，情愿归去作良民。

鸿老说那有此理！到京时，全在老夫，自当一力保奏，还望三位万里封侯，才於薄面有光。前行来报到了山上了。山上大小头目，都来给张老爷叩头。鸿渐说请起请起。山头放了大炮三声，一行人都进了营寨。鸿渐才捧出圣旨，三位大王，跪听宣读

奉天承运皇帝诏曰："任义等不服王化，抗拒王师，本宜剿灭；念尔等俱有归顺之诚，赦尔前愆，命任义为忠义大将军，赵胜为游击将军，李杰亦为游击将军。洗心努力，尽忠保国，立功后，另行升赏。钦哉！无违朕命。"三人谢恩叩头，又给张老爷叩头谢劳

【香柳娘】给老爷叩头，多多生受指引俺出头。还求好把君王奏，俺合官兵有仇，君王赦宥，谁敢望封侯？杀身难报君王厚！

快看酒来！三大王献酒

不敢言酬劳，洪恩难报。无甚么佳肴，杯酒同欢笑。

有人来报张老爷，内司来了。鸿老说叫他进来。我前日叫他家里去看看，又去杨老爷营里访问消息，不知何如。内司进来跪下禀道家里牛羊粮石，都被北兵抢去了。鸿老说也罢了。内司说杨老爷坐守营盘，那知府求他发兵，杨都督说，我原是奉命来，但听张老爷消息，不曾叫我与北兵交战，设或损兵折将，罪坐何人？鸿老问北兵如今怎么样？内司说他大营在永平城北，杨老爷在城南，相隔一百馀里。他见那官兵相近，也没敢攻城；他见官兵不动，就只是抢劫。

【耍孩儿】那北兵甚凶顽，掳妇女杀小孩，永平百姓皆逃窜。俺不敢从大路走，拣了条小路进了山，白黑只在山里串。现如今处处兵火，百里外全无人烟。

鸿老说这怎么处！北兵未知何日方退，我可何日回京？任大王起来大叫说恨死人也！

那北兵起干戈，杀的杀缚的缚，这方百姓怎么过！既统着天兵二十万，还不杀贼待怎么？杨都督看就不成货。我让他领兵百万，敢合他比试三合！

张老爷不必忧虑，咱且痛饮。明日领一枝人马，送至官营。那北兵去了，便自罢休；如不曾去，当砍几头来，逐他出境。

俺在此十数年，他不敢正眼看，人民全不遭涂炭，他若明日还不去，马到不留他片甲还，把人头提与老爷看。请饮酒不必忧虑，管叫你一路平安。

鸿老说将军若能如此，真是忠君爱国，何止下官受福！

那北兵甚猖狂，虏妇女杀善良，把官放不在心坎上。将军若能逐他去，这个功德不寻常，见朝廷定把功劳上。管叫你封侯挂印，这都在下官身上。

但只是下官在此，酒也不能下咽，睡也不能安稳。将军既有此意，就此起行，不过临明可到，趁他不作准备，岂不妙哉？大王说老爷吩咐，不敢不从命。但只是老爷在此，还不曾进一点敬心，这就无人奉陪了。鸿老说将军杀贼，便是极敬下官了。我还回上公馆，等着给三位贺功。

大将军作总戎，杀贼人能尽忠，胜如美酒来奉迎。好似孔明烧新野，初出茅庐第一功，为民为国声名重。我公馆温下好酒，恭候着连贺三盅。

任大王吩咐李杰你领三千人马，去长城岭下埋伏。如见北兵逃走，就截住砍杀他那鞑王。都喊一声得令。下。鞑王上云走马南来进帝都，南朝兵将眼中无。武官好似群羊队，都督元戎尽匹夫。俺到这里已经数日，那杨蕃领兵二十万，并不敢前来，落的俺金银美人，抢来快活。请您二位王爷来这里吃酒。二人便衣上白俺已将睡倒，又闻呼唤。王子说连日得美酒佳人，可以共乐。看酒来。

【香柳娘】这个味香甜，到口酡艳。俺一口便干，浑身舒泰微微汗。

掳来的那女子有几个好的，叫他来每人一个陪着吃酒。那女子来到，流泪坐下

看容貌如仙，真堪陪伴。你何必泪涟？今宵枕边叫你喜欢。

咱虽然也不怕那杨蕃，却也不可懈怠。常叫人往南探听着些，如有甚么动静，即速报来。答应并无动静。又说女子们，您唱个曲儿听听。妇女哭说俺是正经人家，不会唱曲。王子哈哈大笑说不会唱，只会睡觉么？着俺没了兴致。罢罢！每人带一个去，床头玩耍也好。

问天有几更了？答应说三更了。起来说咱散也。

醉醺醺上床，美人进帐，麻煞一场，放头一觉东方亮。携女子下

有人来报南边兵马来了！鞑王说哎哟，南边既无动静，兵马何来？各人速去披挂，牵我的马来！忽听大喊一声任大王到此。鞑王说他来了，了不的，了不的！急急上马。任大王已是杀到。两个斗了三合，被大王刺了一枪。两个王子来救，不提防赵胜杀到，把一个王子一枪刺下马来，就枭了首级。任大王也把个王子枭了首级。那国王逃走而去。追杀了四十馀里，方才回来

【倒扳桨】昨日兴兵今日还，人头牢系在马鞍。去见钦差张吏部，知在俺口不虚言；知在俺口不虚言，到那边，人困马乏不归山。

前边去公馆不远了，待俺下马。鸿老出门迎接说将军真是神将！二位把人头献上说这是两个小王子。可惜老贼代伤逃走了。

老贼合俺斗一场，我把老贼刺一枪。两个王子来救护，一刀一个绝命亡；一刀一个绝命亡，急慌忙，被那老贼颠了枪。

鸿老说就好，就好！拿酒来，给二位将军贺功。答应酒到了。鸿渐亲自送到面前

【耍孩儿】多劳苦二将军，奔一夜杀贼人，想来人马皆乏困。大家欢饮一杯酒，但少钱钞赏三军，以此叫我心头恨。还把贼头高挂起，咱到京献于当今。

李杰将人头献上，禀道老贼安心逃命，被俺杀死了。任大王一见说妙呀！俺刺了他一枪，他代伤逃去，你又提将头来了，岂不快哉！鸿渐慌忙亲自起来斟酒，便说道将军，你说那砍的情状，李杰说不出所料。

数百贼过长城，安心歇歇要登程，他看着已是得了命。不料俺人马一齐起，他马乏人困不能争，老贼代伤还扎挣。早被俺一刀砍去，削了个脖项齐平。

大王大叫快哉快哉！可以连饮三杯。众百姓抬酒肉，父老拄杖上俺被那北兵弄的九死一生！亏了大王爷，救了这一方的性命。别无甚么报答，大家杀了几个猪，宰了几个羊，来给大王犒赏三军，也给大王爷磕个头。兵卒来报外边有众百姓来给送饭，要给老爷磕头。大王说叫他进来。一行人磕下头去。大王说都起来。怎么又叫您费心？百姓都流泪说老爷是重生的父母，俺有甚么孝敬哩？

【憨头郎】哩溜子喇，喇溜子哩，贼兵十日在那里。在那里，杀人多，贼人到处血成河，杀的杀来掳的掳，更不寻思还得活。多少爷娘没了子，多少汉子没了婆！若还再待两三日，尽被搜杀在山坡。我的爷爷哟！咳咳！我的皇天爷爷！

听的说大王爷又待去了，俺可怎么过？都一起哭起来了

【耍孩儿】多亏了三大王，给俺百姓除灾殃。大王若还从此去，俺尽死在山沟喂虎狼！俺要成群告御状，还留爷爷震东方。若是朝廷不肯许，你若行时俺断马缰。

鸿老说您这些百姓也不必啼哭。任老爷是朝廷待重用他，他如何能在此长久？众人说张老爷，你也该为这一方的百姓，怎么圆成着他去呢？鸿渐说不是这等。朝廷家有的是人，不许另有极好的来么？何必定是任老爷呢？众人听说又哭诉

张老爷说话差，有人可中做甚么？都督杨爷不救难，倒纵着兵丁害人家。官兵合贼无两样，强劫奸淫乱如麻。老爷替俺保一本，都念救苦活菩萨。

鸿老说我是这等说，到了面君时，没有不替您诉说真情的。众人跪下说先谢张老爷的天恩。任大王说已是领了您的盛情了，可都散去吧。众人说大王爷是必定休去了。并下。任大王说不饮了。一夜未睡，甚是乏困，各人歇息，明日好收拾行装，好上京都。鸿老说概从尊

便。请了。

诗曰:将军马上喜成功,冉冉征袍战血红;

请看英雄除暴乱,挥戈唾手取侯封。

第三十四回

大王抗礼

鸿老与三山王同上,摇鞭歌唱行

【平西歌】走马上三山,出征奉旨去招安,到不想路遇着贼兵乱。众大王当先斩将提头奏凯还,到京师才把功劳献。

任大王说请问张老爷:前边见了杨都督,如何行礼?鸿老说他自然要讲和逊让。你作下揖去,也要作一个叩拜之状,他若不肯受,也就罢了。

将军有官衔,杀贼声名到处传,见都督他也给体面。不过道途间,他若是谦来你也谦,无统属又是初相见。

杨蕃花面上云都府尊荣俸禄优,何须争战拜王侯?三通吹打辕门闪,大小兵将尽叩头。我乃都督杨蕃是也。万岁差俺领兵二十万,听那招安的消息,今日代好来也。

奉命出朝纲,二十万雄兵振四方,我老爷稳坐中军帐。唬三山大王毛贼,那敢不投降!张侍郎也要把俺让。

兵卒来报张老爷领了那投降的来了。鸿老同三大王来至辕门下马,同行进见。杨迎出说有劳张老爷了。鸿老说有劳杨老爷了。作揖行礼毕,三大王过来朝上作揖。杨蕃大呵一声说你就是任义么?任大王挺起身起来,也大呵一声说你就是那杨蕃么？杨蕃抽出刀来说你怎么不磕头？三大王都拔刀出鞘说你怎么不下跪呢？鸿老中间隔着说这怎么说！军中行甚么大礼呢？各人都息怒，尽是下官的罪过。杨怒气冲天

【耍孩儿】叫任义莫发威，你不过是个贼，如何见我不下跪？见了都府还无礼，仰着个贼脸说是非，想是野性还没退。若不着张爷劝解，我把你头剁二回！

任大王说我素常杀的，都是这一号东西。

叫一声老杨蕃，又歪揣又奸贪，俺素常杀了勾几千万。原就知道你不成货，见了我老爷还装班，狠一狠砍你个稀糊烂！若不看张爷劝解，我把你砍头连肩！

杨蕃说气死我也！若不是张老爷给你作主，我领二十万大兵，怕你甚么！大王说你看着我投诚，是受你降的么？你唠杀我了！

叫杨蕃您脏货，百万兵待怎么？我竟不当人一个。不然俺还回山去，咱就从此动干戈，当面试试也不错。你若能把我赢了，我磕头你可坐着。

俺还从新上山，你可领兵前去，咱见一个胜负，就着张老爷做个明证。咱就回去。三大王往外就走。鸿老又拉住说道你这不是反了么？大王说不过赌输赢，怎么是反？不然，他也有刀枪，我也有刀枪，咱两个独战三合，就见一个胜负。

把架子两列开，用帮手的不成才，咱就单战个胜合败。这里一刀剁了去，那里一刀剁将来，伤着皮骨休要怪。若还要人头落地，也就是命里应该！

鸿老说快休这等。都是朝廷的栋梁，因甚么自己争差？您两家都有些错处，各人认错便了。杨蕃说都是张老爷宠的他，我有甚么错呢？

我奉命出东方，来招安三山王，大喇喇还是贼头样。出上见了全无礼，还要合我动刀枪，目中全没有今皇上！若不着尊官爱护，他怎敢这等猖狂？

鸿老说你这不是欺起下官来了么？殊不知我爱护他，正是爱你处。

我若是不调停，您两个动刀兵，兵虽多未必能全胜。况是将军已受职，你激反了降臣罪不轻！那时懊悔全无用。且是他他日官职，未必不比你尊荣。

杨蕃说他就封了王，我也不怕他！三大王齐说就不封王，也不怕你！要杀就杀，要砍就砍！鸿老又劝说依我说，您两家不必相争，咱不日就面君，等着皇上给您分个是非，这不公道么？两家都说就是这等。杨蕃说张老爷请了。辞别了先行。张鸿渐同三大王，插刀忿忿而行

诗曰：解甲投戈忿气收，奴才也望俺低头；

若非承受尊君命，斩却贼颅恨始休！

第三十五回

御封三伯

张鸿渐、三大王同上俺一路行来，已到京城。三位将军，前日虽说见君析辨，我意料那杨都督未必敢见君析辨，他若不提，也就不必合他争论。三人都说是是。

【黄莺儿】杨蕃把俺欺，也不曾转便宜，俺如今何必争闲气？他若是不依，仗老爷扶持，武人粗说话不能细。他若不提，两家无事，各

自散东西。下

杨蕃上昨日招安的那贼头，甚是可恶！但他新立了功勋，想当时让他一步，也到罢了，惹了一场大辱。如今朝廷正当用人之际，俺怎么争执过他？倒是不提为妙。又怕那张鸿渐还要说。

贼人礼不周，气哑哑不自由，把气争反把气来受。他有功无忧，俺无功可羞，犯争差卒知不能勾。须罢休暂时忍耐，不必记冤仇。

鸿老上已是朝门，待俺进朝。呀！杨老已先到了。杨蕃说前日一时愤激，张老爷莫怪我。别后思量，他既降顺，大家俱是一途，何必争竞？见驾时不提也罢。鸿老说我的本已修成了。杨蕃说有劳了。鸿老说设或您再有争差，圣上就怪我不言之过了。

两下闹呵呵，这其间干系多，俺不似前番错。俺只是恁么，凭您去怎么，奏明了没有我的错。待如何，朝廷爷不给您主平和。

杨蕃说还望张老爷作主，不着万岁知道罢。正说着，皇帝登殿，文武进去朝贺了。张鸿渐奏臣领旨去招安了，那任义等在下候旨。朝廷问你怎么招安他来？又奏臣宣扬万岁的恩德，他便欢喜投顺。适遇着那北兵放抢，他便砍了他三个王头，斩杀数万贼兵，今日特来献捷。朝廷大喜，说忠勇可嘉！那乱处百姓怎样？答云甚不堪言。

贼兵好凶残，杀的那血成川！到那里不忍的抬头看。杀贼人万千，逐贼人出边，人人喜来送酒合饭。他都言再待两日，一个也不生全。

皇帝说一方这样涂炭，那杨蕃领着二十万兵，怎么还不救护？张鸿渐说臣不知他意思。皇帝说叫杨蕃来。杨蕃上殿跪下。皇帝说那一方百姓受那贼兵的荼毒，你因何不救？那杨蕃战战兢兢说臣奉旨招安，不敢妄动。皇帝大怒说哇！设或那贼反进京都，难道你也只是招安？那杨蕃叩头说臣该万死！皇帝说贬你做万全守备，防守那北兵去罢。杨蕃叩头下殿。皇帝说宣任义、李杰、赵胜来。三个上殿叩头说谢万岁天恩。皇帝说你三人杀贼献捷，甚为可喜。可封任义为忠义侯，李杰为新义伯，赵胜为成义伯，镇守北边十二卫，并关内兵马，听你调用。三人叩头谢恩下殿。皇帝说张逵招安有功，即升兵部尚书，赐蟒袍玉带。张鸿渐叩谢恩，遂又启奏

来时万民集，哭啼啼要来告状留任义，臣叫他且迟迟。奏万岁闻知，近永平才称人心意。在关西数城无恙，百姓也安逸。

万岁说着他便在昌黎镇守，或是延庆州，给他起造王府，有何不可。张鸿渐拜谢。文武俱散朝。三大王来谢张老爷。鸿渐相见说恭喜恭喜。大王说俱是老爷提拔，还当叩谢。鸿渐拉着说不必行礼。下官要奉饯奉贺，看酒来。三人坐下饮酒。鸿老说我料杨蕃不敢分辨，果然不差。今日竟成了贵府的属官，看他来参见哪不参见。

富贵只等闲，又何必摔高官？高陵矮谷登时变。这天道好还，把一案全翻，甚么嘴脸来相见？听我言，量要宽大，不必记前嫌。

任大王笑说这是不劳嘱咐的。有人来报杨蕃来见。任大王说叫他进来。杨蕃进来，就待叩头。任大王一把拉住说你就是那杨蕃么？答应是。大王哈哈大笑说以上临下，不过如此，俺今日叫你，才不为过分。你当日若是杀退北寇，我心里先服了你，见了焉敢不拜？因你按兵不动，就知道全无有本领，拜你怎的！以后要讲讲兵法，我还要提拔你。

【劈破玉】若胸中无本领，到底不济。得一官半职，竖起高鼻，自家称我老爷，成甚么大器？领兵十数万，杀贼平西夷，说是一条汉子，这时节方才说的起。

杨蕃又谢了。才说给张老爷叩头。鸿老也拉住留他说吃一杯去。杨蕃说自来不吃酒。就此告别。下。三大王也告别了

诗曰：将军为国作长城，万里封侯喜气生；
他日九边闻奏凯，麒麟阁上好标名。

第三十六回
八仙庆寿

张太公颁白发上白做官做了三十多年，虚度六十五岁。自从六十上就不愿做官了，上了七八疏，皇上不允，又因循五六年，才准许致仕归家。官到了吏部尚书，也就罢了。何况三个儿子，大的到了祭酒，二儿中了进士，三儿中了举人。五个孙子，一个刑厅，一个翰林，甚馀都是名士。大曾孙也进了学，他过目成诵，何愁不中进士？人生至此，还待怎么哩。

【耍孩儿】一品官尚书郎，赐蟒玉上朝堂，做官有点小名望。数年来告老不准，六十五才得还乡。

在朝中三十年，拖玉带上金銮，子孙又赴琼林宴。进士还生进士子，翰林又产翰林男，天爷赐了生铁券。俺若得八十上寿，何愁又不满屋貂蝉？

今日是我的生辰，大儿告了养亲，二孙在翰林院告了三个月的假，就是刑厅在任，不得归家，这也算一门欢聚。你看冠带齐楚，都来拜寿。太公笑道今日冠带满堂，您说这福禄从何而至呢？

请严师教儿孙，学读书学作文，不依娇惯违庭训。浮华游荡撑公子，穿上件衣裳算不的人，一辈子乡宦全然尽。得聚，你倘非母亲教诲，怎能得直跳龙门？

合庵回头说道您都听着，爹爹说的极是。我也是谨守父训，不敢教子弟浮华。太公说您都散去，我待休息休息。太公自坐寻思道如今富贵已极，若不着仙人舜华，焉能到此地位？

想当初遇艰难，结恩爱四五年，杀人又救了我脱难。於今富贵三十载，一门老少都安全，怎么得他见一面？要画他仙容妙影，供养在金屋珠龛。

趁此时少得清静，待俺略睡片时。床头依枕，欹不多时，忽然闻的一阵异香满室

不是桂不是檀，不是麝不是兰，异香一阵满庭院。极像舜华衣裳气，就与这味总一般，想是心邪鼻也变。可甚么忽然一阵，香喷喷直透珠帘？

不一时，舜华掀帘而入。太公一见，喜极说道你想煞我也！作下揖去，就要屈膝，说身受恩情，十死不足以报！舜华拉着说我该给官人拜寿。太公说娘子依然旧娘子，官人已是老官人。舜华笑说想久无人称你官人了。我看着还是张鸿渐，不曾添减一毫。

【桂枝香】久不相顾，蒙君思慕。今遇着你寿诞良辰，我约下群仙赐顾。将客舍全铺，十二席围裙坐褥。我携来佳肴美果，甘脆香酥。一缸仙酒尽堪用，不必尘凡酒店沽。

我已约下八洞神仙，俱来贺寿。太公说这怎么敢当！即时分付儿孙，洒扫焚香，都要洁净。舜华又嘱咐道

虔诚坐待，焚香斋戒。净洒扫紧闭厅门，都着那俗人远退，我自有安排，一个客不用还在。随我来一双婢子，茶酒能筛。惟留夫人儿孙辈，共候群仙下界来。

太公出的门来，吩咐众子孙，可教一切家人尽且散去，把大门封锁了。回来合舜华说道夫人，你看如何铺设？咱家里有的是红毡坐褥，可看着儿孙

铺置。舜华说我已是铺设停当了,我还嫌你装官呢。太公说我不曾装官。舜华说你称我夫人,我心不以为乐。太公笑说今日还叫娘子,我觉着亲而不尊。舜华说我也不能合你长聚,任你便了。咱且去客厅伺候。开门一看呀,这几时铺的这样齐整?请太夫人上坐,受一家大小叩拜便了。先是方太太来拜

竭诚来叩,多蒙打救,自然该拜谢仙人,请端正敛容坐受,待妹妹磕头。日思想不能得勾。粉身莫报,刻骨难酬!既然今日蒙光降,不拜千回岂肯休!

舜华拉住,太太只是要拜,只得二人同拜了。以下子孙都来磕头,舜华上坐,便不谦让了

千秋百岁,有缘相会。太夫人广寒仙子,我合他前生姊妹。俺今日相随,喜儿孙人人富贵。曾孙尤妙,二八夺魁。福似花开方茂盛,全凭积善好栽培。

儿孙繁盛,富贵荣华,可称盛极一时。须要常守着祖训,不要变改,自然世世显荣。合庵说老母说的极是。又回头向子弟说道都要用心听着。舜华从袖里取出一个锦囊来每人奉送你一粒丸药,可以增寿数,可以长聪明。众人又拜受了。婢子来报仙姑来也。何仙姑上,先合舜华为礼,打了一个问讯

仙姑微笑,稽首称道:蒙妹妹嘱咐叮咛,已约下群仙俱到。八洞烦劳我,先来登堂相告,添福增寿,世世金貂。你为数载夫妻意,我为千年姊妹交。

太太领着一家人要参拜。何仙姑说出家人不行俗礼。便让老夫妻陪坐,子孙在傍站立。忽然一朵彩云从空中坠落,众人观看,乃是洞宾

拱手一笑,大家脱套。久不见何仙姑面,前日蒙折柬相招,说舜华相邀,不敢不登堂领教。主人盛意,道侣情高,我先拔剑为君

舞,愿君寿数比蟠桃!

吕祖吩咐不必为礼。上堂落坐。舜华称谢劳驾。不一时,果老、国舅、湘子三仙同到

果老、国舅、湘子随后,一齐自海外三山,敬赴约同来上寿,跣履磕头,花篮儿不离左右。笛声隐隐,渔鼓悠悠,共祝尚书张吏部,同上蓬莱十二楼。

在坐的都起来稽首。果老说我还该诸位奉谢。吕祖说怎么说?果老说这是个宗家。吕祖说这老儿又来认华宗了。大家正笑,钟离、采和都到了

钟离赴宴,采和同伴,忽然间瑞气千条,一霎时祥云满院。一道香烟,飘长鬓漫舞蕉扇,轻敲玉板,歌绕华筵。共饮余杭千寿酒,愿君大寿比南山!

一霎时,拐李仙又到

群仙赴会,彩云飘坠,才到了三岛蓬莱,适来迟望乞恕罪。急急追随,远迢迢葫芦在背。只恐群仙久候,只脚如飞。丢拐自作商羊舞,愿献麻姑酒一杯。

舜华向仙姑说想是客已全了,斟酒罢。仙姑说还有福、寿二老只怕未必来,虚着两坐罢。斟上酒,舜华一一亲自递过。仙姑把盏说共斟一杯,与天官上寿。太公起来拜受了。忽听的鹿鸣鹤唳,群仙说道二位星官来了。便一齐迎接。舜华向太公说二位降临,恭喜恭喜!

福星照耀,寿星同到,忽然间鹤鹿齐鸣,满庭中瑞云笼罩,并落九霄。众神仙承迎欢笑,寿山不远,福海无涛。堂中幸见两星会,人间蓬莱又一遭。

就了坐,舜华参见了。太公一家人拜见。舜华先奉了酒,太公夫妇又奉酒

【香柳娘】奉一杯坐前,奉一杯坐前,朝上朝参,只应叩头千千万。敢拜求群仙,敢拜求群仙:照临寿数添,保佑福泽远。前世有仙缘,

前世有仙缘，得蒙顾盼，尽赐平安。

合庵领子弟皆来奉酒

敬拜倒筵前，敬拜倒筵前，叩祝天仙，竭尽至诚心一片。聪明齿经延，聪明齿经延，身体常轻健。又福禄绵绵，又福禄绵绵，眼中亲见，满屋貂蝉。

福星取出一个瓶儿来，如核桃大，吩咐仙童公子、公孙，各赐他福酒一杯。都说这器物小，饮来不足一杯，如何可以遍赐呢？只见一杯一杯排头都饮过，不曾得干。饮讫，一齐拜谢

蒙仙酒均沾，蒙仙酒均沾，直透元关，馀香入脑浑身串。觉功效非凡，觉功效非凡，俗骨能更换，村容也改颜。但答报甚难，但答报甚难，叩头无算，意敬心虔。

福星说已是领过情了，可以罢休。舜华也说官人从此别矣！太公说列位仙师我不敢留，娘子如何便去？舜华说官人何必如此。

【侥侥令】今生新爱好，前世旧姻缘。今朝一别何时见？要知道千万里在眼前。

太公说蒙娘子的厚情，我何以相报？但望少留，受三十日供养，有何不可？

【收江南】呀！有恩义不忘了琴瑟欢，又教我世世福寿全。不能常作鸳鸯伴，也少少留连，叫我心头略放宽。

方太太也着实挽留，说道受姐姐恩德，每日思念。既然光顾，怎么就刻然而去？舜华说我们都是一会中人，官人福寿永远，咱相会也自然有日。

【园林好】俺今日已证金丹，断不能久恋尘寰。但愿他跨鹤腰缠千万贯，不必问相会在何年。

福、寿二星先起，众仙俱起，舜华也要起。太公合太太一个拉着一只手，众子孙围

绕起来。吕祖说你还住下，受你那封赠罢了。

【沽美酒带太平令】罢豪饮，谢芳筵，辞贤主，别众仙；照夕阳，人影乱，跨鹤凌云上九天。似风去雨还，飞彩凤，舞祥鸾，乱纷纷酒阑人散，闹嚷嚷星流霞灿，薰腾腾异香一片，白茫茫祥云数段；俺可要飘然言旋，名山洞天，呀，好似赴瑶池一回佳宴。

二老起了云头。仙姑说舜华仙不能等了。八仙俱起，舜华也飘然而起。太公一家人都散了席，向舜华望空拜谢。太公起来说可惜尽去了。也罢也罢！

【清江引】荣华一路功名显，全没有灾合难。七子上玉堂，八孙朝金殿，又是那郭汾阳再一转。

诗曰：蟒玉纷纷照锦堂，绣帘一簇麝兰香；
　　夫妻八十犹康壮，牙笏脱来已满床。

增补幸云曲

开　场

【西江月】一自元朝失政，天生火德临凡。洪武晏驾许多年，传流正德登殿。天下太平无事，朝廷戏耍民间。风流话柄万人传，呀，名为正德嫖院。

【西江月】既毕，待在下把这桩故事略表几句：好玩耍的天子，嫖了个绝妙的娇娃。极贫贱的小子，得了个异样的荣华。兵部堂的公子，遭了个无情的横死。宣武院的婊子，从了个昂藏的良家。你说这正德嫖院，不大之紧，弄出了几件故事，甚是出奇。是那几件呢？

朝廷赌博又宿娼，光棍　打柴汉子做新郎；美对
酒保做了干殿下，胡混　赶着姐儿叫娘娘。奇事

第一回

坐北京正德临朝
夸大同江彬献谄

话说只为这件奇事,编了一部【耍孩儿】,虽则传流已久,各人唱的不同。待在下唱唱,尊客休嫌污耳。

【耍孩儿】世事儿若循环,如今人不似前,新曲一年一遭换。银纽丝儿才丢下,后来兴起打枣杆,锁南枝半插罗江怨,又兴起正德嫖院,耍孩儿异样新鲜。

自从洪武立世,传流九辈君王,改天年,立帝号:改天年正德元年;立帝号,是武宗即位。这万岁是按上方觜火猴临凡,光好贪耍。听我道来:

武宗爷正德年,觜火猴来临凡,性情只像个猴儿变。无心料理朝纲事,只想天下去游玩,生来坐不住金銮殿。自即位北京三出,一遭遭四海闹传。

这万岁头次出京,到了临清州,收了江彬,现任威南道。这奸党内欺天子,外压群臣,后来被定国公打死。二次出北京,山西嫖院,收了佛动心,带进皇宫,另盖一座黑瓦殿给他居住。三出北京,扬州游玩,十月打春,谁人不知,那个不晓。头回不说,三回不讲,单表二次出京。恐君不信,有【西江月】为证。好耍武宗皇爷,出朝离京散心。路遇周元提成亲,六哥交了好运。万岁山西取乐,朝中苦煞江彬。只为一个佛动心,可惜王龙命尽。

那正德爷非等闲，天生下只好玩，贪花恋酒偏能惯。上殿懒整君王事，诸般技艺都学全，万里江山他不恋。万岁爷山西嫖院，有江彬苦楚难言。

话说那万岁自从临清回京，常想天下景致，心中不足。这日早朝登殿。

圣天子下龙床，一枝花侍君王，玉芙蓉打板高声唱。三千粉黛红娘子，步步娇送出朝阳。万岁离了销金帐，前后走宫娥彩女，混江龙驾出朝纲。

诗曰：金殿龙楼早早开，静鞭三下响如雷；

飘飘一簇看烟过，万岁皇爷出殿来。

万岁爷设早朝，景阳钟三下敲，静鞭响罢文武到。二十四拜山呼罢，曲背躬身猫伏着腰。圣王传下皇宣诏，问文武班齐不齐，当驾官前来跪倒。

万岁早朝升殿，文武齐集，皇上开金口露银牙问道："文武班齐不齐？"当驾官叩头禀道："文武列班已齐，都在金阙伺候御驾，"圣主曰："既是文武班齐，天下宁静不宁静？八方太平不太平？"

跪倒了众官员，奏我主放心宽，天下丰收民不乱。风调雨顺人安乐，五谷丰登太平年，像尧王重坐金銮殿。普天下太平无事，十三省处处安然。

圣上曰："朕乃末世之君，怎比的古圣先皇？一来是朕的洪福，二来是群臣的造化。有事者出班早奏，无事卷帘散朝。"

散去了众官员，万岁爷把旨传，独把江彬宣上殿。江彬忙跪金阙下，双膝跪在品级山，朝参已毕旁边站。万岁爷即开金口，叫爱卿你靠跟前。

文武散朝，独留下江彬，江彬叩头在地，说道："用臣那边使用?”

万岁爷吐龙言,叫爱卿一事烦,坐在宫中真闷倦。欲待出朝去游玩,背着群臣离顺天,那里好景我看一看。多者待上十朝半月,散散心即早回还。

江彬听说,心中大喜:“我正要图谋天下,这昏君待要出去看景,我哄他向那险要去处,路途驾崩,何愁江山不到我手!”这奸党才待开口,吃了一大惊,说:“错了!我若说出地方,昏君离朝,万一日子久了,掌印的张皇后甚是伶俐,广有计谋,若犯疑忌,便问那串宫太监,遂说万岁出朝那里去了,知道的就说江彬知道。那水性泼贱,素不喜我,听的江彬二字,越发生气,雪上加霜,那张太监合我不睦,只落的求荣反辱了。”那江彬口内不言,心中暗想,低头不语。圣上曰:“景在何处?据实奏来。”江彬叩头说道:“有景臣不敢说。”圣上曰:“怎么不敢说?”江彬说:“臣若说出地方,万一有奸臣得知,安排下刺客,路途有失,可不是臣的罪么?”圣上曰:“不好说,怎么处?”江彬说:“臣有本奏给皇爷看罢。”圣上曰:“本在那里?”这江彬即忙回府,把本做的停当,遂即转身进朝,叩首丹墀。万岁说:“景在何处?”江彬说:“尽在本上。”万岁接来从头观看。

微臣奏主得知:十三省数山西,大同城里好景致。男人清秀真无比,女人风流更出奇,人才出色多标致。宣武院三千粉黛,一个个压赛仙姬。

万岁看罢,喜之不胜,说道:“江爱卿,你暂回府,明晨早来,送朕出京。”江彬回府,万岁回宫。未知后事如何,且听下回分解。

第二回

张皇后苦谏天子
武宗爷喜扮军装

话说那万岁御驾回宫，国母接至坤宁宫，摆开御筵，君妃对饮。

坤宁宫摆御筵，接皇爷共成欢，宫娥彩女两边站。万岁山西去的盛，那里有心共笑谈，美酒到口也难咽。万岁爷把杯放下，叫御妻你听我言。

万岁爷说："御妻，朕有一句话待说，不知你意下如何?"国母说："朝中有事君臣论，家中有事父子商。似这宫中无人，有说之话，君妻不说，还合谁说?"万岁说："正是。寡人上朝，文武奏本，天下宁静，朕欲游玩私行看景。"国母说："不可！万岁与天为子，与民为父，黎民不可一日无主。万岁若要私行，可有三件大挂心的事。"万岁说："那三件?"国母说："万岁离京，朝内空虚，怕有奸臣篡朝，这是一件；或有奸臣下一封反书，勾引胡人困了北京，那时万岁有家难奔，有国难投，这是二件；再者路途怕有刺客，真假不辨，恐有不测，这是三件。"皇爷说："御妻多虑了。真天子百灵相助，朕洪福齐天，邪不侵正，怕他怎的！"国母说："你领多少人马?"皇爷说："我若领着人马，扎住行营，那黎民惊慌，都躲皇帝走，怎么得见好景？我只单人独马，自己私行便了。"国母说："万岁，你记的那几句俗语么?"皇帝说："那几句俗语?"国母说："凤不离巢，龙不离海，虎不离山，天子不离金阙。万岁不信，听小妃道来。"

双膝跪叫主公，俗语好你是听：百鸟不尊离巢凤，龙离大海遭虾戏，虎离深山被犬轻。天子离朝人不重，我劝你休要看景，惜江山且在北京。

万岁爷叫御妻，凤离朝百鸟依，虎离深山走平地，龙离大海还有水，君出深宫谁敢欺？私行游玩何妨事，我凭着齐天洪福，到处里有甚差迟。

国母说："你晓得那辈古人么？"万岁说："你不出三宫六院，晓得甚么古人？"国母说："听小妃道来。"

尊万岁听小妃，公子光原姓姬，王僚也是亲兄弟，只因要争王子做，千金聘了老专诸，刀藏鱼腹真奇计。天地间人情难料，好万岁休要执迷。

万岁爷笑言开，叫御妻休胡猜，放心稳坐何妨碍？天下宁静无兵马，八方太平那里的灾？处处有人把我拜。放宽心休要多虑，我散散心即早回来。

国母双垂泪，再三苦叮咛，莫要出朝去，恐防有灾星。天子龙眉竖，御面赤通红，拔出龙泉剑，亮开雪炼锋，拿过黄金箸，一剁两分平，谁人敢挡我，依律定不轻！

有国母跪当前，非是我把你拦，恐防失体人轻慢。万岁既然主意定，凭君走上焰摩天，谁敢再把君王谏。有句话叮咛嘱咐，看看景即早回还。

万岁说："御妻这话早在那里来！朕也不吃酒了。"驾回寝宫，身卧龙床。玉兔东升，龙楼起鼓，只听的更鼓齐忙，皇爷心绪撩乱。

一更里心绪焦，想山西睡不着，大同几时才能到？怎么样的一座宣武院，好歹私行瞧一瞧，人人说好想是妙。看一看果然齐整，住些时嫖上一嫖。

二更里睡不浓，龙楼上鼓咚咚，翻来覆去心不定。纵有龙床睡不浓，恨不能插翅出北京，一心无二去的盛。想山西连梦颠倒，眼前里就是大同。

那万岁翻来覆去，睡卧不安，强捱到三更，果然梦境遂邪，合眼就到了山西。牵着马进的城来，见人烟凑集，男女清秀，景致无穷。到了宣武院，果然妓女出色，人物标致，压赛仙姬，俊如嫦娥。那万岁心猿意马，难锁难拴，遂共乐一处。

三更里盹睡迷，梦阳台到山西。果然院中好景致，三千姐妹都齐整，一似仙姬下瑶池，温柔典雅多和气。夸不尽妖娆俊美，俊多娇赛过御妻。

众姊妹陪君王，观不尽好风光。龙楼画鼓催三撞，醒来却是南柯梦，捣枕捶床恨夜长，天交四鼓鸡初唱。万岁爷抖衣扒起，惊动了掌印的娘娘。

那万岁强捱了一夜，天交四鼓，抖衣扒起。国母说："天尚未明，万岁那去？"万岁说："趁着此时，好出京；天若明了，不好。"国母说："可知路么？"万岁说："江彬引路。"国母听说，怀恨在心，已知留不住他，叫宫官看膳来。万岁说："不用膳，看我那衣服来。"这皇帝家除了穿龙衣，可别穿什么？这万岁是个马上皇帝，最好私行游玩，有江彬做的行衣：青布衫，黄罩甲，绑腿，鞝鞋，檐边毡帽，皮鞓带，椰瓢，闹龙褡包。宫官将衣服拿来。万岁爷可扎挂起来了。

万岁爷巧扎束，穿上了青布衫，龙袍紧盖防人见。腰间穿上皮鞓带，闹龙褡包挂胸前，绑腿鞝鞋穿的惯。带上了檐毡大帽，打扮的像一个军汉。

万岁爷要起程，趁未明好出京，天子动了闲游兴。白银金钱不算账，赤金豆儿带一升，路上随便零星用。多拿些金银财宝，宣武院好去嫖风。

万岁爷扎点停当，叫宫官："你看我像一个什么人?"宫官叩头道："奴婢不敢说。"万岁说："但说不妨。"宫官说："赦奴婢不死，我才敢说。"皇爷说："赦你无罪。"宫官说："万岁像一个军汉。"万岁说："我不像个皇帝了?"宫官说："龙蛇难辨，谁可认的。"万岁大喜："牵我的马来。"这匹马是外国进来的日月骕骦驹，金鞍玉辔，外面使羊皮遮了。遂把马牵到分宫楼下。那国母携手揽腕，送出万岁前到分宫楼。主上说："御妻不可远送了。"

有国母跪埃尘，尊万岁要小心，路途凡事加谨慎。醉后休说朝里话，防备刺客有歹人，走漏了消息无投奔。到晚来早早宿下，休要住野店荒村。

万岁说："我晓的了，御妻请回宫去罢。"

有国母回了宫，万岁爷便起程，自己把马牢牵定。私出正阳门一座，江彬跪下呼主公，倒把皇爷唬了个挣。万岁爷低言悄语，江爱卿不要高声。

江彬说："臣候了多时了。"皇爷说："爱卿谨言，有人听见怎了!"江彬说："万岁请上马走罢。"

万岁爷上了马，鞭子打腿又夹，江彬跟随在步下。一心只上大同去，夹马摇鞭兴致佳，朝里军情全不挂。出城来走了数里，有江彬前来跪下。

话说那君臣两个出了北京，走了数里，江彬跪下道："臣不敢远送下去，臣有句话不敢说。"万岁说："但说不妨。"江彬说："万岁上山西，那黎民肉眼凡胎，谁认的是皇帝，但恐路途阻隔，臣有一个行票万岁拿着。"万岁自思：果然人离乡贱，物离乡贵。我出了门子，倒还不如江彬这小子体面。“行票在那里?”江彬取出,递与万岁,收拾停当,君臣作别,那万岁爷奔上大路。未知后事如何,且听下回分解。

第三回

使金钱乡人拿响马
拜御驾巡检受天恩

话说江彬回京,皇爷心忙意急,策马加鞭。

万岁爷去私行,驾离朝上大同,文武百官如做梦。一心山西去嫖院,酒店收了东斗星。有荣有苦前生定:时来了卖酒的六哥,苦煞了倒运的王龙。

却说那国母在宫中暗想:江彬哄驾出京,定要图谋江山。遂叫:“张永何在?”那张永龙帘以外叩头,口称:“国母唤奴婢那里使用?”国母说:“我想江彬这厮,定有篡朝的心肠。你领我这道密旨,把江彬拿来,打在刑部监里。万岁一日回来,一日放他出监。违旨者项上一刀!”

张公公心里焦,领密旨出了朝,江彬做梦不知道。指望兴心做皇帝,不想国母识破了,这场大祸从天掉。进府去不由分说,把江彬即时绑了。

这张永领了密旨,拿了江彬,送在刑部监里,回朝交旨,不在话下。单表的是万岁出了北京,一路上景致无穷:草芊芊,柳绵绵,荼梅架,牡丹颜,莺燕啼林外,蜂蝶舞花前,争翠的芍药舞,迎风的海棠翻，荒村无火桃喷火，野店无烟柳含烟，雁飞不到处，人被利名牵。

万岁爷离顺天，心里焦不耐烦，闲花野草无心恋。两程并做一程走，顿断丝缰又加鞭，恨不能插翅飞进宣武院。一路上心忙意急，前来到居庸高关。

万岁来到居庸关口，磕马径过。那把关的拦住道："长官那里去？"万岁说："过关。"那人道："谁不知你过关哩。你家里的门么，你走的这等大意？"万岁自思："这狗头瞎了眼了！真正是俺家里的门，竟不要我走！"遂说道："你不要我过去，有什么话说？"那人说："俺不是私意，俺有朝廷的明文，把守关口，留下税银，才叫你过去。"皇爷说："我那里有银子？"那人道："你没有银子，你是奉差的，该有牌票。"皇爷说："也没有。"那人大怒道："你的牌票、银子全无，你莫非是一个响马？这两日关前短了皇杠，一个也还没拿着哩。关上要紧，谁敢放你过去！你同我见见俺那官何如？"万岁自思："江彬曾说路上要紧，我且不信，果然是实。给我那行票，未知他体面何如。既到危急之处，少不的撒一个谎了。"说道："你不知我是江都督差来的，要上宁西查边，军情要紧，来的慌速，没带牌票；银子到有，迭不的拆封。你放我过去，银子也有，牌票也有。"那人陪笑道："何不早说！早知道是江老爷的差官，只该远接。"万岁道："你倒不怕皇帝，倒怕江老爷？"那人道："怎么不怕皇帝？那皇帝罢，他是在京里；江老爷差官往来常走，得罪了他，就叫俺有死无活！"万岁说："你讲的有理！我不怪你。"把马催开上的关来。那万岁自从四更天起身，无曾吃饭，肚中饥饿，欲待下马吃饭。那路南里有一个人就叫："老客，要吃饭来咱家。"万岁听说，下马进店。店家说："老客待吃什么？"万岁说："你有什么，尽数拿来罢。"

干烧饼拾一盘,咸果子黑菜篮,盛上一碗温水面。万岁尝尝不美口,少油缺醋又精咸,这样东西吃不惯。店主说想是你盘费短少,待要吃恐怕没钱。

那万岁听说,羞的面红过耳。

万岁爷面带嚣,伸龙爪解开包,取出金钱桌上料,五个好钱你拿去。王小拾起睁眼瞧,看见金钱唬一跳,浑身走了三魂号,灵山点了卯一遭。

那王小急跑到后房,叫声老婆子:"大祸临门,可了不的了!"婆子说:"怎么来?"王小说:"每日拿响马拿不着,响马来了咱家里了!"婆子道:"你认的么?"王小说:"古怪!进店来吃饭,嫌寒道冷,我造次他几句,他给我五个金钱。这小人家谁敢使?不是短了皇杠,就是打劫了王子,不是响马是什么?"婆子道:"贼不咬恩人,你将这钱还给他拿去罢。"王小出来说:"老客呀,拿着钱走罢。你亏了撞着我,你犯了法了。你这钱民间没用,是皇家东西。"万岁说:"祖祖辈辈都使的是这钱,没犯一遭法。"他两人争嚷,惊动了街房都来大叫:"王小,客的钱皮些收着罢,嚷的是什么,看坏了铺子!"万岁道:"我这钱是人家那钱的祖宗,他还不要哩。"众人说:"钱在那里?"王小用手一指:"桌子上不是。"众人都挣了。

街市人把眼睁,起黄色不像铜,霞光万道宝色重,两条小龙上边戏。众人看见唬一惊,汤着送了残生命。众人说真是响马,拿了他咱去请功。

那万岁见势不好,牵马就走。众人道:"汉子那里走!这两日关前响马短了皇杠,正拿不着。你使出这金钱来,莫不是响马?"万岁说:"我怎么就是响马?"众人道:"是与不是,你见见俺那老爷。"众人围绕,万岁在危急之处,不能走脱。城隍、土地着忙,有那巡检张敖，正在那凉床上盹睡，梦中神灵显圣。

有巡检是张敖，凉床上才睡着，城隍土地高声叫。休推睡里合梦里，不是怪来不是妖，北京圣驾前来到。醒来快忙救主，免的你项上一刀。

张巡检忽的醒来，吃一大惊，疑惑未定。忽然街里来报："老爷，有了响马了！"张敖说："怎见的是响马？"众人遂从头说了一遍。

张巡检把头低，口不言心内思，翻来覆去无主意。有心拿他当响马，适才一梦好蹊跷。这桩事儿非轻易，若还是朝廷老子，叫小官溺在磬里。

那张敖同众人来到街前，看那人打扮的像个军汉行持。合该那张敖的时来，遂大喝一声："众人休得无礼！只怕是老爷的差官。那响马短了皇杠，他还敢在这里买饭吃？"那万岁被那巡检一句话提醒了，遂说："我是江都督的差官。"张敖说："你就没有牌票么？"万岁说："你是什么人？"张敖说："我是这居庸关的巡检。"万岁说："有牌票。你不来，我不给人看。"张敖说："拿来我看无妨。"

取行票与张敖，一张纸红笔标，上边写着都督票。张敖看罢双膝跪，许多街里都告饶：老爷来时不知道。这些人肉眼凡胎，不认的休要计较。

万岁自思："他们有眼无珠，怎知我是皇帝。我有心待给他个利害，恐怕上不了山西了。"说道："你都是些小人，我不怪你。休说我是个差官，就是北京城的御驾降临，你得罪着，大人不见小人过，也都饶你了。"众人叩头，俱各散去。张敖说："长官到我衙门里吃杯茶何如？"那万岁肚中饥饿，将计就计，跟着他进了衙门，把门封了，让的万岁官厅坐下，瞧了瞧，双膝跪下。

张巡检跪案前，叫万岁将臣怜，肉眼不识君王面。万岁闻言唬一跳，森森的恐怕露机关，登时就把容颜变。平白的呼皇道寡，这巡检好像疯癫。

万岁说："你亏了撞着我，若是那样人，回朝对都督说，那江都督是朝廷近臣，驾前一本，就说居庸关巡检呼皇道寡，圣上恼了，发一路人马抄了满门，可不是弄假成真?"张敖叩头说："莫要哄臣，有神灵警梦与臣，才知圣驾降临。"万岁说："真果是实?"巡检说："不敢撒谎。"万岁道："你既认的我，不可走漏消息，若泄漏一字，全家听斩！你若谨慎，待我回来之时，好好带你进朝，封你个坐京的都巡检。"张敖听说，叩头谢恩。

张巡检谢龙恩，双膝跪拜至尊，驾临是俺有缘分。小臣见了皇帝面，免我三层地狱门，不受阴司阎君恨。万岁说：你不要胡言乱语，只要你谨慎小心。

张敖说："臣晓的了。"皇爷说："有什么饭拿来我吃。"张敖慌忙进上膳来。皇爷用膳已毕，即时起身。张敖牵马送下关来，前到了密松林边，君臣作别。未知后事若何，且听下回分解。

第四回

武宗爷过山遭渴难
云魔女送水动君心

不说巡检回衙，单表万岁急奔大路。

万岁爷奔红尘，风阵阵热难禁，千辛万苦言不尽。马踏河沙如鏊烙，小桥流水似锅温，苦煞朕当谁来问？一路上心如烈火，前来到旷野山林。

万岁爷饥餐渴饮，夜住晓行，一路无辞，前来到梅岭山下。抬头观看，山势险峻。

万岁爷进了山，睁龙眼四下观：有鸟乘凉枝头串，隐隐怪石如虎坐，弯弯枯木似龙蟠，左右都是深沟涧。看不尽山中的野景，巧丹青画不周全。

万岁爷带着那全副的撒袋，山路崎岖，木石交杂，不觉的浑身是汗，呼呼的气喘，火烧心肺，无计可奈。

受不尽热熬煎，口又涩舌又干，浑身遍体流香汗。五脏庙里失了火，热焰腾腾烧肺肝，眼前干的黄花乱。万岁爷思水解渴，惊动了玉帝不安。

玉帝正坐，见一股红气升天，便叫千里眼、顺风耳："你去打探一遭，看是何人受难，即速报来。"

千里眼顺风耳，看了看是武宗，恹恹害的难扎挣。慌忙回到灵霄殿，前后说知就里情。玉帝就把慈心动，叫一声云魔天女，要你去显显神通。

玉帝说："他也是辈人王帝主，须周济他才是。云魔女，差你下方去送水一遭。"仙女领旨，出了南天门，急驾祥云照梅岭来了。

云魔女下九天，一条担压香肩，打水三娘重出现。金莲动处腰肢软，担上山坡步步难，摇摇真似杨柳线。武宗爷堪堪渴死，看见水喜动龙颜。

那万岁正然思水解渴，忽见那打水女子，心中自思，我正要思水解渴，又不好叫他什么。勒马站在路旁，总不言语。仙女说："待我问他一声。行路的君子，你莫非待吃水么？"万岁说："正是紧用着了。”仙女说：“有水。只是无什么奉客，下马来，就这筲里吃些罢。”万岁说：“泼妇！这不是戏起我来了么？”那万岁跳下马来，把椰瓢摘下递与仙女，盛上一瓢来，那万岁一气饮干。这皇帝是个酒色之徒，吃了水不肯走，站在路旁，不转睛的上下前后看起那女子来了。

万岁抬头看，心里暗掂挠：虽是庄家女，却是玉天仙。乌云蟠龙髻，斜插凤头簪；秋波如绿水，两道柳眉弯；一点樱桃口，含笑不开言；袖中笼玉腕，裙底罩金莲。仙姬更无二，女中夺状元。万岁心迷了，难把意马拴，下腰推盛水，伸手捏脚尖。仙女只一躲，骂声村长官。万岁陪笑脸：大姐，我是合你玩。

云魔女不耐烦，骂一声村长官，欺心你把律条犯。既读孔孟诗书字，不达周公礼半篇，涎皮涎脸把奴看。不看你是个行路客，小厮来把你毛挦！

万岁自思：“他不认的我是皇帝，他若知道，跪前跪后，央我封他一宫，还不能勾。我把那漏八分的话，说与他听听。”

红了脸气昂昂，叫村女休装腔，谁着你来这井边撞？分明也不是个干净货。看上你眼就拿糖，谁没见你那姣模样！自估着容颜俏俊，还不如俺那扫地的梅香。

仙女暗说：“好昏君！他连这话都说出来了。谁不知你是皇帝哩？我自有道理。”

云魔女恶狠狠，骂一声贼强人，这等无礼不帮寸！青天白日山沟里，调戏人家良妇人。少死的村夫，该打一顿！饶了你流水快走，等人来打断你那懒筋！

万岁说：“不知你打手何如，光支架子。”一行说着，不觉的意乱心迷，一阵心慌。

正德爷跑过来，把仙姬搂在怀，慌忙要解罗裙带。三生有幸今朝遇，看上了眼你拿什么歪？人到了着急不怕你怪。云魔女使个手段，把万岁闪在那尘埃。

那万岁扑了一把，只听的耳边风响，眼前发花，忽的一跌，倒在尘埃。苏醒半晌，扒将起来，把眼摸了摸，也不见那女子了，也没有庄村了，左右都是坍塌了的无主孤坟。马寻野草，那椰瓢摔在路旁。万岁惊疑：这荒草野坡，多是妖精，假装人形来戏弄寡人。我若不是皇帝，就被吃了。那万岁牵马逃走，方才待走，忽听的空中有人大叫："武宗休走呀！"

云魔女起在空，在云端骂一声，你今错把心儿用。我是上方云魔女，领了敕旨下天宫，梅岭山下把水送。吃了水胡思乱想，你是个混帐朝廷！

万岁听说着，忙捻土焚香，望空祷告：小王有甚德能，敢劳仙女送水？异日回朝传旨，着天下盖下庙宇，塑下金身。那万岁拜罢，上了龙驹，扑大路前行。仙女上天交旨，不在话下。未知后事如何，且听下回分解。

第五回

私行主投宿问更
打柴儿杀鸡换妻

话说万岁过了梅岭山，山下有个周家庄，庄里曾有个周员外，仗义疏财，极其好善。他的夫人姓刘，生下一个儿子，名唤周元，字宗宝。自从员外故去，家业飘零，终日靠儿子打柴度日。也是天向好人，合该他时来运转。这日天色将晚，周元不见归家，刘夫人放心不下，巴着板门凝睛悬望。恰好万岁来到近前，抬头见个老婆婆，便说："夫人，你家有闲房，借宿一晚何如？"那妇人道："俺不是开闲房子的人家，我是幼儿寡妇，自己吃的没有，怎留下你？"一言未了，天降大雨。皇爷说："你不留我，如何避的这雨？"妇人道："不嫌我家里寒苦，就请进来罢。"

牵着马进门来，睁龙睛把头抬，屋墙倒塌门窗坏，炕上少席三寸土，炉内无烟又无柴。万岁一见没计奈，乍离了三宫六院，这去处叫人怎挨！

万岁看罢，无计可奈。妇人把马拴下，万岁只得在那土炕上就坐。不一时，刘氏提了一壶茶来，说道："长官，你吃一杯茶，暂且解乏。等俺那儿来，买些什么来你吃。"皇爷说："你那儿那里去了？"刘氏说："山上打柴去了。"这也是君臣该会的日子，道犹未了，这周元担着担子，就闯进门来。

放下担往里瞧，见个人甚蹊跷，头上带着个檐毡帽。撒脚不敢回头看，口中只说不好了，要军钱的汉子又来到。扯腿走像个乌鸦闪蛋，回头看似鲤鱼打漂。

这周元喘息未定，正撞着母亲刘氏道："周元你来了么？前头有客哩。"周元道："唬杀我！我只当是要军钱的。是那里的客？"刘氏道："是过路的长官，被雨截在咱家里。你去会他一会。"周元来到前头，说道："长官，作揖了。"万岁说："免礼罢。"周元说："长官，天黑了，你走不的了。宿是小事，只是我可给你什么吃呢？俺逐日打一担柴来，籴一升米，俺母子共用。夜来打的那担柴误了赶集，还没有后晌饭哩。"皇爷说："随便罢了。"周元说："还有一担柴钱哩，我去买几个馍馍来你吃罢。”皇爷说：“正好。”周元听说，回家拿钱，到了街上，买了几个馍馍，见了万岁说道：“长官，有了馍馍还没有就菜，我有一个媳妇，杀给你吃了罢。”万岁说：“诌我，怎么忍的杀人吃？”周元说：“是媳妇，可还没变过来哩。”皇爷说：“怎么没变过来？”周元说：“是我喂的一个母鸡，下了蛋来抱一窝小鸡，出息就拶个私囊，寻个媳妇。今日杀给你吃了，可不是杀了媳妇你吃了么？”皇爷说：“你杀了给我吃了，我还你个媳妇不难。”那周元急忙来到后房，从头至尾说了一遍。刘氏把鸡做了，周元送至前头。万岁用饭已毕，就说：“我乏了，收拾我睡觉罢。”炕上没有芦席，周元拿了个杆草来铺上，那万岁浑衣欹倒。不觉的夜静更深，恰才合眼，忽听的梆铃一派响亮，万岁醒来，顿足捶胸。恐君不信，后有小词为证：

一更里月朦胧，合煞眼睡正浓，梆铃惊醒了南柯梦。没有宫娥来打扇，小屋无风热似笼，扇儿摇着似千斤重。也是我为君的不正，原不该私出了北京。

二更里月儿高，合煞眼睡不着，蛇蚤咬的心焦燥。乍离龙床鸳鸯枕，土炕上无席铺杆草，半头砖又垫上檐毡帽。这是我为君的不正，寻思起自己错了。

三更里月正圆，在外人好孤单，虫声叫的人心乱。刚才梦在龙床上，佳人倒凤又颠鸾，醒来却在荒村店。也是我为君的不正，原不该私出了顺天。

四更里月儿歪，听檐前铁马筛，声声聒的魂不在。白日里奔波还好受，黑夜凄凉好难捱，前生少下孤单债。这是我为君的不正，失主意走出京来。

五更里鸡报晓，星儿稀天明了。周元起来把爷叫：我今要上长街去，不得送你休计较，老客请起登古道。想是你军情紧急，你的事休要误了。

周元自思："今日给那长官什么吃？不如我早着些叫他走了，我好上山打柴。"周元说："长官，你起来罢。天明了，你还不走，等什么哩？误了我早去打柴。"那万岁起的身来，取出一锭银子来，说道："周元，你拿去当饭钱罢。"周元道："长官差了。俺不是做买卖的人家，不要银子。"皇爷说："我自来不好干吃人家的东西，你既不要，我有道理。你这里隔着什么城近？"周元说："没有城。"皇爷说："今夜怎么梆铃几乎聒杀人？"周元说："你不知道，那是后庄里曹老爷家打更。"皇爷说："那个曹老爷？"周元说："就是那做三边总督的。"皇爷说："哦！是曹重么？"周元说："你风么！曹老爷知道，拿了你去，豁口子加墙板。"皇爷说："怎么讲？"周元说："可就打杀了！"

曹老爷还体情，那别爷更不通，县官拿着当奴才用。耳软光听下人的话，真是一个糊突虫。管家还比主人胜，一个个鹰头鳖耳，酷像是做了朝廷。

皇爷说："这厮恁么利害！我且问你：他家有多少人口？"周元说："曹老爷，曹奶奶，曹小姑。"皇爷说："那曹小姑多大年纪？出嫁么？"周元说："还没哩。"皇爷说："我把曹小姑来给你做媳妇，何如？"周元说："不敢，不敢！曹老爷利害，昨日上山打了一担柴来，他说是割了他的山场了，把我拿去吊了一夜，亏了俺娘跪前跪后的，才饶了我，谁敢惹他！"皇爷说："有我不妨，那是我家支使的小厮。"周元说："我不信，我不信，他是一个大官，倒给你这长官支使？"皇爷说："我哄你呀，我合他是个朋友。我写个帖子给你，拿去给他，量他几石粮食来给你娘们吃，好呀不好？"周元道："只怕你那帖子不准呀。”皇爷说:“你拿笔砚来使使。”周元听说,把笔砚墨纸拿来。万岁自思:我写书给他什么是显验?万岁脱了那鞡鞋,把那裹脚裂下一幅来。周元看见,吃了一惊。周元说:“长官,你这裹脚上不是蛇么?”万岁说:“这是故事。”把书来写的停当,遂说道:“我若去了,你可送给曹重,他自然看顾你。”周元说:“他发作了着呢?”皇爷说:“我教两句话给你,到他门上,你可吆喝着说。你就说:我有一封书,晓谕曹重知:北京一长官,宿在我家里,吃了一顿饭,用了一只鸡。你家曹金定,相配为我妻。你若不依允,就是造化低;你若从下了,赏你一领大面皮。”

万岁爷把话教,小周元唬挣了,三魂七魄出了窍。面上土色瞪着眼,手脚猖狂身子摇,声声只把长官叫,是俺达复生跳起,活活的把俺送了!

周元说:“不好不好!你不送了我了么?”皇爷说:“有我哩。”周元说:“怕的有你没了我了!”皇爷说:“不妨,我有一点薄体面。”周元把书收了,皇爷就要起身。

万岁爷要登程,子母们来送行,周元把马牵牢定。嘱咐那周元休当戏,千金难买书一封,小小体面颇堪用。早早的将书投上,子母们无限的峥嵘。

万岁爷催马去了,周元母子商议。刘氏道:“我儿你去,他若是朋友,他不打你,替他问安。”那周元果然依着那长官的话,拿着战战兢兢的来到后庄,站在大门首便说:“门上的替我传传,有老爷的个朋友,留得一封书在此,还有许多话要面说的。”那看门的听的说老爷的朋友,不敢怠慢,即忙禀于曹重。曹重说:“跷蹊!今夜梦见圣旨到来,这事有些古怪,快把屏门开了。”那周元见开了屏门,慌忙进去,见了曹重,磕了一个扁头。那万岁教他的话,也不敢说,只把书来递与曹重，心里战战兢兢的，恐怕发作起来，那眼不住的瞰那路径，若有动静，好跑他娘的。只见曹重急忙把书接下，仔细观看。有诗半篇："闻的你家女儿好，提他嫁与周宗宝；若问月老是何人，北京皇帝朝廷老。"曹重看罢，将书悬起，倒身下拜。

曹老爷拜圣言，喜坏了小周元，休说长官无体面，一块裹脚嗄要紧，见了磕头礼拜参，跪在地下如捣蒜。曹老爷官职不小，倒怕这一个军汉。

曹老爷拜罢道："你给谁下的书?"周元道："是北京一个长官。"曹重道："你认的他么?"周元说："不认的。"曹重说："那是北京皇帝。"周元说："错了，早知他是个皇帝，我留他在俺家里，一辈子不怕人。"曹重说："他封了你官了。我家曹金定与你为妻。"周元说："不敢，不敢！给我二斗粮食吃着打柴罢。"曹重说："你以后不用打柴了。"吩咐左右："给他把衣裳换了罢。"

还是那旧周元，换新衣另一看，村头穷脑登时变。乍穿着尺头不大紧，身上闷痒似虫钻，霎时拿把的通身汗。新学着作揖唱喏，好一似猢狲钻圈。

周元前厅坐下，那曹重来到后堂，合马夫人商议。夫人道："我这么一个女儿，就给了周元！"曹重说："妇人家你晓的什么！违背圣旨，全家该斩！"那夫人听说，即速上了绣楼，将小姐打扮。曹重吩咐抬下香案。

小周元起拜着，看小姐赛嫦娥，头晕似在船中坐。他是天上的神仙女，汤他一汤就造化多，头皮薄敢说将他摸？饿老鸱时来运转，一把儿抓住天鹅。

二人拜完天地回房，曹重差了两个家人，去给刘氏道喜。却说刘氏在家，见他儿子去了多时不回来，心中甚是挂念，说道："想是俺那不会说话的冤家，得罪着那曹老爷家。没影的下了一位客，宿了一宿，吃了一顿饭，见没问他要钱，他就没的揪作揪作，就写了一个帖子，给那曹老爷，着他给俺两石粮食吃。我就短了一句话，没嘱咐他到那里略问他要要，他不给，就回头去罢了；俺那冤家指着个帖子，合圣旨呀是的，仔管问他要，想是要的发作了，打他呢！我出去看看的。”刘氏正走到大门边，手扶着那门，叫了一声小周元：“这么晚还不来，必定是吃了亏了！”

瓮里米没一升，打一顿来家中，吃着什么去养病？心下踌躇还未定，来了二人跑的凶，倒把刘氏唬了一个挣。多管是打了儿子，拿我去还要找零。

只见二人跑将进来，看见刘氏双膝跪下。刘氏慌忙拉起说：“大哥们折罪杀我了！”那人道：“奶奶喜事临门！你家里宿的是皇帝，封了你那儿一个官，合俺家小姑娘配为夫妇了。叫俺来报喜，还嘱咐不要走漏了消息。”刘氏听说，又惊又喜，又是着忙。二人去了。刘氏回家，满斗焚香，拜谢天地。

谢天地满斗香，又是喜又是慌，浑身不知是怎么样。我儿模样也不丑，只是手足太村帮，咱合小姐配不上。叫姑娘还怕不理，做个梦敢着他叫娘。

刘氏拜谢天地已毕，曹老爷差着小厮丫头，把刘夫人抬进府来，母子们享受荣华，不在话下。再说万岁登程，未知后事如何，且听下回分解。

第六回

十字街闲游子弟
孤老院戏嫌君王

话说万岁别了周元，走了多时，来到一道山岭，见了许多的人，拿着锨镢修路。那万岁不知是做什么的，遂问道："你这些人修路为何？"众人说："长官，你不知道么？我说与你听罢。"

修路的官票是老江。北京城里浪荡皇，听说他要出来撞，三宫六院娇娥女，陪着自在何等强。这个皇帝精混帐，只管他闲游闷耍，那知道百姓遭殃！

万岁说："你好大胆，敢骂皇帝！"众人道："隔了这么些路，他那里有驴耳朵怎么样长，他伸过来听听，就知道是俺骂他？"万岁自思：好没要紧，问了问他，就惹的他骂了这么些。我待加罪与他，他乃是乡民无知。自古道：背地里骂皇帝也得骂。这也是我自惹其祸，好没要紧。便笑着问道："那是往大同去的路径？"众人说："山下头有一座石桥，桥西头有两条路，南股正冲着大同府的去路，到东门还有三十五里。"万岁听说，提辔就走。

万岁爷没打撒，待问他做什么，好好惹了一场骂。下的山来往西走，看见大同城里塔，十里听的人说话。勒住马抬头远望，踌躇道问问不差。

那万岁正走，看见了城池，勒住马问那行路的人："这个是大同府么？"众人道："正是了。"万岁听说，打马进城来了。

行走着来到了，城墙下好深壕，红莲绿水重杨罩。心忙不看城外景，闯进城来四下瞧，三街六市人烟闹。果然是男女清秀，一个个异样风标。

万岁进的城来，见男女清秀，人烟凑集，果然好景。按下万岁不表，却说这大同府有两个乡宦，生下两个儿子，唤做张王二舍。先人故后，撇下无限产业，不安分读书，光好结交光棍，狐群狗党，专好吃酒赌博。一日在酒楼上饮酒中间，王舍说："张大哥，咱在这酒楼上吃酒，好不闷的慌！依着我说，咱上那十字街前，打扫干净，摆下桌酒，或抹骨牌，或打双陆，引的好耍的子弟上了咱的当，哄他几两银子，咱好花费花费，好不好？"张舍说："妙妙妙！"

二子弟下楼来，前来到十字街，排下一桌酒合菜。二人拍手哈哈笑，咱今吃个大开怀，巡杯换盏流星快。他两个轻狂卖弄，行酒令又把枚猜。

按下二人饮酒，再话说那万岁来到十字街前，看见张王二舍在那里打双陆，遂下马来站在旁边观看。本府城隍恐怕万岁有失，叫大小鬼使，快去十字街前，保护圣驾。不一时，那五花琉璃鬼、青头赤发鬼、没要紧的瞎仗鬼、门后头的壁墙鬼、不干好事的促狭鬼……众小鬼们直到街前。那张舍拿起骰子来要一个六，却掷了一个幺。那万岁看馋了，不觉的说出来了个六。大小鬼听的万岁叫六，就翻过来了。张舍遂赢了十两银子。张舍道："这长官帽破衣残，到是极好的口才。分明是个幺，说六就翻过来了。长官休走，等着我给你二钱，你买顿饭吃。"那万岁是一朝人王帝主，眼中可那里有这二钱银子，万岁不答。王舍道："你这个花子，放着路不走，来这里溜和溜和的！你只等溜顿皮捶，你才息了心！"万岁道："你待打谁？只怕石头钻的鼓子不中打，籴的二升秕芝麻打了没油水。”那张舍满脸陪笑，说道：“这个兄弟不知道什么，得罪着你，万望长官容恕，我管陪情。”万岁被张舍抚恤了几句，也就渐渐的消了怒。王舍道：“张大哥，只是便宜了那花子，若是小厮们凑集挑挑嘴，就把他毛来挦一个净！”张舍道：“休惹祸。”王舍道：“他除非是个皇帝。”张舍拉着王舍上酒楼去了。

万岁爷发玉言，那朋友请回还，捣盅寡酒也没的干。我虽人家不太大，生平赌博不疼钱，一半两银子也看不见。咱不过闲暇无事，我合你玩上一玩。

皇爷说：“二位，我合你玩玩。”张舍道：“你那里的银子，敢说合俺玩玩？”王舍道：“张大哥，这花子不知好歹，叫咱合他赌，咱回去合他赌赌，赢他几两银子添梢。”张舍道：“好眼色！披着蓑衣吃麻糁，不看吃的看穿的，浑身衣服不值一个低钞，赢他命么？”王舍道：“你没眼色，他那一匹马不值好几十两银子么？”张舍道：“也是。”二人回来，望着皇帝唱了一个大喏，说道：“长官，你待玩玩，俺可玩的大，方才没见一帖是十两？没的长官就玩不起百十两银子么？只怕你输了没甚盘费，每帖三钱何如？”皇帝说：“在你随便。”三人坐下打双陆，两人是一个心，要赚万岁的龙驹。

忙端过骰子盆，双陆马两下分，二人点子总不顺。万岁呼嗄就是嗄，两帖赢了六钱银。张王二舍心不忿，往常时显著你我，把双陆输与别人。

万岁赢了两帖，张舍道：“我说你不要合他玩，这不被他赢了？”王舍道：“赌钱避不的输赢，光赢人谁合咱赌？”张舍道：“输给个好人罢了，被这花子赢了，怎么见人？”王舍道：“南京城里沈万三，泊头北里枯树皮，闻的名，树的影，谁不知你我？发一个慈悲，着他拿了去买酒买饭,济他受用;没有我的口号,他若是动动我这银子,锔子匠不钻眼,生钉这狗头!”张舍道:“长官原来是玩,休动这银子。”

二子弟气狠狠,说长官你不认人,你来大同捎捎信,宣化府里数着俺,俺是大老爷家二代孙,吃酒赌钱打光棍。叫长官把银子留下,动一动这拳头无亲!

万岁说:“没见你那打手何如,先说你那不出门子的好汉吓人。我要说出我那家乡居住,你只是搬了罢。”王舍道:“你在云雾里往来,你说的都是云彩眼里的话。”万岁道:“人不说不知,你且站住,我说与你听听。”

武宗爷怒生嗔,骂二位太欺心,你去北京问一问,庄上主管无其数,出名的总管一大群,我是天下头一条好光棍。不是我夸句海口,恼了时抄你的满门!

二人道:“哈!你是皇帝么,能抄人?”万岁说:“虽不是皇帝,却也合那皇帝邻墙。我往常时,上无片瓦盖头,下无寸土立足。那一日撞着正德,他说,你这么一个人,就无栖身之所,跟我来给你一间屋住。他那皇城西里给了我一间住着。那皇帝他每日里抄人,我就学会了。”王舍道:“张大哥,这长官说话有些京腔,风里言风里语的,都说万岁爷待来看景呀,咱两个福分浅薄,也会不着那皇帝,只怕是出来私行的官员,今日得罪着他,回朝上本,可不抄了咱么?”张舍道:“不是就是响马,若是得罪着他,咱可休出门子。设或路上撞着,可成了冤家路窄了,漫洼中夹夹马赶下咱去,飕的一箭,嗤的一声,一刀可就杀了咱了。拿着细丝纹银合他惹仇家哩!”张舍道:“怎么处?”王舍道:“我有道理。”遂秉手当胸叫道:“老客,你不要恼,俺两个相处朋友,不论生熟,好调寡嘴。那六钱银子你拿了去罢。你的双陆掷的高妙，有心待请你到舍下来求教一二，天又晚了，来日相会罢，请了。"

二子弟打下躬，叫长官你是听：你的双陆比俺胜。白银赢了六钱整，当与长官来接风，权当写了奉申敬。万岁说有劳二位，陪我到宣武院中。

二人听说，那鼻子里就嗤了："这花子这么不识抬举，咱混他一混。长官，你待上宣武院里投亲去么？"万岁说："好剁鲊的戏弄我寡人么！该死狗头！"遂没好气的说道："没有亲。"王舍道："没有亲，去做什么？"万岁说：

住家乡在顺天，我是个穷长官，闲来山西把心散。外闻贵处姐儿好，寻个婊子玩一玩，不知那是宣武院？你二位陪我走走，穷军家自然不干。

王舍道："这花子除赢了咱的银子，还着咱陪他，我嗤他往孤老院里走走何如？"张舍道："极妙！"王舍拱手道：

不拢过陪你嫖，叫老客休计较，我今对你说院里的道。俺俩明日携盒酒，竟上院里望一遭，旁人看见才荣耀，都说是长官体面，张王舍都合他有交。

皇爷说："多蒙厚意。那里是去径？"王舍道："顺大街往北走，转过隅头向东一座木牌坊，路北里新盖的大门楼，那门上有匾，匾上有字，字字写的明白，那就是宣武院。"万岁听说，心中大喜，上马去了。未知后事如何，且听下回分解。

第七回

呆万岁孤老院寻妓
乖六哥玉火巷逢君

话说张王二舍哄的万岁去了,在那街前拍手大笑。

好计谋自家夸,自在的笑哈哈。这两行子没造化,朝廷在前还不识,顺着口子光瞎吧,顶着蒲笠似天那大。古丢丢死还不觉,呲着牙喜的是什么?

那万岁骑马顺大街前行,转过街口,果然有座木牌坊,路北里瓦门楼,上挂着牌匾,那牌上是“养济院”三字。万岁进院的心急,没往上看,光见了一个院子。万岁下马进去,也没见那好姐儿,都是些苍头白发,有纺棉花的,有纳鞋底的,有补补丁的,拿虱子的,洗铺衬的。万岁暗骂:江彬砍头的,哄了我来!你说三千名妓,压赛嫦娥,这就是样子了么?那好的还在里头哩,恐怕风吹日炙晒黑了,我进去看看。

进院来细端详,见了些女娥皇,个个都有五十上。口里没牙眵糊着眼,东倒西歪晒太阳,通然不像个人模样。破衣服赤身露体,碜杀我好他那脏娘。

那万岁正往里走,从里头出来了一个老汉,说道:“长官,你来院里做什么?”皇爷说:“我来耍耍。”老儿道:“你会耍刀呀,是耍枪?耍把戏,弄傀儡,说快书,唱道情,你去上那十字街前,耍给人看,挣几百钱好买嗄吃,你来这里耍,可给你什么?”皇爷说:“我来看看。”老儿说:“你来看亲么?”皇爷说:“没有亲。”老儿道:“可有朋友么?”万岁道:“合你这忘八做什么朋友?我对你说,我来找个婊子玩玩。”老儿大怒道:“你铺着扁担盖着带子睡来么?你这不识时务的货!耍婊子可没有,不弃嫌,有孤老哩,给你几个耍耍罢!”万岁说:“好哇!我来嫖婊子,不想撞着孤老窝里来了。”万岁又道:“你是谁家的孤老?”老儿道:“谁家给俺饭吃,就是谁家的孤老。俺吃的是皇帝家的俸粮。”那万岁听说,才知道是孤老院,羞惭满面,无言可答。低头一计,便说道:“我是江老爷的差官,来这孤老院里查查,年老的许他吃粮,若是年少的赶出院去。”老儿听说,磕头在地,道:“小的不认的是差来的老爷。”皇爷说:“我不怪你。我要进宣武院,坐落那里?”老儿道:“出门向西走,转过隅头向北,那西巷里坐北朝南,景致无穷,王孙子弟有钱的,往那里去乐。”万岁听说,牵马出院,羞愧难当。一时觉的身体困乏,寻思道:“我暂且找一店房歇息半日,叫店主送我进院,有何不可。”那万岁寻找店房,且说这玉火巷店家李小泉,有个走堂的小六哥儿,他是东斗星临凡,合该他时来运至,这大同城里不知有多少酒肆饭店,万岁爷正眼不理,一骑马竟进了玉火巷来了。

牵着马寻店家,吃酒饭解解乏。走堂的高叫来咱家罢,暖阁楼房高大厦,圈椅方桌好细茶,酒果饭食都减价。北京城官员过往,那一个不来咱家!

那六哥正在店房,忽听的銮铃响亮,跑到门前,看见万岁,慌忙笼住龙驹,就说:“老客里边下如何?”六哥他:

一见皇帝面,和颜悦色添,向前拢住马,话儿比蜜甜,老客咱家住,三生结下缘。不是小饭店,东西尽皆全:肉包蘸着蒜,碗那大食团,雪白稻米饭,火烧是水煎,鸡汁水花面,只要八个钱。若要候朋友,摆酒不费难,南菜咱都有,海味件件鲜,烧酒壶又大,黄酒苦又酣,双陆合棋子,闷了有丝弦。钱不论好歹,银子九二三,无钱且上账,过日随心还。高房又大厦,马棚数十间。万岁心里喜,牵马到里边。六哥拴下马,向前问事端,扫地只一躬:"长官是那边?"皇爷道:"你是问的我,北京蓝旗官,家乡也不远,居住在顺天。自小油滑无能干,江都督手下做差官。今日路过大同府,专到宁夏去查边。"

六哥道:"早知是江老爷的差官,就该远接,接的迟了,万望恕罪!路远山遥,鞍马劳困,多有辛苦了。"这六哥也是福至心灵,神差鬼支,使的着他奉承了几句话。那万岁大喜,暗暗称奖道:"人不在大,马不在小,果然是实。我自离了北京,一路见了多少人,没人问我个辛苦;这小厮不上十五六岁,偏知道我的辛苦。我自不亏人,问他问是什么姓名,久后回京,封他一官半职,也是他问我辛苦一场。"皇爷说:"小伙贵姓?"六哥说:"不敢,愚下姓尹。"万岁道:"城里人家孩,读了二年书,就会说愚下。你的尊讳?"六哥说:"我没有名字,家父养活了我兄弟六个,我是个老生子,排行叫六哥。长官路上困乏了,我烧些水来,你净净面好吃茶呀。"

净面汤一铜盆,献过来花手巾,细软肥皂多清润。老客一路多辛苦,铺下床儿放放身,休歇休歇眼不困。小六哥乖滑伶俐,万岁爷件件随心。

那万岁吃茶已毕,六哥将楼房扫除干净,拿了一个坐来,说道:"老客请坐,我取饭来你用。"

小六哥笑颜生,叫老客你从容,待吃好物我管奉。又有合汁又有面,新出炉的热烧饼,肉包火烧随心用。一路上千辛万苦,拿酒来先吃几盅。

六哥道："你会吃酒么？"万岁道："我乃是天下吃酒的祖宗头。"六哥说："你是吃酒的那头，我就是卖酒的那头。"万岁说："你这小厮卖了多少酒？"六哥说："老客，我说这话你休怪俺，这一年抛撒的那酒，也勾你吃一辈子的。"皇爷说："你有什么好酒？"六哥说："休问我那好酒，你来霎就没见我那酒望上写的对子么？"皇爷道："你拿来我看看。"六哥把酒望取来，递与万岁。万岁接来观看，上写着："隔壁三家醉，开坛十里香。酒高壶大，现银不赊，霸王吃酒要现钱，张飞没钱剥下靴。"皇爷说："这小厮好利害！霸王平分天下，张飞是三国忠臣，要钱罢了，就许你剥靴！待我耍他一耍。"遂说："你这话头不好，我给你改了，情管生意大快。"六哥说："你给我改了，挣了钱来孝敬你老人家。"万岁说："不难，拿笔来。"万岁爷一笔到底，六哥看了看，改的是"也漫说那酒高壶大"，第二句是"清香赛过屠苏"。六哥道："是怎么讲？"万岁道："这屠苏是古时美酒，你那酒比他还强。"六哥大喜道："好口才！好口才！"皇爷又题道："色比葡萄才半熟，插上杨梅同做。"六哥道："这又是怎么讲？"万岁说："这两句是说你那酒的颜色好，红通通的，就像那半熟的葡萄，加上那杨梅一样的娇嫩。"六哥说："妙妙！"皇爷又写道："行人也不来饮，邻里也不来沽，一年只卖两三壶。"六哥大怒道："这不坏了么？休写罢，卖不的还好哩！"万岁说："你休要发燥，你看下句：剩下的却晒好醋。"

六哥儿心里焦，叫老客你把我敲，几般好酒你不知道。我有七十二样酒，见样拿来你瞧瞧。品品不好往当街倒，从今后不开酒店，说声薄把壶贬了！

皇爷说："你有什么好酒，说来我听。"六哥说：

时黄酒合春分，状元红蜜淋噙，镇江三白颜色俊；寻常就是白干酒，每瓶只要一钱银。老客不必你多心问，还有那黄菊高酒，每一瓶二钱纹银。

皇爷说："你拿黄菊酒来我吃罢，那混帐酒我吃他不惯，情愿多给你价钱。"六哥说："老客既要吃好酒，我去拿的。"跑下楼去，叫掌柜的把原封好酒装上两壶，提到楼上，满斟一杯，递与万岁吃了一口，果然好酒。万岁开怀畅饮。那六哥满面悦色，无不奉承。六哥道："我卖酒这几年来，再没见个会吃酒的，你真是天下吃酒的祖宗头。"万岁说："好酒！你拿那望布来，我给你另改了你好卖。"六哥说："吃酒罢，不要改了。"皇爷说："不妨。"六哥把望布拿了来，万岁提笔在手，上面题【西江月】一首：春夏秋冬好酒，清香美味堪夸。开坛十里似莲花，八月闻香下马。洞宾留下宝剑，昭君当下琵琶。刘伶爱饮不回家，好酒哇醉倒西江月下。

万岁爷笑颜开，叫六哥你过来，有了好酒要好菜。卖饭不怕大肚汉，好物济数都拿来，除了要钱有何碍？小六哥满心欢喜，这长官仗义疏财。

六哥说："你待吃菜么？"皇爷说："寡酒难饮。只怕你店里没有好菜。"六哥说："只怕你无钱。休说是你，就是北京城圣驾降临，俺摆个御筵也摆的来。"皇爷说："你就拿着家当比那北京皇爷么？我从来没见御筵，你就摆一桌罢，我正不待吃那混账东西。"也是他君臣投意，六哥急忙走下楼去，叫一声掌柜的："楼上客吃了足色好酒，又要足顶好菜哩。咱给他吃不给他吃？"李小泉说："我不管你。那闯江湖的调喉舌、弄寡嘴骗子极多，给他吃了有钱极好：若无钱，他吃了，有扒肚的御史么？待要的慢了，又折本；待紧了，坏了咱店里门市。吃与不吃我不管。"六哥说："狗脂！他若无钱，我认着他我这一年工价，也该二十多两银子，也还管他一顿饭哩。"

小六哥整攒盒，松子榛仁把皮剥，柑橘酥梨摆几个；羊肚松伞沙鱼翅，猴头熊掌共燕窝，件件齐整看的过。休说将这长官款待，皇帝老待吃什么？

六哥整了一桌酒菜，抬上楼来。万岁一见，满心欢喜。

安排的甚均匀，端上来香喷喷，盘碗鲜明颜色俊。肥豚笋鸡天花菜，鲥鱼鳆鱼共海参，还有蘑菇合香蕈。万岁爷满心欢喜，缺少个作乐的佳人。

万岁见那酒食美味，任意取乐，但少个佳人陪伴，遂把那六哥唤来，叫他往宣武院搬婊子。未知六哥去与不去，且听下回分解。

第八回

六哥筵前夸妓女
万岁楼上认干儿

话说那万岁饮酒中间，叫道："六哥靠前来！"六哥寻思道："你这京花子无廉耻，哄我近前来有什么话？"说道："老客有什么话说罢。"

万岁笑道："你知有三般景致么？"六哥道："那三般？"万岁道："羽州的城墙，大同的教场，宣武院的姑娘。"六哥道："羽州的城墙听的说，可没曾见；大同的教场也不为景，倒只是大就是了，有九顷一十四亩，天下的人马聚集，一年两操；只有宣武院的姑娘，果然艳色出奇。"万岁说："果然是实？你给我搬一个来陪我，何如？"六哥说："你就是猴子扒竹竿，一节一节的来了。进店来住了好房子，吃了好酒，又吃好菜；好酒好菜都吃了，又格外生事，又要个作乐的佳人陪伴。只怕你没钱,你搬婊子,可是要省钱的,要费钱的?”万岁道:“省钱的不知要几千?费钱的不知要几万?”六哥道:“省钱的店前有极好的招牌,只是底板沉些。”万岁道:“你实说罢,我是夯人。”六哥道:“模样极好,就是脚大些。”皇爷说:“你把好的搬一个来玩玩罢。”六哥道:“我先说说你听听。”

宣武院姐儿多,无名的数不着,有名略表十数个:金玉银玉天生俊,爱爱怜怜都差不多,素娥月仙也看的过。这还是寻常的艳色,有两个赛过嫦娥。

万岁道:“什么名字?”六哥道:“一个是赛观音,一个是佛动心。”万岁道:“怎么样的两个人儿,就敢起这个名字?”六哥道:“这赛观音有说,这佛动心有讲。赛观音是老鸨子寻的,长到十二三,扎挂起来,甚是风流。子弟们看了,都说合观音相似的,老鸨子绰号那点口气,就叫做赛观音。”万岁道:“那佛动心呢?”六哥道:“他是扬州人氏,姓刘,父母双亡,从七八岁他姑娘卖他在院里,温柔典雅,体态轻盈。众人夸奖,就说老鸨子你的时运来了,你家二姐,活佛见了也动心,就叫起来了。若见了他时,就像那二月二的煎饼。”皇爷说:“怎么讲?”六哥道:“就摊了呢!”皇爷说:“怎么样的艳色,说来我听听。”

单表起佛动心,满院里他超群,金莲小小刚三寸。弯的是眉儿,乖的是眼,俊的是模样,俏的是心。寻常不肯合人混,这妮子拿糖捏醋,看不上公子王孙。

皇爷说:“一身难嫖两个,你把那赛观音搬来我嫖嫖罢。”六哥说:“你来的晚了,接了客了。说起那客来,有他坐的去处,还没有你站的去处。”皇爷说:“瞎话!你说是那里的客?”六哥道:“是王尚书的公子王三爷,名唤王龙。你敢叫他的婊子!他若恼了,送到你县里，打你顿板，还给你个作道哩。”皇爷笑道：“只有我打的人，人再治不的我。但只是赛观音既接了他，我也不合他争，你搬那佛动心来陪我罢。”六哥说：“六月六的豆腐，陪不的了。”皇爷说：“怎么陪不的了？”六哥道：“你不知佛动心不接凡人。当初有个暹邋给他算卦，丫头先合他说，俺二姐姐极爱奉承，到那里哄他二两银子，咱俩好分。那暹邋果然有天无日头的，说他有一宫皇后之命。那瞎刀子扎的哄了银子去了，那皇帝那狗头也不来了，哄着二姐今日等皇帝，明日等皇帝，到如今还守寡哩。”皇爷说：“你这小厮反了么！你敢骂皇帝！”六哥道：“他在北京，他就知道我骂他哩。”皇爷说：“不必多嘴，你快去搬了他来。我不肯空支使你，我给你十来个钱，你做身衣服穿。”六哥说：“休说做衣服，就买几张刚连纸来也不勾糊一身衣服的。”皇爷道：“一个钱还用不了。你不信，我先给你看看。”

万岁爷龙心欢，褡包里取出钱，十个就是二两半。若是搬的二姐到，给你做领红布衫，冷天穿着好体面。常言道天不支使空人情，管我打发你个喜欢。

那六哥接着金钱，跑下楼来，误误挣挣的叫掌柜的拿戥子来使使：“长官叫我去搬佛动心，给了我十个钱，我称称。”小泉道：“几辈子没使钱了，拿着几个钱这么亲？十个钱还要戥子称着使。”六哥道：“你枉做买卖一辈子，老的牙都白了，曾见这样钱来么？你看看何如？”掌柜的接过那钱来，看了一看，霞光万道，瑞气千层，吓的半晌无言。

接过来耀眼明，掌柜的唬一惊，这人不是小百姓；不然是个真强盗，宝藏库里剜窟窿，或是短了天朝的贡。若是你的发了，葬送你小小残生！

六哥说："只怕不给我哩，若给我几千，我化成金子，换了银子，可不财主了么？"六哥提着酒上的楼来，满斟一杯，递于万岁，就深深的唱了一个大喏，谢了又谢。一霎叫大叔，一霎叫爷爷，喜的前跑踢、后跑踢的。万岁道："你爱那钱么？"六哥道："谁是背财生的！我每日卖酒，也见银子来，也见铜钱来，可没见这金钱。"万岁说："你既爱我这金钱，我合你认门亲戚罢。等我那小厮们来时，多给你几串，强似你起五更、睡半夜的卖酒。"六哥道："金钱好使，亲戚难认。不弃嫌，合你拜个兄弟何如？"皇爷说："折的你慌了！"六哥道："你待嗄是个皇帝，叫人兄弟就折杀了？"皇爷道："你若爱我金钱，斟上三杯酒，跪在楼上磕二十四个头，叫我三声干爷，我认你做干儿罢。"六哥道："羞人答答的，看人笑话。"万岁道："你若不从，难得我这宝贝。"六哥道："也罢，这楼上无人见，就叫他三声爷，哄他几串金钱，谁待爷长爷短的跌歇着口子常叫他哩。没有金钱出上，我就不叫他；若是有金钱，还有叫人祖、叫人宗的哩。"那六哥斟上了三杯酒，跪在楼上，口称："干爷，我认了你了。"

小六哥斟上酒，跪下去磕个头。也是前生缘法凑，万岁一见心欢喜，叫了一声我儿流，爷们说不的寻常厚。只要你用心孝顺，我分给你顷地犋牛。

万岁心中大喜，说道："好个龙虎山上张天师，他算朕当乏嗣，半路里拾了一个干殿下，果如其言。"

万岁爷笑颜开，我的儿你起来，前生有福把我拜。咱们不在一人下，体面也还撑的来，说声做亲还有人爱。我给你寻个媳妇，治几件霞帔金钗。

万岁道："六哥儿你耐心，等待我给你做领红布衫。"六哥自思：可出了丑了。俺干爷不是个轿夫，就是个鼓手。遂道："干爷，你给我做别的罢，我不要红布衫。我晓的干爷，你是一名军，你回京着说：六哥儿跟我看看你干娘去，这么远，我待不跟你去一趟哩。到了北京，初一十五的就说，小六哥，跟我去点点卯，穿着那红罩甲子。这也是小事。只是如今人合那脆草哇似的，打起你死了着，那左邻右舍说：有小六哥，不是他儿么？俺祖辈有军。这两名军，可就送了我这命了！”皇爷说：“你放心。我这军好着哩。我家里有两条带，捎根来给你扎腰。一条白的，一条黄的，你待要那一条？”六哥道：“年小小的，扎着根黄带子丑丑的，给我那条白的罢。”皇爷说：“这小子造化不小，把一条白玉带讨在腰里了。”又说：“我还给你一顶帽，你要不要呢？”六哥道：“什么帽？”皇爷道：“是半边帽。”六哥道：“给我就给我顶囫囵的，那半边帽子怎么戴？”皇爷道：“要一个四趁，戴着那半边帽，穿着那红布衫，扎着那白玉带子，就支极好的架子。”六哥说：“无功受禄，寝食不安。搬了二姐来，任凭干爷给我什么不迟。”皇爷道：“正是。若搬不了来，跌咱爷们的架子了。”

小六哥卖巧言，叫干爷你放心宽，我今就上宣武院。蜜口糖舌将他请，他若不来将毛挦，见了咱磕头如捣蒜。叫干爷楼上待等，这桩事在我不难。

六哥下了楼，向宣武院去搬佛动心。不知搬了来搬不了来，且听下回分解。

第九回

说虔婆六哥进院
相嫖客老鸨登楼

话说那六哥下的楼来，李小泉道："六哥，你在楼上合长官说的是什么?"六哥笑道："有一句话不好说，我认了长官做了干爷了。"众人拱手说："大喜了!"六哥道："少笑俺。干爷着我给他上宣武院搬姨子去。他吃用的嗄都算我的，休要慢待了他。"小泉说："你说的是那里话！你的干爷就是我的朋友，你放心罢。"

六哥儿满面欢，你休要不耐烦，莫要将我胡瞒怨。千万只是托着你，茶水酒饭要周全，休把干爷来轻慢。在店中住上几日，吃了饭算我的工钱。

六哥道："我上宣武院去，店里的买卖耽误了工夫，叫伙计们说嗄？把那旧营生做起来罢。"遂把那瓜子、娇梨拾了一盘，抗将起来，出了店门，一声吆喝，可就卖起来了。

六哥出店把口夸，东西地高南北洼，几亩洼地种蜀秫，几亩高地种棉花；剩下几亩没嗄种，种了许多大西瓜。王孙子弟来找我，买些瓜子闲嗑牙。早来提名姓，晚来剩自家。吾乃不是别人，卖瓜子的小六哥又来了。

瓜予盘端起来，宣武院说裙钗，吆喝一声把瓜子卖。院中许多娇娥女，见了骂声小乖乖，点点人儿真作怪。沿门子磨牙斗嘴，谁知他别有安排。

按下小六哥进院。且说那老鸨子见连日没客，闷闷不足，叫了声丫头说道："玉火巷您尹六叔，往常时三朝两日的就送客来，如何这一向绝不来走走？你去找着他说，俺娘请你，你怎么不去玩玩。你若是闲着，把那瓜子、梨儿拿些来院中走走。"丫头听说，出的门来，看见六哥，即回后房来道："妈娘，俺六叔来了。"妈儿听说，走出门来，接着六哥，拜了又拜："您六叔贼天杀的！谁恼着你来，许久不来玩玩？"

老虔婆话儿甜，假捏虚长笑颜。许久不进宣武院，只说那个得罪你，今日来时我心宽。失迎就是好几遍，哆嗦着拜了又拜，假奉承说了些虚言。

六哥道："你老人家好么？"鸨儿道："什么好！跳起来只是生气。"六哥道："谁气着你来？"鸨儿道："只小二妮子那奴才就气杀我了！我又不值钱，没人要了；他又不接客，着那瞎子哄着他，每日等皇帝。若依着我，等什么皇帝，趁着年小，接客挣钱我使才好。"六哥道："正是，还是你见的明。若等不着时，可不耽误了他么？"鸨儿道："你给我说着使大钱的客，接了他罢。"六哥道："我店里就下了个使大钱的，叫二姐去陪了他罢。"鸨儿道："是那处人？"六哥道：

那个人好怪哉，从北京问了来，一心要会你令爱。浑身扎点不上眼，谁知手里有钱财。那人行事好大待，搬婊子吃酒玩耍，为这个今日才来。

鸨儿道："你怎么知道他大待？"六哥道："支使了我一遭，就给了我十个钱。"鸨儿道："十个钱就看在眼里，似俺这烟花巷里，十数两银子也曾见过。"六哥道："你空长这么大年纪，吃紧的就没见这钱也是有的。"鸨儿问道："什么钱？拿来我看看。"六哥取出金钱，递与虔婆。鸨儿一见就慌了心说："您六叔，他这东西有多少？"六哥道："谁知道他的哩。"

六哥儿叫老妈，你休笑那军家，仗义疏财手段大。鸨儿听说财神到，心里痒痒没处去抓，科上摘下那齐整话。说我去相他一相，我看是怎么样的一个军家。

鸨儿道："我先合你去看看。"六哥道："正是。眼见是实，耳听是虚，我就说的那龙吱吱叫，你也不信。"鸨儿道："你不知俺指着嗄来，不过指着这两个孩子过日子。小二姐性子又娇，纵然不接皇帝，也要一个班配，我不去看看，惹的他边墙决脸的怎么过？"那鸨儿跟着六哥，同到了酒店，说道："客在那里？"六哥道："在楼上。"鸨儿就待上楼，那六哥没搬了佛动心来，不好上楼，遂高声叫道："楼上的客招顾着，佛动心上楼去了。"那万岁在楼上望着眼穿，听的楼下吆喝，把那檐毡帽一推，抬头观看。

睁龙眼仔细瞰，进来个老妈妈。鬓边白发光光乍，脸上的皱纹无其数，口里当门少两牙，虽然风骚年纪大。万岁爷心中惊异，佛动心没哩是他？

皇爷说："六哥儿，我着你去搬那佛动心，你怎么叫了一个'鬼见愁'来了？"说着，那老鸨子上的楼来，看见万岁穿的平常，就淡了半截心。走到近前，哆嗦了两哆嗦，叫声姐夫，我这里拜哩。那些护驾的大小鬼，见他无礼，一个扯腿，一个按头，那虔婆哎哟了一声，扑咚跪在地下，磕头无数。

众鬼使好促狭，打虔婆满面花，扑咚跪在床儿下。翻身磕头如捣蒜，头上硼了些大疙瘩，鬏髻梳妆具轮下。楼板儿响成一块，把六哥好不唬煞！

那六哥听的楼板响成一块，说："不好了！俺干爷打老鸨子哩，我去劝劝。”六哥上的楼来，看见那虔婆磕头，遂说：“干爷，一称金虽是个贱人，有些体面，见了大人，也只是拜拜，今日给你磕头，是十分尊你，你只顾着他磕起来无数。”万岁道：“老鸨子，你起来罢。大热天劳动你这一遭，没什么给你，又叫你磕头。”那老鸨子爬起来，戴上鬏髻，自思想：好蹊跷！又没见他一个钱的东西，怎么磕了这一些头？我平日见上人也不过拜他两拜。定了一定，方才问道：“长官，你是那里？”万岁说：“我是北京。”妈儿道：“你当是那一营的军？”万岁说：“我当的是十三营的军。”老鸨说：“只有九标十二营，那有十三营呢？”万岁道：“是新添的一营。我在京就是十三营，我出了京，依然是九标十二营了。”

万岁爷笑嘻嘻，叫虔婆你听知，从头对你说详细：十三营里我为首，奉差由此到宁西。久闻令爱甚标致，你着他陪我一晚，穷军家有分薄仪。

妈儿自思：这花子尽是寡嘴，薄厚在那里？遂下楼就走。万岁道：“他没相中我。他若去了，再请二姐就难了。自古道：钱成钱成，无钱不成。老鸨子，你回来，我给你几两银子，你去买件衣服穿罢。”

十两银放在桌，金豆儿取一盒。鸨儿本是个爱财货，见了银子花了眼，刮打着嘴儿笑呵呵，我不收下恐见错。哆嗦着拜了又拜，叫姐夫口似蜜多。

鸨儿说：“乍会初逢，敢蒙姐夫的照顾。”万岁说：“照顾不大。这银子是给你的，这豆子是给你那闺女的见面钱。”妈儿道：“我连这孩子的都捎了去罢。”万岁道：“你放心。二姐若来，宿钱另奉。”

老虔婆心里乖，不重客只重财，低袖哆嗦拜两拜。我去失陪休心闷，到家就着二姐来，千万要你多担待。小二姐年纪幼小，他自来没见黑白。

皇爷道："你放心。我虽衣帽残，却是个帮寸子弟。"鸨儿接了银子，下楼去了。未知后事如何，且听下回分解。

第十回

佛动心风尘自叹
老鸨儿打骂施威

话说那鸨儿下楼来见了六哥。六哥道："你老人家这一遭可好么？"鸨子道："先苦后甜。起初磕了顿头。我合他叙了些家常，他说给我份薄礼，只当是给我几个钱，可给了我一锭银子，我掂量着有十来两银子；不足为奇，还给了我一盒金豆。"六哥说："你认的么？"鸨儿道："我自来没见，黄登登的，待说是珍珠，又没有眼，谁家有黄珍珠来？不是金豆是什么？"鸨儿照着六哥拜了两拜，道："您六叔，说不尽亏你看顾俺。"六哥道："怎么不看顾别人？一来是您娘们挣的，二来也是俺引进一场。"鸨儿道："不着你，这东西是天上吊下来的，地中跑上来的，科枝上长的，树上结的？"六哥道："闲话少叙，你到家着二姐快来。"鸨儿辞了六哥，出了店房，自己寻思：我收了人家银子，小二妮子那奴才他若不来时，我只得拿出利害来，给他个狠手，死活从他。按下虔婆发恨不题。且说佛动心本姓刘，原是扬州人，一个武官之女。八岁父母双亡，落在姑娘手里。他姑娘贪财，卖他在院里。长到十二三岁，出脱的如花似玉，才有了佛动心之名。一日梦见红光罩体，请了暹退来算了一卦，说他有娘娘之分。他就一心要接皇帝，总不见客。那老虔婆又着实爱惜他，遂给他十个丫头，伏侍他住在一座南楼上。这佛动心又自己画了一个皇帝影像，悬在帐中，朝夕祷告。等了二年，见皇帝不来，自己又长成了，每日家思量这风尘下贱，将来如何结果，不由的心酸落泪。

佛动心自思量，每日家待君王，那君王再不见影儿傍。身子落在火坑里，鸨子怎肯许从良？将来弄一个什么样！闷来时思思念念，不由人一阵恓惶。

这一日佛动心正然悲叹，忽见喜鹊儿来那檐前喳喳的叫唤了几声。说："喜鹊，你错叫了！这烟花巷里有什么喜事？"猛抬头看见皇爷的御影，说："我从算卦以后，我就传下皇爷的御像，烧香念佛，供养了你三年，不见万岁在那里，枉费了辛勤。"

烧上香拜主公，口儿里自咕哝，烧香念佛的成何用？买命算卦接皇帝，竹杆种火落场空，也是奴家前生命。佛动心满心好恼，胡瞒怨恨骂先生。

那二姐在南楼上痛哭不题。且说那老鸨子进的院来，径到南楼底下一片混骂，骂了一回，便叫丫头："二小妮子那里去了？"二姐南楼听见，说："不好了！俺妈娘往常时拿着我合掌上明珠哇是的，何等爱我；今日不知吃了谁家的酒了，又不知吃了谁家的引子，连我也找算起来了。我且下楼接他一接去。"

佛动心无奈何，下楼来接虔婆，接到楼上让了坐。战战兢兢旁边站，花言巧语似蜜多，百样奉承他不乐。老贱人眉头不展，唬杀了二八娇娥。

二姐说："妈娘，你不在后房自在，来南楼何事？"老虔婆抹下脸来说："我没事就不来！人家那当姐儿的也是当姐儿，春里是春衣,夏里是夏衣;你也是个姐儿,我问你要几两银子使使。”二姐道:“妈娘,你胡突了么?我身边又没有客,可那里的银子?”鸨儿道:“好奴才!你自己说了罢:俺老的老,小的小,每日挣给你吃,几时是个了手?”

一称金把脸抹,叫贱人你忒也差,歪头鳖脑的济着咋?吃穿二字你不管,逐日把我巴结煞。世间要你中做嗄?今后晌若不接客,准备着打发你归家!

老鸨子怒狠狠的骂下楼去了,到后房,叫丫头把那鞭子给我泡上。丫头们听说,惊魂千里,说:“咱妈又不知待打谁哩!少不得把那大盆抬来,打上担水,泡着鞭子。”鸨儿道:“你去叫小妮子来的。”丫头听说,跑上南楼,叫道:“二姐姐,咱妈娘请你哩。”二姐道:“妈娘才来到楼上骂了我一场,几乎鞭子落在身上。”丫头道:“二姐姐呀,逐日守着的人,不知道他那性么?咱妈又好吃盅酒,吃不多,又好醉了。今日不知那里吃了盅酒,又到后房里睡了一霎,醒了说道:‘我才把小二妮子骂了一场,唬着那孩子了。快请他来,我给他陪个不是。’我才来请你。”那二姐明知是待打他,无可奈何,下了南楼,跟着丫头来到后房,看见虔婆说:“儿才冲撞妈娘,只可怜孩儿流落在他乡。”二姐双膝跪下。老鸨子用手挽起说:“我的儿,你起来罢。我有句话合你说,只怕你不依从。”二姐道:“家有千口,主事一人,不依从你,待依谁?”鸨儿道:“你听那先生说等皇帝,那皇帝又不来,可不耽误了你?我合你说:拣那使大钱的,先接一个,挣他几两银子,咱娘们且救急。日后再不着你接客,你可等那皇帝罢。”二姐说:“别的罢了,这个叫我难以从命。”妈娘道:“你真果不从?我一顿打死了你,只当掉了这几百两银子!人是苦虫,不打不成!我怜到你几时!”怒冲冲把二姐采住,可就打起来了。

老虔婆怒冲冲，采住了红喜星，每日疼你成何用？一手挦住青丝发；鞭子一举不留情，嫩嫩的皮儿难扎挣。小二姐冤声不住，叫亲娘饶我的残生。

那虔婆打了二十多鞭子，就不打了，叫丫环给我泡着乜鞭子，歇歇再打。说道："你穿着衣服支架子么？是你挣的么?"叫丫头给我剥了，只剥的赤条条的。二姐跪在那旁里，见那水盆里泡的鞭子无数，自家说道："老贱人实落落的要打，再打我就捱不的了。自古道：'猛虎入井团团转，为人何不顺时行?'我将好言哄他哄，他若信了，我上南楼上吊寻死，抹头服毒，都在于我。"

小二姐见识高，叫妈娘你听着：我今接客休心躁。今晚若有客来到，就是叫花也留下阚，无钱推说干欢乐。老鸨子满心欢喜，我的儿这就是了。

那老鸨子听的说接客，走近前来，两手抱住二姐说："我的儿！我怎么打你这些！"叫丫头："拿衣服来，给你二姐姐穿上，赤条条的什么道理。"二姐穿上衣服。妈儿又道："拿坐来，站的这孩子慌了。"二姐坐下。妈儿又道："拿酒来，给你二姐姐压惊。"二姐道："你就忘了么？我从小酒肉不吃。"妈儿道："我就忘了。"叫丫头："把盅子接下了，压的你姐姐手疼。"

老虔婆心里欢，叫二姐你听言：酒楼上有个军家汉，仗义疏财手段大，十两银子见面钱，金豆一盒九个半。我的儿你陪他一晚，哄着他使些憨钱。

小二姐喜气生，叫妈娘你是听：富贵贫贱前生定，要接皇帝没修下，且顾家中时下穷，挣他几两来费用。咱又无园林桑枣，全凭着和气为生。

妈儿道："我儿，正是这等。只为咱这日子贫穷，若是那几年，我还挣出钱来了，我也不肯。你快去南楼梳妆，出院去罢。”那二姐守着虔婆，不敢啼哭；离了他妈，就放声大哭，上南楼去了。千思万想，走又没处走，待要寻死，又不得空。这样苦楚，惟有心知。不知佛动心出院不出院，且听下回分解。

第十一回
二姐被逼怨老鸨
丫头定计哄朝廷

话说二姐哭上南楼，望着扬州叫了声爷娘：“你闪的我好苦呀！”一发寻思一发恨，可就伤感起来了。

第一怨怨爷娘，只顾你早先亡，撇的孩儿没投向。七岁落在姑娘手，卖在烟花去为娼，朝打暮骂无指望。你死在黄泉之下，怎知儿苦楚难当！

第二怨怨姑娘，骂泼贱太不良，心如蛇蝎一般样。爷娘死去托了你，图财就把天理伤，老天只在头直上。我合你那辈子冤恨，害的我进退惶恓！

第三怨怨贱人，骂虔婆忒狠心，我死在黄泉把你恨。好人家养的儿和女，打着合人家汉子亲，良心天理顺不顺？眼望着家乡遥远，谁是我六眷亲人？

第四怨怨青天，生下奴苦难言，俺又没把天条犯。既在空中为神圣，这样苦人在世间，也该睁眼看一看。若不是前生造孽，现放着剑树刀山。

第五怨怨自家，想前身作事差，今生落在他人下。照照菱花看看影，叫声薄命的小怨家，几时捱够打合骂？到不如悬梁高吊，一条绳命染黄沙！

话说那佛动心在南楼恸哭不题。他那丫头里有两个聪明雅致的，二姐极喜他，因着自家待接皇帝，便一个叫金墩，一个叫玉座。二人上前说："二姐姐，妈娘请你去说什么来，回来只管哭？"二姐道："说嗄到是小事，一顿鞭子几乎打死！"丫头说："哎哟！为什么就打？"二姐道："嗔我不去接那军汉，就打呢。"丫头道："好异样！你待不去接，着别人去不的么？"二姐道："那天杀的冤家，指名字单要我。"丫头道："咱就去罢，为什么受他那打？那汉子既单要你，还是爱你，他那里有杀场么？"二姐道："你去的道容易！"丫头道："不去可怎么着呢？"二姐道："我情愿吊杀死在楼上！"丫头说："二姐姐，你好嘲！这点小事就上吊，若大似这个着呢，就该怎么着呢？"

有金墩把头摇，叫姐姐你好嘲，那里犯着就上吊？转了快活不算帐，还得他银子一大包，世间嗄似这个妙？若是我三宵两夜，管着他拿不住瓦刀。

金墩劝勾多时。二姐说："谁像你那不值钱的货！"二姐骂了金墩几句，依旧柳眉双蹙，杏眼含愁。到是玉座在旁说："我有一计。"二姐忙问："何计？快快说来。"

好丫头笑嬉嬉，劝姐姐休撇急，我有一条绝妙的计。咱仨同到玉火巷，你可藏的严实实，俺俩上楼把你替。那军家辨什么真假，咱只顾哄他的那东西。

二姐听说，满心欢喜，遂笑道："你真果肯替我？"丫头道："十八的大姐做媳妇，还等不到黑天哩。"

二姐又笑了笑道："只怕你替不过。"丫头道："那汉子不过是闻名,他见了你几遭?他就嫌模样差些,也只说是有名无实,出上他不嫖就是了,咱妈娘知道哩么?穿上衣裳咱去罢。"二姐听说,进了绣房。

擦了眼去梳妆,穿几套好衣裳,蛾眉淡扫嫦娥样。朱唇一点樱桃口,十指尖尖玉笋长,真如一朵花初放。妆成了丫环也人爱,上合下仔细的端相。

二姐打扮的齐齐整整,下楼去辞老鸨。

佛动心把头低,忍不住泪恓恓,哭哭啼啼下楼去。未曾进房擦了泪,见了虔婆笑嬉嬉,得罪妈娘休生气。为儿的待不接客,咱娘们要吃饭穿衣。

二姐说:"妈娘,我来给你磕头,好去接客。"鸨子道:"好儿,磕什么头。像你大姐姐,我养活他恁么大小,还没给我磕个头,不想你这孩子倒有礼数。好儿,我不怪你,你去罢。"那二姐出了后房门,仍是一阵心酸。

佛动心低着头,未出门泪交流,叫不应的龙天佑。万丈火坑没有底,今日方才初上头,几时孽债填还勾?骂一声狠心的老鸨,我合你那世里冤仇!

佛动心出院门,小脚儿印香尘,更比月里嫦娥俊。声声环珮叮当当,从容款步摆绣罗裙,未曾过去香一阵。笑一笑千金也难买,引掉了人的真魂。

二姐出院,有《西江月》一首为证:

莲步轻盈出户,芳尘印去无踪。行来杨柳弄春风,好似花枝摆动。　巫山神女出现,仙姬私下天庭。相思撇在路途中,拾得归家害病。

二姐出离宣武院,往玉火巷来。未知何如,且听下回分解。

第十二回

佛动心瞒怨小六哥
武宗爷怒假小佳人

话说那佛动心出的院门,不一时来到酒店。六哥道:"辛苦了你! 该着轿子接你去方是,就着你步行了来。"遂请二姐到了房中,让了坐,遂即斟上一盅茶,说道:"请茶了。"

请二姐吃盅茶,定定神解解乏,我且问你一句话:无事不出宣武院,你来小店做什么? 谁敢劳动你尊驾? 面带着无限忧色,莫不是受人的戮答?

六哥道:"你没事不出院来,是接客来么?"二姐道:"别人不知道,你也不知道么? 我从几时接客来?"六哥道:"正是呢,你接的是皇帝呀,待接什么客?"二姐道:"我今日出院,不知亏了谁来!"

佛动心泪婆娑,俺今日受折磨,不知亏了那一个? 多亏那个精扯淡,害杀人的小哥哥,想来待他不曾错。这一番作成看顾,准备着给他念佛。

六哥道:"你这意思说的是我么?"二姐说:"你害的人进退两难,还打四不知呢!"六哥道:"好奇事! 你接客不接客,累着我那大腿根哩,上我的帐?"

佛动心气咋咋,小六哥你好促狭,合俺娘说的是什么话? 自从你才出门去,狠心妈娘就打杀,一霎几乎作精下! 那鞭子雨点相似,险些儿逼杀俺奴家!

六哥道："逼什么？你挣了钱来我待使哩，怨人喇喇的。你还回去不的么？"二姐道："我不接客，我也不回去。"六哥道："俺家里既没有皇帝，你就不该来。你来要帐来呀，可是来探亲来呢，可是看朋友来呢？要帐俺又不该你嗄；探亲呢，俺合您娼家有什么亲？若是看朋友，你是个丫头家，俺又没合你拜交，只怕你来看相厚的来。你又不接俺，俺又不嫖你，没要紧。既不接客又不去，待怎么样？"二姐笑道："我不出院罢了，我既出院，就有点事。"

佛动心笑嘻嘻，叫六哥你听知：我安排人儿将我替，哄了别人哄不了你。奴家还要好央及，万万休要给俺撒了气。我若是陪你干爷，你就该叫我亲姨。

六哥道："小搓辣骨！你央及我，你可就先骂我。我可仔不给你撒汤。"慌的二姐笑了笑说："罢罢！咱从几时不玩来？你休怪我，我还拜你拜。"六哥道："你且说，人家给你了见面钱，搬的是你，你待着谁替你？"二姐指着丫头道："他俩。"六哥看了看道："只怕替不过呀。"二姐道："你休管俺，他认的是谁。"六哥道："随你的便。"二姐道："金墩你先去。"金墩说："六哥哥，你给俺报报。"六哥道："只会卖酒，不会给你捞毛。"金墩扭了扭道："不给俺报罢！小撕厮你三十里、五十里不知道路径，走上叉道去了，身量大叫你背着我哩。"

好金墩急忙忙，辞二姐出了房，抖抖精神把楼上。一脚深来一脚浅，心里盘算腿儿慌，上去楼台走了样。一脚儿跌在地上，好一似倒了堵高墙。

那金墩上去楼台，把嘴儿抿了又抿，施展着上前说话。贪往前看，没提防当路一个脚床子，绊了一脚，跌了三四尺近远。万岁唬了一惊："是什么人，怎么不说话，栖着乜黑影里？是怎么说呢？"

那金墩扒起来，抖搜了抖搜那衣裳，拿捏着拜了两拜，说道："是我。"皇爷说："你是谁？"金墩说："你搬的是谁？"皇爷说："我搬的是佛动心。"金墩说："我就是那佛动心呢。"

有金墩走向前，叫姐夫咱有缘，妈娘着我来陪伴。幸遇姐夫待玩耍，村卖俏吃先讲钱，称了银子好进院。万岁爷嗤的声笑了，这奴才不值个低钱。

金墩虽有些模样，那里看在万岁爷眼里，遂笑道："你自己看不见你自己，待我夸你夸。"金墩说："你可夸的我好着些，我见了人好支架子。"

佛动心你站下，听着我把你夸：窄窄金莲半尺大，鼻子孔好似灶突样，两根黄毛一大抓，樱桃小口瓢来大。莫不是东洋大海潮，出来的巡海夜叉？

金墩道："哎哟！我属煎饼的，你夸摊了我了！"皇爷说："我再夸你一夸罢。"

拆破袄做背褡，大补丁白线巴，栗子布裙彭彭乍，汗巾破了没颜色，紫花布鞋扣上花。纂儿不勾枣核大，满脸上搽些土粉，好一似发了粉的东瓜。

金墩说："俺就乜么样哩？"万岁笑了一笑，说道："等我再给你数数那些孤老罢。"

耍和尚接扛夫，钱十个酒一壶，土炕上褪下半截裤。那腥臊烂臭的邋遢兔，鸡毛店里那无赖徒，青天白日把蚕蛾婺。瘆杀人这般模样，还想着要把人虏！

那金墩羞愧满面，跑下楼来，叫声姐姐："替不的了！"二姐问道："怎么着来？"金墩撅着嘴说道："那汉子光贬扯人，又是瓢，又是桃哩，夜叉哩，东瓜哩！"玉座说："你好出丑！你就是猪八戒家生的那孩子，弄出那些丑样子来了。你看我去。”二姐说：“你可好生着。”玉座平日嘴尖舌巧，快语花言，便说：“不是我夸句海口，调嘴头也招住他了。”二姐说：“千万仔细着！这一遭替不下来，可就没了换头了。”

叫姐姐不要忙，休拿我当寻常，人物还在金墩上。况且生来嘴头巧，话是出马一条枪，姐姐休愁把心放。凭着我去卖风俏，管着他叫我亲娘。

玉座出了房门，卖弄他那轻狂，就忘了装着那名妓的体统，典雅的行持，改不了那梅香的样子，把两根腿轮打开，欢欢的好似那马耍蹄、驴打槽，乒天嗑地的走上楼来，说：“姐夫，我这里拜哩。”皇爷说：“你是什么人？”玉座说：“我可就是那佛动心了呢。”皇爷说：“你这宣武院里佛动心有头号、二号么？”玉座说：“怎么头号、二号呢？”皇爷说：“方才去了一个，又来了一个。”玉座说：“那是假的，我是真的。”万岁听说，看了一看，笑道：“你比那一个的模样还略强点。”

武宗爷笑颜生，你强他一丁丁，炕和席差一迷迷缝。赤淌脸儿半栏脚，若在山沟顶席栅，你的生意比他兴。看起你千般扭捏，这可就不值个操哄。

玉座说：“少诮罢，俺相与的都是上人上官的。”万岁嗤了一声说：“我着你可晕着我了。”

嘴儿大胭脂涂，脸儿黑宫粉糊，怎么上的那婊子数？死了老婆的穷光棍，千年没人叫丈夫，才叫你去缝缝裤。佛动心若是这等，那无名的就不是个人乎？

那玉座把头扭了扭，说道：“褒贬是买主。待说我好罢，又恐怕要的宿钱太多了；说不好，糊突着玩玩罢了。”

叫姐夫休胡嘲，我看你无个操，故意才把皮来燥。车轴脖子油光脸，门楼头来鼻子糟，心里倒比那齐整的俏。那知道追欢卖笑，也跟着糊突闻骚。

万岁爷气昂昂，骂一声他脏娘，我今说你休要譥。自家装着黄花女，脸前两块乍胖胖，行动又带些奴才样。好歪货不流水快走，近前恶心的我慌！

玉座听说，怒冲冲的当面就还上了。

有玉座怒冲冲，叫姐夫理不通，好人不识好人敬。靸鞋说破还没破，布衫说青又不青，毡帽说硬又不硬。你只像宣武院里，俺支使的那个琴童。

万岁大怒，骂了一声贱人，拿起鞭子打将下去。

大丫头说话摆，摆着尾摇着头，皇帝气恼龙眉皱。奴才大胆忒无礼，走的慢了把筋抽，若还回来打你个够！万岁爷一声吆喝，好玉座颠下了酒楼。

玉座激恼了万岁，撵下了楼来。未知后事如何，且听下回分解。

第十三回

二姐初承御面欢
丫头再定金蝉计

话说那玉座跑下楼来，唬的面如金纸，低头无言。

大丫头撅着嘴，半晌无言头不回，唬的两手无了脉。进门叫声二姐姐，吃不尽你无限亏，几乎成了王邦贵。若是不连颠带跑，险些儿捱顿好捶！

丫头下的楼来，叫声姐姐："替不的了！"二姐道："怎么替不的？"丫头道："若光论嘴头，我也照的住他；只末了一句话，说的他就恼了。"二姐道："你说什么来？"丫头道："我说他像咱家支使的那小琴童，他就恼了，一顿鞭子就打下我楼来了。"二姐道："奴才好大胆，你就敢说他那个！亏了他性子好，若打你一顿时，死不了也发过昏。"六哥道："极好！叫您姊妹们来接客来，叫您来骂客来么？您妈娘若知道了，你有死无活！"二姐道："你弄的这等模样，可叫谁替我？"玉座道："他原搬的是你，还得你去。"二姐听说，满心好恼。

佛动心痛伤怀，想是我命里该，前生欠下风流债。欲待不上酒楼去，回去拷打怎么挨？受不尽他无限害。想当是我错了，就死了也不该出来。

我命苦对谁言，有烦恼积心间，我好将谁胡瞒怨？却是奴家前生命，烟花相伴乱人眠，不管老少俺陪伴。到晚来无穷的夫主，天明了大不相干。

二姐满眼落泪。丫头道："姐姐不要哭了，咱还有一计。"二姐道："什么计？"丫头道："咱今上楼去，见了姐夫，你只说楼上不是耍的去处，咱进院去玩的罢。哄他到院里摆上酒来，姐姐你就先让酒，只说是洗尘三杯，迎风三杯；俺这十个丫头，每人也让他三杯；他是铁人，也就管醉了他。打发他睡了，你藏在旁里，俺陪着他睡一宿。到了五更头上，俺早些起来，你可去那床头上坐着。他若醒了找你，你可说我在这里。他说你早起来为何，你说院里的规矩，从来这么样。不愁哄不了他。"二姐道："奴才不要着那熟话来哄我。我欲不上楼,受不了老鸨子气,少不了我自己去普白。六哥,你给我报报,我好上楼。"六哥道:"报什么?俺家又没有皇帝,你去罢。"二姐陪笑道:"大人不见小人过,你就合俺一般见识。不接客挣不了钱去,回家妈娘打我,你就看的上?"六哥道:"这话你早在那里来?你等等,我给你报报。"

上楼台走一遭,叫干爷你听着:我说的那人儿亲身到。万岁爷听说摆摆手,若是假的快开交,休要再来瞎胡闹。适刚才生些好气,我这里正自心头焦。

六哥道:"干爷说的是那里的话!有第二个佛动心么?"万岁说:"我儿,方才你没来嗄,满楼上都是佛动心,把我好不混煞!叫我一顿鞭子打下去了。别要叫他上来了。"六哥道:"这是真的来了。"万岁听说大喜,说:"叫他上楼来吧。"

上小楼拜军家,恰合是一枝花,红娘子一笑千金价。上穿一身红衲袄,绿罗裙上石榴花,红绣鞋窄半踏大。迎仙容会他一面,好姐姐闭月羞花。

二姐上楼,口称姐夫道:"贱奴来迟,望乞恕罪!"万岁一见,心中大喜,走向前去,把二姐搀起说:"久仰大名!穷军无缘,今日才得相会。六哥儿看坐来。"二姐坐下,那万岁上下观看,果然不比寻常。

万岁爷仔细观,压杨妃赛貂蝉,轻盈好似赵飞燕。一双杏眼秋波动,两道蛾眉新月弯,朱唇红似胭脂瓣。若不是前生福分,那能勾沾他一沾?

万岁爷动龙心,观不尽俏佳人,身材窈窕天生韵。三宫六院人多少,比他风流没半分,也是寡人有缘分。就嫖上一年半载,能使我几布政司金银?

万岁说："有花无酒不成乐，有酒无花不成欢。如今两般都有，不乐更待何时？"

高楼上摆酒席，一件件都整齐，六哥斟酒双手递。爷看二姐不转眼，二姐害羞把头低，人儿越看越标致。万岁爷爱的极了，使不的叫他声御妻。

那六哥先给万岁斟了个喜杯，就该二姐斟了。二姐斟酒未送过去，就满脸通红，羞愧难当。

小二姐面飞红，没奈何斟上盅，无精无彩把酒送。万岁接酒龙心恼，这个奴才不志诚，陪我陪的没有兴。这妮子心高志大，他眼里也没有孤穷。

万岁说："一盅酒也不用心斟的。他若再斟酒，我自有道理。"那二姐把酒杯干，又斟上递于万岁。万岁接那盅子撒了半盅，把二姐衣服沾了一块。二姐心中不悦，说："姐夫这么一条汉子，一个盅子也端不住，把人的衣服都沾了！"万岁说："什么好衣服哩！"二姐道："不是好衣服，你也拿几件来么？"万岁说："我家里那梅香做派布的还嫌这行子哩。"二姐说："你笑杀我了，说那大话！你若有，不该穿件好的来支架子么？"万岁说："我穿着这衣服，你好合我坐的；我穿那好衣服来，你就合我坐不的了。"二姐听说这话，吃了一惊，方才猛抬粉面，斜转秋波，细细的打量万岁。

耳垂肩貌堂堂，龙眉细凤眼长，好似那泥捣的佛陀像。虽然是个军家汉，他的像貌不寻常，岂止远在王龙上。待说是私行的天子，怎没有一骑从王？

二姐看罢，暗暗的笑了笑道："长官，贱人不敢动问贵姓大名？"万岁道："这丫头上下打量了我一回，就开口盘问，真是个怪孩子。待我混他一混。"便道："你问我怎的？你又不嫁我。我是个响马,你盘问盘问拿起我来罢!”二姐被万岁沘了几句,就羞的低了头说:“姐夫好乔性儿! 每哩既犯相与,就不问问么?”万岁说:“从头里睄睄巴巴的,又问什么?”二姐便不言语了。略停了一停,便说:“咱院里去玩的罢。”

小二姐便开言,酒楼上不好玩,请爷就到宣武院。那边楼上极清净,琴棋书画件件全,朝夕服侍也方便。说的爷一心要去,跳起来携手相搀。

那万岁临行取出银子一锭,叫六哥:“我的儿,我带的银子不多,暂且收下权当酒菜资,等我那小厮们来时,自有包补你处。”六哥道:“干爷说的是那里的话! 休说吃这一顿饭,就是吃几年儿也不要钱。”万岁说:“我的儿! 你到有孝心。不是你自家的买卖,伙计们多,众口难调。赚了钱就好;若折了本,就说是小六哥他干爷吃去了,你怎么担待起?”六哥说:“小儿就无礼了。”遂把银子收了。二姐叫丫环牵马,即同万岁往院中来了。

有丫环把马牵,小二姐迈金莲,领爷去向宣武院。六哥说干爷进院去玩耍,忙里偷闲我问安,一日一遭把你看。万岁爷满心欢喜,我的儿休负前言。

万岁说:“我一起没出门子,来到这里,人生面不熟的,不认的一个人。你早晚的看看我,我好多玩几天。”六哥便说:“二姐到了院里,好生服侍俺干爷。没有银子来我店里取。你若慢待俺干爷,就是给我没体面了。”二姐道:“你放心罢,我身边还有第二个人么? 我不敬他待敬谁?”六哥道:“正是。”他君妃二人进院。未知后事如何,且听下回分解。

第十四回

守名妓万岁装憨
骂憨达二姐含忿

那万岁别了六哥，心中自思：这丫头怪歹歹的，休着他看破行藏。我只得装作痴颠，瞒他一瞒。不说万岁定计，且说二人顺着大街而行，有许多子弟听的佛动心接了客了，人人来看，个个景仰，观不尽小二姐万种娇娆，百般风流。

夸不尽女裙钗，似仙姬下瑶台，怎样流落在烟花寨？可惜海底珊瑚树，挪来人间贱处栽，口里称奖心里爱。街前人攒攒簇簇，小二姐难把头抬。

那二姐见众人跟着乱看，急自害羞；又见万岁左右不离，说道："姐夫，你怎么一条汉子，还害怕么？有狼哩？有虎哩？你死活的跟着我，怕人家拉了我去了么？你待在前头就在前头，你待在后头就在后头，不前不后的，你到有些严紧。亏了我没嫁了你；若是嫁了你，到分不了外哩，你会数着我的脚步走。"万岁道："这奴才嫌我辱没他，我只是不听他说。"见了一座牌坊，故意说道："妙呀！这个什么东西？"

万岁爷会装傻，那前头是什么？这家人家多么大，衣架抬在街上晒，两个巴狗上头扒，军家见了心害怕，叫二姐流水快走，你看他下来咬咱！

那二姐虽然也认出万岁是个贵人，只是众人属目之地，见他光弄那呆像,未免没好气,不待答应他,遂把头一摆。万岁道:“你这是个哑蝉么? 我说是个衣架;不是个衣架,就是个秋千架,又无绳子合坐板。”那二姐没好气的说道:“好! 把那憨达! 这是一座牌坊。”万岁说:“那上头是什么?”二姐道:“那是故事,叫做‘狮子滚绣球’。”万岁说:“好呀! 人说宣武院齐整,果然是实。”二姐道:“谨言! 看人家打腿! 这不是院里。”万岁道:“不是么? 我只当进来铁裹门,都是院里来。”二姐道:“院在前边。”万岁道:“咱进院看景去来。”

万岁爷进院来,睁龙眼把头抬,白眼神庙中间盖。南北两院分左右,穿红着绿女裙钗,铁石人见了也心爱。一边是秋千院落,一边是歌管楼台。

那万岁进的院来,观不尽的楼台殿阁,无数的美女佳人,万岁爷心中大喜。

众佳人貌如仙,帘儿下露脚尖,时时勾引男儿汉。麝兰薰的人心醉,油头粉面站门前,见人一笑秋波转。便就是神仙到此,也忘了洞府名山。

不说万岁看景散心。且说这院里有许多姐儿,正在那里议论佛动心,说一回,笑一回。丫头们来说:“众位姐姐,你看佛动心接了皇帝来了!”这姐儿们听说,一个家开门的,上楼的,扒墙头的,纷纷嚷嚷,无其代数。那一个道:“你看这汉子脸上黄干干的。”一个家拍手笑道:“都是小二妮子起的心高了,每日等接皇帝,不想接了恁么个人!”齐声说道:“好皇帝! 这皇帝来嫖这一遭,可沾了这宣武院了,后来人里头就玩不的了!”都不想这贱人说的这话,是个先兆。日后万岁回京,火烧南北院,改为困龙宫,人就玩不的了。

宣武院众佳人,都乱诮佛动心,这奴才终朝每日发下恨,不接尚书合阁老，开手接个大操军，就有银钱也不趁。还不如宝客王龙，使数的小厮和家人。

万岁微微听的，便道："二姐，宣武院里这姐儿们到都有些眼色。"二姐道："什么眼色？"万岁道："他说我是个皇帝。"二姐道："他是诮我。我有愿在前，不接平人，等着接皇帝。原是我没有造化，接皇帝接下你了。"万岁自思："这贱人们诮你佛动心接的不像皇帝，难道就不像个人？怎么说王龙家小厮强起我？虽是背里话，也不该亵渎至尊。这贱人们还有几天草寿，且看他快活几日，等文武们来时，火烧南北两院，抄杀贱人，方雪我心头之恨！"

万岁爷牢记心，等北京众群臣，来时发发这心头恨。南北两院抄杀了，科子王八抽了筋！笑我不如王龙俊，常言道人是衣裳，为君的到不如庶民？

万岁说："这奴才们笑我，我索性装一装村给他们看看。"把那破布衫衫扯了一个偏袖，一步三摇摇将起来。这万岁穿的鞑鞋是江彬做的，虽无穿着走路，但年岁久了就烂了；那鞋掌子印着那涩道上边嗤的一声，抓下来了半边，走一步刮打一声。姐儿们就笑小二姐这孤老虽不是皇帝，像是个弯子的朋友。众人道："怎么见的？"姐儿道："你不见他走着，脚底下还打着板么？"丫头听说，笑成一块。那万岁见人笑他，一发装起嘲来了，站在墉路上，可就讲起他那鞋来了。

实指望出好差，挣两钱好换鞋，谁想破的溜丢快。这鞋原是报国寺，二百大钱买将来，穿了没有五年外。声声说运气不济，怎么就这样破财！

万岁扬声，二姐羞的极了，低低的叫声："姐夫，咱进院罢。到里头叫丫头们给你锥锥，几丢刮打的叫人笑话。"万岁说："我夜来使了几个皮钱,称了一两好麻,待锥锥鞋来,为着搬你就耽误了,还在那酒楼上哩。去给我取来,我吊着进去罢。"二姐挤了挤眼道:"你年纪不大,这么忘事?我才见你使了五钱银子买了两付火烟红扣线带子,你送了我一付,还有一付你吊不的么?"万岁道:"支什么架子!麻线还没有,那里的扣线带子?你把那头绳子解下来,我吊着罢。"二姐没可奈何,把那裙带子解下一根来,递於万岁。万岁接过来,把腿搁在石凳上绑那脚。二姐嚣极了,走向前去夺过来,打了个死扣子,说道:"丫头,架着您憨达进去罢。"把万岁推进院去。那万岁猛然抬头,见那楼前有一白果树,树上挂着一个鹦哥。万岁一见,哈哈大笑。

万岁爷笑哈哈,那树上是什么?绿毛鸡白日的上了架,通红一个弯弯嘴,他叫丫头来看茶,花言巧语会说话。小二姐满心好恼,是谁家他这憨达。

万岁道:"二姐,真果是百里不同风,俺那里鸡架都靠着屋檐底下,你这里鸡架挂在树上,天还没黑就上了架。"二姐道:"那是鹦哥。"万岁说:"俺那鹦哥白白的,你这鹦哥怎么绿绿的?"二姐道:"那白的朝廷家才有。"万岁道:"瞎话!俺又不是朝廷家,俺家里也有白鹦哥。二姐,你把这鹦哥送给我吧,好合俺那一个配对。"二姐道:"姐夫临走时愿送。"万岁道:"这一溜三间寝房,那一间是你的?"二姐道:"当中这一间就是贱人的。"君妃二人携手进了寝房。未知后事如何,且听下回分解。

第十五回

弄痴呆武宗作戏
嫌辱没二姐含羞

话说那万岁进的房来，观不尽的琴棋书画。

进房来四下观，琴棋画列两边，罗帏一带香薰遍。牙床锦被鸳鸯枕，红罗软帐挂床边，砖场不响花毡垫。就是拣妆镜架，也典雅不像尘凡。

万岁观罢说："二姐，你是本处人，可是远方来的呢?"二姐说："不提起家乡便罢，若是提起家乡，无限伤心。"

痛煞我女裙钗，一阵阵痛上心来，前生造下冤孽债。甘心宁做庄家女，贱人原不恋章台。谁肯救出我天罗外？到几时把火坑跳出，南无佛吃了长斋。

万岁说："这丫头问了问他那家乡，就无休无歇的哭起来了。一来是他不愿风尘；二来见我帽破衣残，怕风月行中姊妹们嗤笑他，他怎么不恼？他既嫌我，我总里装一个嘲呆，辱没他辱没。"那万岁看见一张八步床，便说："这是什么?"二姐道："这是八步床。"万岁道："我看看。"走到近前，把那红罗帐一掀，看见上边悬着御影，深深唱了一个大喏，说："阿弥陀佛！这明是座庙呢，你怎么说是张床?"二姐说："是座娘娘庙，你怎么不磕头朝奶奶?"万岁说："是座爷爷庙。"二姐说："也不是爷爷庙，也不是娘娘庙，那是北京皇爷的御影。"皇爷说："这是正德么？这行子好快腿，我昨日在京里还见他，怎么又跑了这里来了，藏在你这屋里?"二姐说："是他那影像。”皇爷说:“他那影怎么来在这里?”二姐说:“我有晚做梦,神灵来警我,说道:‘佛动心,你不要接客了,等着接皇爷罢。’天明请先生算卦圆梦,他说的与梦相同。我请丹青手来传下御影,供养了三年了。”便叫丫头:“把御影请起,多烧些金纸银钱,打发他升天去罢。”万岁道:“这丫头到有诚敬哩。”遂又满屋里瞰,见那琵琶弦子挂在墙上,就说:“这一张琵琶合这一具弦子,好不齐整!”二姐嗤的声笑了,说:“你放着我的罢!勾我受的了!”万岁说:“这不是琵琶弦子么?”二姐说:“这琵琶该说一面,弦子该说一旦,谁家说一张、一具呢?”万岁说:“哦!是这么说。”行说着,见一个小丫头从房里拿出一把琥珀如意来。万岁看见,流水摆手说:“小奴才好不成人!好不邋遢!”

万岁爷会撒颠,小二姐家不严,这把杓子是中看。滑滴溜的弯弯把,到给丫头拿着玩,涰了怎么去盛饭?万岁爷装嘲胡混,小二姐心不耐烦。

小二姐气狠狠,叫姐夫你好村,你在那鸽子窝里困?头圆耳大方方脸,看你皮毛也像个人,怎么这样不帮村?你说了这些俏语,幸亏了旁里无人。

万岁说:“我自来没见光景。你嫌我辱没你时,你教些乖给我,早晚给你支架子何如?”那二姐没好气,全不答应。万岁自思:“好奴才!果然嫌我嘲。我找法作索他作索。”抬头看见桌子上一把筝,说:“二姐,那是什么东西呢?”那二姐乔声怪气的说:“是筝!”万岁说:“是什么整置的?”那二姐嗤的一声笑了,说:“姐夫,你两个可般配:你也是木头,他也是木头。”皇爷说:“你也笑话我。我还会嫖哩,可不知他中做什么?”二姐说:“你也嫖不出好嫖来;他还强起你,他中压。”万岁说:“压着怎么样?”二姐说:“中听。”皇爷说:“好呀！待我也压压。”

万岁爷好嗑牙,这物儿甚可夸,我也上去压一压。凑到近前看了看,施转着待往桌上爬。二姐忙问你待咋？一声休不曾说了,乒的声成了些木查。

二姐忙道:“下来下来！了……了……了不的了!”皇爷说:“你说中压。”二姐道:“不是这么压,支起马来秫秸葶拉曲。就许你上去压来么？仔细顾你压了,俺娘知道打我怎么处?”皇爷说:“你休恼。等着我回了北京,把那天下的好木匠叫了他来,做些还你娘们。若就要,我出上银子买。”二姐没奈何,只得罢了。那万岁又看见床下有一把夜壶。

万岁爷笑哈哈,佛动心你好邋遢,茶壶放在床底下。没有盖子闭着口,暴上灰尘怎顿茶？早知道查脏嫖你咋？那万岁故撒风颠,二姐说好个大呆瓜。

皇爷说:“二姐你好脏！俺那里茶壶放在桌子上,使布蒙着还怕漉了;你这里放着床底下,那客来到家,怎敢刷净了茶壶,那客待中去了。”二姐说:“这是夜壶。”皇爷说:“这是夜壶么？我知道了:您娘们酒量大,白日里客来客去的吃不足兴,到晚上无有宿客了,吃了好睡觉,故叫做夜壶。”二姐说:“这是溺壶呀。”

万岁爷笑一声,嘴儿短不相应,人儿怎么照的正？放着外头不大好,放着里头闷腾腾,不知你是怎么用？佛动心无言可答,只羞的满面通红。

那二姐低头半晌无言,遂丢了个眼色,那丫头把夜壶藏了。二姐自思道:“我看这人相貌出奇,必然不在人下,可怎么这样嘲呆?想是我看错了人么?”二姐反覆踌躇,心里有些两可的意思。未知后事如何,且听下回分解。

第十六回

武宗爷斗两般宝贝
佛动心惊一套琵琶

话说这老鸨子问道:“丫头,你姐夫进了院了不曾?”丫头说:“来了多时了,在房中坐着哩。”妈儿听说,吩咐南楼摆下酒桌:“把您姐夫请来楼上。”丫头听说,来到房里说:“二姐姐,俺老妈南楼摆酒,特来有请。”二姐头里走,皇爷后跟,来到南楼。万岁自思:我这龙衣万一被丫头们看见不好,便道:“穷军家只好住那矮屋,见了高楼我就晕了。”二姐说:“听的说有晕船的,有晕轿的,可没听的说有晕楼的。你既是晕楼,叫丫头架着你罢。”万岁说:“不好,我慢慢的走罢。”遂即两手扭过那后襟来,把两个御腚垂儿兜的紧紧的,直着两根腿,一步一步捱上楼去。那楼下的丫头们乱笑:“你看这姐夫穷的一条裤子也没有,还来阚哩!”众人说:“你怎么知道?”丫头道:“你看他两腿不敢离开。”众人道:“怎么说?”丫头道:“离开腿,他怕解官元宝打开鞘,漏出整腚来了。”众人笑罢,万岁合二姐上的楼来。老鸨子欢天喜地,口称姐夫:“贱人有罪了！我待合孩子去请来,家里无人,我就说着孩子去罢。我家里摆酒给你洗尘。不知你几时就来了,有失迎接。”

正德爷上楼来,老鸨儿笑颜开,欢天喜地忙接待。茶才吃罢斟上酒,十个丫头排列开,席前跪下将爷拜。一个个吹弹歌舞,门外头唱将起来。

皇爷见丫头们唱的中听，声音嘹亮，故意的颠憨，听了一听，放下酒盅道："那吱吱哑哑的是做什么？"二姐说："是丫头唱词。"万岁说："俺家那唱词都在脸前里唱，你这里另一样规矩么？"二姐道："俺这贱人家规矩是这等，来房里唱恐怕听了清音去了，姐夫见他的过。"皇爷说："我不怪他，叫他们进来唱。"二姐说："叫你们进来唱哩。"十个丫头进的房来，两边站下，弹动丝弦唱起来了。

众丫头奉主公，箫管笛共银筝。一枝花带着新水令，玉美人相称红衲袄，江儿水上混江龙，步步娇唱出情儿动，雁儿落腔正字巧，沽美酒引吊了魂灵。

丫头唱罢，过来讨赏。皇爷说："他那是做嗄，扒下起来的？"二姐说："他那是讨赏。"皇爷说："怎么是讨赏？"二姐说："他唱词你听了，问你讨些赏赐，买胭粉搽。"万岁说："给他什么？"二姐说："给他银子，或给他钱。"万岁说："有那个着不是穷汉了。我可给他嗄？给他把豆子罢。"丫头道："俺不要，俺有。"皇爷说："你有什么豆子呢？"丫头道："俺有黄豆、黑豆、绿豆、豌豆，还有茳豆。"皇爷说："你那豆中吃；我这豆不中吃，只中看。给你把，若是如意就拿了去，不如意在着我的。"

万岁爷笑嘻嘻，褡包里取东西，一把金豆撒在地。丫头一见花了眼，抢的抢来拾的拾，这种豆儿真有趣。佛动心见了也睁眼，什么人使这个东西？

那丫头一个家碰头磕脑的抢拾，崩了一个滚在二姐面前，二姐虾腰拾起。万岁说："你好眼皮子薄！赏了丫头的东西，要他何用？"二姐说："一起没见这般东西，我待看看。"万岁说："你待看时，等小厮们来时抗两布袋来给你看。"二姐说："你家里有多少，你说这大话？"皇爷说："二姐，一处不到一处迷，你到咱家里看看，杂粮囤一般。”二姐道："我不听你乜风话。”皇爷说："你拿乜琵琶来崩一个我听听。”二姐道："你好村！这琵琶是弹一曲，弹一套，或是弹四板，那里有崩一个的？”皇爷说："凭你弹什么罢。”那丫头拿过琵琶来，递於二姐。二姐自思道："这长官嘲头嘲脑的听什么琵琶，我有王三姐夫送我一条汗巾，我拿出来谝谝，他贪看汗巾，就忘了弹琵琶了。”

佛动心取汗巾，拿出来㳽灰尘。从来没见汗中俊：中间织的鸾交凤，两头童子拜观音，鸡素排草偏相衬。琵琶上一来一往，逞精神谝他那汗巾。

万岁道："这奴才不弹琵琶，光谝他的汗巾子，望我夸他。我打总的折折他的架子。”说道："二姐放着琵琶不弹给我听，弄那块臭裹脚头子怎的？不怕㳽了手？”二姐说："你看看是裹脚头么？这是王姐夫从杭州来送我的汗巾，吃了饭好擦嘴。我看你一点手巾也没有，吃了饭着使什么擦嘴？”皇爷说："只怕没给我嗄吃；家吃的饱饱的，脱了这鞑鞋和这袜子，逗楼下这裹脚来擦一擦便是。”二姐道："好脏！”皇爷说："脏么？你乜汗巾子还跟不上我这裹脚也是有的。你且弹琵琶我听罢。”二姐道："你始终忘不了这琵琶。我还有一把好扇子哩，我再拿出来谝谝。”

小二姐逞精奇，取出扇甚整齐，扇面都是真金砌。上边画着湘妃影，顶上写着道子题，王右军写的行书字。这才是真正古董，拿出去百两也值。

万岁道："这奴才又谝他的扇子哩。我夸他一夸。”遂说："二姐一把好扇，我也有一把好扇。你拿过来我看看，我也给你看看。”二姐道："不看罢，热手拿黄了。今日天黑了，明日你看两遭罢。你就扇起这扇子了么？你只扇那八根柴、小油红，暑伏天使两钱买的粗蒲扇,忽打忽打罢!"皇爷说:"我不看你那扇子了。且弹琵琶我听罢。"二姐说:"你没忘了这琵琶,少不得要弹弹了。"

小二姐心里焦,抱琵琶懒待调,少头没尾弹一套。不忧不喜不诚敬,把这长官哄醉了,丫头陪他去睡觉。好歹的留他一晚,到明日打发他开交。

那二姐胡套了一弹。万岁说:"这奴才像个会弹的,他不待弹给我听,我自有道理。"那万岁穿的那绑腿鞡鞋沉重,那楼板声音又响亮,故意扑咚扑咚的使那脚踏。二姐说:"放着琵琶不听,你跺嗄哩?"万岁说:"我给你打着板哩。"二姐说:"你打是什么板?"万岁说:"我打的不是板,你弹的也没有点。"

万岁爷笑嘻嘻,你不该把人欺。人物虽丑心里趣,琴棋六艺谁不晓?花里胡哨也记的,才来进院当子弟。你弹的少头无尾,拿着俺当了痴愚。

二姐自思:"这长官初进院时,有些憨样;这一回我看他像精细了。是的,我把琵琶弹一套好的,他听过来,就是俏里装村;若是听不过来,就是村里装俏了。"

小二姐把弦调,这长官像不嘲,只怕还是村里俏。怀抱琵琶别改调,满江红捎带着月儿高,倾心吐胆弹一套。武宗爷微微冷笑,这琵琶传授不很高。

二姐听说,把琵琶放下说:"我只当你怎样知音来呢,谁想你是胡猜。你说我传授不高,这宣武院里三千姐儿,就没有弹过我的,你说这大话,你会弹么?"万岁说:"我只是没开兴哩。若是待弹,脚指头也弹的中听。"二姐说:"见你那口来,还没见你那手。好汉子当面就弹。"二姐自思:"他会接就会弹,不会接就不会弹。"二姐递了个怀抱日月。万岁说:"好贱人!真果拿着我当憨瓜。"使了个顺手牵羊,接过琵琶,且拦住不弹,说:“这贱人夸他的汗巾子,我也有条汗巾,拿出来谝谝罢。”

龙袍里取汗巾,拿出来爱煞人,乾坤少有汗巾俊:当中二龙把珠戏,九曜星宫两下分,二十八宿谨相逊。趁上带香茶龙盒,羊脂玉碾就的穿心。

万岁将汗巾一展,照的楼上赤旭旭的,祥光出现。二姐抬头看见,打了一罕:这长官说话风张风势的,他的东西到有些古怪,花花厘厘的这是什么?便问:“姐夫,你拿的是什么?”皇爷说:“是我擦嘴的点浇汗巾。”二姐道:“是那里来的,这样齐整?”万岁道:“远着哩!是日南交趾国进奉来的。”二姐道:“是给你的么?”皇爷说:“是给朝廷的。”二姐道:“给朝廷的你怎么拿着呢?”皇爷说:“我对你说罢。你看我在外边没体面,我在京里也像个人,这朝廷的爱臣是江彬,我合他垂发相交,俺两个极厚。夜晚间俺两个吃起酒来,他拿出来谝,我说:‘江彬,你这汗巾是那里的?’他说:‘是外国进了来给万岁的。万岁使残了,就赐了我一条。’我说:‘江彬,皇家的东西,你拿着犯法,你送给我罢。’他就两手奉献。朝里皇帝有这汗巾,朝外我也有这汗巾,除了俺俩,别人再没有这汗巾了。”二姐听听,深深的拜了两拜说:“贱人买命算卦,该接皇帝。也是我福分浅薄,接不着大驾;仗赖姐夫的洪福,给我那圣上的汗巾看看,死也甘心!”万岁说:“你看不的。”二姐说:“我就夺!”跳了一跳,贪慌勾那汗巾,把桌子上酒壶拐倒。二姐只羞的面红过耳,叫丫头拿溉布来。皇爷说:“不用,随便的使使罢。”万岁把那汗巾窝攒起来,照桌面上一抹。二姐说:“姐夫好不成人!这样东西就拿着溉了桌子!”皇爷说:“这行子不拂桌子,要他何用?”二姐说:“干给我,我也不要了。”那万岁攃着那汗巾,迎风一抖搜,只闻的香风一阵,那上头半点酒珠也无，异样的新鲜。二姐见了，胸膛上长起草来，就慌了心，说道："姐夫，你给我看看罢。"万岁说："我自是不给你看。"二姐把嘴一撅说："你不给俺看罢，俺也不要了。你还弹你那琵琶罢。"万岁说："这奴才见了我这汗巾就慌的乜样，我再拿出那扇子来谝谝。"万岁从那扇囊里取出扇子来了。

取扇儿在手中，满楼上耀眼明，宝贝原是西番贡。仙人画就锤金面，巧工雕成象牙棂，才然一举香风动。拿出来霞光万道，闪一闪瑞气千层。

万岁拿出那扇子一摇，满楼上清香宜人。二姐看见唬了一惊：这长官的东西件件出奇。他拿的这把扇也看的过，但那个棋榴我可没见。这万岁爷扇子上是一科月明珠扇坠，二姐那里晓的。二姐说："好齐整扇呀！借过来我扇扇。"皇爷说："手热烫青了。今日天黑了，明日扇四遭罢。什么好扇哩，不过是八根柴、小油红，暑伏天使两三钱买的蒲扇，怎么好给你扇？"二姐说："姐夫，你偏记的俺这里和你出对字哩。俺说烫黄了，你就说烫青了；俺说扇两遭，你就说扇四遭。你是八宝罗汉之体，你就合俺这贱人一般见识？有酒装给你吃，当面就回席。俺也不看扇子了，还弹琵琶我听罢。"皇爷说："你是个什么人，我就弹给你听？"二姐说："孤老婊子玩耍罢，谁着你弹给我听！"皇爷说："这话有理。"

万岁爷龙心欢，抱琵琶定了弦，先弹一套昭君怨，鸿门设宴方丢下，然后绪上九里山。二姐听罢心忙乱，看长官风风势势，谁想有这样丝弦。

万岁弹了一套，二姐吃了一惊：这长官何曾嘲来！遂不觉的把椅子往前一拉，来亲近万岁。万岁说："这奴才眼里有了我了，我也撒撒。"把椅子往一边一拉。二姐娇滴滴的说："姐夫，俺眼里有了你了,你就眼里没了俺!”皇爷说:“眼里有俺,不过知道我这腰里还有几两银子。您娘们待算给我的。”二姐说:“俺不过是个女孩家,俺会放响马,扯溜子,倒鲍头算计你? 不过是爱你那好丝弦。”皇爷说:“好什么! 不过是胡乱拨几点子,合狗跑门那是的。”二姐道:“又来了。我且问你:你这丝弦教的教不的?”皇爷说:“教不的,我怎么学来呢?”

小二姐满心欢,叫姐夫你听言:你居家搬来宣武院,闷来咱在一处玩,跟着姐夫学清弹,三千姊妹管你饭。你只是擎吃擎穿,比当军受用的自然。

万岁道:“多蒙盛意。只是俺这家人家人口太多,吃穿你就难管了。况且不是蘋婆,不是李子的,住在院里甚是不雅。”二姐道:“这可怎么处?”二姐低头寻思。未知后生出个什么计策,且听下回分解。

第十七回

弄轻薄狂言戏主
观相貌俊眼知君

话说二姐见万岁不肯来院里住,故意踌躇了一回,问道:“姐夫,你家有铜床没有?”万岁笑了一笑,说道:“佛动心,你说的是那里的话! 朝廷家有龙床,大人家有八步床、顶子床,小人家有脚床,监里有框床,食店铺有活落床,棉花铺有亚车床,没见人家有铜床。”二姐说:“我问的是你家里动了荤了没?”万岁道:“咱家是小人家么？跳起来吃葱吃蒜的，杀猪宰羊的也断不了。”二姐说：“我问的是大婚。”万岁把眼一瞪说：“杀猪宰羊还不是大荤？仔等的杀个人吃么？”二姐说：“我问你娶了妻小了没。”皇爷说：“我是个夯人，不说是娶了老婆了没，我知道什么是小婚、大婚。你问的是老婆么？有七八十个还多哩。”二姐道：“你又风上来了。从来道一妻二妾三奴婢，谁家就有七八十个呢？”皇爷说：“我是哄你。若有这么些人口，我家里籴升籴斗的给他什么吃。”二姐说：“妙呀！你那起初霎你说金豆子就和杂粮囤那是的，被我一句话诈出家当来了。你何不娶一个有生色的？”皇爷说：“我有那个念头，只是搜寻不着好的。”

二姐说我的哥，你既说没娶婆，我给你当家也当的过。今日既然接着你，我索性跟你去张罗，省的又接第二个。你休愁烟花拙懒，情管俺转不下吆喝。

皇爷说：“你妈娘不知要多少银子？”二姐说：“只要三千两银子。”皇爷说：“吃不尽没有的亏。”二姐说：“待嫁我自有道理。我还有几两私房银子，给俺妈娘罢。”皇爷说：“我就有银子娶了你去，我家里人口太多，给你什么吃？”这二姐见万岁百样的推托，他就撒起娇来了：“你放心过日子，我自有法治。”

佛动心发狂颠，拿着爷作戏玩。把我娶去宣武院，驼到北京顺天府，房子赁上五七间，凭着模样把钱转。不要你籴升籴斗，管叫你攀吃攀穿。

皇爷冷笑了一声说道：“别的生意还好做，这般卖买难做。”二姐不识进退，又嘤嘤的笑道：“好多道哩，做一遭就惯了么？”万岁听说，龙颜大怒。

万岁爷气冲冲，骂奴才养汉精，放你娘的狗臭铳！捶的桌面乒乓响，身子跳起眼圆睁，倒把二姐唬了个挣。忙跪倒说咱两戏耍，没人处什么正经。

二姐见皇爷恼了，只唬得骨软筋麻，走到近前双膝跪下，只称姐夫："贱人不识轻重，无心说出，追悔无及！"万岁始终是爱他，见娇滴滴的一声哀怜，早把怒气消入爪哇国去了。向前用手扯起来说："你是妓女，我不济是个嫖客，你不该骂我。"二人坐下，那二姐闷闷不足。万岁说："二姐，你照旧玩耍。你若待学丝弦，我愿教你。"二姐听说，才满心欢喜，满斟一杯递于万岁，万岁说："我不吃了。天色已晚，咱睡觉去罢。"二姐笑道："你不吃就是怪我。"

佛动心弄娇柔，若爱奴饮这瓯，无心小失丢开后。万岁本情不待吃，又怕心上人儿羞，伸开御手忙忙受。接过来不曾落案，一骨碌灌下咽喉。

万岁饮干，那佛动心还待让他。万岁便叫丫头绰出残席，安排寝帐，收拾睡觉。

众丫头急慌忙，铺下了象牙床，红袖乱拂销金帐。安下一个鸳鸯枕，熏笼里面又添香，般般事儿皆停当。万岁说二姐睡罢，到明朝再耍无妨。

佛动心也不言语，暗暗的思量："今晚原是哄他，这个计策已是行不的了。"这二姐坐在灯下踌躇不定。万岁看了看那两个丫头，只管丢他那眼色，敦敦的看他姐姐。万岁起的身来说道："恁又不说长，又不道短，是待弄什么鬼儿算计我么？丫头们快去罢，我待关门哩。"把丫头们赶下楼去，烹的一声关上楼门，便说："二姐，咱睡了罢。"二姐羞答答的说："请长官先睡，奴便来也。"这万岁急自待脱衣服，怕漏了行藏，笑道："二姐想是您害羞，我吹煞灯罢。"扑的一声，把灯吹煞，然后解衣上床。

万岁爷解了衣，叫一声我的妻，过来罢弄什么势。二姐无奈把罗裙解，说从来没曾出门子，酸甜还不知是什么味。万岁爷点头会意，佛动心咬定了牙根。

二人交欢已毕。二姐说："我每日里等皇帝，皇帝到没等着，却等着你了，这也是前世注定的。我看你虽不是个皇帝，久后定然有大好处。"皇爷说："二姐，你错相了，穷军家有什么好处？"二姐说："不然，人眼慢俗，我却有个小斤称。你若是合不着我的意思，今晚上高低还费些事儿；如今还待说什么哩，我这身子已是属了你了。你若肯要我，就穷我也受的，身价你不要愁；若是不肯娶我呢，是我合该命尽，一死无大灾，就是妈娘杀了我，我可也断不肯迎新送旧了。"皇爷说："二姐放心，我定然娶你就是了；万一娶不成，我也定是教会你那琵琶。"二姐半晌无言，笑着说道："真正是我这命尽了！"万岁惊问："这话怎么说呢？"

佛动心泪如麻，你有心爱奴家，奴家也愿把你嫁。原是实心爱嫁你，嫁你原不用琵琶，既是从良要他咋？你分明不娶我的样式，到如今还说什么！

万岁说："这妮子到有这眼力。"疾忙抱过粉颈，搂定纤腰说："二姐休恼，我方才是试试你的心。既然这等，我军家自有制度。我虽穷可也不用你那私房。小厮们来时，或者还带些钱来，三千两银子也还难不住我。"二姐说："你休哄我呀。"万岁说："我从来是金口玉言，不会撒谎。"二人说的投机，各各欢喜，交股而眠。

才睡下鼓二敲，纱窗外月正高，红罗帐里明明照。万岁爷才把鼾睡打，一条花蛇甚蹊跷，口鼻耳眼都钻到。二姐见金龙出现，只唬的魂散魄消！

万岁沉沉睡去，那金龙出现，把二姐唬的气也不敢喘，搐在被窝里暗想:"人都说真命天子定有龙蛇钻窍,只怕这长官是个皇爷!"这二姐心下踌蹰,忽然万岁翻身醒来,问道:"你还没睡着哩么?"二姐说:"还没哩。"遂将那樱桃小口儿靠在万岁耳边说:"贱人不敢动问,你实说你是什么人?"万岁说:"好奇呀!叫长官叫了一日了,怎么又问?"二姐说:"我看你不像个军家。"万岁笑道:"这又奇了!你说像个什么人呢?"二姐说:"贱人不敢说,你像个皇帝。"万岁笑道:"可是你说我的话,你疯了么?我现问你:怎么见的来?"

佛动心将爷夸,你装呆又做什么?看你不在人以下。常言贵命真天子,往往七窍现龙蛇,你就合着这句话。适刚才花蛇上面,险些儿将奴唬杀!

万岁听说有蛇,故意吃惊道:"好营生,好营生!唬杀我!想是这楼上有蛇,咱到明日搬了罢。"二姐道:"不是,这是贵人的真体,将来必然大贵。"万岁道:"胡说!做个穷军汉,贵从何来?"二姐道:"这到不在哩。"

叫军爷你听着:刘志远也是穷家,景儿作的勾天那大。我痴心每日等皇帝,等了个人儿异样杀,将来由了那先生的卦。奴便就打水挨磨,似三娘受苦不差。

二姐说了一会,各各睡去。万岁忽然睁眼,天已大明。那二姐一宿不曾睡着,困乏极了,睡的好不甜美!万岁恐怕露了马脚,轻轻的起来,扎挂停当。那二姐方才翻身,枕边不见万岁,慌忙扒起来。万岁已将楼门开放,丫头们纷纷闹闹,端洗脸水的,拿手巾的,替二姐梳妆的,不一时梳洗停当。

纱窗外日儿高,才刚刚梳洗了,扶头热酒忙拿到。酒儿最爱穿杯饮,琵琶喜从怀里教,楼中一片弦声闹。这一番君妃欢乐,勾引出作死的冲霄。

这是佛动心初出茅庐第一功。未知后事如何，且听下回分解。

第十八回 婢送帖宝客欺心 鬼弄人二姐得意

话说这兵部王尚书，有个儿子名叫王龙，包着佛动心的姐姐赛观音，住在北楼，隔着南楼不甚远。这一日王龙在北楼正坐，忽然一阵南风，只听的丝弦盈耳。

王冲霄在醉乡，这声音在那厢？一阵一阵声响亮。院里的丝弦我都听过，高煞的腔调也只寻常，听来那是这般样。不知是那里子弟，一句句唱出了京腔。

王龙说："大姐，你听听南楼丝弦甚是出奇。"大姐说："老王，你抬人抬在天上，灭人灭在地下。你可是隔壁听音。你说是谁弹。乜是我二妹子跟我学了两套，每日等皇帝，那皇帝也不来了，多管是闷极了，合丫头们弹。"王龙说："瞎话！这丝弦不同。南北二京好丝弦我也见过，我也能弹。这丝弦在我以上，不在我以下。"说的大姐心里恍惚，巴着南楼听了听，果然美耳。遂根问丫环。

赛观音问丫环，南楼上是谁玩？丫头从头说一遍：二姐昨日接了客，帽子破来衣又残，那人是个军家汉。那王龙听说不信，这事儿古怪刁钻。

丫头说了一遍。王龙说："瞎话！他还不接我，怎么肯接那军家?”大姐道:“依着我,这奴才接个叫花子,我才自然;他若接个乡宦人家的公子,我也不笑他。这个京花子有什么希罕哉!”王龙说:“咱把酒来顿的热热的,另整菜属,请那长官来唱着吃酒如何?”大姐说:“叫他来吧,得请他!你呢,他就担的个请字?”王龙道:“我为的不是那长官,我为的是佛动心。我给那个长官体面,佛动心也有体面。”大姐道:“这奴才不宜抬举。”王龙道:“怎么就不宜抬举。”遂叫家丁王兴拿个帖子来。王兴拿过了一个十二折的全柬来。王龙颠了两颠说:“他担不的使这全柬。”嗤的声把那十一折扯下,将一个单帖铺在桌上,写道:“通家侍教生王龙拜。”

写拜柬是王龙,举霜笔胡弄穷,这遭送了残生命!大限到了合该死,太岁头上去点灯,死在眼前如做梦。王冲霄欺心抖胆,南楼上去请朝廷。

王龙把拜柬写的停当,叫丫头把这帖下在南楼上,给你二姐夫。你说北楼王姐夫有请。丫头道:“俺二姐夫不来着你呢?”王龙说:“休说我给他请柬,我就叫他,他也不敢不来。”丫头道:“不是他不来,俺二姐夫穿的衣服褴褛不堪。”王龙说:“是了,你二姐夫是个穷汉么?你着他来,我不嫌他衣破。人生十指尚有长短,富贵还有高低,也齐不的,天下有几个跟上我的?丫头,你对那长官说:‘俺大姐夫请你哩。你若去时,陡然富贵就是陡然富贵,常常富贵就是常常富贵。’”丫头问道:“怎么是陡然富贵?”王龙说:“他若来时,唱给我听了,答应的我欢喜,赏他一桌酒,合你二姐姐吃喝,临走再赏他二百钱,可不是陡然富贵么?”丫头又道:“常常富贵呢?”王龙说:“若中支使,留着他当个门下,做一个家丁,扎挂他给他丝绸穿着,强似他们当军,可不是常常富贵么?”丫头道:“俺不说。俺到那里说了,看你不给他,显的是俺说瞎话。”王龙道:“我在你奴才们身上撒谎诓他么？若是他答应的欢喜，岂止丝绸，人皮袄子我也做的起。”丫头道：“俺到那里就照样说哩。”王龙说：“张口为愿，怎肯撒谎呢？”

有王龙差丫环，你快去把帖传，那里的子弟我看一看。丫头听说往下跑，上的南楼站一边，王姐夫请去会一面。到那里用心奉承，管给你换了衣衫。

丫头上的楼来，把请帖给了二姐夫，说北楼王姐夫有请。二姐说：“多拜上罢，你二姐夫远路困乏，不赴席罢。”万岁听的道，遂说：“二姐，他着人来请，咱不去怎么说？恐怕咱回不起席么？”二姐说：“这是北楼上王姐夫请你。”皇爷说：“有请柬么？”丫头说：“有。”皇爷说：“拿来我看。”丫头把柬帖递於万岁，见是一个单红帖，有核桃大字。万岁一见，心中大有不忿：“好一个割头的奴才，我连一个全帖也担不起了，给我这一个单帖子！”丫头见万岁犹豫不定，恐怕不去，遂说道：“姐夫，你去有好处。俺大姐夫许着给你做人皮袄子。”万岁说：“怎么说做人皮袄子？”那丫头把王龙的话从头学了一遍。皇爷说：“好呀！又赏我钱，又给我酒吃，又给我做人皮袄子，找上门来的买卖，我还不去做，待等什么？”万岁翻过那帖子来记了一笔：某年某月某日，王龙亲许人皮一张。——那王龙未曾见皇爷，先立了一张死文书给万岁拿着，大梦不觉。皇爷说：“二姐，咱赴席去罢。”

小二姐听的说，拉住了万岁爷，暗把手儿捏一捏。那王龙行子眼目大，行动不动就称他爷，逢人惯把架子扯。像是你这个模样，到那里看他嗤撇。

万岁说：“二姐你放心，到那里见了王家那小撕厮，他情管给我磕头。”二姐说：“你又发风哩！他贵压当朝，财帛甚重，志大胸高，吃酒中间磕你顿拳头!”皇爷说:“你放心大胆,咱去罢。”

万岁爷要下楼,佛动心不敢留,只得随在身子后。手里捏着两把汗,口虽不言心里愁,这回丑儿可丢个勾!那万岁洋洋不睬,一步步花落水流。

这万岁下的楼来,早慌了那些大小鬼使,恐怕王龙礼貌不周,一阵神风先到了北楼,把王龙围住。那王龙打了一个支使子,根根毛竖着。说道:“大姐,不好了!这长官有森人毛,未曾请他来,我这心里战兢兢的。”大姐说:“这两日酒多食少,只怕是劳碌的。”王龙说:“不是,我今日做了一个梦极不好。睡到三更时分,只听的耳边风响,天地齐转,我睡的那寝室倒了一间。”大姐说:“是也不算不好,这梦中何足为凭?”大姐正然圆梦,丫头来报:“那长官来了。”王龙说:“大姐,他来怎么处?我下楼接的接他。”大姐说:“那就跌了你那尚书公子的架子。等他上的楼来,合你作揖着,你只还个半签,就勾了他的了。”一言未了,万岁爷可就上楼来了。

万岁爷上楼来,王龙见佯不睬,长官失迎休见怪。久闻大名不曾会,作下揖去头懒抬,鬼使按倒将爷拜。王冲霄昏迷了半晌,楼板上爬不起来。

万岁上的楼来,王龙大辣辣的说:“久仰大名,作揖了!”万岁装了个不识事务的,把檐毡帽一按,上席坐下。王龙又说:“作揖。”鬼使走上去,按着头的,拧着腿的,轮了个跟头,如鸡啄碎米,点了个无其代数。王龙晕了一阵,自家也不知是什么意思。二姐在旁喜的目瞪痴迷,自思这事出奇,就是老王晕风发了罢,怎样朝着他仔管磕头?这长官定然不是个寻常人。不表二姐暗自称奇。那大姐心高胆大,全不思量,气冲冲的就说:“老王,你发窝子风哩么!”跑到近前,拉着王龙那胳膊说:“你起来罢。打折了他牛腿了么？你拜他做啥？”也是那神鬼拨乱，那王龙起了一起，乓的一声，一头碰在大姐的嘴上，只碰的牙齿凌落，满口流血。

小大姐害牙痛，心里焦骂王龙，我到扯你你到挣。或是您亲达来是您祖，仔怕是您亲祖宗，见了磕头这么盛。小大姐满心好恼，这一回胡哭了王龙。

王龙误误挣挣的爬了个甚时，才爬起来，张着那口没嗄说。老鸨子说：“王姐夫，我说你家去罢，你再不听，你这晕风不发的利害了么？”王龙道：“正是，前日发的还好，今日发的我晕头晕脑的，眼都花了。我看长官合那皇帝呀是的。”皇爷说：“这一阵风发的才是。”二姐说：“王姐夫给你磕了这么些头，你只管支架子。”二姐欢天喜地，大姐一阵好恼。

羞煞了小大姐，佛动心把嘴撇，姐夫前生造下的孽。常时见人不唱喏，今日磕头这么些，喜的二姐没休歇。赛观音惶恐不尽，佛动心说了又说。

那佛动心极会戏弄王龙说：“王老爷是个大官。”王龙说：“是北京兵部尚书，就待中入阁哩。”二姐说：“俺大爷是进士。”王龙说：“是进士，江西提学。”二姐说：“俺二爷也是官。”王龙说：“是二甲进士，宁夏巡按。”二姐说：“你父子俱是大官，见了人不作揖么？”王龙说：“怎么不作揖？”二姐说：“你见了二姐夫，怎么就磕头呢？”王龙说：“多嘴多舌的小杀才！我怎么给他磕头？我这二日有晕风，今早晨又吃了两盅酒，长官来他是个客，我不接他么？那瓜子皮擦了我一个跟头，怎么是磕头？我不合你驳嘴，看椅子来我坐下。”

有王龙要坐下，大小鬼锥子扎，屁股害疼坐不下。起来欠去心不定，一把椅子左右拉。皇爷说王龙坐下罢。真天子放了大赦，那小鬼才不扎他。

王龙拉过椅子来,才待坐下,那鬼使锥子往上一扎。王龙说:“不好了!有了毒虫了!”大姐说:“你失张答怪,什么毒虫?你起来我坐。”这大姐轻举粉臀,尖伸妙腚,略坐了一坐,果然刺疼难忍。两个就不敢坐的了。王龙只说是他痔疮发了,又自思道:“我堂堂一个公子,今日这屁股也不助兴,仔可站着,是他的小厮这里伺候他么?我走着合他说话,好折嚣!”王龙一行走着道:“长官,你是北京,你可在那一块里住?你贵姓什么名字?不是斗胆问你,你早晚惹下事时,叫家父好给你说个情。”万岁也不入耳,说:“王官,你合游营似的影支支的,你在桌头上坐下罢。”王龙得了金口玉言,拉过椅子来,坐下试了试不疼,方才坐下。王龙见皇爷大大的,又叫他王官,心里就大不自在,说:“长官,咱两人叙叙好相与。”万岁说:“咱萍水相逢,有什么亲戚?”大姐便说:“王姐夫,你就称他长官,他就称你王三爷罢。”万岁说:“我虽当着个穷军,那江彬合我有点亲戚,我也只叫他名字,生平不会叫人爷。你叫我长官,我叫你王官,都是一个官儿,有什么不好?”王龙见说叫江彬的名字,也就不求全了。叫大姐快给我摆酒。万岁说王龙待摆酒,我故事他故事,说:“王官,你待摆酒么?说你的姓来,我过日好回席。”王龙不答。皇爷说:“王官贵姓什么?怎么不答应?”王龙说:“长官,你戏我哩,叫我王官,又问我贵姓,敢仔我姓王?”万岁说:“混帐!我就没见王官就是姓王。我道是长官,我就姓长么?”王龙道:“我实在姓王。”万岁说:“果真?”王龙说:“这姓有假的么?”万岁说:“只怕你爹爹多问不到,你休计较。”王龙说:“长官你谄了,你合我玩不起呀。你敢说你嫖的是妹妹,我嫖的是姐姐,咱是连姻,就该笑玩;这不是官亲,玩不的呀!”万岁说:“玩玩不差。”那赛观音心中不悦，说："好京花子！俺请你来吃酒来，说许你要俺来么？我给王姐夫报报仇。"东西摆下两桌，万岁在左边，王龙在右边。大姐斟上一盅酒，分明待给王龙，他就故事万岁说道："二姐夫酒到了。"万岁大喜，说道："好姐儿！有眼色！"那万岁起坐伸手去接，大姐说："谁待给你哩！"二姐看不上，说道："俺又没曾来赶你的酒吃，你原是请俺来的，你不该眼底无人。你斟酒待给大姐夫，就给大姐夫；给二姐夫，就给二姐夫；你分明待给大姐夫，可怎么故事二姐夫？"小大姐微微冷笑。

佛动心你瞎星星，接了个营里兵，你就拿着当真果的敬。一日的孤老什么帐？汤他一汤你就疼，从头里只管逞灵圣。叫二姐休要弄像，我还要使煞你乜咕哝。

大姐回头合王龙说："小二妮子既然这等，咱索性气煞他。"王龙道："依你怎么样？"大姐叠着两指道："我说出一个法子来。"未知后事如何，且听下回分解。

第十九回
天子爱妃齐夺翠
姐儿嫖客共含羞

话说王龙问大姐的法儿，大姐说："他是个军家，只会跑马射箭，他知道什么。吃酒中间，你就说哑酒难吃，咱行个令。他若不会行，输了酒，咱可取笑。"那王龙听的说这话，就等不得，一盅酒干了，叫赛观音："拿过令盅来，咱行一个令。"

有王龙叫长官，开怀饮玩一玩，从来哑酒吃不惯。输家吃酒赢家唱，拆白道字要一般，打乖夺翠各人占。违令者罚酒三杯，饮酒处决不虚言。

二姐听说行令，着忙说："姐夫，他待行令，你会不会？你会就合他行；你若不会，丢一个眼色，我给你点着。"万岁说："你放心，休说是行令，就是诸样事，我不在人以下。"行说着，王龙就拿个骰子盆来，说："长官，咱行个令，谁可做官呢？也罢，咱点骰为证，掷着谁，谁就是令官。"万岁说："赢什么呢？"依着王龙是赢酒，大姐说："老王休合他赢酒，输了着他到肯吃。合他赢银子。那长官不知带了几两银子来阚院，给他一个割根齐查，赢他个罄净，叫他院也嫖不的，人也为不的。"王龙说："此计大妙！"说道："长官，俺输了的罚银二十两，吃酒三盅。"万岁说："赛观音输了呢？也是二十两？谁出？"王龙说："我出。"万岁说："佛动心输了我出。"王龙拿过骰子来，掷了个九点，该是在手。王龙说："妙呀。"说："长官，我待行个正经令么，怕你说不上来；行个俗俗的令罢，要两头一样。"万岁说："请先说。"王龙遂说道："两头一样是个砖，一去不来灶突里烟。烟烟，休烟，我打伙搬砖，垒灶窝添柴烟。"皇爷接令就行道："两头一样是块地，一去不来是个屁。屁屁，夜夜出来看景致，一个景致没看了，惹的王龙龟声噪气。"王龙说："京花子没道理！行令罢，许你骂我来么？"大姐说："我给你报一报仇罢。"遂说道："两头一样是盘耙，一去不来是句话。画道儿长官带着皮帽子。"二姐接令到行道："两头一样是张弓，一去不来是阵风。风来了，雨来了，王龙背了鼓来了。"皇爷秉手道："王官恭喜了！"王龙道："什么喜？"万岁道："封了你一个忘八头，还不喜么？"

万岁爷笑一声，王冲霄面通红，长官扫了俺的兴。砌里答撒的精光棍，油嘴滑舌会嫖风，不想这花子能行令。王冲霄心中火起，只一口干了一令盅。

万岁说："还行不行？"王龙说："怎么不行！"拿起骰子来，掷了万岁的一个令官。大姐说："这楼上极邪，惯好输令官，咱今遭赢回来了。长官快行令来。"万岁说："我要一个天上飞禽是什么，地下走兽是什么，路旁古人是谁，那古人拿的是什么，三什么两什么，打死那什么。我来的慌些，没看是公什么，母什么。"王龙道："你是令官，你先说来。"万岁说道："天上飞禽是只鸨，地下走兽是只虎，路旁古人是汉高祖。汉高祖使着开山斧，三斧两斧劈死那只虎。那一时我走的慌些，没看是公虎是母虎。"王龙接令行道："天上飞禽是老鸦，地下走兽是匹马。"万岁道："输了！上字不合下字的音。"王龙说："怎么算输了？"万岁说："就不算。路旁古人呢？"王龙说："罢了，我没了古人了。强龙不压地头蛇，我合这狗头赖罢。"遂说道："路旁古人是俺达……"万岁说："可输了！您达怎么就是古人？"王龙说："俺达七八十了，做到尚书，眼前就入阁了，还算不是古人么？"鸨儿道："王姐夫，你从几时这么赖来？王老爷百年之后，改朝换代，才称的是古人。"王龙道："用你来管闲事么！"遂又说道："……是俺达。俺达达拿着三股叉，三叉两叉叉死那匹马。那一时我来的慌些，没看是公马是母马。"二姐遂说道："天上飞禽是凤凰，地下走兽是绵羊，路旁古人是楚霸王。楚霸王拿着混铁枪，三枪两枪刺死那绵羊。那一时我走的慌些，没看是公羊是母羊。"万岁说："大姐说罢。"大姐道："天上飞禽是只牛……"万岁说："且住了。这牛有翅么？他会飞么？"王龙说："长官不要赖罢。你没见那山水牛么？他也是会飞的。"万岁道："就算山水牛。地下走兽呢？"大姐道："可没了走兽了。"王龙把大姐瞪了一眼。大姐道:“可闷煞我了！只怕我是走兽,我又只两根腿。也罢,合他赖罢。”遂说:“……地下走兽是个粉头,路旁古人刘武周。刘武周拿着个大杵头,三杵头两杵头,杵死那个粉头。那一时我来的慌些,没看是公粉头,是母粉头。”老鸨子说:“小大妮子,你待死么？怎么越大越糟囤了！这粉头还有公母么？大姐夫称上银子罢。”王龙无计奈何,称上了四十两银子。

万岁爷笑哈哈,叫鸨子斟大杯,二姐喜的如酒醉。粉头也有公合母,耕地的牛儿都会飞,堪合王龙是一对。万岁说:这长脐粉头,王冲霄扎他大亏。

万岁合二姐拍手大笑。大姐羞的满面通红,无言可答,遂干了令盅。心中不服,便说:“糟糟！是别人行令着,俺输了。我也行个令,各人要有翅无毛,后待四句诗,上下不叶音的输。”万岁说:“请。”大姐先说:“我占一个蚊子。”二姐说:“我占一个蜂子。”王龙待说我占一个苍蝇,还没说出来,交别口说:“我占一个蜣螂。”万岁说:“我占一个苍蝇。”王龙说:“我待占个苍蝇来,未曾开口就错了,倒被长官占了去了。我这蜣螂也不弱的。”万岁说:“大姐请先罢。”大姐说道:“我做蚊子实是强,贵贱皮肉我先尝。吃的肚儿大大的,花枝底下去乘凉。”二姐接令即行道:“我做蜂子实是强,百般花蕊我先尝。吃的肚儿饱饱的,蜂窝里头去乘凉。”万岁接令说道:“我做苍蝇实是强,朝廷御筵我先尝。珍羞百味吃个饱,天华板上去乘凉。”王龙说:“这京化子他占的不奇,说的到好。我这蜣螂怎好出口?”万岁说:“王官怎不行令?”王龙说:“我另占何如?”万岁说:“酒令大如军令,使不的另占。”王龙前思后想,没计奈何,遂说道:“我做蜣螂实是强……”王龙自思:不好,蜣螂就该吃屎了。代不说可又怕输了。遂又说道:“……诸般屎尖我先尝。吃的肚儿大大的，拱着个弹儿做干粮。”鸨子大笑道：“王大姐夫你好脏！一盅酒什么大要紧，就吃起屎来了？拿过银子来吃酒罢。”

老鸨子这一声，羞犯了王老冲，二姐笑的眼没缝。万般东西都不吃，单单拣着吃大恭，从来没见这蹊跷性。叫丫环斟水与他，漱漱口好掇令盅。

王龙着二姐笑的羞愧难当，把眼瞪了几瞪，几番待要发作，又寻思是自己说的，又怕人说他，恹头搭脑的，不言不语的。万岁道：“王官休恼，我行一个令给你散散心罢。”王龙道：“什么令？”万岁说：“名为急口令，天下一百单八府，各府一个字，说爷是什么，娘是什么，后生下什么，伸什么手，取什么壶，斟什么酒，张什么口，吃什么酒，什么酒干。上字不合下音，算输。”王龙说：“长官请占。”万岁说：“我占龙庆府。”王龙乖觉，便拣一个好名色的说：“我占一座归德府。”大姐说：“我占一座庐州府。”二姐说：“我占一座凤阳府。”万岁说：“我是令官，我就先行罢。我占的是龙庆府。俺爷是公龙，俺娘是母龙，后来生下我这小龙。伸龙手，取龙壶，斟龙酒，张龙口，吃龙酒，龙酒干。”王龙说道：“是这么说么？我另占一府何如？”万岁道：“违令者罚！”王龙低头自思，难于开口，只管不说。万岁说：“我替你说了罢。你占的是归德府。你爷是公龟，你娘是母龟，后来生下你这小龟。伸龟手，取龟壶，斟龟酒，张龟口，吃龟酒，龟酒干。”二姐接令说道：“我占的是凤阳府。俺爷是公凤，俺娘是母凤，后来生下我这小凤。伸凤手，取凤壶，斟凤酒，张凤口，吃凤酒，凤酒干。”大姐又像王龙，面红过耳，不则一声。二姐笑道：“大姐姐，我替你说了罢。你占的是庐州府。你爷是公驴，你娘是母驴，后来生下你这小驴。伸驴手，取驴壶，斟驴酒，张驴口，吃驴酒，驴酒干。”

万岁大笑。那王龙气的气充两肋,无法可施,酒也不待吃,话也不待说。万岁立起身来说:“王官,今日盛扰,我已是醉了,咱不吃罢。”王龙说:“听见你的丝弦甚妙,还不曾领教,怎么就说去呢?”万岁说:“改日再玩罢。”遂同二姐下了北楼。未知后事如何,且听下回分解。

第二十回

二姐含羞吹玉笛
武宗假意卖龙驹

话说二姐见万岁口头伶俐,全无一点鄙琐处,心中大喜。当下回到南楼,丫头来点上银灯,各人散去。二姐把楼门关了,说:“长官,你先睡,我待吹灯哩。”二姐一口把灯吹煞。万岁将龙衣脱下,用青布衫浮皮一裹,裹的合一个包袱相似,紧放在身子里头,方才睡下。二姐一来熟了,二来心里喜欢,也就解衣上床来了。

佛动心今夜中,有八分爱武宗。疮口不敢说没连缝,虽然路儿还生涩,也是痒里带着疼,不似昨日难扎挣。他二人玩耍了半夜,一觉儿睡到天明。

一宿晚景提过。二姐看见天明,早起梳妆。万岁说:“我还要睡,休着人来混我。”万岁又睡了片时,见二姐独坐窗前,照那镜儿。万岁说:“你下楼去看看我那马,不知今夜喂他来没?”万岁把二姐调下楼去,方才起来,扎挂停当,梳洗完备。又弹了一回琵琶,下了一回棋子,吃了早饭。万岁说:“咱两个闷腾腾的,不如还合王龙混去。”二姐说：“昨日是他请咱，咱去就罢了；方才扰了他，怎好自己又去？”万岁说：“有个指头。”二姐说：“什么指头？”万岁说：“我正愁着那马没人喂养，不如卖给他罢。”二姐说：“你来到院里就卖了马，也不好看像。”万岁说：“这不过暂且令他替我喂着，何妨呢。”二姐说：“卖给人还待要的哩。”万岁说：“你不要愁，我用着了，他自然两手奉献。”商议已定，下的南楼，这话不表。再说王龙在北楼，与大姐定计，要赢万岁。

王冲霄在楼中，寻方儿把气争。大姐便说有法令，军家钱财看的见，赌场里合他显显能，务要赢的他掉了腚。腚沟里夹上称杆，管叫他一溜崩星！

二人正自商议，万岁合二姐到了。王龙拱了一拱说：“我就待着丫头去请，你来的正好。”万岁说：“夜来取扰。今日无事可也不来，有一件事要来求玉成。”王龙说：“什么事？”万岁说：“若说出来，休要笑耻。”

叫王龙休笑话，无银子使什么？一匹好马卖了罢。两头见日走千里，不用鞭子腿不夹，三百两银减半价。宣武院把马卖了，当子弟玩耍玩耍。

大姐说道：“老王，你常说那骡子不是你的，是老爷的看骡，你待买匹马。你买了他这马罢。”王龙说：“我就忘了呢。长官，你只管吃酒，你那马我管招顾你的。”便吩咐人北院取马。不一时，把龙驹牵到。王龙走下楼看了一看，真正好马。说道：“我去试试。”

王冲霄造化低，一心里把马骑，急鞍玉辔牢拴系。院内跑了两三趟，喜煞王龙作死贼，称上三百冰花细。几盘棋把他赢了，管叫他弹打雀飞。

王龙只夸好马，就像一条龙，只听的耳边风响，平地驾云。“这马就值一千两银子，买了他的罢。遂称给他银子。再赢了他的，马也是我的，银子也是我的，银马都到我手。”王龙计算定了，上来楼叫道：“长官，我才试了试的那马，说走一千是谎着了，极七八日也走不上一千，好歹买了来，给小厮们骑罢。休说有这马，就是没有这马，给你三百两银子，结个朋友也不差。”大姐拉在一边说：“老王，大牲口要个文约才是。京花子什么正经！卖几两银子花费了，回了北京，见了他的主子，问道：‘你那马呢？’他昧了良心说：‘到了山西遇着王龙，倚强欺弱，白问我要了去了。’他那主子若是个性好的人，写一个火票来问你要了去；若是傲上的人，驾前一本，就说尚书的公子短了差官的马去了，可不连老爷的官伤着了么？拿着银子买不自在哩么？不如问他要张文约，那怕他告御状上本章，咱放着证见。”

赛观音把心欺，弄巧语害正德。王龙耳软无主意，随邪听了贱人话，王龙吃了大姐亏，后来剥皮无人替。王冲霄被他调转，一心里查考真主。

王龙听了大姐这话，回席坐下，说：“长官，咱吃了这半日酒了，我就没问你贵姓？”万岁自思：“这厮问我贵姓，我又不好说我姓朱。也罢，我混他一混。”这万岁拿起一双箸来，向桌子上一指。王龙道：“长官惯好弄鬼，问他贵姓不说，光指那桌子，你这个虎我就打不开。乜桌子上只两把壶，长官，你姓胡么？”万岁不答，只点头。王龙说：“妙呀！我就是个老神猜，我就猜着你姓胡了。尊讳呢？”万岁把檐毡帽一拉搭，伏桌子上打盹。王龙说：“你这又是一个虎。寻寻思思的，没里他是‘胡寻思’，这又不像个人名，只怕是‘胡想’。我莽莽他罢。长官，尊讳是想？”万岁又点头。王龙说：“又打破这个虎了。你的字呢？”万岁说：“字是君思。”王龙说：“你的号呢?”万岁说:“你问的这么亲切,待告着我不成? 待我再混他一混。”拿起箸来往南指了一指,往北指了一指。王龙说:“又是一个虎。三个虎打破了两个了。这花子多是楼上起号,只怕‘胡南楼’;他又往北指,只怕是‘胡北楼’。是了,长官大号想是胡双楼么?”万岁说:“然。”王龙说:“胡双楼,你卖这马给我,是个大牲口,要一个文约才是。”万岁说:“不然拿笔砚来我写。”王龙笑道:“长官,你也识字么?”万岁道:“刚写出我的名字来。”王龙说:“写出来就是了。”

立文约胡君思,北京城一小旗,我是一个吃粮的。因为无钱卖了马,宝客王龙买了骑,三百两银子上了契。上写着外无欠少,下随着一并交支。

那万岁立了文约,王龙拍手大笑。

有王龙喜重重,叫大姐你是听:三百两银子帮他个净。叫他穷的没处去,收他门下做家丁,早晚带着好听用。若着他写帖上帐,那小厮也倒聪明。

王龙说:“大姐,咱把他那银子帮他个罄净,着他有家难奔,有国难投。你可圆成着,你就说俺王姐夫虽是乡宦家公子,他可极良善,长官你又没了银子了,怎么回家? 你给他做个管家不好么? 哄的他上了套着,那时在我。我叫他给我牵马坠镫,奉客唱词;又写了一笔好字,早晚给我上帐写写名帖不好么? 话是这样说罢,咱可有什么方法赢他那银子?”大姐道:“这倒是小事。这花柳巷里总是填不满的坑,我待着他今日净,就今日净;待着他明日净,就明日净,有什么难处? 虽是这样说,姐夫,你可留恋着才好。”王龙道:“怎么留恋他呢?”大姐道:“你或是合他打双陆,或是抹骨牌,或是下象棋,诸般的都合他试试。你再赢他的,我再骗他的,霎时间就着他净了,值什么呢!”王龙遂即收了买马的文契,兑了马价银子,二人铺谋定计,要赢万岁。未知后事如何,且听下回分解。

第二十一回

王冲霄赌博输钱
武宗爷脱衣洗澡

话说大姐合王龙定计要赢万岁,遂丢了个眼色,那丫头将气球拿过来。万岁说:“我装憨给他瞧瞧。”说;“乜个东西,丫头你拿了去罢,我才吃了饭。”丫头抿着嘴笑,放在桌上。万岁说:“二姐,他既有诚敬之心,咱就饶他,拿刀来切开我尝尝。”

万岁爷会装憨,叫王龙你听言:南北二京我曾串,诸般光景见多少,这个棋榴甚稀罕。什么东西下的蛋?叫丫头拿刀切开,我尝尝是酸是甜。

那王龙鼓掌大笑道:“庄家不识木梨,好一个香瓜!”万岁自思:“作死的王龙,真果拿着我当个憨瓜。”说:“王官,这东西我曾玩过,一名叫行头,也叫气球。我也略会几脚。”大姐说:“老王,你看这长官分明是拾查子说话,一行不知道,一霎就知道了。”王龙说:“正是呢。”说道:“长官,给你么,可不许你切开吃了。”万岁说:“不肯切开,咱可怎么踢呢?”王龙说:“要踢故事,一脚踢不着,罚银十两。”万岁说:“不妨,我还有二百银子哩;那马又卖了三百两,我还踢几脚。你过来,我合你踢踢罢。”

万岁爷笑哈哈,叫王龙你听着:休笑军家不识货。王龙踢在半空里，皇爷使母鸡倒踹窝，脚脚踢的似天花落。王冲霄暗暗喝彩，打一罕好他贼哥。

王龙见踢不过万岁，说："长官，这气球不是抬举人的东西，跳跳答答的不好看相。我合你下棋罢。"丫头抬下桌子，端上棋盘。万岁说："一盘多少？"王龙说："一盘一百两罢。"皇爷说："不多不多。"

摆下了一盘棋，王冲霄仔细思，万岁只当闲游戏。宝客王龙朝不住，常往手里去夺车，一盘回了勾二十递。皇爷说你真是受罪，你原来不是下棋。

万岁赢了一盘。大姐说："咱赢了一盘么？"王龙说："今日运气不济，把银子赢给了别人了。"大姐说："还合他下么？"王龙说："输一盘就怕了他么？"两个又下不多时，那王龙被万岁杀的如风卷残雪，霜打败叶，又输了一盘。

有王龙自思量：这长官手段强，棋子又在我以上。连输两盘没的说，只怨运气好平常。走来走去没头向，便说道下棋不胜，打双陆闹上一场。

那王龙连着两盘输了，说道："长官，不合你下了。"万岁说："不下，拿银子来罢。"王龙道："这二日食少事烦，下棋神不附体，合你打双陆罢。你再赢了我，我总里称给你；我若赢了你，咱就准了。"万岁说："一帖多少？"王龙道："一帖六十两罢。"万岁说："不多。"王龙道："错了。早知他这等仗义，就该合他一帖一千两银子，不勾连他那青布衫剥给我。"叫丫头："拿双陆来。"

双陆盘端过来，将马儿摆列开。有句贱言休见怪：一帖白银六十两，输了当时兑过来，或输或赢不许赖。那万岁赢了数帖，极的那王龙眼里插柴！

王龙说:“不合你赌了,我又输了勾三四帖了。”万岁说:“多着哩。”王龙说:“这一霎我就输了多少。”老鸨子说:“王姐夫往日像个君子,今日像个小人。赌钱是丈夫,赌乖不赌赖。我算着你整输了十二帖。”王龙说:“要这贱婆儿来管闲事!任我输几帖,我仔不合你赌着呢。”万岁说:“不赌了,拿银子来。”王龙说:“给你。”万岁说:“拿算盘子来打打。”万岁架着算盘,王龙喝着,共该一千五百五十两。万岁说:“兑了罢。”王龙说:“就兑。”二姐笑着说:“姐夫赢了,该我架天秤。”那大姐还给王龙支架子,叫丫头:“你休动姐夫那箱子里的银子,零碎的就勾了。”那丫头拿出来了一布袋子,统了一大堆。二姐将天秤架起,瞧了一瞧说:“早哩,早哩。”王龙说:“跷蹊!我这银子虫子打了么?怎么有堆堆没分两?”丫头再拿那成锭的大元宝来,又大小搬出来了十数多个。王龙说:“勾了么?”二姐敲了敲还差点。万岁说:“差那点子待怎么?饶了他罢。”那砝码丢的紧了,只一跳,忽的一声,把银子撇在那楼板上,白花花的一大堆。

将银子倒面前,叫二姐你听言:几两银子看的见,些须微礼休嫌少,权且当做胭粉钱,零碎垫手也方便。等着我那小厮们来到,自然还另送你宿钱。

大姐道:“老王,你眼瞎么?看不见着你听听罢。我陪了你这一二年了,你给了我几遭胭粉钱?头一遭给了我二钱,第二遭给了我三钱。我说姐夫没吃肉么,倒腥了嘴哩,你就记在心里,到了第三遭给了我五钱。你三遭共给了我一两银子。你看人家恁么大一堆银子,就尽做了胭粉钱。你枉是尚书家的公子,玷辱了子弟!”那王龙输了这些银子,心里疼着,又被大姐诮了几句,怎么不恼!满心里火起。

有王龙心里焦，这长官我猜不着。银钱只当粪堆撩，千两银子买胭粉，牛皮上边拔根毛，声声还说小厮到。头一遭赏银千两，送宿钱不知多少。

大姐说："老王，你到明日早起来，休出前门走，打后门里走罢。"王龙道："怎么说呢？"大姐说："看人家裂破你那嘴了！敢说道那王三爷，每日价妆人，请了那长官来唱给他听来，倒给他磕了顿头，还赢了他一大堆银子去了，可不嚣煞了么？"说的王龙默默无言。大姐又道："你抖抖精神，咱再合他玩耍玩耍，不死不活的是做嗄呀？"王龙道："不玩了，输坏了银子了！"便向万岁说道："长官，我原来是请你来领教来，你倒赢了我这些银子，把翠都着夺了去了。我吃着酒，你唱一个曲我听听罢。"万岁说："我从来不唱给人听。"王龙道："你不唱，弹弹罢。我自不干了，我给你做身绸子衣服。"万岁道："可是呀，你许下给我件人皮袄子，只怕这件衣服你做着难。"王龙道："岂有此理！"万岁果然弹了一套。王龙连声喝彩说："好丝弦！好丝弦！"万岁道："只怕你刮拾不的那衣服。"王龙道："大丈夫一言既出，驷马难追，我就不反悔。"万岁说："多谢了。"王龙又灌了几盅酒，千思万想，没处出气；又见佛动心在旁洋洋得意，便道："我别的弄不过他，或者我这身上穿的这衣服，他拿不出来。待我小小的形容形容他，也着他嚣。"便说道："酒后发热了。丫头拿个浴盆来，我合二姐夫待洗澡哩。"万岁说："这厮可恶！又待合我比衣服。"行说着，丫头抬了水来。王龙赏了五钱银子。遂即脱了衣服，大姐拿了来，抖搜了抖搜，"您看王姐夫好齐整衣服！"王龙说："咱是穷的么？昨日新打开了一箱，一匹尺头做的。"二姐说："王姐夫，你这一顶网子还是金圈哩。"大姐说："妹妹，你那孤老有王姐夫这一顶网子么？"那二姐心中不悦，说道：

"什么网子！是混帐网子！杂毛网子！"大姐见他这等，一发将王龙的衣服，脱一件，说一件。说还未了，便叫丫头："怎么不抬二姐夫的水来？他待脱下那青布衫子来支支架子哩。"一言未尽，两个丫头把水抬来。万岁本不待洗，怕走漏了消息，被他突的心头火起，便说："我要洗洗。"

万岁爷要脱衣，佛动心着了急。你的衣服不出奇，蛮子浑身是绸缎，你只一身粗布衣，休着他打了咱的趣。道姐夫等上一等，回南楼洗澡不迟。

皇爷说："我也就着洗洗罢。"

众丫头抬水至，万岁爷方脱衣。齐来跪下讨赏赐，分明是把王龙压，金豆子撒下各人拾。二姐欢喜大姐气，众丫头兢兢战战，除皇家谁有这样的东西？

丫头得了金豆，百样的奉承，将一个托盘，承着四个肥皂，上头顶着来献给。万岁待脱下来，恐怕人见了就知道他是皇帝，就连青布衫一齐脱下，窝钻了窝钻，递于二姐。二姐看见了个龙爪，就待展开。万岁流水挤眼，二姐方才会意，包了揣在怀中。

青布衫先脱了，藏起那衮龙袍。里边衬衣有两套，不是绸来不是缎，件件都是极蹊跷。汗衫全用珍珠造，穿着他夏天凉快，还打上冬里热燥。

万岁脱下衣服，王龙合大姐也暗暗的打罕，只估不出是个什么人来。

好衣裳件件精，赛观音唬一惊。王龙也把脑儿挣，心里猜他是响马，猜来猜去不分明。惟有二姐明似镜，自思量陪他两宿，不知他就是朝廷。

二姐揣起万岁那网子来说："大姐姐，你看这网子上是二龙戏珠。”大姐说:“乜是二鳖瞅蛋罢了!”

万岁爷怒上心,骂奴才贼贱人,怎么当面骂了朕?说我操军我不恼,二鳖瞅蛋好难禁!几时解了心头恨,王龙剥皮的时节,碎刀子割这贱人!

那万岁气在心头,满面通红。二姐将身子影着万岁,说道:“姐夫穿上衣服,咱回南楼去罢。”万岁听说,出了浴盆,遂同二姐起行。王龙合大姐送下北楼来。未知后事如何,且听下回分解。

第二十二回
佛动心拜主求欢
王冲霄输钱迁怒

话说万岁离了北楼,南楼去了。王龙说:“大姐,不想那军家的衣服,件件出奇,再估不出他是个什么人来。”大姐说:“必然是个响马,在那里短了皇杠。不如拿起他来,送到当官,比这狗头!”王龙道:“他那口里常说合江彬有处,若是真果,可不坏了?”按下二人议论不提。且说二姐合万岁回到南楼,满心欢喜。

佛动心闭了楼,焚上香把主酬,三年志愿今朝就。翻身便把皇爷拜,有点小失休记仇。万岁拉住罗衫袖,说二姐行此大礼,我问你是什么缘由?

万岁说:“二姐,你嘲杀了!我在京里串戏班,临来时无甚可穿,我就开开戏箱,暗拿出来了几件。才不过是哄那王龙。那件蟒衣是那戏子们穿的着装皇帝的,百姓们穿了犯法。我怕他茄着我,我才着你藏了，怎么你也信了么？”

佛动心笑颜开，我每日也疑猜，谁想你把俺当嘲巴待。今日若还再信了，可就真真是老呆，眼里也没珠儿在。就向爷祷头千万，也不要这样蠢才。

万岁说：“你这妮子，就合一个鬼灵精那是的！我只为一时赌气，就着你参透机关。我今日也不必背你了。”正说着，丫头叫道：“姐姐开门，拿了酒饭来了。”二姐听说，把门开放，秉起烛来，摆下酒饭，叫丫头：“你们困乏了，各人休息去罢。”丫头听说，各归房去。二姐把门闭了，双膝跪下，口称：“万岁用膳。”万岁道：“你说吃饭罢，休说用膳，看走漏了消息，被王龙知道了。”二姐说：“晓的了。”二人用过酒饭，二姐收拾床铺，与万岁寐寝。

佛动心喜盈盈，比昨日大不同，千式百样把朝廷奉。二姐忘了该呼万岁，万岁也迭不的叫梓童。天子庶民无品从，也不是金卯玉笋，耍了耍万古传名。

一宿晚景提过。君妃早起梳洗已毕，万岁穿上衣服，正待吃早饭，北楼已着丫头来请。万岁说：“备着酒饭，咱上北楼去吃罢。”二人同丫头下了南楼，竟到北楼。王龙欢天喜地的接出来。万岁说：“连日取扰，我今也自备了一盅水酒，携来同乐。”王龙道：“通家何必费事？”二人上楼，拉开桌椅，摆下酒席，吃过三巡。王龙说：“咱不是这么闷吃，还该找个法儿玩玩。”万岁说：“子弟风流都使尽了，可玩什么？”大姐道：“您俩投投壶摆。”王龙说：“正是，我就忘了。我就合你投壶。”万岁道：“随意随意。”王龙说：“我着你赢怕了，我烧上香祷告祷告，赢你一遭，我也遮遮器。”万岁说：“你就许点什么何妨呢？”丫头抬过香案来，王龙焚香祷告。

王冲霄跪案前，众神灵保佑咱，待合长官投回壶。诸般景儿都弄过，遭遭罚酒又输钱。这回仗托神灵面，保佑着王龙赢了，杀几个猪羊祭天。

大姐说："我看你妆杀我了！怎么祷告天地，许猪许羊的？"万岁说："我也祷告祷告。"他也不磕头，把手望空一举，说道：

上告玉皇老友前，下祝阎罗崔府官，城隍土地在两边站。要着王龙赢了我，我就贬你上云南，休要拿着当寻常看。你着我君家赢了，杀几只癞象祭天。

大姐说："花子又上来了疯了！你是嗄人家，杀起象来了？"万岁说："我有好亲戚借出来了。"王龙说："不合你弄那寡嘴。你过来，咱投壶罢。"这王龙自幼在学，不好读书，惯好投壶。拿起那箭来颠了一颠，使了个"苏秦背剑"故事，扢噔一声，投在壶里。王龙喜的抓耳挠腮。万岁道："乜个投箭法稀松平常，拿起只箭来撩到里头，人人都会，有什么奇处？你看我投个故事。"那万岁拿过箭来，照东墙上一摔，舞了几个花，一投，插在壶里。王龙大惊说："是什么故事？"万岁说："这是'珍珠倒卷帘'。"王龙说："从来没见。你再投一个故事我看看。"万岁取过箭来，捻的滴滴溜的转，往上一撩落下来，又插在那壶里。王龙道："这是什么故事？"万岁道："这是'野鹁鸽寻窝'。"王龙说："做这个你有个手法，我又不合你弄这个了。咱抹骨牌罢了。"

有王龙恼心怀，一心里抹骨牌。空中像有鬼神在，天地人和偏向主，青黄杂牌推过来，王龙输了没的赖。王蛮子抹了又抹，邪骨牌有些怪哉！

抹了一回骨牌，王龙又输了，只低这头，长吁短叹的。大姐道："还有一件极不出奇的营生，你道弄的好，你合长官耍耍何如？"王龙说："我这两日输挣了，也想不起是什么来了。你说是啥？"大姐说:“是跌六气。”王龙说:“妙呀！就是这等。”这万岁虽是个光棍皇帝,这一件他却没学。便说:“这个不会。”王龙听说不会,就越发缠起了,说:“这个不过是拿着六个钱撩下去,以慢多的为赢,有什么难处?”万岁也极好胜的,看看不会就是一件短处。便说:“咱试试。可赌啥呢?”王龙说:“一柱一百两,就来不许试。”真正聪明不过帝王,拿起钱来极样仔。

万岁爷架钱捵,像有鬼等着翻,一跌就是六个慢。王龙输的没阳气,拿起钱来就战战,用上心来只跌个断。扢搭的把头钱摔了,一声里骂地骂天。

王龙输极了,一行称着银子,一行骂那头钱。二姐在旁里笑道:“你着俺大姐姐再给你寻个方法,那银子今遭还输不犯哩。”王龙正烦躁,又听的二姐诮他,心头火起,便说:“小科子！你领了您那孤老来,都把我银子赢了去,我也不肯干休!”二姐羞的满面通红,半晌不语。万岁跳起身来大骂:“好贼！你输极了么？谁给你出气哩么?”老鸨子吵起来,万岁使性子走下北楼去了。未知后事如何,且听下回分解。

第二十三回

赚娇娥大姐定计
比根基万岁生嗔

话说万岁自从合王龙恼了,待了好几日不曾上门。忽然一日,王龙又着丫头来请。万岁不去。鸨儿自己又来,说道:“二姐夫,你真果怪他哩么？他输极了，什么正经！宰相肚里撑开船，你休合他一般见识。不过是那公子脾气，疼他那银子，就弄出那丑态了。这二日懊愧的合什么呀似的。”

赌博的不害羞，为乜钱就打破头，银子输了一千六。赌场里根基没凭准，行说着好说把脸丢，转一转儿还依旧。就有些面红面赤，又不是宿世冤仇。

鸨儿道：“适才见姐夫不去，他讪的了不得，着小大姐央我来替他谢罪。他既这等，二姐夫，你还是去呀，有仇哩么？况且昨日是二姐不看头势，惹的他骂了一句，他又没伤着姐夫。”万岁的性儿也是好动不好静的，极好合人打混，又被鸨儿百般相劝，也就没了气了。两个又跟着妈儿往北楼来。王龙出来迎着，先给万岁谢罪，说：“我昨日实着你赢极了，我就心焦了几句，休要放在心里。”又向二姐笑了笑：“二姐，你休怪我，我着你诮极了，就胡突心眼子，这二日好不懊悔煞！”

有王龙笑呵呵，叫二姐休怪我，昨日实是我的错。就该脱下那小鞋底，照着嘴儿只管掺，打煞怨的那一个？但得你心中不恼，我就念一声南无弥陀。

那大姐也来，二姐长，二姐短，花甜蜜语的，说那好话儿。二姐也就笑了。王龙说：“快摆酒来。”略不停时，将酒席摆的齐齐整整。

斟上酒弯弯腰，谢了罪又告饶，弄了多少虚旋套。长官既来我心喜，或是使碗又使瓢，咱把酒量鳔一鳔。万岁爷连饮了十碗，不济事王家那冲霄。

万岁爷吃了十数碗，王龙不能招架，说：“咱还找个法儿。”大姐说：“罢呀！昨日不是找法来！”王龙说：“长官，咱今日可玩的安相相的，也休要赌钱了，咱下棋赢酒罢。”丫头将棋盘端过，安下棋子，二人便下。

棋盘儿在面前，万岁爷信手安，着着下的天花乱。王龙恐怕还输了，手儿好似打巡栏，条条路儿踌蹰遍。万岁说狗屎棋子，一着儿下了半年。

下棋中间，大姐说：“二妹妹，他两个下棋还早哩，我有个琵琶谱儿，烦你给我改正改正。”大姐约着二姐下楼来了。

赛观音笑盈腮，请妹子下楼台，那知他把心儿坏。合他到了香房里，琵琶谱儿丢在怀，殷勤就把二姐拜。相烦你耐心坐坐，我到楼上看看再来。

这王龙输了一盘，方才安下棋子，大姐便回来了。王龙道：“大姐，你合长官下着，我告一告便。”原来是这王龙合赛观音定下的一局。一来王龙每日爱想二姐，不能到手；二来见万岁戮乖夺翠，没法治他，也要撮弄点先头；三来见佛动心得意的受不的，要触注这个口。遂合大姐计议定，诓在他没人处，就干起那“张飞掏鹁鸽”的那事情来了。料想那当婊子的，他也没有不依的。当下王龙下的楼来，到了房里，见二姐独抱琵琶，在那里对那谱儿。王龙一步蓦进，二姐放下琵琶，起身就走。王龙当门截住，说道：“我来敬陪不是，你怎么就待走呢？”

王冲霄蓦进门，叫一声佛动心，你三爷实实爱你俊。若还遂了我心意，一遭就许你十两银。搬过头来把嘴儿印。佛动心莺声怪叫，咭叮当扯断了罗裙。

那佛动心被王龙抱住，只急的柳眉倒竖，粉面通红，一声怪叫。王龙死活不放。按下不提。且说万岁正合赛观音下棋，一个丫环跑上楼来说：“大姐夫合俺二姐姐打仗哩。”万岁听说，龙颜陡变，虎步如梭，转下楼来。

万岁爷下楼来，只听的闹垓垓，见王龙正在那里行无赖。看见万岁才撒了手，二姐头松怀也开，丫头扶出门儿外。万岁爷重重大怒，骂王龙作死的奴才！

万岁大骂。王龙上前陪笑说："不过是个婊子，是你的自家老婆么，就这样生气？"妈儿道："你哄着我给你请了客来，你可弄下这个茧，怨的二姐夫恼了么？你休做声罢。"

万岁爷怒如雷，骂王龙作死贼！因何不合你尊堂睡？天生就剥皮货，死在眼前尚不知，只顾弄你那花花势！我看你装模装样，汤一汤沾了我那人儿！

王龙那公子性，素常降人是惯了的，谁敢说一个失字。被万岁骂了几句，只气得三尸神暴跳，两眼圆睁，便道："气煞我也！你不过马前小卒，合我在一堆坐着，就是抬举你了，还说我玷辱了你的婊子！你自家估量估量，我那点不如你？我就合你比比根基。"万岁说："我那根基却不济。"王龙道："不消说，你那祖宗关了银来使了，挣了你这一名臭军，你什么根基！"

我父亲在北京，生三子有大名：大哥曾把皇榜中，二哥宁夏做巡按，只我王龙没得成。看我读书不中用，才着我江湖奔走，习会了买卖经营。

王龙说："这就是我的根基。你可说来，撒谎支架子的不是丈夫。"万岁自思："砍头的货，我也表表你听罢。"

万岁爷怒冲冲，骂王龙小畜生，我还比你有根基。祖父虽然卖豆腐，积下无限大阴功，山东泗水人人敬。后搬在北京城里，第一家天下闻名。

王龙说："我就不说罢，你自己已是供出你的赃根基来了。卖豆腐的后代，就勾了人的了，还说人沾了他哩。近来不是在江湖上把性子忖了，先打你一个扁包，送到官府，统上两布袋银子，还着你有死无活！”万岁说：“你有多少银子，就着人死呢？”

王冲霄发大言，你听我说银钱。我那财贮你没见，堆金积玉敌国富，江湖河海有常船，银钱不知有几百万。不是我夸句海口，我跟你万个长官。

万岁说：“你就是这么大财主么？”王龙说：“不济么？天下数一数二的！”万岁说：“可吓煞我了！我也不消把我那家当合你比，我说说我那小厮们的家当你听听罢。”

万岁爷气昂昂，叫王龙休逞强，你有多大小家当？空是兵部尚书子，银钱能有几百房？不如一个小厮管的账。把你银钱尽数拿来，河内常船，南京铺子，地土宅子，老婆孩子，尽情算了，敌不上我一个庄子上的杂粮。

王龙说：“尽着你乜花花嘴，满口胡叨，谁信呀？我且问你：你这么些粮食，你有多少庄子呢？”

万岁爷鼻子里嗤，叫王龙你听知：我的庄子十三处。管庄的小厮都威武，个个门口竖大旗，炮响三声谁不惧？吹鼓手掌罢大号，小小厮给大小厮作揖。

王龙说：“你那小厮是个官么？”万岁说；“不是官么？像你这样东西也生出来了。”王龙大叫道：“好囚军！气死我也！”老鸨子见他两个斗起口来，说道：“二位姐夫消消气罢。大姐夫，他年少的人，已是做出来了，还待治的哩么？二姐夫请回南楼去罢。”万岁气忿忿的离了北楼，一行走着，一行骂道：“我不剥他的皮，我不算手段！”万岁合王龙恼了。到了次日，老鸨备了一席酒菜，给他两个合劝，自己来请。万岁坚执不去。鸨子道：“二姐夫，你性子这么乔。

年小的人们，每日价可答头在一堆儿，什么正经！”万岁道：“你对王龙说，着他剥下他那皮来给我，我才去哩。”鸨子见请他不动，也就去了。待了二三日，万岁正合佛动心在南楼上下棋，忽然王龙着个丫头送了一封书来。万岁拆开一看，上写着：

多拜上老长官：俺不过玩了玩，你就拿着当象马蛋。搂了搂腰儿做了个嘴，不曾汤着那故事尖，纵不然也少不了边沿。你忒也认真，可笑我只当狗皮缘边。

万岁爷看罢说：“好欺心的狗贼！待我回他个帖儿。”

写就了书一封，回覆那小畜生，待中死矣还挣什么命！我说不要你那皮袄罢，谁知你娇性再不听，定要脱下将我送。若还是真正好汉，剥皮时休要害疼。

万岁自从写了回书，两楼上不犯往来。万岁这里弹，他那里就唱；万岁这里睡了，他那里锣鼓喧闹起来。万岁好生痛恨！未知后事如何，且听下回分解。

第二十四回

穷秀才南楼谒见 都篾片御笔亲封

话说这大同城有一个饱学秀才，姓胡，极会相面。家里穷的坌地没有，他自家说将来有百万之富。人都笑他，就给他起了个混名叫胡百万。又看着自家命里该当没有官星，因此上丢了那书本子，光弄那杂八戏，吹弹歌舞，件件都会。朋友们因他在行，常请他去吃酒帮嫖,承欢取乐。

胡秀才会帮闲,又会吹又会弹,况且又相极好的面。这手里抓来那手里撩,家无片瓦合根椽,没个板查称百万。人都说这秀才薄命,他手里拿不住个底钱。

这胡百万别的还只寻常,只有吹笛弹筝,大同地里就数他第一。那宣武院里常请他去教吹教打,院里的婊子没有个不和他熟的。那佛动心每日等皇帝,人人都笑;他独不然,见一遭就夸奖一遭。这胡秀才,着几位朋友请去吃酒闹玩,数日不曾归家。回家第二日,到了院里,听的说佛动心接了个军家,心里就老大惊疑,便到一称金家去打听。妈儿让他坐下吃茶。

胡百万便开言:在城外贪着玩,几日没到宣武院。听的二姐接了客,烦你给俺传一传,我合长官见一面。老鸨儿忙叫丫头,快与他通报一番。

且说那万岁正合佛动心闷坐,丫头上楼说道:“下边有胡百万待来拜姐夫哩。”万岁说:“他是个什么人?”二姐说:“他是个秀才,极会吹弹,我也曾跟着他学筝来。”万岁自合王龙恼了,就是小六哥三两日来看看,又不能住下,兀自没人散闷。听说胡秀才在行,心中大喜,便说:“叫他进来。”丫头即忙下楼,说:“姐夫有请。”秀才闻请,就上楼来了。

胡百万进楼房,将万岁细端详,翻身倒拜南楼上。万岁才待拱一拱,见他跪倒费思量,只说还是那帮闲的样,万岁爷连声请起,胡百万悚惧恐惶。

胡百万爬将起来,站在一边。万岁说:“请坐。”胡百万说:“不敢。”让了两三回,方才坐下。万岁说;“我合你一个朋友家初见面,怎么这样谦恭?这到着我心里不安。”那丫头见他磕头,也都笑他。胡百万也不肯当面说破。

胡百万坐在旁，丫头们笑他赃，给人磕头是那里的账？百万明知是天子，却又不肯撒了汤。说爷是个王侯相，望后日风云得志，看一眼莫要相忘。

万岁说："我果然封了王侯，你的终身都在于我；只怕你那学业无准，可也罢了。"

万岁爷笑颜生，叫秀才你是听：只怕你那嘴儿不灵应。若还过日封王侯，凡事都与你尽情，些小富贵也保的定。但只是封侯何日，你给我说个分明。

胡百万说："学生学问浅薄，这个日子可就定不出来。"万岁说："也罢，我听的说你吹弹的极好，有琵琶在此，你弹一套我听听罢。"

胡百万抱琵琶，切四象按九牙，弹了一套客窗话。万岁听罢微微笑，便叫二姐你听咱，这弹和你相上下。一半点像内府传授，但只是节奏还差。

胡百万说："军爷真正知音。小生这琵琶从一个御乐的亲戚学来，原没有真传，怎么入的爷的尊耳！"万岁说："你的武艺那一件精呢？"胡百万说："都不精。"二姐说："他的筝好。"万岁便说："拿筝来。"

胡百万接银筝，一回重一回轻，两手不住忙忙弄。起初好似檐前雨，次后还如百鸟鸣。皇爷听罢龙颜动，说二姐你学嗄来，十停只得了三停。

胡百万抓罢，万岁大喜说："这筝就是御院里也没有。"

胡百万惯帮嫖，帮衬语极会叨，奉承的万岁心欢乐。回头便把二姐叫，没有别人你休嚣，把那新学的琵琶领领教。佛动心一回弹罢，百万说我也会了。

二姐跟着万岁学了一套，弹出来委实中听。胡百万不住的喝彩。弹完了，胡百万说："我也会了。"万岁不信，就叫他再弹。

胡百万真蹊跷，听一遍不曾学，就照着样儿学一套。旁人听着齐喝彩，真正不差半分毫。万岁听毕微微笑，这琵琶还差点死手，从今后休对弹了。

胡百万遂磕了一个头，起来说："什么死手，军爷说了罢。"万岁鼓掌大笑道："不对你说。"胡百万说："我再吹吹那笛给军爷听听，咱交易了罢。"万岁说："你先吹吹我看，换过了换不过呢？"

胡百万真会玩，将笛儿吹一番，悲切好似离群雁。二姐没嘎可当板，头上拔下凤头簪。万岁敲着连声赞，说这笛委是大妙，得二姐唱一个昆山。

万岁说："这笛真妙。二姐，你唱一个和他一和。"

佛动心唱起来，可人意开人怀，教人魂散九霄外。百万玉笛忙和起，听不出是两声来。万岁听罢龙心爱，将酒杯一口饮尽，说一声妙哉妙哉！

万岁说："佛动心唱的第一，胡百万吹的第一。劳苦了您俩了，咱吃酒罢。我行一个令儿，要破一个谜，猜不方的罚。"胡百万说："请爷先说，好做个样子。"万岁说："地上没有天上有，人人没有一人有。"二姐说："是龙。"万岁说："二姐猜方了。"胡百万罚一盅。二姐又说："地下也有，天上也有，人也有。里头不见外头的见。"万岁说："这是云。"胡百万说："人那里的云？"万岁说："云布、云锦、云履，穿着里头便不见，穿着外头便见了。"胡百万说："是呀。我却说什么？"有金墩在旁里斟酒，胡百万说："你替我寻思寻思。"万岁说："不许替。"金墩嘻嘻的只顾笑。万岁说："你若是有么，你就说，算你的。”金墩说：“人不知他知，他不觉我觉。”万岁说：“这是什么东西？”胡百万说：“这个我可猜方了，这是他那肚子里那私孩子。”万岁大笑说：“我输了。”罚了一盅。“你可说么？”胡百万说：“我也有了。人不知他知，他不觉我觉。”万岁说：“该罚！人说了的你怎么又说？”胡百万说：“我这个不合他一样。”万岁说：“是嗄？”胡百万说：“是我这裤子里的破烂流丢的，惟止家下给我胡做时他才知道。”万岁大笑道：“胡百万，你有百万之名，可怎么还没有条囫囵裤子？”胡百万说：“这是人诮我，起了一个绰号。”万岁说：“我管给你成就了这个名子。”

万岁爷笑呵呵，胡百万你听着：放心有我也不错。果然由了那封侯的话，百十万银子值什么，情管着你自在过。胡百万慌忙跪下，磕的头比那碎米还多。

胡百万磕头谢恩。万岁说：“你休要忒认真了，我的王侯万一封不成，可不搭了你那些头么？”胡百万说：“搭不了。”

武宗爷心里欢，不由的开笑言，叫了一声胡百万。我若得了王侯位，给你本儿去转钱，监商茶客从你的便。你若是做上几载，运来时百万何难？

胡百万说：“小生命薄，本儿大了担不的，给我一个别的头向罢。”万岁说：“有一个头向你极会做的。”胡百万说：“什么头？”万岁说：“给你一个都篾片头，你可愿做么？”

万岁爷开玉言，叫秀才且耐烦，将来封你个都篾片。帮闲嫖客属你管，打那姐儿忘八的课税钱，这个营生你干不干？丫头们嗤嗤的怪笑，胡百万喜地欢天。

胡百万说：“这个头向就强的别的。但只是口说无凭，求爷给一个帖儿做个凭信。”便拿了一幅柬帖来，递在万岁面前。万岁此时有些醉意,乘着酒兴大写道:“钦差巡视两京各院等处地方,都理嫖务,兼管天下帮闲都篾片。”胡百万拿在手里,磕头谢恩。万岁自从进院,不曾开兴吃酒,今日不觉大醉。胡百万见爷醉了,便说:“小生告辞,军爷睡了罢。”万岁说:“夜已深了,你合那丫头们在楼下睡了,明日再玩。”

万岁爷醉沉沉,叫秀才夜已深,你且合那丫头们困。明日起来再玩耍,省的差人把你寻,休要去的无音信。胡百万连声答应,爷自睡不要担心。

胡百万答应一声,下楼去了。未知后事如何,且听下回分解。

第二十五回

游妓院万岁观花 吹玉笛美人献技

话说那万岁醉了,睡到天明,便说:“二姐,夜来那胡百万进来就磕头,只怕他认出我来了。”二姐说:“也是有的。他相极好的面。人都笑我等皇帝,他不笑我。”万岁说:“着人去叫他来罢。咱再合他玩耍,我可盘问他盘问。”二姐便叫丫头去请他。丫头说:“今夜里任凭怎么留他,他不住下,自己打着个灯笼,飞跑的去了。”

万岁爷笑一声,叫丫头你是听:想是他嫌你不干净。他家住在什么巷,隔着这里几里程?若是不远你蹭一蹭。果然他宿在家里,拉他来休要放松。

丫头说："我去找他去。"略不停时，丫头回来说："他夜来不曾归家。"二姐说："有了。"

佛动心想一周，半夜里何处收留？有个去处他去的溜。东院里有我好姐姐，名子叫做百花羞，秀才惟只合他厚。情管是在他那里，不消去别处搜求。

丫头说："我就忘了呢，就是就是。"慌忙去了。

有丫头到东厢，胡百万才下床，脸儿洗得没停当。骂了一声天杀的，着俺像找白侍郎，你可弄那自在像。穿搭上流水去罢，这早晚还只顾麽仓。

胡百万穿衣裳，骂一声小淫娼，上头扑面的什么样？我这问您二姐姐，文书着他给一张，我可合你算算账。那丫头连推带打，一阵风拉上楼房。

万岁说："你干的好事！我着你休去，你怎么就逃了？"胡百万说："他们又不留我，怎么可强插白赖的死塞呢？"丫头说："好嚼舌根子的！我没说你休去罢？"万岁说："这自然是你的不是。你竟扬长去了，又不怕人担嚣；我封了你一个大大的官儿，你又不早来谢恩。罚你给丫头作个揖罢。"胡百万说："我宁只给佛动心磕头，这揖可难作。"万岁说："你为什么半夜里逃走了呢？你作揖还拣主么？"胡百万说："不是拣主，他们都担不的，看折煞他了。"

丫头们笑哈哈，胡百万你忒也夸，自家估着自家大。你说作揖就担不的，你跪上试试看怎么？秀才说话就恁么乍。百万说你留情意，再留我定是住下。

万岁说："着了极了，饶了你罢。我且问你：你会相面，你相着我现如今是什么人？若说着，赏银二百两。"

胡百万笑吟吟，俺有眼也有心，你说俺就恁么夯。头上戴着檐毡帽，腰束皮鞓带一条根，自然长官何须问。这两日运气极好，又插上这二百两的白银。

万岁说："你可相差了，就没有装做军家的？"胡百万说："拿银子来罢。"万岁说："相不着怎么还敢要银子？"胡百万说："军爷请自家说是个什么人，我就不要了。"万岁说："我现是个京官。"胡百万说："若是个京官，我情愿挖下眼来搓了。"万岁说："我实对你说罢，我是个皇帝。"胡百万问二姐姐道："真果么？我不信，我不信！谁家皇帝出来嫖院来？还肯自家说是皇帝？拿银子来罢。"

万岁爷笑哈哈，我本是盘问他，谁想倒着他盘问下。就给你银子二百两，休要拿着当土合沙，做条裤子好支架。你领我院中看看，那有名的都是谁家。

万岁说："二百银子这是小事，我可不是为你相的那胡突面。听说院中三千姊妹，你就认的两千七八。那名妓多少，你都领我去看看。"胡百万说："这自然是都篾片的职掌，怎敢推辞。"万岁大喜，即时吃了酒饭，一同下楼。胡百万说："二姐没本是走不去罢？"万岁说："也罢，你在家叫人摆下酒席，回来咱好玩耍。"

转街巷曲弯弯，皇帝后秀才前，领着万岁沿门串。出色名妓八十个，武艺精通件件全，拣着门儿从头看。看了勾五十余家，爷才信自古才难。

二人走了五十余家，有住下吃一盅茶的，有略坐坐就走了的，有合百万骂几句的；都知道是二姐接的那军家，也都不甚尊敬，却都为胡百万的面子上，没有不让坐坐的。万岁肚中饥了，却又困乏，见那一般名妓都不上眼，兴致也就没上来了。转过墙角，又到了一家，见那房舍甚是清雅，有一个姐儿迎将出来。

万岁爷细端详，打扮的淡素装，年纪只在二十上。虽然不似二姐美,风流却也不寻常,行持没有那惫赖样。见了爷拜了两拜,将二人请进香房。

到了房里,胡百万说:“这就是南楼上那位爷。”那姐儿慌忙跪倒,磕了几个头儿,便说:“不知爷来,有失迎接,贱人万死!”

万岁爷暗疑猜,这个人好怪哉,怎么听说就将我拜?人人拿着不当事,忽然跑出个敬的来,万岁便有几分爱。要赏他白银百两,口不言心里铺排。

二人茶罢,美人便吩咐丫头速备酒席。万岁说:“穷军家又没有赏银,那里就有取扰的理。胡百万,咱走罢。”美人那里肯依。

那美人笑开言,叫声爷休弃嫌,好容易见的爷金面。虽然没嗄给爷吃,略把腿儿少蜷蜷,遽然去了不好看。胡百万你若领了客去,我合你断了咱往还!

胡百万说:“这是他一点诚意,咱就扰他罢。”万岁便忻然坐下。略不停时,酒肴甚是齐整。

武宗爷闷气消,问一声女多娇,初逢不知是什么号?今日闲玩来到此,没曾带着银子包,回时送个薄仪到。美人说增光万幸,若说这赏赐何消。

胡百万说:“他名子叫百花羞。”万岁说:“哦!那百花羞就是你么?”百花羞说:“就是贱人。”胡百万说:“听的谁说来?”万岁说:“今早晨找不着你,佛动心说,有一个百花羞合他甚厚,必然是在那里,因此知道这个名子。”又点点头说道:“是你眼色不差,果是个妙人儿,雅致温柔,不同寻常。”百花羞说:“蒙爷的过奖,折煞贱人了!”万岁说:“胡百万可人没有不会吹弹的。”那百花羞见爷问他,便去房里拿出一只玉笛,一攒牙笙,雕刻的异样精美。笑了笑,将那笙递於胡百万。

一吹笛一吹笙，合起来好中听，哀哀吹了两三弄。知音天子上边座，好好连夸四五声，想那教笛时特把心来用。细听他一字一句，合百万一气相同。

万岁大喜说："您二人这样相厚，又是极好的一对儿。依我说，百花羞，你嫁了他罢。"二人听说，一齐下来，两手扑地，给爷叩了顿头。

武宗爷笑哈哈，你磕头为什么？我不过是句闲常话。几十两银子还容易，出百两以外就难，妈儿不知要多少价。点点头说也罢也罢，且从容济着我刷刮。

百花羞说："军爷这片好心，贱人离了火炕，给爷念佛。"万岁说："你嫁与不嫁，今后且不必提他。您二人且合我去南楼上玩耍玩耍，过日的事在我。"百花羞带了丫头，一同出门往南楼去了。

百花羞到楼门，看见了佛动心，跪下才把二姐问。你若到了安身处，也念念火坑受罪人，休忘了从小一处混。佛动心大惊失色，忙回礼跪倒埃尘。

二姐忙把百花羞请起来，说："姐姐忽然行此大礼，这是为何？"百花羞说："是应当的。"

想妹妹挂心怀，怕爷嗔不敢来，谁想倒将奴错爱。忽然到了俺家里，没点什么清处来，又许提出火坑外。这都是妹妹的体面，磕万头也是应该。

二姐说："他的话俱听不的。姐姐既有从良的心肠，也是易事。我还有几两私房银子，那妈妈娘任拘要多少银子，我管助成。"

万岁爷笑一声，佛动心你瞎支棱，开口就谝你那银钱重。我问亲戚借一借，定然拔他出火坑，临时还有小陪送。我送他黄金万两，两口儿快活一生。

胡百万合百花羞又磕头谢了恩。佛动心说："你光叨大话，我看你合不煞口来着待说什么！"万岁说："你休管我。快拿酒来，咱四人痛快玩玩。"四人方才坐定，有一个丫头拿上一个帖子来。万岁问："是做什么的？"丫头说："是北楼上王姐夫请胡相公的。"胡百万说："你对他说罢，我不能去。"

万岁说胡秀才，那王龙有钱财，你若不去看他怪。百万笑道不妨事，他死的头向待中来，他就恼些也没害。他来时曾会他一面，看不上那嘴脸歪腮。

胡百万说："他也活不的几日了，得罪他些也不差。"万岁说："你那里见的？只像你给我相的那面，那王侯在那里哩？"胡百万说："若合我相那面似的，他就坏了。"万岁说："闲话休题，咱且吃酒罢。"

两对儿并坐了，饮数巡兴致高，各人显出各人的妙。一个琵琶一个笛，一个打板一个箫，满楼不住喧天闹。四个人欢欢喜喜，只吃的谯鼓三敲。

万岁听见打三更，说道："咱不要罢。您二人明晨早来。"胡百万合百花羞连忙答应，下楼去了。未知后事如何，且听下回分解。

第二十六回
胡百万帮嫖惹祸
张天师保主留丹

话说万岁吃酒吃了半夜，到了天明起的身来，便问："胡百万两口子来了不曾?”丫头说:“还没哩。”“快去叫他来的。”丫头去不多时,回来说道:“来不的了。”万岁说:“怎么来不的了呢?”

丫头说胡秀才,他今早已是来,刚刚到了门儿外。王宅家人把他请,说了声不去就上来揣,衣服裂的条条坏。万岁爷未曾听罢,骂一声欺心的小奴才!

丫头说:“百花羞着人给他买衣裳去了。买了来时,就过来哩。”万岁说:“快给他送三十两银子去,着他拣着那上好的绸缎,多叫几个裁缝,流水快做出来,扎挂的一搀新,可来见我。”

慌的那佛动心,拿出了一包银,差人去把秀才问。裁缝叫了好几个,一宿做了一搀新,走来更比常时俊。两口儿早到楼上,齐声说谢爷天恩。

万岁说:“你相与着没体面的军家,又给你做不下主来;你不如去奉承奉承他,就不怪你了。”胡百万说:“我不去,也不是怕爷嗔。”

穷虽穷志气刚,任拘他怎么降,脸儿难合心两样。叫我几回我不去,无非就是嫌他脏,嘴脸叫人看不上。我只将冷眼观蟹,看横行能有几场。

万岁说:“快拿酒来,我给胡百万压惊。”

万岁爷斟一盅,我给你压压惊,休为烦恼就没了兴。百味珍馐忙拿过,四人依然闹楼中,今朝更比昨朝胜。不说他君臣取乐,恼犯了宝客王龙。

且说那王龙辱了胡百万一场,方才心下少可;又听的待了一日一宿,就上下一搀新了,依旧南楼作乐。暗暗的鼓那肚子,要害南楼一党。

王冲霄闷腾腾,听南楼弹唱声,气的整宿睡不定。难道尚书大公子，不如一个腌脏兵？我定然合他弄一弄。昼夜的越思越恼，找法儿要害朝廷。

且说张天师正然诵皇经，偶然一阵狂风，大同的城隍参见。天师道："有何事情？"城隍道："万岁只身私行大同宣武院取乐，有王龙要害万岁，一个文武不曾带来。今日玉皇圣诞，大小诸神都去庆贺，无人保驾，如何是好？"天师说："也罢，我就下山保主一遭。"吩咐城隍去了，遂即出的门来。这天师古时有一阵祥云，只为他误入斗牛宫，偷看了仙女，遂摘了他的祥云，只给了他一阵黑风。遂画了一个十字，两脚踏住，念动咒语，吹口法气，一阵黑风从地旋起，不多时来到大同。天师收了神术，两脚踏立尘埃。遂自思道："万岁我曾去朝过几次，他认的我，我也不好见他。现如今胡秀才是招财童子临凡，他日近君王，不免托了他罢。"

张天师上大街，要访那胡秀才。到了胡家大门外，打起封卦板装算卦，百万忽然走出来。天师一见说声怪，这一位天颜日近，怕目下有些奇灾。

胡百万大惊失色说："先生，你也会相面么？"天师说："也略通。"百万说："我相着我往前交了好运，你怎么就说我有灾难呢？"天师说："你的学业还浅。是你听我讲来。"

虽相法你也通，但未必如我精，不测的祸福你不能定。纵有人间危难事，我袖占一课果分明，立时断就生前命。胡百万听说大喜，把天师让到了家中。

胡百万合天师到了一座密室中，作了个揖，让了上堂，遂求断吉凶。天师起了一课，断曰：

这个卦实是强，现如今侍君王，眼前就要遭磨障。文武不曾带一个，惟你朝夕常在旁，若有差池上谁的帐？那时节合家大小，少不的一命无常！

天师说罢，胡百万只唬的面如土色，慌忙跪下，只说："仙长救命！"

天师笑这无妨，只小心要提防，祸福只在头直上。就是珍馐合百味，拿来但要你先尝，纵有失错不妨帐。我送你一丸丹药，也是个起死良方。

天师便囊中取出一丸丹药，递於胡百万，说道："你近中有一道鬼门关，却也无妨。把这药丸交与你那得托的拿着，你若有什么差池，这丸药就能救你。"天师吩咐已毕，出门去了。

胡百万暗低头，一边想一边愁，机关心里安排就。忙忙走到宣武院，药丸交与百花羞，从头说了前合后。他二人商议已定，一双双来到南楼。

万岁说："您两个去做什么的来？"胡百万说："爷睡着了，俺各人家去料理料理，谁知得了一件奇事。"万岁说："什么奇事？"胡百万说："遇见了一个算命的先生，他给我算了一个卦。"万岁说："算的如何？"

见一个算卦人，他算我近至尊，至尊现交着泼杂运。着我顿顿先尝饭，朝夕休要放宽心，大小事儿加谨慎。若还是一脚错了，准备着灭了满门。

二姐听罢大惊。万岁冷笑道："这先生光叨瞎话。你每日就是合我在一堆儿，我又不是皇帝，你怕怎的！"二姐说："是皇帝不是皇帝的，出上就依着他说。以后饮食都着胡百万过了目，方许进用；如是胡百万不在这里，我自检点。"万岁点头应允。

胡百万已封官，从今后又加衔，兼管御厨的都篾片。二姐不教他别处去，着他两口住楼前，事事都打他眼中看。只为着给朝廷管膳,险些儿去给阎王帮闲。

这一日,万岁待吃酒,丫头楼下拿了一瓶酒来,放在胡百万面前。胡百万说:“代我斟上一盅尝尝。”

胡百万把酒尝,吃一口喷鼻香,引的喉咙里馋虫上。仰仰头儿只一灌,十二重楼一阵凉。霎时大害从天降,满肚儿疼如刀割,叫一声气绝而亡。

万岁和佛动心见胡百万死了,大惊失色,双双落泪。百花羞说:“不妨不妨,前天那算命的早知有今日之难,给了一粒丹药,想必灵验。”即时叫丫头把口拗开,把药丸放在口内,灌上了一口清水。只听的咕碌咕碌响了几声,药已下去了。

拗开口灌下丸,顿饭时手动弹,忽然略把眼睛转。哎哟一声翻过来,一口鲜血吐床前,万岁唬的浑身战。这酒是从那里拿来?快与我问个根源。

丫头唬的战战兢兢,跪在地下说道:“这是自家的酒,两楼吃的都是,并无两样。”万岁心下明白,说:“你起来。去罢,不干你事。从今以后,两楼上人役不许往来。”

万岁爷早得知,骂王龙作死贼,暗中定下绝户计。若不亏了胡百万,一楼大小死无疑。一回思量一回气,戏犯妃子还容小可,这桩事值的剥皮!

万岁叫人用心服侍胡百万。胡百万待了一宿就好了,君臣夫妻依旧南楼作乐。未知万岁何日回京,且听下回分解。

第二十七回

定国公衙内吓奸
张太监井边认马

话说那在朝文武见万岁久不登殿，个个疑惑；又听小人的乱传，皇帝出京私行。文武们与定国公议论，常常上本。国母着忙，叫那太监张永："你这两日问的江彬口词如何？"张永叩头说道："那贼全无口词。"国母大怒说："领我密旨，同文华殿毛纪，三日追不出他的口词，你各人顶上一刀！"张太监着忙。

张太监着了忙，领密旨离朝纲，战战兢兢魂飘荡。见了莱州毛阁老，诉了一遍说的慌，毛纪愁锁眉头上。刑部监把江彬提出，他不招就立下法场。

毛纪、张永同到法司里，即差人向刑部监提出江彬。毛阁老一见大骂道："卖国的奸贼！今日不招，我是不合你干休了！"

毛阁老气昂昂，骂奸贼太不良，好似三国曹丞相。王莽、苏宪今何在？力比董卓、石敬瑭，心似赵高无两样。专想着篡朝夺位，我着你目下遭殃！

张太监大怒道："人是苦虫，不打不成！善便怎么肯招？给我夹起来！"

张公公恼心怀，把江彬夹起来，拢了一拢无计奈。江彬每日为官宦，知道这样刑法怎么捱。忽然寻法胡厮赖，在堂下声声叫苦，张太监你其实就不该。

江彬道:“张永,我保的是皇帝,你保的不是皇帝么?当初万岁出朝之时,你我同送出城去,怎么只光夹我?”张永大叫道:“好奸党!仇口咬着我么?”

张太监咬碎牙,气忿忿怒转加,谋害主公犯罪大。老天不遂奸臣意,仇口咬我为什么?我说合你对了罢。危难处一声来报,千岁爷进了宫衙。

江彬不招,张永正在危难之际,从人来报:“千岁到了。”毛纪、张永接出门来。定国公问道:“追的口词何如呢?”张永从头至尾,说了一遍。定国公勃然大怒。

定国公怒冲冲,把铜锤举在空,顶梁穴上蹭一蹭。不说万岁在那里,一锤把你丧残生,浑家大小杀个净!有江彬哭声不绝,叫千岁待我招承。

江彬说:“千岁息怒,臣愿招来。”定国公怒道:“快忙说来,万岁在那里?”江彬说:“万岁说私行看景,临行曾对臣说,休要泄漏天机,非是小臣之过。倘或说出,朝中若有奸臣,万岁路途有失,臣怎么担的起?千岁同合朝文武押着微臣找主。我主回来,饶臣不死;找不回来,情愿伏罪。”定国公说:“暂且饶你不死。”毛阁老便传众文武俱齐集芦沟桥下。张永说:“先往那一省去?”江彬说:“山西大同府。”众文武听说,大家急奔红尘。

众文武离顺天,前过了居庸关,一路无辞忙似箭。饥餐渴饮来的快,过了一山又一山,那日来到宣府店。江彬说休要前走,密松林且把身安。

那江彬常串边塞,走的极熟,向张公公道:“倘或黎民得罪主公,他若知信,万岁有失,那时怎了!前边有个密松林,不如暂且住下,你我进城访主一遭。”张永说:“这话有理。”众文武在林中隐藏，张永、江彬二人进城来了。

他二人进大同，心里想叫主公，你在那里贪欢庆？串街过巷找一遍，不见万岁影合踪，怎不叫人心酸痛！他二人走头无路，惊动了监察神灵。

那万岁该当回京，诸神拨乱着。王龙叫丫头："我买的那马，今日饮了么？"丫头说："还没饮哩。"王龙说："渴着我那马，把你打一千，快给我去饮饮的。"丫头听说，不敢怠慢，泪洒洒的牵马出院来了。

二梅香泪盈盈，那世里少阴功，今生折磨咱的性。不是打来就是骂，奴才只当叫奶名，满心冤屈合谁控？不如咱寻个无常，早死了另去脱生！

丫头牵马哭出院来。张永、江彬转过头看见龙驹。江彬说："有了我的命了，那不是万岁的坐马？"张永听说，猛然抬头，急走了几步，扯住那马。那马常和张永作伴，见了张永，哏哏的大叫，点头磕脑，只是不会说话。张永道："丫头，这马是谁的？"丫头道："是王三爷的。"张永道："是你王三爷自家的呀，是他买的呢？"丫头道："是买的长官的。"张永道："那长官现在那里？"丫头道："在院里。"张永道："这马是我的，被人拐出来了。那长官是个拐马的，我正是来找他哩。"物见主必定取，张永牵着马往外走。那丫头只急的抓耳挠腮，捶胸跺足。

二梅香泪满腮，想是咱命里该，从天降下灾合害。今日井边失了马，到家拷打怎么捱！寻思一回没计奈。只为那王龙该死，带累了两个裙钗。

二梅香投井而死。张永、江彬牵着马来到林中，见了众人，诉说了一遍。此时王尚书也在行营，众人秉手说道："王老先生恭喜！

你家三公子与万岁作伴,又买了万岁的龙驹。"王尚书听说,只唬的魂飞天外,魄散九霄了!

王尚书唬一惊,骂王龙小畜生,养活着他成何用!人家养儿防备老,不想他是个闯祸精,可把他达达送了命!实指望我主有赏,到不想不得回京。

便叫左右拿绳锁来,将王尚书绑了。毛阁老遂暗传号令,进了大同城。未知后事如何,且听下回分解。

第二十八回

大姐绳缚王冲霄
万岁火烧宣武院

话说众文武进了大同,封了四门,扯起黄旗为号。各官知道,齐来参见。这外官儿见了几遭皇帝?来到黄旗下跪着张永,口称万岁。张永大笑道:"你是什么人?"各官叩头道:"俺是大同道、府、州、县、总兵等官。"张永道:"万岁来宣武院三个月了,你们还不晓得。快去点兵,把守城池,不要走了王龙。回朝上本,保你等没事。"众官领命去了。毛阁老传令,快换朝服,手执牙笏,各按品从,各人俱要十分小心。众文武齐声答应。不一时,总兵点起的人马,把宣武院团团围住。

张公公把令传,刀出鞘弓上弦,霎时围了宣武院。南楼权当金銮殿,文武百官把主参,礼拜已毕两边站。万岁爷楼上正要,众文武谁敢高言。

众文武行罢大礼，分班站立。万岁正合胡百万下棋，丫头急忙传报说："不好了！有许多兵马，将院围了！大些穿红的汉子，都在下边哩。"老鸨子慌成了块，话都说不出来了。万岁说："休害怕，这是我那小厮们来了。"不一时，江彬上楼，双膝跪下，口称万岁："臣接驾来迟，赦臣不死！"万岁大喜，说道："爱卿，我还待玩二日，你就来了。"江彬道："合朝文武俱在楼下伺候大驾。"万岁即出楼门。文武见主，拜倒在地。万岁说："卿家远劳，免礼罢。"文武听说，分班站立。那王龙正在北楼，合赛观音追欢取乐，忽听的一片喧嚷，忙叫丫头去看。不一时，丫头回来，跑的只吁吁的喘，都面无人色，说："了不的了！南楼上那个长官是个皇帝！"丫头还没曾说完，那王龙从床上就张将下来了。

跌了个仰不踏，起不来就地爬，王龙此时才不乍。叫声大姐怎么处？我不如装个小忘八，跳了墙头走了罢。赛观音玉容陡变，全不念枕上冤家。

大姐自思："平日我得罪的皇帝也不少，不如拴住王龙，送于万岁，将功折罪。"便叫丫头们快上来拿住王龙："咱去请赏。"十余个人一齐下手，不一时将王龙绑起来了。

赛观音叫呱呱，我自家为自家，姐夫你就怪点罢。王龙大骂狠心妇，每日把我当亲达，一朝失势变了卦。赛观音不言不语，把王龙献于皇家。

大姐将王龙拴至南楼，见了万岁跪下道："王龙待跑，被贱人拴来见驾。望祈万岁将功折罪。"王龙见了万岁，只是磕头："臣有眼无珠，万死万死！"万岁笑道："王官，我不怪你。你许的我那白表红里的那人皮袿子，可给了我罢。"王龙只唬的瘫倒在地。江彬说："是你得罪着万岁了，待要你乜皮哩。"万岁传令，叫锦衣武士，带刀指挥上来，将王龙拿去剥皮草揎，消朕之大恨。

有王龙颤巍巍，骂大姐吃你的亏，千刀万剐贼贱的辈！得罪朝廷都是你，临危了还要献谄媚，临死咬的牙根碎。可怜是三声炮响，将皮褂一并全追。

把王龙剥皮草揎，抬到楼前，立站不倒，面不改色。万岁说："王官，你死了也称财神。"忽的声面前阴风一阵，左转三遭，右转三遭，谢恩已罢，归天不提。大姐跪下，口称万岁赦贱人不死。万岁说："你是妙人儿，又亏你帮衬，今日又来献功。"叫江彬："有北京捎来的那驴儿，牵来给大姐骑了去罢。"大姐说："万岁饶了践人，贱人走了去罢。"江彬喝道："好贼泼贱人！你得罪着万岁了，给你木驴骑着哩！"

剥去了大姐衣，碎锣响破鼓槌，人人要看狼心肺。百样装的假面目，千人靠的臭皮囊，登时剐了个粉粉碎。一霎时油头粉面，只剩了白骨一堆。

话说王龙剥了皮，封了财神，木驴剐了赛观音，万岁方息了心头之火。那大同大小官员，都来朝参，说："臣不知万岁驾临，有慢君之罪，俱该万死！"皇上说："你们都是有功的，每人加三级回衙理事。只把那张、王二舍拿来重责四十，发往云南充军，满门家眷逐出为丐。"众官叩头谢恩，领旨去了，各回衙门不提。万岁说："张永何在？"张永跪下说："奴婢伺候。"万岁说："你领旨意向玉火巷李小泉家店里，把我那干儿宣来，不要惊唬着他。"张永领旨去了。话说那王尚书身带绳锁，自来投见，眼泪汪汪，伏在地下请罪。万岁说："王爱卿，你是好官，赤心为国，并无私曲。王龙罪犯天条，本当处死，与你无干。"锦衣卫把绳锁去了。王尚书去了绳锁，换上官衣，同众文武前来谢罪方毕。张永将六哥宣至南楼下边，见了万岁,双膝跪下,口称万岁:“臣不识圣驾,言语不周,本当处死!”万岁说:“我儿休要害怕。我赐你金牌一面,掌管天下酒税。八个花帽锦衣、两个撩衣太监侍奉你。”六哥叩头谢恩。

小六哥是东斗星,他修的福不轻,是他老爷有积幸。万岁一见龙心喜,我儿靠前听我封,天下酒税属你用。满了官回朝缴旨,加你个上宝司卿。

小六哥时道中,带着花披着红,鼓乐齐响往外送。花帽锦衣有八个,撩衣太监跟二名,一时声势掀天动。往常时提壶卖酒,平地里春雷一声。

万岁说:“胡百万保朕有功,更比不的别人。你待做个什么官呢?”胡百万说:“臣已受过封了。但臣命薄,一个州县也称不的;又玩耍惯了,不愿做官。”万岁说:“也罢,即赐你黄金三万两,一则酬你的功劳,一则给百花羞作赔送。”二人叩头谢恩。

都篾片是胡生,有御笔亲标名,钦差嫖院人人敬。子弟帮客齐上税,天下忘八纳进奉,十三省婊子把钱挣。眼看着青堂瓦舍,胡百万天下闻名。

胡百万自此以后,拿着万岁御笔诰命,着天下的州县给他拿税,一年就有十余万两,这是后话不表。万岁说:“朕初进院时,有许多贱人贬斥朕身,羞辱不堪。朕有愿在前,等文武们来时,火烧南北两院,抄杀贱人,方削朕之大恨!”传旨:“先开刀杀尽贱人,然后发火。”

佛动心转过来,哭盈盈泪满腮,倒身便把皇帝拜。贱奴幼在妈娘手,挠头赤足不成材,多亏妈妈好心待。看贱奴一宵恩义,饶了他血染长街。

万岁说:“可没有撒谎的皇帝。”说:“也罢,叫这两院生灵快忙逃命，闪下一所空房子烧了罢。”张永吆喝道：“万岁放了大赦了，叫这南北两院科子忘八快忙逃命，待举火哩。”

万岁爷为了情，忘八们得了生，鸨儿婊子齐逃命。忙忙好似丧家犬，雨打蜣螂乱烘烘，漏网鱼鳖心不定。万岁说快给我举火，霎时间烈焰腾空。

怎见的那火势呢？

风搅火火搅风，起愁云锁碧空，刮刮砸砸火星迸。真君独占南方位，怒恼来时霹雳鸣。灰片片火烘烘，黑烟直射斗牛宫。砖合瓦乒乓乱响，宣武院一片通红。

宣武院起了火，前后房一齐灼，狂风飕飕旋天刮。只为着皇爷心欢喜，谁想临行大揭锅。二姐乱把金莲跺，只因着万岁玩耍，宣武院成了荒坡！

二姐跪下，尊道：“万岁，这院子烧的这么罄净，妈娘何处安身？”万岁说：“你到是个好人，知恩不记仇。”叫江彬：“你晓谕那大同知县知道，等朕回京，这虔婆给他一所房子，按月关粮，叫他受用罢。”二姐、鸨子一齐谢恩。万岁吩咐张永，侍奉刘妃后行，“文武保朕回京”。文武听说，各分班列队，排开御驾，炮响三声，鱼角齐鸣，大同合属官员亲送大驾回京。后来张永跟随刘妃进京，到了宫里，先去参见张娘娘，磕头礼拜。娘娘道：“好一个俊俏人儿！”即忙一把拉起，说道：“我赐你铁布裙，以后免你行礼。”列位们听着：你说这裙子有铁打的么？不是这等讲说，只是见娘娘不跪，不磕头，就合穿着铁裙子一般。你看佛动心一个婊子，一朝时来运至，享的何等荣华？有一首【清江引】赞张皇后的贤德，感叹那刘妃的造化：

张后贤良天下少，看见二姐到，一把忙拉起，称奖人儿妙，赐铁裙伴君王直到老。

【西江月】正德一回嫖院,布衣穿起绫罗。王龙横死是如何?只为装腔取乐。虽然红颜薄命,铁裙原是传讹。聊斋爱惜女娇娥,留在房中取乐。

附一：土语注解

一画

一呷——惊讶的意思。

二画

丁点力气—— 一点点力气。

人心无足蛇吞象——贪多不量力。

几丢乱打——形容一种声音乱七八糟的意思。

乜——那。

三画

大发——怒貌。

大窟笼——大洞。

小晌——将到正午的时候。

已发—— 一霎。

四画

天已大饭食了——上午十点钟左右。

无饭捣——没有饭给吃的意思。

扎挂——梳妆打扮的意思,修理整齐的意思。

不打拢——置之不理的意思。

不光滑——不光鲜、羞惭。

不依——不许。

不采——不思想。

不服实——不能脚踏实地。

不做声——不说话。

不敢拗争——不敢辩论的意思。

太揸煞——很张狂。

互然——忽然。

少挡没系——不完整而又破碎的意思。

日生——生活,过日子的事情。

中——好。

长咕哝——常常在暗中讲说的意思。

长嗓黄——噤了喉咙。

化拳——豁拳。

仍崩——快走。

公母——夫妇。

火燎毛——快的意思。

心里暗掂挄——在心里暗暗地考虑。

心待不待——愿意不愿意。

巴巴——查查。

巴焦—— 一作芭蕉,应作巴瞧,用目着力地望。

五画

打上鳔来——起劲。

打笃磨——盘旋的意思;拿不定主意。

打掇俺——折磨人的意思。

扑撒扑撒——舒展舒展的意思。

平铺塌——没有什么事。

生察察——未曾经过。

失张答怪——张惶失措的意思。

乍——狂。

乍了毛——得意的形容。

们哩——语尾。

白刺猬——俗称财神。

仔——只。

犯——打、打算。

犯腾挪——打主意。

头性——索性、爽性,与“投信”“投性”同。

讨饭吃还有条根——做什么事也得有起码的条件。

出上——拚得。

出产——教育的意思。

出作——不响的意思。

边墙决脸——很不痛快的表现。

丝丝两气——不紧张,不热烈。

六画

老彀搬的——是很谄谀的。

老獾叨——老贼,有骂人的意思。

扬誉——颂扬。

压的楂——降服的意思。

而不冷腾——办事马马虎虎不经心的意思,人的面貌不冠冕。

达达——父亲。

夹纳——夹着。

毕了账——无钱的意思。
当面鼓对面锣——当面揭破的意思。
仯孩——傻孩子。
任拘——随他怎样。
全捱——完全挨受。
合的——骂人的话。
创创——拿出力量来和对方较量一下。
杂毛——不是好人。
那口里着实嗤撇他——嗤笑的意思。
好他那——骂人的话。
好似斑鸠跌了蛋——没有盼望。

七画

弄发了——弄坏了。
弄样——与“弄款”同。
弄款——摆架势。
进大屋也恍荡——没有福气。
扯淡——说些不相干的事情。
折腾尽——把东西卖光了。
抓鳖钩子——非常稳当。
投性——爽性、索性。
投信——与“投性”同。
抗——打。
把衣服拧拧——去水的意思。
把撑拉——说大话。
把影凑——见面。

却——缺。

村里装俏——很俗恶而又表示俊俏的意思。

助毛攒毡——集腋成裘。

吱嘤——呼号。

足然———居然。

吠喝——喊叫。

吧——说话。

乱杆——捣乱。

利亮——干脆。

每哩——难道。

估拣——时常翻弄的意思。

估量估量——揣度估计的意思。

但仔是——仅的意思。

伸头擂脑——鬼鬼祟祟的样子。

作估出来——说出来。

作琐煞了——蹂躏糟蹋的意思。

含着骨漏着肉——把话说到半含半露的程度。

刨燥——暴躁,心焦。

饨——顿。

忪——傻贱。

冷打慢吹——没有热情的意思。

没也板——无钱的意思。

没投向——没有工作。

没胎物件——没用的东西。

没捞着——得不到。

没精打采——不精神，不带劲的意思。

诌——胡说、胡闹。

妨帐——相关。

驳杂运——倒霉。

八画

拐窝——心眼。

拖罗——不整齐的长条物。

拘把着——抓得紧紧的意思，舒展不开的样子。

势势——样子。

抿耳擀蹄——匆匆忙忙的一直跑。

择——摘、捉。

抬举——恭维。

苗架——根底。

枣红——枣核。

到——倒、道。

昂赃——肮脏。

咋——做什么，有任意的意思。

呱咑腚——高兴的行动。

贬——藏，与“扁”同。

迭不的——来不及。

依般——这般。

觅汉——农家雇的工人。

念诵——劝说的意思，时常提念的意思。

剁——落下。

剁打起来——堆叠起来。

忽打忽打——扇扇子。

闹垓垓——非常之闹。

学——述说他人的话。

宜量——宜乎。

空着手弥量着——用手表演。

试单——探寻。

九画

挣了一挣——定神思索貌。

挤眉拸挨眼——轻狂的表情。

草包货——无能力的意思。

胡打混——胡闹。

胡触送——无目的放置东西。

要揣歪——不正当。

蚂蜡驴——小东西。

哕——读作“约”。

卸——谢。

信口胡吧——随便讲话。

待中——快要好了。

徉徜——扬长。

徉徜——与“徉徜”同。

前前擩擩——退退缩缩，不敢率尔前进的样子。

济——有以此为限度的意思。

济着——拚着。

洋洋不睬——不理会的意思。

恹头搭刺——与“恹头搭脑”同。

恹头搭脑——很颓唐的意思。

扁——藏。

扁上——藏在腰间。

误误挣挣——昏头涨脑。

给个作道——给点罪名。

给他提鞋蜷了牙——提鞋也不够资格。

十画

起根就里——从头开始。

莽莽撞撞——慌乱状。

恶喳喳——凶狠貌。

真么——恁么。

逗逗——逗动。

原成——解释、劝说。

顾拥——微动。

顿——烹。

紧趁——赶紧、快的意思。

唠——有数说、诓骗的意思。

唠俺——诓我。

晌午——正午。

唠杀——厌恶的意思。

罢么——语尾词。

圆成——与“原成”同。

缺缺嗤嗤——很吃力而喘粗气的样子。

特低——太坏。

积泊——积下。

拿糖——装模作样，也就是拿架子的意思。
脓包样——形容一个人无能的意思。
流水——马上、一口气。
流丢——狼狈貌。
流流的——满满的样子。
害歃——羞惭、恐人耻笑。
害嚣——与“害歃”同。

十一画

掐了——很急促地把盖着的东西拿起来。
掖打上——置放在身边。
探业——安分、有出息。
勒掯——不放松的意思。
黄边———铜钱。
哐哼——呻吟。
唵——咽。
崩——快走。
犁眼钻圈——迷迷瞪瞪，不知怎样是好的意思。
倔——吃亏。
偏——夸耀。
脚打罗——制面粉的用具。
脚后跟——真情。
猜不方——猜不透。
麻瞪——看不清。
麻瞪着两眼——两只眼睛都是似睁似闭的。
淡账——冷淡。

惯搭的——不管教，任其发展的意思。
谝——夸耀，与“偏”同。
弹打雀飞——什么都没有了的意思。

十二画

款款——缓缓。
越发作——由小而大的意思。
趁量——试探的意思。
揭巴——艰窘的意思。
揣歪——不怀好意。
揪作揪作——详细看看的意思。
揉搓——屡屡折磨的意思。
朝——招架、挡住。
棱棱挣挣——不管不顾的凶猛的意思。
棋子——用面做的食物。
睄睄巴巴——不敢正眼看人的意思。
喇——谈说。
喇呱——闲谈。
跌歇着口子——不高兴地表示。
跛俏跛俏——行动不正规的样子。
铺囊货——没用的东西，下作的胚子。
腚——屁股。
腚垂——与“腚”同。
善茬——与“善查”同。
善查——好对付的人。
道——到、倒。

遂——随。

渣也无——什么也没有了的意思。

温温吐吐——说话不清楚,不爽快。

絮聒——言语重复的意思。

絮絮答答——与"絮聒"同。

缉头夜猫——不敢站在光明处。

十三画

掚——两。

掚⿰参两——两三。

摆划——筹划。

摇吠怒喝脸郎当——大声喊呼,哭丧着面孔。

搉——掷弃。

蓝衫节柳——衣服不规矩的意思。

嗄——什么。

歇着案——有案在身未了。

照——招架、挡住,与"朝"同。

跢——打。

跟搭着——随从着的意思。

嗯嗯——是是。

像——看。

新坐马——新衣裳。

数瓜又数枣——说东又说西的意思。

溜了缰——走了。

溜子阵——偷跑。

缠魔头绪魔尾——用尽方法的意思。

十四画

熬没儿马蹯了蛋——极难得到的事情。

撇——留。

褛缡搭撒——形容人穿得破烂。

十五画

撒手开交——从此尔我不相来往了。

撒脚——走。

撤——透。

暴怨——抱怨。

瞎作蹬——胡乱行动的意思。

瞎拈麻——胡纠缠。

瞎胡踤——做事无一定主张。

瞎胡撞——盲目的乱干。

嘁——吐。

暹退——以卜算唱词为业的瞎子、日者。

踢弄——任意破坏。

踢蹬——与“踢弄”同。

澎——随口嚼说。

潮——傻，不好。

十六画

撕——不要、掷了去。

颠——跑。

颠枪——跑。

嘴咕答——甚败兴。

嘴孤达——与“嘴咕答”同。

十七画

蹋撒物——不整齐，不精神的意思。

噪子—— 一会子。

蹀个狗尾——随人行止。

嚓耳——附耳低声说话。

餷——食。

豁顿——播弄。

十九画

攒了他——骗了他的意思。

攒攒簇簇——舒展不开的意思。

蹭——胡游。

蹭蹭——略略地玩一下子。

黪——三，也作“叁”。

二十画

魔驼——迟延，也有作“磨陀”或“魔陀”的。

二十三画

攫了顿——打了一次。

此系校时随手录下，略加注解，按笔画排比，疏漏和错解处恐很多，希读者指正。

路大荒附识

以上“土语注解”，辑录自路大荒先生《蒲松龄集》附录，原为繁体字，现按简体字重新排序。

编者附识

附二：聊斋俚曲曲谱

耍孩儿

1=B $\frac{4}{4}$ （《磨难曲》第一回《百姓逃难》） 淄博 汉族

稍慢 悲痛地

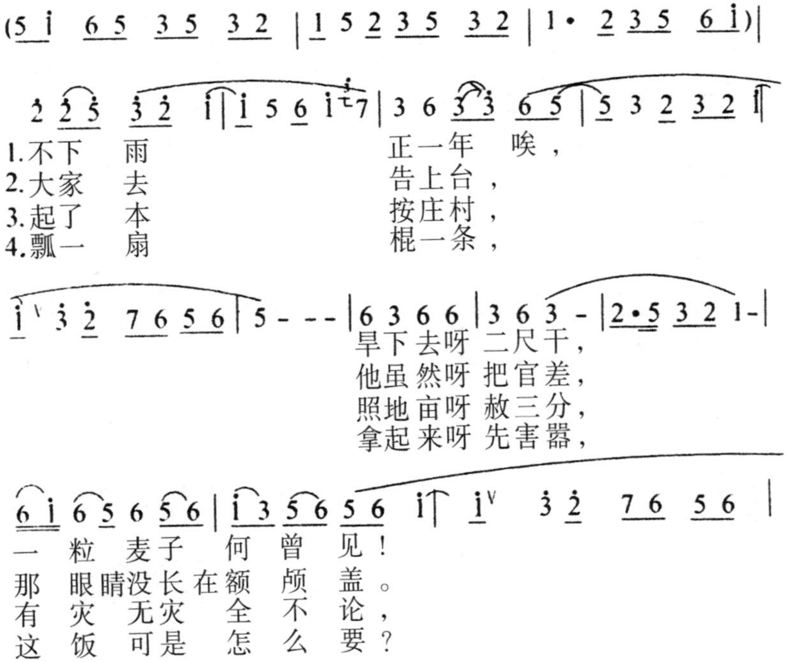

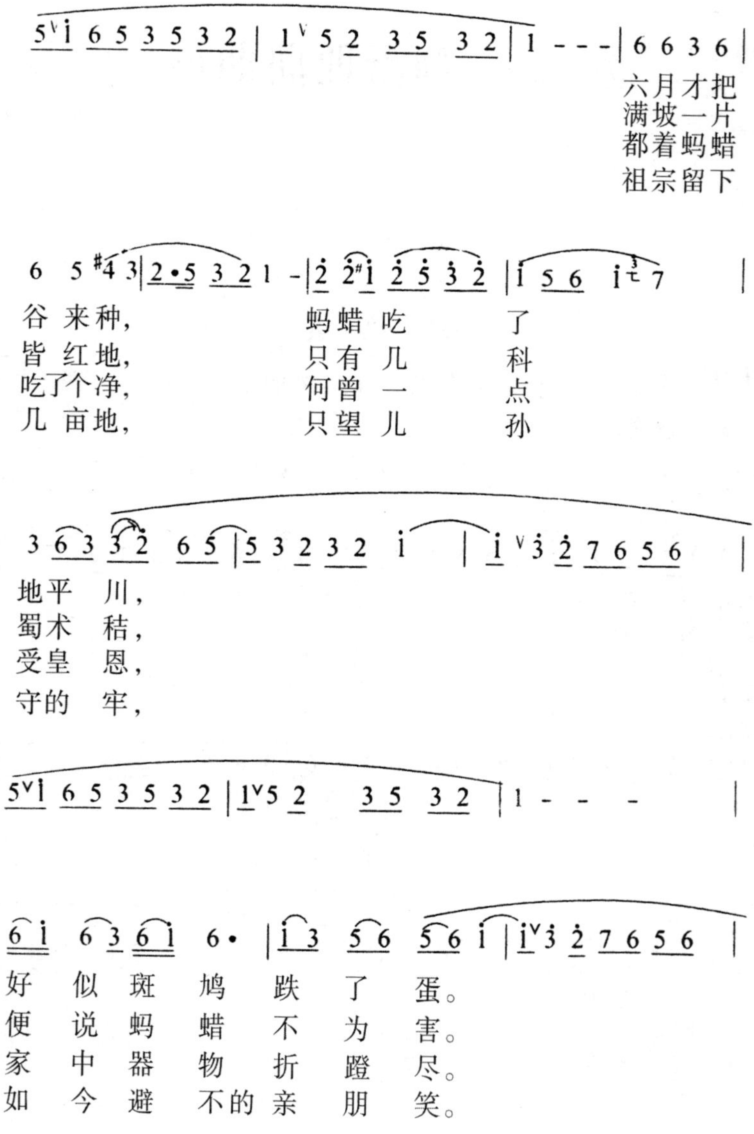
六月才把
满坡一片
都着蚂蜡
祖宗留下
谷 来种，蚂蜡 吃 了
皆 红地，只有 几 科
吃了个净，何曾 一 点
几 亩地，只望 儿 孙
地平 川，
蜀术 秸，
受皇 恩，
守的 牢，
好 似 斑 鸠 跌 了 蛋。
便 说 蚂 蜡 不 为 害。
家 中 器 物 折 蹬 尽。
如 今 避 不的 亲 朋 笑。

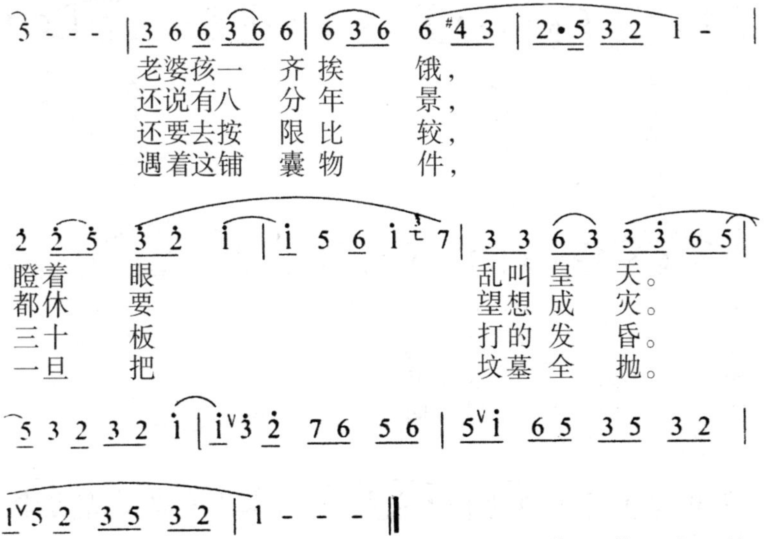

蒲英瑞唱
牟仁均记录整理

玉娥郎

1=G $\frac{4}{4}$ （《磨难曲》第十二回《闻唱思家》）

淄博
汉族

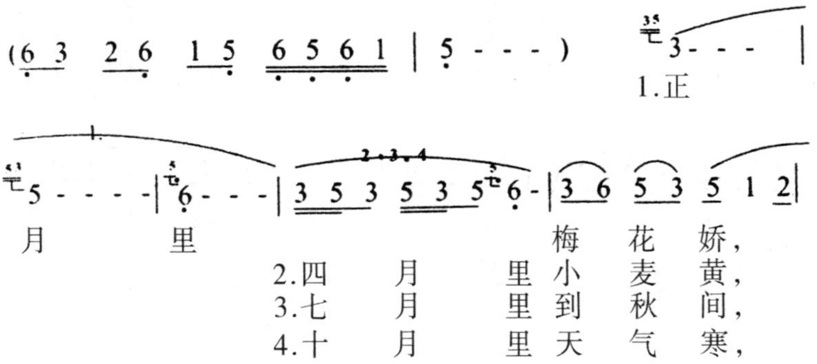

春雪飘，和风荡荡上柳梢，家家闹元宵，走冰又过桥；他乡人也跟着呀是走一遭，他乡人
稻插秧，困人天气日初长，紫燕上雕梁，黄莺啭绿杨；这时节又不热呀是又不凉，这时节
听寒蝉，桐叶飘飘下井栏，十五是中元，家家祭祖先；异乡人舍坟墓呀是好心酸，异乡人
觉衣单，鸿雁行行尽向南，正是雨涟涟，又见雪满天；北风起冻手脚呀是冷难堪，北风起

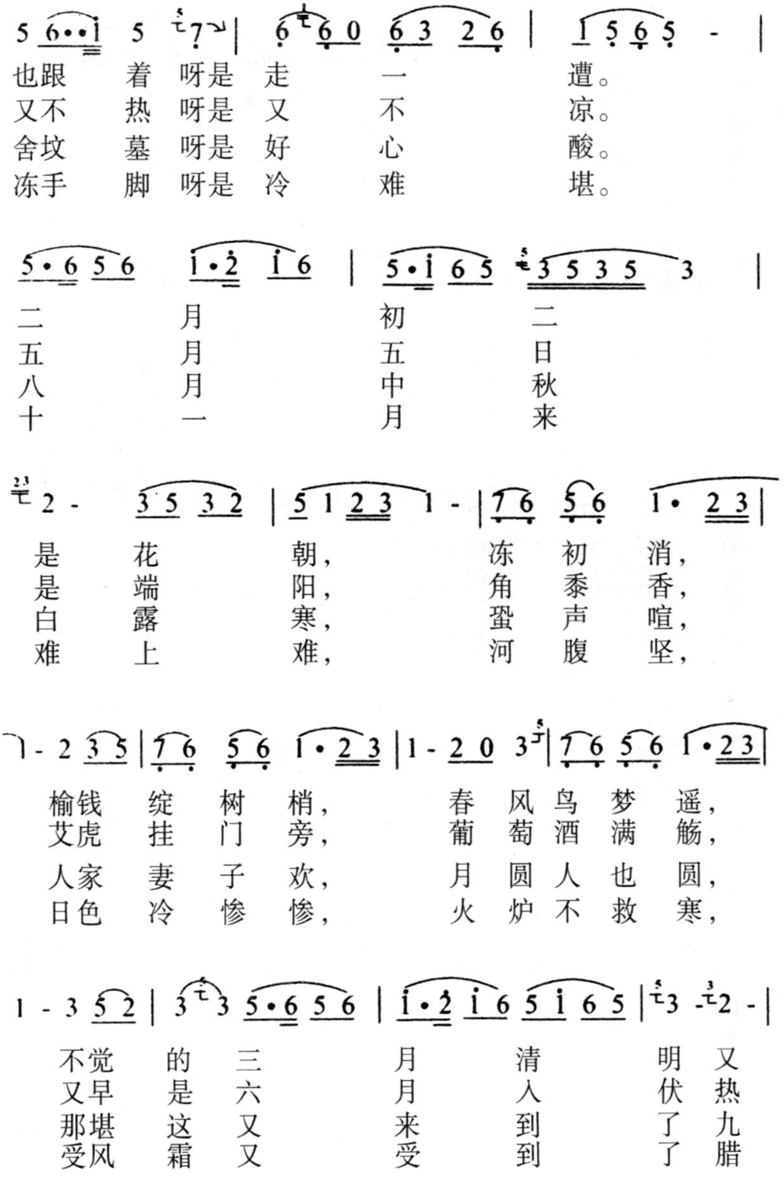
也跟着呀是走一遭。
又不热呀是又不凉。
舍坟墓呀是好心酸。
冻手脚呀是冷难堪。
二月初二
五月五日
八月中秋
十一月来
是花朝，冻初消，
是端阳，角黍香，
白露寒，蛩声喧，
难上难，河腹坚，
榆钱绽树梢，春风鸟梦遥，
艾虎挂门旁，葡萄酒满觞，
人家妻子欢，月圆人也圆，
日色冷惨惨，火炉不救寒，
不觉的三月清明又
又早是六月入伏热
那堪这又来到了九
受风霜又受到了腊

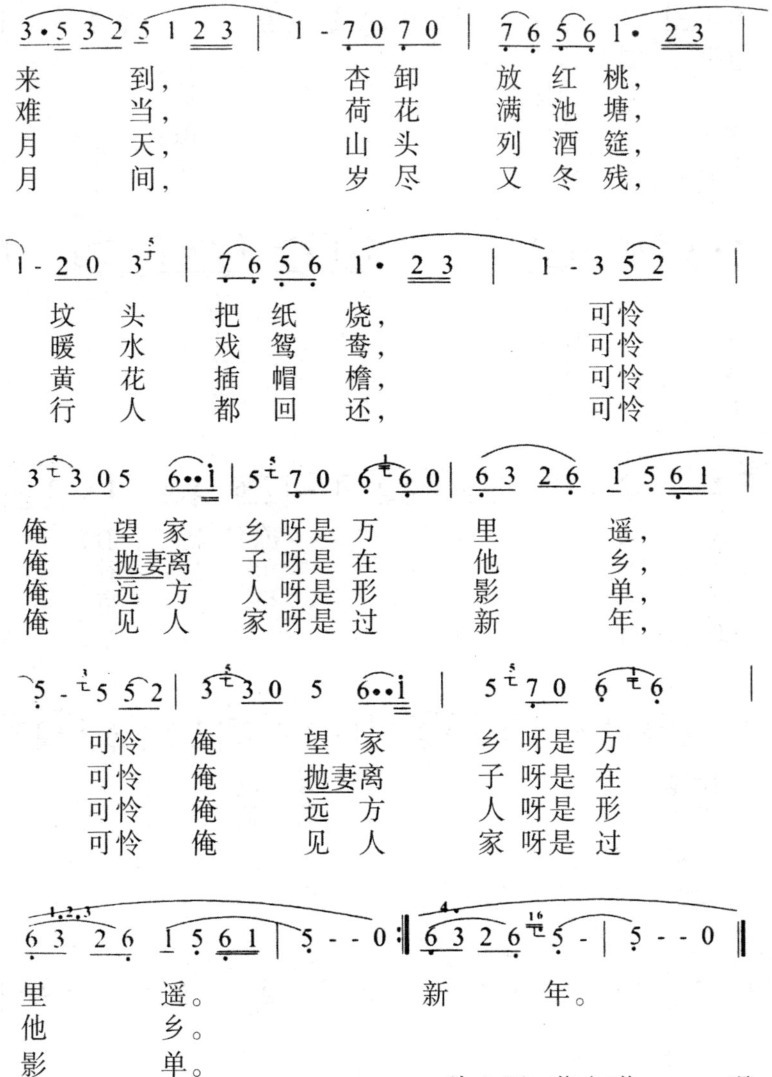

滕立远 蒲文琪 唱

牟仁均 王川昆记录整理

叠 断 桥

1=D $\frac{2}{4}$ （《磨难曲》第十三回《愤杀恶徒》） 淄 博

汉 族

中速 忧伤地

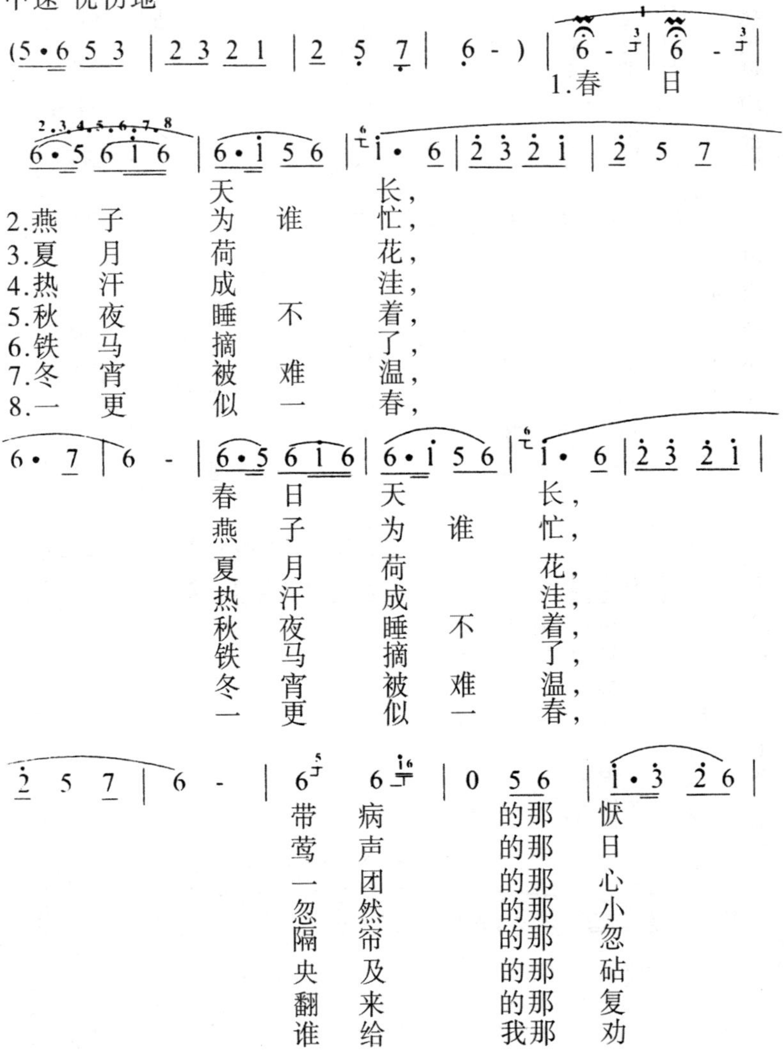

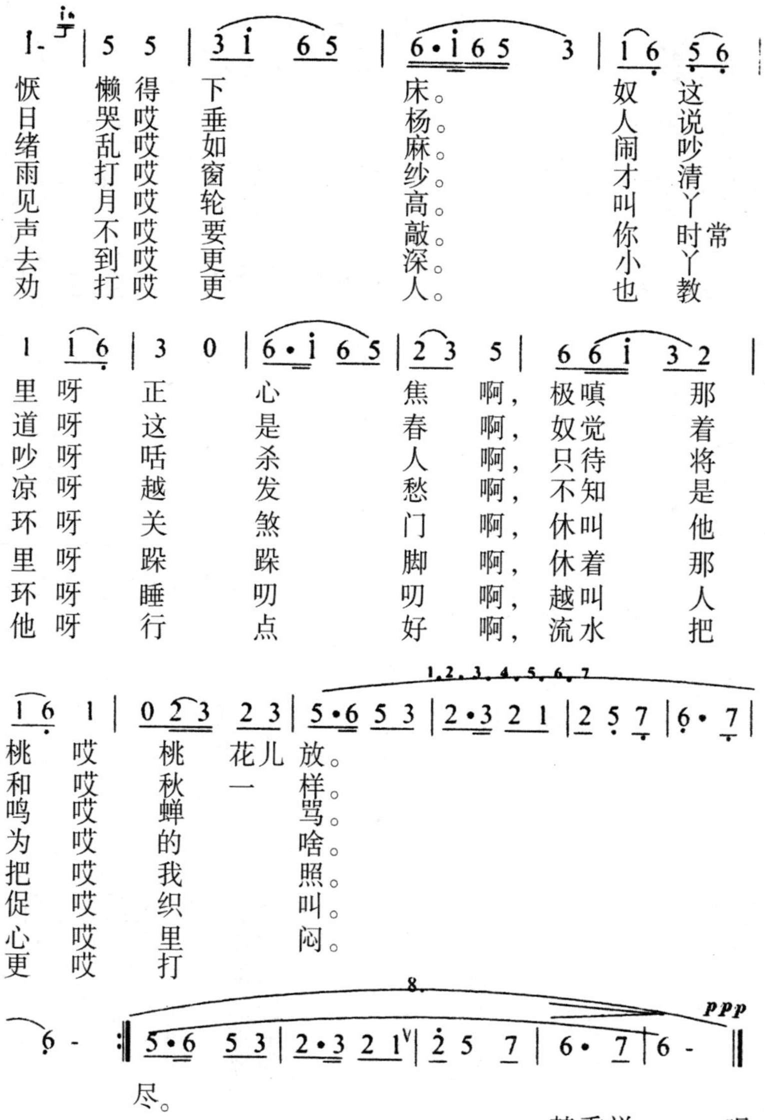

韩秉祥　　唱
牟仁均记录整理

呀呀油

1=C $\frac{2}{4}$

（《蓬莱宴》第三回《喜成佳偶》）

淄博
汉族

稍慢 抒情地

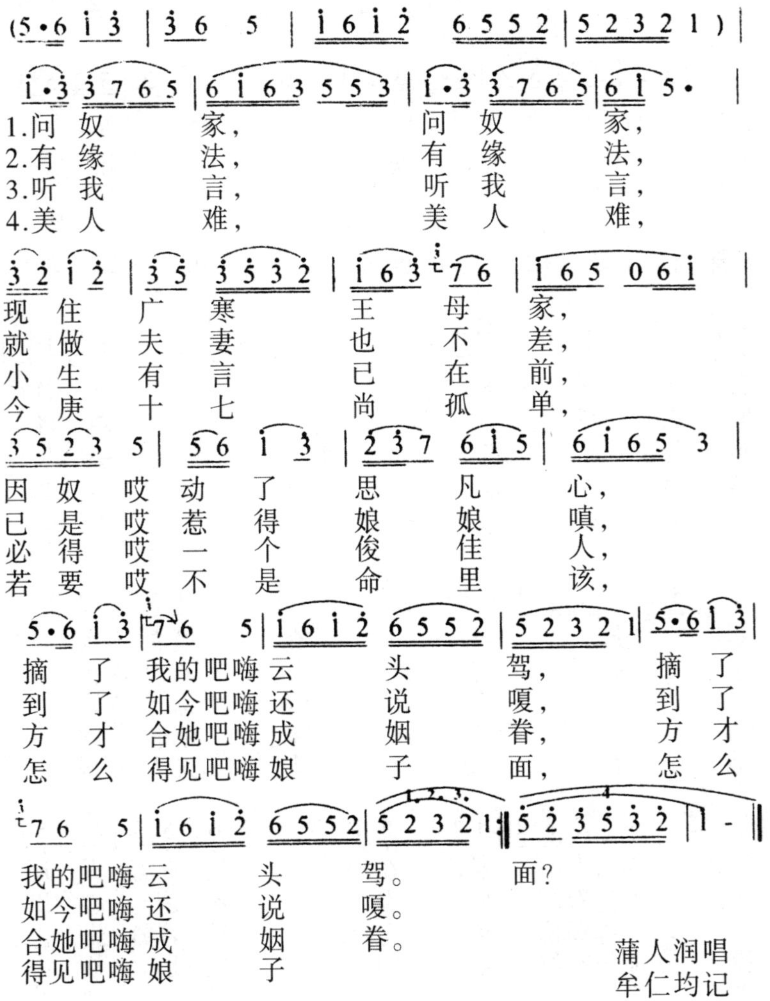

蒲人润唱
牟仁均记

银 纽 丝

1=♭B $\frac{2}{4}$

（《蓬莱宴》第二回《两地相思》）

淄 博
汉 族

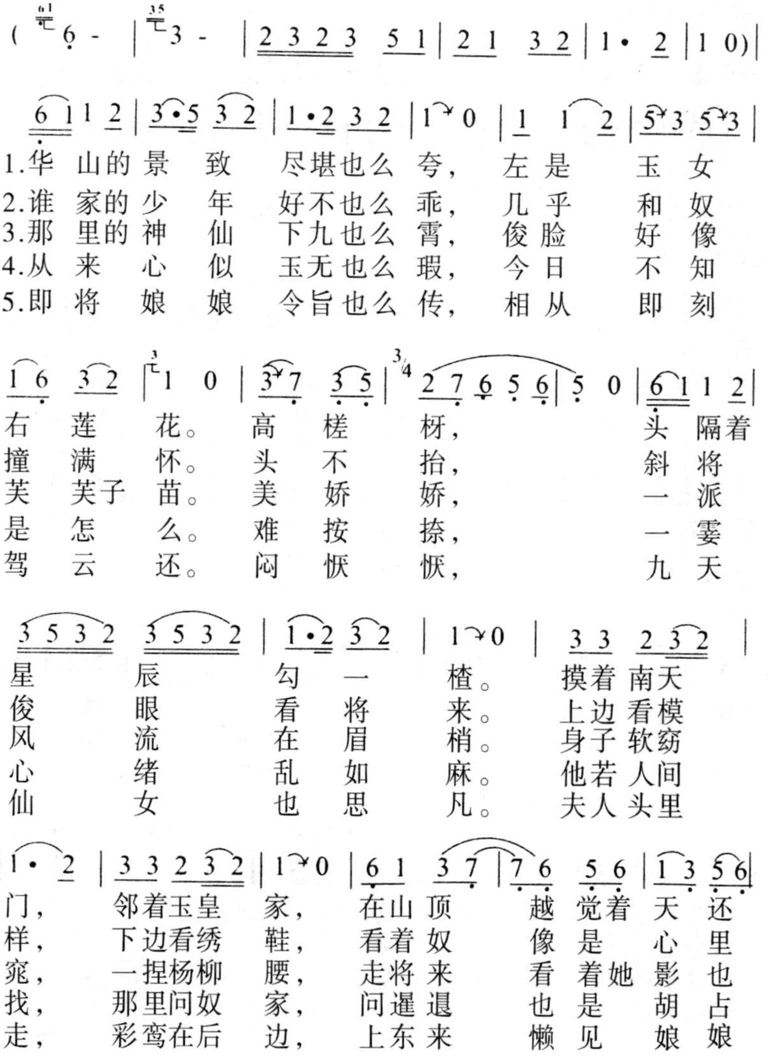

大。 斧劈 皴 来 石 头 佳， 山根 又像
爱。 回头 走 走 又 徘 徊， 颠倒 神思
俏。 蝴蝶 儿 被 狂 风 飘， 花枝 趁月
卦。 他若是 相 思 病 转 加， 分明 是奴
面。 身子 虽 是 在 云 天， 心儿 却是
大披麻来 我的天 呀 咳， 描 画 难， 真正是
脚步儿歪来 我的天 呀 咳， 害 相 思， 他定把
影儿摇来 我的天 呀 咳， 引 吊 魂， 教人把
害了他来 我的天 呀 咳， 牵 挂 人， 好教人
在人间来 我的天 呀 咳， 乱 心 思， 暗把
难 描 画， 描 画 难 真正是 难 描
相 思 害， 害 相 思 他定把 相 思
魂 引 吊， 引 吊 魂 教人把 魂 引
心 牵 挂， 牵 挂 人 好教人 心 牵
心 思 乱， 乱 心 思 暗把 心 思
画。
害。
吊。
挂。
乱。

蒲文琪唱
牟仁均记

黄 莺 儿

1=E $\frac{2}{4}$ （《磨难曲》第十七回《钝刀斩佞》）

淄 博
汉 族

蒲人润 唱
牟仁均 记

跌落金钱

淄博
汉族

1=D $\frac{2}{4}$ （《蓬莱宴》第二回《两地相思》）

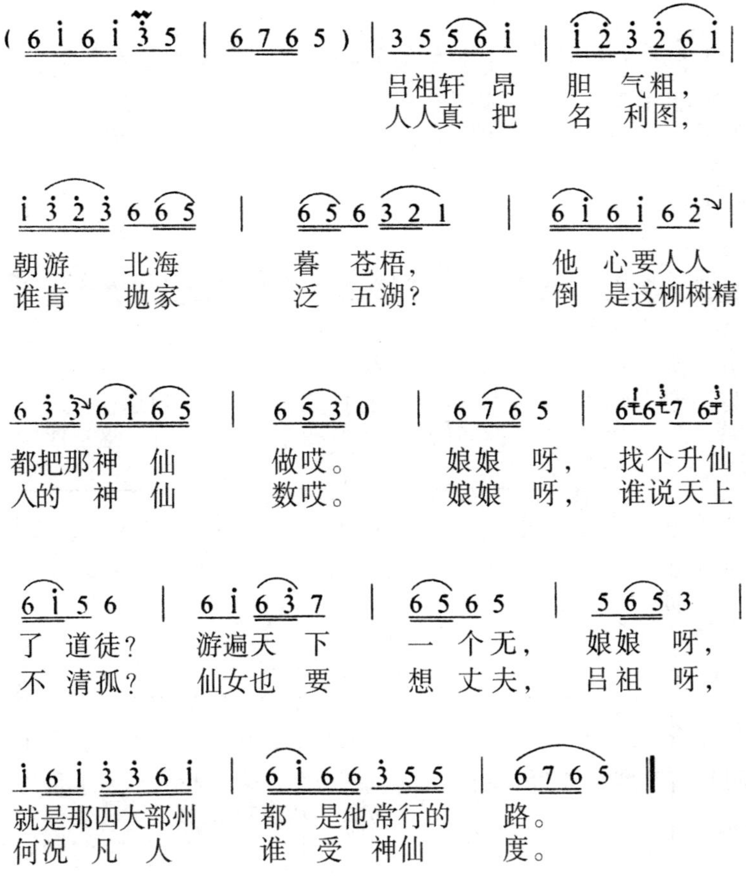

蒲人润　唱
牟仁均记录整理

憨头郎

1=D $\frac{2}{4}$

（《蓬莱宴》第五回《纯阳度脱》）

淄博
汉族

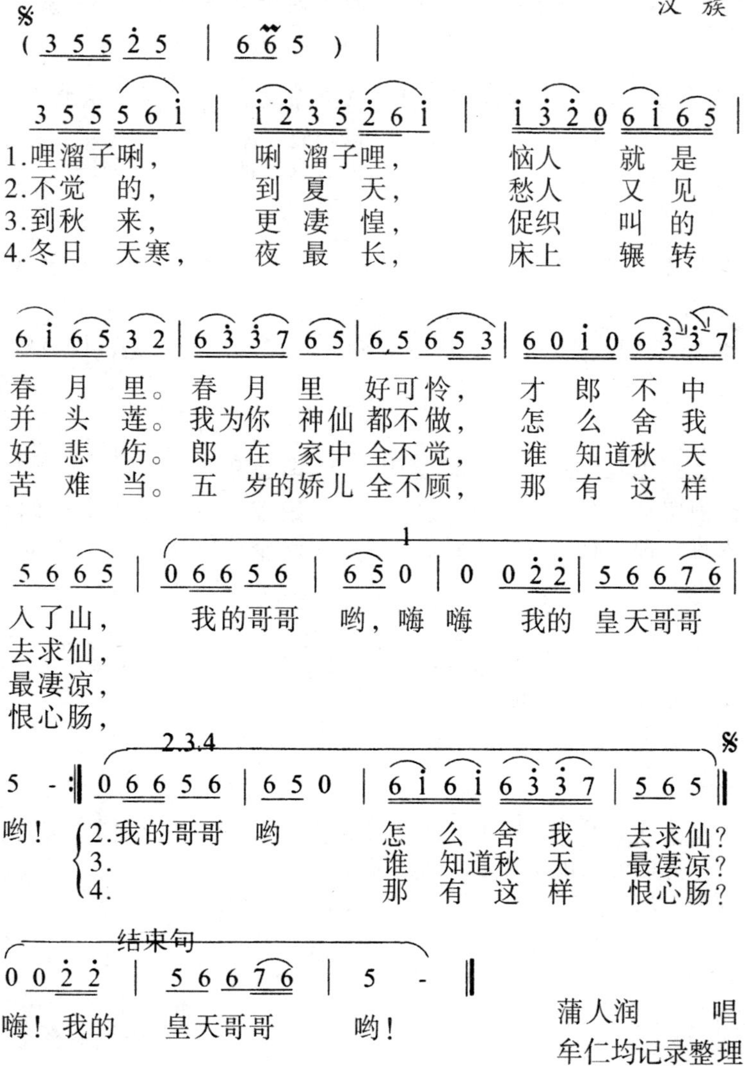

蒲人润 唱
牟仁均记录整理

哭皇天

1=A $\frac{2}{4}$ （《富贵神仙》第十一回《凶信讹传》） 淄博 汉族

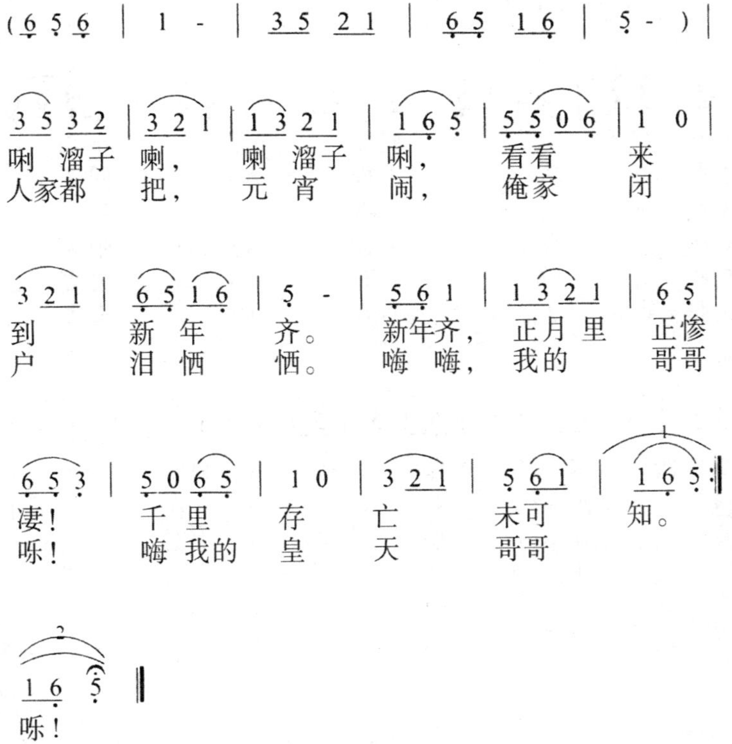

蒲英瑞 唱
牟仁均 记

房 四 娘

1=B $\frac{2}{4}$

淄 博

（《富贵神仙》第五回《闻唱思家》） 汉 族

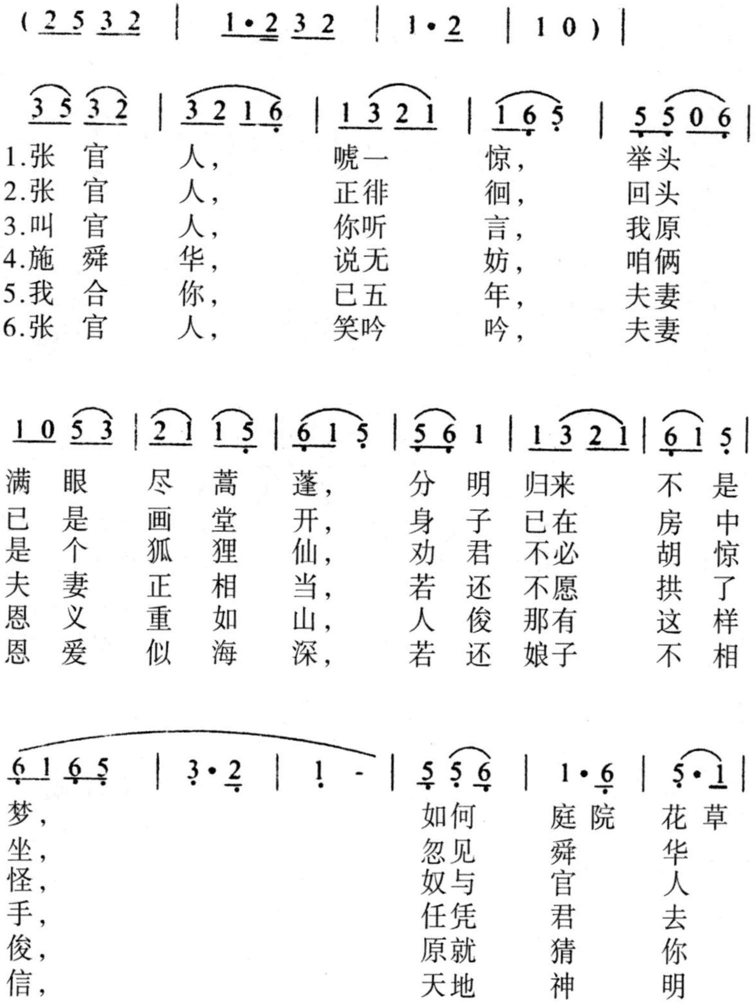

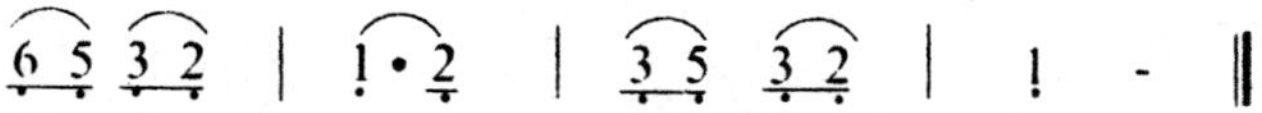

尽　成　　空，　　尽　成　　空。
笑　进　　来，　　笑　进　　来。
实　有　　缘，　　实　有　　缘。
住　何　　方，　　住　何　　方。
是　天　　仙，　　是　天　　仙。
鉴　此　　心，　　鉴　此　　心。

王书桐　唱
牟仁均　记

附录

督丈词

【西江月】淄邑丈量地土，惹出一位赃腔，拿腔弄势会粧（装）胖，做尽官府模样。领了官爷敕旨，夸官直到东乡，真果衙门不寻常，哦兼管两约督丈。

【山坡羊】淄川县正西乡，新选了个管两约的，七八十淋淋子乡官，穿的棍，粧（装）的夯，亲共友都不认，城东去署督丈印，打起精神瞪瞪眼，又把高官做二运。

慌怅（张）了一伙子山汉，逐日家分班排拨轮流打探，谁短探、谁长探、谁中仪、谁前站、谁推米、谁推面、谁烙饼、谁做饭、谁赶集、谁买办、查缙绅、问官衔，这样品级从没见。只会嚼、不会判，只管量、不管算，奉敕来坐寨里县，久占衙门把食恋，头行还在七里店。

只说是设有吉日良辰，到而今还不曾骑马。

打柴的、爬山的、进城的、上关的、吃酒的、买烟的、斗挑的、掷删的、绞口的、该班的、打纸的、挑幡的、闲蹭的、粧（装）憨的，打伙跪的远远的，把心放的宽宽的。

谁想到天将起鼓，嗯喇叭的一声，一骑来到徐家庄小楼上，权当了察院。

忙抬肉，忙沽酒，慌的慌，走的走，一伙子乡瓜没措手。督丈、皂隶唱将来，如今督爷已坐久，锁拿乡约合地方，瓦礶（罐）膫子不住手。

忙乱了半日，伺候闪门这些人，才得献肉来进酒。

可罢了，误了限了，踏着犯了，坏了礶（罐）了，玩不得蛋了，昨日煞见了，烘的声散了。袄带子断了，鞋掌子绽了，腿肚子转了，家哈喇惯了，见了官乱了，接待的慢了，可准备着揎了。

那督爷龙颜一恼，如同雷电。

胖着唇，决着嘴，好似一个开路鬼。掬着嘴，胖着唇，好似一个直眉神。瞪着眼，搦着捶，好似一个杀人贼。搦着捶，瞪着眼，好似一个丑官管。

将警堂木一拍，两眼圆睁，把官腔做起。

迎的迟，接的迟，我把奴才剥了皮。酒不陈，菜不熻，我把奴才抽了筋。床又窄，席又短，我把奴才剜了眼。草若轻，料若少，我把奴才割了屌。

大骂一声贼奴才，哟你敢尔欺心，擅自大胆。

奸盗贼，柔佞贼，打不杀的村山贼。睁着俩眼看一看，认认恁老爷可是谁。俺如今提调约耆兼管地方，原任里长加衔督帅，统领十三处庄村，现查两约。你看看俺这县里斟合，看看俺这宅里的牌票，看看俺这出身的脚色，看看俺这本衙的封条，是何样的公干。我把你这伙囚蛋，我老爷走马到任，你只当了闲顽。皇天好容易五百年前，祖宗积行不用读书，不用骑射，熬出来的这三日美官。

督爷这里怒冲天，忽见一人站在面前。大发雷霆离了公座，箸笼里摸出二十枝签。我老爷来了多一会，少死的奴才不理之焉。那人说：这个不该小的事，老爷在上听我言。我非地方非乡约，不过是乡人来站班。督爷若还饶了我，留下美名辈辈传。积的阴功天来大，祝赞你督丈万万年。督爷说：胡说！官打现在你不知道，还敢大胆瞎胡缠。我老爷访着你这奴才就该打,推三裸四会颠憨。那人说:督爷到任来的速,怎能凑备一时间。督爷说:俺奉敕督丈两约,牌票发了好几番。就是杀龙宰虎也该完备了,怎么一个还不周全。喝叫褪衣着实打,伙班里百忙不动弹。督爷又嚣又是燥,忙打手势拉在一边。我曾在总管面前央及下你,怎么到这你又作难。复转身来另拿架,一齐下手才着实揎。旁边转过孙秀士,口口不住的称生员。老大人看我薄面饶了罢,也不枉我禀老爷来告宽。督爷说:你这酸厕知道嗄(啥),俺好容易熬的这一员官。相公说:论这一步之地也不容易到,我与大人也不甚相悬。昨日拈阄分地亩,我也管着乡里一溜天。从来说当权多少行些方便,宰相肚里(能)撑船。督爷说:若是这等讲情面,我就情愿挂了冠。俺如今官至督丈岂是小可,可恨他只当平人一样看。婉转央罢多一会,打了二十饶了栓。庄人忙办酒和肉,时煞摆够了十数多盘。督爷欢喜忙下箸(筷),触的嘴儿似鸡尖卵。一餐大嚼吃了个净,只撑的走来走去串房檐。督爷走罢多时节,薄屎泚了一大滩。高叫门子拿手纸,双手捧过半头砖。草纸使了百十块,腚眼里还夹着两个豆瓣。不着三五升粮食绞缠不出,牌甲打扫了七八锨。乡约耆民可才都来到,吩咐喝道另妆扮。青竹杆杈当了甘蔗棍,回避牌借重了两张锨。把肚子腆着往来走,仰着驴脸光看天。走一步来摔一摔,几乎摔吊了腚小泉。行行走正走来的快,庄外地里下了篹。逢沟逢崖量到底,熟地起手数二三。相公打躬忙哀告,百世的赋役不是顽。督爷时煞歪头鳖,险些中了黑虎玄。扛扛起了梳头洗,自家估着是锣鼓喧。抖搜抖搜真保二,一跳跳了个黎眼钻。斜瞪着两挤看札,给了个相公里落运。只怕我穿州打府问你过壶瓶酒,你还要十声九在阳世三。那乡人暗暗叫了一声门窗大,死活的闭着这捣鼻子剜。哎呀这个老爷好不酸甜美，意思是要欠债还。捏了一把王朝马，暗中祷告叫苦天。今日可唬破了这奉心吊，自来没经着这水府三。无论好歹只是胡丢乱，好似一片众毛攒。撞见这央煞死不了，合约里许下纸一壇。

【干荷叶】督丈爷不住的哈哈大笑，这几日肥胖的有些蹊跷，果然是做官的有十分妙。疾(急)忙量地土，咱们好开交，趁着如今到家，哥呀好肏督丈屌。

督丈爷从今年交了好运，怨不得新近里百事称心。许多人来傍驴拥撮上任。酒肉尽着嚷，呈威还打人。那辈子造化，哥呀积出赃官一品。

督丈词终。

草木传

（又名《草木春秋》）

序

读先生诸作而知先生之于文也：一若洪水陡起，远峰耸翠，而其间之葱郁浓淡，无一不见于手笔之超脱。若徒有学、有识，而无超脱之财（才）以达之，则如尺水无波，小山无云而已，又奚足耸人之望观哉！验天地间：岭不动，枝不鸣，忽嘘而为风；渊甚平，岳甚静，忽蒸而为气，惟其嘘与蒸之，倏忽莫之定。是以先生之才而可测，而其为文也又呜乎可测哉！吾于《草木传》，又复信其为然也。

开　演

生上引天有不时寒暑，人有旦夕灾殃。坐诗白药味君臣数丹经，逢场亦可作戏听；莫谓气血无少补，端资调和益性灵。白在下神虚子，因吾善晓人意，能达众性，遂将《本草》一书，不免乘间融通一回。【西江月】医道宣妙莫测，精义入神莫加；《黄帝内经》奥无涯，《玉版》《灵兰》可嘉。伊尹配作《汤液》，补泻俱有所差；《雷公炮制》更堪夸，尤要细心滕拿。白我今胡诌直演一番便了。唱想古人尝百草，世人能救；甘国老和诸药，无病不康。扁鹊儿遣兵将，时常佐理；华佗子歼厥魁，妖孽尽藏。纵有些小贼寇，纷纷乱起；亦无妨横扫去，悉绝猖狂。节饮食调脏腑，经络有准；破积聚赞化工，神妙无妨。也有时膺高爵，王命并受；也自能回家乡，荣耀一堂。白吾喜知其所谓，不妨借此登场，博一笑噱。道言未了，甘草来也。下

第一段之评本。

第一回

栀子斗嘴

老生扮甘草上场引名传千古羲皇世，品重当今医士家。诗光阴送尽两鬓苍，克壮其猷四海扬；虽有许多神妙手，谁能独效在疆场？白老汉姓甘名草，字元老，山西汾州府平和村人氏。不幸夫人早亡。所生一女，名唤菊花，曾许金石斛为妻，年方二八，尚未出阁。思想起来，好不愁闷人也！唱老本草有百姓，名传不朽，一个个显奇能，万病无忧。谁似我性甘平，善调诸药，也善解百药毒，万古传流。惟有那戟、遂、花，与藻并谋，他四人性最烈，与我不投。那知我能温中，去灾也易，我要想立功勋，与国同休。常欲想定华夷，朝居一品。但是我年高迈，女大难留。下。副净执聘礼上引离了逐水寨，来此平和村。白伙计，来此已是甘草门首，待我问他一声。里面有

人否？老生白栀子那里？丑扮栀子上引来了。能解三焦郁火，善泄心肺邪热。白爷爷说什么？甘白看外边是何人叫门。丑白晓得。丑出门作惊白你是什么人？贼白俺是逐水寨来的，要见你家爷爷。丑白少站。禀爷爷:逐水寨有人要见。甘草白待我去看来。你们到此为何事？贼供同答我大王闻听你家小姐素有佳色，命我送来玉盆绣帐，要聘你女儿成亲。甘怒白胡说！唱你好像生卷柏治症破血，岂知我用煎熬断不容情；狠一狠吞吃了你这草寇，才治得脾胃开冷积不生。白呔！你这贼子还不走开！贼白伙计，他竟骂起来了！咱们回去，见了大王，再作商议便了。下。老生怒白好恼，好恼！丑白可恶，可恶！小旦扮菊花，副旦扮木香，小旦上引款冬寒已至，半夏热初行；用治风痰嗽，前胡艺独精。白奴家甘菊花。不知前庭吵闹所为何事，待奴家上前去问。爹爹在上，孩儿有礼。老生白罢了。旦白爹爹与何人吵闹？生白女儿那里晓得，逐水寨出了海藻、大戟、甘遂、芫花四大贼寇，送来玉盆绣帐，要聘我儿成亲，方才被我抢白而去。旦白不好了！唱奴家本是贞节性，去风明目；到如今忽听的有灾祸，霜枝难傲。他好像茯苓皮治奴肿胀，麻黄儿治的我汗出不解，还有些气不顺须用木香。白爹爹呀！孩儿汗出不止，心里又觉烦燥，这如何是好？生白如此，叫栀子请黄医生来与你看病。木香，将你姑娘扶在东篱下，好好伺候。木香白晓得。下。生白吾想那半夏、瓜蒌、贝母、白芨、白蔹与乌头，不合那诸参、牵、芍与藜芦纷纷相争，叫我时刻提防，恐遭毒祸；今又有大戟、甘遂、芫花、海藻与吾相反，要娶我女儿成亲，真乃可畏人也！唱害得我菊花儿神昏气短，不住的浑身战汗出如津。闻听说老黄芪善医此病，只得是恭请来调治儿身。白吾想黄芪补中益气，固有专长，他就是调理新症，亦有奇方。那一日在天门冬前，麦门冬后，摇了兜铃，忽然闪出两个妇人，一个叫知母，头戴一枝旋覆花，搽着一脸天花粉；一个叫贝母，头戴一朵款冬花，搽着一脸元明粉，款动金莲来求咳嗽奇方。黄芪抬头一看，即知头面所有各般枳椇，俱是止嗽奇药，放下兜铃合成一方，便把他热嗽痰喘，一并治去，真可谓国手无双也！唱他带着一羚羊，善清肝肺，带一枝金铃子，治疝杀虫，饮几口鹿胶水呕吐能止，吃一把豨莶草除湿去风，捎常山理痺结瘟疟并治，又吃些山豆根能止咽疼。生白栀子，你去把黄医生请来，好与你姑娘疗病。栀子白爷爷，我姑娘有病，何不自己调理？生白栀子听我道来。唱那木香理气滞调理最要，侧柏叶止吐衄又理血伤，熟地黄能补血且疗虚损，生地黄能凉血更医诸疮，赤芍药破积血热毒亦解，白芍药生心血退热又良，琥珀儿安心神镇惊定魂，胡黄连退烦热痟痰最强，大柴胡并干姜疗肌解表，有枳实共枳壳宽胸气降，这都是妇人科应用之药，我心里无定见轻重难量。你快把黄医生务须请来，我与他细斟酌好出药方。白吾想此种药材俱都可用，但是我心中恍惚，毫无定见，你把黄医生请来，吾就有了主意。栀子白爷爷不用请他，小人也会治。生白栀子，你会怎么治法？栀子白爷爷听了。唱用一味车前子通他小便，割瞿麦再治他热淋有血，用一些地肤子洗洗瘙痒，再用些当门麝打胎甚捷。甘怒白胡说！你快把黄医生请来。栀子白我不去，叫木香去罢。生白那木香是一女流，如何去的？你快去罢。栀子白我不去，我不去！生怒白哇！小畜生！你仰着一副藓皮脸，疗疥顽痹。栀子白爷爷，小人是藓皮脸，难道说你就是没了皮脸了？生怒白畜生！此话从何说起？栀子唱想当初黄医生，他与你消了臃肿，你连点金银花也没曾用，今日又要白凡消痰解毒，谁不知你是块白龙骨第会涩精。生怒白哇！胡说！你快去请他来与你姑娘看脉。栀子白若是看脉，可以不用。唱咱家有大麦芽可以宽肠，又有那小麦芽可以养心，还有那浮麦儿方才飘下，总然就不甚奇可止心津。生白你一片胡说！每日吃药，那一位医生不知我甘草？你去请他到这里，嘱咐他多捎几味凉药来。栀子白捎什么凉药？生白听我道来。唱捎元参治浮火清理咽喉，捎丹参理崩漏益血通经，捎苦参治疮疥肠风下血，捎竹茹清胃痰呕吐不生，捎竹叶疗肠热虚烦不解，捎竹沥补阴虚痰火不生。栀子白就捎这个，还捎什么？生白还有哩。唱还要得捎泽泻降阴火利水通淋，捎丹皮除肝热破血有功，捎芒硝通大肠软坚润燥，捎扁蓄滑膀胱小便能通，捎地榆疗肠风并治血痢，捎括蒌润肺喘还治结胸。栀子白我把他那药橱儿都抬来罢。还捎什么？木香跪上白爷爷，不好了！不知我姑娘看见什么，又笑又说，赤身露体，扑下床来。生白这……这……这……这该怎么处！栀子白爷爷，不用害怕，小人吃个大力丸，管保把他抱上床去。生白唗！胡说！快去取药包来，待我捡药。栀子取药包上，生捡药白枸杞天之精，地黄地之精，川椒日之精，珍珠月之精，柏子金之精，肉桂木之精，兔丝子水之精，苁蓉火之精，白茯苓土之精，怀山药万年之精。木香这是十精之药，快拿去将邪镇住。木香白领命。生白回来回来！还有珠砂符一道，叫你姑娘吞在腹内。木下。甘白栀子，你不去么？这等慢事，就该打死！唱你就是八角风也须百部，用着你癞虾蟆那怕痞痨。惹动我三焦火定叫你去，若不去打碎你还要煎熬！生怒打介，白你是去不去？栀子白我去就是了。生白快去！老生下。栀子白这就奇了。往日请医，他还不当一件事，今日就这个模样，着实不堪了。唱是疮不是疮，先喝地丁汤。唱蒲公英，他就是黄花地丁，外科家治疮疔还用陀僧。下

第二回

陀僧戏姑

副净扮陀僧上场引坠痰镇惊疗痈毒，消积杀虫冻疮除。坐诗浪荡弥陀僧，煎熬治疮疗，酒肉结朋友，相与众医生。白吾乃红炉寺内弥陀僧是也。寺内银老师夫因吾秉性最毒，不肯容留。多蒙众生用吾煎熬，代治疮疗，因此结为厚友。每日只以吃肉为事。唱我今日吃驴肉动了淫风，吃鹿肉有鹿茸纯阳生精，吃猪肉虽养脾生痰又忌，吃羊肉羊肉热大发疮疗，吃牛肉补脾虚于人有益，吃鸡肉性甘温补虚温中，吃鳖肉有鳖甲滋阴退热，吃狗肉补虚寒助阳有功。白我想平日各样肉儿，无所不吃，今日跟着医生，汤汤水水，吃了多少烂肉，内有一盘驴肉，叫我吃了，把我疴痰又发，淫风又动，而今只想吐痰，身上又觉肿胀，恐怕成了黄疸疾病。不妨且往菩蒂庵寻他一寻。唱抖一抖大象胆免得惊搐，好像那下乳汁王不留行。来到了菩蒂庵山门以外，我看看山慈姑心才安宁。白来此已是，我不免把门敲上一敲。小旦扮慈姑上引正在禅房静坐，忽听有人叩门。开门介呀，原是来的老师，请往庵中去坐。栀子暗地上窥，陀僧白慈姑可好？姑白老师费心了。栀子白好秃驴！他往那姑姑庵中去作什么？待我跟进去听他一听。慈姑拉陀僧入后场白师傅，你往这里来。唱咱两人入莲房暂解欲火，我还要吐蟾酥发了痒麻，咱二人在巫山朝云暮雨，怕的是有人言吐痰风撇。陀僧笑白哈哈！我前日吃了驴肉，动了淫风；你今日这个模样，莫非也是吃了驴肉了？姑白我不吃驴肉，我要吃你驴肾呢。僧唱忽听说吃驴肾痿阳立起，像吃了海狗肾阳道大兴。留版僧白慈姑，你不信，你就摸上一摸。慈姑摸介，白这一个班毛虫这等硬性，只怕的破了血还要嫌疼。留版僧不怕的。唱我有那茜草根与你止血，我还有明没药也会止疼。慈姑白这等说我越发中意了。我且问你，那一日，却怎么不这么坚硬？僧白实对你说罢：今日我吃了壮阳药了。姑白你吃的什么壮阳药？僧白是你听了。唱吃的是海狗肾，母丁香大兴阳道，又吃上金英子、石莲肉且固肾精。留版姑白难道说你就是吃这几样药么？僧白到也还有，我其时都不说了。你快去脱了罢。唱露出了黑仙茅壮阳益肾，还有你赤小豆解毒消肿，弄出些阴阳水霍乱有用，速使你嫩莲蕊治我遗精。栀子闯进指骂僧白哇！你这个秃驴，来在这里调戏尼姑，是何道理？又指骂慈姑白你教他到这里做什么？姑白我叫他到这里唱个神曲，开开胃气。栀子白我不信，你教他唱一个我听。僧白波濋波罗摩诃萨，能治雀目夜明沙，清热利水海金沙，镇心定神用硃砂，和胃安胎有缩砂，消咽散肿有硼砂，要去风湿有蚕沙，波濋波罗摩诃萨。栀子白到也唱得好。栀子指慈姑介尼姑，你也唱一个我听。姑白我不会唱。栀子白你只会陪着和尚睡觉！唱我想你爷和娘真是混账，送到你姑姑庵玷辱家乡。你说是出了家修真养性，我看来你竟是便宜和尚。姑白俺也是佛家弟子。栀子白呸！你是什么弟子？善治头疼蔓荆子，吸去滞物萆麻子，驱风除湿苍耳子，能治胁痹白芥子，消食宽胸莱菔子，敛毒止泄五倍子，清音涩泻有诃子，下气定喘有苏子，解结散毒皂角子。子儿甚多，你说你是子不是？你是什么子？有了。唱想必是庵闾子行水散血，好像那壮荆子治浮肿膗，莫非是海松子去风疗嗽？不就是浪荡子止搐拦风。姑白胡说！难道你就不是人了？栀子白你是个什么人？养胃进食有砂仁，通经破血有桃仁，宣水润肠郁李仁。唱我看你到像个瓜蒌仁，善治咳嗽；恰是那秃和尚，理肺杏仁。僧怒白硫黄本是火之精，扑硝一见便相争；水银莫与砒霜见，狼毒最怕我弥陀僧。唱谁不知我平日性情最烈，触恼了银老师与我离别。就是你真狼毒何敢犯我？顷刻间管教你一命火绝！栀子白巴豆性烈最为上，一见牵牛不顺情；丁香不和蔚金遇，牙硝难从京三棱。唱急忙走到街首先禀牙皂，用他来通关窍速逐邪风。慈姑拦栀子白住了，你休走。川乌、草乌不顺犀，人参最怕五灵脂；官桂善能调胃气，若遇石脂便相欺。唱我见那草乌儿善解风痹，生用了管教你即刻蒙迷。白弟子们将山门闭了。栀子白闭不得，我还要走来。僧白你且莫走，我还有个草果儿与你吃了，消消膨胀。姑白你且莫走，我还有个白果儿与你吃了，定定喘嗽。栀子白你两个都是哄我。陀僧拉住栀子，慈姑取药介白我今用生草乌把你蒙住，送到你青蒿科治你骨蒸。众抬栀子下。慈姑白咱今把人害了，这该怎么处？僧白有了，还要你头上留了头发，脸上搽着轻粉，鬓角插着密蒙花，脑后带着米壳花，丁香坠儿边，胭脂嘴上搽，身穿着皂昆布，手拿着枇杷，开怀露乳香，人见必胡麻，相与个千金子，他自有金屑、银屑与你押。若有人来欺，干漆棍儿打，打的他呕吐痰涎，也不饶他。半夏倘或通着官桂，百神儿都能给咱护架。那时节，吃斋也罢，不吃斋也罢，情愿跟着你当归，再不想寺里出家。姑白你说什么话？滋除心血用头发，退翳明目密蒙花，杨梅结毒用轻粉，涩肠止泄米壳花，丁香快脾胃，胭脂坠痘痂，消瘰疬用昆布，止咳嗽有枇杷，疗疼痛有乳香，补虚损用胡麻，见了破积千金子，尚有心慌金箔加，破积杀虫借干漆，呕吐不堪入半夏，热性通官桂，寒气也不怕。咱为什么？吃斋也罢，不吃斋也罢，调养荣血惟当归，怎么应乐户人家？僧白这何尝是乐户人家，不过是应一个结骨丹，成一个黑老婆罢。姑白那黑老婆是个什么？僧白名叫土鳖。姑白那有出家人当土鳖？僧白出家人还了俗，不当鳖还当什么？姑白你当鳖罢，我不愿去。唱山慈姑听一言心神不定，叫一声弥陀僧细耳承听：咱若是入了这花街柳巷，怕的是难见那寺里宾朋。僧唱叫慈姑你不必胡思乱想，咱不过入柳巷偷度日生。自愿你巧打扮多多俊俏，见了那少年郎眉目挑情。我劝你跟我去青丝另整，除鬼邪逐瘟痁应我天灵……姑白天灵是什么？僧白你只管听来，底下还有一个字呢。姑白一个什么字？僧白你来这里，我告诉与你：是一个盖字。姑白嘻嘻嘻！松风静庵多薄命，烟花柳巷试红妆。僧白从今不把弥陀念，强搽胭脂诱青郎。下

第三回

妖蛇出现

栀子醒上白好蹊跷，好蹊跷，缘何在青蒿科里睡觉？明明和尚戏尼姑，我在中间闹，忽然就在这里，令人不料，不料。这件事我且莫管，我爷爷叫我请医生，我只得舍上个五加皮脸，强筋健步走上一遭。吾想黄医生，他住在温家村，到有许多温性也。唱有一个荜澄茄入胃除冷，有一个高良姜暖胃止疼，有一个覆盆子固精暖胃，还有个荜澄儿去把寒攻。有附子能回阳遂水益肾，有乌药理肠疼顺气调中，有芦芭益肾火疝疼有效，破故纸益肾火暖腰止泻，吴茱萸暖肝胃也治肠疼。白就是温性的奴婢，亦且不少。唱有一个叫麝香善开心窍，有一个小茴香理疝暖宫，还有个青木香亦能散风，白檀香定霍乱兼治心疼。白我若到他门首，假装偶感风寒，寻些生姜发

散，干姜暖中，就是没药治我损伤，我不过舍上一副陈皮脸，只当开了脾胃。呀！我又想起来了：他那里一个麻黄最是不好的，他会行病治病，治人头疼，使人汗出如津，又好治人风嗽。他若叫我咳嗽一声，他必举动桔梗，使上五味子，一齐治我个不亦乐乎。唱装头疼假咳嗽还要细辛，补精血益肾宫还要苁蓉，我昨日知川椒甚是有用，要止痒散寒气暂且住停。留版白今日我在此胡椒一回，去了多少冷痰；若是再通秦艽，必将风寒俱去。唱我今日补命门寻他肉桂，核桃肉补命门也算有功，得一回续断儿伤折能治，生精血补崩漏还要鹿茸，韭子儿能助阳且医血中，虎骨儿壮筋骨能去毒风。但是我忽然间虫疼又发，且在这楝根下歇歇再行。下。白蛇、乌蛇上场舞蹈，然后回身一变，小旦白蛇上引生来本领定不差，瘫痪隐疹来寻咱。若问奴家名合姓，群蛇队里称白花。正旦扮乌蛇上引学来武艺最为高，癖疥不仁皆能疗。若问奴家名合姓，群蛇队里称乌梢。二蛇旦相见，乌蛇白妹妹今日出洞，有何贵干？白蛇白我误吃了蟹爪甲伤了胎孕，将寻些艾叶儿止漏安胎。乌蛇白孕妇所忌东西，你怎么就忘了？白蛇白姐姐面前领教。乌蛇白妹妹坐了，听我道来。唱班毛虫共水蛭以及虻虫，草乌头、熟附子相配天雄。有野葛与水银、巴豆并忌，川牛漆、薏苡米、金头蜈蚣。京三棱、蓬莪术、代赭生麝，有大戟共芫花、半夏南星。阳起石、金铃子、琥珀海藻，桑螵蛸、地骨皮、甘遂苁蓉。洛阳花、冬葵子、川乌青黛，生卷柏、土茯苓、铅粉木通。有牙硝合芒硝、漳丹肉桂，牵牛子与槐花、皂角相同。有雄黄、雌黄儿、通草瞿麦，有干姜共桃仁、硇砂攻同。川大黄、鳖爪甲、枳实干漆，有雄胆合茅根、蝉退失中。这都是孕妇家忌的要药，小妹妹你何不细心留情？白蛇白既蒙指示，如开茅塞。不知姐姐今日到此，有何事干？乌蛇白昨日我出来放风，中了赤箭，今日要寻些白芨，方好治治金疮。栀子猛然抬起对乌蛇白好妖孽！古石灰能止血，拌上韭根捣千杵，抹到伤口手紧捏，治的金疮效甚捷，你要我栀子有何说？对白蛇白好妖精！安胎虽然艾叶好，加上阿胶始见灵，补虚羸，止漏血，你要我栀子终何用？指白蛇白我看你这个白白的妇人，你好像——唱像一个白豆蔻会治反胃，又像那白附子逐痞去风，好像那白茅根止血衄血，又像那白扁豆益脾和中。指乌蛇白我看你这个黑黑的妇人，眼珠上有个红圈，你好像——唱像一个红豆蔻会治吐酸，像红花破瘀血新血能生。又对白蛇唱咱二人同合欢调和心脾，我想你水牡砺治我遗精。对乌蛇唱捣你乜败龟板补心益肾。乌蛇唱你是个兔丝子强阴益精。又对白蛇唱我想你巴豆儿破水开积。白蛇唱你是个水蛭儿破血通经。乌蛇唱你若是有血积剪你归尾，剐了你乌贼骨能治血崩。栀子唱你两个酸货儿真乃好看，俱像那黄米醋补肾消肿。乌蛇白你看这孩子竟把我调戏！咱故意卖俏，把他引进洞去，将他吃了罢。乌蛇白待我哄他一哄。你这孩子往那里去？栀子白我爷爷叫我请黄医生。乌蛇白黄医生在我家里。栀子白你是哄我。乌蛇白我不哄你，你跟俺两个前去，到那里我还有个意思与你。二旦眼里传情，引栀子背白我看他眉来眼去，引得我魄散魂飞。想是他心里有了我了，不管是与不是，我且跟他去，躁躁皮儿。转白我去罢。二旦白你来罢。栀子白你家还有什么人？二旦白就是姊妹二人。栀子唱听言来喜得我浑身发软，柏子仁养心神助脾滋肝。到那里阳起石兴阳玩耍，我还要人乳儿滋补肾元。那怕这痨嗽病血痰发动，去痨嗽理血痰还有紫菀。栀子跟二旦行，白蛇唱跟我去穿山甲走山过岭，治痈肿理痔疮透骨挑脓。你好似益母草女科最要，正用你调经血去瘀生新。乌蛇唱我今日送到你紫河车，补虚损疗痨劳培养根本。你好似无名异金疮要药，止疼痛疗肠折生肌有准。乌蛇白到了。你且在崖下略歇片时，待我进去,看看有人无有,你休去了。若是无有,俺再出来请你。下。栀子白好呀,你看他两个都钻进去了,想必他把床褥铺好了,然后再来请我。唱这才是巧姻缘天然配就,当一个采花郎双凤齐鸣。我进去入石苇通他小便,他还用蛤蚧儿治我遗精。白哈哈!怎么这个时候还不出来?想是里面有人,我且在此藏上一藏。这正是:千里有缘来相会,无缘对面不相逢。乱峰参差青崖下,不少鸟语共花浓。下

第四回

石斛降妖

武生扮石斛降妖平胃逞义气,补肝壮英豪。诗初步青云气象雄,胸藏韬略耀黉宫;益阴定志补虚怯,性热剪除赞化工。白小生金石斛是也。我昨日在郊外寻使君子治小儿疳疾,只见洞中出来了一条恶气,我用赤箭射了他一箭,他竟把赤箭拐去。今日我精涓泻痢,又想那赤石脂,少不得带上鬼箭,再寻那芜夷,把那邪风恶虫,一并治去。石斛带了箭呀!还有一件宝贝,名叫预知子,遇毒作声,善于杀虫;还有鹤虱宝,诸虫皆避。我将这几件宝贝,带在身边,一到郊外,寻箭便了。唱预知子断岭中遇毒作声,这宝贝善杀虫万古留名;还有这鹤虱宝诸虫皆怕,雷丸儿除阴热也会杀虫。栀子瞧上白呀!这多时候,还不出来请我,想是里边有人。待我瞧上一瞧。呀!不好了!那边来了一人,待我躲避躲避。小生上场白走哇!我石斛来在了深山陡涧,在此处被妖精拐去赤箭。且在这山坡下停

身站住，石崖下又好像妖邪出现。栀子猛抬头一望，斛白石崖下什么妖孽？待我一箭射死。栀子起白我不是妖孽，我是一人。斛白你是一人？你叫什么名字？到此有何贵干？栀子白我叫栀子，这是我家亲戚。斛白你越发胡说了，这里并无人家居住。你说实话罢，你若不说实话，我将你一箭射死！栀子白我在此不敢说。斛白你来这里说。栀子白罢了，我实说了罢。我原上楝根下歇了一歇，遇见两个妇人，他问我到此何干，我说去请黄医生，他说黄医生在他家里，他叫我跟他到这里。斛白他对你说什么？栀子白那穿白的妇人，唱他说是吃了个蟹爪甲伤了胎孕，又说是寻艾叶安胎暖宫。白那穿黑的妇人，唱他说是逐邪风中了赤箭，好像是服勾藤治我瘈疭，那葫芦治的我中漏膨胀，恨不能使连壳治我肿疼。斛白你当那两个妇人是什么人，那是两个妖精！昨日把我赤箭拐去，今日又寻他，他又把你哄来这里，他要吃你。栀子跪白相公快快救命罢！斛白起来，有我在此，料也无妨。乌蛇内白我的冤家又来了，咱两个把他吃了罢。斛白预知子作起声来，真果有了妖精。栀子闪在一旁，看我降妖。下。二旦过场，斛唱好妖精那里走！还我赤箭，再用这鬼箭羽杀你妖虫。二旦上场介，乌蛇唱我昨日不防你中了赤箭，为什么你今日又来逞能？他宿食消毒气咱用大蒜，用石羔清胃火治你牙疼。斛白好妖精！谩说是你两个，唱你就是柏子仁补心定悸，若要是消痞结平肝破滞，定然要那利刀揭你青皮，切乌头去厥冷风湿并治，用白薇治的你人事不知！杀介，白蛇唱说这话惹得我鼻塞流涕，有香臭不能闻还要辛夷，且把你当葛花枳椇醒酒，那怕你使水蛭打胎破瘀。杀介，二旦败下。石斛赶上，乌蛇白妹妹，我看乜个人好像金石斛，一身棍气，最是不善。妹妹，等他到来，问他一问。斛上杀介，白蛇白你是何人？斛白我是县中一个武秀才，有名劣生金石斛是也。白蛇白我看你一点儒气也没有，必是不通。斛白你怎见不通？白蛇白你说是个劣生，我故知你不通。斛白宗师大人考我的时候，他那膀胱大甚，小便不通，那时我有通草两篇，把我进了，怎见的我不通？白蛇白通便通，只是旁人做的。斛白哈哈！他两个一身妖气，也笑话起我来了。栀子暗上高处白相公快快把这两个妖精打杀，不要与他说话！乌蛇白妹妹，他是金石斛，这便怎么处？白蛇白姐姐放心，我有麒麟竭，管教他变作麒麟，扑向前去，将他吓死。乌蛇白这等说我有蜈蚣、全蝎，一齐放出，定要治他口渴脐风。白蛇白既然如此，各显神通便了。二旦念咒作法，栀子白你看他两个唧唧哝哝，不知他说些什么？忽然麒麟跑出，后跟蜈蚣、全蝎，栀子白不好了！快快逃命罢！栀子拉石斛下，麒麟、蛇、蜈蚣、全蝎一齐赶下，白白姐姐，你看他两个逃命去了，你我随后赶去。二旦下。栀子、石斛上，栀子白相公，这……这……这……该怎么处？斛白吾想此种异兽，世间少有，待我用辰砂将他镇住。麒麟上，用辰砂打倒，栀子笑白哈哈！这种异兽果然现出本像来了，红红的好像一块红花膏。斛白待我看来。斛白这原是麒麟血竭，去瘀和血，大有可用，快忙收来了。栀子全蝎笑介，蜈蚣、全蝎过场、栀子白哎呀！不好了！斛白这是甚么？栀白那蜈蚣咬了我一口，那全蝎螫了一刺，好疼！好疼！斛白快取胆矾用津液调涂，其疼立止。栀子白晓得。下。二旦上，杀介，白哇！你这劣生那里走！白蛇唱你好像牛黄儿治我痰热，又好像天竺黄治我惊风，有磁石那怕你是个铁汉，我白花咬一口送你性命！杀介，乌蛇唱你好像皂凡儿治我黄疸，又像那木鳖子治我疮痈，有三棱那怕你腹积坚硬，我乌蛇使使风吹你肚中。杀介，石斛白你们便是蛇精了。唱取鬼箭先治你腰腿疼痛，再用那鹤虱儿杀你邪虫，定惊痫去邪风还要蝉退，我叫你去风湿须求寄生。杀介，乌蛇白妹妹，不好了！唱我觉着浑身上有些发痒，鹤虱儿咬得我胆战心慌。白蛇唱我身上也有了鹤虱邪虫。叫姐姐你与我速速逃命,咱两个急忙忙且回洞中。杀介上,栀子上白相公且慢,你看他两个钻入洞中去了。石斛白赶进去将他拿住,能治风湿疥癞,我定要起萎阳寻他蛇床。栀子白相公且慢,恐他邪毒害你。斛白任他有什么邪毒,我全不怕。栀子白不如我先到他洞中,看他一看。栀子入洞看白哎呀!那里面是什么东西?拿一根棍来,挑出去看,原来是一条长虫皮。斛白这一名叫蛇退,善除目翳,也治惊痫。这蛇定然脱皮而去,想是他怕了我了,再不敢出来。我在这石崖上留诗一首,作为铭记可也。诗白堪笑痴迷好色流,妖魔乘隙媚容投;百般艳态春情露,天外魂飞不自由。又诗白妖魔无处幻而真,窥透机关有几人?正气但能高百丈,群邪胆丧化灰尘。栀子白好诗,好诗!今日幸遇相公,若遇不着相公,白白的教他吃了我了。多谢相公救命之恩!斛白请起。栀子白请问相公:方才说县中一个秀才,名叫金石斛,我甘爷爷有个女婿,名唤金石斛,莫非即是相公?斛白正是。你是何人?栀子白小人是甘爷的一个奴仆,名唤栀子。斛白到此何故?栀子白小人在下,姑爷听了:逐水寨新出了四大贼寇,他要聘甘姑娘强把亲成,吓的他父女俩成下大病,才教我温家村去请先生。斛自白我想灵仙府有一位威灵仙,是我厚友,他的神通广大,你随我前去请他先平贼寇,后请先生,也不为迟。栀子白使的。斛白草寇山川太张狂,心操狼毒聘红娘;威灵若展玄妙艺,定杀赐皮木贼伤。下

第五回

灵仙平寇

末扮灵仙上场引生长深山，人称俺铁脚灵仙。诗驱风壮骨千年健，益胃兴阳巴戟天；若是宣风气得顺，必须用我威灵仙。白想我在蕊石山从师学艺，学会了驱逐水风，人号我威灵大仙。只是我凡心不退，不愿在山，下得山来，身有微恙，不知如何才好。唱那杜仲理腰疼强筋壮骨，鹿角胶补精血益肾有功，川牛夕理膝腿也能补淋，且吃了肉豆蔻止泻温中，再吃些怀山药补脾有益，久服那沉杰香降逆暖宫。外扮槟榔暗上，灵仙白槟榔那里？外白有。灵仙白我今日身上少安，你与我消胀逐水，把寸白虫杀净，再请那二位奶奶。贴旦扮紫石英白上场诗百般武艺我皆通，善疗惊悸并怔忡；世人若有崩中病，正该请我紫石英。小旦扮寄奴上场诗白百般武艺我都熟，散血疗伤败火毒；世人有害金疮苦，正该请我刘寄奴。二旦同白老爷将奴唤来，有何话说？灵仙白我今日反胃，呕吐作疼，内有些霍乱症候，肠中又觉泄泻，这该怎么处？石英白老爷之病，必须用那止呕散寒、健脾除风之药方好。唱你吃些苏叶儿散寒下气，你吃些香薷儿去去暑风，你吃些川厚朴理疼消胀，你吃些白扁豆益脾和中。寄奴白还有那渗湿和止呕定乱之药更好。唱你吃些乌梅肉治治暑湿，你吃些霍香叶定乱止疼，你吃些大腹皮利水消胀，你吃些白茯苓渗湿调中。石英白呀！我这一回，身上也觉发冷，我又不肯使钱买药，这该怎么处？有了。唱喝一碗葱姜水散散风寒，再吃些萝葡儿去去膨胀。寄奴白太太呀！我看你舍命不舍财，也是个甲鱼头。英白你瞎说。栀子、石斛上，斛唱走哇！金石斛为求贤走山过岭，为亲事要与那贼寇相争；急忙忙来到了威府门首，我不免上前去问他一声。白里面有人么？外白何人叫门？呀！原是金相公，到此何干？斛白快忙传禀，就说我到。外白少待。禀命，金相公要见。灵仙白夫人，金石斛是我厚友，你们不必回避，请他进来，看他有何话说。外白有请相公。斛白槟榔，你把栀子领去。外白晓得。槟榔领栀子下，斛白大哥在上，小弟有礼。二位嫂嫂可好？小弟亦有礼了。灵仙白贤弟请坐。吾看贤弟面色仓皇，所为何事？斛白大哥听了。唱逐水寨新出了四大贼寇，要聘我甘小姐强把亲成；小弟才来请大哥去削此耻，剔了那乌贼骨好治血崩。灵仙唱忽听说这枸杞阴兴阳起，我今日用杜仲杀这毒虫，闻着我他头疼要想白芷，定使个独活儿逐这邪风，拿着这伏龙肝治他呕吐，伤折了骨碎补我才能行，壮腰腿我还要割儿狗脊，再使那刺蒺藜治他眼睛。白这一回急的我浑身是汗，到觉爽利许多。即此合金贤弟前去可也。英白老爷，你且莫去。唱你今日补元气我有人参，还有那麦门冬能补液津，你今日伤风寒防风须用，我有那何首乌补肾滋阴，我有那石南叶能利筋骨，酸枣仁叫你睡且宜养心。寄奴白老爷，你且息怒。唱你今日伤风热也要防己，我有那川萆薢能去风湿，还有那名龟胶滋阴有效，我还要苏霍香通窍开郁，我有那蛇床子强阳益阴，我还有葶苈子通经破积。灵仙白我去心已定，夫人休要劝我。二旦白老爷既然去心已定，奴家也要前去，到那里与老爷助上一阵，奴才放心。灵仙白如此甚好。夫人既然要去，听我一言。唱听夫人说此话喜在我心，咱四人平贼寇莫惮风尘，叫贤弟你与我暂且向导。斛唱再叫那利便的大麻能仁。灵仙唱快牵那壮阳的千里海马，速取那金箔枪镇他心魂。四人同下。外扮海藻上引生来性烈力又猛。净扮大戟上破水消积立大功。付净扮甘蓫上引王道不行尚霸术。丑扮芫花上引十枣神佑称英雄。外白俺海藻是也。净白俺大戟是也。付白俺甘蓫是也。丑白俺芫花是也。外白众家兄弟请了,众白请了。外白我前日差人上甘草处去送聘礼,要聘他女儿成亲,竟被他抢白而回,这便怎么处?众白大哥,他既不从亲事,是该多带人马,将他女儿抢进水寨,他也无可奈何。外白此计甚妙,就此前去。老卒扮旦上引大王,不好了!威灵仙领着两员女将,尽力发来,要攻水寨。外白再去打探。卒白得令。外白好哇!我正要前去抢亲,他就送上门来。姜黄、秦艽听令。老旦扮姜黄,付扮秦艽上引有。忽听大王唤,只得到帐前。大王在上,末将打躬。外白威灵仙领着两个妇人,快快抢来,我与他成亲。姜、秦同白得令。二人下,众贼上大哥亲事这等凑巧,就该恭贺了才是。外白既然如此,请后边排筵。众贼下,姜、秦上唱走哇。咱大王他要想极力成亲。姜唱他那知威灵仙也会横行。姜唱他好像姜活儿叫咱出汗。秦唱他好像紫草儿发我痘疔。姜唱我只怕失了血三七终止。秦唱我又怕气不固尿屁流通。二旦、灵仙迎上白来者何人,敢犯我灵仙境界!姜白听我道来:老爷性最烈,消肿又破血;你若心腹痛,下气寻爷爷。爷爷姜黄是也。唱你若是有珍珠免受惊痫,省的我寻川芎治你头疼。灵仙白你这草寇!唱去寒肿理胀疼拿你草寇,治血崩上血衄捉你茅根。白夫人占了头阵。杀介,姜下,英随下。灵仙上你是何人?秦白是你听了:老爷善驱风,逐水有奇功;你若肢节疼,先问老爷名。老爷秦艽是也。唱你若有金箔难免惊搐,省的你黄疸了要须茵陈。灵仙白好狗才!唱治噎食定然要取你狗宝,摊膏药我还要揭你狗皮!白二夫人占了次功。杀介,秦下。黄上,仙杀黄介,黄唱我今日宁肺嗽与你百合。仙唱用木瓜治的你转筋霍乱。杀介,仙下。英上,与姜杀介,姜唱用马鞭打的你通经破血。英唱铜青剑治的你乱眼不明。杀介，姜下；秦杀介，英下。奴上唱俺本是贞实女养心明目，卫茅根能治你辟鬼杀虫。杀介，秦败，奴亦下。姜唱只说是姜黄儿性情最烈，谁想我到这里竟不能行；少不得再下气快寻玉金，回营去见大王再作调停。下。秦上唱我秦艽养筋血风热难解，谁想那威灵仙竟是英雄；少不得止惊搐天麻求救，回山寨见大王另发大兵。二旦、仙上，四门白板贼兵大败。仙白穷寇莫追，暂且回兵。下。外上白眼观旌旗捷，耳听好消息。坐，二将上白大王在上，末将交令。外白胜败如何？二将白败阵而回。外白哇！那伙草寇你也杀他不过！快请众大王。二将白有请众大王。三寇上白大哥将小弟唤来，有何话说？外白众位贤弟不知，二将败回营来，须大家前去走走。众白得令。净白听大哥说此话怒恼大戟。下，付净上唱我与那威灵仙冲锋对敌。下。丑唱我要是见了那俏佳人面，抢他来红罗帐会会佳期。下，外白割了他灵仙皮补阴益肾，还叫他请海藻去治瘰疬；我今日要治他肠风赤带，我定要割取他椿根白皮。下。斛、灵仙，二旦上唱忽听说那贼寇也敢出马，我一上高埠上看看贼形；二夫人随我到高埠一望，看一看众水贼怎样兴兵。上高埠，众贼过场，灵仙唱吾看那一个个贼手贼脚，他岂敢显芦根除去热渴，他又敢连钩藤来治汗风，他又是破积水雄猛有力，我不要刺蒺藜治你眼睛。白夫人听令。对正旦白你把那苍术烟与我攒起。对小旦白你驾起苏木火预备顺风。正旦下。舞白苍术浸米泔，专能治目盲；米壳先燥脾，除湿最为良。唱我再用安息香逼除邪恶，再加上石硫黄重拿贼兵。回上，旦下。白苏木火亦烈，专治人扑跌；轻则破其经，重则破其血。唱我再用夏枯草散血消症，再加上火焰硝烈火腾空。回上，末唱二夫人驾起了黑烟烈火，到教我威灵仙喜在心中；我今日摆下了烟火二阵，恁三人同与我引诱贼兵。下。四寇上，石斛、二旦、灵仙迎寇白好威灵仙！我与你身居两地，天各一方，因何犯我水寨？仙白我把你这贼寇！明明日月，朗朗乾坤，抢夺人家妇女，老爷岂肯与你干休！寇白不用胡说，撒马过来。仙白贤弟占了头功。石斛败，戟杀，正旦、蓬杀，小旦、芫花杀，灵仙、海藻杀，灵仙败，海藻赶下杀。连环、石斛二旦上排阵，正旦下门站椅子上，石斛下门站，灵仙回上门迎贼杀，灵仙败下，贼赶，正旦放火暗赶下，贼回，石斛赶杀上门，贼赶上，小放彩火烧。众贼唱那有这寒水石涂我烧疮，烧的我众兄弟魑魅魍魉；咱今日中了他烟火二计，众兄弟无处逃去见阎王。彩火烧四贼跌打死下，石斛并二旦上门，石斛白禀大哥：众贼俱已烧死。灵仙白闪开了。唱忽听的金贤弟报了一声，好叫我威灵仙喜在心中。众贼寇一个个专行霸道，他岂知恶贯满苍天不容。我今日与一方雪了此恨，也算是金贤弟立了头功。二夫人收了那烟火器皿，辞别了金贤弟咱好回程。白你看这些贼寇，尽行烧死，你可速到甘府，完你婚姻大事，我今辞别而去也。斛白小弟感恩不尽，异日登门叩谢。送大哥。灵仙白贤弟请回。下。石斛坐白栀子那里？栀子上白好战战，吓的我浑身是汗；好藏藏，吓的我几乎脱肛！前日我姑爷说灵仙神通广大，今日一见竟是不差。但是吓的我心里慌，底下兼泻，这该怎么处？有了。唱用故纸去肾火暖腰补肾，用姜蚕再治我急慢惊风。我在这山坡下心慌不定，忽听的金姑爷唤了一声。斛白这奴才那里去了？栀子白来了。姑爷说什么？斛白这请医的事情你就忘了？还不快去！栀子白是。下。斛白你看栀子去了，我不免就到甘府，看看小姐病体如何。诗白骂声贼寇太张狂，只落巫山梦一场；射中雀屏天有定，关雎岂是妄歌扬。下

第六回

甘府投亲

甘草上引人逢喜事精神爽，闷来愁肠睡魔多。白老汉甘草是也。今我女儿身染重病，前日叫栀子去请医生，至今尚未回来，好不烦恼人也！唱我吃些天门冬先清肺嗽，再吃些银柴胡暂退翳蒸，建莲肉清心火醒脾须用，吃几杯甘松酒解郁和中。石斛上引心急恨路远，特地到此间。来此已是甘府门首，我不免上前问他一声。里面有人么？甘草白这就好了。木香快来。木香白来了。爷爷说什么？甘草白外边有人叫门，想是栀子来了，快去开门。木香白晓得。开门介呵，你是何人？石斛白往里传禀，就说金石斛前来投亲。木香白少待。外边金石斛要见。甘草白是你姑爷到此，说里面有请。木香白里面有请。斛进白岳父大人在上，小婿拜见。甘草白请坐，坐了叙话。斛白告坐。岳父一向可好？甘草白罢了。贤婿一向作何事业？不期而来，必有缘故。斛白容禀。唱我昨日在路旁遇见栀子，被妖邪缠着他几难脱身。我用了鹤虱宝将他救出，他才说为请医到此山林。他又说逐水寨四大贼寇，要聘他甘姑娘押寨成亲。听这话不由我心头起火，同栀子泄水村去聘古人，搬来那威灵仙平贼灭寇，用火攻烧的他一命归阴。叫栀子温家村请医去了，我今到贵府上卜吉完婚。甘草白既是如此，且住舍下款待几天，待小姐病体全愈，然后成亲，成就你夫妇大礼。斛白尽在岳父。甘草白请到书房。二人同下，木香笑唱妙哇！他要取女贞子急补肾水，我就往东篱下速报佳音。白请姑娘。小旦病哎呀上唱每日间肝气动那有佛手，金公子想的奴步也难行。纵有那好燕窝善补元气，奴也是懒餐他痘不发生。白请姑娘出来有何话说？木香白姑娘恭喜！小旦白我的心病难治，愁有千万，喜从何来？木香白姑娘，是你不知，姑爷前来投亲。小旦白他在那里？木香白现在书房。小旦白当真的？木香白那个哄你不成！小旦白好哇！唱他好像缘升麻能散风热，喜的奴心花放头也不疼。真正是薄荷叶能清头目，犀牛角解心火大有奇功。白木香，快取菱花镜来，待我梳妆。唱整一整青丝发能治血崩，盘成了水磨云风飘桂香，有官粉理虫疾佳人饰面，用胭脂涂痘痂仙女红妆，带几朵金银花肿毒能去，穿一件绿豆衣毒热何妨？叫木香快醒脾请你姑爷，叫他到金线楼叙叙衷肠。白木香附耳过来：你速去快来，你休教你爷爷知道。木香白晓得。小旦唱妙哇！昏暮时目不明无人看见，会一会金相公才显夜光。他是个急性子即速来到，攻去了症瘕病却也无妨。木香引石斛上，石斛白我来了。若是你爷爷知道，就有那丹皮脸难清胃火。木香白姑爷，你要晓得根深不怕风摇动，树正何愁月影斜？来此已是，一旁少站，待我进去禀知姑娘。斛白丫环姐，速去快来。木香白姑爷，你太急性子。木香低声白姑娘，你附耳来：我姑爷来了。小旦白快忙有请。木香白哎呀！只说我是急性子，谁知你两个比我还急。待我耍他一耍。斛白你姑娘说什么来？木香白我姑娘好像疝气，就是大茴也该小茴。斛白这该怎么处？木香白叫你回去。斛白罢！我就回去。木香白我是耍你。斛白这是个什么时候，还要作耍？木香白随我来。这就是我姑娘。斛白这就是小姐，给小姐拜揖。木香白我姑娘也有一拜。小旦白与你姑爷看坐。斛白有坐。请问小姐，贵恙可曾痊愈？小旦白只是逐水寨出了贼寇，送来玉盆绣帐，要聘奴家成亲，相公快给奴家作主。斛白是，小姐你不知，我搬威灵仙已将贼寇平灭，才到贵府投亲，那贼寇只落得画水无波空作浪。小旦白绣花有色不闻香。多谢相公！打更鼓，丑扮木贼上引不偷金银钱钞，盗此蔽障之物。白我木贼是也。吾想在山岭之上，常见两个贼人在水晶池玩耍，竟被那瞎眼的妖邪驾起云翳，将他蒙住。是我心中不悦，暗将他云翳盗去，把瞳人救出，世人号我木贼，这也不在话下。闻听甘老儿，他有菊花小姐，秀色可爱，今晚跳进他府，暗与小姐配合，盗此蔽障之物，岂不甚美？去去行行，来此已是，待我越墙而过。跳呀，天色昏暗，两眼看不甚真，也不知道这是什么地处。哎！有了，待我用夜明砂将眼一耀，便知分晓。好呀！这是东篱绣阁，怎么这个时候，灯尚未息？待我听他一听。甘草上引女儿身染重病，着我睡卧不安，生的是傲霜枝叶，鲜花岂有败残？不辞半夜劳瘁，就到东篱去看。甘草看木贼儆介，甘草儆问呀！这绣楼以外，黑隐隐的，莫非有了贼人，待我问他一声。哇！是谁在此？贼跳躲，石斛跑上白小……小……小……婿金石斛在此。甘草白我问的是那个贼，那个问你。你看那贼，想必是来盗汗，去把霜桑叶取来，将他拿住。贼跑墙下，甘草惊白不好了！贼越墙而过去了。斛白岳父不用害怕，小婿在此，料也无妨。甘怒白哇！你不在书房，来此何故？斛白前……前……前……前……来拿贼。甘草白你什么是来拿贼，依我看来，你就是个真贼！好恼哇，好恼！唱你真是桑白皮泻肺火全无血色，止血的棕榈皮面有千层。小旦白木香快请你爷爷来。木香白爷爷，姑娘有请。甘草白我正要见他。好奴才！你做的这样好事！木香白爷爷呀！我姑爷他本是明目秀才，与咱家甘姑娘结下良缘，就等候月重阳五蕊开放，那时候蜂采花他也蜜甜，总不如趁早些黄连配就，妨备那欲火动肿毒来缠。白爷爷呀！你再思再想。甘草笑白哈哈！唱我今日邪气迷知识蒙蔽，有你这石菖蒲才把窍开。白快请姑爷。木香白请姑爷。斛白我是个真贼，请我怎么？我是不去！木香白嘻嘻！姑爷呀，今夜晚上，正要教你做贼，你快来罢。木香推石斛上，甘草白贤婿莫怪。老夫吃几杯晚酒，醒脾乱性，多有得罪。斛白岂敢。甘草白老夫看来，当此昏暮之际，你夫妇正宜配合。木香撒开拜帖，请你姑娘拜堂。木香白请姑娘与姑爷一拜华堂。拜介，白木香拿灯来送你姑爷回去，到明天再为排筵。木香白晓得。挑灯送介，甘草白昔日结成秦晋好，何妨鸾凤下妆楼。斛白哎！好晦气！小旦唱相公呀！奴本是陵零草清香可爱，谁不知奴与你降真香生肌消肿？你速用三春柳快毒松肌，你若是配清香还得三奈，为什么怒不息自误佳期？石斛白妙哇！我好像痘疹家犯了紫滞，可喜你嫩紫草和血有功。小旦唱奴不过甘粉葛疗饥解渴，岂像那灵芝草自古罕稀。石斛白小姐，你太谦了。唱我爱你桃花面破水消积，我爱你杏仁眼养血醒脾，我爱你金莲小能解湿热，我爱你蚕蛾眉痿阳立起。咱就到象牙床生肌治漏，少不得用龙脑入窍通瘀。二人相搀下

第七回

红娘卖药

老旦扮红娘上场引当家终日在外，讨账人儿常来。拿上几味药材，且往医家去卖。换上几百铜钱，大街买些肉来。他就遇我回家，大料也无妨哉。白吾乃红娘便是。只是我家主人，终日在外采药，家下没有铜钱，他也悉知。我只得拿他几味药材，送到黄医生家，换上几百铜钱，买上些酒肉吃吃便了。唱买几个鲜青鱼暖暖胃气，买

一只肥白鹅补补虚羸,取一壶好黄酒调经和血,称一两顶细茶清清心目,买一个山查果消我肉积,粿一些冬瓜子益脾和中。他就是回家来问吃何饭,我就说淡豆豉解热散风。下,栀子上引领了甘爷命,前去请医生。来到了。哎呀！我到受了多少惊吓,还不知那黄医生在家不在家,我且在此等候个人来,问他一问。呀！那壁厢来了一个妇人,我有心问他一声,恐怕他又是妖邪。等他来到,我先诈他一诈。红娘唱来了那黄芪,除虚湿不肯留下,我定要破气血缠他莪术,老黄耆性甘温生用固表,蓬莪术能消瘀止疼解毒。栀子迎上白哇！前面来者莫非又是妖精?红娘白你这孩子好生无礼,竟骂起老娘来！你骂老娘,叫你先害脱肛！唱我叫人拿利刀切你龟头,叫我儿研细末好涂脱肛,揭了那破败龟板,能治久痢,再起你鳖甲儿,好治痈疮。栀子白做生意的人要和颜悦色,你看你是个什么样！红娘白老娘样子不好,还要去卖药。栀子白你有什么药?我正要去买药哩。红娘白你又不是医生,你买药做什么?栀子白我要吃药。红娘白你看你这个模样不像个吃药的。栀子白像像像。你没听的人说,穷汉吃药,富汉还钱。红娘白你要白吃不成?栀子白不是白吃,只是无钱。红娘白你说无钱,你吃那不使钱的。栀子白不使钱的是什么药?红娘白你问那不使钱的,听我道来。唱你吃些人中黄善解热毒,你吃些人中白能治疳症,你吃些两头尖能去头风,你吃些白丁香破毒溃痈,你吃些童子便滋阴去火,还有那粪中蛆肠结能通,还有那望月沙退翳明目,五灵脂能调血化痰杀虫。栀子白这等说,你是教我吃屎喝尿吗?红娘白你不吃屎喝尿,那有好药你吃！栀子白我是有点要紧的病。红娘白你有甚么要紧的病?栀子白我不说。红娘白你不说,我晓得了。唱想是你小便血要吃小蓟。栀子白不是。红娘白猜错了,唱想是你害瘙疳还要土苓。栀子白不是。红娘唱想是你害痔疮要吃槐角。栀子白不是。红娘唱想是你清肝火沙参最灵。栀子白不是。红娘唱想是你卵胞肿还要橘核。栀子白不是。红娘唱你若是大头瘟蓝根有功。栀子白不是不是,我只有些肾虚。红娘白速吃狗肾。栀子白你越发骂起来了！红娘白我说正话。唱你若是吃狗肾壮阳补羸。栀子白我不吃,你吃罢。我是吃药的,我也不是吃卖的药。红娘白为什么不吃？栀子白是你听了。唱你卖的泽蓝叶通经破血,不过是沙蒲黄止血治崩,不过是浮萍草治你瘙痒,不过是桑螵蛸治你漏精,不过是蛇床子强阳补肾,不过是地肤子治你骨蒸。白我是要吃你身上带的药。红娘白老娘身上带的药到有许多,只要你有钱。栀子白你把身上带的药说来我听。红娘唱是你听了:头带着红花儿通经破血,脸擦着海石粉坠痰压惊,鬓插着紫梢花壮阳固肾,耳挂着石榴堕止泻涩精,身带着紫降香破血降逆,腰系着青黛儿肝火能清。栀子白这等说来,你身上好有一比。红娘白比做什么？栀子白我看你:头似个乌鸦,簪上带红花,脸上擦海粉,鬓边插紫花,降香身边挂,石榴堕耳上压,腰系着青黛到也不差。唱你好像牵牛犊也会说话,头顶上反长着一个大角。红娘唱你这小子太刁钻,细听老娘对你言。白这是怎么说？栀子白身材到也罢了,就是有些脚儿大。红娘白烧灰的竟说老娘脚大！你没听的人说脚大福也大,吃的是陈谷烂芝麻？栀子白哈哈哈！我且问你:那陈谷碾成米治得虚泻,那芝麻做出油来能理毒疮,你这脚大会做什么？净扮冬瓜上引生来善讴烦燥,忽听外边吵闹,手拿一根棍杖,出来瞧上一瞧。老汉冬瓜是也。哎呀！你二人都是干什么的？栀子白我要去请医生,他拦住我不教我去。红娘白我上黄医生那里去送药,他拦路骂我。冬瓜白他骂你什么？红娘白他骂我脚大。冬瓜白既是这样骂你,他就说你脚大,你就回去缠上一缠罢。红娘白怪不的人家叫你老冬瓜,我看你好像个老黄南瓜。冬瓜唱你若是吃冬瓜解渴利便,你若是吃南瓜发你疮疤,到不如用猴头软你足骨,裹小脚叫你当醒脾王瓜。红娘白你越发老混账了!唱你就是有了疮脓,孩儿茶自可相赠;我并非大害红白痢,白头翁何必显能?冬瓜唱哇!你是个大疯子专治疥癞,你并非白附子能去游风,论起来你两个各自滚开,公藜芦止嗽痰免受热蒸,再不得到此地多要胡荽,反惹得消谷食豆疹不生。红娘白我今日只是晦气,药也没曾卖了,到叫他二人放了多少狗屁!罢了!回家去罢。唱行乳汁却恶毒且回漏芦,等着我海南子逐水还乡,他先用玉簪根取了牙齿,我揭他螃蟹盖能治漆疮。红下。栀子问冬瓜揖白我问你老人家:黄医生住在那里?冬瓜白黄医生与我邻居,与我朋友何首乌同去治疮的了。栀子白他会治疮,你怎么晓得?冬瓜白他作了一篇外科赋,甚是通明。我虽不能全记,亦略记一二,待我念来你听。赋云:岂无阴阳疽病?肿疼由于外感,轻重关于内伤。甚喜者红浮高肿,可畏者气虚血尪。先事解散,十全八九;临时区处,反费张皇。肿硬时艾灸为要,溃破时红升最良。消阴疽由艾火,去腐肉由升丹,又不第兼十全补气血而有益,则更喜不数日长肌血而非常。你听此赋,岂不是治疮名手乎?栀子白现今他往那里去了?冬瓜白今早他二人说说笑笑,同行而去,不知他往那里去了。栀子白这等说,且慢去。冬瓜白我对你说:他有六个儿子,都是治病的好手。你听我道来。唱他大儿叫黄连善清心火,第二儿叫黄芩泻肺有功,第三儿叫黄精大有补益,第四儿叫黄柏补泻肾宫,五令郎叫黄腊磨痞破积,六相公叫黄香拔毒去痈。他六个能治病皆都不差,你何不请一个与你同行?白何不请上一个,同你前去?栀子白老翁那里知道,去回禀老爷之命,焉敢自请。待我急速回家,见了我家老爷,再作商量。冬瓜白既然如此,老汉失陪。下。栀子白罢,我也回去罢。唱急得我两腿酸难以行路,速使个钻地风健步前行;服松节吃虎胫两腿加力,跑得我两腿胀还要海桐。我回去叫木香快快膈气,我还要拔茄根洗去脚疼。来到了。哎罢!哎罢!唱我进去麦门冬止嗽解烦,且坐在青蒙石利痰止惊。甘草上白这奴才他也不来了!乍见白哎呀!那不是栀子么?栀子白你道是谁来呀?甘草白你请的那黄医生呢?栀子白爷爷,那黄芪正是兴旺,小人寻他不见。甘草白到也好,他不在家,给咱省下几顿饭,又省许多钱。栀子白这是怎么说?甘草白栀子,你那里晓得,自你姑爷到此,你姑娘病即痊愈,今已拜过华堂了。栀子白这等说,我姑爷的药方比黄医生更妙。甘草白胡说!不过是人逢喜事精神爽。栀子白蜂采花心分外香。甘草白打嘴!自作打介。同下

第八回

金钗遗祸

石斛上引暂屈鸾凤栖荆棘。菊花上引终腾羽翼上云梯。同坐上白小姐,今逢大比之年,有心上京赴选,求取功名,只是我意思不决。闻听人言闹阳市有一决明先生,正是神验,我有心前去占卦,不知你意下如何?菊花白相公要求功名,须先立志,何必听术士之言?唱相公容禀:甘菊花坐绣房笑言盈盈,尊一声石斛郎细耳承听。你若是攀丹桂须先立志,又何必寻胡麻去问先生?石斛白小姐不用多言,我主意已决。菊花白任凭相公。石斛白既是这样,娘子请回。菊花下,斛白吾问卜去便了。唱因我这功名事主意不决,我求那益智子缩便回精,来到了滑石街行行小便,再到那闹阳市会会决明。下,丑扮决明上

引五行生父子，八卦定君臣。白我乃草决明是也。自幼善治眼疾，亦会卜易。人把我草字去了，皆称我决明先生。今在大街卖卜，便将招牌挂出，赚几个接骨的铜钱，也就罢了。唱我今日挂招牌原非五味，问卜的他来到岂是白矾。留版坐介，石斛上唱走哇！我石斛来在这卜门以外，问一问那一位是起课灵仙？白是我正往前走，那边有招牌一面，待我看来："决明善卜周易，兼治眼疾。"想来这就是决明先生，待我问他一声：你就是决明先生么？决明白不敢，就是小弟。请坐叙话。相公来此所为何事？斛白小弟原为功名之事，敢烦先生一卜。决明白待我与你卜来。看介此卦上泽下巽，巽为木，泽为金，合而为之，是火过楝桡，为兑金克木之象，不吉，不吉！不久有杀身之祸，还问什么功名！斛白祈先生细为推测。决明白待我再看变卦如何。卦爻动变为重巽，里有逢凶化吉，不致伤身，总有恶风缠绕，不成卦，不成卦，倘相公大难不伤，必有大贵。再抽签一枝，看你后日如何？此签上卦乾，乾合着，利见大人，飞龙上天之爻，日后必有封侯之象，可喜，可喜！斛白这是先生卦资。决明白卦资不要，小弟日后还要占光，请了罢。石斛白如此请了。唱忽听的决明子立断吉凶，好叫我为功名疑病复生。我实想为黑豆滋阴补肾，谁想他痔疮发还要瓦松。吓的我神不定去寻小草，少不得养心血归参有功。下。决明白哎呀！三天不曾发市，今日又遇此卦，败兴败兴，真乃败兴！今占此卦，虽然逢凶化吉，当下时运不好，我且把招牌摘去，专治眼疾。唱无论这风火眼我皆能治，他就是有云翳我也能攻，青箱子、木贼草俱能明目，密蒙花、褚实子还有谷精，望月沙、软蒺藜治眼有效，款冬花、枸杞子明目去风，热地黄、柏子仁聪耳明日，车前子、益母草明日有功。白且不卖卜了。下。斛唱我要想开心窍须用菖蒲，定惊痫到天上须摘南星。忽听说入泮时金钗问卜，他算我是水斛功名难成。恨急去泻心火龙胆立志，总使我壮筋骨能开硬弓；施鬼箭破宿血通经有准，马兜铃入大肠肺热能清；砂大仁醒脾胃见我勇猛，朱砂笔定神思点我头名。看起来星士家阴阳莫信，回家去见岳父再作调停。白今日占卦大大不幸！娘子那里？旦白相公回来了？斛白回来了。旦白你占得可是怎样？斛白是我占了一卦，正是不祥，这功名事我也放不在心上了。旦唱你若是折桂枝调荣和卫，还要你用远志安神补精，休听那决明子胡言乱道，才显这炙升麻提气上升。白奴想这功名乃是大事，还得要与爹爹商议。有请爹爹。甘草白芙蓉花随时开发，消肿毒四季平安。请出老汉，有何话说？斛白今逢大比之年，小婿有心上京赶考，不敢自专，只得上禀。甘草白贤婿既有远志，老夫不肯容留。斛白只是小婿在大街上占了一课，正是不祥。甘草白贤婿，你没听的说，算卦的无量斗，俱是胡诌，不必听信。栀子那里？栀子白有。甘草白你姑爷上京赶考，准备鞍马行装，随你姑爷前去。栀子白晓得。下。甘草白贤婿草堂少坐，老夫还有嘱托。唱圣天子丁酉年大开选场，此一去路途上莫惮风霜。一路上加细辛肝胆有益，若遇着急流水通便预防；你吃些糯米饭能坚大便，喝几杯孩儿茶好治金疮；你吃些白蜂蜜解热润燥，带上些枳子能治酒伤；无人处免惊热壮你龙胆，住店时要明目紫苑适当；再捎些红枣肉益脾和胃，取上些大谷精消食润肠。小旦白忽听说备鞍马射干前去，要治你喉肿闭风热毒缠；奴有心用菊酒与你进饯，真来是菊才放不敢多言。白相公这里来。石斛过问白娘子说什么？旦【西江月】相公既去赶考，奴家岂敢留恋？赠你金钗一股，时时佩在身边。茅店逼出邪恶，荒野压去惊痫。盼青郎气爽神静，定赴琼林盛筵！斛白多谢娘子美意！石斛、甘草过白贤婿请坐。栀子白禀爷爷：鞍马行装，俱已完备。斛白小婿拜别。甘草白送贤婿。斛白岳父请回。石斛、栀子同下。甘草白女儿，你看我贤婿壮怀忽发凌云志。旦白才勇还裕厚朴材。甘草白丹桂高攀临帝阙。旦白青云独步上天台。同下。净扮开店上引生就狼毒心肠，但治疥癣客商，暗用些信石下在壶觞，管教他命染黄泉！白吾乃弥陀僧是也，在此开了小店一座。今日天色已晚，我不免出门望上一望。下。石斛、栀子上唱离梓里在途中冒雨寻风，想起来入泮时众位弟兄：蔓荆子去头风轻身坚齿，金樱子补肾气又能涩精，白附子理中风失音不语，冬葵子善理窍又能催生。猛抬头又只见金乌西堕，少不得寻旅店暂把身容。白栀子，你上前去，问问此处可有店房没有。栀子白晓得。此处有店房没有？净白老客莫非住宿吗？此处就是。请进里边，就到上房安歇。相公可用什么饭？斛白卖的什么？净白相公听了。唱我卖的黑羊肝补肾明目，又卖些大海米益肾兴阳；还有那丝瓜菜解热利便，又有那粳米饭助脾益肠；我还有薤白酒能治胸痹，吃几杯泉国公也治风瘫。斛白这些东西我已用过，只要明灯一盏。净白小伙计，掌灯来。相公，这是明灯一盏，内有灯心数寸，既能清心，又能明日，亦能利水。你就安歇了罢。斛白店主请了。净暗下白呀！那位相公身带金钗，怎么能得到我手？有了，等待三更时候，一刀两断，将他两个杀死，这金钗行李，何愁不到我手。就是这个主意。下。栀子上白姑爷，我看那个店主好像个弥陀僧。他秉性最毒，必有歹意，姑爷须得提防。斛白不必惊慌，我自有主意。大家安歇了罢。唱有小生坐店中独对孤灯，忽然间想起了众位宾朋，多时节不见面时时难忘，又叫俺目不瞑胡思乱想。有一个楮石子壮肾明目，有一个名青盐也壮肾宫，有一个青箱子除风退翳，石决明理内障并治疮痈。众兄弟到闱场争先用力，我定要显其能尤见精工。鼓打二更，净暗上白忽听谯楼上鼓打二更，相公想是睡熟，待我手取短刀一把，上前动手。便拨门进去，用刀斫介看刀！

石斛闪过，将刀夺住，二人相打，栀子跑白不好了！当真有贼，须先躲避躲避才好。吾乃趁此机会，速忙上后寻他蜂房，若有葱白佳人，必然见艾，叫他于我温洗温洗，待贼风消除，我去不迟。栀子下。贴旦扮娼妇上白先在庵中作尼姑，今在此地为娼妇。自从那日来了个吃狗肾的嫖客，放着大门不走，他将我后门闯开，闯的我肠风下血，不一时就大便两次，须得寻些槐花治治才好。待我寻上一寻。栀子白怎么蜂房里灯尚未息？待我进去看上一看。贴旦白呀！你是何人？快忙出去，你不出去，我就要喊！栀子扭住贴旦，栀子白你若要喊，我有怀庆刀一口，定要一片一片将你切了。我且问你：那店是谁开的，快说实话。贴旦白他……他……他……是弥陀僧。栀子白你是何人？贴旦白我……我……我……是山慈姑。栀子白好秃头！前在姑姑庵中，你两个害得我好苦，又想要在这里害我！吃我一刀！吾将那山慈姑杀死，就是那弥陀僧也难脱姑爷之手，待我前去看来。下。净上，高处叫上白众伙计快来！众白那处使用？净白咱店里住的那个虻虫，破血消症，甚是利害。大家动手，与我打了！石斛打，众下。僧上白不好了！他将众伙计打死，我待那里去藏？有了，我有帽子一顶，人见称为团鱼盖，善破血症，待我藏在里边。栀跪白哇！你就藏在你娘肚子里，也要把你寻出，要想独活，你万不能！僧用刀杀白看刀！栀子闪白姑爷快来！石斛上，与僧扭住，斛白你这个恶僧！爷爷把你拿住，那容分诉，打碎你下油锅罢！又打死，栀子白姑爷既把人伤害，就该速速逃到京中，倘得一官半职，此等罪案方可消除。斛白既是这说，快牵马来。石斛马急上白今宵脱去金钩钓。栀子白他日还沾圣主恩。快走，快走！同下

第九回

番鳖造反

付净扮鳖子，后跟四卒上白番里番来番又番，金毛狮子过玉关；满江撒下皮裘队，要把中原闹一番。我乃西番御驸马，改名又叫马前子。父王差我领定人马，反进中原，使出恶毒，管教他吐血而亡。天开黄道，正好兴兵，小番儿带马前去。片子下，净扮饴糖上唱呀！不好了！我饴糖能建中大补有益，年高迈目不明要吃青盐。番鳖子造了反不久即到，吓得我稀食病还要枯矾！丑扮瓦楞子上白你老人家慌慌张张，所为何事？净白瓦楞子只与人家消症破血，你那知番鳖子造反，不久即到。不好了！肚内作响，我要出恭。净下，瓦楞子上唱忽听的老饴糖说了一声，惊的我痰火盛去寻南星，还有些气不调苏梗须用，再用些荔枝核速治疝疼。白我想水红花他子幼母孀，是我一个好邻居，我不说他那里知道，也教他速速逃命。来此已是，快快开门。正旦扮水红花，小旦扮水红子问白是那个叫门？丑白嫂嫂！不好了！番鳖子造反，不久即到，你母子还不逃命吗？丑儆跪下，正旦唱吓得我水红花魂飞魄散，龙齿儿定惊痫也是枉然。叫我儿你慢慢将我扶住，省的那苏霍香理厥化痰。自今日无熟地难以逃命，到教娘眼发红泪珠不干。你娘舅虽善会乌发染发，他也是无衣食家内贫寒。正旦哭白这该怎么了？唱忽想起那阿魏是你仁叔，他善会化痞积权度荒中。咱母子快快走投他前去，你与他化痞块才把儿安。你就是烦渴了还要知母，且不想那贝母去化燥痰。白儿呀！随我来。

下。石斛扮武将上场舞白盛德醍醐天宠渥，王言纶綍国恩多；益精强阴暖肾水，能壮筋骨定山河。白大将金石斛是也。元帅不久升帐，只得在此伺候。吹上，栀子外扮大黄战将上引走不守浮而不沉，若用酒浸斩关夺将，能引至高之分。坐场诗勇力高强气象豪，皇恩赐爵树旗标；通瘀破血结功重，身著黄衣拜圣朝。白吾乃西川大将军，姓锦字装黄，外号大黄是也。圣天子因吾有荡涤去邪之功，急逐秽恶之力，拜我四川大将军。中原地界，少有不靖，我即东挡西除，南征北讨，决不肯少惜余力。今坐大帐，帅子旗无风自动，必有军国大事。探子上白心急忙如箭，两腿快如风。探子告进。叩见白元帅在上，探子叩见。外白有何军情报来？探子跪白启上元帅：番鳖子领定人马，反进中原！外白再去打探。探白得令。外白呀！好反贼！有本帅在此，就敢兴兵造反。若提兵前去，将尔狗头切了！众将官一个个站在东西，听我号令。唱有本帅坐大帐一声高叫，众三军一个个细听其详：他竟敢学螃蟹横行散血，岂知我配生肌要拨蟹黄；他就是刺猬皮能理痔疼，也教他寻象皮去治刀伤；杀的他鸡头子固精有益，省的他眼烂了胆矾又良。白金石斛听令：命你为前站先锋，速传四营兵将听点。斛白得令。命前营火兵听点。斛白众将官。众应，斛白石硫黄。兵上打躬白有。外唱你速去用烈火烧他肠胃，马牙儿扑郁火也有奇能。斛白南川乌。上打躬白有。外唱你速去烧寒痹并除风湿，取上个雷火针治他腿疼。斛白后营水兵听点。众应，斛白南商陆。兵上打躬白有。外唱你速去开积水决一水战，杀的他水气喘葶苈当先。斛白牵牛子听令。上打躬有。外唱你速去逐水府二便齐下，拿住他冬葵子破血通关。斛白在营弓箭手听点。众应，上白皂角子。兵打躬白有。外唱你速去透脓毒治他肿硬，多带些鬼箭羽杀他邪虫。斛白蕤仁子。兵打躬白有。外唱你要紧有准头治他眼肿，他若是颠狂疯快用铁浆。斛白右营押粮军听点。众应,斛白禹余娘。兵上打躬白有。外唱你速去运粮草提防湿热,多运些薏米仁健脾肺清。斛白马齿苋。兵打躬白有。外唱还要你涂痈肿提防贼火,路途上水不利快用木通。斛白副将枳实,参将芒硝。外末同上有。外白先锋官。斛白有。外白人马点齐,辕门放炮起营。斛白众将就此放炮。片子下,二兵二将领外是上白禀元帅:离贼营不远了。外白杀上前去!四卒领番鳖上白你这黄脸儿,见了驸马爷就该投降。外白哇!胡说!想是你邪热火正,枳实、芒硝二马一齐连环攻下。两兵合战,番败下,外赶下连杀,番又上,喊白好黄脸儿,甚是枭勇!不赶来便罢,他若赶来,我将石燕使出,打他个破血坠胎!外众上,两下混杀,石燕外众下,番赶下。外又上白好反贼!他竟敢使出石燕,从空中打来!众将官闪在一旁,待我请天雄将军。外仗剑作法白天雄赴招。净扮天雄上舞后白法师请了。牒文相招,有何见谕?外白天雄,那晓番鳖子使出石燕从空飞打,请尊师到来,放出烈火,将他烧碎。净白遵法旨。启上法师:还得法师领兵引敌,他若使出石燕,我用烈火烧碎。外白遵命,就此带马杀上前去。番迎上,两家混战,番使燕,外众败,天雄高场摇旗放彩火,番众天雄一齐下。众上凹门,天雄上,天雄白启法师:众石燕俱已烧死。外白有劳天雄将军。雄军请回,众将官杀上前去。外众下,番上白好!这个黄脸小儿,竟敢把我宝贝破坏!那晓我还有硇砂筒一个,一阵风布在空中,就如大雪一般,吹入三军眼内,管教他尽成瞽目。他若赶来,我将即速使出便了。番念咒作法,外过场下,番亦下,众上凹门白呀!反贼又使出邪术,快忙收兵回营。下。番众卒上白禀千岁:大黄人马俱已掩目败走。番白败将莫追,收兵回营。同下。外众上白好恼,好恼!斛白禀元帅:众三军不知受了多少邪术,三军俱已瞎眼,耳傍皆听有痛苦之声。外唱忽听的先锋官报了一声,到教我锦装黄吃了一惊。我实想用柿蒂降逆上呃,谁知他旱莲草乌发已能。

叫三军用众石沟深高垒，预备那番鳖子黑夜偷营。有乳石通百节能理九窍，云母石能治他疮疸肿痈，海乳石治的他软坚通淋，自然石续筋骨预备贼兵，花乳石治的他金疮出血，元精石能救阳黑夜寻更。教三军且把那营门闭了，须防那番鳖子恶毒邪风。白这该怎么处？斛白禀元帅：山西汾州府有一人姓甘名草，他善会解百毒，亦会治眼。元帅修本奏于圣上，教他速到阵前，作一参谋，番鳖子他也就投降而去。外白要治他头顶痛疼，少不得速修藁本，就差人去请甘草，众将官各人回营歇马。众暗下，外诗贼炮如雷夜几千，由他霹雳响晴天；心坚不怕虚惊恐，吩咐三军且自眠。斛白元帅修本。外白待我修书便了。付书牌子，石斛白栀子快来！栀白小人伺候。斛白这是书信一封，一到汾州府送于甘老爷，速去快来。栀白晓得。斛白好呀！怀才欲试非一秋，补元赞化须旁求；奉命聘请长老去，不异万里觅封侯。下

第十回

甘草和国

栀子上白昔日曾为莨菪子，今日始为大茴香；茴香能治疝疼症，莨菪虫牙也最良。白吾乃栀子便是。我姑爷叫我到山西汾州府于甘爷爷下书，教我速去快来，我就此星夜奔走便了。唱我姑爷他教我快忙前去，好像个荆芥穗催催毒风，又好像兔恼丸催生立下，两腿足害肿疼寻用紫荆，跑的我劳太甚秋石也行。白快走快走。哎呀！到了平和村自家门首，那人那里去了？待我问他一问。众位

请了，那一座是甘府门首？众白你不是栀子么？前面就是你家，反认他不清，可笑可笑！栀白众位说此话有些大便不通，那晓我栀子就是小便也不通。我原是教番贼吓得我把门也摸不着了。罢了，进去罢。爷爷快来！甘草上引门婿求名不见还，到教老夫挂心间。栀子来了，你姑爷呢？栀子白姑爷有书呈上。甘白待老夫一观。原来是姑爷进京高中，遂即出差西征，不幸军前有难。且问你：那反贼是什么模样？栀子白爷爷听禀。唱生就的铜绿脸能医烂眼，长就的红莲须还治遗精，带一顶白鸡冠能治白带，穿一条猪蹄甲痔漏有功，身跨着橘红马化痰止咳，手持着大戟斧要把水攻。甘白反贼。这等可恶！请你姑娘。栀子白姑娘有请。小旦上唱只见那并头莲花花俏娟，玉附米扑奴面扰动心猿，想金钗不能见玉桥又换，想是他折桂枝衣锦时还。进见拜介，白爹爹唤孩儿有何话说？甘白女儿那晓。唱我贤婿占鳌头军前书到，番鳖子不投降教我心惊。我想那番鳖子有何作用？草茯苓治虫疳也算有功。他本是巨藤子大补精血，用锁阳养精血补阴益精。他竟敢泻肝火要吃龙胆，要他的龙脑香诸窍能通。若得那干地龙下消行热，才叫那趴山虎治他腿疼。旦唱爹爹呀！你今日年高迈精神短少，岂像那大力子能治喉疼，岂像那茺蔚子明目有用，岂像那土蝼蛄耳可不聋？他就是有藜芦叫人吐倒，该使那青麻仁吸他骨精。劝爹爹和西番已属不可，为什么使君子也去杀虫？甘白女儿不晓，我贤婿现在营中，好像那鱼骨儿鲠在喉内，必得个橄榄果才保有功。小旦白爹爹要去，路上须要小心。甘白女儿不必多言，还得你紧守门户，老父即便去了。栀子带马。旦白送爹爹，女儿回避了。甘、栀同下。旦唱哎呀！今有这老荷叶游鱼来戏，想是你反动胃还要升麻；若惹得莲心动烦渴须用，单等着马勃回热毒才凉。白木香将门闭了。正旦白晓得。小旦、正旦同下。栀、甘同上唱走呀，渡汾河出潼关沿山前去，山茱萸补脏虚也固肾精。闻听那排香草扑鼻可爱，还有那翻白草洗痔消痈。又见那透骨草除风去湿，还喜那芦甘石点眼有功。老鹳草治腿疼已属难忘，怎教人林木间不羡葱葱？栀子白爷爷，你看路上那推丸药的是什么人？甘白栀子那晓，他叫蜣螂，外号叫屎坑螂，善于补血，又会通肠，更好用丸药保养身体，故天天用力推丸，早晚吞服。栀子白哈哈！怪不的吃的黑胖。爷爷，你看那个大肚子汉，身架丝罗，好像个有钱的，又是什么人？甘白他名叫蜘蛛，是不善的个人，凭空起事，好吃飞食，就是蝎螯，他必要使嘴吸吸。栀子白就叫他与我吸吸。甘白闲话少说，快快走罢。唱咱今日抖精神快快前去，会一会番鳖子有何神通。我若是壮大力将他拿住，定然要剥去皮还用油烹！甘、栀同上，石斛上白栀子奉命去求贤，不知何日才得还。坐诗头带乌纱双翅飘，腰系皇家带一条，身穿罗兰团花绣，赤心耿耿保圣朝。白小将金石斛是也。大比之年，上京赴选，行至中途，天色已晚，寻店安歇，谁知店主秉性最毒，见俺行囊沉重，起了不良之心，到了夜至三更，前来杀俺。他自知暗地害人，岂意彼时叫俺杀死，遂逃命京都，幸中武进士第一名，皇上将我分发四川大将军帐下听用。昨日与反贼对敌，不知他用什么邪毒，众三军俱成瞽目。我命栀子回去请岳父，至今不见回来，好不烦恼人也！唱金石斛坐宝帐细细参想，忽想起几多时不曾回乡，命栀子回家去聘贤求救，请他来与我主能定家邦。我岳父和诸药能解百毒，与三军解眼毒万病无忧，番鳖子他纵有邪风恶毒，我岳父在此间料也无妨。留版，甘草、栀子上白咱主仆来在这营门以外，进帐去与三军速免灾殃。甘白栀子去问。栀子白营门何人把守？卒白外边那个？栀子白禀先锋官：就说栀子聘贤来了。卒白少待。禀老爷：栀子聘贤回营。斛白请你大老爷少待，我出帐迎接。斛迎，卒白请大老爷。解白有劳岳父远来。岳父在上，小婿有礼。甘白请坐。解白远路迢迢，有劳岳父。甘白老夫生性和平，不会厮杀，有辱贤婿推荐。解白岳父暂且歇马，小婿禀报元帅，请到后帐安歇。同下。外上白行兵自恨无良策，失了虎威一半；谋臣筹计多端，要把前羞尽捐。坐诗志在攻伐保江河，天赐黄衣绣锦龙；胸藏韬略几时显，才与我主定太平。白本帅姓锦名装黄，外号大黄。我军受了番鳖子的邪风恶毒，三军尽成瞽目，先锋官差人去请甘草，至今尚未回信，好不烦恼人也！唱恨不能到天上摘下南星，定把这风痰去脑膈才清。今就有代赭石镇肝降逆，又叫鹅不食草医目羞明。解白元帅，甘草已到。外白有请。甘白贤婿头前带路。元帅在上，甘草叩拜。外白请起，坐了叙话。甘草白告坐。元帅有何见教？外白先生不知，番鳖子造反，不知使的什么邪毒，忽忽倾出一阵风来，布的如大雪一般，吹入眼中，三军俱成瞽目。甘白元帅不知，西方惯出硇砂，虽能退翳，亦能烂眼，这反狗必是使的此物作蒙。这是空青数杖，速散军中，用此一击，即便开明。外白先生真国手无双也！他若再用此物，先生将何当之？甘草白他若是用硇砂再来作祟，吾有那青风藤惯会驱风，一阵风将硇砂吹入云内，管教他拨云翳有吉无凶。留版，外白他若是不肯降，又当何如？甘白听了。唱他若是不投降又使毒物，必然是气血滞叫人腹疼，吾还有索一条元胡最妙，元胡索理气滞擒贼有功。白他若是不投降，吾将元胡索使出，他就投顺，横逆全无。外白先生竟有如此之奥妙！先锋官听令：发起人马，即同先生前去。解白得令。众将官即速披挂杀上前去。众下，四卒领番上凹门诗渊渊鼓声振四方，何处哮虎自称强？骚动中原人人惧，要占华夷把名扬。白吾乃番鳖子是也。那黄脸小儿，他战又不战，降又不降，众小番杀上前去！二卒一将杀，二卒下，众赶下。又二卒一将杀，众败下；将赶下，外番杀，败下;外赶下,石斛拿旗二人跑下。门旗子上站,卒领番鳖上凹门,番鳖子唱白好!这个黄脸小儿,甚是枭勇,再用硇砂擒他便了。番撒砂,甘草摇旗,砂落,甘草白好反贼,竟敢使硇砂作祟!岂知你甘草爷有青风藤,一阵风将硇砂吹入云中,番狗快快投降。番白你是什么人,竟敢坏我法术?甘白你爷爷甘草是也。番白小番儿快快收兵。下。石斛、甘草暗下,二将领外上,将白禀元帅:反贼大败。外白速速追赶。下。卒领番上白呀!不好了!老甘草解百毒名传天下,又有那大将军叫我怎当?我有心使砒霜将他吐倒,又怕他使粪汁解我砒霜。内喊介,众三军速速追赶。唱吓的我心惊痫仓皇不定,我只得定惊痫须用牛黄,总不如献降表趁早投顺,叫我去壮壮力这也无妨。将外上白你这反贼那里逃走!番白这是降表一道,元帅带进天朝,庆功受赏去罢。外接表白伏维少保:番臣生长异域,未蒙中国之化,秉性最毒,又少和平之养,所以草木无知,擅出他疆,人马猖狂,误犯天威;虽曰益以人力,臣有片长,亦不过与莺爪为偶,助人猛浪之力,与世子同伴,佐以筋骨之伤,岂若白鱼鳔强筋壮骨,自然铜接骨续筋,筋续断而有益,亦补碎而最良。今不胜惶恐之至,伏乞圣上宽恩,番臣亦加感激,俯伏待命,朝贡不绝,课予不乏,有如皦日。特此上恳,谨以表闻。外白饶你不死,去罢!番下,外白众将官收兵回营。下内白众将官就带兵回京,启奏圣上便了。众应,内唱二句有本帅传将令拔寨起营,众三军奏凯歌个个有功。二将领石斛、甘草外上白反贼投降,班师回朝。

离大营来到了荒郊以外,只见那山坡下草色青青,棕柽柳他能治疹毒出外,有杨柳治痘毒顶陷有功,只见那乌白术通畅利水,天佑精能除热解毒杀虫,水堇皮能润燥肠风泻血,那辛夷治关节刀窍能通,只见那胡桐泪软坚去湿,又只见榧实儿润肝杀虫,杉木皮去风毒恶风能散,众寥实耐风寒明目温中,马蔺子能治疝痈肿疮疖,山茶花他虽治吐衄伤风。众下，四太监二宫女扮神农上白百般药味无优劣，万国衣冠拜冕旒。诗水倾上方露华浓，胸次通灵彻九重；气毓先天泄造化，庶物首出驾六龙。白朕神农皇帝，在位有年，前因锦将军有本上奏，说番鳖子反进中原，与金石斛领兵征伐，甘草作参谋。吾想此种恶毒，既有将军扬荡，又有甘草和解，凯歌捷报，不久还朝。黄门官晓谕合朝文武知悉，有事出班早奏，无事卷帘散朝。黄门白领旨。全朝文武知悉，有事出班早奏，无事卷帘退朝。净白臣锦装黄有本奏上。黄门白奏来。外跪白臣锦装黄见驾。帝白锦将军去征反贼，胜负如何？外白启奏我主：那反贼闻见甘草，即写降表逃命而去，臣将降本奏上。帝白待朕一观。观毕笑白哈哈，你这等韬略贯胸中，别有奇谋佐深宫，当今威名扬千里，不须亲战自立功，朕心甚喜。就宣甘草上殿。甘草跪白臣甘草见驾。帝白甘草听旨：朕因你和解有功，封为国老，带旨还家。甘草叩白谢主龙恩。又封将军听旨：因你领兵征伐，不惜余力，真可谓汉马从龙功第一，夺关斩将盖世无双，朕心甚喜。封为世袭大将军，仍在山西镇守。将军白谢主龙恩。帝白宣金石斛上殿。将军传旨金石斛上殿。斛跪白臣金石斛见驾，有本奏于我主。帝白奏来。斛白臣于大比之年，上京赴选，夜宿旅店，不料店主见臣身带金钗，便起不良之心，被臣杀死，万望恕罪！帝白朕因你治乱有功，将功折罪，即号为金石斛守备，镇守六安去罢。斛叩白谢主龙恩。帝白隆封已毕，各领旨下殿。同白愿我皇万岁万万岁！黄门白请驾回宫。帝下，众拜遂下。全策完结。

逃学传

文章相沿几千秋，令人一见皱眉头；世界万般皆上品，惟有读书是下流。小生姓夏名才字乔木，别号幽谷主人，祖贯牛蹄村人也。祖上庄农为业，从来不知读书。爹娘见我有些人气，长到八九岁时也说出话来了，就动了个妄想的念头，觅了一个先生，将我送在学里，攻字读书，指望后日登科及第，更改寒门。咳！你老人家好不自揣！岂不知将相有种，说什么白屋公卿！

唱赋性粗俗，祖上相传不读书；忽尔异前辙，妄想登科第。谁知俺时运低，终朝常受师傅气。正青春，不自如，晚睡早起，眼看一本书，手拿一管笔，真正是死囚牢，只当做活生计。

白老爹娘把一个娇生惯养的孩儿，叫你老人家呵！

唱轻轻断送在牢狱里！

白幸而往年觅的俱是头顶绝好的师傅，念书写字不好也是好，讲书作文不会也是会，将所作的文字多多加上些圈圈点点，逢人夸奖，说我是大成之器，日后有发解发魁之望，那还罢了；谁想我今年小运不济，觅了一个最不在行的师傅。他自上学以来，执笏掌板，拿腔作势，坐在一把椅子上动也不动，恰如泥塑的相似，钉子锭住一般。你说厌气不厌气！每日讲书作文，全不放我游走游走，比坐牢的更甚一遭。真正好苦也!

唱负屈含冤,不犯王法常坐监,终朝每日把书念,坐的屁股烂。恼恨古圣贤,无端造谣言,你说短短一句话,叫俺长长作一篇。思量起,实可怜,呕出心肝无半点。

白我想,一个题不过三五字,多者十数字,一篇文章到有七八百字;你想,这个题就是一个母子,一时也窝不出许多文字来。

唱作文好难!恼恨师傅太无端,出的题目短,叫俺长长作一篇,好叫俺仰弥高、钻弥坚,又不知是在后与在前;真果是无梯上天,超海挟山,火里生莲,从来罕见,这等画蛇添足委实难!

白那个可厌的师傅又有许多议论。

唱他说作文要像题发言,圣贤口吻勿紊乱;起承转合,来脉一线,连上侵下,切忌勿犯;句读儿新鲜,章法儿贯串,有续无断,起落自然,虚实变换,波澜滔天。这才是先辈风范,作文手段。

白他说的这一些话,其实我一字也不晓的。

唱尽都是些南蛮鴂舌,一派的苗獠乡谈,燕语呢喃,那晓得一星半点。休说小子在幼间学疏才浅,就是那老宿儒,好手段,学富五车,读书万卷,他也无处搜寻,无处招管。

白我还记的上两次作文,批的批语云:“出乎八大家之外,有高山擂鼓之音。”看起来这个光景,定然是说我这文字句调响亮,似这等批语,轻易也就难得。又一次,作文已毕,家父忽到学中,问师傅说道:“小儿文章如何?”师傅拿来一看,又批云:“此文已通六窍。”恰好昨日是家父生辰,众客咸集,家父便有自诩之意,说道:“小儿文章较前大有进步,列位可曾知道么?我虽不通文理,听的这两次批语,批的甚是妥当。”客有一位不在行的,姓高名文,字是解语,是敝县有名的秀才,听说此言,欲求一观。我见那批语老到,我就没十分吝教,料他看了,必然在众客面前夸奖我几句。谁想他看着文字,不觉的就笑了;及至看到批语,一发鼓掌大笑。家父遂问道:"批语如何?"那人却是个老实头,全不藏行,把批语逐字逐句解说:文章莫过于八大家,若出乎八大家之外,便不成文字;有高山擂鼓之音,此乃是不通不通;圣人心有七窍,已通六窍,岂不是一窍不通乎? 被他这一解说,只落的一场扫兴。昨日又该作文日期,师傅出了一个难题。欲待不做,又怕究责;欲待做,又想来这驴身上那有虎毛,猪嘴里那有象牙? 罢罢罢! 只得拿出作文的架子走到学中呵。

唱只得是将身倚在桌案,牙儿咬着指尖,脚儿把地点,眼儿往上翻,口里哼哼唧唧把墨研,细细的详参,慢慢的周转,五脏六腑搜寻遍;最可怜,使碎三毛心,六页肺,七花肝,那有一字并一言!

白我尝听敝同窗说:作文像生孩子一般。自我看起来,比生孩子更难十分:那生孩子总然难为一回,到底他那肚里有;似这作文,搜肠刮肚,可待写上什么? 咳! 真难为人也!

唱不由一声将他暴怨。

白我暴怨那个?

唱暴怨那尧、舜、禹、汤、文、武、周公,孔、孟、颜、曾,河南伊川,新安晦庵,一个个造孽无边,流毒不浅!

白好歹暴怨了一回,你说奇也不奇,一霎时,神合机凑,心灵意会,便想起无数的字眼,许多的熟套。

唱方信文章无定则,不过是就题推,胸中有几字,任意往上堆,凭他几张纸,管叫一时黑,休说八股文,那怕万言策!

白我看起来那个光景,就是圣贤到了。我就研了研墨,膏了膏笔,刷刷的写了许多言语。

唱俺把那然而、抑而重写几遍，今夫、且夫写再三，若而然、苟其然、倘不然写过几番，再写些天地间、宇宙间、古今间，设若、果尔一时间。

白呀！贪荒作文，把一些助语词都忘了。

唱只得是再写些而已矣、也乎哉、哉而已，再写些之不可、可不知、之乎者也耳哉矣。作讫文，吃午饭，不早不晚，全篇只在俨然间，一霎时，把雪白的纸儿黑了一大片。

白往日作文，不知受了多少督责，多少删抹，经他一看，便云狗屁而已。我想这一作呵。

唱定然是满卷上加上些圈圈点点，尾后边批语儿冠冠冕冕，俺也体体面面，喜喜欢欢。

白师傅一定说贤徒呵。

唱难为今朝构思这一番，文章真可玩，休说进学取案首，就是科举也中解元。谁知道他是老精年，拿来一看，就怒发冲冠，手指劣才骂几番：真狗屁！好大胆！怎敢胡支扯也来哄俺！戒尺儿扑头盖脸，苦哇，险些儿结果了俺！

白罢了，罢了！我也无的暴怨了。

唱怨爹娘见识浅，恨师傅工课严，叹自己时运艰，这场气受的无端，满腹苦楚对谁言？有恨难传，只得是仰青天儿常吁叹。

白似这作文，还是五日一遭；至于念书讲书，常常受他督责，每日把我考较，叫人如何躲闪！

唱是何人造书作字，成就了多少书籍？至今日诬了子弟，弄的俺不男不女，不僧不俗，大处不成，小处不济，每日里道也德也，仁兮义兮，酸溜溜的折人牙根，臭哄哄的令人掩鼻！

白这都是古人没什么做，你一条，我一款，说了几句无来由的谈话，就有那帮闲凑趣的替他记着，集成一处，立下个名色，这叫做什么书籍，每日抱着本子念，按着章儿解。你说这古人可恨不可恨！

唱恨古人自逞才学高，终朝每日把舌饶，一个信口嘐嘐，一个任意嗷嗷，谈大论小，有何紧要？把一个囫囵的乾坤，生生的嚼烂了！

白这古人，那古人，任何翻天覆地，于我总不相干。

唱俺与你不相识面，有何情照？你在何代，俺在何朝？真正是风马牛不相及了。古人呵！叫俺瞪着眼子看，张着嗓子嚎。

白先以正字念，到还罢了。

唱最可恨，一字两音难分晓，即如说说朝朝，已已乐乐，大大少少，亡亡暴暴，长长告告，恶恶好好，这就弄不清了。又打上子曰诗云，不住的打搅，之乎者也，常常唠叨，弄的颠颠倒倒，无倚无靠，这也是不好，那也是不好。圣贤爷，你叫俺照着那个音儿念去才是好？

白又打上老师傅不住的喝啜，又是仁哩，义哩，忠哩，孝哩，文章哩，礼乐哩，三纲哩，五常哩，你说这不是替古人扯淡么？任您怎么议论，谁还耐烦听哩！

唱他在耳边不住的哐哐吵吵，絮絮叨叨，求疵吹毛；若有一些儿不好，半点儿错了，叫俺当院里跪着，日头儿晒着，砖头儿顶着，制的俺浑身上一似火烧，满腹里一似油浇！动不动籖钉儿头上捣，戒尺儿手上敲，打得俺两眼珠泪抛，满口牙乱咬！欲去无处去，欲逃无处逃。想人生有几个青春年少？一世光阴有多少？好容易阳世三间走一遭，老爹娘不叫俺逍遥，反着俺焦劳，只怕你疼儿的心肠反做了害儿的根苗！

白把娇儿性命叫你老人家呵，活活葬送了！

白有了，我如今知道东西，晓的南北，若在学中囚监死了，怎得世上风流为人？况且世间乐事尽多，我想那纱帽就像那雨点儿下来，一时也落不到我那头上。我今但得不受师傅气，就在沟壑做了饿莩，也是情愿的。常言说道的好：一日清闲一日仙，胜似朝中做高官。走遍天涯，手只掇了一个碗，那块黄土不中埋人？你看天色将明，无人知觉，拿定主意，走他娘的罢！

唱撇下了冤家子曰，可恶诗云，惟有逍遥玩耍，省的敝劳精神。背着师傅走羊肠，消却学堂账，再不念文章，从今后逃出了天罗地网。

丑白夏学生逃学了。白众位，俺与你往日无冤，素日无仇，你何苦如此？若方便我走了，就是我再生父母了。丑白决不放你！白你当真不放我？呀！呸！不扫自己门前雪，但管人家屋上霜，请了。

学究自嘲

【西江月】四民士农工商，独学究堪嗟，凭三寸不烂舌，但讲诗云子曰，举动一步三摇，满口之乎者也。谁说万般下品，这高些不过五斗腰折。

这首词但讲那三家村中冬烘先生景况。人但知为师之乐，不知为师之苦；人但知为师之尊，不知为师之贱。自行束脩以上，只少一张雇工纸；其徒数十人，好像一出《奈何天》。二三东主，却是一些八不凑，殊属可伤，亦属可笑。有诗一首：

暑往寒来冬复秋，悠悠白了少年头！
半饥半饱清闲客，无锁无枷自在囚。
课少东家嫌懒惰，工多子弟结冤仇。
有时随我生平愿，早把五湖泛轻舟。

诗词既毕，复有【叠断桥】小曲相叙，将那十二月炎凉托出，好不可笑人也！

【叠断桥】正月灯节过，正月灯节过，新岁东家来接我，蚂蜡驴驼着个癞怠货。心内暗揣摸，心内暗揣摸，今年东主更如何？问来人，说是也不错。号书上学，号书上学，学生前来把头磕。个个东家尊敬我，为了礼就把首席坐。菜蔬甚多，菜蔬甚多，鸡鱼蹄肚共馍馍，烧黄酒尽着吃的过。

黑了天把席散，送出东家满屋看，不见茶具在那边。炕铺一块席，上盖一破毡，角枕锦衾不见面。暗暗想，细细参，大约不知书怎念。今日虽吃的好，明晨就该把馍捐。

二月仲春来，二月仲春来，先生馆中好闷哉！闲散心欲把朋友拜。心内暗徘徊，心内暗徘徊，恐怕东主说不该，口问心，依定门儿外。大势难猜，大势难猜，谁想东主倒开怀，说走走这个也不碍。喜气盈腮，喜气盈腮，待不多时速回来，有管守怎肯多停待。

去的快，来的早，喜坏了东家老。这个师傅想必好，轻易不肯出学门，工夫一定做不少。明日出豆腐，管他一个饱。

三月清明到，三月清明到，先生馆中暗计较，黄边钱想必得两三吊。心中乐陶陶，心中乐陶陶，打算籴米又治烧，早叮咛务必都凑到。神思徒劳，神思徒劳，海底明月实难捞，顾体面怎肯开口要？满腹心焦，满腹心焦，东家说是宽宽着，无奈何只得干陪笑。

清明节，雨纷纷，老先生，归故村。到家中添一闷，只望腰缠十万贯，谁想竟是无半文。依着槐树穿黄袄，谁想拾了一个嘴鼓墩；今日当了袄，明日当了裙！

四月夏天来，四月夏天来，天长老日好难挨，一日如同三秋迈。馆谷渐渐衰，馆谷渐渐衰，早饭东南晌午歪，粗面饼卷着曲曲菜。吃的是长斋，吃的是长斋，今年更比去年赛，南无佛从今受了戒。鱼肉谁买，鱼肉谁买？也无葱韭共蒜苔，老师傅休把馋痱害。

日合月，实是长，这年景，又饥荒，先生且休胡指望。杏花村又远，市脯不堪尝。东邻家宰猪，西邻家杀羊，酒肉不到口，天天光闻香。

五月是端阳，五月是端阳，先生运转入财乡，黄边钱果然得一炕。更自恐惶，更自恐惶，节礼更送一大筐，枣儿粽想必不上账。

喜坏他师娘，喜坏他师娘，东家多情怎么当？嘱来人十倍多拜上：情谊难忘，情谊难忘，用心教他小儿郎，读得好也是你的名望。

迨如今，世道反，重钱财，敬衣衫，先生素号叫穷酸，谁想也有这一番。打上一壶酒，买个咸鸡蛋，俺也做做自在仙。

六月火炎天，六月火炎天，好似长老学坐禅，小沙弥常把唐僧伴。真乃腌臜，真乃腌臜，八戒、行者走近前，猢狲堂敢比古刹院。说法登坛，说法登坛，赤脚弥陀把臂袒，挥青蝇全凭苏州扇。困来欲眠，困来欲眠，执经请业到床前，打精神，与他讲经卷。

暑伏天，热难当，离不的，猢狲堂，黄口乳臭熏函丈，山猫野兽多古怪，破喉咙哑嗓千万腔。受了磨难不成佛，西天笑煞唐三藏。

七月有七夕，七月有七夕，织女本是牛郎妻，他二人也有团圆期。馆舍孤寂，馆舍孤寂，白面书生正惨凄。算今生大半是鳏居，红颜娇妻，红颜娇妻，有夫守寡他怎知？到不如田舍翁常相依。离恨谁知，离恨谁知？双鲤难传尺素书，买张纸诉不尽相思意。

人生乐，在家庭，做师傅，岂无情？只因八字前生定，红颜有夫常守寡，书生有妻伴孤灯，黄卷有女美如玉，总然窈窕亦是空。

八月是中秋，八月是中秋，先生书斋暗添愁，金风冷渐渐侵窗牖。谁赠衾裯，谁赠衾裯？绵单相续不自由，睡不着，独自听残漏。鸿雁过南楼，鸿雁过南楼，哀鸣嗷嗷独心头，听一声不觉眉头皱。密云不收，密云不收，细雨帘前滴滴流，在外人正是凄凉候。

最伤怀，八月天，白露冷，秋风寒。日落何必听猿唤，暮雨蛩鸣夜常残。孤灯犹自恨衣单，从我陈蔡者，谁有绨袍怜？

九月是重阳，九月是重阳，松菊犹存三径荒，归去来满心添愁怅。寂寂空房，寂寂空房，学生散去剩老张，盼灯火等到月儿上。三秋更长，三秋更长，有梦不成夜未央，听鸡鸣不觉东方亮。满地卤霜，满地卤霜，不用打点就坐堂，按楚囚还是审的那张状。

早起来，坐公案，无的说，无的干，只得从头混一遍。好似观灯节，五鬼来闹判，做事全不少，缺少旁人看。

十月北风寒，十月北风寒，有炉无火炭难添，睡宿冷被窝，早起不敢恋。真乃清廉，真乃清廉，室如悬冰灶无烟，众生徒冻的牙打战。天气循环，天气循环，去了那暑伏六月天，冷和热俺可都尝遍。滋味难言，滋味难言，那个苦来那个甜？久于齐诚非心不愿。

师傅狂，徒弟蹭，谁无初，鲜有终，十个九个是这样病。早晨无有火，晚上无有灯，念破你那口，总是无人听。

十一月飘雪花，十一月飘雪花，徐孺还在陈蕃榻，八面风吹的难招架。各人回家，各人回家，生徒十个剩俩仨，到晚来剩下师自家。只得任他，只得任他，追往咎来待怎么？好歹混二日，大伙散了吧。败柳残花，败柳残花，既是官满休也排衙，大弄脏腔未必他不骂。

从今后，把气赌，再不想着做师傅。老农老圃皆可做，人既莫予重，吾就该回故土。如此而不返，民斯为下乎！

十二月将近年，十二月将近年，不久就是二十三，这长工做的满了限。再盼明年，再盼明年，又想新馆接旧馆，不教书也是无的干。工满价完，工满价完，东家不少半文钱，到其间我也无的恋。喜地又欢天，喜地又欢天，师徒从此两无干，出学门大家分手散。

叹光阴，快如箭，不觉的，又一年，从今你我各一天，东家另把师傅雇，穷酸再把头项钻。一拱哈哈笑，这说然不然？

寒自知，苦自知，自嗟自叹，叹一回教书人儿好难：一个学生一个主，有爱宽来有爱严。欲待随高就低，又怕玷辱了圣贤；欲待执法径行，又惹出许多詈言。无奈何，好教我千难了万难！况今文风扫地，束脩甚是不堪，铺盖明讲自备，仅管火纸灯烟，夏天无有蚊帐，冬里不管煤炭，搬送俱在圈外，来回俱是自颠。抛妻抛子出门，人□情事躭悬，细思好无来由，挣了几串铜钱。又搭上寄居三年五载，乡党邻里相烦，通启回启不少，请帖求帖多端，分书文书犹可，还有那休单冤单。有心不与人写，惹的人骂穷酸；一旦俱要应承，何日是个清闲？外人不知苦楚，反说那世修的周全，安坐无点事事，逐朝每日三餐。殊不知：一字思想不来，极的两眼棒钻！天那天！好容易端的人家碗！

墨染一身黑，风吹胡子黄；
但有一线路，不作孩子王。

除日祭穷神文

穷神，穷神，我与你有何亲，兴腾腾的门儿你不去寻，偏把我的门儿进？难道说，这是你的衙门，居住不动身？你就是世袭在此，也该别处权权印；我就是你贴身的家丁、护驾的将军，也该放假宽限施施恩。你为何步步把我跟，时时不离身，鳔粘胶合，却像个缠热了的情人？穷神，自从你进了我的门，我受尽无限窘，万般不如意，百事不趁心，朋友不上门，居住在闹市无人问。我纵有通天的手段，满腹的经纶，腰里无钱难撑棍。你着我包内无丝毫，你着我囊中无半文，你着我断困绝粮，衣服俱当尽，你着我客来难留饭，不觉的遍体生津，人情往往耽误，假装不知不闻。明知债账是苦海，无奈何，上门打户去求人；开口五分行息，说什么奉旨三分，到限期立时要完，不依欠下半文。无奈何，忍气吞声，背地里恨。自沉吟：我想那前辈古人也受贫，你看那乞食的郑元和，休妻的朱买臣，住破窑的吕蒙正，锥刺股的苏秦。我只有他前半截的遭际，那有他后半截的时运？可恨我终身酸丁，皆被你穷神混！难道说，你奉玉帝敕旨，佛爷的牒文，摆下了穷神阵把我困？若不然，那膏粱子弟，富贵儿孙，你怎么不敢去近？财神与我有何仇？我与足下有何亲？您二位易地皆然，我全不信。今日一年尽，明朝是新春，化纸钱，烧金银，奠酒浆，把香焚。我央你离了我的门，不怪你弃旧迎新。

穷神答文

东君,东君,你不必怨别人,贫是你自己找,穷是你自己寻;既好吃,又好饮,衣服要趁心,奢费不谨慎,还来怨别人。喜的是仗义疏财,好的是扶弱济贫,腰内有一文,要撑十文棍。就给你点金银,你也不能任,就给你个金狮子、玉麒麟,屙钱的母猪,也不够你胡打混。东君,你听我云,我有个免穷歌为你训:也不是五经四书,也不是大家古文,只要学勤苦,只要学鄙吝,只要学一毛不拔,只要学利己损人,只要学行乖弄巧,只要学奸诈虚文,只要学伤天害理,只要学瞒昧良心。放利怎免怨,为富定不仁;处世不顾脸,那管人议论;饿死休吃饭,黄土变成金;客来休久坐,假托有事因,吊虎离山计,给他个不黏身。人情只用一张纸,不可轻费钱半文,“顿首拜”多写不妨,休要用“谨具奉申”。人来你不往,诓骗礼一分。贺馆温居休随伙,赴席陪客当头阵。东君,要知道请人还席总是傴。若有来借贷的穷人,休等他开口,先说自己窘,给他个无想头,再不敢上门。又用小秤大斗,管甚么背地良心。说誓只当家常话,空中何能有灵神?阎王休嫌鬼瘦,雁过拔毛一根。如此十年,你就是个财神,黄的是金,白的是银,青铜大吊打成捆;盖高楼,修大门,治田园,长子孙。那时节,我把穷字去了,做一个福禄星君,你转过脸来把我亲,还恐怕离了你的门,宰猪羊,买果品,设供献,把香焚,立一座祠堂,叫我做正尊。东君,我有句要紧的话儿听我云:那时节,百事不足虑,万事不求人,只怕那天火来烧,强盗进门。那其间,焦头烂额无人问,叫苦连天央四邻,只落的合庄快乐,一个个喜的都打滚!

后　记

聊斋俚曲是蒲松龄运用淄川方言和清代流行的时调俗曲创作的说唱文学剧本，共十五种。它在文学、语言学、音乐学等方面，都有很高的价值。特别是俚曲中借用了当时流行的曲牌近六十种，为乐曲研究提供了依据。如果说文言短篇小说集《聊斋志异》是中国古代文言小说的巅峰之作，那么聊斋俚曲就是俗文学中的一颗明珠。2006 年 5 月 20 日，蒲松龄的聊斋俚曲经国务院批准列入第一批国家级非物质文化遗产名录。

值此国家大力弘扬中华优秀传统文化之际，蒲松龄纪念馆于 2017 年制订了“聊斋文化精品出版工程”。在馆长焦伟的策划下，第一本《蒲松龄诗词论集》于 2017 年 6 月由齐鲁书社出版。《聊斋俚曲集》是第二本，鉴于目前市面上很难见到聊斋俚曲单行本，导致这一珍贵的文化遗产的普及、传承与发展严重滞后，我馆充分利用馆藏，参照路大荒《蒲松龄集》、盛伟《蒲松龄全集》进行编校。馆藏的俚曲抄本大多是无名氏抄，只有几个抄本有抄者署名，如《聊斋新编墙头记》署有“民国二拾捌年梅月重订，三乐堂蒲记”。这个本子前半部分是后人补上的，后半部分像是清代的旧抄本。《琴瑟乐曲》署有“蒲松龄遗作，在淄川城内文化街天山阁家藏，依命平井院长，王丰之手抄”。《俊夜叉曲全集》（又叫《志异外书俊夜叉曲全集》）署有“淄川留仙先生编著，博山仁圃田维恕书”。其

他抄本大多是甲寅季秋康侯题签，在《璞斋钞聊斋翻魇殃》下册文后题有“元统三年岁次辛亥蕤蕤月中浣吉日老眼钞终”，文上注有“元字误”。

这本《聊斋俚曲集》尊重抄本原貌，大量借字和部分异体字均予保留。在编校过程中，发现个别词语与路本、盛本不同，通过对照，认为抄本用词更贴切，更具淄川方言地方味；在俚曲《翻魇殃》这个抄本中更是存在前后颠倒、重复的问题，路本、盛本相同，均未更正，我馆藏《翻魇殃》抄本与路本、盛本相去较远，具有很高的校勘价值，这次编校做了修改与调整。另外，本书按先前惯例，将聊斋俚曲待考作品排在附录中。这次还增加了蒲松龄少时作品《督丈词》（原载《蒲松龄研究》2007 年第 4 期），是淄川广播电视大学蒲喜章先生在王村镇王村村曹厥田家中发现的，把它与《草木传》《逃学传》《学究自嘲》《除日祭穷神文》《穷神答文》一起附在聊斋俚曲文后，有待研究者做进一步考证。为了方便读者阅读和欣赏，文后附有路大荒先生辑校的土语注解和 20 世纪 60 年代初淄博市文化馆牟仁钧、王川昆记录、整理的曲谱（土语、曲词与本书稍有出入），并附有几段音频，读者可以通过扫描二维码聆听由国家级代表性传承人蒲章俊先生演唱的聊斋俚曲。

我们相信，《聊斋俚曲集》的出版，有助于中华优秀传统文化的传承与发展。本书的出版，得到了齐鲁书社昝亮社长的大力支持，《蒲松龄研究》编辑部王清平、谭莹、李汉举、陈丽华、朱峰及齐鲁书社的张超编辑都付出了艰辛劳动。由于时间紧、水平有限，难免有疏漏之处，还请专家、学者及广大读者不吝指正。

蒲松龄纪念馆

2018 年 4 月